KB068401

MICHAEL CONNELLY

A Darkness More Than Night

A Darkness More Than Night

다크니스 모어 댄 나잇

A Darkness More Than Night

BOSCH

MICHAEL CONNELLY 마이클 코넬리 지음 | 김승욱 옮김

Media Review

LA 타임스 올해의 책 선정작(2001), **배리 상 후보작**(2002)

"자신의 가장 인기 있는 두 주인공을 독창적인 설정 속에 등장시켜 멋진 작품을 만들어 냈다. 플롯은 멋들어지고 도덕적으로 복잡한 인물들의 갈등 구조도 훌륭하다."_**퍼블리셔스 위클리**

"O. J. 심슨이나 메넨데즈 형제 재판 등을 보아 오며 마이클 코넬리는 도시의 더 깊은 어둠을 직시한 것 같다. 이 작품의 즐거움은 코넬리 특유의 멋진 플롯뿐만 아니라 그 속에 숨은 배경의 진실에 있다."_**필라델피아 인콰이어러**

"해리 보슈의 팬이든, 테리 매케일렙의 팬이든 당신은 이 절묘한 작품을 절대 놓쳐서는 안 될 것."_**커커스 리뷰**

"복잡한 플롯, 풍부한 개성의 캐릭터, 능수능란한 대화체는 코넬리의 강점이다. 여기에 《다크니스 모어 댄 나잇》은 현대를 배경으로 한 중세극을 보는 듯한 기품까지 더한다."_**USA 투데이**

"품격과 통찰력을 함께 갖춘 작가, 마이클 코넬리."_**뉴스위크**

"천사들의 도시 LA를 배경으로 많은 작가들이 작품을 써 왔지만 코넬리만큼 이 도시의 타락을 잘 담아 낸 작가는 없었다. 선과 악 사이의 갈등을 이렇게 잘 표현해 내는 스릴러 작가 역시 코넬리뿐이다." _샌디에이고 유니온 트리뷴

"당신의 눈에 불을 밝혀라. 해리 보슈와 테리 매케일렙이 가공할 팀을 이룰 테니." _선데이 시카고 트리뷴

"그 누구도 코넬리 이상 가는 경찰 범죄 소설 작가를 알지 못할 것이다. 그는 압도적이다." _파일럿

"코넬리의 이전 책들에서 창조된 뛰어난 주인공들이 이 작품 안에 모두 모였다. 해리 보슈의 세상 안에 살고 있는 그들 모두가 너무나 흥미롭다."
_미네아폴리스 스타 트리뷴

"야심차고, 능숙하며, 감동적이고, 복잡다단하며 영리한 소설." _LA 타임스

"코넬리는 지금 이 시점으로부터 적어도 30년 동안은 최고의 작가가 될 것이 분명하다.《다크니스 모어 댄 나잇》이 바로 그 증거다." _애니스톤 스타

Contents

프롤로그

보슈는 작은 사각형 유리창 안을 들여다보았다. 보호실 안에 남자 혼자 있는 것이 보였다. 보슈는 자신의 권총을 꺼내 당직 경관에게 주었다. 일반적인 절차였다. 강철 문의 잠금장치가 열리고, 문이 스르르 열리자마자 땀과 토사물 냄새가 보슈의 코를 찔렀다.

"저 안에 얼마나 있었소?"

"세 시간쯤요." 경관이 말했다. "음주 측정에서 18이 나왔으니, 쓸 만한 말은 못 들으실 걸요."

보슈는 보호실 안으로 들어서서 바닥에 쓰러져 있는 사람에게 시선을 고정시켰다.

"좋소. 이제 문을 닫아요."

"나중에 부르세요."

문이 삐걱삐걱, 덜컹 소리를 내며 닫혔다. 바닥에 쓰러진 남자는 신음 소리를 내며 아주 살짝 몸을 움직였을 뿐이다. 보슈는 그에게 다가가 가장 가까운 벤치에 앉았다. 그리고 겉옷 주머니에서 녹음기를 꺼내 벤치에 놓았다. 유리 창문을 흘깃 올려다보니 경관의 얼굴이 사라지는 것이 보였다. 보슈는 신발 끝으로 남자의 옆구리를 살짝 건드렸다. 남자가 다시 신음 소리를 냈다.

"일어나, 이 자식아."

바닥의 남자가 천천히 고개를 굴려 들어 올렸다. 페인트가 머리카락에 점점이 묻어 있고, 셔츠 앞섶과 목에 토사물이 덕지덕지 붙어 있었다. 남자는 눈을 뜨자마자 천장의 거친 조명 때문에 다시 눈을 감았다. 그가 갈라진 목소리로 속삭이듯 입을 열었다.

"또 당신이군."

보슈는 고개를 끄덕였다.

"그래, 나야."

"또 춤을 추러 온 건가."

주정뱅이의 사흘짜리 수염 자국 위로 미소가 스쳤다. 지난번에는 멀쩡했던 치아 하나가 사라진 것이 보슈의 눈에 띄었다. 보슈는 손을 뻗어 녹음기에 갖다 댔지만, 아직 버튼을 누르지는 않았다.

"일어나. 이제 말해 봐."

"웃기지 마. 난 싫어…."

"기회가 많은 줄 알아? 얼른 말해."

"젠장, 귀찮게 좀 하지 마."

보슈는 창문을 올려다보았다. 아무것도 없었다. 그는 다시 바닥에 쓰러진 남자를 내려다보았다.

"네가 구원받는 길은 진실뿐이야. 특히 지금은 더. 진실을 모르면 널 도와줄 수 없어."

"뭐야? 이제 신부님이라도 된 거야? 나한테 고해를 하라고?"

"할 거야?"

바닥에 쓰러진 남자는 아무 말도 하지 않았다. 얼마 뒤 보슈는 남자가 또 잠들었는지도 모르겠다는 생각이 들어서 신발 끝으로 다시 남자의 옆구리를 찔렀다. 콩팥이 있는 자리였다. 남자가 갑자기 팔다리를 마구 움직이기 시작했다.

"꺼져!" 그가 고함을 질렀다. "당신은 싫어. 변호사를 불러 줘."

보슈는 잠시 아무 말도 하지 않았다. 그러고는 녹음기를 들어 다시 주머니에 넣은 뒤, 팔꿈치를 무릎에 괴고 몸을 앞으로 기울여 양손을 맞잡았다. 그는 주정뱅이를 바라보며 천천히 고개를 저었다.

"그럼 나는 널 도울 수 없겠군." 그가 말했다.

보슈는 일어서서 창문을 두드려 당직 경관을 불렀다. 그리고 바닥에 쓰러진 남자를 내버려 둔 채 밖으로 나갔다.

01 재회

"누가 오고 있어."

테리 매케일렙은 아내를 바라보다가, 아내의 시선을 따라 저 아래쪽 구불구불한 도로로 시선을 옮겼다. 골프 카트가 가파르고 구불구불한 길을 따라 집으로 올라오는 것이 보였다. 운전자는 카트 지붕에 가려서 보이지 않았다.

매케일렙과 그래시엘라는 라메사 애버뉴 위쪽에 있는 셋집의 뒤편 베란다에 앉아 있었다. 집 아래쪽의 좁고 구불구불한 도로에서부터 애벌론 전체와 항구까지, 그리고 샌타모니카 만 건너편으로 스모그에 덮여 있는 오버타운까지 모두 바라보였다. 두 사람이 이 섬에서 집을 구할 때 이 집을 고른 건 바로 전망 때문이었다. 하지만 조금 전 아내가 말을 하고 있을 때, 매케일렙의 시선은 풍경이 아니라 자신의 품에 안긴 아기를 향하고 있었다. 딸의 믿음이 가득한 커다란 푸른 눈 이외의 세상은 보이지 않았다.

매케일렙은 아래쪽에서 올라오는 골프 카트의 옆구리에 새겨진 대여 번호를 보았다. 이 동네 사람이 아니라는 뜻이었다. 십중팔구 카탈리나 익스프레스를 타고 오버타운에서 건너온 사람일 것이다. 저 사람이 라메사의 다른 집이 아니라 이 집으로 오고 있다는 걸 그래시엘라가 어떻게 알았는지 궁금했다.

하지만 매케일렙은 아내에게 물어보지 않았다. 아내는 전에도 예감 같은 걸 느낀 적이 있었다. 매케일렙은 그냥 가만히 기다렸다. 골프 카트가 시야에서 사라진 직후 누가 출입문을 두드렸다. 그래시엘라가 문을 열어 주러 갔다가 어떤 여자와 함께 금방 돌아왔다. 매케일렙이 3년 만에 보는 사람이었다.

보안관서의 제이 윈스턴 형사는 매케일렙의 품에 안긴 아기를 보고 빙긋 웃었다. 진심에서 우러난 미소였지만, 갓난아기를 보고 감탄하는 것 외에 다른 목적을 갖고 찾아온 사람 특유의, 마음이 다른 곳에 가 있는 듯한 미소이기도 했다. 매케일렙은 윈스턴이 양손에 각각 들고 있는 두툼한 초록색 서류철과 비디오테이프를 보고 그녀가 일 때문에 찾아왔음을 알아차렸다. 죽음과 관련된 일이었다.

"테리 씨, 잘 지냈어요?" 윈스턴이 물었다.

"최고로 잘 지냈죠. 그래시엘라 기억하죠?"

"당연하죠. 그런데 얘는 누구예요?"

"시시예요."

매케일렙은 다른 사람들 앞에서 아기의 정식 이름을 말한 적이 한 번도 없었다. 혼자 있을 때만 아기를 시엘로라고 부르며 좋아했다.

"시시라." 윈스턴은 이름에 대한 설명을 기다리는 사람처럼 잠시 머뭇거렸다. 하지만 아무런 설명이 없자 이렇게 말했다. "몇 개월이에요?"

"거의 4개월이에요. 애가 크죠?"

"와, 그러게요. 그래요…. 그런데 남자아이… 걔는 어디 있어요?"

"레이먼드요?" 그래시엘라가 말했다. "오늘은 친구들하고 같이 있어요. 테리가 차를 하나 빌려 줘서 친구들하고 같이 소프트볼을 하러 공원에 갔어요."

대화가 매끄럽게 이어지지 못하고, 기분도 이상했다. 윈스턴은 지금 오가는 대화에 별로 관심이 없거나, 이런 평범한 얘기에 익숙하지 않은 모양이었다.

"뭣 좀 마실래요?" 매케일렙이 아기를 그래시엘라에게 넘겨주며 물었다.

"아뇨, 괜찮아요. 배에서 콜라를 마셨어요."

이것이 신호이기라도 한 것처럼 아기가 버둥거리기 시작했다. 다른 사람의 손에 넘겨진 것에 화가 난 것 같기도 했다. 그래시엘라는 아기를 데리고 안으로 들어가겠다고 말했다. 베란다에는 이제 두 사람만 서 있었다. 매케일렙은 밤에 주로 아기가 잘 때 식구들이 둘러앉아 식사를 하는 둥근 탁자와 의자를 가리켰다.

"앉아요."

그는 항구가 가장 잘 내려다보이는 자리를 윈스턴에게 가리켜 주었다. 윈스턴은 초록색 서류철을 탁자 위에 놓고, 그 위에 비디오테이프를 올려놓았다. 매케일렙은 서류철이 살인 사건 파일임을 알 수 있었다.

"아름답네요." 윈스턴이 말했다.

"네, 정말 굉장해요. 하루 종일 아기를 보고 있어도…."

매케일렙은 아름답다는 윈스턴의 말이 자신의 아기가 아니라 풍경에 관한 것임을 깨닫고, 말을 하다 말고 미소를 지었다. 윈스턴도 함께 미소를 지었다.

"아이가 정말 예뻐요, 테리 씨. 정말이에요. 테리 씨도 좋아 보이고요.

피부가 구릿빛으로 탄 것 하며 전부."

"배를 타고 돌아다녔거든요."

"건강은 괜찮은 거예요?"

"약을 엄청 많이 먹어야 한다는 것만 빼면, 불평할 처지가 못 되죠. 지금 3년째인데 아무 문제가 없어요. 이제 안심해도 될 것 같아요, 제이 씨. 그저 그 망할 놈의 약만 계속 먹으면, 앞으로도 계속 이렇게 유지될 거예요."

매케일렙은 미소를 지었다. 정말로 건강 그 자체처럼 보이는 모습이었다. 햇볕은 그의 피부를 어둡게 물들였지만, 머리카락에는 반대 효과를 냈다. 짧고 깔끔하게 자른 머리가 이제는 거의 금발처럼 보였다. 배에서 일을 하다 보니 팔과 어깨의 근육도 윤곽이 뚜렷이 드러나 있었다. 그의 건강 상태를 알려 주는 유일한 흔적은 셔츠 밑에 감춰져 있었다. 이식 수술로 생긴 25센티미터 길이의 흉터.

"잘됐네요." 윈스턴이 말했다. "여기서 아주 잘 지내고 있는 것 같아요. 가족도 새로 생겼고, 새 집에… 한적하게 살고 있잖아요."

윈스턴은 잠시 말을 멈추고, 베란다에서 보이는 전망과 섬 전체와 매케일렙의 삶을 한꺼번에 눈에 담으려는 듯이 고개를 돌렸다. 매케일렙은 예전부터 제이 윈스턴이 말괄량이 같은 매력이 있다고 생각했다. 윈스턴은 모래 빛깔의 금발을 어깨까지 자연스레 늘어뜨렸고, 매케일렙은 옛날 그녀와 함께 일하던 시절에 그녀가 화장한 모습을 한 번도 본 적이 없었다. 하지만 윈스턴의 눈은 날카롭고 기민했으며, 미소는 편안하면서도 왠지 슬퍼 보였다. 모든 것에 깃들어 있는 유머와 비극을 단번에 알아보는 것 같은 표정이었다. 윈스턴은 검은 진바지에 하얀 티셔츠를 입고, 그 위에 검은 재킷을 걸친 차림이었다. 멋있고 강인한 모습이었다. 매케일렙은 윈스턴이 실제로 그런 사람이라는 것을 경험으로 알고 있었다. 윈스턴은 말을 하면서 머리카락을 자주 귀 뒤로 넘기는 버릇이 있었다. 매케일렙은 왠지 그것이 사랑스러웠다. 그는 만약 자신이 그래시엘라에게 끌리지 않았다면, 제이 윈스턴과 더 가까워지려고 노력했을지도 모른다는 생각을 옛날부터 하고 있었다. 윈스턴도 그것을 직관적으로 알고 있는 것 같았다.

"내가 찾아온 이유를 이야기하기가 미안해지네요." 윈스턴이 말했다. "왠지 그래요."

매케일렙은 서류철과 비디오테이프를 고갯짓으로 가리켰다.

"일 때문에 온 거잖아요. 그냥 전화를 해도 됐을 텐데요, 제이 씨. 그러면 시간이 절약됐을 텐데."

"아뇨, 테리 씨가 주소나 전화번호가 변경됐다는 연락을 안 해서요. 자신이 어디서 사는지 사람들한테 알리기 싫은 사람처럼."

윈스턴은 왼쪽 귀 뒤로 머리카락을 넘기고는 다시 미소를 지었다.

"꼭 그런 건 아니에요." 매케일렙이 말했다. "그냥 내가 어디서 사는지 사람들이 별로 알고 싶어 하지 않을 거라고 생각했을 뿐이에요. 제이 씨는 나를 어떻게 찾았어요?"

"육지의 계류장에 가서 여기저기 물어보고 다녔죠."

"오버타운. 여기서는 거길 오버타운이라고 불러요."

"그럼 오버타운이라고 하죠. 거기 항구의 관리 사무실에 있는 사람들이 아직 테리 씨 자리는 그쪽에 남아 있지만, 테리 씨가 배를 이쪽으로 가져갔다고 하더라고요. 그래서 이쪽으로 건너와서 수상 택시를 타고 항구를 돌아다니며 배를 찾았죠. 테리 씨 친구가 거기 있다가 여기까지 오는 길을 가르쳐 줬어요."

"버디 말이군요."

매케일렙은 항구를 내려다보며 더 팔로잉 시 호를 찾아냈다. 8백 미터쯤 바다로 나가 있었다. 버디 로크리지가 선미에서 허리를 숙이고 있는 것이 보였다. 잠시 살펴보니, 버디는 민물 탱크와 연결된 호스로 둘둘 말아 놓은 줄들을 씻고 있는 중이었다.

"그래, 무슨 일이에요?" 매케일렙은 윈스턴에게 시선을 돌리지 않은 채 말했다. "쉬는 날 이렇게 애써서 일부러 찾아온 걸 보면 중요한 일인 것 같은데. 일요일에는 제이 씨도 쉬죠?"

"대개는 그렇죠."

윈스턴은 비디오테이프를 옆으로 밀어놓고 서류철을 펼쳤다. 이제는 매케일렙도 그쪽으로 시선을 돌렸다. 그가 있는 쪽에서 보면 서류가 거꾸로 놓여 있었지만, 맨 첫 장이 일반적인 살인 사건 발생 보고서임을 알 수 있었다. 그가 지금까지 읽어 본 모든 살인 사건 파일의 첫 장이 대개 그랬다. 그것이 바로 출발점이었다. 매케일렙은 주소란으로 시선을 옮겼다. 서류가 거꾸로 놓여 있는데도, 사건 발생 장소가 웨스트 할리우드임을 알 수 있었다.

"테리 씨가 봐 줬으면 하는 사건이 하나 있어요. 그냥 남는 시간에 해주면 돼요. 내가 보기에는 테리 씨한테 맞는 일 같아요. 그래서 혹시 이걸 읽어 보고 내가 미처 조사해 보지 못한 부분을 지적해 줄지도 모른다 싶었어요."

매케일렙은 윈스턴의 손에 들린 서류철을 보았을 때부터 윈스턴이 이런 부탁을 할 것임을 알고 있었다. 하지만 막상 부탁을 받고 보니, 혼란스러운 감정들이 밀려왔다. 예전의 생활을 조금 맛볼 수 있을지도 모른다는 생각에 짜릿한 기분이 들면서도, 새로운 생명과 행복으로 가득 찬 이 집에 죽음을 끌고 들어와야 한다는 점에는 죄책감이 들었다. 매케일렙은 그래시엘라가 혹시 밖을 내다보고 있는지 보려고 열린 미닫이문을 흘깃 바라보았다. 그래시엘라는 보이지 않았다.

"나한테 맞는 일이라고요?" 그가 말했다. "연쇄 살인이라면, 이건 시간 낭비예요. FBI로 가서 매기 그리핀한테 연락해요. 그러면…."

"이미 다 해 봤어요, 테리 씨. 그런데도 여전히 테리 씨가 필요해요."

"얼마나 된 사건이에요?"

"2주요."

윈스턴이 서류철에서 눈을 들어 그의 눈을 바라보았다.

"새해 첫날?"

윈스턴이 고개를 끄덕였다.

"올해의 첫 살인 사건이에요. 적어도 LA 카운티에서는. 어떤 사람들은 올해야말로 진정한 새 천년이 시작되는 해라고 생각하죠."

"이것도 새 천년 미치광이의 짓 같아요?"

"범인이 누구든 미치광이인 건 분명해요. 그런 것 같아요. 그래서 찾아온 거예요."

"FBI에서는 뭐래요? 매기한테 얘기해 봤어요?"

"그쪽 소식을 모르는군요. 매기 요원은 콴티코로 다시 발령을 받았어요. 지난 몇 년 동안 이쪽에서 사건들이 좀 줄어드니까 행동과학실이 다시 데려간 거죠. 이제는 LA에 FBI 사무실이 없어요. 어쨌든, 매기 요원과 얘기를 해 보기는 했어요. 콴티코로 전화를 걸어서. 매기 요원이 VICAP으로 돌려 봤는데, 아무것도 없어요."

매케일렙은 VICAP이 폭력 범죄자 체포 프로그램이라는 컴퓨터 프로그램의 약자라는 걸 알고 있었다.

"프로파일은요?" 매케일렙이 물었다.

"대기자 목록에 있어요. 전국에서 작년 마지막 날과 새해 첫날에 새 천년에서 영감을 얻은 살인 사건이 34건 일어났다는 거 알아요? 그래서 지금은 그쪽 사람들이 너무 바빠요. 그리고 우리처럼 큰 부서들은 목록의 맨 끝에 있어요. FBI에서는 작은 부서 사람들이 경험과 전문 지식과 인력이 부족하기 때문에 자기들 도움이 더 필요하다고 생각하거든요.”

윈스턴은 잠시 말을 멈추고 매케일렙에게 생각할 시간을 주었다. 매케일렙은 FBI의 사고방식을 이해하고 있었다. 그들은 일종의 선별 절차에 따라 움직였다.

“나야 매기 요원이든 누구든 내 사건에 대해 뭔가 말을 해 줄 때까지 한 달쯤 기다려도 상관없어요. 하지만 시간이 아주 중요하다는 육감이 들어요, 테리 씨. 만약 이게 연쇄 살인 사건이라면, 한 달은 너무 길지도 몰라요. 그래서 테리 씨를 찾아올 생각을 한 거예요. 어떻게 해도 안 될 것 같으니까 어쩌면 테리 씨가 뭔가 단서가 될 만한 걸 찾아 줄지도 모른다고 마지막으로 희망을 걸어 보는 거예요. 묘지 방문자와 코드킬러 사건을 아직 생생히 기억하고 있으니까요. 살인 사건 파일과 현장 테이프만 있으면 테리 씨가 어떤 일을 해낼 수 있는지 잘 알아요.”

마지막 몇 마디는 불필요한 말이었다. 오늘 윈스턴이 처음으로 저지른 실수라는 생각이 들었다. 그 말만 빼면, 자신이 찾고 있는 살인범이 또 일을 저지를지도 모른다고 말할 때 윈스턴의 표정에는 진심이 들어 있었다.

“나한테는 오래전 일이에요, 제이 씨.” 매케일렙이 입을 열었다. “그래서 시엘라의 동생 일을 제외하면, 나는 이런 일에….”

“왜 이러세요, 테리 씨. 나한테 헛소리를 할 생각이에요? 아기를 무릎에 안고 여기 매일 앉아 있어도 옛날에 테리 씨가 어떤 일을 하던 사람이었는지 그 기억이 지워지지는 않아요. 난 테리 씨를 알아요. 오랫동안 만난 적도 이야기를 나눈 적도 없지만, 그래도 잘 알아요. 테리 씨가 사건을 생각하지 않고 그냥 흘려보내는 날은 하루도 없을 걸요. 단 하루도.”

윈스턴은 말을 멈추고 매케일렙을 빤히 바라보았다.

"수술을 받으면서 원래 심장이 없어졌다 해도, 테리 씨의 기질까지 사라져 버린 건 아니잖아요. 무슨 말인지 알죠?"

매케일렙은 윈스턴에게서 시선을 돌려 다시 자신의 배를 바라보았다. 버디는 이제 갑판에 고정돼 있는 커다란 회전의자에 앉아 가로대 위에 발을 올려놓고 있었다. 아마 손에 맥주를 한 병 들고 있을 것 같았지만, 너무 멀어서 보이지는 않았다.

"사람들 마음을 그렇게 잘 읽으면서 내가 왜 필요해요?"

"내 실력이 좋을지 몰라도, 테리 씨는 내가 만난 사람 중에 최고예요. 사실 콴티코 사람들이 부활절까지 스케줄이 꽉 차 있지 않았어도, 난 그쪽 프로파일러들보다 테리 씨를 택했을 거예요. 진심이에요. 테리 씨는…."

"됐어요, 제이 씨. 아부는 안 해도 돼요. 알았죠? 그런 말이 없어도 내 자존심은 아무런…."

"그럼 필요한 게 뭔데요?"

매케일렙은 윈스턴에게 다시 시선을 돌렸다.

"그냥 시간만 좀 줘요. 생각을 해 봐야겠어요."

"내가 찾아온 건 시간이 별로 없다는 육감 때문이에요."

매케일렙은 일어서서 난간으로 걸어갔다. 그리고 저 멀리 바다를 바라보았다. 카탈리나 익스프레스 여객선이 들어오고 있었다. 지금 그 배는 거의 비어 있을 터였다. 겨울에 섬을 찾아오는 사람은 거의 없었다.

"배가 들어오고 있어요." 매케일렙이 말했다. "겨울 시간표가 따로 있어요, 제이 씨. 저걸 타지 않으면 여기서 밤을 보내야 할 거예요."

"필요하다면 경찰서 교환원한테 헬리콥터를 보내라고 할 거예요. 테리 씨, 기껏해야 하루만 나한테 할애해 주면 돼요. 그게 안 되면 하룻밤만이라도. 오늘 밤에. 차분히 앉아서 서류철을 읽고, 비디오테이프를 본

다음에 아침에 나한테 전화해서 찾아낸 걸 말해 주면 돼요. 어쩌면 아무것도 없을지도 모르죠. 테리 씨가 새로운 걸 전혀 찾아내지 못할지도 몰라요. 하지만 우리가 놓친 걸 테리 씨가 찾아낼 수도 있고, 우리가 아직 생각해 내지 못한 아이디어를 떠올릴 수도 있어요. 내가 원하는 건 그것뿐이에요. 그렇게 어려운 부탁은 아니잖아요."

매케일렙은 선착장으로 들어오고 있는 배에서 시선을 떼고 몸을 돌려 난간에 등을 기댔다.

"제이 씨는 그쪽 생활을 하고 있으니까 어려운 부탁이 아닌 것 같겠죠. 난 아니에요. 난 거기서 빠져나왔어요, 제이 씨. 겨우 하루 동안 돌아가는 것만으로도 많은 것이 바뀔 겁니다. 나는 예전에 내가 잘 하던 일들을 모두 잊고 새 출발을 하려고 이리로 이사를 온 거예요. 뭔가 다른 일을 잘 하는 사람이 되려고. 우선 아버지 노릇과 남편 노릇부터 잘 해야죠."

윈스턴이 일어서서 난간으로 걸어왔다. 그리고 매케일렙 옆에 나란히 섰다. 하지만 매케일렙과는 반대로 앞에 펼쳐진 풍경을 바라보는 자세였다. 그녀가 낮은 목소리로 입을 열었다. 집 안 어딘가에서 그래시엘라가 두 사람의 이야기에 귀를 기울이고 있다 해도 들을 수 없을 만큼 작은 목소리였다.

"부인의 동생 사건을 수사할 때 테리 씨가 나한테 한 말 기억나요? 다시 살 수 있는 기회를 얻은 데에는 분명히 이유가 있을 거라고 했어요. 이제 테리 씨는 그 사람의 언니와 아들을 데리고 새로운 삶을 살고 있어요. 심지어 테리 씨 자신의 아이도 있어요. 정말 굉장한 일이에요, 테리 씨. 진심이에요. 하지만 테리 씨가 찾던 이유가 이것일 리 없어요. 테리 씨는 그렇게 생각할지도 모르지만, 아니에요. 테리 씨도 속으로는 알고 있을 거예요. 테리 씨는 이런 놈들을 잡는 실력이 좋은 사람이에요. 그다음으로 잘하는 건 물고기 잡는 일인가요?"

매케일렙은 살짝 고개를 끄덕였다. 그러고는 냉큼 그런 반응을 보인 자신이 불편해졌다.

"두고 가요." 그가 말했다. "나중에 전화할게요."

문으로 향하는 길에 윈스턴은 그래시엘라를 찾아보았지만, 그래시엘라는 보이지 않았다.

"아마 아기랑 같이 안에 있을 거예요." 매케일렙이 말했다.

"그럼 작별 인사 좀 대신 전해 줘요."

"그러죠."

그러고는 문까지 걸어가는 동안 어색한 침묵이 흘렀다. 마침내 매케일렙이 문을 열어 주자 윈스턴이 입을 열었다.

"그래, 해 보니까 어때요, 테리 씨? 아버지 노릇 말이에요."

"최고로 좋을 때도 있고, 최악일 때도 있어요."

이건 그가 이런 질문에 정해 놓고 하는 대답이었다. 하지만 잠시 생각을 해 본 뒤, 그는 그동안 생각만 하고 한 번도 하지 않았던 말을 덧붙였다. 그래시엘라에게도 한 적이 없는 말이었다.

"항상 누가 머리에 총을 겨누고 있는 것 같아요."

윈스턴은 어리둥절한 표정이었다. 조금 걱정스러운 표정 같기도 했다.

"왜요?"

"아이한테 혹시라도 무슨 일이 생기면, 그게 어떤 일이든, 내 인생이 끝난다는 걸 아니까요."

윈스턴은 고개를 끄덕였다.

"이해가 가는 말이네요."

윈스턴은 문밖으로 나갔다. 떠나는 모습이 조금 우스꽝스러웠다. 노련한 살인 사건 전담 형사가 골프 카트를 타고 떠나는 모습이라니.

2 어둠의 세계로

그래시엘라, 레이먼드와 함께한 일요일 저녁 식사는 조용했다. 그들은 매케일렙이 아침에 섬 뒤쪽 지협 근처로 배를 몰고 나가서 손님과 함께 잡아 온 하얀 농어를 먹었다. 매케일렙의 배를 빌리는 사람들은 항상 자기가 잡은 물고기를 가져가고 싶어 했지만, 항구로 돌아온 뒤에는 생각을 바꿀 때가 많았다. 매케일렙이 보기에는 남자들의 내면에 있는 살생 본능과 관련된 행동인 것 같았다. 남자들은 사냥감을 잡는 것만으로는 만족하지 못하고, 반드시 죽여야 했다. 그래서 라 메사에 있는 매케일렙의 집 식탁에 물고기가 자주 올라왔다.

매케일렙은 현관 베란다의 바비큐 그릴로 껍데기를 까지 않은 옥수수와 함께 농어를 구웠다. 그래시엘라는 샐러드와 빵을 만들었다. 두 사람 앞에는 각각 백포도주 한 잔씩이 놓여 있었다. 레이먼드는 우유를 마셨다. 식사는 좋았지만, 침묵은 그렇지 않았다. 매케일렙은 레이먼드를 바라보았다. 어른들 사이의 분위기를 감지한 아이가 그 분위기를 따라가고 있음을 알 수 있었다. 매케일렙은 자기도 어렸을 때 부모님이 서로에게 침묵을 지키는 것을 깨닫고 같은 행동을 했던 것을 떠올렸다. 레이먼드는 그래시엘라의 동생인 글로리아의 아들이었다. 아이 아버지는 한 번도 등장한 적이 없었다. 3년 전 글로리아가 죽은 뒤로, 아니 살해당한 뒤로 레이먼드는 그래시엘라와 함께 살게 되었다. 매케일렙은 글로리아의 사건 때문에 두 사람을 만났다.

"오늘 소프트볼 경기는 어땠니?" 마침내 매케일렙이 물었다.

"괜찮았던 것 같아요."

"안타를 좀 쳤어?"

"아뇨."

"앞으로 치게 될 거야. 걱정 마라. 계속 노력하면 돼. 계속 방망이를 휘두르면 돼."

매케일렙은 고개를 끄덕였다. 아이는 아침에 손님과 함께 배를 타고 나가고 싶어 했지만, 매케일렙은 허락하지 않았다. 아침에 배를 빌린 사람들은 오버타운에서 온 남자 여섯 명이었다. 거기에 매케일렙과 버디를 더하면 더 팔로잉 시 호에 모두 여덟 명이 타는 셈이었다. 안전 규정에 따른 이 배의 최대 승선 인원이 바로 여덟 명이었다. 매케일렙은 그 규정을 어긴 적이 한 번도 없었다.

"레이먼드, 다음 토요일까지는 배를 빌리겠다는 사람이 없어. 지금은 손님이 딱 네 명뿐이고. 겨울에 또 다른 손님이 올 것 같지는 않다. 앞으로도 계속 손님이 없으면, 널 배에 태워 줄게."

아이는 우울한 표정이 밝아지는 듯하더니 열심히 고개를 끄덕이며 자기 접시 위의 새하얀 생선살에 포크를 찔러 넣었다. 아이의 손에 들린 포크가 아주 커 보여서 매케일렙은 순간적으로 아이가 안쓰러워졌다. 아이는 열 살짜리 치고 몸집이 지나치게 작았다. 레이먼드는 이 점에 몹시 신경을 쓰면서 언제쯤이면 키가 자라겠느냐고 매케일렙에게 자주 묻곤 했다. 매케일렙은 항상 곧 클 거라고 말했지만, 속으로는 아이의 키가 많이 자라지 않을 것 같다는 생각을 하고 있었다. 아이의 어머니는 보통 몸집이었다. 하지만 그래시엘라에 따르면, 아이 아버지는 아주 작은 남자였다. 몸집도 마음도. 그는 레이먼드가 태어나기 전에 사라져 버렸다.

같은 또래의 사내아이들과 경쟁하기에는 몸집이 너무 작아서 어떤 운동을 하든 항상 마지막에 가서야 팀에 뽑히는 레이먼드는 단체 운동보다 취미 활동에 더 마음이 기울어져 있었다. 특히 낚시에 열정적이어서 매케일렙은 일이 없는 날 아이를 태우고 만으로 나가 큰 넙치를 잡을 때가 많았다. 배를 빌린 손님이 있을 때도 아이는 항상 배를 타고 같이 나가겠다고 졸랐다. 배에 빈 자리가 있으면 매케일렙은 아이를 2등 항해사로 태워 주었다. 봉투에 5달러 지폐를 넣고 봉해서 저녁 때 아이에게 건네줄 때마다 매케일렙은 아주 흐뭇했다.

"네가 망을 봐 줘야 할 것 같다." 매케일렙이 말했다. "이번 손님들은 청새치를 잡으러 남쪽으로 가고 싶어 하거든. 긴 하루가 될 거야."

"멋져요!"

매케일렙은 미소를 지었다. 레이먼드는 망루에 올라가서 수면에서 잠을 자거나 헤엄치는 청새치가 없는지 살피는 일을 아주 좋아했다. 그래서 쌍안경을 들고 청새치를 찾아내는 일에 이제는 점점 달인이 되어가고 있었다. 매케일렙은 흐뭇한 기분을 함께 나누려고 그래시엘라를 바라보았지만, 그래시엘라는 자기 접시를 내려다보고 있었다. 얼굴에는 웃음기가 전혀 없었다.

몇 분 뒤 식사를 마친 레이먼드는 자기 방에 가서 컴퓨터를 가지고 놀아도 되느냐고 물었다. 그래시엘라는 아기가 깨지 않게 컴퓨터 소리를 줄여 두라고 말했다. 레이먼드는 자기 접시를 들고 부엌으로 들어갔다. 이제 식탁에는 그래시엘라와 매케일렙뿐이었다.

매케일렙은 그래시엘라가 침묵을 지키는 이유를 이해했다. 매케일렙이 수사에 참여하는 것에 대해 반대의 목소리를 낼 수 없다는 것을 그래시엘라는 알고 있었다. 3년 전 두 사람이 만나게 된 것도, 그래시엘라 자신이 동생의 죽음을 수사해 달라고 매케일렙을 찾아온 데서 비롯된 일임을 잘 알기 때문이었다. 그래시엘라는 감정적으로 이러지도 저러지도 못하는 상태였다.

"그래시엘라." 매케일렙이 입을 열었다. "내가 이 일을 하는 걸 당신이 싫어하는 건 알지만…."

"그런 말은 안 했어."

"말 안 해도 알아. 제이 씨가 왔다 간 뒤로 당신 얼굴만 봐도…."

"난 뭐든 변하는 게 싫을 뿐이야."

"나도 알아. 나 역시 뭐든 변하는 게 싫어. 그리고 실제로도 변하지 않을 거야. 난 그냥 저 파일이랑 테이프를 살펴본 뒤에 내 생각을 제이 씨한테 말해 주기만 할 거야."

"그렇게 끝날 리가 없어. 난 당신을 잘 아니까. 당신이 이러는 걸 전에도 본 적이 있으니까. 당신은 이 일에 빨려 들어갈 거야. 당신이 잘하는 일이잖아."

"빨려 들어가지 않아. 그냥 제이 씨가 부탁한 일만 해 주면 끝이야. 게다가 여기서 그 일을 하지도 않을 거야. 제이 씨가 주고 간 자료를 들고 배로 갈게. 그 자료가 집 안에 남아 있지 않게. 됐지? 나도 그걸 집 안에 두는 게 싫어."

매케일렙은 그래시엘라가 허락하든 안 하든 자신은 이 일을 할 거라는 사실을 알고 있었지만, 그래도 그녀의 허락을 받고 싶었다. 두 사람의 관계는 아직도 시작 단계나 마찬가지라서 그는 항상 그녀의 허락을 구하려고 애쓰는 것 같았다. 매케일렙은 이 점에 대해 생각해 보다가 자신이 인생의 두 번째 기회를 얻은 것이 영향을 미친 게 아닌지 궁금해진 적이 있었다. 그는 지난 3년 동안 엄청난 죄책감을 이겨 냈지만, 지금도 몇 킬로미터마다 한 번씩 나타나는 도로 차단선처럼 가끔 죄책감이 고개를 들었다. 그래서 자신이 살아 있어도 된다고 이 여자가 승인해 주기만 한다면, 왠지 모든 게 다 괜찮아질 것 같았다. 그의 심장 수술을 담당했던 의사는 그에게 생존자의 죄책감에 시달리는 거라고 말했다. 누군가가 죽은 덕분에 매케일렙이 목숨을 건졌으므로, 그 점에 대해 일종의 보상을 하고 싶어 한다는 얘기였다. 하지만 매케일렙이 보기에는 이것이 그렇게 간단한 문제가 아닌 것 같았다.

그래시엘라가 인상을 찌푸렸다. 그래도 그녀가 아름답다는 매케일렙의 생각은 변하지 않았다. 그래시엘라는 구릿빛 피부에 짙은 갈색 머리를 지니고 있었으며, 눈동자 또한 어찌나 짙은 갈색인지 홍채와 동공이 잘 구분되지 않을 정도였다. 매케일렙이 무엇보다 그녀의 허락을 얻고 싶어 하는 이유 중에는 그녀의 아름다움도 포함되어 있었다. 그녀가 그에게 미소를 지어 줄 때는 마음이 정화되는 것 같았다.

"테리, 아까 제이 씨랑 현관 베란다에서 나누는 얘기를 나도 열심히 들었어. 아기가 조용해진 뒤에. 제이 씨는 당신을 움직이는 게 무엇인지 말했지. 당신이 그 일에 대해 생각하지 않는 날이 하루도 없다는 얘기, 당신이 옛날에 하던 일에 관한 얘기도 있었어. 이것만 물어볼게. 제이 씨의 말이 맞아?"

매케일렙은 잠시 말이 없었다. 그는 자신의 빈 접시를 내려다보다가 항구 맞은편의 능선을 타고 아다 산 꼭대기의 여관까지 죽 늘어선 주택들의 불빛을 바라보았다. 매케일렙은 먼저 고개를 끄덕인 뒤 그래시엘라에게 시선을 돌렸다.

"그래, 제이 씨 말이 맞아."

"그럼 이곳의 우리 생활, 우리 아기, 이 모든 게 거짓이야?"

"아냐. 그럴 리가 없잖아. 지금 이 생활은 나한테 모든 거야. 나는 무슨 수를 써서라도 이 삶을 지킬 거야. 하지만 당신이 물어본 말에 대한 대답은 '그렇다'야. 난 옛날에 내가 어떤 사람이었는지, 어떤 일을 했는지 생각할 때가 많아. FBI에 있을 때 나는 사람들의 생명을 구했어, 그래시엘라. 그리고 이 세상에서 악을 제거했어. 세상을 그래도 조금이나마 덜 어두운 곳으로 만들었다고."

매케일렙은 손을 들어 항구 쪽을 가리켰다.

"지금은 여기서 당신이랑 시엘로랑 레이먼드랑 아주 행복하게 살고 있지. 그리고… 돈만 많고 할 일은 없는 부자들을 위해 물고기를 잡아 주고 있어."

"그러니까 당신은 두 가지를 다 원하는 거네."

"내가 뭘 원하는지 나도 모르겠어. 하지만 제이 씨가 여기 있을 때, 내가 그런 말을 한 건 당신이 듣고 있다는 걸 알기 때문이었어. 그래서 당신이 듣고 싶어 하는 말을 한 거야. 하지만 내가 원하는 건 그게 아니라는 걸 속으로는 분명히 알고 있었지. 나는 바로 그 자리에서 파일을 열고 일을 시작하고 싶었어. 제이 씨의 말이 맞았어, 그래시. 제이 씨는 3년 만에 처음으로 날 만났으면서도, 내 마음을 움직이는 법을 제대로 알고 있었어."

그래시엘라는 자리에서 일어나 식탁 옆을 돌아서 매케일렙에게 다가왔다. 그리고 그의 무릎에 앉았다.

"당신이 걱정돼서 그래. 그것뿐이야." 그래시엘라가 말했다.

그리고 그를 끌어안았다.

매케일렙은 찬장에서 긴 유리잔 두 개를 꺼내 조리대에 놓았다. 그리고 한 잔에는 생수를 따르고, 다른 잔에는 오렌지 주스를 따랐다. 그는 조리대 위에 미리 늘어놓은 알약 스물일곱 개를 먹는 작업을 시작했다. 약이 잘 내려가라고 가끔 물과 오렌지 주스를 마셨다. 하루에 두 번씩 알약을 먹는 건 정해진 일과였지만, 그는 이 일을 몹시 싫어했다. 맛이 싫어서가 아니었다. 약을 먹기 시작한 지 3년이 넘었으니 그 단계는 이미 오래전에 지나갔다. 그가 약 먹기를 싫어하는 것은 자신의 목숨이 외적인 조건들에 의해 얼마나 좌우되는지를 매번 실감하기 때문이었다. 이 알약들은 개의 목에 매는 가죽끈과 같았다. 이 약들이 없으면 그는 그다지 오래 살 수 없었다. 따라서 그가 항상 이 약들을 지니고 다녀야 한다는 점이 그의 삶의 중심이 되었다. 그는 계획을 짤 때도 이 알약들을 고려했고, 항상 약을 많이 사서 저장해 두었다. 가끔은 약을 먹는 꿈을 꿀 때도 있었다.

약 먹기가 끝나자 매케일렙은 거실로 갔다. 그래시엘라가 잡지를 읽고 있었다. 하지만 그가 들어오는 것을 알면서도 고개를 들지 않았다. 자신의 집에서 갑작스레 일어나고 있는 변화가 마음에 들지 않는다는 것을 보여 주는 또 다른 행동이었다. 매케일렙은 잠시 가만히 서서 기다렸지만, 그래시엘라의 태도에 변화가 없자 복도 아래쪽에 있는 아기방으로 향했다.

시엘로는 여전히 요람에서 잠들어 있었다. 천장의 불빛이 흐릿하게 조정되어 있어서 매케일렙은 아기의 얼굴을 잘 볼 수 있게 살짝 조도를 높였다. 그리고 요람으로 다가가 허리를 숙이고 아기의 숨소리에 귀를 기울이며 아기의 얼굴을 보고 아기의 냄새를 맡았다. 시엘로는 제 엄마처럼 가무잡잡한 피부에 짙은 갈색 머리를 지니고 있었다. 하지만 눈만은 바다처럼 푸른색이었다. 아기는 마치 삶을 위해 싸울 준비가 됐음을 보여 주려는 듯 그 작은 주먹을 꼭 쥐고 있었다. 매케일렙은 아기가 잘 때 가장 사랑스러웠다. 아기가 태어나기를 기다리며 자신과 그래시엘라가 준비했던 것들이 떠올랐다. 수많은 책들과 강좌들, 그리고 그래시엘라가 일하는 병원의 소아과 간호사인 친구들이 해 준 조언들. 그 모든 준비는 자신들에게 전적으로 의지하는 이 연약한 생명을 잘 돌보기 위한 것이었다. 하지만 사실은 그 반대의 일이 벌어질 거라고 말해 준 사람이나 책은 하나도 없었다. 매케일렙은 아기를 처음 안는 순간 그것을 알아차렸다. 이제 자신의 생명이 바로 이 아기에게 달려 있다는 것을.

매케일렙은 아기를 향해 손을 뻗었다. 쫙 펼친 그의 손이 아기의 등을 다 덮었다. 아기는 움직이지 않았다. 아기의 작은 심장이 박동하는 것이 느껴졌다. 빠르고 필사적인 박동이었다. 마치 속삭이는 소리로 기도를 드리는 것 같았다. 가끔 매케일렙은 요람 앞으로 흔들의자를 끌어다 놓고 밤늦게까지 아기를 바라보곤 했다. 하지만 오늘 밤은 달랐다. 오늘은 이 방에서 나가야 했다. 할 일이 있었다. 유혈과 관련된 일. 매케일렙은 자신이 그냥 아기에게 밤 인사를 하려고 들른 건지, 아니면 모종의 영감을 얻으려고 온 건지, 아니면 아기에게도 허락을 구하고 싶어서 온 건지 알 수 없었다. 사실 이건 말이 안 되는 생각이었다. 그는 그저 일을 하러 가기 전에 꼭 아기를 바라보며 만져 보고 싶었을 뿐이었다.

매케일렙은 부두로 나가서 소형 보트용 부두로 통하는 계단을 내려갔다. 작은 배들 사이에서 자신의 조디액 보트를 찾아낸 그는 배에 올랐다. 비디오테이프와 살인 사건 파일이 물에 젖지 않게, 바람을 넣어 부풀릴 수 있는 뱃머리 쪽 안전한 곳에 조심스레 놓아 두는 것도 잊지 않았다. 그가 엔진 줄을 두 번 잡아당기자 시동이 걸리면서 배가 항구의 가운데 항로를 따라 움직이기 시작했다. 애벌론 항에는 부두가 없었다. 배들은 움푹한 모습의 자연 항구인 애벌론 항의 윤곽을 따라 설치된 계류부표에 묶여 있었다. 겨울이라서 항구에는 배가 거의 없었지만, 매케일렙은 부표들 사이로 들어가지 않고 마치 동네 거리에서 차를 운전할 때처럼 항로를 계속 따라갔다. 거리를 운전할 때는 도로를 따라 달려야지, 남의 집 잔디밭을 가로지르면 안 되는 법이었다.

바다의 날씨가 추워서 매케일렙은 점퍼의 지퍼를 올렸다. 더 팔로잉 시 호가 가까워지자 거실 커튼 뒤로 텔레비전의 불빛이 보였다. 버디 로크리지가 일을 빨리 끝내지 못해서 마지막 여객선을 놓치고 여기서 밤을 보내기로 한 모양이었다.

매케일렙과 로크리지는 용선 사업을 함께 했다. 배의 소유자는 그래시엘라로 기록되어 있었지만, 용선 사업 허가증을 비롯해서 사업과 관련된 모든 서류는 로크리지의 이름으로 되어 있었다. 매케일렙이 로크리지를 처음 만난 것은 3년도 더 전에 로스앤젤레스 항구의 카브리요 마리나에 더 팔로잉 시 호를 정박시키고 눌러 살면서 배를 수리할 때였다. 버디는 더 팔로잉 시 호 근처의 돛단배에서 살았다. 거기서 친구가 된 두 사람은 결국 사업도 같이 하게 되었다.

일이 바쁜 봄과 여름에 로크리지는 더 팔로잉 시 호에서 밤을 보낼 때가 대부분이었다. 하지만 한산한 계절에는 대개 여객선을 타고 오버타운으로 가서 카브리요 마리나에 있는 자신의 배로 돌아갔다. 그는 이 섬에 몇 개 안 되는 술집들보다 오버타운의 술집에서 함께 시간을 보낼 여자를 훨씬 더 쉽게 찾아내는 것 같았다. 앞으로 닷새 동안 용선 계약이 전혀 없으니 로크리지는 아침에 오버타운으로 돌아갈 터였다.

매케일렙은 더 팔로잉 시 호의 부채꼴 선미에 조디액을 쿵 하고 부딪혀서 세웠다. 그리고 엔진을 끈 뒤 비디오테이프와 파일을 들고 배에서 내렸다. 그는 선미의 밧줄걸이에 조디액을 묶어 놓고 거실 문으로 향했다. 버디는 조디액이 부딪히는 소리를 들었는지, 아니면 배가 쿵 하고 흔들리는 것을 느꼈는지 하여튼 문 앞에서 매케일렙을 기다리고 있었다. 그가 옆구리에 페이퍼백 소설책을 든 채 미닫이문을 열었다. 매케일렙은 텔레비전을 슬쩍 바라보았지만, 어떤 프로그램이 틀어져 있는지는 알 수 없었다.

"어쩐 일이야, 테러?"(두 사람이 함께 등장하는 1998년작《블러드 워크》에서부터 로크리지는 테리를 '테러'라고 호칭함-편집자 주) 로크리지가 물었다.

"아무것도 아냐. 그냥 할 일이 좀 있어서. 내가 저 앞쪽 침실을 좀 쓸게. 괜찮지?"

매케일렙은 거실에 발을 들여놓았다. 따뜻했다. 로크리지가 히터를 틀어 놓은 모양이었다.

"그럼, 괜찮지. 내가 뭐 도울 일은 없어?"

"없어. 우리 일하고는 상관없는 거야."

"아까 왔던 그 여자 일이지? 보안관서의 여자 형사."

매케일렙은 윈스턴이 집으로 오기 전에 먼저 배를 찾아왔고, 버디가 윈스턴에게 집의 위치를 가르쳐 주었다는 사실을 까맣게 잊고 있었다.

"맞아."

"사건을 맡은 거야?"

"아냐." 매케일렙은 재빨리 대답했다. 그가 더 이상 관심을 갖지 않길 바라는 심정으로. "그냥 자료를 좀 봐 주고 전화만 한 통 해 주면 돼."

"멋있는데."

"그렇지도 않아. 그냥 부탁을 들어주는 건데 뭐. 자넨 뭘 보고 있었어?"

"아, 아무것도 아냐. 그냥 컴퓨터 해커들을 뒤쫓는 특별 수사 팀 얘기야. 자네도 본 적 있어?"

"그게 아니라, 내가 잠깐 텔레비전을 좀 빌려도 될까 싶어서."

매케일렙은 비디오테이프를 들어서 보여 주었다. 로크리지의 눈에 반짝 불이 들어왔다.

"얼마든지 써. 그 귀여운 걸 여기다 쏙 넣으라고."

"저, 여기서는 안 돼, 버디. 이건… 윈스턴 형사가 나더러 이걸 비밀로 하라고 했어. 내가 일이 끝나는 대로 곧 텔레비전을 다시 가져다줄게."

로크리지의 얼굴에 실망한 표정이 역력했지만, 매케일렙은 신경 쓰지 않고 취사실과 거실을 구분해 주는 조리대로 가서 서류철과 비디오테이프를 내려놓았다. 그리고 텔레비전의 플러그를 뽑은 뒤, 배가 높은 파도에 흔들려도 텔레비전이 떨어지지 않게 붙잡아 주는 거치대에서 텔레비전을 들어 올렸다. 비디오 플레이어가 내장되어 있는 텔레비전은 무거웠다. 매케일렙은 텔레비전을 무겁게 들고 좁은 계단을 힘들게 내려가서 뱃머리 선실로 갔다. 그는 그 방의 일부를 사무실로 개조해서 쓰고 있었다. 두 개의 벽 앞에 줄지어 놓여 있는 트윈 침상들 중 왼쪽 아래층 침상은 책상으로 바뀌었고, 위층의 두 침상은 옛날 FBI 시절의 사건 파일들을 놓아 둔 선반이 되었다. 그래시엘라가 그 자료들을 집 안에 놔두면 레이먼드가 우연히 보게 될지도 모른다고 걱정했기 때문이었다. 선실을 사무실로 바꾼 뒤로 매케일렙이 걱정하는 유일한 문제는, 버디가 가끔 이 상자들을 뒤져 파일들을 보고 있음이 틀림없다는 점이었다. 그건 일종의 침해였다. 매케일렙은 뱃머리 선실에 자물쇠를 채워 둘까 생각해 보았지만, 그랬다가는 치명적인 결과를 낳을 거라는 결론을 내렸다. 아래층 갑판의 유일한 천장 해치가 바로 이 뱃머리 선실로 나 있기 때문이었다. 혹시라도 뱃머리를 통해 긴급 탈출을 해야 하는 경우를 대비해서 그 해치는 항상 쉽게 접근할 수 있게 유지해야 했다.

매케일렙은 책상 위에 텔레비전을 내려놓고 플러그를 꽂았다. 그리고 서류철과 비디오테이프를 가지러 거실로 돌아가려고 몸을 돌리다가 버디가 계단을 내려오는 모습을 보았다. 버디는 손에 비디오테이프를 들고 서류철을 뒤적이고 있었다.

"어이, 버디…."

"이상한 사건 같은데."

매케일렙은 손을 뻗어 서류철을 닫은 뒤 버디의 손에서 서류철과 비디오테이프를 빼앗았다.

"그냥 잠깐 본 거야."

"말했잖아. 비밀을 지켜야 한다고."

"그래도 우린 같이 일하는 솜씨가 좋잖아. 옛날하고 똑같이."

매케일렙이 그래시엘라의 동생이 살해당한 사건을 조사할 때 로크리지가 우연히 커다란 도움이 된 건 사실이었다. 하지만 그건 직접 거리를 돌아다니며 조사해야 하는 사건이었던 반면, 이번 일은 그저 자료를 훑어보기만 하면 되는 사건이었다. 그러니 누가 어깨 너머로 자료를 엿보는 건 원하지 않았다.

"이건 달라, 버디. 이건 오늘 하룻밤에 끝나는 일이라고. 난 그냥 자료만 한 번 살펴보고 끝낼 거야. 이제 자리를 좀 비켜 줘. 이러다간 나도 여기서 밤을 새우게 생겼으니까."

로크리지는 아무 말도 하지 않았고, 매케일렙도 그의 대답을 기다리지 않았다. 그는 선실 문을 닫고 책상을 향해 돌아섰다. 그리고 손에 쥔 살인 사건 파일을 내려다보는데, 이미 익숙한 두려움이나 죄책감과 더불어 짜릿한 흥분이 느껴졌다.

이제 다시 어둠의 세계로 돌아갈 때가 되었다는 생각이 들었다. 그 세계를 탐험하고 파악할 때가 되었다. 그래서 그 세계의 길을 찾아내야 했다. 그는 혼자 있는데도 고개를 끄덕였다. 이런 순간을 오랫동안 기다리고 있었음을 인정하는 몸짓이었다.

3 여섯 개의 열쇠

비디오테이프의 화면은 선명하고 안정적이었으며, 조명도 훌륭했다. 매케일렙이 FBI에 있을 때와 비교하면, 범죄 현장 비디오테이프 촬영 기술이 엄청나게 발전한 모양이었다. 하지만 테이프 안의 내용은 변하지 않았다. 그 안에 들어 있는 것은 삭막한 조명 아래 펼쳐진 죽음의 순간이었다. 매케일렙은 마침내 화면을 정지시키고 자세히 살폈다. 선실은 조용했다. 파도가 뱃전에 부드럽게 부딪히는 소리만이 침묵을 깰 뿐이었다.

화면 중앙에 남자로 보이는 알몸 시체가 있었다. 팔과 다리를 몸통 뒤로 돌려서 철사로 아주 단단히 묶어 놓은 자세였기 때문에, 마치 그가 태아처럼 앞으로 몸을 구부리는 대신 뒤로 몸을 구부린 것처럼 보였다. 시체는 낡고 더러운 깔개 위에 얼굴을 아래로 한 채 놓여 있었다. 시체가 화면을 너무 크게 차지하고 있어서, 시체가 발견된 장소가 어딘지는 알 수 없었다. 매케일렙은 순전히 몸집과 근육을 바탕으로 시체가 남자일 거라고 짐작했다. 화면에 시체의 머리가 보이지 않기 때문이었다. 시체의 머리는 회색 플라스틱 양동이로 완전히 가려져 있었다. 시체의 발목에서부터 철사가 팽팽하게 뻗어 나와 양팔 사이의 등을 타고 올라가서 양동이 속으로 연결돼 있는 것이 보였다. 언뜻 보기에는 철사로 결박된 다리와 팔이 피살자의 목을 감싼 철사를 잡아당겨 피살자가 질식사한 것 같았다. 피살자가 결박된 모습을 보니, 다리를 극단적으로 뒤로 구부린 채 유지할 수 있는 힘이 떨어지면 결국 자살하는 거나 마찬가지로 목숨을 잃게 되어 있었다.

매케일렙은 계속 화면을 살폈다. 소량의 피가 양동이에서 깔개 위로 흘러나와 있었다. 양동이로 가려진 머리에 상처가 나 있다는 뜻이었다.

매케일렙은 낡은 의자에 등을 기대며 이 화면에서 얻은 첫인상에 대해 생각해 보았다. 그는 범죄 현장 비디오를 먼저 보면서 최대한 처음 현장에 출동했던 수사관들의 입장이 되어 현장을 자세히 살피기로 했기 때문에 서류철은 아직 열어 보지도 않았다. 그런데도 벌써 화면에서 본 것만으로도 홀린 듯이 헤어나기가 힘들었다. 텔레비전 화면에 정지돼 있는 장면에서 정해진 의식의 냄새가 느껴졌다. 자신의 핏속에 다시 흥분 호르몬이 분출되면서 몸이 짜릿해지는 것도 느껴졌다. 그는 리모컨의 버튼을 눌러 테이프를 계속 재생시켰다.

카메라가 뒤로 물러나면서 제이 윈스턴이 화면에 나타났다. 이제 시체가 있는 방의 모습이 더 많이 드러났다. 가구가 별로 없는 작은 집이나 아파트 같았다.

공교롭게도 윈스턴은 오늘 살인 사건 파일과 비디오테이프를 들고 매케일렙을 찾아왔을 때와 똑같은 옷을 입고 있었다. 손에는 점퍼 소맷단 위까지 라텍스 장갑을 끼고, 목에는 검은 구두끈에 매단 경찰 배지가 걸려 있었다. 윈스턴은 죽은 남자의 왼편에 자리를 잡았고, 매케일렙이 본 적이 없는 윈스턴의 파트너는 오른편으로 움직였다. 처음으로 비디오에서 말소리가 흘러나왔다.

"검시관이 이미 피살자를 조사하고 현장 수사관들에게 인계했어." 윈스턴이 말했다. "발견된 자세 그대로 피살자의 사진을 찍어 두었으니까, 이제 양동이를 벗기고 더 자세히 조사할 거야."

매케일렙은 윈스턴이 미래의 일들을 염두에 두고 아주 조심스레 행동하면서 신중히 말을 고르고 있다는 걸 알 수 있었다. 미래란, 범인이 잡혀서 재판에 넘겨진 뒤 이 범죄 현장 비디오테이프를 배심원들에게 보여 줄 때를 의미했다. 이 테이프 속에서 윈스턴은 아주 객관적인 전문가처럼, 자신이 마주친 사건에 대해 전혀 감정을 느끼지 않는 사람처럼 보여야 했다. 여기서 조금이라도 실수를 저질렀다가는, 피고 측 변호인이 증거에서 비디오테이프를 제외해 달라고 주장하는 빌미가 될 수도 있었다.

윈스턴은 손을 올려 머리카락을 귀 뒤로 넘겨 고정시킨 뒤 양손을 피살자의 어깨에 놓았다. 그리고 파트너의 도움으로 시체를 옆으로 돌렸다. 죽은 남자의 등이 카메라를 향했다.

카메라가 피살자의 어깨를 넘어 가까이 다가갔다. 윈스턴은 남자의 턱 밑에서 양동이 손잡이를 부드럽게 잡아당겨 조심스레 양동이를 벗겼다.

"됐어." 윈스턴이 말했다.

그러고 나서 그녀는 양동이 안쪽을 카메라에 보여 주었다. 안쪽에 피가 굳어 있었다. 윈스턴은 증거물 보관용인 마분지 상자에 양동이를 넣은 뒤 다시 돌아서서 피살자를 지그시 내려다보았다.

회색 공업용 테이프가 죽은 남자의 머리를 한 바퀴 돌아 입에 재갈처럼 단단히 고정되어 있었다. 크게 뜬 눈은 곤충의 눈처럼 툭 튀어나와 있었다. 양쪽 눈 모두 출혈 때문에 각막이 붉게 변했고, 눈 주위의 피부도 마찬가지였다.

"CP네요." 윈스턴의 파트너가 피살자의 눈을 가리키며 말했다.

"커트." 윈스턴이 말했다. "지금 소리도 녹음 중이야."

"죄송합니다."

윈스턴의 말은 시체를 보고 생각난 것들을 말하지 말라는 뜻이었다. 이것 역시 미래를 대비하기 위한 것이었다. 매케일렙은 윈스턴의 파트너가 말한 것이 결막 점상출혈(conjunctive patechiae)임을 알고 있었다. 끈으로 교살당한 경우 항상 나타나는 현상이었다. 하지만 나중에 배심원들에게 이 말을 해야 하는 사람은 강력반 형사가 아니라 검시관이었다.

중간 길이인 피살자의 머리카락은 피가 묻어 엉겨 있었고, 얼굴 왼쪽이 닿아 있던 양동이 안쪽에도 피가 고여 있었다. 윈스턴은 출혈 지점을 찾기 위해 피살자의 고개를 움직이며 머리카락을 손가락으로 빗어 내리기 시작했다. 마침내 정수리에서 상처가 발견되었다. 윈스턴은 상처를 보기 위해 머리카락을 최대한 뒤로 잡아당겼다.

"바니, 가능하면 이걸 가까이서 잡아 줘." 윈스턴이 말했다.

카메라가 상처를 향해 다가갔다. 작고 둥근 물체에 찔린 상처가 화면에 나타났다. 두개골까지 뚫리지는 않은 것 같았다. 매케일렙은 상처에서 흘러나온 피의 양이 상처의 심각성과 항상 일치하지는 않는다는 사실을 알고 있었다. 두피에 대수롭지 않은 상처가 나도 피가 아주 많이 흐를 수 있었다. 나중에 보게 될 부검 보고서에 상처에 대한 공식적이고 완전한 설명이 있을 터였다.

"바니, 이걸 찍어." 윈스턴이 말했다. 지금까지의 단조롭던 목소리와 달리 다소 높은 목소리였다. "테이프에 글자 같은 게 있어. 재갈 말이야."

윈스턴은 상처를 찾으려고 피살자의 고개를 움직이다가 글자를 발견한 모양이었다. 카메라가 테이프로 다가갔다. 죽은 남자의 입에 물려 있는 테이프에 연하게 써진 글자들이 보였다. 잉크로 쓴 글자인 듯했는데, 핏자국 때문에 잘 보이지 않았다. 매케일렙은 그중 한 단어를 알아보았다.

"Cave." 매케일렙은 소리 내어 그 단어를 읽었다. "Cave?"

어쩌면 이것이 다른 단어의 일부일지도 모른다는 생각이 들었지만, cave가 포함된 단어로는 cavern밖에 생각나지 않았다.

매케일렙은 화면을 정지시키고 가만히 바라보았다. 그는 이 사건에 홀린 듯이 빠져들고 있었다. 눈앞의 화면은 시간을 거슬러 그를 프로파일러로 일하던 과거로 데려갔다. 그때 그는 자신에게 할당된 사건들을 다루면서 거의 매번 똑같은 의문을 품었다. 이런 짓을 한 사람은 도대체 마음이 얼마나 어둡고 일그러져 있는 걸까?

살인자가 남긴 말은 항상 의미심장했다. 그래서 그런 말이 발견되면 사건이 한 차원 높은 곳으로 올라갔다. 살인자가 뭔가 메시지를 남긴다는 것은, 대개 살인이 일종의 선언이라는 뜻이었다. 살인자가 피살자에게 전달한 메시지이자 나중에는 수사관들을 통해 세상에 전달될 메시지라는 뜻.

매케일렙은 일어서서 위쪽 침상을 향해 손을 뻗어 옛날 사건 파일들이 담긴 상자 하나를 꺼내 바닥에 무겁게 내려놓았다. 재빨리 뚜껑을 연 그는 다 쓰지 않은 공책을 찾으려고 파일들을 뒤졌다. FBI에서 일할 때 그는 새로운 사건을 시작할 때마다 새 스프링노트를 마련하는 습관이 있었다. FBI 협조 요청서(BAR) 하나만 들어 있는 파일에서 그는 마침내 공책을 찾아냈다. 서류가 거의 없는 것을 보니, 수사가 금방 끝난 사건인 모양이었다. 그렇다면 공책에 아직 안 쓴 페이지가 아주 많이 남아 있을 터였다.

실제로 공책을 훑어보니 안 쓴 페이지가 대부분이었다. 매케일렙은 어떤 사건인지 알아보려고 BAR를 꺼내서 표지를 재빨리 훑어보았다. 전화 한 통만 걸고 끝난 사건이었기 때문에 곧 기억이 났다. 협조를 요청한 사람은 미네소타 주의 화이트 엘크라는 작은 마을의 형사였다. 거의 10년 전이니까 매케일렙이 아직 콴티코에서 일하고 있을 때였다. 형사는 보고서에서 한 집에서 함께 살던 두 남자가 술에 취해 주먹다짐을 벌이다가 결투를 하기로 하고 뒤뜰로 나가 서로 10미터 거리에서 동시에 총을 쏘아 사망했다고 설명했다. 이렇게 평범한 사건 때문에 형사가 굳이 도움을 청할 필요는 없었다. 하지만 그는 다른 점 때문에 곤혹스러워하고 있었다. 두 사망자의 집을 수색하던 수사관들이 지하실 냉동고에서 이상한 것을 발견한 것이 문제였다. 냉동고 구석에 이미 사용한 탐폰 수십 개가 비닐봉지에 담긴 채 보관되어 있었다. 다양한 회사의 다양한 제품들이었다. 그중 몇 개를 골라 예비 조사를 해 본 결과 거기에 묻은 생리혈의 주인이 여러 명이라는 사실이 드러났다.

형사는 이것이 무슨 뜻인지 알 수 없었지만, 최악의 경우를 상상하고 걱정에 잠겼다. 따라서 그가 FBI 행동과학실에 요청한 것은 이 피 묻은 탐폰들이 무슨 의미이며 앞으로 수사를 어떻게 진행해야 하는지에 관한 조언이었다. 구체적으로 말해서, 두 피살자가 싸움을 벌이다가 서로를 죽일 때까지 전혀 드러나지 않았던 연쇄 살인범들인지, 그리고 이 탐폰들은 그들이 간직해 둔 살인의 기념품인지가 궁금하다는 것이었다.

매케일렙은 이 사건을 떠올리며 미소를 지었다. 그도 전에 냉동고에서 탐폰을 발견한 적이 있었다. 그래서 형사에게 전화를 걸어 세 가지 질문을 던졌다. 두 남자의 직업이 무엇인가? 결투 때 사용한 무기들 외에 장총이나 사냥 허가증이 아파트에서 발견되었는가? 미네소타 북부의 숲에서는 곰 사냥철이 언제 시작되는가?

형사의 답변은 탐폰의 수수께끼를 금방 해결해 주었다. 두 남자는 미니애폴리스의 공항에서 항공사들에 비행기 청소부를 파견해 주는 회사에 소속되어 있었다. 집 안에서는 사냥용 장총이 여러 자루 발견되었지만, 사냥 허가증은 없었다. 그리고 곰 사냥철은 3주 뒤부터 시작이었다.

매케일렙은 형사에게 두 남자는 연쇄 살인범이 아니라, 자기들이 청소한 비행기의 화장실에 버려진 탐폰들을 모아 두었던 것 같다고 말했다. 탐폰을 얼려 두었다가 사냥철이 시작되면 다시 녹여서 곰을 꾀어내는 미끼로 쓸 작정이었을 것이다. 곰은 아주 먼 거리에서도 피 냄새를 잘 맡으니까 말이다. 대부분의 사냥꾼들은 쓰레기를 미끼로 사용하지만, 피만큼 좋은 미끼는 없었다.

매케일렙은 형사가 연쇄 살인이 아니라는 말을 듣고 사실상 실망한 기색이었던 것을 떠올렸다. 콴티코에서 책상에 앉아 있는 FBI 요원이 자신의 수수께끼를 그토록 빨리 풀어 버린 것에 당황했거나, 아니면 이 사건으로 전국적인 주목을 받기는 글렀다는 생각에 그냥 속이 상한 것 같았다. 형사는 갑자기 전화를 뚝 끊어 버렸고, 매케일렙은 그 뒤로 그의 소식을 전혀 듣지 못했다.

매케일렙은 공책에서 이 사건에 관한 메모가 적힌 페이지 몇 장을 찢어 BAR와 함께 서류철에 넣었다. 그리고 서류철을 원래 자리에 되돌려 놓았다. 그는 상자에 뚜껑을 덮어 맨 위 침상 안쪽에 던져 넣었다. 상자가 벽에 세게 부딪혔다.

다시 자리에 앉은 매케일렙은 텔레비전의 정지 화면을 흘깃 바라본 뒤 공책의 텅 빈 페이지를 가만히 바라보았다. 마침내 그는 셔츠 주머니에서 펜을 하나 꺼냈다. 하지만 그가 막 뭔가를 쓰려고 했을 때, 문이 벌컥 열리더니 버디 로크리지의 모습이 나타났다.

"자네 괜찮아?"

"뭐?"

"쿵쾅거리는 소리가 들려서. 배 전체가 흔들렸다고."

"난 괜찮아, 버디. 그저…."

"아, 젠장, 저거 뭐야?"

버디는 텔레비전 화면을 뚫어지게 바라보고 있었다. 매케일렙은 즉시 리모컨을 들어 텔레비전을 껐다.

"버디, 이건 기밀이라고 했잖아. 그러니까…."

"알았어, 알았어. 그냥 자네가 쓰러지지나 않았나 해서 와 본 거야."

"그래, 고마워. 난 괜찮아."

"아직 안 잘 거니까 필요한 게 있으면 불러."

"그럴 일은 없을 거야. 어쨌든 고마워."

"자네가 지금 전기를 엄청 쓰고 있는 거 알아? 내일 내가 간 뒤에 발전기를 돌려야 할 거야."

"그거야 문제 없지. 내가 알아서 할게. 나중에 보자고, 버디."

버디는 꺼진 텔레비전 화면을 가리켰다.

"아까 그거 정말 이상했어."

"얼른 가 봐, 버디." 매케일렙은 더 이상 참을 수가 없다는 듯이 말했다.

그리고 자리에서 일어나 아직도 가만히 서 있는 로크리지 앞에서 문을 닫았다. 이번에는 아예 문을 잠가 버렸다. 그리고 나서 공책이 있는 곳으로 돌아온 그는 메모를 시작했다. 금방 목록이 하나 만들어졌다.

현장

1. 결박

2. 알몸

3. 머리 상처

4. 테이프/재갈 – 'cave'?

5. 양동이?

그는 이 목록을 잠시 더 바라보며 아이디어가 떠오르기를 기다렸지만, 아무 생각도 나지 않았다. 아직은 너무 일렀다. 그는 테이프에 적혀 있는 단어들이 열쇠라는 사실을 본능적으로 알고 있었다. 하지만 그 단어들을 모두 읽어 내기 전에는 열쇠가 제 역할을 하지 못할 터였다. 매케일렙은 사건 파일을 열어서 읽어 보고 싶다는 충동과 싸웠다. 그래서 파일을 보는 대신 다시 텔레비전을 켜고, 아까 정지시켰던 부분부터 테이프를 재생하기 시작했다. 테이프가 팽팽하게 물려 있는 죽은 남자의 입으로 카메라가 가까이 다가가 있었다.

"이건 검시관에게 맡겨야겠어." 윈스턴이 말했다. "이거 최대한 찍었어, 바니?"

"찍었어요." 화면에는 보이지 않는 촬영 기사가 말했다.

"됐어. 이제 카메라를 뒤로 빼서 여기 결박 상태를 살펴보자고."

카메라는 피살자의 목부터 발까지 철사를 따라갔다. 철사는 목을 한 바퀴 감은 뒤 풀매듭으로 묶여 있었다. 그러고는 척추를 따라 내려가 양 발목을 여러 겹으로 감았고, 피살자의 발꿈치가 엉덩이에 닿을 만큼 단단히 잡아당겨져 있었다.

손목은 다른 철사로 묶여 있었는데, 모두 철사를 여섯 겹으로 감은 뒤 매듭을 묶은 형태였다. 철사 때문에 손목과 발목에 깊이 눌린 자국이 생긴 것으로 보아, 피살자가 힘이 빠져 숨을 거두기 전에 한동안 몸부림을 친 것 같았다.

시체 촬영이 다 끝나자 윈스턴은 화면에 보이지 않는 촬영 기사에게 아파트의 모든 방을 비디오로 찍어 두라고 말했다.

카메라는 시체에서 멀어져 거실 겸 식당으로 쓰이는 방 안의 다른 부분들을 화면에 담았다. 이 집의 가구들은 모두 중고품 가게에서 사 온 것 같았다. 일관성도 없고, 서로 어울리는 가구도 없었다. 벽에 걸려 있는 액자도 몇 개 되지 않았는데, 그 속의 그림들은 온통 오렌지색과 하늘색뿐인 것이 10여 년 전 하워드 존슨 호텔의 방에 걸려 있던 것들을 가져온 것 같았다. 방의 반대편 끝에는 도자기를 넣어 두는 높은 장식장이 있었지만, 그 안에 도자기는 하나도 없었다. 선반들 역시 몇 군데에만 책이 조금 있을 뿐, 대부분 텅 비어 있었다. 하지만 매케일렙은 장식장 위에 놓인 물건을 보고 호기심을 느꼈다. 손으로 색칠한 것처럼 보이는, 60센티미터 높이의 올빼미 조각상이었다. 매케일렙은 이런 조각상을 많이 보았다. 특히 애벌론 항과 카브리요 마리나에 이런 조각상들이 흔했다. 대부분 속이 텅 빈 플라스틱으로 만들어진 이 올빼미들은 돛대 꼭대기나 모터보트의 선교(船橋)에 놓여 있었다. 갈매기를 비롯한 새들에게 겁을 줘서 쫓아 버리려는 의도였지만, 대개 효과는 없었다. 그래도 사람들은 새들이 올빼미를 보고 다가오지 않으면, 배에 새똥이 떨어지는 일도 없을 거라고 생각했다.

매케일렙은 이 올빼미들이 비둘기 때문에 골치를 앓는 공공건물의 외벽에 놓여 있는 것도 본 적이 있었다. 하지만 개인 주택에서 이 올빼미들이 실내 장식용으로 사용된 경우는 듣지도 보지도 못했기 때문에 화면 속에서 올빼미를 보고 흥미가 일었다. 사람들이 갖가지 물건들을 수집한다는 사실은 알고 있었지만, 지금까지는 아파트 안에서 이런 올빼미 조각상을 본 적이 없었다. 매케일렙은 즉시 파일을 열어 피살자의 신원 확인 보고서를 찾아냈다. 거기에는 파실자의 직업이 주택 페인트공이라고 되어 있었다. 매케일렙은 파일을 닫고 잠시 생각에 잠겼다. 피살자가 일하던 곳에서 올빼미를 가져왔거나, 건물에 페인트를 칠하려고 준비하는 과정에서 올빼미를 떼어 냈는지도 모를 일이었다.

매케일렙은 테이프를 뒤로 돌려, 카메라가 시체에서부터 올빼미가 앉아 있는 장식장 위까지 이동하는 모습을 다시 지켜보았다. 촬영 기사가 180도로 카메라를 돌린 것 같았다. 그렇다면 올빼미가 피살자와 정면으로 마주 보는 위치에서 살해 현장을 내려다보았다는 뜻이었다.

다른 가능성들도 있었지만, 매케일렙의 본능은 이 플라스틱 올빼미가 범죄 현장의 일부라고 말하고 있었다. 매케일렙은 공책을 들고 목록의 여섯 번째 항목으로 올빼미를 적어 넣었다.

범죄 현장 비디오의 나머지 내용은 그다지 흥미를 불러일으키지 못했다. 화면에는 피살자의 아파트 안에 있는 다른 방들, 즉 침실, 욕실, 부엌의 모습이 담겨 있었다. 다른 방에 올빼미가 더 있는 것 같지는 않았다. 그 밖에 메모할 것도 더 이상 없었다. 테이프가 끝나자 매케일렙은 테이프를 처음으로 돌려서 끝까지 한 번 더 보았다. 새로 관심을 끄는 것은 보이지 않았다. 매케일렙은 테이프를 꺼내서 원래 들어 있던 마분지 상자에 넣은 뒤, 텔레비전을 거실로 다시 가져가서 조리대의 거치대에 올려놓았다.

버디는 소파에 몸을 쭉 펴고 누워서 페이퍼백 소설을 읽고 있었다. 매케일렙을 보고도 아무 말도 하지 않는 것을 보니, 아까 사무실 문을 자기 눈앞에서 잠가 버린 것에 화가 났음이 분명했다. 매케일렙은 사과를 할까 생각했지만, 그냥 내버려 두기로 했다. 버디는 옛날에도 지금도 참견이 너무 심했다. 오늘 사무실에서 쫓겨난 것을 계기로 버디 자신도 그 사실을 깨닫게 된다면….

“뭘 읽어?” 매케일렙은 사과 대신 이렇게 물었다.

"책." 로크리지가 시선을 들지 않은 채 대답했다.

매케일렙은 혼자 빙긋 웃었다. 버디가 정말로 화가 난 모양이었다.

"텔레비전 갖다 놨으니까 뉴스든 뭐든 보고 싶으면 봐."

"뉴스는 다 끝났어."

매케일렙은 손목시계를 보았다. 자정이었다. 이렇게 시간이 지난 줄은 미처 깨닫지 못했다. 매케일렙은 이런 일이 자주 있었다. FBI에서 일할 때 일단 사건에 완전히 몰입하면 점심을 건너뛰거나 밤늦게까지 일하면서도 그 사실을 깨닫지 못하기 일쑤였다.

매케일렙은 토라진 버디를 내버려 두고 다시 사무실로 돌아갔다. 그리고 커다란 소리를 내며 또 문을 닫고 잠갔다.

4 신원 미상 용의자

공책의 새 페이지를 펼친 뒤 매케일렙은 사건 파일을 열었다. 그리고 바인더의 고리들을 찰칵 열고는 서류들을 꺼내서 책상 위에 깔끔하게 쌓았다. 매케일렙은 파일로 묶여 있는 서류들을 한 장 한 장 넘겨가며 사건을 검토하는 법이 없었다. 그만의 기묘한 버릇이었다. 매케일렙은 서류 더미의 네 귀퉁이를 정확히 맞추는 걸 좋아했다. 그러고는 바인더를 옆으로 치운 뒤 수사 기록 요약본을 시간 순서대로 꼼꼼히 읽기 시작했다. 오래지 않아 그는 수사 상황 속으로 완전히 빠져들었다.

이 살인 사건 신고 전화가 걸려온 것은 1월 1일 월요일 정오였다. 로스앤젤레스 카운티 보안관서 웨스트 할리우드 파출소의 정문 접수대로 전화를 걸어온 남자는 멜로즈 근처의 스위처 거리에 있는 그랜드 로열 아파트의 2B호에 남자가 죽어 있다고 말했다. 그러고는 이름도 밝히지 않고 곧장 전화를 끊었다. 정문 접수대의 일반 전화기로 걸려온 전화였기 때문에 전화 내용이 녹음되지는 않았다. 게다가 전화기에도 발신자

번호를 표시하는 기능이 없었다.

그 아파트로 파견된 순찰 경관 두 명은 출입문이 살짝 열려 있는 것을 발견했다. 문을 두드리고 사람을 불러도 아무 대답이 없자, 경관들은 아파트 안으로 들어가서 익명의 신고 전화 내용이 사실이었음을 금방 확인했다. 정말로 안에 남자가 죽어 있었다. 경관들은 아파트에서 나와 강력반을 불렀다. 이 사건은 제이 윈스턴과 그녀의 파트너인 커트 민츠에게 할당되었다. 윈스턴이 선임 수사관이었다.

보고서에 따르면, 피살자는 44세의 떠돌이 페인트공인 에드워드 건이었다. 그는 스위처 애버뉴의 아파트에서 9년 동안 혼자 살았다.

컴퓨터로 전과 기록을 조회해 본 결과, 건은 성매매와 배회 혐의에서부터 공공장소에서 소란을 피운 혐의와 음주 운전에 이르기까지 사소한 범죄들로 여러 번 유죄 판결을 받은 전력이 있었다. 죽기 전 석 달 동안에도 음주 운전으로 두 번 체포된 적이 있었는데, 그중에는 12월 30일의 기록도 있었다. 건은 31일에 보석금을 공탁하고 석방되었다. 그러고 24시간도 채 안 돼서 목숨을 잃었다. 기록에 따르면, 비록 유죄 판결을 받지는 않았지만 건이 중범죄로 체포된 적도 있었다. 6년 전 로스앤젤레스 경찰국에 살인 혐의로 체포되어 신문을 받았다는 내용이었다. 경찰은 나중에 그를 그냥 풀어 주었다.

윈스턴이 파트너와 함께 작성해서 사건 파일에 포함시킨 수사 보고서에 따르면, 건의 몸이나 아파트 내부에 강도의 흔적은 보이지 않았다. 따라서 건이 살해당한 동기가 아직 밝혀지지 않은 셈이었다. 여덟 채의 집이 있는 이 아파트 건물의 거주자들은 12월 31일에 건의 아파트에서 소란한 소리를 전혀 듣지 못했다고 말했다. 살인 사건이 벌어지는 동안 혹시 아파트에서 무슨 소리가 새어 나왔다 해도, 건의 아파트 바로 아래층 세입자들이 벌인 파티의 소음 때문에 묻혀 버렸을 가능성이 높았다. 파티는 1월 1일 아침까지 계속되었다. 경찰의 질문에 응한 여러 파티 참석자들은 건이 그 파티에 참석하지도 않았고, 초대받지도 않았다고 말했다.

경찰은 그랜드 로열과 비슷한 자그마한 아파트 건물들이 줄지어 늘어서 있는 현장 일대에서 탐문 조사를 해 보았지만, 건이 죽기 전 며칠 동안 그를 보았다는 목격자를 찾아내지 못했다.

모든 정황을 종합해 보면, 살인범은 건을 만나러 온 면식범인 것 같았다. 아파트의 문과 창문에 파손된 흔적이 없으므로, 범인이 강제로 침입한 것은 아니었다. 그렇다면 건과 범인이 아는 사이였을 가능성이 높았다. 그래서 윈스턴과 민츠는 건의 동료들과 거래처 사람들을 모두 만나 보았다. 아파트의 모든 세입자들과 파티 참석자들도 전부 만나 보았다. 용의자를 추려 내기 위해서였지만, 헛수고였다.

윈스턴과 민츠는 또한 돈 문제가 살인 동기인지 단서를 찾아보려고 피살자의 재정 기록도 살펴보았지만, 역시 아무것도 없었다. 건에게는 정해진 직장이 없었다. 그는 대개 비벌리 대로의 실내 장식 상점 주위를 빈둥거렸으며, 일용직으로 일했다. 아파트의 집세와 페인트칠 장비를 싣고 다니는 픽업트럭 유지비를 근근이 감당하면서 하루 벌어 하루 먹고 사는 삶이었다.

건의 가족은 롱비치에 사는 누이 하나뿐이었다. 하지만 죽기 전에 1년이 넘도록 누이를 만난 적이 없었다. 그런데 공교롭게도 죽기 전날 밤에 LA 경찰국 할리우드 경찰서의 유치장에서 누이에게 전화를 건 기록이 있었다. 건은 음주 운전 혐의로 유치장에 갇혀 있던 중이었다. 누이는 건에게 이젠 더 이상 그를 도와줄 수도, 보석금을 내줄 수도 없다고 말했다고 경찰에 진술했다. 누이는 그냥 전화를 끊어 버렸기 때문에, 건의 살인과 관련해서 수사관들에게 유용한 정보를 제공해 주지 못했다.

수사관들은 6년 전 건이 체포되었던 사건도 완전히 재검토했다. 건은 선셋 대로의 한 모텔 방에서 매춘부를 죽인 혐의를 받았다. LA 경찰국 할리우드 경찰서가 보내 준 보고서 속의 진술서 내용에 따르면, 건은 여자가 자신을 칼로 찌르고 금품을 강탈하려 했기 때문에 자신이 여자를 자기 칼로 찔렀다고 말했다. 건이 처음에 현장에 도착한 순찰 경관들에게 한 말과 물리적인 증거 사이에 사소한 모순점들이 존재했지만, 지방검사가 그를 기소할 정도는 아니었다. 결국 경찰은 마지못해 이 사건을 정당방위로 처리해 버렸다.

매케일렙은 이 사건의 선임 수사관이 해리 보슈 형사라는 사실을 발견했다. 오래전 매케일렙은 보슈와 함께 수사를 한 적이 있었다. 지금도 자주 생각나는 사건인데, 보슈는 가끔 신경을 건드리기도 하고 비밀주의를 고수하기도 했지만 그래도 수사 실력과 직관과 본능이 뛰어난 훌륭한 경찰관이었다. 매케일렙과 보슈는 사실 당시 사건으로 감정적 혼란을 겪으면서 모종의 유대감을 느끼기까지 했다. 매케일렙은 보슈에게 전화를 걸어 건 사건에 대한 의견을 물어봐야겠다는 생각에 보슈의 이름을 공책에 적어 두었다.

그리고 다시 수사 요약본을 읽기 시작했다. 윈스턴과 민츠는 건이 과거에 매춘부와 얽혔던 적이 있음을 염두에 두고 건의 통화 기록, 체크카드와 신용 카드 기록을 샅샅이 뒤졌다. 그가 여전히 매춘부들을 이용하고 있는지 알아보기 위해서였다. 하지만 역시 아무것도 없었다. 윈스턴과 민츠는 LA 경찰국의 풍기단속반 경찰관들과 함께 사흘 동안 밤마다 선셋 대로를 돌아다니며 거리의 매춘부들을 상대로 탐문 조사를 실시했다. 하지만 형사들이 건의 누이에게서 빌려 온 사진들 속의 얼굴을 안다고 인정하는 사람이 하나도 없었다.

형사들은 지역에서 발행되는 대안 신문들의 구애 광고도 훑어보았다. 건이 혹시 광고를 냈을지도 모른다는 생각 때문이었다. 하지만 이번에도 수사는 벽에 부딪혔다.

마지막으로 형사들은, 비록 가능성은 희박하지만, 6년 전에 죽은 매춘부의 가족들과 동료들을 추적해 보았다. 건이 살인 혐의로 기소되지는 않았어도, 그의 살인이 정당방위가 아니었다고 생각한 사람이 복수를 하려고 나섰을 가능성은 여전히 존재했다.

하지만 이것 역시 막다른 길이었다. 죽은 여자는 필라델피아 출신으로, 이미 오래전에 가족들과 연락이 끊긴 상태였다. 시체를 찾으러 온 가족이 없어서, 여자의 시체는 시민들의 세금으로 화장되었다. 애당초 여자가 죽었을 때도 신경을 쓰지 않던 사람들이 6년 뒤에 복수를 하겠다고 나설 이유가 없었다.

수사관들은 거듭 막다른 길에 부딪혔다. 사건이 발생한 지 48시간 안에 해결하지 못하면, 해결 가능성은 50퍼센트 이하로 떨어졌다. 2주가 지나도 해결되지 않은 사건은 아무도 찾으러 오지 않아 영안실에 남아 있는 시체와 같았다. 차갑고 어두운 곳에 아주, 아주 오랫동안 처박혀 있게 될 테니까 말이다.

윈스턴이 결국 매케일렙을 찾아온 것도 그 이유 때문이었다. 아무런 가망이 없는 이 사건 수사에서 매케일렙은 마지막 희망이었다.

수사 요약본을 모두 읽은 매케일렙은 잠시 쉬기로 했다. 손목시계를 확인해 보니 2시가 거의 다 된 시각이었다. 매케일렙은 선실 문을 열고 거실로 올라갔다. 불이 꺼져 있었다. 버디는 아무 소리도 내지 않고 중앙 선실로 가서 잠자리에 든 모양이었다. 매케일렙은 아이스박스를 열고 안을 들여다보았다. 어제 손님들이 마시고 남은 캔맥주가 있었지만, 그걸 마시고 싶지는 않았다. 오렌지 주스와 생수가 보였다. 매케일렙은 생수를 꺼내서 거실을 통과해 조타실로 갔다. 물 위는 항상 시원했지만,

오늘은 평소보다 더 서늘한 것 같았다. 매케일렙은 가슴 앞에서 팔짱을 끼고 항구 저편, 가족들이 잠들어 있을 언덕 위의 집을 바라보았다. 뒤쪽 베란다에 불이 하나 켜져 있었다.

죄책감이 순간적으로 가슴을 찔렀다. 매케일렙은 저 불빛이 있는 곳에서 자고 있는 여자와 두 아이를 깊이 사랑하지만, 지금 저 집보다는 여기 배에서 살인 사건 파일과 씨름하는 편이 더 좋다는 것을 알고 있었다. 그는 이런 생각들과 이것이 제기하는 의문들을 밀쳐 버리려고 애썼지만, 자기에게 뭔가 문제가 있으며 뭔가가 빠져 있다는 결론을 완전히 외면할 수 없었다. 대부분의 남자들이 갈망하는 것을 그가 완전히 받아들이지 못하는 것도 바로 그 문제 때문이었다.

매케일렙은 다시 배 안으로 들어갔다. 사건 서류에 빠져들면 죄책감을 차단할 수 있다는 걸 그는 알고 있었다.

부검 보고서에 뜻밖의 사실은 하나도 없었다. 사인은 매케일렙이 비디오를 보면서 추측한 대로였다. 결박 때문에 경동맥이 눌려서 발생한 뇌 저산소증. 추정 사망 시각은 1월 1일 자정에서 새벽 3시 사이였다.

부검을 실시한 검시관은 목의 내상이 경미하다고 적었다. 설골도 갑상연골도 부러지지 않았다. 이 점과 피부에 남은 여러 결박 흔적을 통해 검시관은 건이 철사가 목을 너무 조이지 않게 발에 힘을 주어서 필사적으로 버티다가 천천히 질식했다는 결론을 내렸다. 부검 결과 요약에 따르면, 피살자가 이 자세로 최대 두 시간까지 버텼을 가능성이 있었다.

매케일렙은 이 점을 생각하며, 살인범이 그동안 내내 아파트 안에서 피살자의 사투를 지켜보았을지 생각해 보았다. 아니면 범인은 피살자를 결박한 뒤 그가 죽기 전에 나가 버렸을까? 모종의 알리바이를 만들려고? 어쩌면 신년 전야 파티에 참석해서 피살자가 죽던 시각에 그를 보았다는 수많은 목격자를 만들었을 수도 있었다.

하지만 매케일렙은 양동이를 기억해 내고 살인범이 아파트에 머물렀다는 결론을 내렸다. 피살자의 얼굴을 가리는 것은 성적인 동기나 분노로 인한 살인에서 자주 나타나는 현상이었다. 범인은 피살자의 얼굴을 가림으로써 피살자를 비인간화하고 피살자와 눈이 마주치는 것을 피했다. 매케일렙이 처리했던 사건 중에도 이런 현상이 나타난 것이 수십 건이나 되었다. 여자들이 강간당한 뒤 잠옷이나 베개에 얼굴이 덮인 채 살해당한 사건, 아이들이 머리에 수건이 감긴 채 발견된 사건 등이었다. 그런 사례만 적어도 공책 한 권을 다 채울 수 있을 정도였다. 하지만 매케일렙은 그런 사례들 대신, 보슈의 이름 밑에 다음과 같이 썼다.

신원 미상의 용의자는 내내 그 자리에서 지켜보았다.

신원 미상의 용의자. 그래, 또 만났군. 매케일렙은 속으로 생각했다.

다음 서류로 넘어가기 전에 매케일렙은 부검 보고서를 훑어보며 두 가지 정보를 찾아보았다. 첫째로 그가 살핀 것은 머리 부상에 관한 설명이었다. 검시관의 논평 중에 그 부상에 관한 이야기가 있었다. 사망 무렵에 생긴 열상은 원형이었으며, 깊지 않았다. 손상이 경미했고, 방어를 하다가 입은 부상일 가능성이 있다는 것이 검시관의 의견이었다.

하지만 매케일렙은 그 가능성을 지워 버렸다. 범죄 현장에서 깔개에 피가 묻은 것은 범인이 양동이를 피살자의 머리에 씌운 뒤 거기서 피가 흘러나왔을 때가 유일했다. 게다가 상처에서 피가 흐른 방향은 정수리에서부터 앞쪽이라서, 피가 피살자의 얼굴에도 묻어 있었다. 그렇다면 피살자가 고개를 앞으로 숙이고 있었다는 뜻이었다. 매케일렙은 건이 머리에 가격을 당했을 때 이미 결박당해서 바닥에 쓰러진 상태였을 거라는 결론을 내렸다. 양동이는 그 뒤에 씌워졌을 것이다. 매케일렙은 범인이 피살자의 죽음을 재촉할 의도로 머리를 가격했을 가능성이 있다는 직감이 들었다. 머리에 충격을 받은 피살자는 힘이 빠져서 목이 졸리지 않게 버틸 수 있는 시간도 줄어들었을 것이다.

매케일렙은 이런 생각들을 공책에 적은 뒤 다시 부검 보고서를 살펴보았다. 이번에 그가 찾아본 것은 항문과 음경을 조사한 결과였다. 사망 이전에 성행위가 있었던 흔적은 없었다. 매케일렙은 공책에 '섹스 없음'이라고 썼다. 그리고 그 밑에 '분노'라는 단어를 쓰고 동그라미로 그 단어를 둘러쌌다.

매케일렙은 자신이 지금까지 생각해 낸 것들 중 전부는 아닐지언정 많은 것들을 이미 제이 윈스턴도 다 생각해 보았을 거라는 사실을 깨달았다. 하지만 지금 이것은 살인 사건 현장을 분석할 때 그가 항상 거치는 과정이었다. 그는 항상 자신이 먼저 이렇게 판단을 내린 뒤, 담당 수사관들의 결론과 자신의 결론을 비교해 보았다.

부검 보고서 다음으로 그가 손에 잡은 것은 증거물 분석 보고서였다. 먼저 매케일렙은 증거물 목록을 살펴보았다. 자신이 비디오테이프에서 본 플라스틱 올빼미가 증거물로 기록되어 있지 않다는 점이 눈에 들어왔다. 매케일렙은 그 올빼미를 반드시 증거물로 확보해야 한다는 확신이 들었기 때문에 그렇게 메모를 해 두었다. 증거물 목록에는 또한 현장에서 무기가 발견되었다는 언급이 전혀 없었다. 건의 두피를 찢어 놓은 무기가 무엇인지는 몰라도, 범인이 가지고 간 것 같았다. 매케일렙은 이 점도 메모해 두었다. 이것은 범인이 치밀하고, 철저하고, 조심스러운 성격이라는 결론을 뒷받침하는 정보였다.

피살자의 입에 재갈로 사용된 테이프를 분석한 보고서가 별도의 봉투에 담긴 채 바인더 주머니 속에 들어 있었다. 봉투 안에는 컴퓨터 출력물과 부록 외에 사진 여러 장이 함께 담겨 있었다. 테이프를 잘라서 피살자의 얼굴과 머리에서 떼어 낸 뒤 길게 펴서 찍은 사진이었다. 처음 사진 몇 장은 테이프가 처음 발견되었을 때의 모습, 즉 상당량의 피가 엉겨붙어서 글자가 잘 보이지 않는 상태를 앞뒤로 찍은 것이었다. 그리고 그다음 사진들은 비눗물 같은 용액으로 피를 닦아 낸 뒤 테이프의 앞뒷면을 찍은 것이었다. 매케일렙은 그 글자들을 자기 힘으로는 결코 해석할 수 없다는 사실을 잘 알면서도 한참 동안 바라보았다.

Cave Cave Dus Videt

매케일렙은 한참 만에 사진들을 옆으로 치워 두고 보고서를 집어 들었다. 테이프에 지문은 하나도 없었지만, 접착면에서 털 여러 가닥과 현미경으로나 볼 수 있는 섬유가 발견되었다. 털은 피살자의 것으로 밝혀졌다. 섬유는 더 많은 분석을 기다리는 중이었다. 이건 시간과 비용의 제약 때문에 자세한 분석이 힘들다는 뜻이었다. 용의자에게서 섬유가 발견되어서 지금 이 섬유와 함께 비교해 볼 수 있는 상황이 되지 않는 한, 이 섬유를 다시 분석하는 일은 없을 터였다. 비교 대상이 없다면 많은 돈과 시간을 들여 섬유를 분석해도 헛수고가 될 테니까 말이다. 매케일렙은 수사 과정에서 이런 식으로 우선순위가 정해지는 것을 전에도 본 적이 있었다. 꼭 필요하지 않으면 비용이 많이 드는 조사는 하지 않는 것이 지역 경찰의 관례였다. 하지만 이번 사건에서는 섬유의 분석이 반드시 필요한 일로 평가되지 않았다는 것이 조금 놀라웠다. 아무래도 건이 예전에 살인 사건의 용의자였기 때문에 피살자로서 계급이 낮아진 것 같다는 생각이 들었다. 다시 말해서, 추가 조치를 취할 필요가 없는 피살자가 되었다는 뜻이었다. 어쩌면 바로 이 점 때문에 제이 윈스턴이 자신을 찾아온 건지도 모른다는 생각이 들었다. 윈스턴은 매케일렙에게 보수를 지불하겠다는 말을 한 마디도 하지 않았다. 어차피 그도 금전적인 보상을 받을 생각은 없었다.

매케일렙은 윈스턴이 작성한 부록을 살펴보았다. 윈스턴은 테이프의 글자를 찍은 사진을 UCLA의 언어학 교수에게 보여 준 결과, 이 글자들이 라틴어라는 말을 들었다. 윈스턴은 수소문 끝에 은퇴한 가톨릭 신부를 찾아갔다. 할리우드의 세인트 캐서린 성당 사제관에서 살고 있는 이 신부는 1970년대 초에 성당 학교에서 라틴어 과목이 사라질 때까지 20년 동안 라틴어를 가르친 사람이었다. 신부는 윈스턴에게 테이프의 글자들을 금방 해석해 주었다.

매케일렙은 번역문을 읽으면서 흥분이 깃털처럼 가볍게 척추를 타고 목까지 올라오는 것을 느꼈다. 살갗이 조여들고, 거의 현기증이 날 것 같았다.

Cave Cave Dus Videt

Cave Cave D(omin)us Videt

조심하라 조심하라 하나님이 보신다

"거룩한 개소리 같으니." 매케일렙은 조용히 중얼거렸다.

이건 욕이 아니었다. 매케일렙 자신을 비롯해서 FBI의 프로파일러들이 종교적인 의미가 포함된 사건들을 비공식적으로 분류하던 이름이었다. 범죄 동기 중에 하나님이 포함되어 있을 가능성이 발견되면, 그 사건은 프로파일러들의 일상 대화 속에서 '거룩한 개소리'로 분류되었다.

사건에서 종교적인 의미가 발견되면, 많은 것이 크게 바뀌었다. 하나님의 일은 결코 끝나는 법이 없기 때문이었다. 하나님의 이름을 범죄의 상징 중 하나로 이용하는 범인이라면, 계속 범죄를 저지르는 경우가 많았다. FBI의 프로파일러들은 하나님의 살인자들은 결코 자의로 멈추는 법이 없다고 말하곤 했다. 다른 사람들이 그들을 저지해야 했다. 이 사건이 먼지를 뒤집어쓰게 내버려 두는 것에 대해 제이 윈스턴이 두려움을 품었던 이유를 이제야 알 것 같았다. 에드워드 건이 세상에 알려진 첫 번째 피살자라면, 바로 지금 범인이 누군가 다른 사람을 이미 시야에 두고 있을 가능성이 높았다.

매케일렙은 범인이 남긴 메시지의 번역문과 함께 자신의 생각들을 공책에 급히 적었다. 그리고 '피해자 확보'라고 쓴 뒤 밑줄을 두 번 그었다.

윈스턴의 보고서를 다시 살펴보니, 번역문이 적혀 있는 페이지 맨 아래쪽에 별표가 달린 문단이 하나 있었다.

*라이언 신부는 테이프에 적혀 있는 'Dus'라는 단어가 'Deus'나 'Dominus'의 간결한 형태로서 중세 성경은 물론 교회의 조각상을 비롯한 여러 예술 작품에서 주로 발견된다고 말했다.

매케일렙은 의자 등받이에 등을 기대고 생수를 병째로 마셨다. 이 마지막 문단이 지금까지 본 모든 자료 중에서 가장 흥미로웠다. 여기에 들어 있는 정보를 이용해서 범인의 범위를 좁혀 찾아낼 수 있을 것 같았다. 처음에는 잠재적인 용의자의 수가 어마어마했다. 신년 전야에 에드워드 건에게 접근할 수 있었던 모든 사람이 용의자였다. 하지만 라이언 신부의 정보 덕분에 중세 라틴어를 아는 사람, 또는 어디선가 'Dus'

라는 단어나 테이프에 적은 메시지 전체를 볼 수 있었던 사람으로 용의자를 크게 줄일 수 있었다.

어쩌면 범인이 교회에서 그 단어를 보았을 수도 있었다.

5 하나님이 보신다

매케일렙은 방금 보고 읽은 것 때문에 머릿속이 어지러워서 잠을 자는 건 생각조차 할 수 없었다. 새벽 4시 30분. 아무래도 사무실에서 이 밤을 하얗게 새우게 될 것 같았다. 아직 시간이 너무 이르기 때문에 버지니아 주 콴티코의 행동과학실에는 아무도 나와 있지 않겠지만, 매케일렙은 그래도 일단 전화를 걸어 보기로 했다. 그는 거실로 올라가서 충전기에 넣어 두었던 휴대전화를 꺼내 기억하고 있는 번호를 눌렀다. 교환원이 나오자 매케일렙은 브래실리아 도런 요원에게 전화를 연결해 달라고 말했다. 도런 말고도 아는 사람이 아주 많았지만, 매케일렙이 도런을 점찍은 것은 자신이 FBI에서 일할 때 주로 멀리서 협조를 구할 때가 많았는데도 도런과 공조가 잘 이루어졌기 때문이었다. 도런은 또한 기호와 상징의 전문가이기도 했다.

도런의 자리에서 전화를 받은 것은 자동 응답기였다. 매케일렙은 도런이 녹음해 둔 메시지를 들으면서 자동 응답기에 말을 남길 건지 아니면 나중에 전화를 걸 건지 고민했다. 처음에는 그냥 전화를 끊고 나중에 다시 거는 편이 나을 것 같았다. 자동 응답기에 녹음된 메시지를 들을 때보다는 직접 통화할 때 상대의 말을 거절하기가 훨씬 더 힘들기 때문이었다. 하지만 매케일렙은 비록 FBI를 떠난 지 5년이 다 됐어도 일단 과거의 동료애를 믿어보기로 했다.

"브래스, 테리 매케일렙이에요. 오랜만이네요. 저, 그러니까, 부탁이 있어서 전화했어요. 시간이 나는 대로 나한테 전화 좀 해 줄래요? 고마워요."

매케일렙은 자신의 휴대전화 번호를 말한 뒤 전화를 끊었다. 이제 휴대전화를 집으로 가져가서 전화를 기다릴 수도 있겠지만, 그렇게 되면 도런과의 통화를 그래시엘라가 듣게 될 가능성이 있었다. 그건 그가 원하는 일이 아니었다. 매케일렙은 다시 뱃머리 선실로 가서 살인 사건 파일을 훑어보기 시작했다. 그는 혹시 눈에 띄는 점이 없는지 찾아보려고 서류 한 장, 한 장을 일일이 확인했다. 그러면서 메모를 몇 가지 더 하고, 프로파일을 작성하기 전에 자신이 해야 할 일과 알아내야 하는 것들의 목록을 작성했다. 하지만 그가 지금 가장 신경을 쓰며 기다리는 것은 바로 도런의 전화였다. 마침내 5시 30분에 도런에게서 전화가 왔다.

"정말 오랜만이에요." 도런이 인사 대신 이렇게 말했다.

"너무 오랜만이죠. 어떻게 지냈어요, 브래스?"

"들어주는 사람이 없으니 불평도 할 수 없는 몸이에요."

"그쪽에서 지금 드래노를 찾고 있다고 하던데요."

"맞아요. 앞이 꽉 막혀서 엄청 혼나고 있어요. 작년에 우리 직원 절반이 코소보로 가서 전쟁 범죄 수사를 도운 거 알고 계세요? 6주 간격으로 교대해 가며 그 일을 하느라 다들 죽는 줄 알았어요. 지금도 일이 워낙 많이 밀려서 큰일 났어요."

매케일렙은 자동 응답기 메시지에서 언급한 부탁을 못하게 하려고 도런이 일부러 엄살을 부리는 건가 하는 생각이 들었다. 그래도 그는 일단 이야기를 꺼내 보기로 했다.

"그럼 내 얘기가 별로 반갑지 않겠는데요." 매케일렙이 말했다.

"아이고, 벌써부터 가슴이 떨리네요. 부탁이라는 게 뭔데요?"

"나도 이쪽에 있는 친구한테서 부탁받은 일인데, 보안관서의 강력반 사건이에요. 살인 사건을 한 번 살펴보고…."

"이쪽에서 이미 돌려 본 사건인가요?"

"그래요. 담당 형사가 VICAP으로 돌려 봤는데 아무 성과가 없었대요. 그게 전부예요. 담당 형사는 그쪽 일이 많이 밀려 있다는 얘기를 듣고 나를 찾아왔어요. 나는, 뭐랄까, 그 형사한테 빚진 게 좀 있어서 한 번 살펴보겠다고 했죠."

"그러다 보니 새치기가 필요해지신 건가요?"

매케일렙은 미소를 지으며, 수화기 반대편의 도런도 슬며시 웃고 있었으면 좋겠다고 생각했다.

"그런 셈이죠. 하지만 금방 끝낼 수 있는 일이에요. 내가 원하는 건 하나뿐이니까."

"그럼 말씀해 보세요. 뭔데요?"

"상징에 관한 자료가 필요해요. 지금 내 육감을 따라가고 있는 중인데…."

"좋아요. 손이 많이 갈 것 같지는 않네요. 어떤 상징인데요?"

"올빼미예요."

"올빼미요? 그냥 올빼미만?"

"좀 더 구체적으로 말하면, 플라스틱으로 만든 올빼미 조각상이에요.

그래도 올빼미는 올빼미죠. 이런 올빼미가 전에도 어디서 등장한 적이 있는지, 의미는 뭔지 알고 싶어요."

"글쎄요, 감자칩 뒤편에 새겨져 있던 올빼미가 생각나네요. 상표가 뭐였죠?"

"와이즈였어요. 동해안 지방에서 팔리는 브랜드죠."

"맞아요, 그거예요. 올빼미는 영리해요. 현명하고요."

"브래스, 난 그보다 좀 더…."

"알아요, 알아요. 제가 한번 찾아볼게요. 하지만 상징은 변한다는 걸 잊으면 안 돼요. 똑같은 상징의 의미가 때에 따라 완전히 달라질 수 있어요. 그냥 현대의 사례만 찾아보면 되는 거죠?"

매케일렙은 공업용 테이프 위에 적혀 있던 글귀를 잠시 생각해 보았다.

"중세도 포함시킬 수 있어요?"

"정말 이상한 사건인 모양이네요…. 하기야 안 그런 사건이 어디 있나요. 그거 거룩한 개소리 사건이죠?"

"그럴지도 몰라요. 어떻게 알았어요?"

"뭐, 중세 종교 재판이나 교회랑 관련된 것들 있잖아요. 전에도 본 적이 있어요. 제가 그쪽 번호를 알고 있으니까, 가능하면 오늘 안으로 연락할게요."

매케일렙은 공업용 테이프의 글귀를 분석해 달라고 부탁할까 생각해 보았지만, 너무 짐을 지우지 않기로 했다. 게다가 그 글귀는 제이 윈스턴이 컴퓨터로 검색할 때 이미 돌려 봤을 터였다. 매케일렙은 도런에게 고맙다고 인사하고 전화를 끊으려 했다. 그런데 도런이 건강은 어떠냐고 물어서 그는 아무 이상 없다고 대답했다.

"아직도 배에서 살고 계세요?"

"아뇨. 지금은 섬에 살아요. 하지만 배는 아직 갖고 있어요. 지금은 결혼해서 아이도 낳았어요."

"와! 만날 혼자 텔레비전을 보며 저녁을 먹던 그 테리 매케일렙 씨 맞아요?"

"맞는 것 같은데요."

"와, 이제 자리를 잡으신 것 같네요."

"그런 것 같아요. 마침내."

"그럼 조심하셔야죠. 왜 또 사건에 손을 대세요?"

매케일렙은 금방 대답하지 못하고 머뭇거렸다.

"나도 잘 모르겠어요."

"절 속일 생각은 마세요. 왜 사건을 맡으셨는지 우리 둘 다 알잖아요. 제가 자료를 한번 찾아보고 연락할게요."

"고마워요, 브래스. 연락 기다릴게요."

매케일렙은 중앙 선실로 가서 버디 로크리지를 흔들어 깨웠다. 버디는 화들짝 놀라서 양팔을 정신없이 허우적거리기 시작했다.

"나야, 나야!"

버디는 손에 쥔 채 잠든 책으로 매케일렙의 옆통수를 한 대 친 뒤에야 비로소 정신이 들었다.

"뭐하는 거야?" 버디가 소리쳤다.

"지금 자네를 깨우는 중이잖아."

"왜? 지금 몇 시야?"

"6시가 다 됐어. 배를 몰고 나가야겠어."

"지금?"

"그래, 지금. 그러니까 일어나서 좀 도와줘. 내가 줄을 맡을게."

"세상에, 지금? 안개가 꼈을 텐데. 안개가 걷힐 때까지 기다리지 그래?"

"그럴 시간이 없어."

버디는 손을 뻗어 침대 머리판 위의 선실 벽에 부착돼 있는 독서용 램프를 켰다. 버디가 읽고 있던 책의 제목이 매케일렙의 눈에 띄었다. 《핏속의 철사》(영국 작가 발 맥더미드의 1997년작 《The wire in the blood》-편집자 주).

"누가 자네 핏줄 속에 철사를 집어넣긴 한 모양이군." 매케일렙은 책에 맞은 귀를 문지르며 말했다.

"미안해. 그런데 왜 이렇게 서두르는 거야? 그 사건 때문이야?"

"난 위에 있을게. 얼른 준비하자고."

매케일렙은 선실을 나섰다. 예상대로 버디가 뒤에서 그를 불렀다.

"운전기사 필요해?"

"아니, 버디. 2년쯤 전부터는 내가 직접 운전하고 다녔잖아."

"그래도 조사하는 데 도움이 필요할지도 모르잖아."

"난 괜찮아. 서둘러, 버드. 빨리 건너가야 하니까."

매케일렙은 거실 문 옆의 고리에 걸려 있던 열쇠를 빼낸 뒤 밖으로 나가서 선교로 올라갔다. 공기는 아직 서늘했고, 새벽빛이 아침 안개 속으로 점점 촉수를 뻗고 있었다. 매케일렙은 레이더를 켜고 엔진에 시동을 걸었다. 즉시 시동이 걸렸다. 버디가 지난주에 마리나 델레이로 배를 몰고 가서 정밀 검사를 받은 덕분이었다.

매케일렙은 엔진이 돌아가게 두고 다시 계단을 내려가 선미로 갔다. 그리고 선미의 밧줄과 조디액 보트를 차례로 풀어서 뱃머리로 가져왔다. 그는 뱃머리에 걸려 있던 계류부표를 푼 뒤 거기서 연결된 밧줄에 보트를 묶었다. 이제 보트는 자유였다. 매케일렙이 뱃머리에서 몸을 돌려 선교를 올려다보는 순간, 머리가 까치집처럼 헝클어진 버디가 조종석에 앉았다. 버디가 스로틀을 앞으로 밀자 더 팔로잉 시 호가 움직이기 시작했다. 매케일렙은 2미터 40센티미터 길이의 갈고리 장대를 갑판에서 들어 올려 부표가 뱃머리로 다가오지 못하게 했다. 배가 방향을 돌려 항로로 들어가서 항구를 향해 천천히 나아갔다.

매케일렙은 계속 뱃머리에 남아 난간에 등을 기댄 채 배 뒤로 섬이 조금씩 사라지는 것을 지켜보았다. 다시 집이 있는 쪽을 바라보았지만, 여전히 켜져 있는 불빛은 하나뿐이었다. 식구들이 일어나기에는 너무 이른 시각이었다. 매케일렙은 방금 자신이 어찌 될지 다 알면서도 저지른 실수에 대해 생각해 보았다. 떠나기 전에 집으로 가서 그래시엘라에게 자신의 계획을 말하고 설명했어야 하는 건데. 하지만 그랬다가는 시간을 아주 많이 잃어버렸을 것이다. 그래시엘라를 완전히 이해시키는 것도 어차피 불가능한 일이었다. 그래서 그는 그냥 떠나기로 했다. 나중에 항구에 들어간 뒤 아내에게 전화를 걸 것이다. 그리고 지금 이 실수의 뒷감당도 나중에 하면 될 것이다.

상어처럼 회색을 띤 새벽의 서늘한 공기에 팔과 목의 피부가 단단히 긴장했다. 매케일렙은 뱃머리에 선 채로 저 앞의 만을 바라보았다. 바다를 덮은 안개 뒤로 오버타운이 숨겨져 있는 방향이었다. 분명히 거기 있는 오버타운이 보이지 않았기 때문에 불길한 생각이 든 그는 아래를 내려다보았다. 뱃머리가 가르며 나아가고 있는 수면은 잔잔했고, 청새치처럼 검푸른 색이었다. 매케일렙은 이제 선교로 올라가 버디를 도와줘야 한다는 것을 알고 있었다. 둘 중 하나가 운전을 맡고, 다른 하나는 레이더를 주시하며 로스앤젤레스 항구까지 안전한 항로를 찾아야 했다. 자신이 다시 육지에 올라 사건의 미로를 헤치고 나아갈 때는 레이더를 이용할 수 없다는 사실이 안타까웠다. 이제 그는 이 사건에 완전히 사로잡혀 있었다. 항구에서 또 다른 종류의 안개가 그를 기다리고 있었다. 이렇게 안개를 뚫고 앞을 보아야 한다는 생각을 하다 보니, 이번 사건과 관련된 것들 중에서도 자신의 머릿속에 깊이 각인된 것 하나가 떠올랐다.

조심하라 조심하라 하나님이 보신다

이 글귀가 그의 머릿속에서 새로 터득한 주문처럼 자꾸 반복되었다. 저 앞에서 모든 것을 덮어 버린 안개 속에 이 글귀를 쓴 사람이 있었다. 적어도 한 번은 이 글귀를 바탕으로 아주 극단적인 행동을 했고, 앞으로도 또 그런 행동을 할 가능성이 높은 사람이었다. 매케일렙은 그 사람을 반드시 찾아낼 작정이었다. 하지만 그러려면 어떤 말씀을 바탕으로 삼아야 할까? 진정한 하나님이 그를 이렇게 나서게 만든 것일까?

누가 어깨를 건드리는 바람에 매케일렙은 화들짝 놀라서 뒤를 돌아보았다. 그 서슬에 하마터면 갈고리 장대를 뱃전 너머로 떨어뜨릴 뻔했다. 버디가 서 있었다.

"세상에! 이런 짓 좀 하지 마!"

"자네 괜찮아?"

"자네 때문에 기겁하기 전까지는 괜찮았어. 여긴 왜 온 거야? 조종은 어쩌고."

매케일렙은 배가 항구 표식들을 벗어나서 너른 바다로 나왔는지 확인하려고 버디의 어깨 너머를 흘깃 바라보았다.

"그러게 말이야." 버디가 말했다. "자네가 이 갈고리를 들고 서 있는 게 꼭 에이허브 선장 같았어. 아무래도 뭔가 문제가 있나 보다 싶었다고. 여기서 뭐해?"

"생각 중이었어. 제발 부탁이니까 아까처럼 몰래 다가오지 좀 마."

"뭐, 이제 우리가 비긴 것 같네."

"가서 배나 조종해, 버디. 나도 금방 올라갈 테니까. 아, 발전기도 확인해. 배터리에 힘을 좀 줘야 할 거야."

버디가 자기 자리로 돌아가는 동안 매케일렙의 심장도 다시 고르게 뛰기 시작했다. 매케일렙은 갈고리를 갑판의 거치대에 다시 고정시켰다. 그러느라 허리를 숙이고 있는 동안 배가 1미터 남짓한 물살에 실려 위아래로 넘실거리는 것이 느껴졌다. 매케일렙은 허리를 펴고 물살의 진원지를 찾아 주위를 두리번거렸다. 하지만 아무것도 보이지 않았다. 마치 유령이 잔잔한 수면 위를 가로질러 움직이고 있는 것 같았다.

6 악마와 춤을

해리 보슈는 서류 가방을 방패처럼 들고 법정 문 앞에 잔뜩 모여든 기자들과 카메라들을 밀치며 앞으로 나아갔다.

"좀 지나갑시다. 실례합니다."

대부분의 기자들은 보슈가 서류 가방으로 밀어내기 시작할 때까지 꿈쩍도 하지 않았다. 그들은 필사적으로 달려들어서 녹음기와 카메라를 들이밀고 있었다. 그리고 그 인간 무리의 중심에서는 피고 측 변호사가 관심을 즐기고 있었다.

보슈는 간신히 문까지 나아갔다. 보안관서의 경찰관 한 명이 기자들에게 밀려 문손잡이에 바짝 붙어 있었다. 그가 보슈를 알아보고 옆으로 물러나서 보슈가 문을 열 수 있게 해 주었다.

"앞으로 매일 이런 일이 일어날 거요." 보슈가 경찰관에게 말했다. "저 친구는 법정 안보다 밖에서 할 말이 더 많은 모양이니까. 사람들이 드나들 수 있게 규칙 같은 걸 만드는 게 어때요?"

보슈가 법정 안으로 들어가는데 경찰관이 판사에게 자신의 말을 전하는 소리가 들렸다.

보슈는 중앙의 통로를 따라 걷다가 나지막한 울타리 문을 지나 검사 측 자리로 갔다. 아직 아무도 도착하지 않은 모양이었다. 보슈는 세 번째 의자를 빼서 앉았다. 그리고 서류 가방을 탁자 위에 올려놓고 열어서 묵직한 파란색 서류철을 꺼내 한쪽 옆에 놓았다. 그는 다시 가방을 닫아 잠근 뒤 자기 의자 옆의 바닥에 놓았다.

모든 준비가 끝났다. 보슈는 앞으로 몸을 기울이고 서류철 위에서 팔짱을 끼었다. 법정은 고요했다. 일을 시작할 준비를 하고 있는 법원 출입 기자 한 명과 서기를 제외하면 아무도 없었다. 보슈는 이런 순간을 좋아했다. 폭풍 전야의 고요. 폭풍이 다가오고 있다는 것에는 의심의 여지가 없었다. 보슈는 혼자 고개를 끄덕였다. 모든 준비가 끝났다. 또다시 악마와 춤을 출 준비가. 보슈는 자신이 살아가면서 반드시 해야 하는 일을 할 때마다 항상 이런 순간과 맞닥뜨린다는 것을 깨달았다. 이런 순간을 음미하고 기억에 새겨야 마땅했지만, 그는 항상 창자가 꼬이는 것 같은 기분이었다.

금속끼리 부딪히는 소리가 커다랗게 울리더니 법정 측면의 유치장 문이 열렸다. 경찰관 두 명이 남자 한 명을 데리고 나왔다. 젊은 남자였다. 구속된 지 거의 석 달이 지났는데도 여전히 피부가 구릿빛이었다. 그는 양편에서 자신을 호위하는 경찰관들의 월급과 거의 맞먹는 값비싼 양복을 입고 있었다. 양손은 양 옆구리에서 허리에 연결된 사슬에 수갑으로 묶여 있었는데, 완벽한 파란색 정장과 사슬은 전혀 어울리지 않았다. 그의 한쪽 손에는 화가들이 쓰는 스케치북이 들려 있었고, 다른 손에는 끝이 펠트로 된 검은 펜이 들려 있었다. 구치소에 갇힌 사람들은 그런 펜밖에 쓸 수 없었다.

남자는 경찰관들에게 이끌려 변호사 측 책상으로 가서 가운데 의자 앞에 섰다. 그리고 경찰관들이 수갑과 사슬을 풀어 주는 동안 미소를 지으며 앞을 바라보았다. 경찰관 한 명이 남자의 어깨를 잡고 아래로 밀어 의자에 앉혔다. 그러고 나서 두 경찰관은 뒤로 물러나 남자의 뒤쪽에 있는 의자에 자리를 잡고 앉았다.

남자는 즉시 몸을 앞으로 숙이고 스케치북을 열어 펜으로 뭔가를 그리기 시작했다. 보슈는 그를 지켜보았다. 펜 끝이 종이에 격렬하게 긁히는 소리가 들렸다.

"나더러 목탄을 쓰면 안 된다잖아, 보슈 형사. 그게 말이 돼? 목탄 한 조각이 무슨 위협이 된다고."

이 말을 하면서도 남자는 보슈를 바라보지 않았다. 보슈는 남자의 말에 대꾸하지 않았다.

"난 그런 사소한 일에 제일 짜증이 나." 남자가 말했다.

"익숙해져야지." 보슈가 말했다.

남자는 웃음을 터뜨렸지만 여전히 보슈를 바라보지 않았다.

"어째 당신이 그렇게 말할 것 같았어."

보슈는 말이 없었다.

"당신은 정말이지 예측을 벗어나는 법이 없어, 보슈 형사. 당신들 전부 그래."

법정 뒤쪽의 문이 열리는 소리가 나서 보슈는 피고에게서 그쪽으로 시선을 돌렸다. 검사와 변호사가 안으로 들어오고 있었다. 이제부터 시작이었다.

7 산 자의 진실

매케일렙이 농산물 시장에 도착한 것은 제이 윈스턴과의 약속 시간보다 30분 늦은 시각이었다. 그는 버디와 함께 배를 몰고 한 시간 반 만에 만을 건너 카브리요 마리나에 배를 정박시킨 뒤 보안관서에 전화를 걸었다. 그런데 윈스턴과 약속 시간을 정하고 전화를 끊은 뒤에야 체로키 지프의 배터리가 방전된 것을 알게 되었다. 2주 동안 차를 한 번도 쓰지 않은 것이 화근이었다. 그래서 버디의 낡은 토러스를 케이블로 연결해서 시동을 거는 데 시간이 걸렸다.

매케일렙은 시장 귀퉁이에 있는 식당인 더파스에 들어섰다. 하지만 윈스턴의 모습은 어디에도 보이지 않았다. 윈스턴이 이미 왔다가 가 버린 것이 아니어야 할 텐데. 매케일렙은 빈 칸막이 좌석 중 가장 눈에 띄지 않는 곳을 찾아 앉았다. 메뉴를 살펴볼 필요는 없었다. 그와 윈스턴이 농산물 시장을 약속 장소로 정한 것은 이곳이 에드워드 건의 아파트와 가까울 뿐만 아니라, 매케일렙이 이 더파스에서 아침 식사를 하고 싫어 했기 때문이었다. 매케일렙은 윈스턴에게 로스앤젤레스의 그 무엇보다도 더파스의 팬케이크가 그립다고 말했다. 한 달에 한 번씩 온 식구가 카탈리나에서는 구할 수 없는 물건이나 옷을 사려고 오버타운에 나올 때면 더파스에서 자주 식사를 하곤 했다. 그리고 그때마다 매케일렙은 아침 식사든, 점심 식사든, 저녁 식사든 상관없이 팬케이크를 주문했다. 레이먼드도 마찬가지였다. 다만 매케일렙은 전통적인 메이플 시럽을 선택하는 반면, 레이먼드는 나무딸기 시럽을 선택한다는 점이 다를 뿐이었다.

매케일렙은 웨이트리스에게 손님이 한 명 더 올 거라고 말하고 오렌지 주스와 물을 각각 한 잔씩 시켰다. 그리고 가죽 가방을 열어 플라스틱 약상자를 꺼냈다. 그는 배에 항상 일주일치 약을 준비해 두고, 지프의 대시보드 서랍에도 대략 이틀치 약을 넣어서 가지고 다녔다. 지금 이 약상자는 배를 정박시킨 뒤 준비한 것이었다. 매케일렙은 오렌지 주스와 물을 번갈아 마시면서 아침마다 먹어야 하는 알약 스물일곱 개를 삼켰다. 그는 모양, 색깔, 맛만으로도 약의 이름을 알아낼 수 있었다. 프릴로섹, 이뮤란, 디곡신. 순서대로 알약을 삼키던 그는 근처 칸막이 좌석에서 어떤 여자가 자신을 지켜보고 있음을 깨달았다. 많이 놀랐는지 여자의 눈썹이 아치를 그리고 있었다.

매케일렙은 이 알약들이 없이는 살 수 없었다. 이 약들은 그의 삶에서 언젠가 다가올 죽음이나 세금처럼 결코 피할 수 없는 존재였다. 지난 몇 년 동안 약의 종류가 몇 가지 바뀌기도 했고, 기존의 약이 없어지고 새로운 약이 덧붙여지기도 했다. 하지만 죽을 때까지 평생 이 알약들의 끔찍한 맛을 오렌지 주스로 씻어 내리며 살아가야 했다.

"먼저 주문해서 먹는 거예요?"

매케일렙은 마지막으로 남은 시클로스포린 세 알에서 시선을 들었다. 제이 윈스턴이 맞은편 자리에 막 앉는 참이었다.

"늦어서 미안해요. 10번 도로가 꽉 막혀서 난리도 아니었어요."

"괜찮아요. 나도 늦었는데요, 뭐. 배터리가 방전되는 바람에."

"이젠 몇 알이나 먹어요?"

"하루에 쉰네 알이에요."

"세상에."

"복도의 벽장을 아예 약장으로 바꿨어요. 전체를 다."

"어쨌든 그 덕분에 아직 살아 있잖아요."

윈스턴이 미소를 지었고, 매케일렙은 고개를 끄덕였다. 웨이트리스가 윈스턴을 위해 메뉴판을 들고 다가왔다.

"난 이 사람하고 같은 걸 먹을게요."

매케일렙은 녹인 버터를 발라서 겹겹이 쌓은 팬케이크를 주문했다. 그리고 바싹 구운 베이컨 1인분을 둘이서 나눠 먹겠다고 웨이트리스에게 말했다.

"커피는요?" 웨이트리스가 물었다. 마치 팬케이크 주문만 1백만 번째 받는 사람 같았다.

"커피도 줘요." 윈스턴이 말했다. "블랙으로."

매케일렙은 그냥 오렌지 주스를 마시겠다고 말했다.

웨이트리스가 가 버리자 매케일렙은 맞은편의 윈스턴을 바라보았다.

"그래, 아파트 관리인하고는 연락이 됐어요?"

"10시 30분에 만나기로 했어요. 아파트는 아직 비어 있지만, 이미 청소가 끝났어요. 게다가 우리가 현장 통제를 해제한 뒤에 피살자의 여동생이 와서 피살자의 물건 중 일부를 가져갔어요."

"안 그래도 그랬을까 봐 걱정했는데."

"관리인 말로는 가져간 물건이 얼마 안 될 거래요. 피살자가 가진 물건이 얼마 없었다면서."

"그럼 올빼미는요?"

"관리인은 올빼미를 모르던데요. 솔직히, 나도 오늘 아침에 테리 씨가 그 말을 하기 전에는 까맣게 잊고 있었어요."

"그냥 육감일 뿐이에요. 어쨌든 한번 살펴보고 싶어요."

"그게 아직 거기 있는지 확인해 봐야죠. 또 뭘 하고 싶어요? 설마 피살자의 아파트만 한번 보려고 여기까지 건너온 건 아니죠?"

"여동생을 한번 만나 볼까 했어요. 가능하면 해리 보슈도 만나 보고."

윈스턴은 아무 말이 없었지만, 매케일렙은 윈스턴의 태도를 보고 그녀가 설명을 기다리고 있음을 알아차렸다.

"신원 미상의 용의자에 대한 프로파일을 작성하려면 반드시 피살자에 대해 알아야 돼요. 피살자의 일상, 성격 등 모든 게 중요해요. 제이 씨도 알잖아요. 여동생은 물론이고, 보슈도 조금이나마 도움이 될 거예요."

"난 그저 기록과 테이프를 한번 봐 달라고 부탁했을 뿐이에요, 테리 씨. 그런데 이렇게 나오면 내가 미안해지잖아요."

웨이트리스가 윈스턴의 커피를 가져왔기 때문에 매케일렙은 잠시 말을 멈췄다. 웨이트리스는 나무딸기 시럽과 메이플 시럽이 든 작은 유리 그릇도 식탁에 내려놓았다. 웨이트리스가 간 뒤 매케일렙은 다시 입을 열었다.

"내가 흠뻑 빠지게 될 거라는 걸 알고 있었잖아요. '조심하라 조심하라 하나님이 보신다'? 인정해요. 내가 그냥 그걸 한번 살펴보고 전화만 한 통 할 거라고 생각했어요? 그렇다고 제이 씨한테 불평할 생각은 없어요. 내가 건너온 건 원해서 한 일이니까. 미안한 마음이 든다면 이따가 팬케이크 값이나 내요."

"부인은 뭐라고 해요?"

"아무 말도. 이게 내가 꼭 해야 하는 일이라는 걸 그 사람도 알거든요. 아까 이쪽에 도착한 뒤에 부두에서 아내한테 전화를 걸었어요. 사실 그때는 이미 그 사람이 뭐라고 말하기엔 늦었죠. 나더러 집으로 돌아올 때 엘촐로에서 풋옥수수 타메일(멕시코 요리의 일종-옮긴이)을 사오라는 말만 했어요. 거기서 그걸 냉동 상태로 팔거든요."

팬케이크가 나왔다. 두 사람은 이야기를 멈췄다. 매케일렙은 윈스턴이 먼저 시럽을 고를 수 있게 기다렸지만, 윈스턴이 자기 접시에 담긴 팬케이크를 포크로 이리저리 옮기는 데 열중했기 때문에 매케일렙은 더 이상 기다릴 수 없었다. 그는 자신의 팬케이크 더미에 메이플 시럽을 듬뿍 뿌려서 먹기 시작했다. 웨이트리스가 다시 와서 계산서를 내려놓았다. 윈스턴이 재빨리 그것을 집었다.

"이건 보안관이 사는 거예요."

"보안관한테 고맙다고 전해요."

"그런데 테리 씨가 해리 보슈 형사한테서 뭘 기대하는지 모르겠어요. 보슈 형사는 그 매춘부 사건 이후로 6년 동안 건과 연락한 적이 몇 번 밖에 안 된다고 했어요."

"그 몇 번이라는 게 언제인데요? 그 친구가 체포됐을 때?"

윈스턴은 자신의 팬케이크에 나무딸기 시럽을 뿌리며 고개를 끄덕였다.

"그렇다면 피살자가 죽기 전날 밤에 두 사람이 만났을 거라는 얘기예요. 하지만 기록에는 그 이야기가 전혀 없었어요."

"내가 안 썼어요. 별로 쓸 것이 없어서요. 당직 형사가 보슈 형사한테 전화해서 건이 음주 운전으로 경찰서 취객 보호실에 있다고 말했대요."

매케일렙은 고개를 끄덕였다.

"그래서요?"

"그래서 보슈 형사가 건을 보러 왔죠. 그게 다예요. 보슈 형사 말로는 건이 제정신이 아니라서 이야기도 못했대요."

"글쎄요…. 그래도 해리랑 얘기를 해 봐야겠어요. 전에 해리랑 같이 일한 적이 있어요. 좋은 경찰관이에요. 직관과 관찰력이 뛰어나죠. 그러니까 나한테 도움이 될 만한 걸 알고 있을지도 몰라요."

"그거야 보슈 형사랑 이야기를 할 수 있을 때의 얘기죠."

"무슨 소리예요?"

"몰랐어요? 데이비드 스토리 살인 사건 재판에 검사 측 팀원으로 참가하고 있어요. 저기 밴 나이스에서요. 뉴스도 안 봐요?"

"아, 이런, 그걸 까맣게 잊어버렸네. 스토리가 잡힌 다음에 신문에서 해리의 이름을 읽은 기억이 나요. 그게 언제죠? 10월이었나요? 그런데 벌써 재판을 해요?"

"그럼요. 절대 미룰 수 없는 사건이잖아요. 대배심을 통과했으니 예심도 필요 없고요. 금방 배심원 선정 작업을 시작했어요. 배심원 선정이 끝났다고 들었으니까, 아마 이번 주에 첫 재판이 열릴 걸요. 어쩌면 오늘일 수도 있어요."

"젠장."

"맞아요. 보슈 형사한테는 행운이죠. 그 사람도 이 사건 얘기를 달가워하지는 않을 테니까."

"내가 해리를 만나지 않았으면 좋겠다는 뜻이에요?"

윈스턴은 어깨를 으쓱했다.

"아뇨, 전혀 그런 뜻이 아니에요. 뭐든 원하는 대로 해요. 다만 테리 씨가 이렇게 직접 뛰어다니겠다고 할 거라고는 미처 예상을 못해서 그래요. 내가 위에다가 자문료를 주자고 말을 해 볼 수는 있지만…."

"그건 걱정 말아요. 보안관이 아침 식사를 사 주는 걸로 충분하니까."

"그러면 안 될 것 같은데요."

매케일렙은 며칠만이라도 다시 사는 것 같은 기분을 느껴보고 싶어서 이 사건을 공짜로 맡아 줄 수 있다는 말은 하지 않았다. 어차피 윈스턴이 주는 돈은 한 푼도 받을 수 없다는 말도 하지 않았다. 만약 매케일렙이 조금이라도 '공식적인' 소득을 올린다면 매일 먹는 약 쉰네 알의 비용을 대주는 주 정부의 지원을 잃어버릴 수도 있었다. 약값이 워낙 비쌌기 때문에 만약 매케일렙이 자기 돈을 내고 약을 사먹어야 한다면 6개월도 안 돼서 파산할 터였다. 1년 수입이 갑자기 10만 달러 넘게 치솟는다면 또 모를까. 이것이 그의 목숨을 살린 의학적 기적 뒤의 추악한 비밀이었다. 매케일렙이 새로운 생명을 얻은 건 사실이지만, 그가 그 생명을 이용해서 생계를 해결하려고 나서지 않아야만 그 생명을 유지할 수 있었다. 배를 빌려 주는 사업의 운영자가 버디 로크리지로 돼 있는 것도 바로 그 때문이었다. 공식적인 기록에서 매케일렙은 무급 갑판원이었다. 버디는 그래시엘라에게서 이 배를 빌려 임대 사업을 하고 있었고, 그 대가로 손님에게서 받는 임대료에서 비용을 제하고 남은 금액의 60퍼센트를 그래시엘라에게 주었다.

"팬케이크 맛이 어때요?" 매케일렙이 윈스턴에게 물었다.

"최고예요."

"당연하죠."

8 거짓말

그랜드 로열은 2층짜리 흉물이었다. 치장벽토를 바른 채 무너져 가는 상자 같은 건물. 장식이랍시고 달려 있는 것은 입구 위에 최신 유행의 글자체로 박혀 있는 건물 이름뿐이었다. 웨스트 할리우드를 비롯해서 수많은 지역의 거리들에 이런 진부한 건물들이 줄줄이 늘어서 있었다. 1950년대와 1960년대에 작은 방갈로 단지들을 몰아내고 지은 이 아파트들은 인구 밀도가 높았다. 진정한 의미의 세련된 건물들 대신 화려하기만 한 엉터리 건물들이 들어선 셈이었다. 게다가 이 아파트들은 하나같이 제 본모습과는 정반대의 이름을 갖고 있었다.

매케일렙과 윈스턴은 건물 2층에서 에드워드 건이 살던 아파트로 들어갔다. 동행한 관리인은 로르샤크라는 남자였다. "그 심리 테스트 이름이랑 비슷해요. 철자가 약간 다르지만."

매케일렙이 어디에 무엇이 있었는지 미리 알고 있지 않았더라면, 건이 죽은 카펫 위의 핏자국 흔적을 놓쳤을 것이다. 이곳을 청소한 사람들은 카펫을 교체하는 대신 세제로 빨았다. 그래서 카펫 위에는 연한 갈색의 작은 흔적만 남았다. 나중에 사정을 모른 채 이곳에 입주한 사람이 보면 십중팔구 음료수나 커피를 흘린 자국으로 생각할 것 같았다.

아파트는 청소가 모두 끝나서 다시 세입자를 들일 준비가 되어 있었다. 하지만 가구들은 똑같았다. 매케일렙은 현장 비디오를 보았기 때문에 알 수 있었다.

그는 맞은편의 장식장을 바라보았다. 그 안에 도자기는 없었다. 장식장 위에 올빼미가 앉아 있지도 않았다. 매케일렙은 윈스턴을 바라보았다.

"그게 없어졌어요."

윈스턴은 관리인에게 시선을 돌렸다.

"로르샤크 씨, 저 장식장 위에 있던 올빼미 말인데요, 수사에 꼭 필요한 물건이에요. 그게 어떻게 됐는지 모르세요?"

로르샤크는 양팔을 넓게 벌렸다가 양 옆구리로 떨어뜨렸다.

"네, 몰라요. 아까 물어보셨을 때도 도대체 무슨 올빼미를 말하는 건가 했어요. 하지만 올빼미가 있었다고 하시니까…."

로르샤크는 어깨를 으쓱하고 턱을 내밀더니 고개를 끄덕였다. 장식장 위에 올빼미가 있었다고 마지못해 수긍한다는 태도였다.

매케일렙은 로르샤크의 몸짓과 말이 거짓말쟁이의 고전적인 특징을 보여 준다는 것을 알 수 있었다. 로르샤크는 자신이 훔친 물건의 존재를 부정하면, 자신의 도둑질도 사라진다고 생각하는 사람이었다. 윈스턴도 그걸 눈치챈 것 같았다.

"제이 씨, 휴대전화 있어요? 여동생한테 전화해서 확인해 봐요."

"카운티 예산으로 나한테 휴대전화를 사 줄 때까지 버티는 중이에요."

매케일렙은 혹시 브래스 도런에게서 전화가 걸려 올지 모른다는 생각에 자기 전화를 쓰고 싶지 않았지만, 어쩔 수 없이 속을 빵빵하게 넣은 소파 위에 자신의 가죽 가방을 내려놓고 그 안에서 전화기를 꺼내 윈스턴에게 건넸다.

윈스턴은 서류 가방 속에 넣어 둔 수첩을 뒤져 여동생의 번호를 찾아냈다. 윈스턴이 전화를 거는 동안 매케일렙은 천천히 아파트 안을 돌아다니며 느낌이 오는 것이 없는지 찾아보았다. 그러다가 둥근 나무 식탁 앞에서 걸음을 멈췄다. 등받이가 곧은 의자 네 개가 식탁 주위에 놓여 있었다. 범죄 현장 분석 보고서에는 이 의자들 중 세 개에서 번진 손자국, 부분 지문, 완전한 지문이 아주 많이 발견되었다고 적혀 있었다. 모두 피살자인 에드워드 건의 지문이었다. 나머지 의자 한 개, 즉 식탁의 북쪽에 놓여 있던 의자에서는 그 어떤 지문도 발견되지 않았다. 누가 의자를 닦았다는 뜻이었다. 범인이 무슨 이유로든 그 의자를 만진 뒤 깨끗이 닦았을 가능성이 가장 높았다.

매케일렙은 방향을 확인한 뒤 식탁 북쪽의 의자로 다가갔다. 그리고 의자 등받이에 손을 대지 않으려고 주의하면서 좌석 밑으로 손을 넣어 식탁에서 끌어내 장식장 쪽으로 옮겼다. 그는 의자를 장식장 앞 중앙에 놓은 뒤 그 위에 올라섰다. 그리고 뭔가를 장식장 위에 놓으려는 것처럼 양팔을 뻗었다. 의자의 다리가 균형이 맞지 않아 흔들렸기 때문에 매케일렙은 넘어지지 않으려고 본능적으로 장식장 상판 모서리를 향해 한 손을 뻗었다. 하지만 그곳을 손으로 잡기 전에 뭔가를 깨닫고 손을 멈췄다. 그래서 대신 장식장의 유리문을 감싼 틀에 팔을 대고 몸을 지탱했다.

"조심해요, 테리 씨."

매케일렙은 아래를 내려다보았다. 윈스턴이 그의 전화기를 닫아서 손에 쥔 채 옆에 서 있었다.

"괜찮아요. 동생이 올빼미를 가져갔대요?"

"아뇨, 올빼미가 있었는지도 모르던데요."

매케일렙은 까치발로 서서 장식장 상판 모서리 뒤쪽을 살펴보았다.

"자기가 가져간 물건이 뭔지는 말하던가요?"

"그냥 옷가지랑 어렸을 때 같이 찍은 사진 몇 장이래요. 다른 건 갖고 싶지 않았대요."

매케일렙은 고개를 끄덕였다. 그는 여전히 장식장 상판을 훑어보는 중이었다. 상판에 먼지가 수북이 쌓여 있었다.

"내가 그 여자를 만나러 갈 거라는 말은 했어요?"

"깜박했어요. 나중에 다시 전화해 둘게요."

"손전등 있어요, 제이 씨?"

윈스턴은 가방을 뒤져 자그마한 펜라이트를 꺼내 주었다. 매케일렙은 전등을 켜서 장식장 상판을 낮은 각도로 비췄다. 빛 덕분에 상판에 쌓인 먼지가 더 또렷이 드러나면서 팔각형 자국이 분명하게 보였다. 뭔가가 그 자리에 놓인 적이 있다는 뜻이었다. 올빼미 조각상의 받침일 터였다.

매케일렙은 상판 가장자리를 따라 빛을 움직이다가 불을 끄고 의자에서 내려왔다. 그리고 제이에게 펜라이트를 돌려주었다.

"고마워요. 지문 감식 팀을 이리로 부르는 게 좋겠어요."

"왜요? 저 위에 올빼미가 있는 건 아니죠?"

매케일렙은 로르샤크를 흘깃 바라보았다.

"네, 없어요. 하지만 그걸 저기 올려놨던 사람이 이 의자를 이용했어요. 그래서 의자가 휘청했을 때 장식장을 잡았죠."

매케일렙은 주머니에서 펜을 꺼내 장식장 앞쪽 가장자리를 가리켰다. 조금 전 펜라이트 불빛에 거기서 손가락 자국이 드러났었다.

"먼지가 아주 많지만, 어쩌면 지문이 있을지도 몰라요."

"그게 올빼미를 가져간 사람의 지문이면 어쩌죠?"

매케일렙은 날카로운 눈빛으로 로르샤크를 바라보며 윈스턴의 질문에 답했다.

"마찬가지예요. 어쨌든 지문이 있을 거예요."

로르샤크가 시선을 피했다.

"이거 또 써도 돼요?"

윈스턴이 매케일렙의 휴대전화를 들어 보였다.

"써요."

윈스턴이 지문 감식 팀을 부르는 동안 매케일렙은 의자를 거실 중앙으로 끌고 가서 핏자국에서 1미터쯤 떨어진 곳에 놓았다. 그러고는 의자에 앉아 방 안을 둘러보았다. 범인이 지금 이 위치에 앉아 있었다면, 올빼미는 피살자뿐만 아니라 범인도 내려다보고 있었을 것이다. 범인이 원한 것도 바로 그것이라는 생각이 본능적으로 떠올랐다. 매케일렙은 핏자국을 내려다보며 살기 위해 몸부림치다 서서히 힘을 잃어 가는 에드워드 건의 모습을 내려다보고 있다고 상상했다. 양동이. 모든 것이 잘 들어맞는데 양동이만 예외였다. 범인은 무대를 마련해 놓고서 정작 연극을 지켜보지 못했다. 피살자의 얼굴을 보지 않으려고 양동이를 씌워야 했다. 매케일렙은 양동이가 자신의 설명과 들어맞지 않는다는 점이 마음에 걸렸다.

윈스턴이 다가와서 전화기를 돌려주었다.

"킹스에서 방금 무단 침입 사건 현장 조사를 마친 팀이 있대요. 15분 뒤면 도착할 거예요."

"운이 좋았네요."

"아주 좋았죠. 지금 뭐하는 거예요?"

"그냥 생각 중이에요. 놈이 여기 앉아서 피살자를 지켜보다가 끝까지 버티질 못한 것 같아요. 그래서 피살자의 머리를 쳤어요. 어쩌면 서둘러 끝내고 싶어서 그랬는지도 모르죠. 그러고는 양동이를 가져다가 씌워서 자신이 피살자를 볼 수 없게 만들었어요."

윈스턴이 고개를 끄덕였다.

"양동이는 어디서 났을까요? 여긴 아무것도…."

"부엌 개수대 밑에 있었을 거예요. 거기 선반에 양동이 밑바닥과 일치하는, 둥그런 물 자국이 있거든요. 커트가 작성한 보충 기록에 있어요. 그 친구가 그걸 깜박 잊고 서류철에 안 넣었나 보네요."

매케일렙은 고개를 끄덕이고 일어섰다.

"감식 팀을 기다릴 거죠?"

"네, 별로 오래 걸리지는 않을 테니까요."

"난 나가서 좀 걷다 올게요."

매케일렙은 열린 문으로 향했다.

"저도 같이 가요." 로르샤크가 말했다.

매케일렙은 그를 향해 돌아섰다.

"아뇨, 로르샤크 씨, 댁은 윈스턴 형사랑 같이 여기 있어요. 우리가 아파트에서 하는 작업을 감시할 독립적인 목격자가 필요하니까."

매케일렙은 로르샤크의 어깨 너머로 윈스턴을 바라보았다. 윈스턴은 한쪽 눈을 찡긋했다. 매케일렙이 무슨 의도로 이렇게 거짓말을 둘러대는지 이해했다는 뜻이었다.

"그래요, 로르샤크 씨. 그냥 여기 계세요. 괜찮다면."

로르샤크는 다시 어깨를 으쓱하고 양손을 들어 올렸다.

매케일렙은 계단을 내려가서 아파트 건물 중앙의 안뜰로 나갔다. 그는 뜰을 완전히 한 바퀴 돌면서 눈으로 납작한 지붕의 선을 뒤쫓았다.

어디서도 올빼미가 보이지 않았기 때문에 그는 몸을 돌려 출입구를 통해 거리로 나갔다.

스위처 거리 맞은편에 3층짜리 건물인 브랙스턴 암스가 있었다. 외부에 통로와 계단이 있는 L자 형 아파트 건물이었다. 매케일렙이 길을 건너서 가 보니 입구에 약 2미터 높이의 보안용 창살문과 울타리가 있었다. 이건 단순한 과시용이 아니었다. 매케일렙은 점퍼를 벗어 접어서 문의 창살 사이로 밀어 넣었다. 그리고 한 발을 문손잡이에 올리고 얼마나 튼튼한지 체중을 실어 시험해 본 뒤 문 꼭대기로 올라갔다. 문을 넘어 반대편으로 떨어진 그는 혹시 자신을 지켜보는 사람이 없는지 주위를 둘러보았다. 아무도 없었다. 그는 점퍼를 쥐고 계단으로 향했다.

매케일렙은 3층으로 올라가서 통로를 따라 건물 앞쪽으로 갔다. 문을 넘고 계단을 오르느라 숨결이 거칠어져 있었다. 건물 앞쪽에 도착한 그는 난간을 양손으로 짚고 몸을 앞으로 기울인 채 숨을 골랐다. 그러고는 스위처 거리 맞은편의 아파트, 즉 에드워드 건이 살던 아파트의 납작한 옥상을 바라보았다. 플라스틱 올빼미는 역시 보이지 않았다.

매케일렙은 난간 너머로 팔을 걸치고 계속 힘겹게 숨을 몰아쉬었다. 마침내 서서히 가라앉기 시작한 심장 박동 소리에 귀를 기울였다. 두피에 땀이 솟아나는 것이 느껴졌다. 약한 것은 심장이 아니라 몸이었다. 심장을 튼튼하게 하려고 먹고 있는 온갖 약 때문에 몸이 약해진 것이다. 속이 상했다. 매케일렙은 이제 다시는 강해질 수 없다는 것, 강도가 마룻바닥이 삐걱거리는 소리에 귀를 기울이듯 평생 자기 심장 박동 소리에 귀를 기울이며 살아야 한다는 것을 알고 있었다.

자동차 소리가 들려서 아래를 내려다보니 운전석 쪽 문에 보안관서 상징이 찍힌 하얀 승합차가 길 건너편 아파트 앞에 섰다. 지문 감식 팀이 도착한 것이다.

매케일렙은 건너편 옥상을 한 번 더 흘깃 바라보고는 풀이 죽어서 돌아섰다. 그러다가 갑자기 걸음을 멈췄다. 올빼미가 있었다. 지금 그가 있는 건물에서 L자 형태로 뻗어 나간 부분의 옥상에. 중앙 에어컨 시스템의 컴프레서 위에 올빼미가 앉아 있었다.

매케일렙은 재빨리 계단으로 가서 옥상 층계참으로 올라갔다. 층계참에 가구들이 쌓여 있어서 요리조리 헤치고 나아가야 했지만, 옥상 문은 잠겨 있지 않았다. 그는 자갈이 흩어져 있는 평평한 옥상을 가로질러 에어컨 시스템으로 서둘러 달려갔다.

매케일렙은 올빼미에 손을 대지 않고 먼저 자세히 살펴보았다. 범죄 현장 테이프에서 보았던 올빼미와 일치했다. 받침은 뭉툭한 팔각형이었다. 이것이 바로 문제의 그 올빼미였다. 매케일렙은 받침에 둘둘 감겨서 에어컨의 흡입구와 연결돼 있는 철사를 제거했다. 흡입구 철망과 에어컨의 금속 덮개에 오래된 새똥이 잔뜩 묻어 있는 것이 눈에 띄었다. 건물 관리자들이 새똥 때문에 애를 먹을 것 같았다. 건너편 아파트뿐만 아니라 이 아파트도 관리하고 있음이 분명한 로르샤크는 새들을 쫓아버리기 위해 건의 아파트에서 이 올빼미를 가져왔을 것이다.

매케일렙은 철사를 올빼미의 목에 감아서 손잡이를 만들었다. 쓸 만한 지문이나 섬유 같은 것이 남아 있을 것 같지는 않았지만, 올빼미에 직접 손을 대지 않기 위해서였다. 매케일렙은 올빼미를 들고 다시 계단으로 향했다.

그가 에드워드 건의 아파트에 들어서자 감식반원 두 명이 도구 상자에서 장비를 꺼내는 중이었다. 장식장 앞에는 사다리가 서 있었다.

"이것부터 한번 살펴봐요." 매케일렙이 말했다.

매케일렙은 자신이 방으로 들어와 플라스틱 올빼미를 탁자 위에 올려놓는 것을 보고 로르샤크의 눈이 점점 커지는 것을 쭉 지켜보았다.

"저 건너편 아파트도 관리하시죠, 로르샤크 씨?"

"어…."

"괜찮아요. 그걸 알아내기는 어렵지 않으니까."

"네, 맞아요." 윈스턴이 허리를 숙이고 올빼미를 살펴보며 말했다. "사건이 나던 날 우리가 관리인을 찾았을 때 로르샤크 씨는 저쪽 아파트에 있었어요. 집이 거기예요."

"이게 왜 그쪽 옥상에 가게 됐는지 아세요?" 매케일렙이 물었다.

로르샤크는 여전히 대답이 없었다.

"이 녀석이 그냥 날아간 모양이죠?"

로르샤크는 올빼미에서 눈을 떼지 못했다.

"이제 그만 가 보셔도 됩니다, 로르샤크 씨. 하지만 멀리 가지는 마세요. 이 올빼미나 장식장에서 지문이 발견되면 비교를 위해서 댁의 지문이 필요하니까요."

이 말을 들은 로르샤크가 매케일렙을 바라보았다. 그의 눈이 조금 전보다 더 휘둥그레져 있었다.

"가 보세요, 로르샤크 씨."

로르샤크는 몸을 돌려 천천히 밖으로 나갔다.

"거기 문도 좀 닫아 줘요." 매케일렙이 그를 향해 소리쳤다.

로르샤크가 문을 닫은 뒤 윈스턴은 금방이라도 웃음을 터뜨릴 것 같은 표정이 되었다.

"테리 씨, 저 사람한테 너무했어요. 사실 저 사람이 뭘 잘못한 것도 아닌데. 우리가 출입을 허락했으니까 저 사람이 여동생한테 물건을 가져가게 한 거고 그다음에는 그냥 자기가 할 일을 한 거잖아요. 이 웃기게 생긴 올빼미를 그냥 놔둔 채로 다른 세입자를 들일 수는 없었을 거예요."

매케일렙은 고개를 저었다.

"저 사람은 우리한테 거짓말을 했어요. 그게 잘못이죠. 길 건너편의 저 아파트를 오르면서 얼마나 화가 나던지…. 이게 저 위에 있다고 저 사람이 그냥 말해 줬으면 되잖아요."

"뭐, 이젠 제대로 겁에 질렸으니 저 사람도 교훈을 얻었을 거예요."

"글쎄요."

매케일렙은 감식반원 한 명이 올빼미를 살펴볼 수 있게 뒤로 물러났다. 다른 감식반원은 장식장 상판을 살피려고 사다리를 올라갔다.

감식반원이 검은 지문 가루를 올빼미 표면에 붓으로 묻히는 동안 매케일렙은 올빼미를 유심히 살펴보았다. 플라스틱에 올빼미 모양을 손으로 그린 것 같았다. 날개, 머리, 등은 짙은 갈색과 검은색이었고, 가슴은 노란색 하이라이트가 들어간 밝은 갈색이었다. 눈은 검은색으로 빛났다.

"이거, 밖에 있었어요?" 감식반원이 물었다.

"안타깝지만 그래요." 매케일렙은 지난주에 육지와 카탈리나 섬을 씻어 내린 비를 떠올리며 대답했다.

"아무것도 안 나오는데요."

"역시…."

매케일렙은 윈스턴을 바라보았다. 로르샤크에게 또 분노를 느끼는 눈빛이었다.

"이 위에도 아무것도 없어요." 다른 감식반원이 말했다. "먼지가 너무 많아요."

9 옛 친구

데이비드 스토리의 재판은 밴 나이스 법원에서 열리고 있었다. 이 사건은 밴 나이스는 물론이고 샌퍼낸도 계곡과도 전혀 관계가 없었지만 지방 검사실의 일정(日程) 담당자들은 카운티에서 가장 큰 법정인 디파트먼트 N이 비어 있다는 이유로 이곳을 선택했다. 디파트먼트 N은 몇 년 전 메넨데즈 형제의 살인 사건 때 몰려든 기자들은 물론 두 배심원단까지 넉넉히 수용할 수 있게 법정 두 개를 터서 만든 곳이었다. 메넨데즈 형제가 부모를 죽인 사건은 로스앤젤레스에서 언론과 대중의 관심을 사로잡은 여러 사건 중 하나였다. 그 재판이 끝난 뒤에도 지방 검사실은 엄청나게 커진 법정을 원래대로 되돌리겠다고 굳이 나서지 않았다. LA에서 디파트먼트 N을 가득 채울 만한 사건이 숱하게 벌어질 거라는 사실을 누군가가 미리 깨달은 모양이었다.

데이비드 스토리 사건이 바로 그런 사건이었다.

데이비드 스토리는 R 등급 영화 중에서도 폭력과 성 표현을 한계까지 밀어붙인 영화들로 유명한 서른여덟 살의 영화감독이었다. 그는 최근작의 시사회가 끝난 뒤 집으로 데려갔던 여배우를 살해한 혐의로 기소되었다. 스물세 살인 여배우의 시체는 다음 날 아침에 그녀가 다른 배우 지망생과 함께 살던 니콜스 캐니언의 작은 목조 주택에서 발견되었다. 사인은 교살이었고, 시체는 알몸이었다. 수사관들은 범인이 시체가 쉽게 발견되지 않게 세심하게 신경을 쓴 것 같다고 생각했다.

이 사건의 중요한 요소들, 즉 권력, 명성, 섹스, 돈에 할리우드라는 말이 덧붙여진 덕분에 언론은 최고의 관심을 보이며 달려들었다. 데이비드 스토리는 감독이라는 직업상 연예인만큼 유명해지기는 힘들었지만, 7년 동안 일곱 편의 히트작을 만들어 낸 사람답게 상당한 명성과 함께 무시무시한 힘을 휘두르고 있었다. 언론은 젊은이들이 할리우드의 꿈을 향해 달려들듯이 데이비드 스토리 재판에 달려들었다. 재판 전에 나온 기사들은 할리우드의 고삐 풀린 탐욕과 방종을 보여 주는 전형적인 사례로 이 사건을 다루고 있었다.

이 사건은 또한 형사 재판에서 흔히 볼 수 없는 비밀스러운 측면도 갖고 있었다. 이 사건을 배정받은 검사들은 스토리를 기소하기 위해 대배심에 증거를 제출했다. 그래서 피고에게 불리한 증거들이 대부분 공개되는 예심을 피할 수 있었다. 사건에 관한 정보의 보고(寶庫)를 잃어버린 언론은 검사 측과 변호인 측에서 직접 정보를 캐는 수밖에 없었다. 그런데도 일반적인 사항들 외에 언론으로 새어 나간 정보는 거의 없었다. 검사 측이 스토리의 범행을 입증하기 위해 내놓을 증거들은 여전히 베일에 싸여 있었기 때문에 언론은 더욱더 열광적으로 취재 경쟁을 벌였다.

지방 검사실이 이 재판을 밴 나이스의 디파트먼트 N에서 열기로 결심한 것도 언론의 취재 열기 때문이었다. 두 개의 배심원석 중 한 곳은 기자들에게 개방하고, 사용되지 않는 회의실도 기자실로 개조해서 법정에 입장하지 못한 기자들이 화면을 통해 재판을 지켜볼 수 있게 해 줄 예정이었다. 이처럼 지방 검사실이 〈내셔널 인콰이어러〉에서부터 〈뉴욕 타임스〉에 이르기까지 모든 매체의 기자들에게 재판을 완전히 개방하기로 한 덕분에 이 사건은 21세기 들어 처음으로 언론의 완벽한 먹잇감이 되었다.

이 취재 경쟁의 한가운데에 위치한 검사 측 자리에 이 사건의 담당 형사인 해리 보슈가 앉아 있었다. 재판 전에 나온 언론의 분석 기사들은 모두 같은 결론을 내렸다. 데이비드 스토리 사건이 보슈의 손에 달려 있다고. 검사 측의 증거들은 모두 정황 증거일 뿐이고, 사건의 토대를 세워 주는 건 보슈가 될 거라는 것이었다. 확실한 정보 중 유일하게 언론에 새어 나간 이야기에 따르면, 보슈가 다른 증인이나 녹음 장비가 없이 둘만 있는 자리에서 스토리가 짐짓 점잔을 떨며 그 여배우를 살해했다고 인정했으며 그래도 자신은 법망을 피할 수 있을 거라고 자랑했다는 증언을 할 것이라고 했다.

정오 직전에 밴 나이스의 법원으로 들어설 때 매케일렙도 이런 사정을 모두 잘 알고 있었다. 그는 금속 탐지기 앞에 줄을 서서 자신의 삶이 얼마나 변해 버렸는지 새삼 느꼈다. FBI 요원 시절에는 배지만 보여 주면 줄 선 사람들 옆을 돌아서 안으로 들어갈 수 있었다. 하지만 지금은 그저 민간인이므로 줄을 서서 기다려야 했다.

4층 복도는 밀치락달치락하는 사람들로 붐비고 있었다. 영화 스타들의 근사한 흑백 사진 다발을 움켜쥔 사람들이 많이 눈에 띄었다. 이번 재판에 목격자나 피고를 지지하는 방청객으로 스타들이 나올지도 모른다고 생각한 모양이었다. 매케일렙은 디파트먼트 N의 입구로 다가갔지만, 그곳을 지키던 경찰관 두 명 중 한 명이 법정에 더 이상 사람이 들어갈 자리가 없다고 말해 주었다. 그러고는 길게 줄을 늘어선 사람들을 가리켜 보였다. 경찰관은 그 사람들이 입장을 기다리는 중이라고 말했다. 한 사람이 법정에서 나올 때마다 줄을 서 있던 사람 한 명이 안으로 들어갔다. 매케일렙은 고개를 끄덕이고 문에서 물러났다.

복도 아래쪽에 어떤 문이 열려 있고, 그 주위에서 사람들이 북적거리는 것이 보였다. 그중에 텔레비전 뉴스에서 본 기자의 얼굴이 있었다. 그쪽이 기자실인 것 같아서 매케일렙은 그 문으로 향했다.

열린 문 앞에서 안을 들여다보니 커다란 텔레비전 두 대가 방 양편 구석에 높게 걸려 있고, 여러 사람이 원래 배심원용인 커다란 책상 주위에 모여 있었다. 기자들이었다. 그들은 노트북 컴퓨터로 문서를 작성하거나, 수첩에 메모를 하거나, 밖에서 사 온 샌드위치를 먹고 있었다. 탁자 중앙에는 플라스틱 커피 잔과 음료수 잔이 가득했다.

매케일렙은 텔레비전을 올려다보았다. 정오가 지났는데도 재판이 아직 진행 중이었다. 카메라가 넓은 각도로 법정을 잡고 있기 때문에, 검사 측 자리에 남자, 여자 한 명씩과 함께 앉아 있는 해리 보슈가 보였다. 보슈는 재판에 주의를 기울이지 않는 것 같았다. 매케일렙도 얼굴을 아는 남자가 검사 측과 변호인 측 자리 사이의 연설대 뒤에 서 있었다. 변호인단의 수석 변호사인 J. 리즌 포욱스였다. 그의 왼편 탁자에는 피고인인 데이비드 스토리가 앉아 있었다.

매케일렙이 있는 곳에서는 텔레비전의 소리가 들리지 않았지만, 포욱스가 모두(冒頭) 진술을 하는 게 아니라는 사실은 알 수 있었다. 포욱스는 배심원석이 아니라 판사를 바라보고 있었다. 아마도 1회 공판이 시작되기 직전에 변호인 측이 새로 뭔가를 신청하고 있는 모양이었다. 두 텔레비전의 화면이 다른 각도에서 잡은 장면으로 바뀌었다. 판사를 정면으로 바라보는 각도였다. 판사가 입을 열어 말을 하기 시작했다. 자신이 내린 결정을 전달하고 있음이 분명했다. 매케일렙은 재판관 앞의 명패를 확인했다. 존 A. 휴턴 판사라고 되어 있었다.

"매케일렙 요원님?"

매케일렙은 텔레비전에서 고개를 돌렸다. 얼굴은 낯이 익지만 누구인지 금방 생각나지 않는 남자가 옆에 서 있었다.

"그냥 매케일렙입니다. 테리 매케일렙."

남자는 그가 불편해하는 것을 알아차리고 한 손을 내밀었다.

"잭 매커보이입니다. 전에 인터뷰를 한 적이 있어요. 아주 짧은 인터뷰였는데, 제가 시인 사건 수사에 관해 물어봤습니다."

"아, 그래요, 이제 기억이 납니다. 꽤 오래전 일이네요."

매케일렙은 고개를 절레절레 저었다. 매커보이라면 분명히 기억하고 있었다. 시인 사건에 휘말렸던 사람으로, 나중에 그 이야기를 책으로 쓰기도 했다. 매케일렙은 그 사건에서 아주 미약한 역할밖에 하지 않았다. 수사가 로스앤젤레스로 넘어왔을 때였다. 매커보이가 쓴 책은 읽어 보지 않았지만, 자신의 이름이 그 책에 언급되지 않았으리라는 사실은 읽지 않아도 알 수 있었다.

"콜로라도에서 오셨던 것 같은데요." 매커보이가 덴버의 한 신문사 소속 기자였던 것이 기억났다. "이번에는 이걸 취재하러 왔습니까?"

매커보이가 고개를 끄덕였다.

"기억력이 좋으시네요. 원래 그쪽 출신이지만 지금은 이쪽에 삽니다. 프리랜서예요."

매케일렙은 고개를 끄덕였다. 이제 또 무슨 말을 해야 할지 난감했다.

"그럼 이번에는 어느 매체 일을 하시는 거죠?"

"〈뉴 타임스〉에 이번 사건과 관련해서 일주일에 한 번씩 기사를 보내고 있어요. 그 신문을 보십니까?"

매케일렙은 고개를 끄덕였다. 〈뉴 타임스〉라면 그도 잘 알고 있었다. 권위에 반발하며 더러운 이야기들을 들춰내는 주간 타블로이드 신문이었다. 그 신문은 주로 연예오락 산업 광고로 목숨을 이어 나가고 있는 것 같았다. 영화에서부터 에스코트 서비스에 이르기까지 그쪽 관련 광고들이 신문 뒤쪽의 여러 면을 가득 채우곤 했다. 버디는 무가지인 그 신문을 가져다가 항상 배 안 여기저기에 흘리고 다니곤 했다. 매케일렙은 가끔 그 신문을 봤지만 매커보이의 이름이 눈에 띈 적은 없었다.

"〈배니티 페어〉에도 그쪽에 맞는 기사를 쓰고 있습니다." 매커보이가 말했다. "추측이 많이 들어가고, 할리우드의 어두운 면을 들추는 기사 말입니다. 책을 또 한 권 쓸 생각도 하고 있어요. 매케일렙 씨는 여기 어쩐 일이십니까? 혹시 이번 사건과… 관련이…."

"내가요? 아닙니다. 친구가 이 일에 관련돼 있어서 근처에 왔다가 들렀어요. 친구한테 인사나 할까 하고요."

이렇게 거짓말을 늘어놓으면서 매케일렙은 매커보이에게서 텔레비전으로 다시 시선을 돌렸다. 법정 전체를 잡은 화면이 보였다. 보슈가 서류 가방에 소지품을 챙기고 있는 것 같았다.

"해리 보슈?"

매케일렙은 다시 매커보이를 바라보았다.

"네, 맞습니다. 전에 일을 같이 한 적이 있는데…. 어, 그런데 저 안에서 지금 뭐가 어떻게 돌아가고 있는 겁니까?"

"재판을 시작하기 전에 최종적으로 여러 가지 신청을 제출하고 있습니다. 비공개 상태에서 먼저 정리할 건 정리하자는 거죠. 지금은 저 안에 들어갈 필요가 없습니다. 다들 판사가 점심 전에 재판을 끝낼 거라고 생각하고 있어요. 그러면 변호사들은 오늘 오후 내내 1차 공판 준비를 할 수 있겠죠. 내일 재판은 10시에 시작입니다. 지금 여기 사람이 많은 것 같죠? 내일 한번 와 보십쇼."

매케일렙은 고개를 끄덕였다.

"아, 그럼, 가 봐야겠네요. 어, 만나서 반가웠습니다. 기사 잘 쓰세요. 책도요. 쓰게 된다면."

"그게, 매케일렙 씨 이야기를 쓰는 것도 괜찮을 것 같은데요. 심장 얘기며 다른 것까지…."

매케일렙은 고개를 끄덕였다.

"내가 케이샤 러셀 기자한테 신세를 진 일이 있는데, 그 친구가 아주 훌륭한 기사를 썼더군요."

기자실에 있던 사람들이 밖으로 밀려 나오는 것이 보였다. 텔레비전 화면 속에서 판사의 자리는 이미 비어 있었다. 재판이 끝난 것이다.

"저쪽으로 가서 해리를 만나 봐야겠습니다. 만나서 반가웠습니다."

매케일렙이 손을 내밀자 매커보이가 그 손을 잡고 흔들었다. 매케일렙은 다른 기자들을 따라 법정 문으로 향했다.

디파트먼트 N의 문이 열려 있고, 그 안에 자리를 차지했던 운 좋은 시민들이 쏟아져 나왔다. 재판은 십중팔구 머리가 멍해질 정도로 지루했을 것이다. 안에 들어가지 못한 사람들은 유명인의 얼굴을 잠깐이라도 보려고 앞으로 밀려들었지만, 뜻을 이루지 못했다. 유명 연예인들은 내일이나 돼야 모습을 드러낼 터였다. 모두 진술은 영화의 오프닝 크레디트와 같았다.

사람들이 빠져나간 뒤 변호사들과 관련 직원들이 나왔다. 스토리는 구치소로 돌아갔지만, 그의 변호사는 반원형으로 늘어선 기자들에게 곧장 기세 좋게 다가가서 안에서 진행된 일들에 대한 자신의 견해를 말하기 시작했다. 머리카락은 새카맣고, 피부는 짙은 구릿빛이고, 눈은 빛에 따라 색조가 변하는 초록색인 남자가 변호사 바로 뒤에 자리를 잡고

서서 그를 지켰다. 눈에 확 띄는 외모였다. 매케일렙은 그 남자가 낯익었지만 어디서 보았는지 기억나지 않았다. 그는 스토리가 자신의 영화에 주로 출연시키는 배우들과 비슷한 외모였다.

검사들이 밖으로 나오자 역시 또 다른 기자들이 다가들었다. 검사들의 답변은 변호사의 것보다 짧았다. 어떤 증거를 제출할 예정이냐는 질문에는 답변을 거부했다.

매케일렙은 보슈가 나오는지 주의 깊게 지켜보고 있었다. 마침내 보슈가 마지막으로 문을 통과했다. 그는 북적거리는 사람들을 피하려고 벽에 붙어서 엘리베이터 쪽으로 걸어갔다. 여기자 한 명이 그에게 다가갔지만, 그는 한 손을 휘저어서 기자를 쫓아버렸다. 기자는 J. 리즌 포욱스를 둘러싼 무리에 다시 합류했다. 원래 그곳에 있다가 떨어져 나온 분자가 다시 돌아가는 것 같았다.

매케일렙은 보슈를 따라 복도를 걸어가서 엘리베이터 앞에 멈춰 선 그에게 말을 건넸다.

"어이, 해리 보슈."

보슈는 이미 아무 대답도 하지 않겠다는 표정을 짓고 고개를 돌렸지만, 그의 옆에 서 있는 사람은 매케일렙이었다.

"어… 매케일렙."

그가 미소를 지었다. 그리고 매케일렙과 악수했다.

"최악의 유명인 사건 같은데." 매케일렙이 말했다.

"그러게 말이야. 여긴 웬일이야? 설마 이 사건에 관한 책을 쓰는 건 아니겠지?"

"뭐?"

"요새는 전직 FBI 요원들이 죄다 책을 쓰는 것 같아서 말이야."

"아이고, 난 아냐. 그냥 자네한테 점심이나 사 줄까 하고 왔어. 자네랑 할 애기가 있거든."

보슈는 손목시계를 보더니 뭔가 마음을 정하는 기색이었다.

"에드워드 건 사건이야."

보슈가 매케일렙을 바라보았다.

"제이 윈스턴이야?"

매케일렙은 고개를 끄덕였다.

"나더러 한번 봐 달라고 했어."

엘리베이터가 도착하자 두 사람은 법정 안에 있던 사람들과 함께 엘리베이터에 올랐다. 엘리베이터 안을 가득 메운 사람들은 모두 티를 내지 않으려고 애쓰면서 보슈를 바라보고 있는 것 같았다. 매케일렙은 밖으로 나갈 때까지 이야기를 미뤄야겠다고 생각했다.

1층에 도착한 두 사람은 출구로 향했다.

"내가 프로파일을 작성해 보겠다고 했어. 아주 간단한 걸로. 그러려면 건에 대해서 좀 알아야 돼. 그래서 자네한테 그 옛날 사건이랑 건에 대해 이야기를 좀 들을까 했지."

"건은 쓰레기 같은 놈이었어. 내 여유 시간이 최대한 45분밖에 안 돼. 바로 출발해야 하거든. 오늘은 내가 정신이 없어. 다들 공판 준비가 제대로 돼 있는지 확인해야 하니까 말이야."

"45분이라도 괜찮아. 근처에 어디 식사할 데가 있나?"

"여기 카페테리아는 생각도 하지 마. 엉망이니까. 빅토리 거리에 큐피드 식당이 있어."

"경찰들은 항상 제일 잘하는 식당에 다니잖아."

"그러니까 우리가 이 일을 하는 거지."

10 악의 상징

두 사람은 파라솔이 없는 야외석에서 핫도그를 먹었다. 비교적 따뜻하다고는 해도 아직 겨울이었다. 그런데도 매케일렙은 땀을 흘렸다. 밸리의 기온이 언제나 카탈리나 섬보다 약 8~10도 높은 탓이었다. 매케일렙은 아직 그 변화에 적응하지 못했다. 수술을 받은 이후로 체온 조절 시스템이 도무지 정상으로 돌아오지 않아서 그는 금방 추워졌다가 또 금방 땀을 흘리곤 했다.

매케일렙은 먼저 보슈가 지금 맡고 있는 사건에 대한 가벼운 이야기부터 시작했다.

"이번 사건으로 할리우드의 해리가 되는 건가?"

"그런 건 사절이야." 보슈가 메뉴판에 시카고 도그라고 적혀 있는 음식을 씹으며 말했다. "차라리 77번가에서 심야 근무조에 들어갈 거야."

"그래, 잘될 것 같아? 놈을 집어넣을 수 있겠어?"

"그걸 누가 알겠어. 지방 검사실은 디스코가 유행하던 시절 이후로 큰 사건에서 이겨 본 적이 없어. 이번 일도 어떻게 될지 모르겠어. 변호사들은 전부 배심원한테 달렸다고 말하지. 난 항상 증거의 질이 가장 중요하다고 생각하지만, 나야 뭐 멍청한 형사 나부랭이니까. 존 리즌이 O. J. 심슨 사건의 배심원 자문을 끌어들였어. 그 둘이 배심원 열두 명하고 아주 잘 지내는 것 같던데. 젠장, 존 리즌이라니. 봐, 내가 심지어 그 친구를 기자들하고 똑같이 이름으로 불러 주잖아. 그 친구가 사람들을 자기 마음대로 조종해서 일을 만들어 나가는 솜씨가 아주 좋다는 증거지."

해리는 고개를 젓더니 핫도그를 또 한 입 베어 물었다.

"아까 그 덩치 큰 친구는 누구야?" 매케일렙이 물었다. "변호사 뒤에 떡하니 버티고 서 있던 친구 말이야."

"루디 발렌티노. 그쪽 수사관이야."

"그게 본명이야?"

"아니. 루디 터페로야. 전직 LA 경찰관이지. 몇 년 전까지만 해도 할리우드에서 형사들을 지휘했어. FBI 사람들이 그 친구를 발렌티노라고 부른 건 외모 때문이야. 그 친구도 그 별명에 취해 버렸고. 어쨌든, 경찰을 그만두고 사립 탐정이 됐어. 나도 어떻게 된 건지는 모르지만, 할리우드 사람들한테서 경비 계약을 아주 많이 따냈어. 이번 사건에는 우리가 스토리를 잡아들인 직후에 나타났지. 사실 루디가 스토리와 포욱스를 연결해 준 셈이야. 아마 그 대가로 두둑한 중개료를 챙겼을걸."

"그럼 판사는? 판사는 어떨 것 같아?"

보슈는 이제야 좋은 이야기가 나왔다는 듯 고개를 끄덕였다.

"총잡이 휴턴. 한 번 아니라고 하면 아닌 사람이야. 헛소리도 안 통해. 필요하다면 포욱스의 뺨도 후려갈길걸. 적어도 그 점은 우리한테 이로워."

"총잡이 휴턴?"

"그 검은 법복 밑에 총을 차고 있을 때가 많대. 적어도 대다수의 사람들 생각으로는 그래. 5년쯤 전에 멕시코 계 마피아 사건을 맡았는데, 배심원들이 유죄 평결을 내리자 피고인 친구들과 가족들이 방청석에 앉아 있다가 돌아 버렸다는 거야. 하마터면 법정에서 폭동이 일어날 뻔했다지 아마. 그때 휴턴이 권총을 꺼내서 천장에 대고 쐈대. 그 덕분에 아주 빨리 상황이 정리됐지. 그 뒤로 줄곧 우리 카운티의 현직 판사들 중에서 언제나 가장 많은 표를 얻어서 재선되고 있어. 법정에 가서 천장을 확인해 봐. 총구멍이 아직도 있으니까. 휴턴이 그걸 절대 수리하지 말라고 했거든."

보슈는 핫도그를 또 한 입 베어 물고 손목시계를 확인했다. 그리고 입에 음식이 가득한 채로 화제를 바꿨다.

"그나저나 벌써 외부에 도움을 청했다면 그쪽 사건이 벽에 부딪힌 모양이지?"

매케일렙은 고개를 끄덕였다.

"그렇다고 봐야지."

매케일렙은 자기 앞의 칠리도그를 내려다보며 나이프와 포크가 있으면 좋겠다고 생각했다.

"왜 그래? 다른 식당으로 갈 걸 그랬나."

"아냐. 그냥 생각을 좀 하느라고. 아침에 더파스에서 팬케이크를 먹고 지금 또 이걸 먹으면, 오늘 저녁에 심장을 새로 달아야 할지도 몰라."

"심장을 정지시키고 싶으면 이 다음에는 더파스에서 식사한 뒤에 밥스 도넛에 들러. 바로 거기 농산물 시장에 있으니까. 글레이즈 도넛 두어 개만 먹으면 동맥이 딱딱해져서 처마에 매달린 고드름처럼 딱 부러지는 게 느껴질 거야. 아직 용의자도 전혀 없지?"

"맞아, 전혀 없어."

"그런데 자네는 왜 이렇게 흥미를 보이는 거야?"

"제이 씨랑 똑같아. 뭔가가 있어. 범인이 누군지는 몰라도 이제 시작인 것 같아."

보슈는 고개만 끄덕였다. 입에 음식이 가득했다.

매케일렙은 보슈를 자세히 살펴보았다. 머리가 매케일렙이 기억하던 것보다 짧았다. 흰머리가 늘었지만, 그거야 당연한 일이었다. 콧수염과 눈은 여전했다. 보슈의 눈을 보니 그래시엘라의 눈이 생각났다. 눈동자가 어찌나 까만지 홍채와 동공이 거의 구분되지 않을 정도였다. 하지만 보슈의 눈에는 피곤한 기색이 역력했고, 눈꼬리는 주름살 때문에 눈꺼풀이 살짝 처져 있었다. 그래도 그의 눈동자는 지금도 계속 움직이며 주위를 관찰했다. 앞으로 살짝 몸을 기울이고 앉은 자세는 당장 움직일 준비가 된 것 같았다. 보슈에게는 옛날부터 항상 스프링처럼 튕겨 나갈 것 같은 분위기가 있었다. 보슈라면 언제든 뭔가 핑계만 생기면 가장 치열하고 위험한 지역으로 곧장 뛰어들 것 같았다.

보슈는 양복 상의 안주머니에 손을 넣어 선글라스를 꺼내서 썼다. 매케일렙은 자신이 관찰하고 있음을 눈치채고 선글라스를 쓴 건지 궁금해졌다. 그는 몸을 숙여 칠리도그를 들어 올린 뒤 마침내 한 입 베어 물었다. 아주 맛있었지만, 동시에 겁도 났다. 매케일렙은 소스가 뚝뚝 떨어지는 칠리도그를 다시 종이 접시에 놓고 냅킨으로 손을 닦았다.

"건에 대해서 말해 봐. 쓰레기 같은 놈이라고 했지? 그것 말고 또 뭐가 있어?"

"그것 말고? 그게 다야. 놈은 포식자였어. 여자들을 이용하고, 돈으로 사는 인간. 놈은 틀림없이 그 모텔 방에서 그 여자를 죽였어. 의심의 여지가 없어."

"하지만 지방 검사가 사건을 접었잖아."

"그래. 건은 정당방위였다고 주장했지. 놈이 앞뒤가 안 맞는 말을 하기는 했는데, 그것만 가지고 기소할 수 있을 정도는 아니었어. 놈은 정당방위를 주장했는데, 우린 재판에서 그 주장을 뒤집을 방법이 없었어. 그래서 기소를 안 한 거야. 그렇게 접어 버리고 다음 사건으로 넘어간 거지."

"자네가 정당방위 주장을 안 믿었다는 걸 놈도 알았어?"

"당연히 알고 있었지."

"놈이 입을 열게 하려고 자네가 손을 쓴 적은 없고?"

보슈가 매케일렙을 바라보았다. 선글라스를 썼는데도 어떤 눈빛인지 알 수 있을 정도였다. 방금 매케일렙이 던진 질문은 형사로서 보슈의 신뢰성을 건드린 것이었다.

"내 말은…." 매케일렙은 재빨리 말을 이었다. "자네가 놈의 입을 열게 하려고 했을 때 어떻게 됐냐고."

"사실 우린 그럴 기회가 없었어. 문제가 있었거든. 그런 자리를 만들기는 했지. 놈을 불러다가 조사실에 넣어 두었으니까. 나랑 내 파트너는 놈을 거기 한동안 놔둘 생각이었어. 놈이 혼자서 열심히 생각을 해 보게. 우리는 일단 서류를 모두 작성해서 서류철에 넣은 뒤에 놈을 붙들고 앉아서 놈의 진술을 무너뜨릴 계획이었지. 그런데 그럴 기회가 없었어. 그러니까, 제대로 해 볼 기회가 없었다는 얘기야."

"왜?"

"에드거, 이게 내 파트너의 이름이야. 제리 에드거. 에드거랑 나는 복도 아래쪽에서 커피를 한 잔 마시면서 놈을 어떻게 다룰지 얘기하고 있었어. 그런데 그동안에 과장이 조사실에 앉아 있는 건을 본 거야. 건이 왜 거기 불려와 있는지 전혀 알지도 못한 상태에서 과장이 제멋대로 안에 들어가서 놈한테 법적인 권리를 제대로 알려 줘 버렸지."

보슈의 얼굴에 분노가 차오르는 것이 보였다. 이미 6년 전 일인데도 그랬다.

"건은 목격자이자, 겉으로 보기에는 범죄 피해자로 불려 와 있었어. 죽은 여자가 칼을 들고 자기한테 달려들어서 자기가 그 칼날을 여자한테 돌렸다고 말했거든. 그러니까 우리가 놈한테 권리를 알려 줄 필요가 없었다고. 우리는 그 방에 들어가서 놈의 진술을 무너뜨린 다음에 놈이 실수를 하게 만들 계획이었어. 일단 거기까지 간 뒤에야 권리를 알려 줄 생각이었지. 그런데 그 빌어먹을 과장이 아무것도 모르고 무작정 방에 들어가서 권리를 말해 준 거야. 그래서 우리 계획이 끝나 버렸지. 놈은 우리가 자기를 노린다는 걸 알고 우리가 방으로 들어가자마자 변호사를 불러 달라고 말했어."

보슈는 고개를 절레절레 저으며 거리를 바라보았다. 매케일렙도 그의 시선을 따라갔다. 빅토리 대로 건너편에 중고차 주차장이 있고, 거기에 빨간색, 하얀색, 파란색 깃발들이 바람에 펄럭이고 있었다. 매케일렙에게 밴 나이스는 항상 자동차 주차장과 동의어였다. 새 차건 중고차건 차가 세워진 주차장들이 사방에 있었다.

"그래서 그 과장한테 뭐라고 했어?" 매케일렙이 물었다.

"뭐라고 했냐고? 아무 말도 안 했어. 그냥 사무실 창밖으로 던져 버렸지. 그것 때문에 정직을 먹었어. 스트레스로 인한 비자발적인 휴가. 제리 에드거가 나중에 그 사건을 지방 검사에게 가져갔는데, 지방 검사실은 그 사건을 한동안 깔고 앉아 있다가 결국 포기해 버렸어."

보슈는 고개를 끄덕였다. 그의 시선이 자신의 텅 빈 종이 접시에 머물렀다.

"내가 망친 거라고나 할까." 그가 말했다. "그래, 내가 망쳤어."

매케일렙은 잠시 가만히 있다가 말을 이었다. 바람이 한 줄기 불어와 보슈의 접시를 싣고 갔다. 보슈는 접시가 땅바닥을 스치며 날아가는 것을 지켜보았다. 접시를 쫓아가 주워 올 생각은 전혀 없는 것 같았다.

"지금도 그 과장 밑에서 일해?"

"아니. 그 과장은 지금 없어. 그 사건이 있고 얼마 안 됐을 때 과장이 밤에 외출했다가 돌아오지 않았어. 나중에 전망대 근처의 그리피스 공원 안 터널에서 자동차와 함께 발견됐지."

"뭐? 자살한 거야?"

"아니. 누가 죽여 준 거지. 아직 미제 사건이야. 엄밀히 말하면."

보슈는 다시 매케일렙에게 시선을 돌렸다. 매케일렙은 아래로 시선을 떨어뜨리다가 보슈의 넥타이핀이 아주 작은 은색 수갑 한 쌍 모양임을 알아차렸다.

"또 뭘 말해 줄까?" 보슈가 말했다. "지금 이 이야기는 건하고는 아무 상관이 없어. 건은 그저 연고통에 날아든 파리 한 마리였을 뿐이야. 여기서 연고는 사람들이 사법 시스템이라고 부르는 엉터리를 말하는 거야."

"자네도 건에 대해 배경 조사를 많이 할 시간이 없었겠는데."

"사실 전혀 없었지. 내가 지금 한 얘기는 모두 여덟 시간이나 아홉 시간 동안 일어난 일이니까. 그 뒤로 나는 그 사건에서 밀려났고, 놈은 자유의 몸으로 걸어 나갔어."

"그래도 자네는 포기하지 않았잖아. 제이 씨 말로는 놈이 죽기 전날 밤에 경찰서 취객 보호실로 자네가 놈을 찾아갔다던데."

"그래. 선셋 대로에서 매춘부를 찾아다니다가 잡혀 들어왔지. 나한테 연락이 왔더라고. 그래서 보러 갔어. 뭐, 놈을 좀 괴롭히면서 이제 자백할 준비가 됐는지 한번 보고 싶다는 생각도 있었고. 그런데 놈이 완전 고주망태였어. 바닥에 속을 게워 놓고 그 속에 누워 있었으니. 그게 전부야. 제대로 된 대화는 해 보지도 못한 거나 마찬가지야."

보슈는 매케일렙이 먹다 만 칠리도그를 보더니 자신의 손목시계를 확인했다.

"미안하지만 내가 아는 건 이게 전부야. 자네 계속 먹을 건가? 아니면 이제 그만 가지."

"두어 입만 더 먹고, 질문도 두어 개만 더 할게. 담배 피우고 싶나?"

"2년쯤 전에 끊었어. 지금은 특별한 때만 피워."

"설마 선셋 대로에 걸린 광고판 때문에 끊은 건 아니지? 말보로맨이 성불능이 됐다는 광고 말이야."

"아니, 아내가 둘이서 같이 끊자고 했어."

"아내? 해리, 오늘 정말 사람을 놀래 주는군."

"흥분하지 마. 아내랑은 이미 헤어졌어. 그래도 최소한 이제 담배는 안 피워. 그 사람은 지금 어떤지 모르지만."

매케일렙은 그냥 고개만 끄덕였다. 보슈의 사생활을 너무 깊숙이 넘보았다는 생각이 들었다. 그는 다시 사건 얘기로 돌아갔다.

"그래, 누가 건을 죽였을지 짐작 가는 것 없어?"

매케일렙은 보슈가 대답하는 동안 칠리도그를 한 입 더 먹었다.

"아마 자기랑 똑같은 놈을 만났을걸. 어딘가에서 선을 넘어 버린 놈. 오해하지는 마. 난 자네랑 제이가 놈을 잡기를 바라는 사람이야. 하지만 범인이 남자든 여자든 난 그 범인이 저지른 일에 대해 별로 화가 안 나. 무슨 말인지 알겠나?"

"자네가 '여자'를 언급하다니 재미있군. 범인이 여자일 수도 있다고 보는 거야?"

"사건에 대해 잘 모르니까 뭐라고 할 수 없어. 하지만 방금 말했듯이, 건은 여자들을 노리던 놈이야. 그러니 그런 여자들 중 한 명이 나섰을 수도 있지."

매케일렙은 그냥 고개만 끄덕였다. 달리 물어볼 것이 생각나지 않았다. 어차피 보슈에게 큰 기대는 걸지 않았다. 어쩌면 이렇게 될 줄 알면서도 다른 이유들 때문에 보슈와 다시 연락하고 싶었던 것 같기도 했다. 매케일렙은 시선을 내리깔고 종이 접시를 바라보며 말했다.

"지금도 언덕 위의 그 여자에 대해 생각하나, 해리?"

매케일렙은 보슈가 그 여자에게 붙여 준 이름을 소리 내서 말하고 싶지 않았다.

보슈는 고개를 끄덕였다.

"가끔 생각해. 머릿속에서 사라지질 않아. 모든 사건이 그런 것 같아."

매케일렙은 고개를 끄덕였다.

"그래, 그러니까 아무것도… 아무도 시신을 찾으러 오지 않은 거지?"

"맞아. 나는 마지막으로 교도소에 있는 세권도 만나 봤어. 놈이 사형당하기 일주일쯤 전에. 놈한테서 얘기를 좀 끌어내려고 한 번 더 시도해 봤지만, 놈은 그냥 빙긋이 웃기만 했어. 그게 자기가 내 애를 태울 수 있는 마지막 카드라는 걸 알고 있는 사람처럼. 그 상황을 즐기고 있었던 건 분명해. 그래서 나는 자리를 뜨면서 놈한테 지옥에서 마음껏 즐기라고 말했지. 그랬더니 놈이 뭐라고 했는지 알아? '내가 듣기로 지옥은 건조하고 더운 곳이라던데요.'"

보슈는 고개를 절레절레 저었다.

"나쁜 놈. 내가 쉬는 날 일부러 거기까지 간 건데. 차 안에서 열두 시간을 보냈어. 에어컨도 안 돌아가는 차 안에서."

보슈는 매케일렙을 똑바로 바라보았다. 보슈가 선글라스를 쓰고 있는데도 매케일렙은 아주 오래전에 보슈에게 느꼈던 유대감을 또 느낄 수 있었다.

그런데 그가 뭐라고 입을 열기 전에 점퍼 주머니 안에서 휴대전화가 울려 대기 시작했다. 점퍼는 매케일렙 옆의 빈자리에 개켜져 있었다. 매케일렙은 점퍼를 한참 뒤져서 전화기를 찾아내 전화가 끊기기 전에 받았다. 브래스 도런의 전화였다.

"찾아낸 게 좀 있어요. 많지는 않지만, 그래도 단서는 될지 몰라요."

"몇 분 뒤에 내가 전화를 다시 걸면 안 될까요?"

"지금 저는 회의실에 있어요. 어떤 사건을 놓고 자유롭게 의견을 나눌 건데, 제가 회의를 이끌어야 돼요. 두어 시간쯤 지나야 회의가 끝날 텐데요. 그럼 오늘 밤에 제 집으로 전화를…."

"아뇨, 잠깐 기다려요."

매케일렙은 전화기를 내려놓고 보슈를 바라보았다.

"꼭 받아야 되는 전화야. 새로운 사실이 발견되면 나중에 연락하지. 괜찮지?"

"물론이지."

보슈는 자리에서 일어나려고 했다. 먹던 콜라도 가져갈 모양이었다.

"고마워." 매케일렙이 한 손을 내밀며 말했다. "재판이 잘 되길 빌겠네."

보슈는 고개를 저었다.

"고맙군. 우리가 이기려면 행운이 필요할 거야."

매케일렙은 보슈가 야외석을 빠져나가 법원 뒤쪽으로 통하는 보도로 향하는 것을 지켜보았다. 그러고는 다시 전화기를 들었다.

"브래스?"

"네. 지난번에 올빼미에 대해 이야기하셨죠? 구체적인 품종은 모르고요. 맞죠?"

"맞아요. 그냥 일반적인 올빼미예요."

"무슨 색이에요?"

"어, 주로 갈색이에요. 등이나 날개 같은 데."

이 말을 하면서 매케일렙은 공책에서 찢어서 접어 두었던 종이 두어 장과 펜을 주머니에서 꺼냈다. 그는 반쯤 먹다 만 칠리도그를 옆으로 치워 버리고 메모할 준비를 했다.

"현대적인 상징은 예상하신 대로예요. 올빼미는 지혜와 진실의 상징이고, 지식을 의미해요. 세부 사항과는 반대되는 의미의 큰 그림을 바라보는 걸 뜻하죠. 올빼미는 밤에 잘 볼 수 있어요. 다시 말해서, 어둠을 꿰뚫어 본다는 건 곧 진실을 꿰뚫어 본다는 뜻이에요. 올빼미는 진실을 알아내니까, 따라서 지식도 쌓을 수 있어요. 그리고 지식에서 지혜가 나오죠."

매케일렙은 메모할 필요가 없었다. 도런이 말한 건 모두 뻔한 얘기였다. 하지만 방금 들은 얘기를 잊지 않기 위해 메모를 한 줄 적어 넣었다.

어두운 곳에서 잘 본다 = 지혜

그러고는 '지혜'라는 단어에 밑줄을 그었다.

"좋아요. 그리고 또 뭐가 있죠?"

"현대적인 상징에 대해서는 방금 말씀드린 게 기본적으로 전부예요. 하지만 시간을 거슬러 올라가면 얘기가 아주 재미있어져요. 세월이 흐르면서 올빼미가 자기 평판을 확 바꿔 놓은 모양이에요. 옛날에는 나쁜 놈이었거든요."

"계속 말해 봐요."

"펜을 준비하세요. 올빼미는 중세 초기부터 르네상스 후기까지 예술과 종교적인 상징 체계에 자주 나타나요. 종교적인 우화를 나타낸 작품들, 그러니까 종교화, 교회 장식, 십자가의 길 그림 같은 데에 올빼미가 자주 묘사돼 있죠. 올빼미는….”

“알았어요, 브래스. 그래서 올빼미의 의미가 뭐예요?”

“이제 말씀드릴 거예요. 올빼미의 의미는 작품마다 달라요. 어떤 품종인가에 따라서도 달라지고요. 하지만 기본적으로 올빼미는 악의 상징이에요.”

매케일렙은 그 말을 받아 적었다.

“악이라. 좋았어.”

“좀 더 흥분하실 줄 알았는데요.”

“지금 내 목소리만 들어서 그래요. 난 지금 너무 좋아서 물구나무를 서고 있다고요. 또 뭐가 있어요?”

“검색 결과를 죽 읽어 드릴게요. 그 시대의 예술을 비평한 글 중에서 발췌한 내용들이에요. 올빼미는… 파멸의 상징, 순수한 자의 적, 악마 자신, 이단, 어리석음, 죽음과 불행, 어둠의 새, 그리고 마지막으로 영원한 저주를 향한 피할 수 없는 여행에서 인간의 영혼이 겪는 고통으로 묘사돼요. 훌륭하죠? 특히 맨 마지막 것이 마음에 들어요. 14세기에는 포장지에 올빼미가 그려진 감자칩이 없었나 봐요.”

매케일렙은 대답하지 않았다. 그는 도런이 불러 주는 내용을 정신없이 받아 적고 있었다.

“마지막 것을 한 번 더 읽어 봐요.”

매케일렙은 도런이 읽어 주는 내용을 그대로 받아 적었다.

“그것 말고도 더 있어요.” 도런이 말했다. “올빼미가 악의 처벌은 물론이고 분노의 상징으로 해석되는 경우도 있어요. 그러니까 올빼미는 때에 따라, 그리고 사람에 따라 여러 가지 의미를 지녔던 것 같아요.”

“악의 처벌이라.” 매케일렙은 이 말을 받아 적으며 소리 내어 말했다.

그리고 자신이 적은 내용을 살펴보았다.

"더 있어요?"

"그거면 충분하지 않아요?"

"그렇겠죠. 이런 내용이 들어 있는 책의 제목이나, 이른바 이 어둠의 새를 작품에 이용한 화가나 작가의 이름 같은 건 없어요?"

전화기 속에서 종이를 넘기는 소리가 들렸다. 도런은 잠시 말이 없었다.

"여기 자료가 별로 많지 않아요. 책은 전혀 없지만, 예술가들은 몇 명 알려 줄 수 있어요. 그쪽에서도 인터넷이나 UCLA 도서관에서 자료를 찾아볼 수 있을 거예요."

"맞아요."

"얘기를 길게 할 시간이 없어요. 곧 가 봐야 하니까요."

"불러 봐요."

"브뤼헐이라는 화가가 있어요. 지옥으로 향하는 문이라며 커다란 얼굴을 그린 사람이에요. 그 얼굴의 콧구멍에 갈색 올빼미 둥지가 있어요."

도런은 웃음을 터뜨렸다.

"무슨 뜻인지 묻지는 마세요. 그냥 검색 결과를 읽어 드리는 것뿐이니까요."

"알았어요." 매케일렙은 도런의 말을 적으면서 말했다. "계속해요."

"올빼미를 악의 상징으로 그린 화가가 두 명 더 있어요. 반 우스타넨과 뒤러예요. 구체적인 그림에 대한 정보는 없어요."

또 종이 넘기는 소리가 들렸다. 매케일렙은 두 화가의 이름 철자를 물어서 받아 적었다.

"아, 이제 마지막 화가네요. 이 사람 작품은 온통 올빼미 천지예요. 이름을 어떻게 발음하는지도 모르겠어요. 철자는 H-I-E-R-O-N-Y-M-U-S예요. 네덜란드 사람인 것 같고, 북부 르네상스에 속해요. 북쪽에서 올빼미가 아주 중요했나 봐요."

매케일렙은 자기 앞에 놓인 종이를 바라보았다. 도런이 방금 철자를 불러 준 이름이 낯익은 것 같았다.

"그 사람 성은 안 불러 줬어요. 성이 뭐예요?"

"아, 죄송해요. 보슈예요."

매케일렙은 앉은 채로 얼어붙었다. 꼼짝도 하지 않고, 숨도 쉬지 않았다. 그는 종이에 적힌 이름을 빤히 바라보았다. 도런이 방금 말해 준 것을 적을 수가 없었다. 마침내 그는 고개를 돌려 아까 해리 보슈가 걸어갔던 보도를 바라보았다.

"여보세요? 듣고 계세요?"

매케일렙은 정신을 차렸다.

"네."

"이제 정말로 끝이에요. 게다가 이제 그만 끊어야겠어요. 회의가 금방 시작돼요."

"보슈에 대해 다른 건 없어요?"

"별로요. 제가 정말 시간이 없어요."

"알았어요, 브래스. 정말 고마워요. 내가 큰 신세를 졌어요."

"언젠가 받아먹을 테니까 그리 아세요. 나중에 수사 결과를 알려 주셔야 돼요, 알았죠?"

"물론이죠."

"그리고 따님 사진도 한 장 보내 주세요."

"그럴게요."

도런이 전화를 끊었다. 매케일렙도 천천히 전화기를 닫았다. 그리고 종이 맨 밑에, 브래스에게 딸의 사진을 보내야 한다고 메모했다. 이건 순전히 방금 받아 적은 화가의 이름을 보지 않으려는 방편일 뿐이었다.

"젠장." 매케일렙은 속삭이듯 말했다.

그는 오랫동안 생각에 잠긴 채 앉아 있었다. 해리 보슈와 함께 식사를 한 지 겨우 몇 분 뒤에 이런 으스스한 정보를 얻었다는 사실이 마음에 걸렸다. 매케일렙은 자신이 메모한 내용을 잠시 더 살펴보았지만, 여기에 당장 필요한 정보가 없다는 건 이미 알고 있었다. 마침내 그는 다시 전화기를 열어 213 안내 전화에 전화를 걸었다. 그리고 거기서 알아낸 번호로 로스앤젤레스 경찰국의 인사과로 전화를 걸었다. 벨이 아홉 번 울린 뒤 어떤 여자가 전화를 받았다.

"LA 카운티 보안관서의 위임을 받고 전화하는 건데요, LA 경찰국 소속의 경찰관과 연락을 해야 합니다. 그런데 그 경찰관이 속한 부서를 몰라서요. 이름밖에 모르거든요."

그는 전화를 받은 여자가 '위임을 받았다'는 말이 무슨 뜻인지 캐묻지 않기를 바랐다. 한참 동안 침묵이 흐르더니 자판을 치는 소리가 들렸다.

"성이 뭐죠?"

"아, 보슈예요."

매케일렙은 철자를 불러 준 뒤 자신의 메모를 내려다보았다. 이름 철자를 불러 주기 위해서였다.

"그리고 이름은… 아뇨, 됐어요. 한 사람밖에 없네요. 하이어-로니-머스. 이 사람인가요? 어떻게 발음하는지 잘 모르겠어요."

"히에로니머스. 네, 맞아요."

매케일렙은 이름 철자를 불러 주며 그 이름이 맞는지 확인했다. 두 철자가 일치했다.

"음, 이분은 3급 형사이고, 할리우드 경찰서에 계세요. 번호를 가르쳐 드릴까요?"

매케일렙은 대답하지 않았다.

"선생님, 번호를…."

"아뇨, 번호는 제가 알아요. 감사합니다."

매케일렙은 전화기를 닫고 손목시계를 확인한 뒤 다시 전화기를 열었다. 제이 윈스턴의 직통 번호로 전화를 걸자 윈스턴이 곧장 받았다. 매케일렙은 플라스틱 올빼미에 대해 감식반에서 무슨 소식이 있었느냐고 물었다.

"아직이에요. 겨우 두어 시간밖에 안 됐고, 그나마 그중 한 시간은 점심시간이었잖아요. 난 내일까지 기다려 본 뒤에 가서 한번 물어볼 생각이에요."

"몇 군데 전화를 걸어서 내 대신 부탁을 좀 해 줄 시간이 있어요?"

"전화라니요?"

매케일렙은 브래스 도런의 상징 조사 결과를 이야기해 주었다. 하지만 히에로니무스 보슈의 이름은 입 밖에 내지 않았다. 매케일렙은 르네상스 시대 북부 유럽의 그림에 관해 전문가와 이야기를 나누고 싶은데, 강력반 형사가 면담을 요청한다면 좀 더 빨리 손쉽게 전문가의 협조를 얻어 낼 수 있을 것 같다고 말했다.

"그렇게 하죠." 윈스턴이 말했다. "먼저 어디에 전화를 걸면 좋을까요?"

"게티 미술관이 어떨까 싶어요. 내가 지금 밴 나이스에 있으니까, 날 만나 주겠다는 사람이 나서면 30분 만에 갈 수 있어요."

"내가 한번 해 볼게요. 해리 보슈 형사는 만나 봤어요?"

"네."

"새로운 얘기라도?"

"그렇지는 않아요."

"그럴 줄 알았어요. 조금만 기다려요. 내가 다시 전화할게요."

매케일렙은 먹다 남은 점심을 쓰레기통에 던져 넣고 다시 법원으로 향했다. 가석방 사무실 옆의 골목에 그의 체로키가 주차되어 있었다. 걸으면서 매케일렙은 윈스턴에게 보슈의 이름을 말하지 않음으로써 사실상 거짓말을 했다는 생각을 했다. 보슈가 이 사건과 연결돼 있는 것 같은데 그게 우연의 일치인지 뭔지 모르겠다고 윈스턴에게 말했어야 했다. 매케일렙은 자신이 왜 그 말을 하지 않았는지 생각해 보았지만, 답을 찾을 수 없었다.

체로키가 주차된 곳에 막 도착했을 때 휴대전화가 울렸다. 윈스턴이었다.

"게티에서 2시에 사람을 만나면 돼요. 리 앨러스데어 스코트를 찾으세요. 회화 담당 차석 큐레이터예요."

매케일렙은 메모지를 꺼내 체로키의 엔진 덮개에 놓은 뒤, 윈스턴에게 스코트의 철자를 물어서 받아 적었다.

"정말 빠르네요, 제이 씨. 고마워요."

"우린 언제나 시민들을 기쁘게 하려고 노력하는 사람들이잖아요. 내가 스코트하고 직접 얘기했어요. 그 사람이 만약 자기 힘으로 테리 씨를 도울 수 없으면, 다른 사람을 수배해 주겠대요."

"올빼미 얘기도 했어요?"

"아뇨, 이 조사는 매케일렙 씨 거잖아요."

"그렇죠."

매케일렙은 히에로니무스 보슈에 대해 윈스턴에게 말할 기회가 또 왔다는 것을 알았지만, 이번에도 역시 그 기회를 그냥 흘려보냈다.

"나중에 전화할게요."

"그래요."

매케일렙은 전화기를 닫고 자동차 문을 열쇠로 열었다. 그리고 자동차 지붕 너머의 가석방 사무실을 바라보았다. 하얀 바탕에 파란색 글씨가 있는 커다란 플래카드가 건물 입구 위에 걸려 있었다.

잘 돌아왔어요, 셀마!

매케일렙은 저 셀마라는 사람이 범죄자인지 여기 직원인지 궁금하다는 생각을 하며 차에 올랐다. 그리고 빅토리 대로 쪽으로 차를 몰았다. 405번 도로로 가서 남쪽으로 향할 계획이었다.

11 밤보다 짙은 어둠

프리웨이가 세풀베다 고개를 통해 샌타모니카 산맥을 넘으려고 점점 오르막길로 변하자 저 앞쪽의 산꼭대기에 솟아 있는 게티 미술관이 보였다. 미술관 건물 자체도 그 안에 들어 있는 위대한 예술 작품들 못지않게 인상적이었다. 마치 중세의 산 위에 버티고 앉아 있는 성 같았다. 전차 한 대가 천천히 능선을 오르며 역사와 예술의 제단으로 사람들을 데려가는 모습이 보였다.

산기슭에 차를 세우고 전차에 올랐을 때, 매케일렙은 이미 리 앨러스데어 스코트와의 약속에 15분 늦은 상태였다. 그는 미술관 경비원에게 길을 물어본 뒤 석회암이 깔린 광장을 가로질러 보안 검색대가 있는 입구로 갔다. 문을 통해 안으로 들어가서 접수대에서 수속을 마친 그는 벤치에 앉아 스코트를 기다렸다.

스코트는 50대 초반의 남자로, 말씨를 보니 오스트레일리아나 뉴질랜드 출신인 것 같았다. 그는 친절했으며, LA 카운티 보안관서의 요청을 들어줄 수 있게 된 것을 기뻐했다.

"전에도 형사들에게 우리가 전문 지식으로 도움을 준 적이 몇 번 있습니다. 대개 예술 작품의 진위 여부를 가리거나, 특정 작품의 역사적 배경을 설명해 주는 일이었죠." 자기 사무실을 향해 긴 복도를 걸어가면서 스코트가 말했다. "윈스턴 형사는 이번 일이 좀 다르다고 하던데요. 르네상스 시대 북부 유럽에 대해 전반적인 정보가 필요하시다고요?"

스코트는 문을 열고 여러 방으로 나뉘어 있는 사무실 안으로 매케일렙을 안내했다. 두 사람은 보안 접수대를 지나 첫 번째 방으로 들어갔다. 작은 사무실이었다. 커다란 창문을 통해 세풀베다 고개 너머로 능선에 주택들이 서 있는 벨에어가 보였다. 벽 두 개를 차지한 책꽂이와 잡동사니가 흩어져 있는 작업대 때문에 방이 비좁아 보였다. 남은 공간이라고는 간신히 의자 두 개를 놓을 정도에 불과했다. 스코트는 그중 한 의자에 앉으면서 매케일렙에게 나머지 의자를 가리켰다.

"사실 윈스턴 형사가 선생님과 통화한 뒤로 상황이 조금 바뀌었습니다." 매케일렙이 말했다. "이제는 저한테 필요한 게 뭔지 좀 더 구체적으로 알 수 있을 것 같아요. 그 시기의 특정한 화가로 질문 대상이 좁혀졌습니다. 선생님이 그 화가에 대해 이야기해 주시고, 혹시 그림도 조금 보여 주신다면 큰 도움이 되겠습니다."

"그 화가의 이름이 뭐죠?"

"직접 보여 드리죠."

매케일렙은 접은 메모지를 꺼내 스코트에게 보여 주었다. 스코트는 아주 친숙한 이름을 읽듯이 그 이름을 소리 내어 읽었다.

"이 사람 작품은 꽤 유명합니다. 선생님은 잘 모르십니까?"

"네. 미술에 대해서는 별로 공부를 안 해서요. 이 미술관에 이 화가의 작품이 있습니까?"

"게티 미술관에는 없지만, 보존 처리실에 후손 격이라고 할 수 있는 작품이 하나 있습니다. 심하게 훼손돼서 보존 처리를 하는 중이에요. 보슈의 그림으로 확인된 작품들은 대부분 유럽에 있습니다. 특히 프라도 미술관이 가장 많이 가지고 있죠. 다른 작품들은 여기저기 흩어져 있습니다. 하지만 보슈에 관한 이야기라면 다른 사람을 만나 보셔야겠습니다."

매케일렙은 무슨 소리냐는 듯 눈썹을 올렸다.

"보슈를 질문 대상으로 한정하셨다면, 저보다 훨씬 더 도움이 될 사람이 있습니다. 큐레이터 조수인데, 마침 보슈의 작품에 대한 분류 목록을 작성하는 중입니다. 다소 장기적인 프로젝트죠. 아마 애정 때문에 이 일에 달려들었을 겁니다."

"그분은 어디 있습니까? 제가 만나 볼 수 있을까요?"

스코트는 자신의 전화기로 손을 뻗어 스피커 버튼을 누른 뒤 전화기 옆에 붙여 둔 교환 번호 목록을 살피더니 세 자리 숫자를 눌렀다. 벨이 세 번 울린 뒤 어떤 여자가 전화를 받았다.

"롤라 월터입니다."

"롤라, 스코트예요. 페넬로페 있어요?"

"오늘 오전에는 지옥 작업을 하고 있는데요."

"아, 그렇군. 그럼 우리가 그쪽으로 가죠."

스코트는 스피커 버튼을 눌러 전화를 끊고 문으로 향했다.

"운이 좋으시네요." 그가 말했다.

"지옥이라고요?" 매케일렙이 물었다.

"아까 말한 후손 격인 작품입니다. 저랑 같이 가실까요?"

스코트는 매케일렙을 이끌고 엘리베이터로 가서 한 층 아래로 내려갔다. 가는 길에 그는 미술관이 세계 최고 수준의 보존 처리실을 갖고 있다고 설명했다. 그래서 다른 미술관과 개인 소장가들이 게티 미술관에 작품 복원을 의뢰하는 경우가 많다는 것이었다. 현재 보존 처리실에서는 개인 소장가의 의뢰를 받아 보슈의 제자 또는 보슈의 작업실 출신 화가가 그린 것으로 보이는 작품을 복원 중이었다. 그 작품의 이름이 바로 〈지옥〉이었다.

보존 처리실은 거대한 방을 두 부분으로 나눠 놓은 모습이었다. 한 부분은 그림틀을 복원하는 작업실이었고, 다른 부분은 전적으로 그림의 복원만을 위한 공간으로 스코트의 사무실에서 보던 것과 똑같은 풍경이 내다보이는 유리벽을 따라 작업대들이 연달아 마련되어 있었다.

매케일렙은 스코트를 따라 두 번째 작업대로 갔다. 커다란 이젤에 붙여 둔 그림 앞에 어떤 남자가 앉아 있고, 그 뒤에 여자가 서 있었다. 남자는 와이셔츠와 넥타이 위에 앞치마를 입었고, 보석 감정사의 돋보기 안경처럼 생긴 것을 쓰고 있었다. 그는 그림을 향해 몸을 기울이고, 아주 작은 솔로 그림 표면에 은색 페인트 같은 것을 바르는 중이었다.

남자도 여자도 매케일렙과 스코트에게 시선을 돌리지 않았다. 스코트는 의자에 앉은 남자가 붓질을 완전히 끝내는 동안 손을 들어 올려 매케일렙에게 '거기 그대로 있어요'라는 몸짓을 했다. 매케일렙은 그림을 바라보았다. 세로는 대략 1미터 남짓, 가로는 2미터가 조금 안 되는 것 같았다. 밤에 마을이 불타고 있고, 다른 세계에서 온 것처럼 보이는 다양한 생물들이 주민들을 고문하고 처형하는 장면을 묘사한 어두운 풍경화였다. 소용돌이치는 밤하늘이 대부분을 차지하고 있는 그림 윗부분에는 작은 얼룩들이 묻어 있고 물감이 벗겨진 곳도 있었다. 그런데 그 밑의 한 부분에 매케일렙의 시선이 멎었다. 어떤 남자가 알몸에 눈을 가린 채로 새처럼 생긴 외양을 하고 창을 든 생물들의 강요로 사다리를 올라 교수대로 향하는 모습이 묘사된 곳이었다.

붓질을 하던 남자가 작업을 마치고 왼편에 있는 작업대의 유리 상판에 붓을 놓았다. 그러고는 다시 그림을 향해 몸을 기울이고 자신의 작업을 유심히 살폈다. 스코트가 헛기침을 했다. 하지만 고개를 돌려 이쪽을 돌아본 사람은 여자뿐이었다.

"페넬로페 피츠제럴드, 이쪽은 매케일렙 형사예요. 지금 어떤 사건을 수사 중이신데 히에로니무스 보슈에 대해 물어볼 게 있답니다."

스코트는 그림을 가리켰다.

"그래서 우리 직원들 중에 페넬로페가 가장 적합한 사람일 것 같다고 말씀드렸어요."

매케일렙은 페넬로페의 눈에 놀라움과 걱정이 떠오르는 것을 지켜보았다. 갑자기 경찰을 소개받았을 때 사람들이 보이는 정상적인 반응이었다. 의자에 앉은 남자는 고개조차 돌리지 않았다. 이건 정상적인 반응이 아니었다. 그 남자는 붓을 들어 다시 작업을 시작했다. 매케일렙은 여자를 향해 한 손을 내밀었다.

"사실 저는 정식 형사는 아닙니다. 보안관서에서 수사를 도와달라는 부탁을 받고 조사하는 거예요."

두 사람은 악수를 했다.

"무슨 일인지 모르겠네요." 페넬로페가 말했다. "보슈의 그림이 도난당했나요?"

"아뇨, 그런 일이 아닙니다. 이게 보슈의 작품인가요?"

매케일렙은 그림을 가리켰다.

"그렇지는 않아요. 보슈의 작품을 모사한 것일 가능성은 있지만요. 만약 그렇다면 원본은 이미 사라졌으니 이게 우리가 가진 전부예요. 그림의 양식과 디자인은 보슈의 것이지만, 보슈의 작업실에서 일하던 제자의 작품일 것이라는 게 일반적인 견해예요. 보슈가 세상을 떠난 뒤에 그려진 작품일 가능성이 높아요."

이 말을 하는 동안 페넬로페는 그림에서 단 한 번도 눈을 떼지 않았다. 날카로우면서도 상냥한 그녀의 눈에는 보슈를 향한 열정이 역력히 드러나 있었다. 매케일렙이 보기에 페넬로페의 나이는 예순 살쯤 된 것 같았다. 십중팔구 미술에 대한 사랑과 공부에 평생을 바친 사람일 터였다. 매케일렙은 페넬로페를 보고 다소 놀랐다. 스코트에게서 페넬로페가 보슈의 작품 목록을 작성 중인 큐레이터 조수라는 말을 듣고 매케일렙은 그녀가 젊은 미술학도일 것이라고 생각했다. 그는 멋대로 그런 짐작을 한 자신을 소리 없이 꾸짖었다.

의자에 앉은 남자는 다시 붓을 내려놓고 작업대에서 깨끗한 흰색 천을 집어 손을 닦았다. 그러고 나서 매케일렙과 스코트의 존재를 알아차렸는지 의자를 획 돌려서 두 사람을 올려다보았다. 매케일렙은 자신이 이 남자에 대해서도 멋대로 짐작했음을 깨달았다. 이 남자는 두 사람을 무시한 것이 아니라, 두 사람의 목소리를 들을 수 없는 사람이었다.

남자는 돋보기안경을 정수리로 올리고 앞치마 아래쪽으로 손을 넣어 가슴에서 보청기를 조정했다.

"죄송합니다." 남자가 말했다. "손님이 오신 줄 몰랐어요."

독일식 발음이 심한 말씨였다.

"데렉 보스쿨러 박사, 이쪽은 매케일렙 씨예요." 스코트가 말했다. "뭘 좀 수사하고 계시는데, 잠시 피츠제럴드 부인을 빌리고 싶답니다."

"알겠습니다. 괜찮아요."

"보스쿨러 박사는 복원 전문가입니다." 스코트가 자진해서 설명했다.

보스쿨러는 고개를 끄덕이고는 매케일렙을 올려다보며 그림을 살피듯 유심히 살폈다. 악수를 청할 생각은 없는 것 같았다.

"수사요? 히에로니무스 보슈와 관련된 일인가요?"

"넓게 보면 그렇습니다. 그 화가에 대해 최대한 많이 알아내고 싶어서 왔는데, 피츠제럴드 부인이 전문가시라고 들었어요."

매케일렙은 미소를 지었다.

"보슈 전문가는 하나도 없습니다." 보스쿨러는 웃음기가 전혀 없었다. "고통받는 영혼이자 고뇌하는 천재였죠…. 사람의 가슴속에 진정 무엇이 있는지 우리가 어찌 알 수 있겠습니까?"

매케일렙은 그냥 고개만 끄덕였다. 보스쿨러는 다시 몸을 돌려 그림을 바라보았다.

"무엇이 보입니까, 매케일렙 씨?"

매케일렙은 그림을 바라보다가 한참만에야 대답했다.

"많은 고통이 보입니다."

보스쿨러는 마음에 든다는 듯이 고개를 끄덕였다. 그러고는 의자에서 일어나 다시 돋보기안경을 내리고 그림 윗부분을 자세히 살폈다. 안경 렌즈가 불타는 마을 위의 밤하늘에 겨우 10여 센티미터 거리까지 다가가 있었다.

"보슈는 온갖 종류의 악마들을 알고 있었습니다." 그가 여전히 그림에서 눈을 떼지 않은 채 말했다. "어둠…."

한참 동안 침묵이 흘렀다.

"밤보다 짙은 어둠이죠."

또 한참 침묵이 흐른 뒤 스코트가 갑자기 침묵을 깨고 자기는 사무실로 돌아가 봐야겠다고 말한 뒤 자리를 떴다. 그리고 또 얼마 동안 침묵이 흐른 뒤 보스쿨러가 마침내 그림에서 고개를 돌렸다. 그는 매케일렙을 바라보면서도 돋보기안경을 위로 올리려 하지 않았다. 그리고 앞치마 속으로 손을 넣어 보청기를 껐다.

"저도 다시 일을 해야겠습니다. 수사가 잘 풀리기를 바랍니다, 매케일렙 씨."

매케일렙은 고개를 끄덕였고, 보스쿨러는 다시 회전의자에 앉아 작은 붓을 집었다.

"제 사무실로 가세요." 피츠제럴드가 말했다. "우리 도서관에서 가져온 도판 책들이 거기 있답니다. 보슈의 작품을 보여 드릴 수 있어요."

"그러면 좋죠. 감사합니다."

피츠제럴드는 문으로 향했다. 매케일렙은 잠시 뒤에 남아 마지막으로 한 번 더 그림을 바라보았다. 그림 윗부분이 그의 시선을 잡아끌었다. 불꽃 위로 소용돌이치는 어둠이 그려진 곳이었다.

페넬로페 피츠제럴드의 사무실은 사방의 길이가 2미터쯤 되는 칸막이 방이었다. 그 옆에는 다른 큐레이터 조수들이 쓰는 칸막이 방이 여러 개 늘어서 있었다. 피츠제럴드는 근처의 비어 있는 칸막이 방에서 의자를 가져와 매케일렙에게 권했다. 피츠제럴드의 책상은 L자 형이었는데, 왼편에는 노트북 컴퓨터가 놓여 있고, 오른편은 잡동사니가 흩어져 있는 작업 공간이었다. 책도 여러 권 책상 위에 쌓여 있었다. 책 더미 뒤에는 보스쿨러가 작업 중인 그림과 거의 똑같은 양식의 그림을 컬러로 인쇄한 것이 있었다. 매케일렙은 책들을 15센티미터쯤 옆으로 밀고 몸을 기울여 그림을 자세히 살펴보았다. 세 개의 그림을 한 장에 인쇄한 것이었는데, 중앙에 있는 그림이 가장 컸다. 이 그림 역시 어지럽기 그지없었다. 수십 명의 사람들이 화면에 흩어져 있고, 방탕과 고통이 묘사되어 있었다.

"무슨 그림인지 아시겠어요?" 피츠제럴드가 말했다.

"아뇨. 하지만 보슈의 작품이죠?"

"가장 유명한 작품이죠. 〈세속적인 기쁨의 정원〉이라는 3부작이랍니다. 마드리드의 프라도 미술관에 있어요. 저는 전에 이 그림 앞에 몇 시간 동안이나 서 있었던 적이 있어요. 그래도 이 그림을 다 이해하기에 시간이 모자랐죠. 커피나 물을 좀 드릴까요, 매케일렙 씨?"

"아뇨, 괜찮습니다. 원한다면 저를 그냥 테리라고 부르셔도 됩니다."

"그럼 저는 넵이라고 부르세요."

매케일렙은 의아한 표정을 지었다.

"어렸을 때의 별명이에요."

매케일렙은 고개를 끄덕였다.

"자…." 피츠제럴드가 말했다. "이 책들에는 보슈의 것으로 확인된 작품이 모두 실려 있어요. 지금 조사하시는 게 중요한 일인가요?"

매케일렙은 고개를 끄덕였다.

"그렇다고 할 수 있죠. 살인 사건이니까요."

"혹시 자문 일을 하시는 건가요?"

"전에 여기 LA의 FBI 지부에서 일했어요. 보안관서에서 이번 사건을 맡은 형사가 자료를 한번 보고 제 생각을 말해 달라고 하더군요. 그래서 여기까지 온 겁니다. 보슈를 조사하러. 죄송하지만 사건에 대해 자세히 말씀드릴 수는 없어요. 그래서 선생님한테는 아마 갑갑하게 느껴질 겁니다. 제가 선생님한테 질문을 하면서도 선생님의 질문에는 대답할 수 없으니까요."

"이런." 피츠제럴드가 미소를 지었다. "정말로 재미있겠는데요."

"만약 제가 말씀드릴 수 있는 일이라면 말씀드리겠습니다."

"그 정도면 괜찮네요."

매케일렙은 고개를 끄덕였다.

"아까 보스쿨러 박사님 말씀을 들으니, 이 화가에 대해서 그림 외에는 알려진 게 많지 않은 것 같던데요."

피츠제럴드는 고개를 끄덕였다.

"히에로니무스 보슈는 확실히 수수께끼 같은 존재로 여겨지고 있어요. 아마 앞으로도 죽 그럴 걸요."

매케일렙은 탁자 위에 메모지를 펼쳐 놓고 피츠제럴드의 말을 받아 적기 시작했다.

"보슈는 당대에 가장 파격적인 상상력을 지닌 사람이었어요. 사실 모든 시대를 통틀어도 마찬가지예요. 보슈의 작품은 아주 독특해서 5세기가 지난 지금도 재연구와 재해석의 대상이 될 정도죠. 하지만 지금까지 발표된 비판적 분석을 읽어 보면 대다수가 보슈를 파멸의 예언자로 보고 있다는 걸 알 수 있을 겁니다. 보슈의 작품들은 파멸과 지옥 불의 전조, 죄의 대가를 치르게 될 거라는 경고로 가득해요. 좀 더 간결하게 표현하자면, 보슈의 그림은 똑같은 주제를 다양하게 변주한 것이라고 할 수 있어요. 인류의 어리석음 때문에 우리 모두 궁극적으로 지옥에 떨어질 운명이라는 주제죠."

매케일렙은 피츠제럴드의 속도를 따라가려고 빠르게 받아 적고 있었다. 녹음기를 가져올 걸 그랬다는 생각이 들었다.

"좋은 사람이죠?" 피츠제럴드가 물었다.

"그런 것 같군요." 매케일렙은 3부작을 고갯짓으로 가리켰다. "토요일 밤에 저런 걸 보면 아주 재미있겠는데요."

피츠제럴드는 미소를 지었다.

"프라도 미술관에서 내가 생각했던 게 바로 그거예요."

"보슈는 구원을 받을 수 있는 행동은 안 했습니까? 고아를 데려다 기른다든지, 개들을 상냥하게 대한다든지, 노부인들을 위해서 펑크 난 타이어를 갈아 준다든지, 뭐 그런 것 말입니다."

"보슈의 작품을 이해하려면 보슈가 살던 시대와 장소가 어딘지 명심해야 해요. 보슈의 작품에는 폭력적인 장면, 고문과 고통의 묘사가 강조되어 있지만 그때는 그런 일들이 이례적이지 않은 시대였어요. 폭력적인 시대였죠. 작품에 그게 반영되어 있는 거예요. 어디에나 악마가 존재한다는 중세의 믿음도 반영되어 있고요. 모든 그림에 악마가 어른거리거든요."

"올빼미 말인가요?"

피츠제럴드는 무표정한 얼굴로 잠시 매케일렙을 빤히 바라보았다.

"네, 올빼미도 보슈가 사용한 상징 중 하나예요. 보슈의 작품을 잘 모른다고 하지 않았어요?"

"네, 잘 모릅니다. 하지만 제가 여기까지 찾아온 건 바로 올빼미 때문이에요. 그 이야기를 하다가는 선생님의 이야기를 방해하게 될 것 같으니까 자세한 얘기를 드릴 수는 없습니다만… 계속하시죠."

"난 그저 보슈가 레오나르도 다빈치, 미켈란젤로, 라파엘로와 동시대인이라는 점을 생각하면 그 의미가 분명해진다는 말을 덧붙일 생각이었어요. 그 사람들의 작품을 나란히 놓고 살펴본다면, 중세의 상징과 파멸이 등장하는 보슈의 그림이 1세기쯤 뒤져 있다는 생각이 들어요."

"보슈는 그 시대 사람이 아닌데도요?"

피츠제럴드는 마치 보슈를 안쓰럽게 생각하는 것 같은 표정으로 고개를 저었다.

"보슈와 레오나르도 다빈치는 겨우 한두 살밖에 차이가 안 나요. 15세기 말에 다빈치는 인간의 가치와 영혼을 찬양하고 희망으로 가득 찬 작품들을 만든 반면, 보슈의 작품은 온통 음침한 파멸로 가득했어요."

"선생님은 그걸 슬퍼하시는 거죠?"

피츠제럴드는 쌓여 있는 책 위에 양손을 얹었지만, 맨 위의 책을 펼치지는 않았다. 등줄기에 간단히 '보슈'라는 색인표만 붙어 있는 책이었다. 검은 가죽 표지에도 그림 하나 없었다.

"만약 보슈가 다빈치나 미켈란젤로랑 나란히 일했다면 어떻게 됐을지 생각하지 않을 수가 없어요. 만약 보슈가 자신의 솜씨와 상상력으로 세상을 저주하기보다 찬양했다면 어땠을까요?"

피츠제럴드는 책을 내려다보다가 다시 매케일렙에게 시선을 돌렸다.

"하지만 그게 바로 예술의 아름다움이죠. 우리가 예술을 공부하고 찬양하는 이유도 바로 그것이고요. 각각의 그림은 화가의 영혼과 상상력으로 통하는 창문이에요. 아무리 어둡고 불편한 그림을 그리는 화가라 해도, 그만이 갖고 있는 시각이 그와 그의 작품을 독특하게 만들어 줘요. 나는 보슈의 그림을 보면서 화가의 영혼 속으로 들어가 고통을 느끼고 있어요."

매케일렙은 고개를 끄덕였고, 피츠제럴드는 다시 책으로 시선을 돌려 책을 펼쳤다.

매케일렙에게 히에로니무스 보슈의 세계는 불편한 동시에 충격적이었다. 페넬로페 피츠제럴드가 펼쳐 보이는 그림들 속의 불행은 그가 지금까지 목격한 끔찍한 범죄 현장들과 다르지 않았지만, 화가의 그림 속 인물들은 여전히 살아서 고통을 받고 있다는 점이 달랐다. 이를 악문 표정, 살점을 뜯어내는 광경이 지극히 생생했다. 보슈의 캔버스에는 저주받은 자들, 죄 때문에 고통받는 자들이 가득했다. 그들을 괴롭히는 것은 끔찍한 상상력이 만들어 낸 생물들과 누가 봐도 확연히 알 수 있는 악마들이었다.

처음에 매케일렙은 컬러 복제화들을 조용히 들여다보며 범죄 현장 사진을 처음 볼 때처럼 그 안의 광경을 머릿속에 새겼다. 그러다 페이지를 한 장 넘기자 앉아 있는 남자 주위에 세 사람이 모여 있는 그림이

나타났다. 서 있는 사람 중 한 명은 원시적인 메스처럼 생긴 도구로 앉아 있는 남자의 정수리에 난 상처를 헤집고 있었다. 그림은 원 속에 들어 있었고, 원의 위와 아래에 글이 적혀 있었다.

"이 그림은 뭐죠?" 매케일렙이 물었다.

"〈돌 수술〉이라는 작품이에요." 피츠제럴드가 말했다. "당시에는 사람의 머리에서 돌을 제거하면 어리석음과 거짓말하는 버릇을 고칠 수 있다고 생각했어요."

매케일렙은 피츠제럴드의 어깨 너머로 몸을 기울여 그림을 자세히 살폈다. 특히 수술 상처가 있는 곳을 유심히 보았다. 에드워드 건의 머리에 난 상처와 위치가 비슷했다.

"됐습니다. 계속하세요."

올빼미는 사방에 있었다. 피츠제럴드가 일일이 지적해 주지 않아도 금방 알 수 있을 만큼 눈에 잘 띄는 곳에 올빼미들이 있었다. 피츠제럴드가 관련된 이미지들에 관해 설명을 해 주기는 했다. 대부분의 그림에서 올빼미는 나무에 앉아 있는 것으로 묘사되었는데, 악마의 상징인 올빼미가 앉은 가지는 이파리가 하나도 없고 회색이었다. 죽은 가지라는 뜻이었다.

피츠제럴드가 페이지를 넘기자 3부작이 나타났다.

"이건 〈최후의 심판〉이라는 작품이에요. 왼쪽 그림에는 〈인류의 몰락〉이라는 부제가 붙어 있고, 오른쪽 그림은 그림에 이미 뻔히 나타나 있듯이 그냥 〈지옥〉이라고 불리고 있어요."

"이 사람은 지옥을 즐겨 그렸군요."

하지만 넵 피츠제럴드는 미소를 짓지 않았다. 대신 책을 열심히 들여다보고 있었다.

왼쪽 그림은 에덴동산 한가운데에서 아담과 이브가 사과나무에 올라가 있는 뱀에게서 과일을 받는 장면을 그린 것이었다. 근처 나무의 죽은 가지 위에서 올빼미 한 마리가 이 거래를 지켜보았다. 반대편 그림에는 지옥이 어두운 곳으로 묘사되어 있었다. 그곳에서는 새처럼 생긴 생물들이 저주받은 자들의 창자를 파내고, 몸을 토막내서 프라이팬에 놓은 뒤 활활 타오르는 오븐에 넣었다.

"이 모든 게 이 사람 머리에서 나왔다니." 매케일렙이 말했다. "저는 도무지…."

그는 자신이 무슨 말을 하려는 건지 알 수 없었기 때문에 말을 끝맺지 못했다.

"고통받는 영혼이었죠." 피츠제럴드는 이렇게 말하고 나서 책장을 넘겼다.

다음 그림 역시 둥근 모양으로, 가장자리를 따라 일곱 가지 장면이 묘사되어 있고 중앙에는 하나님의 초상화가 있었다. 다른 장면들과의 경계선처럼 그 초상화를 둘러싼 황금 고리에는 매케일렙이 금방 알 수 있는 라틴어가 적혀 있었다.

"조심하라, 조심하라, 하나님이 보신다."

피츠제럴드가 그를 올려다보았다.

"이 그림을 보신 적이 있는 모양이네요. 아니면 15세기 라틴어를 아시는 분이거나. 정말 이상한 사건을 맡으신 것 같은데요."

"점점 그렇게 되고 있어요. 하지만 저는 저 문장만 알 뿐이지 그림은 모릅니다. 무슨 그림이죠?"

"사실 이건 탁자 상판이에요. 아마 목사관이나 거룩한 인물의 집에서 쓸 목적으로 만들어졌을 거예요. 이건 하나님의 눈입니다. 중앙에 있는 하나님이 내려다보는 건 바로 일곱 가지의 끔찍한 죄악이고요."

매케일렙은 고개를 끄덕였다. 일곱 가지 장면들을 보니 몇 가지 죄를 분명히 알아볼 수 있었다. 식탐, 색욕, 교만.

"이제 보슈의 걸작을 볼 차례예요." 피츠제럴드가 관광 안내인처럼 이렇게 말하며 책장을 넘겼다.

피츠제럴드가 벽에 붙여둔 그 3부작이 나왔다. 〈세속적인 기쁨의 정원〉. 매케일렙은 이제 이 그림을 자세히 들여다볼 수 있었다. 왼쪽 그림은 창조주가 아담과 이브를 에덴동산에 살게 하는 과정을 목가적으로 묘사한 것이었다. 사과나무 한 그루가 근처에 서 있었다. 크기가 가장 큰 중앙 그림에는 수십 명의 사람들이 알몸으로 짝을 지어 노골적으로 색욕을 드러내며 춤을 추고, 말을 타는 모습이 묘사되어 있었다. 그림 전면의 호수에서 나온 상상 속의 동물들과 아름다운 새들을 타는 사람들도 있었다. 마지막 그림은 그 대가를 어둡게 묘사한 것이었다. 괴물 새들과 그 밖의 징그러운 생물들이 사람들을 괴롭히는 지옥. 묘사가 어찌나 상세하고 매혹적인지 매케일렙은 이 그림의 원본 앞에 몇 시간을 서 있어도 그림을 전부 보지 못했다는 말을 이해할 수 있을 것 같았다.

"이제는 보슈의 그림에 자주 등장하는 주제가 뭔지 아시겠죠?" 피츠제럴드가 말했다. "하지만 이 작품은 보슈의 그림 중에서 상상력을 가장 아름답게 표현했을 뿐만 아니라, 가장 조리 있는 것으로 여겨지고 있어요."

매케일렙은 고개를 끄덕이며 그림을 가리켰다.

"여기 아담과 이브는 사과를 먹기 전까지 편안하고 즐겁게 살아갑니다. 가운데 그림에는 신의 은총을 잃은 뒤 벌어진 일들이 묘사되어 있죠. 아무런 규칙이 없는 삶 말입니다. 선택의 자유는 색욕과 죄악으로 이어집니다. 그럼 이 모든 것은 어디로 연결될까요? 바로 지옥이죠."

"훌륭해요. 제가 선생님한테 흥미가 있을 만한 점들을 몇 가지 지적해도 될까요?"

"그럼요."

피츠제럴드는 먼저 첫 번째 그림을 가리켰다.

"여긴 지상 낙원이에요. 이것이 낙원에서 추방되기 전의 아담과 이브를 묘사한 그림이라는 말이 맞아요. 여기 중앙의 연못과 분수는 영원한 생명의 약속을 상징하죠. 왼쪽 가운데에 있는 과일나무는 이미 보셨죠?"

피츠제럴드의 손가락이 그림을 가로질러 분수로 향했다. 꽃잎 모양의 탑처럼 생긴 분수에서 물줄기 네 개가 연못으로 떨어지고 있었다. 그때 그것이 보였다. 피츠제럴드의 손가락이 분수 중앙의 작고 어두운 입구 아래에서 멈췄다. 어둠 속에서 올빼미의 얼굴이 밖을 내다보고 있었다.

"아까 올빼미 이야기를 하셨죠? 여기에도 그 이미지가 있어요. 이 낙원에도 문제가 없는 게 아니라는 걸 알 수 있습니다. 악마가 어른거리고 있는 거예요. 우리가 잘 알다시피, 악마는 궁극적으로 승리를 거두죠. 보슈에 따르면 그래요. 이제 다음 그림으로 가보면, 올빼미 이미지가 반복적으로 나타나요."

피츠제럴드는 분명하게 표현된 올빼미 두 마리와 올빼미와 비슷한 생물 두 마리를 가리켰다. 매케일렙의 시선이 그중 한 곳에 머물렀다. 검은 눈이 반짝이는 커다란 갈색 올빼미를 벌거벗은 남자가 끌어안고 있는 모습이 묘사된 곳이었다. 올빼미의 몸과 눈동자 색깔이 에드워드 건의 아파트에 있던 플라스틱 올빼미와 일치했다.

"뭔가 눈에 띄는 게 있어요?"

매케일렙은 문제의 올빼미를 가리켰다.

"이거예요. 자세히 말씀드릴 수는 없지만, 이 올빼미가 제 수사 내용과 일치합니다."

"이 그림에는 상징이 아주 많아요. 이건 금방 알 수 있는 상징 중 하나죠. 낙원에서 추방된 뒤 선택의 자유를 누리게 된 인간은 방탕, 식탐, 어리석음, 탐욕으로 이끌렸어요. 하지만 보슈의 세계에서 무엇보다 나쁜 죄악은 바로 색욕이죠. 이 남자가 올빼미를 끌어안은 건 바로 악마를 끌어안은 겁니다."

매케일렙은 고개를 끄덕였다.

"그리고 그 대가를 치르죠."

"맞아요, 그 대가를 치르죠. 마지막 그림을 보면 아시겠지만, 여긴 불길이 없는 지옥이에요. 헤아릴 수 없이 많은 고통이 한없이 이어지는 곳이죠. 어둠의 장소예요."

매케일렙은 아무 말 없이 한참 동안 그림을 뚫어져라 바라보았다. 그의 눈이 그림을 가로질렀다. 보스쿨러 박사의 말이 생각났다.

'밤보다 짙은 어둠.'

12 잠적

보슈는 양손을 오목하게 구부려서 아파트 정문 옆의 창문에 갖다 댔다. 그는 지금 부엌을 들여다보는 중이었다. 조리대는 티끌 하나 없이 깨끗했다. 지저분하게 널려 있는 것도 없고, 커피메이커도 없고, 심지어 토스터기도 없었다. 불길한 느낌이 들었다. 보슈는 문으로 다가가서 한 번 더 노크를 했다. 그러고는 응답을 기다리며 앞뒤로 서성거렸다. 아래를 내려다보니 바닥에 깔개가 깔려 있던 자리에 흔적이 남아 있었다.

"젠장."

보슈는 주머니에서 작은 가죽 주머니를 꺼내 지퍼를 연 뒤 쇠톱 날로 자신이 직접 만든 열쇠따기 도구 두 개를 꺼냈다. 주위를 둘러보니 아무도 없었다. 그는 지금 웨스트우드의 대규모 아파트 단지에서 사람들 눈에 잘 띄지 않는, 오목한 곳에 서 있었다. 이곳 주민들 대부분은 십중팔구 아직 직장에 있을 것이다. 보슈는 문으로 다가가서 열쇠를 따기 시작했다. 90초 뒤 문이 열리자 그는 안으로 들어갔다.

발을 들여놓는 순간 아파트가 비어 있다는 걸 알아차렸지만, 그래도 그는 모든 방을 살펴보았다. 모두 텅 비어 있었다. 보슈는 혹시 빈 약병이라도 있을까 싶어서 욕실 약장까지 확인해 보았다. 이미 사용한 흔적이 있는 분홍색 플라스틱 면도기가 선반에 있을 뿐, 다른 건 전혀 없었다.

보슈는 거실로 돌아와서 휴대전화를 꺼냈다. 재니스 랭와이저의 휴대전화 번호를 단축 번호로 저장해 놓은 것이 겨우 하루 전이었다. 랭와이저는 이번 사건을 맡은 검사 중 한 명으로 주말 내내 보슈의 증언 내용을 함께 다듬었다. 랭와이저는 밴 나이스 법원에 임시로 마련된 공판팀의 사무실에서 아직도 일하는 중이었다.

"산통 깨는 소리를 하고 싶지는 않지만, 애너벨 크로우가 사라졌어요."

"사라졌다니, 무슨 소리예요?"

"사라졌다고요. 여기 없어요. 난 지금 그 여자가 살던 아파트에 와 있는데, 텅 비었어요."

"젠장! 그 여자가 꼭 필요해요. 언제 이사를 나간 거예요?"

"그거야 모르죠. 그 여자가 사라졌다는 걸 나도 방금 알았으니까."

"아파트 관리인은 만나 봤어요?"

"아직이요. 하지만 그 여자가 언제 도망쳤는지 관리인도 모르기는 마찬가지일 걸요. 만약 재판을 피해 도망친 거라면, 관리인한테 새 주소를 알려 주지는 않았을 것 아닙니까."

"그 여자랑 마지막으로 이야기한 게 언제예요?"

"목요일이에요. 내가 이리로 전화를 걸었어요. 그런데 오늘은 그 전화가 끊겨 있어요. 새 번호도 없고요."

"젠장!"

"그 말은 아까 했잖아요."

"그 여자한테 소환장이 발부됐잖아요."

"맞아요. 목요일에 발부됐죠. 그래서 내가 전화했던 거고. 소환장을 받았는지 확인하려고요."

"그럼 내일 나올지도 모르겠네요."

보슈는 텅 빈 아파트를 둘러보았다.

"그럴 것 같지는 않은데요."

보슈는 손목시계를 확인했다. 5시가 지난 시각이었다. 애너벨 크로우를 믿었기 때문에 보슈는 증인들 중에 마지막으로 그녀를 확인했다. 크로우가 도망칠 것 같은 낌새는 전혀 없었다. 하지만 이제 보슈는 밤새 크로우의 행방을 찾아야 하는 신세가 되었다.

"무슨 방법 없어요?" 랭와이저가 물었다.

"우리가 크로우에 대해 갖고 있는 정보를 좀 추적해 보죠. 틀림없이 아직 시내에 있을 겁니다. 직업이 배우인데, 여기 말고 달리 어디로 가겠어요?"

"뉴욕은 어때요?"

"거긴 진짜 배우들이 가는 데죠. 애너벨은 얼굴뿐이잖아요. 그러니까 여기 남아 있을 겁니다."

"그 여자를 찾아요. 다음 주까지 찾아내야 해요."

"한번 해 보죠."

두 사람 모두 잠시 입을 다물고 생각에 잠겼다.

"스토리가 애너벨한테 손을 썼을까요?" 마침내 랭와이저가 물었다.

"나도 그걸 생각 중이에요. 스토리가 애너벨에게 꼭 필요한 걸 들고 접근했을지도 모르죠. 일거리, 배역, 돈. 애너벨을 찾으면 물어봐야겠어요."

"알았어요. 행운을 빌어요. 오늘 밤에 그 여자를 찾아내면 나한테 알려 줘요. 아니면 내일 아침에 보고요."

"그러죠."

보슈는 전화기를 닫아 조리대에 놓았다. 그리고 재킷 주머니에서 손바닥만 한 카드 몇 장을 꺼냈다. 각각의 카드에는 보슈가 재판을 위해 준비시켜야 하는 증인들의 이름이 하나씩 적혀 있었다. 집주소와 직장 주소, 전화번호, 호출기 번호도 있었다. 보슈는 애너벨 크로우의 카드를 확인한 뒤 자신의 전화기를 들어 크로우의 호출기 번호를 눌렀다. 호출기가 해지되었다는 말이 흘러나왔다.

보슈는 전화기를 거칠게 닫고 다시 카드를 바라보았다. 애너벨 크로우의 매니저 이름과 전화번호가 아래쪽에 적혀 있었다. 크로우가 매니저와 연락을 끊지는 않았을 것 같았다.

보슈는 전화기와 카드를 다시 주머니에 넣었다. 이번에는 직접 찾아가서 질문을 던져 볼 생각이었다.

13 단서

매케일렙은 혼자 배를 몰고 바다를 건넜다. 더 팔로잉 시 호는 어둠이 내리는 바로 그 시간에 애벌론 항에 도착했다. 버디 로크리지는 카브리요 마리나에 남았다. 배를 빌리겠다는 손님이 없어서 토요일까지는 버디의 일손이 필요하지 않기 때문이었다. 매케일렙은 섬에 도착한 뒤 항구 관리자의 배에 16번 채널로 무전을 쳐서 배를 정박시키는 데 도움이 필요하다고 말했다.

브렌트우드의 더튼스 서점 헌책 코너에서 찾아낸 무거운 책 두 권과 냉동 타메일이 가득 든 작은 아이스박스를 들고 집까지 언덕길을 올라가다 보니 기운이 다 빠졌다. 매케일렙은 길가에서 두 번이나 걸음을 멈추고 휴식을 취해야 했다. 그때마다 그는 아이스박스 위에 앉아 가죽 가방에서 책 한 권을 꺼내 히에로니무스 보슈의 우울한 작품들을 연구했다. 저녁이라 어둠이 깔려 있었지만 개의치 않았다.

게티 미술관에 다녀온 뒤로 보슈의 그림에서 본 이미지들이 매케일렙의 머릿속을 떠나지 않았다. 넵 피츠제럴드는 사무실에서 매케일렙과의 이야기를 마무리하면서 의미심장한 얘기를 했다. 〈세속적인 기쁨의 정원〉이 펼쳐져 있는 책을 덮기 직전에 피츠제럴드는 매케일렙을 바라보며 엷은 미소를 지었다. 하고 싶은 말이 있는데 주저하는 것 같은 표정이었다.

"왜 그러세요?" 매케일렙이 물었다.

"별건 아니에요. 그냥 내가 관찰한 건데…."

"말씀해 보세요. 뭔지 듣고 싶습니다."

"보슈의 작품을 본 많은 비평가들과 학자들이 각각 자기들의 시대와 보슈의 그림을 연결시켰다는 말을 하고 싶었어요. 그런 게 바로 위대한 예술가의 특징이죠. 물론 그전에 먼저 작품이 오랜 세월 동안 꿋꿋이 살아남아야 하지만요. 사람들의 심금을 울릴 수 있는 작품이라면… 어쩌면 사람들에게 영향을 미칠 수 있을지도 몰라요."

매케일렙은 고개를 끄덕였다. 그는 피츠제럴드가 자신에게서 수사 중인 사건에 대한 이야기를 듣고 싶어 한다는 것을 알 수 있었다.

"무슨 말씀인지 알겠습니다. 죄송하지만 지금은 사건에 대해 이야기할 수 없어요. 언젠가 제가 이야기해 드리게 될 수도 있고, 아니면 선생님이 그냥 아시게 될 수도 있습니다. 어쨌든 고맙습니다. 큰 도움을 주신 것 같아요. 아직은 저도 확실히 모르겠지만요."

매케일렙은 아이스박스에 앉아서 이 대화를 떠올렸다. 각각의 시대와 연결될 수 있는 그림이라. 하지만 범죄와 연결될 수 있는 그림이기도 했다. 매케일렙은 두 권의 책 중에서 더 큰 책을 꺼내 보슈의 걸작이 담겨 있는 페이지를 펼쳤다. 그리고 검은 눈의 올빼미를 유심히 살폈다. 온몸의 본능이 뭔가 의미심장한 것을 찾아냈다고 말하고 있었다. 그것은 아주 어둡고 위험한 것이었다.

그래시엘라는 집에 도착한 매케일렙에게서 아이스박스를 받아 부엌 조리대로 가져가서 열었다. 그래시엘라는 풋옥수수 타메일 세 개를 꺼내 전자레인지로 해동시키려고 접시에 놓았다.

"칠리 렐레노도 만들 거야." 그래시엘라가 말했다. "당신이 배에서 미리 전화를 해 줘서 다행이야. 안 그랬으면 우리가 먼저 저녁을 먹어 버렸을 거야."

매케일렙은 그래시엘라가 화풀이를 하게 내버려 두었다. 자신이 하고 있는 일에 대해 그래시엘라가 화를 내고 있다는 건 그도 이미 잘 알고 있었다. 매케일렙은 시엘로가 바운싱체어(젖먹이 아기를 앉히는 의자. 보행기와 비슷하게 생겼으나 바퀴가 없음—옮긴이)에 앉아 있는 탁자 쪽으로 갔다. 시엘로는 천장의 선풍기를 빤히 바라보며 손을 제 눈앞에서 움직이고 있었다. 아기들은 그런 과정을 통해 자기 손에 익숙해졌다. 매케일렙은 허리를 숙여 시엘로의 양손과 이마에 입을 맞췄다.

"레이먼드는 어디 있어?"

"제 방에. 컴퓨터를 하고 있어. 왜 열 개만 사왔어?"

매케일렙은 시엘로 옆의 의자에 앉으며 그래시엘라를 바라보았다. 그래시엘라는 아이스박스에 남아 있던 타메일을 냉동실에 넣으려고 플라스틱 밀폐 용기에 담는 중이었다.

"그냥 아이스박스를 가지고 들어가서 꽉 채워 달라고 했어. 아마 열 개밖에 안 들어갔나 보지."

그래시엘라는 짜증스럽다는 듯 고개를 저었다.

"식구 수로 나누면 하나가 남잖아."

"그럼 남는 건 버리든지, 아니면 레이먼드의 친구를 불러서 먹여. 그게 무슨 대수라고 그래? 고작해야 타메일이잖아."

그래시엘라는 고개를 돌려 어둡고 분노한 눈으로 그를 바라보았다.

하지만 금방 시선이 부드러워졌다.

“당신 땀을 흘리잖아.”

“언덕을 올라와서 그래. 밤이라 셔틀이 끊겼더라고.”

그래시엘라는 머리 위의 수납장을 열어 체온계가 들어 있는 플라스틱 상자를 꺼냈다. 이 집에는 방마다 체온계가 있었다. 그래시엘라는 체온계를 꺼내서 흔든 뒤 매케일렙에게 다가왔다.

“벌려.”

“전자 체온계를 쓰자.”

“안 돼. 그건 믿을 수가 없어.”

그래시엘라는 체온계 끝을 매케일렙의 혀 밑에 밀어 넣고 손으로 그의 턱을 부드럽게 닫아 주었다. 대단히 전문적인 솜씨였다. 매케일렙과 처음 만났을 때 그래시엘라는 응급실 담당 간호사였다. 그리고 지금은 카탈리나 초등학교의 양호 교사 겸 사무직원으로 일하고 있었다. 그래시엘라가 다시 일을 시작한 것은 바로 얼마 전 크리스마스 연휴가 지난 뒤였다. 매케일렙은 그래시엘라가 아이를 키우는 데에만 전념하고 싶어 한다는 인상을 받았지만, 경제적으로 그럴 만한 여유가 없었기 때문에 그 이야기를 직접 꺼내지는 않았다. 앞으로 2년쯤 지나면 용선 사업이 지금보다 자리를 잡아서 여유가 생기기를 바랄 뿐이었다. 가끔은 책과 영화 판권으로 받은 돈을 저축해 둘 걸 그랬다는 생각이 들었지만, 그래시엘라의 동생을 기리기 위해서는 그녀가 살해당한 일로 돈을 벌지 않겠다는 결정을 실천하는 수밖에 없다는 것을 잘 알고 있었다. 그래서 매케일렙과 그래시엘라는 출판사와 영화사에서 받은 돈의 절반을 메이크어위시 재단에 기부하고, 나머지 절반은 레이먼드를 위해 신탁에 넣어 두었다. 만약 나중에 레이먼드가 대학 진학을 원한다면, 그 돈으로 학비를 충당할 수 있을 것이다.

그래시엘라는 매케일렙의 손목을 잡고 맥박을 쟀다. 그동안 매케일렙은 말없이 그녀를 지켜보았다.

"맥박이 빨라." 그래시엘라가 그의 손목을 놓으며 말했다. "벌려."

매케일렙이 입을 벌리자 그래시엘라는 체온계를 꺼내 눈금을 읽었다. 그리고 개수대로 가서 물로 체온계를 씻은 뒤 다시 상자에 넣어 수납장에 돌려놓았다. 그래시엘라가 아무 말도 하지 않는 것으로 보아 체온은 정상인 모양이었다.

"나한테 열이 있었으면 했지?"

"미쳤어?"

"아냐, 그랬을 거야. 그래야 나더러 이 일을 그만두라고 말할 수 있으니까."

"그게 무슨 소리야? 그만두라고 하다니? 어젯밤에 당신이 딱 하룻밤뿐이라고 했잖아. 오늘 아침에는 딱 오늘 하루뿐이라고 했고. 그런데 이건 또 무슨 소리야?"

매케일렙은 시엘로를 바라보며 아이가 손으로 잡을 수 있게 손가락을 하나 내밀었다.

"일이 안 끝났어." 매케일렙은 다시 그래시엘라에게 시선을 돌렸다. "오늘 뭐가 좀 나왔거든."

"뭐가 좀 나와? 그게 뭔지는 모르겠지만, 윈스턴 형사한테 줘 버려. 원래 그 여자가 할 일이잖아. 이건 당신 일이 아냐."

"그럴 수 없어. 아직은. 확실히 확인할 때까지는 안 돼."

그래시엘라는 몸을 돌려 조리대로 돌아갔다. 그리고 타메일이 담긴 접시를 전자레인지에 넣은 뒤 해동 버튼을 눌렀다.

"애를 데리고 들어가서 기저귀 좀 갈아 줄래? 한참 됐거든. 내가 저녁을 준비하는 동안 우유도 좀 먹여 줘."

매케일렙은 바운싱체어에서 조심스레 딸을 들어 올려 어깨에 대고 안았다. 아이가 조금 칭얼거리자 매케일렙은 아이의 등을 두드려 주며 달랬다. 그리고 등을 돌린 그래시엘라에게 다가가 그녀의 앞쪽으로 팔을 둘러 끌어안았다. 그리고 그녀의 정수리에 입을 맞춘 뒤 머리카락 속에 얼굴을 묻었다.

"금방 끝날 거야. 그럼 우린 정상으로 돌아갈 수 있어."

"그러기를 바라야지."

그래시엘라는 가슴 아래쪽에서 자신의 몸을 감싸고 있는 매케일렙의 팔을 가볍게 잡았다. 그 손길은 매케일렙이 원하던 승낙의 표시였다. 그 손은 이것이 힘든 일이기는 해도 괜찮다고 말하고 있었다. 매케일렙은 그녀를 끌어안은 팔에 힘을 주며 목덜미에 입을 맞춘 뒤 그녀를 놓아주었다.

매케일렙이 기저귀를 가는 탁자 위에 시엘로의 작은 몸을 눕히고 새 기저귀를 채우는 동안 아이는 천장에 매달려서 천천히 움직이는 모빌을 지켜보았다. 마분지로 만든 별들과 반달들이 실에 매달려 있었다. 레이먼드가 그래시엘라와 함께 크리스마스 선물로 만든 물건이었다. 어디선가 바람이 불어와 모빌을 가볍게 움직이자 시엘로의 검푸른 눈이 그 모습을 열심히 지켜보았다. 매케일렙은 허리를 숙여 아이의 이마에 입을 맞췄다.

그는 아기용 담요 두 장으로 시엘로를 감싼 뒤 현관 베란다로 나가 흔들의자에 앉았다. 그리고 의자를 부드럽게 흔들며 시엘로에게 젖병을 물렸다. 항구를 내려다보니, 더 팔로잉 시 호의 선교에 불이 켜져 있었다. 그가 깜박 잊고 끄지 않은 모양이었다. 부두에 있는 항구 관리인에게 전화하면 모터보트를 타고 가서 불을 꺼 줄 터였다. 하지만 매케일렙은 어차피 저녁 식사를 한 뒤 자신이 다시 배로 돌아가게 될 것임을 알고 있었다. 불은 그때 끄면 될 것이다.

매케일렙은 시엘로를 내려다보았다. 아이의 눈이 감겨 있었지만, 매케일렙은 아이가 자는 게 아니라는 걸 알고 있었다. 시엘로는 젖병을 세차게 빨았다. 그래시엘라는 다시 일을 시작하면서 아이에게 모유와 우유를 번갈아 가며 주기 시작했다. 젖병으로 아이에게 우유를 먹이는 것은 새로운 경험이었다. 아기 아버지로서 누릴 수 있는 가장 즐거운 경험일지도 모른다는 생각이 들었다. 매케일렙은 우유를 먹이는 동안 아이의 귀에 이런저런 말을 속삭일 때가 많았다. 대개는 아이에게 하는 약속이었다. 너를 항상 사랑하고, 항상 네 옆에 있을 거라는 약속. 매케일렙은 아이에게 절대 무서워하지도 말고 외로워하지도 말라고 말했다. 가끔 아이가 갑자기 눈을 뜨고 매케일렙을 바라볼 때면, 아이도 그에게 똑같은 말을 전달하려 하는 것 같다는 느낌이 들었다. 그러면 한 번도 느껴보지 못한 사랑의 감정이 생겨났다.

"테리."

그래시엘라가 속삭이는 소리에 그는 고개를 들었다.

"저녁 준비 다 됐어."

젖병을 확인해 보니, 거의 비어 있었다.

"금방 갈게." 매케일렙이 속삭였다.

그래시엘라가 안으로 들어간 뒤 그는 딸을 내려다보았다. 두 사람이 속삭이는 소리에 아이가 눈을 뜬 모양이었다. 시엘로가 아빠를 빤히 올려다보았다. 매케일렙은 아이의 이마에 입을 맞춘 뒤 아이와 눈을 마주쳤다.

"이건 내가 꼭 해야 하는 일이야, 아가야." 그는 아이에게 속삭였다.

배 안은 추웠다. 매케일렙은 거실의 불을 켠 뒤 히터를 중앙에 놓고 약하게 틀었다. 온도를 올리더라도 지나치게 더워지는 건 싫었다. 그랬다가는 졸음이 올 가능성이 있었다. 하루 종일 움직였기 때문에 여전히 피로가 가시지 않았다.

매케일렙이 뱃머리 선실로 가서 옛날 사건 파일들을 살피고 있을 때 거실에 둔 가죽 가방 속에서 휴대전화 벨소리가 들렸다. 매케일렙은 파일을 닫아 들고 거실까지 계단을 뛰어 올라가 전화기를 꺼냈다. 제이 윈스턴의 전화였다.

"게티 미술관에서는 어땠어요? 나한테 전화를 해 줄 줄 알았는데요."

"아, 얘기가 늦게 끝나서 어두워지기 전에 배를 타고 건너오느라고요. 전화하는 걸 깜박했어요."

"섬에 돌아갔어요?"

실망한 목소리였다.

"네. 아침에 그래시엘라한테 돌아오겠다고 말했거든요. 하지만 걱정 마세요. 아직 몇 가지 조사 중이니까."

"게티 미술관에서는 어떻게 됐어요?"

"별것 없었어요." 매케일렙은 거짓말을 했다. "두어 명이랑 얘기를 하고, 그림도 좀 봤죠."

"우리 사건과 일치하는 올빼미가 있던가요?"

이 질문을 하면서 윈스턴은 웃음을 터뜨렸다.

"비슷한 게 두어 마리 있었어요. 오늘 밤에 살펴보려고 책을 좀 사 왔어요. 안 그래도 제이 씨한테 전화해서 내일 만날 수 있겠느냐고 물어볼 생각이었어요."

"내일 언제요? 오전 10시와 11시에 회의가 있어요."

"어차피 난 오후에 만날 생각이었어요. 오전에는 나도 할 일이 있거든요."

스토리 재판의 모두 진술을 지켜보고 싶다는 말을 윈스턴에게 하고 싶지는 않았다. 재판은 법정 TV 채널에서 중계될 것이다. 집에 가면 위성 안테나로 그 채널을 볼 수 있었다.

"아마 헬리콥터를 수배해서 그리로 갈 수 있을 거예요. 항공부에 먼저 확인해 봐야 하지만."

"아뇨, 내가 건너갈게요."

"테리 씨가요? 그러면 좋죠! 우리 사무실로 올래요?"

"아뇨, 그보다는 좀 더 조용하고 호젓한 곳이 좋겠어요."

"왜요?"

"내일 얘기할게요."

"나한테 신비주의로 나오는 거예요? 또 보안관서의 돈으로 팬케이크를 먹으려고 수작을 부리는 건 아니죠?"

두 사람은 함께 웃음을 터뜨렸다.

"수작 부리는 건 아니에요. 카브리요의 내 배로 와 줄 수 있어요?"

"그럼요. 몇 시에요?"

매케일렙은 오후 3시로 약속을 잡았다. 그 정도면 프로파일을 준비하고, 윈스턴에게 자신이 알아낸 것을 어떻게 말해야 할지 생각을 정리하기에 시간이 충분할 것 같았다. 또한 이제부터 윈스턴에게 허락을 얻어 낼 일을 준비할 시간도 벌 수 있었다.

"올빼미에 대해 새로 나온 건 없어요?" 약속을 잡은 뒤 매케일렙이 물었다.

"거의 없어요. 쓸 만한 건 하나도 없고요. 안쪽에 제조사 표시가 있는데, 플라스틱 틀은 중국제예요. 그걸 이쪽의 도매상 두 명이 수입했는데, 하나는 오하이오에 있고 다른 하나는 테네시에 있어요. 아마 그 두 군데서 사방으로 팔려 나갔겠죠. 손도 많이 가고 가망도 별로 없어요."

"그럼 그쪽은 포기할 생각이로군요."

"아뇨, 그런 말은 안 했어요. 우선순위에서 밀렸을 뿐이에요. 내 파트너가 그 일을 맡았는데, 지금 알아보러 나갔어요. 일단 그 친구가 알아온 걸 살펴본 뒤에 앞으로 나아갈 방향을 정할 거예요."

매케일렙은 고개를 끄덕였다. 단서의 우선순위를 정하는 것은 필요악이었다. 사건의 우선순위를 정하는 것도 마찬가지였다. 그래도 신경이 쓰였다. 매케일렙은 올빼미가 열쇠라고 확신했기 때문에, 올빼미에 대해 모든 것을 알아내는 것이 중요하다고 생각했다.

"그럼 얘기가 다 끝난 건가요?" 윈스턴이 물었다.

"내일 약속 말이에요? 그래요, 다 정했잖아요."

"그럼 내일 3시에 우리랑 만나요."

"우리요?"

"나랑 커트요. 내 파트너. 아직 한 번도 안 만났죠?"

"아, 저기, 내일은 그냥 나랑 둘이서만 만나면 안 될까요? 그쪽 파트너가 싫어서 그러는 게 아니고, 내일은 그냥 제이 씨한테만 할 얘기가 있어요."

잠시 침묵이 흘렀다.

"테리 씨, 무슨 일이에요?"

"그냥 좀 할 얘기가 있어요. 제이 씨가 날 끌어들였으니, 나도 제이 씨한테 반드시 말해야 하는 걸 말하고 싶어요. 제이 씨가 나중에 파트너에게 얘기해 주는 건 괜찮아요."

또 잠시 침묵이 흘렀다.

"어째 느낌이 안 좋은데요."

"미안해요. 하지만 난 그렇게 했으면 좋겠어요. 결국 제이 씨가 얘기를 들을 건지 말 건지 결정해야겠는데요."

매케일렙의 최후통첩에 윈스턴은 훨씬 더 오랫동안 침묵을 지켰다. 매케일렙은 잠자코 기다렸다.

"좋아요, 알았어요." 마침내 윈스턴이 말했다. "테리 씨가 주인공이니까 원하는 대로 해요."

"고마워요, 제이 씨. 내일 봐요."

두 사람은 전화를 끊었다. 매케일렙은 아까 꺼내서 아직까지도 손에 들고 있는 옛날 사건 파일을 바라보았다. 그는 전화기를 커피 탁자에 내려놓고 소파에 등을 기대고 앉아 파일을 펼쳤다.

14 지켜보는 자

처음에 그들은 그것을 '길 잃은 여자아이 사건'이라고 불렀다. 피살자에게 이름이 없었기 때문에. 피살자는 열네 살이나 열다섯 살 정도로 보였고, 라틴계였다. 멕시코계일 가능성이 높았다. 아이의 시체는 멀홀랜드 드라이브 근처의 경치 좋은 곳들 중 한 곳에서 덤불 속에 누워 있었다. 이 사건은 보슈와 당시 그의 파트너였던 프랭키 쉬헌이 맡았다. 보슈가 할리우드 경찰서 강력반에서 일하기 전의 일이었다. 당시 그와 쉬헌은 본청 강력반에 있었다. FBI의 매케일렙에게 연락을 취한 것은 보슈였다. 매케일렙은 그때 콴티코에서 로스앤젤레스로 막 돌아와 행동과학실과 폭력 범죄자 체포 프로그램을 위한 전초 기지를 만드는 중이었다. '길 잃은 여자아이 사건'은 그가 로스앤젤레스에서 처음으로 맡은 사건 중 하나였다.

보슈는 사건 기록과 현장 사진을 들고 웨스트우드의 연방 청사 13층에 있던 매케일렙의 코딱지만 한 사무실로 찾아왔다. 쉬헌을 데려오지 않은 것은 이 사건에 FBI를 끌어들일 것인지를 놓고 두 사람 사이에 의견이 엇갈렸기 때문이었다. 수사 기관 사이의 질투심이 화근이었다. 하지만 보슈는 그런 것에 전혀 신경 쓰지 않았다. 그가 신경 쓰는 것은 사건이었다. 그의 눈빛에는 고뇌가 가득했다. 그가 수사를 할수록 이 사건이 그를 잠식해 들어가고 있음이 분명했다.

알몸으로 발견된 시체에는 여러 가지 방식으로 수모를 당한 흔적이 있었다. 살인범은 장갑을 낀 손으로 직접 아이를 목 졸라 죽였다. 시체 근처에서는 옷도 가방도 발견되지 않았다. 컴퓨터 기록 속에 일치하는 지문도 없었다. 로스앤젤레스 카운티든 전국 범죄 데이터베이스든 그 어디에서도 아이의 인상착의와 일치하는 실종 신고 또한 발견되지 않았다. 화가가 그린 피살자의 얼굴이 텔레비전 뉴스와 신문을 통해 발표되었지만 아이의 가족이나 친구라고 나서는 사람이 없었다. 경찰은 얼굴 그림을 남서부의 수사 기관 5백 곳과 멕시코의 사법 경찰국에도 팩스로 보냈지만 아무런 소득이 없었다. 보슈가 파트너와 함께 수사를 하는 동안 피살자는 신원이 밝혀지지도 않고 찾으러 오는 사람도 없이 시체실 냉동고 안에 누워 있었다.

시체와 함께 발견된 물리적 증거는 하나도 없었다. 옷도 없고 신원을 알려 줄 만한 물건도 하나 없이 발견되었다는 점 외에 다른 특징이 하나 있기는 했다. 범인이 늦은 밤에 멀홀랜드에 시체를 버리기 전에 강력한 산업용 세척제로 몸을 씻겼다는 것.

시체에서 찾아낸 단서는 딱 하나뿐이었다. 왼쪽 엉덩이 피부에 찍힌 자국. 시반을 보면 체내의 피가 몸 왼쪽에 몰려 있었다. 심장이 멈추는 순간부터 언덕길에 버려질 때까지 시체가 왼쪽을 아래로 한 채 누워 있었다는 뜻이었다. 처음 발견되었을 때 피살자는 빈 맥주 깡통과 데킬라 병 더미 위에 엎어져 있었다. 엉덩이에 찍힌 자국은 피가 아래에 고여서 굳는 동안 시체가 그 자국을 남긴 물건 위에 누워 있었음을 뜻했다.

그 자국은 숫자 1, 글자 J, 그리고 H나 K나 L의 왼쪽 줄기처럼 보이는 것으로 이루어져 있었다. 자동차 번호판의 일부였다.

보슈는 이 이름 모를 소녀를 죽인 범인이 시체를 버릴 때까지 자동차 트렁크에 숨겨 두었을 것이라고 가정했다. 범인은 시체를 꼼꼼히 닦은 뒤 자기 차 트렁크에 넣으면서 차에서 떼어내 트렁크에 넣어 두었던 번호판 위에 실수로 시체를 눕혔을 것이다. 보슈는 범인이 멀홀랜드에서 누군가에게 수상한 낌새를 들키는 경우에 대비해서 자기 차에서 원래 번호판을 떼어 낸 뒤 훔친 번호판을 달았을 것이라고 생각했다.

피부에 남은 자국만으로는 번호판이 어느 주에서 발급되었는지 알 수 없었지만, 보슈는 퍼센트를 따져 보기로 했다. 그는 차량국에서 로스앤젤레스 카운티에 등록된 차량들 중 자동차 번호가 1JH, 1JK, 1JL로 시작되는 차들의 목록을 구했다. 무려 3천 명이 넘는 자동차 소유주들의 이름이 거기 적혀 있었다. 보슈와 그의 파트너는 우선 여자들을 제외해서 목록을 60퍼센트로 줄였다. 그리고 남은 이름들을 전국 범죄 색인 데이터베이스에 입력하자, 경범죄에서부터 극단적인 범죄에 이르기까지 전과가 있는 남자 마흔여섯 명의 이름이 남았다.

보슈가 매케일렙을 찾아온 것이 바로 이때였다. 그는 매케일렙에게 범인의 프로파일을 작성해 달라고 말했다. 자신과 쉬헌이 전과자를 용의 선상에 놓는 것이 옳은지, 마흔여섯 명의 남자들에게 어떻게 접근해서 평가해야 하는지 알고 싶다는 것이었다.

매케일렙은 거의 일주일 동안 이 사건을 검토했다. 그는 현장 사진을 하루에 두 번씩 일일이 살펴보았다. 아침에 일어나자마자 한 번, 그리고 잠자리에 들기 전에 또 한 번. 사건 보고서도 자주 들여다보았다. 그러고 나서 마침내 그는 보슈에게 방향을 제대로 잡은 것 같다고 말했다.

수백 건의 유사 범죄 데이터를 FBI의 VICAP 프로그램으로 분석한 자료를 이용해서 그는 범인이 20대 후반의 남자이며 점점 범죄의 강도를 높여 왔고 그중에는 성적인 범죄도 포함되어 있을 가능성이 높다는 프로파일을 작성했다. 범죄 현장의 모습은 범인에게 노출증이 있음을 시사했다. 다시 말해서, 범인이 자신의 범죄를 대중에게 알려서 사람들에게 공포와 두려움을 심어 주고 싶어 한다는 뜻이었다. 따라서 범인은 시체를 버릴 장소를 고를 때도 편리성이 아니라 대중성을 고려했을 터였다.

보슈는 매케일렙의 프로파일과 목록에 남은 마흔여섯 명을 대조해서 용의자를 두 명으로 좁혔다. 방화와 풍기 문란 전과가 있는 우드랜드힐스 사무용 건물의 관리인과 버뱅크의 한 스튜디오에서 일하는 무대 기술자였다. 그는 10대 때 이웃을 강간하려고 시도한 혐의로 체포된 적이 있었다. 두 남자 모두 20대 후반이었다.

보슈와 쉬헌은 건물 관리인 쪽으로 마음이 기울었다. 범인이 피살자의 몸을 씻길 때 사용한 산업용 세척제를 그가 쉽게 구할 수 있다는 것이 이유였다. 하지만 매케일렙은 무대 기술자 쪽을 선호했다. 어렸을 때 이웃을 강간하려 한 데서 드러난 충동성이 '길 잃은 여자아이 사건'의 범인 프로파일과 좀 더 일치한다는 생각 때문이었다.

보슈와 쉬헌은 두 남자를 비공식적으로 만나서 조사해 보기로 하고 매케일렙도 그 자리에 초대했다. 매케일렙은 두 남자를 각자 집에서 만나 이야기를 나눠야만 그들에게 익숙한 환경에서 그들을 관찰할 수 있을 뿐만 아니라 소지품 중에서 단서를 찾을 수도 있다고 강조했다.

그들은 먼저 무대 기술자를 만나러 갔다. 그의 이름은 빅터 세귄이었다. 그는 자기 집 문 앞에 나타난 세 남자를 보고, 보슈에게서 설명을 들은 뒤 아연실색한 기색이었다. 그래도 그는 세 사람을 집 안으로 들였다. 보슈와 쉬헌이 차분하게 질문을 던지는 동안 매케일렙은 소파에 앉아 아파트 안의 깨끗하고 깔끔한 가구들을 유심히 살폈다. 5분도 안 돼서 범인을 잡았다고 확신한 그는 미리 약속한 대로 보슈에게 고개를 끄덕여서 신호를 보냈다.

보슈와 그의 파트너는 빅터 세귄에게 권리를 알려 주고 그를 체포했다. 형사들은 그를 자신들이 타고 온 차에 태운 뒤, 버뱅크 공항의 착륙 구역 아래쪽에 있는 그의 작은 집에 대한 수색 영장이 발부될 때까지 출입 제한 조치를 취했다. 두 시간 뒤 수색 영장을 들고 다시 집 안으로 들어간 그들은 결박을 당하고 재갈이 물린 열여섯 살짜리 소녀를 발견했다. 아이는 빅터 세귄이 자기 침대 밑에 숨겨 둔 뚜껑문 아래에 직접 방음 장치를 해서 만든, 관처럼 좁은 공간에 갇혀 있었다.

사건을 해결하고 한 생명을 구했다는 흥분이 조금씩 가라앉기 시작한 뒤에야 보슈는 매케일렙에게 빅터 세귄이 범인이라는 확신을 어떻게 얻었느냐고 물어보았다. 매케일렙은 보슈를 데리고 거실 책꽂이로 걸어가서 많이 낡아 보이는《콜렉터》라는 책을 가리켰다. 여러 여자들을 납치한 남자의 이야기를 다룬 소설이었다.

세귄은 신원이 파악되지 않은 소녀를 살해한 혐의와 경찰이 구출한 소녀를 납치해서 강간한 혐의로 기소되었다. 그는 살해 혐의를 부인하면서, 납치와 강간 혐의만 인정하겠다며 거래를 제안했다. 지방 검사실은 모든 거래를 거부하고 재판에 나갔다. 경찰에게 구출된 소녀의 참혹한 증언과 죽은 소녀의 엉덩이에 찍힌 번호판 자국이 그들의 무기였다.

배심원들은 심의에 들어간 지 네 시간도 안 돼서 모든 혐의에 대해 유죄 평결을 내렸다. 지방 검사실은 그 뒤에야 세귄에게 거래를 제안했다. 그가 첫 번째 피살자의 신원과 납치한 장소를 알려 주면, 향후 재판에서 사형을 구형하지 않겠다는 내용이었다. 이 거래를 받아들이려면 세권은 살인을 저지르지 않았다는 주장을 철회해야 했다. 하지만 그는 거래를 거절했다. 지방 검사는 재판에서 사형을 구형했고, 선고를 얻어 냈다. 보슈는 죽은 소녀의 신원을 끝내 알아내지 못했다. 매케일렙은 그 소녀의 시신을 찾으러 올 만큼 그 소녀를 생각해 준 사람이 없었다는 사실 때문에 보슈가 괴로워한다는 것을 알고 있었다.

괴롭기는 매케일렙도 마찬가지였다. 선고 공판에서 증언을 하기로 되어 있던 그는 보슈와 함께 점심을 먹다가 이 사건에 대해 보슈가 작성한 서류철 색인표에 어떤 이름이 적혀 있는 것을 보았다.

"그건 뭐야?" 매케일렙은 신이 나서 물었다. "아이가 누군지 알아낸 거야?"

보슈는 색인표의 이름을 내려다보고는 서류철을 뒤집었다.

"아니, 아직 몰라."

"그럼 그건 뭐야?"

"그냥 이름이야. 내가 이름을 지어 주었다고나 할까."

보슈는 당혹스러운 표정이었다. 매케일렙은 손을 뻗어 서류철을 다시 뒤집어서 이름을 읽어 보았다.

"시엘로 아줄?"

"스페인계였잖아. 그래서 스페인계 이름을 지어 줬어."

"푸른 하늘이라는 뜻이지?"

"맞아, 푸른 하늘. 내가, 저…."

매케일렙은 다음 말을 기다렸지만, 그것으로 끝이었다.

"자네가 뭐?"

"그게… 난 종교를 안 믿어. 내 말이 무슨 뜻인지 알지?"

"알아."

"하지만 그 아이를 찾으러 오는 사람이 하나도 없으니, 혹시라도…

그럴 만한 사람이 하늘에 있을지도 모른다 싶어서."

보슈는 어깨를 으쓱하며 시선을 피했다. 그의 뺨 위쪽이 빨갛게 변하는 것이 보였다.

"우리가 하는 일에서 하느님의 손길을 느끼기는 힘들지. 못 볼 걸 많이 보잖아."

보슈는 그저 고개만 끄덕였다. 그 뒤로 두 사람은 그 이름을 한 번도 입 밖에 내지 않았다.

매케일렙은 시엘로 아줄이라고 적혀 있는 파일의 마지막 페이지를 들고, 마닐라 폴더의 뒷표지 안쪽을 바라보았다. FBI에서 일할 때 그는 뒷표지에 간단히 메모를 해 두는 버릇이 들었다. 첨부된 서류들로 인해서 뒷표지가 쉽게 눈에 띄지 않기 때문이었다. 이 서류철 뒷표지에는 그가 프로파일링을 부탁한 형사들에 대해 적어 둔 메모가 있었다. 매케일렙은 일을 하면서 수사관에게서 받은 인상이 사건 파일 속의 정보만큼이나 중요할 때가 가끔 있다는 사실을 깨달았다. 매케일렙이 가장 먼저 수사관의 눈을 통해 범죄의 여러 측면들을 바라보게 되기 때문이었다.

보슈가 그에게 의뢰했던 이 사건은 10년도 더 전의 일이었다. 그때라면 매케일렙이 사건뿐만 아니라 수사관들에 대해서도 그다지 열심히 프로파일링을 하지 않을 때였다. 그래서 이 서류철에 그는 보슈의 이름을 쓰고 그 밑에 네 가지만 적어 두었다.

철저하다 – 두뇌 회전이 빠르다 – M. M. – A. A.

매케일렙은 마지막 두 표시를 바라보았다. 예전에 그는 비밀을 지켜야 하는 메모를 할 때 약자와 속기를 일상적으로 이용했다. 뒤의 두 표시는 보슈가 사건에 열성을 보이는 이유에 대한 매케일렙 자신의 생각을 나타낸 것이었다. 그는 뼛속까지 경찰관인 강력반 형사들이 매일 마주치는 힘든 일을 해내기 위해서 마음속 깊은 곳의 감정과 의욕을 불러낸다고 믿게 되었다. 강력반 형사들은 대개 두 종류였다. 자기 직업을 일종의 기술로 보는 사람과 인생에서 수행해야 할 임무로 보는 사람들. 10년 전에 매케일렙은 보슈를 두 번째 범주로 분류했다. 자기 일을 임무로 보는 사람들의 범주로.

형사들의 이러한 의욕을 더욱 자세히 파고들면 과연 무엇이 그들에게 이런 목적 의식을 갖게 하는지 알 수 있었다. 어떤 사람들은 경찰 일을 거의 게임처럼 취급했다. 그런 사람들은 내면에 뭔가가 결핍되어 있기 때문에 자기가 사냥감보다 더 훌륭하고 똑똑하고 꾀가 많다는 것을 증명하려고 들었다. 그들의 삶은 살인자들을 붙잡아 철창에 가둬 존재를 없애 버림으로써 자신의 존재를 확인하는 일의 연속이었다. 반면 그들과 마찬가지로 내면에 뭔가가 결핍되어 있기는 하지만 자신이 죽은 자의 대변자라고 생각하는 사람들도 있었다. 범죄 현장에서 경찰관과 피살자 사이에 신성한 유대감이 만들어지면 그 무엇으로도 그 유대감을 끊을 수 없었다. 바로 이 유대감이 궁극적으로 형사를 몰아붙여 수사 과정에서 만나는 온갖 장애를 극복하게 만든다. 매케일렙은 이런 형사들을 복수(復讐)의 천사로 분류했다. 피해자를 위해 대신 복수에 나선 천사처럼 행동하는 이 경찰관들은 그의 경험상 언제나 최고의 수사관이었다. 매케일렙은 또한 이 경찰관들이 심연과 맞닿은, 눈에 보이지 않는 절벽 가장자리에 가장 가까이 다가간 사람들이라는 결론을 내렸다.

10년 전, 그는 해리 보슈를 복수의 천사로 분류했다. 그리고 이제는 그가 절벽 가장자리에 너무 가까이 다가간 건 아닌지 생각해 보아야 했다. 어쩌면 보슈가 그 가장자리를 넘어섰는지도 모른다는 생각까지 해보아야 했다.

매케일렙은 파일을 닫고 가방에서 화가 보슈의 그림이 담긴 책 두 권을 꺼냈다. 둘 다 제목이 아주 간단하게 《보슈(Bosch)》였다. 그림들이 컬러로 완전히 재현되어 있는 큰 책은 R. H. 마리즈니센과 P. 루이펠라에레가 만든 것이었고, 그림에 대한 분석이 더 많이 실려 있는 듯한 두 번째 책의 저자는 에릭 라센이었다.

매케일렙은 작은 책의 분석부터 훑어보기 시작했다. 페넬로페 피츠제럴드가 말했듯이, 히에로니무스 보슈에 대해서는 아주 다양한 견해들이 존재하며, 개중에는 서로 어긋나는 견해들도 있다는 것을 금방 알 수 있었다. 라센의 책에는 보슈를 인본주의자로 본 학자들의 말이 인용되어 있었다. 지구가 문자 그대로 사탄의 지배를 받는 지옥이라고 믿는 이단 집단에 보슈가 속해 있다고 믿는 사람의 말도 있었다. 보슈의 그림 중 일부에 대해 화가의 의도가 무엇인지를 놓고 여러 학자들의 의견이 대립했다. 일부 그림들이 정말로 보슈의 작품인지, 보슈가 이탈리아까지 가서 당시 르네상스 화가들의 그림을 실제로 보았는지에 대해서도 역시 논란이 벌어지고 있었다.

매케일렙은 책을 덮었다. 적어도 자신에게는 히에로니무스 보슈에 관한 논란들이 그리 중요하지 않을 것 같았다. 보슈의 작품에 대한 다양한 해석이 존재하지만, 그에게 중요한 것은 에드워드 건을 죽인 사람의 해석뿐이었다. 그 사람이 히에로니무스 보슈의 그림에서 무엇을 보고 자기 것으로 만들었는지가 중요했다.

매케일렙은 큰 책을 펼쳐 거기에 재현된 그림들을 천천히 살펴보기 시작했다. 게티 미술관에서는 급히 그림을 살펴보았을 뿐만 아니라, 혼자가 아니라는 점이 거추장스러웠다.

매케일렙은 소파 팔걸이에 수첩을 놓았다. 그림에서 보이는 올빼미들의 숫자를 도표로 작성하고, 각 올빼미들의 모양도 적어 둘 생각이었다. 하지만 책에 실린 그림들이 실제 크기보다 작아서 올빼미들 역시 콩알만큼 작게 보이기 때문에 중요한 특징들을 놓쳐 버릴 가능성이 있다는 사실을 금방 깨달았다. 그는 항상 책상에 놓아 두는 돋보기를 가져오려고 앞쪽 선실로 갔다. 돋보기는 그가 범죄 현장 사진을 살필 때 사용하던 것이었다.

매케일렙은 5년 전에 책상을 치우면서 사무 용품을 넣어 둔 상자 위로 허리를 숙이고 돋보기를 찾다가 배에 뭔가가 살짝 부딪히는 느낌이 들어서 다시 허리를 폈다. 조디액은 선미에 묶어 두었으므로 조디액이 배에 부딪힐 리는 없었다. 매케일렙이 곰곰이 생각에 잠겨 있는데 배가 위아래로 흔들리는 것이 느껴졌다. 누군가가 방금 배에 올랐음이 분명했다. 매케일렙은 거실 문을 열심히 생각해 보았다. 틀림없이 잠그지 않고 그냥 둔 것 같았다.

매케일렙은 조금 전까지 뒤지고 있던 상자에서 편지 봉투 여는 칼을 집어 들었다.

매케일렙은 취사실로 통하는 계단을 올라가면서 거실을 살펴보았지만 사람의 모습은 전혀 보이지 않았다. 물건들이 흐트러진 것 같지도 않았다. 미닫이문에 내부가 반사되고 있어서 안을 제대로 살피기가 힘들었지만, 거실 바깥의 조종실에 크리센트 거리의 가로등 불빛에 드러난 남자의 실루엣이 있었다. 남자는 언덕 위로 뻗어 있는 불빛들에 감탄하듯이 거실을 등지고 서 있었다.

매케일렙은 재빨리 미닫이문으로 가서 문을 열었다. 그는 편지 봉투 여는 칼을 옆구리에 들고 있었지만 칼끝이 위로 가게 했다. 조종실에서 있던 남자가 돌아섰다.

매케일렙이 칼을 아래로 내리는 동안 남자는 눈을 휘둥그렇게 뜨고 칼을 빤히 바라보았다.

"매케일렙 씨, 저는…."

"괜찮아요, 찰리. 누가 배에 오른 건지 몰라서 그랬어요."

찰리는 항구 관리실의 야간 근무자였다. 찰리의 성이 뭔지는 매케일렙도 몰랐다. 하지만 버디가 배에서 자는 날이면 찰리가 버디를 만나러 자주 온다는 건 알고 있었다. 긴 밤에 간단하게 맥주나 한잔하자고 말하면 버디가 쉽게 넘어가는 모양이었다. 오늘도 찰리가 술이나 한잔하려고 부두에서부터 배를 저어 온 것 같았다.

"불이 켜져 있는 것을 보고 버디가 있는 줄 알았어요." 찰리가 말했다. "그래서 한번 와 본 거예요."

"오늘은 버디가 오버타운에 있어요. 금요일이나 돼야 돌아올 거예요."

"그래요? 그럼 그냥 가야겠네요. 무슨 문제 같은 건 없죠? 설마 부인한테 쫓겨나서 여기서 주무시는 건 아니죠?"

"아니에요, 찰리. 아무 문제 없어요. 그냥 할 일이 좀 있어서…."

매케일렙은 자기가 하고 있는 일이 무엇인지 설명하려는 듯 편지 봉투 여는 칼을 들어 올려 보여 주었다.

"그럼 이만 가 볼게요."

"잘 가요, 찰리. 걱정해 줘서 고마워요."

매케일렙은 다시 안으로 들어가서 사무실로 갔다. 전등이 달린 돋보기는 사무 용품 상자의 바닥에 있었다.

그 뒤로 두 시간 동안 그는 그림들을 죽 살펴보았다. 공상으로 만들어 낸 악마들이 인간 사냥감을 둘러싸고 있는 으스스한 광경들이 또다시 그를 사로잡았다. 그는 그림을 하나씩 살피면서 올빼미처럼 눈에 띄는 특징이 보이면 나중에 금방 펼쳐 볼 수 있게 노란색 포스트잇을 붙여 두었다.

수첩에는 그림 속에 올빼미가 직접적으로 등장한 사례 열여섯 건과 올빼미와 비슷한 동물이나 구조물이 등장한 사례 10여 건이 모였다. 모든 그림에서 올빼미들은 어두운 색으로 칠해져 있었으며, 심판과 파멸의 파수병처럼 몰래 숨어 있었다. 매케일렙은 그 그림들을 바라보면서 올빼미가 형사 같다는 생각이 저절로 들었다. 올빼미와 형사는 모두 밤의 생물이고, 지켜보다 사냥하는 자였다. 인간과 동물이 서로에게 가하는 고통과 사악함을 가장 먼저 지켜보는 자이기도 했다.

하지만 매케일렙이 그림들을 살피면서 찾아낸 가장 중요한 특징은 올빼미가 아니라 특정한 인간이었다. 이건 돋보기로 〈최후의 심판〉이라는 그림의 중앙을 살피다가 깨달은 사실이었다. 죄인들이 던져지는 지옥의 화덕 바깥에 죄인들 여럿이 결박당한 채로 사지가 잘리고 몸이 불태워질 차례를 기다리고 있었다. 이 사람들 속에서 매케일렙은 팔다리가 몸 뒤로 묶인 알몸의 남자를 발견했다. 그의 팔다리는 고통스러울 정도로 뒤로 잡아당겨져 있었다. 그 모습은 범죄 현장 비디오테이프와 사진에서 중앙을 차지했던 에드워드 건의 모습과 아주 흡사했다.

매케일렙은 이 그림에도 포스트잇으로 표시를 해 두고 책을 덮었다. 바로 그때 바로 옆에 놓아둔 휴대전화가 울리자 그는 화들짝 놀라서 허리를 꼿꼿이 세웠다. 전화를 받기 전에 먼저 손목시계를 확인했더니 정확히 자정이었다.

전화를 건 사람은 그래시엘라였다.

"오늘 밤에는 집에 올 줄 알았는데."

"갈 거야. 방금 끝났어. 이제 출발할 거야."

"카트를 갖고 내려갔지?"

"응. 그러니까 걱정 안 해도 돼."

"그래, 그럼 조금 있다가 봐."

"그래."

매케일렙은 모든 것을 배에 놔두고 가기로 했다. 내일 날이 밝기 전에 머릿속을 깨끗이 정리해야 할 것 같았다. 파일과 무거운 책을 들고 집으로 간다면, 지금 머릿속에 들어 있는 무거운 생각들이 새록새록 떠오르기만 할 것이다. 매케일렙은 배의 문을 잠그고 조디액에 올라 소형 보트 부두로 갔다. 그리고 부두 끝에 놓아둔 골프 카트에 올라탔다. 그는 인적이 끊긴 상업 지구를 지나 집을 향해 언덕을 올랐다. 생각하지 않으려고 애쓰는데도 그의 머릿속에는 심연에 대한 생각이 가득했다. 날카로운 부리와 발톱을 지닌 생물들이 칼을 들고서 타락한 자들을 영원히 고문하는 곳. 이제 한 가지는 확실했다. 화가 보슈가 지금 살았다면 훌륭한 프로파일러가 되었으리라는 것. 보슈는 자신이 다루는 대상들을 잘 알고 있었다. 많은 사람들의 머릿속에서 소란을 피우며 돌아다니는 악몽들을 단단히 손에 쥐고 있었다. 때로 머릿속에서 밖으로 튀어나오는 악몽들까지도.

15 모두 진술

데이비드 스토리 재판의 모두 진술이 연기되었다. 검사와 변호사가 판사와 함께 비공개로 각종 신청에 대해 공방을 벌이고 있기 때문이었다. 보슈는 검사 측 탁자에 앉아 기다렸다. 그러면서 이 사건과 관계없는 잡다한 생각들을 몰아내려고 애썼다. 어젯밤 애너벨 크로우를 찾지 못한 일도 생각하지 않으려고 했다.

10시 45분에 마침내 검사와 변호사가 법정으로 들어와 각자 자신의 자리로 갔다. 그리고 피고인(오늘은 경찰관 세 명의 월급을 합해야 살 수 있을 것 같은 양복 차림이었다)이 경찰관들에게 이끌려 유치장에서 법정으로 들어왔고, 마지막으로 휴턴 판사가 자기 자리에 앉았다.

이제 재판이 시작될 참이었다. 보슈는 법정 안의 긴장감이 눈에 띄게 높아진 것을 느낄 수 있었다. 로스앤젤레스는 이번 형사 재판을 세계적인 오락의 경지로 끌어올렸다. 아니 어쩌면 끌어내렸다는 말이 맞는 것 같기도 했다. 어느 쪽이든 법정 안의 재판 당사자들은 재판을 보는 시각이 완전히 달랐다. 그들은 놀이가 아니라 진짜 게임을 하고 있었다. 검사 측과 변호사 측 사이에 그 어느 때보다 강한 적의가 생생히 느껴지는 것 같기도 했다.

판사는 법정 정리 역할을 하는 보안관서 경찰관에게 배심원들을 들여보내라고 지시했다. 보슈는 다른 사람들과 마찬가지로 자리에서 일어나 배심원들이 조용히 줄지어 들어와서 자리에 앉는 모습을 지켜보았다. 몇몇 배심원들은 들뜬 것 같았다. 2주 동안 배심원 선정과 갖가지 신청에 대한 처리가 끝나기를 기다린 끝에 이제야 재판이 시작될 참이니 그럴 만도 했다. 보슈는 배심원석 위쪽의 벽에 설치된 카메라 두 대를 올려다보았다. 그 카메라들은 배심원석을 제외한 법정 전체를 화면에 담았다.

다들 자리에 앉은 뒤 휴턴이 헛기침을 하고는 배심원들을 바라보며 마이크 쪽으로 몸을 기울였다.

"여러분, 안녕하십니까?"

배심원들이 웅얼거리는 소리로 대답하자 휴턴은 고개를 끄덕였다.

"재판이 지연되어서 죄송합니다. 기본적으로 사법 체제를 움직이는 사람은 법률가들이라는 점을 감안해 주시기 바랍니다. 따라서 사법 체제는 아주 처어어어어언천히 움직입니다."

법정 안에 예의바른 웃음이 일었다. 검사와 변호사도 모두 예의에 맞게 함께 웃음을 터뜨렸다. 개중에 두어 명은 지나치게 웃기도 했다. 보슈는 공개 재판에서 판사가 농담을 하면 검사와 변호사는 당연히 웃게 되어 있다는 것을 경험으로 알고 있었다.

보슈는 왼편의 변호인석 너머를 흘깃 바라보았다. 그쪽에 있는 또 하나의 배심원석에는 기자들이 빽빽하게 앉아 있었다. 예전에 텔레비전 뉴스와 기자 회견장 등에서 본 적이 있는 낯익은 얼굴들이 많았다.

법정의 다른 부분들을 훑어보았더니, 방청석에도 시민들이 빽빽이 앉아 있었다. 변호인석 바로 뒤의 한 줄만 예외였다. 그곳에 넉넉하게 앉아 있는 사람들은 오전 내내 분장실에 있다가 온 것 같았다. 아마 연예인인 모양이었다. 하지만 보슈는 그쪽 분야를 잘 모르기 때문에 그들 중에는 아는 얼굴이 하나도 없었다. 재니스 랭와이저에게 살짝 물어볼까 생각해 보았지만, 그러지 않는 편이 나을 것 같았다.

"먼저 몇 가지 정리해야 할 것이 있었습니다." 판사가 배심원들을 향해 계속 말을 이었다. "하지만 이제는 시작할 준비가 됐습니다. 먼저 모두 진술부터 들을 겁니다. 미리 말씀드리지만, 모두 진술은 사실에 대한 진술이 아니라 양측이 각각 생각하는 사실이 무엇이고 이 법정에서 그 사실들을 어떻게 증명할 것인지 진술하는 것입니다. 따라서 모두 진술에 증거가 포함되어 있다고 생각하시면 안 됩니다. 증거는 모두 나중에 제출될 겁니다. 앞으로 나올 이야기들이 많으므로, 모두 진술을 경청하되 마음을 열어 두세요. 먼저 검사 측 이야기부터 들어 보겠습니다. 언제나 그렇듯이 최후의 발언 기회는 피고 측의 몫입니다. 크레츨러 검사, 이제 시작하세요."

이번 사건 팀의 수석 검사인 크레츨러가 일어나서 양측 탁자 사이에 설치된 연설대로 갔다. 그는 배심원들에게 목례를 하고, 특수 범죄 수사부 소속의 지방검사보인 로저 크레츨러라고 자기소개를 했다. 그는 키가 크고 몹시 마른 편이었으며, 짧고 검은 머리에 무테 안경을 쓰고, 붉은 기운이 감도는 턱수염을 기르고 있었다. 적어도 마흔다섯 살은 된 것 같았다. 보슈는 그에게 특별히 호감을 느끼지는 않았지만, 능력은 높이 평가하고 있었다. 게다가 같은 또래의 다른 검사들은 이미 연봉이 훨씬 더 많은 기업 고문 변호사나 형사 재판 변호사로 옮겨갔는데도 그는 아직도 검사로 남아 있다는 사실을 생각하면 그가 한층 더 존경스러웠다. 보슈가 보기에 크레츨러에게는 가정 생활이 없는 것 같았다. 재판이 열리기 전에 검사 측이 밤늦은 시각에 갑자기 수사에 관한 의문점을 떠올리고 보슈를 호출할 때 호출기에 뜬 번호를 보면 항상 크레츨러의 사무실 번호였다. 아무리 늦은 시각에도 마찬가지였다.

크레츨러는 자신과 같이 특수 범죄 수사부 소속인 재니스 랭와이저와 함께 이번 사건을 공동으로 기소했으며, 경찰 수사 팀의 수석 형사는 LA 경찰국의 3급 형사인 해리 보슈라고 말했다.

"휴턴 판사님이 제대로 지적해 주신 것처럼, 사실을 제시하는 부분으로 빨리 넘어가기 위해서 모두 진술을 짧고 재미있게 끝내겠습니다. 배심원 여러분, 여러분이 이 법정에서 심리하게 될 사건에 유명인이 얽혀 있는 것은 확실한 사실입니다. 누가 봐도 대단한 사건이라는 것을 알 수 있을 정도입니다. 그렇습니다. 피고인인 데이비드 N. 스토리는 우리 사회에서, 연예인들에게 열광하는 지금 이 시대에 대단한 힘과 지위가 있는 사람입니다. 하지만 그 힘과 화려함을 걷어내고 나면, 앞으로 며칠 동안 저희가 바로 그 작업을 할 것이라고 분명히 약속드립니다만, 여러분은 우리 사회에 너무나 흔한 이야기를 듣게 될 것입니다. 아주 간단한 살인 사건 이야기 말입니다."

크레츨러는 효과를 위해 잠시 말을 멈췄다. 보슈는 배심원들을 확인했다. 다들 검사에게 시선이 고정되어 있었다.

"지금 변호인 석에 앉아 있는 저 남자, 데이비드 N. 스토리는 지난 10월 12일 저녁에 조디 크레멘츠라는 스물세 살의 여성과 데이트를 했습니다. 자신이 가장 최근에 만든 영화의 시사회와 리셉션이 끝난 뒤 그는 할리우드 힐스에 있는 자신의 집으로 그 여성을 데려가서 상호 동의하에 성관계를 맺었습니다. 이 사실에 대해 변호인들이 여러분에게 다른 얘기를 하지는 않을 겁니다. 그 사실 때문에 우리가 지금 이 자리에 있는 것이 아니니까요. 우리가 지금 이 자리에 있는 것은 성관계 도중 또는 그 이후에 벌어진 일 때문입니다. 10월 13일 아침에 조디 크레멘츠는 다른 여배우와 함께 살고 있던 작은 집의 자기 침대에서 교살당한 시체로 발견되었습니다."

크레츨러는 연설대에 놓아둔 노란색 종이철을 한 장 넘겼다. 하지만 그가 모두 진술을 이미 완벽하게 외워서 연습했음은 누가 봐도 분명히 알 수 있었다.

"이번 재판에서 검찰은 난폭한 성적인 분노로 인해 조디 크레멘츠의 목숨을 빼앗은 장본인이 바로 데이비드 스토리임을 의심의 여지 없이 증명할 것입니다. 피고인은 사건을 저지른 뒤 시신을 피살자의 집으로 옮겼습니다. 어쩌면 누군가 다른 사람에게 시켰을지도 모르죠. 어쨌든 피고는 우연한 죽음처럼 보이게 현장을 꾸몄습니다. 그러고 나서 자신의 힘과 지위를 이용해서 로스앤젤레스 경찰국의 수사를 방해하려고 했습니다. 스토리 씨가 과거에도 여성들을 학대한 전력이 있다는 사실을 배심원 여러분도 앞으로 알게 될 것입니다. 하지만 스토리 씨는 그런 범죄를 저지르고도 털끝 하나 다치지 않고 풀려날 거라고 자신하고 있습니다…."

크레츨러는 여기서 몸을 돌려 변호인 석에 앉아 있는 피고를 경멸스러운 표정으로 내려다보았다. 스토리는 꿈쩍도 하지 않고 똑바로 앞만 바라보았고, 크레츨러는 얼마 뒤 다시 배심원들에게 시선을 돌렸다.

"…솔직하게 말할까요? 피고는 이번 사건의 수석 형사인 보슈 형사에게 자신이 무사히 풀려날 거라고 자랑하기까지 했습니다."

크레츨러는 헛기침을 했다. 이제 결정적인 호소를 할 때가 되었다는 뜻이었다.

"배심원 여러분, 우리는 조디 크레멘츠를 위해 정의를 실현하려고 이 자리에 모였습니다. 그 여성을 죽인 자가 풀려나지 않게 하는 것이 우리의 임무입니다. 캘리포니아 주와 제가 여러분께 부탁합니다. 재판이 진행되는 동안 주의 깊게 귀를 기울여 주시고, 증거를 공정하게 가늠해 주십시오. 여러분이 그렇게 해 주시면, 틀림없이 정의가 실현될 겁니다. 조디 크레멘츠를 위해서, 그리고 우리 모두를 위해서 말입니다."

크레츨러는 연설대에서 종이철을 집어 들고 자기 자리로 돌아가려고 몸을 돌렸다. 하지만 갑자기 뭔가 생각이 떠오른 사람처럼 걸음을 멈췄다. 보슈의 눈에는 그것이 미리 많이 연습한 동작이라는 것이 훤히 보였다. 배심원들도 알아차릴 것 같았다.

"경찰국이 이렇게 유명한 사건으로 인해 심판대에 놓이는 광경이 요즘 로스앤젤레스에서는 흔한 일이 되었다는 것을 우리 모두 잘 알고 있습니다. 전령이 전해 준 소식이 마음에 들지 않으니, 전령을 죽여 버리자는 방식은 변호인들이 즐겨 쓰는 술수 중 하나입니다. 따라서 여러분 모두 정신을 바짝 차리고 과녁에, 그러니까 진실과 정의에 시선을 집중해야겠다고 마음을 다잡아 주시기 바랍니다. 술수에 넘어가지 마십시오. 진실에 여러분 자신을 맡기면 길이 보일 겁니다."

크레츨러는 자신의 자리로 가서 앉았다. 랭와이저가 팔을 뻗어 축하한다는 듯이 크레츨러의 팔을 잡아 주는 것이 보였다. 그것 역시 미리 많이 연습한 동작이었다.

판사는 검사 측 발언이 간결했으므로 휴식 없이 변호인 측의 발언을 듣겠다고 배심원들에게 말했다. 하지만 포욱스가 일어나 연설대로 가서 크레츨러보다 훨씬 더 짧은 시간 안에 발언을 마쳤기 때문에 어차피 사람들은 금방 휴식을 취할 수 있게 되었다.

"배심원 여러분, 전령을 쏘아 버린다느니, 쏘면 안 된다느니 하는 말이 나왔지만, 그 문제에 대해 제가 한 말씀드리겠습니다. 크레츨러 검사가 마지막에 멋진 말들을 늘어놓았습니다만, 그건 이 건물 안의 모든 검사들이 재판이 새로 시작될 때마다 이 자리에서 하는 말입니다. 아무래도 그 말을 카드 같은 데다 인쇄해서 지갑 속에 넣어가지고 다니는 모양입니다."

크레츨러가 일어서서 "터무니없는 과장"이라며 이의를 제기하자 휴턴은 포욱스에게 주의를 주고는 검사에게도 이의를 남발하는 건 좋은 일이 아니라고 충고했다. 포욱스는 재빨리 말을 이었다.

"제가 지나쳤다면 죄송합니다. 검사들과 경찰들에게는 이것이 민감한 주제라는 걸 저도 알고 있습니다. 하지만 제 말은, 연기가 있는 곳에는 대개 불도 있다는 뜻일 뿐입니다. 이번 재판에서 우리는 그 연기를 뚫고 나아가는 길을 찾으려고 노력할 겁니다. 그 과정에서 불을 발견할 수도 있고 아닐 수도 있지만, 확실한 건 저 남자가…."

포욱스는 몸을 돌려 강렬한 몸짓으로 자신의 의뢰인을 가리켰다.

"…저 남자 데이비드 N. 스토리가 이번에 기소된 범죄 혐의에 대해 의심의 여지 없는 무죄라는 결론에 도달하게 될 것이라는 점입니다. 스토리 씨에게 권력과 지위가 있는 것은 사실입니다. 하지만 그것이 죄는 아니지 않습니까. 스토리 씨가 유명한 연예인들을 몇 명 아는 것 역시 사실이지만, 제가 잡지 〈피플〉지에서 확인해 본 바에 따르면 그것 역시 아직은 범죄가 아닙니다. 스토리 씨의 사생활과 개인적인 취향 중에 배심원 여러분에게 불쾌하게 느껴지는 것이 있을지도 모릅니다. 저도 그런 느낌을 갖고 있습니다. 하지만 그런 불쾌한 취향들 역시 이번 재판의 주제가 된 범죄와는 상관 없습니다. 여기서 우리가 다루는 범죄는 '살인'입니다. 그 이상도 그 이하도 아닙니다. 데이비드 스토리는 그 혐의에 대해 무죄입니다. 크레츨러 검사와 랭와이저 검사와 보슈 형사와 검사 측 증인들이 무슨 말을 하든, 이번 사건에서 스토리 씨의 혐의를 입증하는 증거는 전혀 없습니다."

포욱스가 배심원들에게 목례를 하고 자리에 앉은 뒤 휴턴 판사는 잠시 휴정하고 이른 점심을 먹은 뒤 오후에 증언을 청취하겠다고 선언했다.

보슈는 배심원들이 배심원석 옆의 문을 통해 한 줄로 빠져나가는 것을 지켜보았다. 몇몇 배심원들은 어깨 너머로 법정을 뒤돌아보았다. 줄의 맨 끝에 서 있던 쉰 살 가량의 흑인 여자는 고개를 돌려 보슈를 똑바로 바라보았다. 보슈는 시선을 내렸지만, 곧바로 그러지 말걸 그랬다고 후회했다. 그가 다시 고개를 들었을 때, 여자의 모습은 보이지 않았다.

16 악마 올빼미

매케일렙은 재판이 점심시간 때문에 휴정하자 텔레비전을 껐다. 방송국 해설자들의 분석을 미주알고주알 듣고 싶은 생각은 없었다. 모두 발언에서 가장 높은 점수를 얻은 것은 변호인 측인 것 같았다. 포욱스는 자신도 자기 고객의 사생활과 습관을 불쾌하게 생각한다며 배심원들을 향해 매끄럽게 작전을 펼쳤다. 그의 말은 자기도 그 불쾌한 습관들을 참고 있으니 배심원들도 참을 수 있을 거라는 뜻이었다. 포욱스는 또한 이번 재판의 주제는 사람의 목숨을 빼앗은 사건이지 한 개인의 생활 방식이 아니라는 점을 배심원들에게 다시 일깨워 주었다.

매케일렙은 제이 윈스턴과 오후에 만나서 나눌 이야기를 다시 준비하기 시작했다. 그는 아침 식사를 한 뒤 배로 돌아가서 서류철과 책들을 가져왔다. 그리고 지금은 가위와 테이프를 들고서 발표 자료를 만드는 중이었다. 자신의 이야기가 윈스턴에게서 감탄을 자아내는 데서 그치지 않고, 자신조차 믿기 힘든 일을 윈스턴에게 납득시키는 데 도움이 되기를 바랄 뿐이었다. 어떤 의미에서, 발표 자료를 만드는 것은 자신의 주장을 펼치기 위한 최종 연습과 같았다. 그렇게 생각하면, 윈스턴에게 무엇을 보여 주고 어떤 말을 할지 시간을 들여 고민하는 것이 매우 유용한 작업이었다. 이런 과정을 통해 매케일렙은 자신의 생각에서 논리적 구멍들을 찾아내고, 윈스턴이 틀림없이 던지게 될 질문들의 답을 준비할 수 있었다.

그가 윈스턴에게 정확히 무슨 말을 할 것인지 고민하고 있는데, 마침 윈스턴이 그의 휴대전화로 전화를 걸어왔다.

"올빼미와 관련해서 중요한 게 나온 것 같아요. 아닐 수도 있지만."

"그게 뭔데요?"

"오하이오 주 미들턴의 도매상이 그 올빼미의 출처를 알 것 같대요. 여기 카슨의 버드 배리어라는 곳이에요."

"왜 거기가 출처라고 생각하는 거예요?"

"커트가 우리 올빼미 사진을 팩스로 보내 줬더니 오하이오에서 그 도매상과 거래하는 사람이 올빼미 아래쪽이 열려 있는 걸 발견했어요."

"그게 무슨 의미인데요?"

"이 올빼미들은 받침대랑 같이 세트로 판매되는 모양이에요. 받침대에 모래를 채워 넣으면, 비바람이 불어도 올빼미가 똑바로 서 있을 수 있대요."

"그렇군요."

"그런데 어떤 소규모 도매상이 받침대를 떼어 낸 올빼미를 주문했대요. 거기가 바로 버드 배리어예요. 그 사람들이 받침대를 떼어 달라고 한 건, 건드리면 비명을 지르게 되어 있는 장치에 올빼미를 연결시켜서 팔기 때문이에요."

"비명을 지르다니, 무슨 소리예요?"

"그 왜, 진짜 올빼미처럼 우는 것 말이에요. 그러면 새들이 정말로 놀라서 도망치나 봐요. 버드 배리어의 슬로건이 뭔지 알아요? '새들이 똥을 지리게 만드는 데는 1등'이에요. 귀엽죠? 전화를 받을 때도 그 말을 외쳐요."

매케일렙은 머릿속이 워낙 바쁘게 소용돌이치고 있어서 유머를 받아들일 여유가 없었다. 그래서 웃음을 터뜨리지 못했다.

"그 업체가 카슨에 있다고요?"

"네. 테리 씨의 마리나에서 그리 멀지 않아요. 난 이제부터 회의에 들어가야 하지만, 이따가 테리 씨를 만나기 전에 그 업체에 먼저 들러 볼 생각이었어요. 우리 약속 장소를 아예 그 업체로 바꿀까요? 시간 맞춰서 올 수 있겠어요?"

"네. 장소를 바꾸는 게 좋겠네요."

윈스턴이 주소를 불러 주었다. 카브리요 마리나에서 약 15분 거리에 있는 곳이었다. 두 사람은 그곳에서 2시에 만나기로 했다. 윈스턴은 그 업체의 사장인 캐머런 리델이 이미 자신과 만나기로 했다고 말했다.

"그 올빼미도 가져올 거예요?" 매케일렙이 물었다.

"그거 알아요, 테리 씨? 내가 조금 있으면 형사 경력 12년이에요. 뇌를 지니고 산 건 그보다 훨씬 더 오래됐고요."

"미안해요."

"2시에 봐요."

전화를 끊은 뒤 매케일렙은 냉동실에서 남은 타메일을 꺼내 전자레인지로 데운 뒤 포일로 싸서 가죽 가방에 넣었다. 배를 몰고 만을 건너는 동안 먹을 생각이었다. 시엘로가 어떻게 하고 있는지 들여다보았더니, 아이는 시간제 보모인 페레즈 부인의 품에서 잠들어 있었다. 매케일렙은 아기의 뺨을 한 번 만지고 집을 나섰다.

버드 배리어는 고급스러운 상업용 창고 구역에 있었다. 활주로 바로 아래의 405번 도로 동편을 감싸는 형태의 지역이었다. 도로에는 굿이어 타이어의 뚱보 마스코트가 끈으로 설치되어 있었다. 오후의 바람에 마스코트가 날려가지 않고 제자리를 지키게 해 주는 끈이 바다까지 연결되어 있는 것이 보였다. 버드 배리어의 주차장으로 들어가자 LTD가 눈에 들어왔다. 제이 윈스턴의 차가 틀림없었다. 매케일렙이 유리문을 지나 안으로 들어갔더니 윈스턴이 작은 대기실에 앉아 있었다. 윈스턴이 앉은 의자 옆의 바닥에는 서류 가방 하나와 '증거물'이라고 적힌 붉은 테이프로 봉한 마분지 상자 하나가 놓여 있었다. 윈스턴은 매케일렙을 보자마자 일어나서 접수 창구로 갔다. 창구 안에 전화 응답용 헤드폰을 쓴 젊은 남자가 앉아 있는 것이 보였다.

"리델 사장님께 우리 둘 다 도착했다고 연락해 주실래요?"

한창 전화를 받고 있는 것으로 보이는 청년은 윈스턴에게 고개를 끄덕했다.

몇 분 뒤 두 사람은 캐머런 리델의 사무실로 안내되었다. 마분지 상자는 매케일렙이 들었다. 윈스턴은 매케일렙을 자신의 동료라고 소개했다. 사실이었지만, 그에게 배지가 없다는 사실을 숨기는 말이기도 했다.

리델은 유쾌한 인상의 30대 중반 남자였으며, 어떻게든 수사를 도우려고 애쓰는 것 같았다. 윈스턴은 서류 가방에서 라텍스 장갑을 꺼내 손에 낀 뒤 열쇠로 마분지 상자의 빨간 테이프를 갈라 상자를 열었다. 그리고 그 안에서 올빼미를 꺼내 리델의 책상에 놓았다.

"이 올빼미에 대해 아시나요, 리델 씨?"

리델은 자기 책상 뒤에 선 채로 허리를 수그려 올빼미를 바라보았다.

"만지면 안 됩니까?"

"그러면 사장님도 이 장갑을 끼시죠."

윈스턴은 서류 가방을 열어 마분지 포장지에서 장갑을 한 켤레 꺼내서 리델에게 주었다. 매케일렙은 윈스턴이 직접 부탁하거나 면담 중에 뻔한 사실을 빼먹는 경우가 아니면 끼어들지 않기로 마음을 정했기 때문에 그냥 지켜보기만 했다. 리델은 장갑을 쉽게 끼지 못해서 애를 먹었다.

"죄송합니다." 윈스턴이 말했다. "중간 사이즈라서 그래요. 사장님은 대형을 끼셔야 할 것 같은데."

리델은 장갑을 낀 뒤 양손으로 올빼미를 들어 받침대 아래쪽을 유심히 살폈다. 그는 플라스틱 올빼미의 텅 빈 속을 올려다본 뒤 올빼미를 바로 눈앞에 들고 대충 살펴보는 시늉을 하는 것 같았다. 그러고는 책상 귀퉁이에 올빼미를 놓고 책상 옆을 돌아 자기 자리로 갔다. 그는 의자에 앉아 인터콤의 버튼을 눌렀다.

"모니크, 캐머런이에요. 뒤쪽으로 가서 비명 지르는 올빼미 한 마리를 이리로 가져오겠어요? 지금 당장 필요해요."

"지금 갈게요."

리델은 장갑을 벗고 손가락을 폈다 구부렸다 하며 움직였다. 그러고는 윈스턴을 바라보았다. 매케일렙보다는 윈스턴이 더 중요한 인물임을 알아차린 모양이었다. 그는 올빼미를 가리키며 입을 열었다.

"저희 물건이 맞기는 한데… 글쎄요, 어떤 말로 표현을 해야 할지 모르겠습니다. 변형됐어요. 우리가 파는 물건은 이렇게 생기지 않았습니다."

"어떻게 다른데요?"

"모니크가 저희 물건을 가져올 테니 곧 보실 수 있을 겁니다. 우선 이 올빼미는 색깔이 조금 달라졌고, 비명을 지르는 장치도 제거됐습니다. 그리고 여기 받침대에 우리가 특허 라벨을 붙이는데, 그것도 사라졌습니다."

리델은 받침대 뒤쪽을 가리켰다.

"먼저 색깔 얘기부터 해 보죠." 윈스턴이 말했다. "뭐가 어떻게 바뀐 겁니까?"

리델이 미처 대답하기 전에 문 두드리는 소리가 한 번 나더니 어떤 여자가 비닐로 싼 올빼미를 들고 들어왔다. 리델은 그것을 책상에 놓으라고 하고는 자기가 직접 비닐을 벗겼다. 윈스턴이 가져온 올빼미의 검은 눈을 보고 여자가 얼굴을 찡그리는 것이 매케일렙의 눈에 띄었다. 리델이 여자에게 고맙다고 말하자 여자는 사무실에서 나갔다.

매케일렙은 나란히 놓인 두 올빼미를 유심히 살폈다. 증거품 올빼미의 색깔이 더 어두웠다. 버드 배리어의 올빼미 깃털은 흰색과 밝은 파란색을 포함해서 다섯 가지 색깔로 되어 있었으며, 플라스틱 눈동자의 가장자리는 호박색이었다. 이 올빼미는 또한 검은 플라스틱 받침대 위에 앉아 있었다.

"보시다시피 이쪽 올빼미는 색깔이 달라졌습니다." 리델이 말했다. "특히 눈이 그래요. 이런 식으로 색을 덧칠하면, 원래 눈에 빛을 비치게 한 효과가 많이 사라집니다. 이 눈은 포일 반사 눈이라고 부릅니다. 플라스틱 안에 든 포일이 빛을 포착해서 눈이 움직이는 것처럼 보이게 하죠."

"그래서 새들은 이게 진짜인 줄 아는 거로군요."

"그렇습니다. 하지만 이렇게 색을 덧칠하면 그 효과가 사라져요."

"여기에 색을 덧칠한 사람은 새들을 쫓아 버릴 생각은 전혀 없었을 겁니다. 또 달라진 게 뭡니까?"

리델은 그냥 고개만 저었다.

"깃털이 조금 어두워진 것밖에 없어요. 보시면 아시겠지만."

"그렇죠. 아까 기계 장치가 제거되었다고 하셨는데, 어떤 장치입니까?"

"우리는 이 물건을 오하이오에서 받아 색을 다시 칠한 뒤에 두 가지 장치 중 하나를 부착합니다. 지금 여기 있는 건 저희 표준 모델입니다."

리델은 자기 회사의 올빼미를 들어 아래쪽을 보여 주었다. 그가 검은 플라스틱으로 된 받침대를 돌리자 받침대가 회전하면서 커다랗게 비명을 지르는 것 같은 소리를 냈다.

"이 소리 들리시죠?"

"네, 이 정도면 됐습니다."

"죄송합니다. 보시다시피 우리 올빼미는 이 받침대 위에 앉아서 바람에 반응합니다. 바람 때문에 올빼미가 돌아가면 새들을 잡아먹을 것처럼 날카로운 소리가 나죠. 효과가 좋습니다. 바람만 불어 주면. 이것 말고 딜럭스 모델에는 받침대에 전자 장치를 삽입합니다. 거기에는 스피커가 내장되어 있어서, 미리 녹음한 육식조 소리가 납니다. 바람이 없어도요."

"그런 장치들이 하나도 없는 올빼미도 구입할 수 있습니까?"

"네. 저희 받침대에 장착할 수 있는 교체품이 있습니다. 올빼미가 망가지거나 올빼미를 잃어버릴 수도 있으니까요. 특히 바닷가에서 야외에 두면, 원래 색깔이 2~3년 정도 유지됩니다. 그다음부터는 효과가 좀 줄어들 수 있어요. 그러니까 올빼미를 수리하든지, 아니면 새것을 사야 합니다. 사실 이 올빼미 모형은 저희 제품 전체에서 가장 싼 부품이에요."

윈스턴은 매케일렙을 바라보았다. 그는 윈스턴의 질문에 추가할 것이 전혀 없었다. 그래서 그냥 고개만 끄덕였더니 윈스턴은 다시 리델에게 시선을 돌렸다.

"좋습니다. 그렇다면 이 올빼미를 누가 사 갔는지 추적할 방법이 있을까요?"

리델은 마치 올빼미가 스스로 대답을 내놓기라도 할 것처럼 한참 동안 올빼미를 바라보았다.

"그건 좀 어려울 것 같습니다. 이건 그냥 소모품입니다. 저희가 파는 게 1년에 수천 개는 돼요. 대형 소매점뿐만 아니라, 우편 주문과 인터넷을 통해서도 판매하고 있습니다."

리델이 갑자기 손가락을 튕겼다.

"하지만 대상을 조금 좁힐 수 있는 방법이 하나 있습니다."

"무슨 방법이죠?"

"이 올빼미 모형이 작년에 바뀌었습니다. 중국 제조 업체가 바꾼 거죠. 그 사람들이 조사를 해 보니 부엉이가 다른 새들에게 훨씬 더 위협적으로 보인다는 결론이 나왔습니다. 그래서 부엉이 모형을 만들었어요."

"저는 무슨 소리인지 잘 모르겠는데요. 리델 씨."

리델은 잠시 기다리라는 듯 손가락을 하나 들어 올렸다. 그리고 책상 서랍을 열어 서류들 사이를 뒤지더니 카탈로그를 꺼내 서둘러 책장을 넘기기 시작했다. 그 카탈로그를 보니 버드 배리어의 주력 상품은 플라스틱 올빼미가 아니라, 그물, 철사, 긴 못 등이 포함된 대형 새 퇴치 장비였다. 리델은 플라스틱 올빼미들이 실려 있는 페이지를 찾아내서 윈스턴과 매케일렙이 볼 수 있게 카탈로그를 돌려놓았다.

"이건 작년 카탈로그입니다." 그가 말했다. "여기 머리가 둥근 올빼미들이 보이죠? 제조 업체가 모양을 바꾼 건 지난 6월, 그러니까 약 7개월 전입니다. 그래서 요즘은 이런 녀석들을 팔고 있습니다."

리델은 책상 위의 두 올빼미를 가리켰다.

"깃털이 머리 꼭대기 두 군데서 뾰족하게 올라와 있거나 귀가 올라와 있습니다. 영업 사원 말로는 이런 녀석들을 부엉이라고 한다더군요. 뿔이 있는 올빼미예요. 이런 녀석들은 때로 악마 올빼미라고 불리기도 합니다."

윈스턴은 매케일렙을 흘깃 바라보았고, 매케일렙은 순간적으로 눈썹을 올렸다.

"그러니까 이 부엉이는 6월 이후에 판매된 거라는 말씀이네요." 윈스턴이 리델에게 말했다.

"8월이나 9월 이후로 보는 편이 더 나을 겁니다. 중국 쪽에서 제품을 바꾼 건 6월이지만, 우리가 새 제품을 받기 시작한 건 아마 7월말일 테니까요. 게다가 새 제품을 팔기 전에 머리가 둥근 기존의 올빼미들을 먼저 팔았을 겁니다."

윈스턴은 리델에게 판매 기록을 보자고 말했다. 리델은 우편 주문과 인터넷 구매 현황이 회사 컴퓨터에 완벽하게 기록되어 있다고 말했다. 하지만 배로 물건을 받아서 주요 철물점, 가정, 해양 용품점 등에 판매된 기록은 없는 것 같았다. 리델은 자기 책상의 컴퓨터에 몇 가지 명령을 입력했다. 그러고는 화면을 가리켰다. 하지만 매케일렙과 윈스턴은 컴퓨터 화면을 볼 수 없는 위치에 있었다.

"제가 8월 1일 이후 저 모델들의 판매 현황을 조회했습니다." 리델이 말했다.

"어떤 모델이요?"

"표준 모델과 딜럭스 모델, 그리고 교체품 전부요. 모두 합해서 414개를 우리가 직접 팔았고, 소매점에는 6백 개를 보냈습니다."

"그러니까 이 회사를 통해서 적어도 414개의 행방을 추적할 수 있다는 뜻입니까?"

"맞습니다."

"그럼 구매자들의 이름과 배송 주소를 갖고 있습니까?"

"네, 갖고 있습니다."

"법원의 명령이 없어도 그 정보를 기꺼이 내놓을 의향이 있으십니까?"

리델은 터무니없는 질문이라는 듯 인상을 찌푸렸다.

"살인 사건을 조사 중이라고 하셨죠?"

"맞습니다."

"그럼 법원의 명령은 필요없습니다. 도울 수 있는 일이라면 돕고 싶으니까요."

"정말 기운이 나는군요, 리델 씨."

윈스턴과 매케일렙은 윈스턴의 차 안에서 리델이 컴퓨터로 뽑아 준 자료를 검토했다. 올빼미, 아니 부엉이가 들어 있는 증거물 상자는 두 사람 사이에 놓여 있었다. 리델이 준 자료는 세 장이었다. 딜럭스 모델, 표준 모델, 교체품별로 주문 현황을 나눠 놓았기 때문이었다. 매케일렙은 교체품 목록을 보자고 했다. 에드워드 건의 아파트에 있던 부엉이는 처음부터 살인 사건 현장에서 모종의 역할을 맡길 목적으로 구입한 것이므로 소리를 내는 장비는 필요하지 않았을 터였다. 게다가 교체품은 값이 가장 쌌다.

"여기서 뭔가를 찾아내야 해요." 윈스턴이 눈으로 표준 모델의 구매자들 명단을 훑으면서 말했다. "홈디포 같은 소매점들을 통해 구매자를 추적하려면 법원의 명령을 받아야 하고, 변호사들도 상대해야 하고…. 어, 게티 미술관도 여기 있네요. 네 개를 주문했어요."

매케일렙은 윈스턴을 바라보며 방금 들은 말을 생각해 보았다. 그러다가 어깨를 으쓱하고는 다시 자신의 목록을 살피기 시작했다. 윈스턴도 부엉이를 판매하는 대형 소매점의 판매 기록을 얻으려면 극복해야 하는 난관들을 계속 주워섬기기 시작했다. 매케일렙은 윈스턴의 목소리를 듣는 둥 마는 둥 하면서 명단의 마지막 3분의 1을 살펴보았다. 그러다가 아는 이름이 눈에 띄어서 손가락으로 배송 주소, 지불 방법, 주문 장소 등을 짚어가며 살펴보았다. 혹시 구매자와 물건을 받는 사람이 다른가 싶어서 물건을 받는 사람 이름도 살펴보았다. 정보를 확인한 뒤 매케일렙이 자기도 모르게 숨이 막히는 것 같은 소리를 냈는지 윈스턴이 덩달아 흥분했다.

"뭐예요?"

"여기 뭔가 있는 것 같아요."

매케일렙은 윈스턴을 향해 자료를 들어 올리고 문제의 이름을 가리켰다.

"이 사람 말이에요. 제롬 반 아이켄. 크리스마스 전날에 건의 주소로 부엉이를 보내라고 주문했어요. 대금은 우편환으로 결제했고요."

윈스턴은 매케일렙에게서 자료를 가져가 직접 그 줄의 정보를 읽기 시작했다.

"주소는 스위처 거리인데 받는 사람은 에드워드 건 씨 댁의 루버트 대스네요. 수사 과정에서 루버트 대스라는 이름은 나온 적이 없는데. 그 건물 거주자들 이름 중에도 없었어요. 로르샤크한테 전화해서 건한테 그런 이름의 룸메이트가 있었는지 물어봐야겠어요."

"그럴 필요 없어요. 루버트 대스는 그 집에 살았던 적이 없으니까."

윈스턴은 자료에서 눈을 들어 그를 바라보았다.

"루버트 대스가 누군지 알아요?"

"그런 셈이죠."

윈스턴이 이마에 깊은 주름을 새겼다.

"그런 셈이라고요? 그런 셈? 제롬 반 아이켄은 어때요?"

매케일렙은 고개를 끄덕였다. 윈스턴은 자신과 매케일렙 사이에 놓인 상자 위에 자료를 대충 놓았다. 그리고 호기심과 짜증이 뒤섞인 표정으로 매케일렙을 바라보았다.

"이제 테리 씨가 알아낸 걸 나한테 말해 줄 때가 된 것 같네요."

매케일렙은 다시 고개를 끄덕이고 문손잡이를 잡았다.

"내 배로 가는 게 어때요? 거기서 이야기하죠."

"지금 당장 여기서 해요."

매케일렙은 가볍게 미소를 지어 보였다.

"이른바 시청각 자료를 이용한 발표를 해야 하거든요."

매케일렙은 문을 열고 차에서 내린 뒤 차 안의 윈스턴을 바라보았다.

"배에서 봐요. 알았죠?"

윈스턴은 고개를 저었다.

"끝내주는 프로파일을 내놓지 않으면 내가 가만히 안 있을 거예요."

이번에는 매케일렙이 고개를 저었다.

"난 아직 프로파일을 준비하지 못했어요."

"그럼 알아낸 게 뭐예요?"

"용의자요."

매케일렙은 문을 닫았다. 윈스턴이 투덜거리는 소리가 작게 들렸다. 매케일렙이 주차장을 걸어가는 동안 사방에 그림자가 드리워졌다. 고개를 들어보니 굿이어 타이어의 뚱보 마스코트가 머리 위에 걸려서 해를 완전히 가리고 있었다.

17 세속적인 기쁨의 정원

윈스턴과 매케일렙은 15분 뒤 더 팔로잉 시 호에서 다시 만났다. 매케일렙은 콜라를 꺼내온 뒤 윈스턴에게 거실의 커피 탁자 끝에 있는 푹신한 의자에 앉으라고 말했다. 주차장에서 매케일렙은 윈스턴에게 플라스틱 부엉이를 배로 가져오라고 미리 말해 두었다. 그는 종이 타월 두 개로 부엉이를 들어 상자에서 꺼낸 뒤 윈스턴 앞의 탁자에 놓았다. 윈스턴은 화가 나서 입을 굳게 다문 채 매케일렙을 지켜보았다. 매케일렙은 윈스턴에게 원래 자기가 맡은 사건인데 나한테 놀림을 당한 것 같아서 화가 나는 기분을 이해한다고 말한 뒤, 자신이 알아낸 것을 듣고 나면 다시 수사를 주도할 수 있게 될 거라고 덧붙였다.

"지금 내가 할 수 있는 말은, 테리 씨가 죽여주는 이야기를 갖고 있어야 한다는 것뿐이에요."

매케일렙은 윈스턴과 처음 함께 일했던 사건의 표지 안쪽에 윈스턴이 스트레스를 받을 때는 말이 거칠어지는 경향이 있다고 적어 두었던 것을 기억했다. 그 메모에는 윈스턴이 똑똑하고 직관이 뛰어나다는 내용도 있었다. 매케일렙은 지금도 윈스턴이 그런 장점들을 간직하고 있기를 바랄 뿐이었다.

그는 윈스턴에게 설명할 때 필요한 자료를 준비해 둔 조리대로 다가가서 서류철을 열고 맨 위의 자료를 꺼냈다. 그리고 버드 배리어의 자료를 옆으로 밀친 뒤 플라스틱 부엉이의 받침대 옆에 그 자료를 놓았다.

"어떻게 생각해요? 이 부엉이 말이에요."

윈스턴은 몸을 앞으로 수그려서 매케일렙이 탁자에 놓은 컬러 그림을 유심히 살폈다. 그 그림은 보슈의 〈세속적인 기쁨의 정원〉에서 벌거벗은 남자가 반짝이는 검은 눈의 검은색 부엉이를 끌어안고 있는 부분을 확대한 것이었다. 매케일렙은 이 장면을 비롯해서 여러 부분들을 마리즈니센의 책에서 잘라냈다. 윈스턴이 플라스틱 부엉이와 그림을 번갈아 바라보며 자세히 살피는 것이 보였다.

"두 개가 똑같은 것 같네요." 마침내 윈스턴이 말했다. "이걸 어디서 얻었어요? 게티 미술관? 이런 얘기라면 어제 해 줬어야죠. 도대체 뭐가 어떻게 된 거예요?"

매케일렙은 진정하라는 듯 양손을 들어 올렸다.

"다 설명할게요. 그냥 내가 생각한 방식대로 이야기를 하게 해 줘요. 그러고 나서 제이 씨가 묻는 말에 다 대답할게요."

윈스턴은 계속하라는 듯 한 손을 흔들었다. 매케일렙은 조리대로 가서 두 번째 자료를 가져와 윈스턴 앞에 놓았다.

"같은 화가의 다른 그림이에요."

윈스턴은 그림을 살폈다. 이번 그림은 〈최후의 심판〉에서 지옥을 눈앞에 둔 죄인의 팔과 다리가 뒤로 묶여 있는 모습을 확대한 것이었다.

"이러지 말아요. 화가가 누구예요?"

"금방 말해 줄게요."

매케일렙은 다시 조리대로 갔다.

"이 화가가 아직 살아 있기는 한 거예요?" 뒤에서 윈스턴이 소리쳤다.

매케일렙은 세 번째 자료를 가져와 다른 두 그림과 나란히 놓았다.

"5백 년쯤 전에 죽었어요."

"젠장."

윈스턴은 세 번째 그림을 들고 자세히 살폈다. 이것은 〈일곱 가지 죄악〉 전체를 복사한 것이었다.

"하나님의 눈이 세상의 모든 죄를 바라보는 그림이래요." 매케일렙이 설명했다. "중앙에 적혀 있는 글자가 뭔지 알겠죠?"

"조심하라, 조심하라…." 윈스턴은 그 문자를 번역해서 중얼거렸다. "세상에, 이거 진짜 미친놈 아니에요? 도대체 누구예요?"

"하나만 더요. 이걸 보면 이제 모든 게 맞아떨어질 거예요."

매케일렙은 또 조리대로 가서 보슈의 책에서 복사한 또 다른 그림을 가져와 윈스턴에게 건넸다.

"이건 〈돌 수술〉이라는 그림이에요. 중세에는 머리에서 돌을 제거하는 수술을 하면 어리석음과 거짓말하는 버릇을 고칠 수 있다고 믿었대요. 절개 위치를 잘 보세요."

"봤어요, 봤어요. 우리 피살자랑 똑같잖아요. 여기 이건 다 뭐예요?"

윈스턴은 둥그런 그림 바깥쪽을 손가락으로 짚었다. 그림 바깥쪽의 검은 여백에는 문자가 적혀 있었다. 예전에는 금으로 화려하게 칠해져 있었겠지만, 지금은 다 퇴색해서 알아보기가 거의 불가능할 정도였다.

"번역하면 '선생님, 돌을 잘라 내세요. 제 이름은 루버트 대스입니다'예요. 이 그림을 그린 화가를 비평한 문헌에 따르면 당시 루버트라는 이름은 변태적이거나 멍청한 사람들을 깎아내리면서 부르는 이름이었대요."

윈스턴은 그 그림을 다른 그림들 위에 놓고 손바닥을 밖으로 향한 채 양손을 들어 올렸다.

"좋아요, 테리 씨. 이 정도면 충분해요. 이 그림들을 그린 화가는 누구고, 테리 씨가 찾아냈다는 용의자는 누구예요?"

매케일렙은 고개를 끄덕였다. 이제 때가 되었다.

"화가의 이름은 제롬 반 아이켄이에요. 네덜란드 사람이라고 할 수 있는데, 북유럽 르네상스의 위대한 화가 중 한 명으로 꼽혀요. 하지만 그림들이 죄다 어둡고, 상상으로 만들어 낸 악마나 괴물이 가득해요. 올빼미와 부엉이도 있죠. 아주 많이. 문헌에 따르면, 이 사람의 그림에 등장하는 올빼미와 부엉이는 사악함에서부터 파멸과 인류의 멸망에 이르기까지 모든 걸 상징한대요."

매케일렙은 커피 탁자 위의 그림들을 뒤져서 남자가 부엉이를 안고 있는 장면을 들어 올렸다.

"이 장면이 이 화가에 대해 모든 걸 말해 준다고 봐도 돼요. 남자가 악을 끌어안고 있는 모습. 리델 씨는 악마 올빼미라고 했죠. 이런 행동을 한 남자는 지옥으로 떨어지는 걸 피할 수 없어요. 전체 그림은 여기 있어요."

매케일렙은 다시 조리대로 가서 〈세속적인 기쁨의 정원〉 전체를 복사한 그림을 가져다주었다. 그리고 그림을 살피는 윈스턴의 눈을 지켜보았다. 매혹과 혐오가 동시에 나타났다. 매케일렙은 그림 속에서 자신이 찾아낸 올빼미 네 마리를 가리켰다. 남자가 끌어안고 있는 부엉이도 물론 거기에 포함되어 있었다.

윈스턴이 갑자기 그림을 옆으로 밀고 매케일렙을 바라보았다.

"잠깐만요. 이거 전에 본 적이 있어요. 책이 아니면, 옛날에 대학에서 미술 수업을 받을 때 봤을 거예요. 하지만 반 아이켄이라는 이름은 들은 적이 없어요. 그 사람이 이 그림을 그렸다고요?"

매케일렙은 고개를 끄덕였다.

"〈세속적인 기쁨의 정원〉. 반 아이켄이 이 그림을 그렸지만, 제이 씨가 그 이름을 들어 보지 못한 건 그 사람이 본명으로 활동하지 않았기 때문이에요. 그 사람은 제롬을 라틴어로 변형해서 이름으로 삼고, 자기 고향 마을의 이름을 성으로 삼았어요. 그래서 히에로니무스 보슈라는 이름으로 알려져 있어요."

윈스턴은 매케일렙을 한참 동안 바라보았다. 그가 지금까지 보여 준 그림들, 리델의 회사에서 가져온 자료 속의 이름들, 에드워드 건 사건에 대해 윈스턴이 이미 알고 있는 사실들이 찰칵찰칵 제자리를 찾아 들어갔다.

"보슈." 윈스턴이 말했다. 마치 한숨을 내쉬는 것 같은 소리였다. "히에로니무스라면…?"

윈스턴은 말을 맺지 않았지만, 매케일렙은 고개를 끄덕였다.

"맞아요. 그게 해리의 본명이에요."

이제 두 사람 모두 고개를 숙이고 서로 부딪히지 않게 조심하면서 거실을 서성거리고 있었다. 두 사람은 속사포처럼 이야기를 주고받았다. 형편없지만 템포는 아주 빠른 재즈 음악이 핏줄 속을 돌아다니는 것 같았다.

"이건 보통 일이 아니에요, 매케일렙 씨. 지금 그 말이 무슨 뜻인지 알아요?"

"내 말이 무슨 뜻인지는 정확히 알고 있어요. 나라고 이 말을 꺼내기 전에 한참 동안 고민하지 않은 줄 알아요? 난 그 사람을 친구로 생각하는 사람이에요. 우리는… 글쎄요, 예전에는 우리 둘이 많이 닮았다고 생각한 적도 있어요. 하지만 이걸 좀 봐요. 서로 연결되는 부분들을 봐요. 맞아떨어지잖아요. 전부."

매케일렙은 걸음을 멈추고 윈스턴을 바라보았다. 윈스턴은 계속 서성거렸다.

"이 사람은 경찰이에요! 그것도 강력반 형사라고요."

"아니, 이 친구가 경찰이니까 결코 있을 수 없는 일이라는 뜻이에요? 여긴 로스앤젤레스예요. 현대판 '세속적인 기쁨의 정원'이라고요. 굳이 시 경계선을 넘어가지 않아도 경찰들이 선을 넘어 버린 사례를 얼마든지 볼 수 있어요. 경찰이 마약을 거래하고, 은행강도를 저지르고, 심지어 살인까지 하기도 하잖아요."

"알아요, 알아요. 그냥…."

윈스턴은 말을 끝맺지 못했다.

"얘기가 이만큼 맞아떨어지면, 우리가 일단 열심히 살펴볼 필요가 있다는 건 제이 씨도 알잖아요."

윈스턴은 걸음을 멈추고 매케일렙을 바라보았다.

"우리라고요? 안 돼요, 테리 씨. 난 자료를 한번 봐 달라고 했지 단서를 뒤쫓으라고 하지 않았어요. 이제부터는 수사에서 빠져요."

"제이 씨, 내가 단서를 조사하지 않았다면, 제이 씨는 아무것도 못 건졌을 거예요. 이 부엉이는 지금도 로르샤크가 관리하는 그 건물 옥상에 앉아 있겠죠."

"그건 나도 인정해요. 고맙게 생각하고 있어요. 하지만 테리 씨는 민간인이에요. 그러니까 빠지세요."

"난 그냥 물러날 생각 없어요. 내가 보슈를 용의 선상에 올려놓고 그냥 물러날 수는 없어요."

윈스턴이 의자에 무겁게 주저앉았다.

“좋아요. 그 얘기는 나중에 하면 안 될까요? 난 아직 테리 씨 주장을 완전히 받아들인 게 아니에요.”

“다행이네요. 그건 나도 마찬가지니까.”

“그 그림들을 나한테 보여 주면서 차근차근 기초를 다진 건 정말이지 훌륭했어요.”

“내가 하려는 말은 해리 보슈가 이번 사건과 관련이 있다는 것뿐이에요. 여기서부터 길은 두 갈래로 갈라져요. 첫째, 보슈가 저질렀다. 둘째, 보슈가 함정에 빠졌다. 경찰 경력이 아주 긴 친구잖아요.”

“25년인가 30년쯤 되죠. 보슈 형사가 교도소에 집어넣은 사람들 명단이 아마 거의 1미터는 될 거예요. 그중에 절반은 감옥에 들어갔다가 이미 나온 사람들일 테고요. 그 사람들을 다 조사하려면 1년 동안 죽어라 돌아다녀야 할 걸요.”

매케일렙은 고개를 끄덕였다.

“그 친구가 그걸 미리 짐작하지 못했을 것 같아요?”

윈스턴이 고개를 번쩍 들고 매케일렙을 바라보았다. 매케일렙은 고개를 숙이고 다시 서성거리기 시작했다. 침묵이 너무 길어져서 살짝 시선을 들었더니 윈스턴이 그를 빤히 바라보고 있었다.

“왜요?”

“정말로 보슈 형사라고 생각하는 거죠? 나한테 아직 말하지 않은 게 있어요.”

“아니에요. 그냥 모든 가능성을 열어 두려고 노력할 뿐이에요. 모든 방향을 살펴봐야 하잖아요.”

“웃기는 소리. 테리 씨는 지금 한 방향으로만 가고 있어요.”

매케일렙은 대답하지 않았다. 윈스턴이 그렇게 찔러 대지 않더라도 이미 그는 깊은 죄책감을 느끼고 있었다.

"그러니까…." 윈스턴이 말했다. "나한테 맡기고 테리 씨가 물러나는 게 어때요? 걱정 마세요. 테리 씨 생각이 틀린 걸로 판명되더라도 테리 씨한테 책임을 묻지는 않을 테니까요."

매케일렙은 걸음을 멈추고 윈스턴을 바라보았다.

"그만 나한테 맡기고 물러나요."

매케일렙은 고개를 저었다.

"난 아직 끝까지 간 게 아니에요. 내가 아는 거라고는, 지금 우리가 갖고 있는 사실들이 우연의 일치라고 할 수 있는 수준을 한참 넘어섰다는 것뿐이에요. 틀림없이 이 연결고리들을 설명할 방법이 있을 거예요."

"그 설명에 보슈 형사가 포함된다는 거잖아요. 난 테리 씨를 알아요. 그동안 줄곧 생각하고 있었을 거예요."

"좋아요, 말하죠. 하지만 지금은 그냥 가설일 뿐이에요."

"명심해 두죠. 말해 봐요."

"첫째, 히에로니머스 보슈 형사는 이 에드워드 건이라는 친구가 살인 혐의를 받고도 그냥 풀려났다고 믿고… 아니, 확신하고 있어요. 그런데 건이 목이 졸려 죽은 시체가 돼서 나타났죠. 화가 히에로니무스 보슈의 그림에 등장하는 인물과 똑같은 모습이었어요. 거기에 플라스틱 부엉이까지 덧붙이면, 두 보슈를 연결해 주는 지점이 적어도 여섯 군데는 돼요. 이름을 빼더라도요."

"그래서 뭐요? 두 사람이 서로 연결된다고 해서 보슈 형사가 그 일을 저질렀다는 뜻은 아니에요. 테리 씨도 아까 말했잖아요. 우리가 보슈 형사를 잡아들이게 하려고 누군가가 함정을 팠을 가능성도 있다고."

"결론이 뭔지는 나도 아직 몰라요. 그냥 육감이에요. 보슈한테 뭔가가 있어요. 드러나지 않은 뭔가가."

매케일렙은 보스쿨러가 그림에 대해 한 말을 떠올렸다.

"밤보다 짙은 어둠."

"그건 또 무슨 소리예요?"

매케일렙은 아무것도 아니라는 듯 손사래를 쳤다. 그리고 손을 뻗어 남자가 부엉이를 끌어안고 있는 그림을 확대 복사한 종이를 집어 윈스턴의 얼굴 앞에 들어올렸다.

"여기 이 어둠을 봐요. 눈 속의 어둠. 해리한테도 이것과 똑같은 게 있어요."

"무섭게 왜 이래요, 테리 씨? 해리 보슈 형사가 전생에서 그림 속 인물이었다는 거예요, 뭐예요? 테리 씨가 지금 무슨 소리를 하는 건지 알고나 있어요?"

매케일렙은 종이를 내려놓고 고개를 저으며 윈스턴에게서 물러섰다.

"그걸 어떻게 말해야 할지 모르겠어요." 그가 말했다. "하여튼 뭔가가 있어요. 두 사람 사이에 이름 말고도 분명히 모종의 연결점이 있다고요."

매케일렙은 이 생각을 쫓아 버리려는 듯 손을 흔들었다.

"좋아요, 그럼 다음으로 넘어가 봐요." 윈스턴이 말했다. "왜 하필 지금이에요, 테리 씨? 범인이 보슈 형사라면, 왜 지금이냐고요. 그리고 왜 건이에요? 건이 보슈 형사에게서 풀려난 건 6년 전이에요."

"법망을 피했다고 하지 않고 보슈 형사에게서 풀려났다고 하다니, 재미있네요."

"그건 그냥 아무 의미 없이 한 소리예요. 테리 씨는 지금…."

"왜 지금이냐고요? 그걸 누가 알겠어요? 하지만 사건 전날 밤에 경찰서 취객 보호실에서 두 사람이 다시 만나기는 했죠. 그전에 10월에도 일이 있었고, 그보다 더 거슬러 올라갈 수도 있어요. 건이라는 친구가 유치장에 들어올 때마다 보슈가 나타났어요."

"하지만 죽기 전날 밤에 건은 너무 취해서 이야기도 할 수 없는 상태였어요."

"그건 누구한테서 들은 거예요?"

윈스턴은 고개를 끄덕였다. 취객 보호실에서 있었던 일에 대해서는 보슈에게서 들은 이야기가 전부였다.

"좋아요, 그렇다 쳐요. 하지만 왜 건일까요? 살인범이나 피살자의 가치를 따질 생각은 없지만, 생각해 봐요. 건이라는 녀석은 할리우드의 러브호텔에서 매춘부를 칼로 찔렀어요. 사건마다 가치가 다르다는 건 우리 모두 아는 일이잖아요. 이 사건은 그다지 중요한 게 아니에요. 사건기록을 읽어 봤다면, 피살자의 가족들조차 피살자한테 별로 신경을 쓰지 않았다는 걸 알 거예요."

"하지만 뭔가 빠진 게 있어요. 우리가 아직 모르고 있을 뿐이에요. 그것 때문에 해리가 신경을 쓰는 거예요. 해리가 특정한 사건이나 피살자를 더 중요하게 취급하는 사람이라고는 생각하지 않아요. 하지만 건한테는 우리가 아직 모르는 뭔가가 분명히 있어요. 틀림없어요. 6년 전에 해리는 건 때문에 과장을 창밖으로 던져 버리고 정직을 당했어요. 그리고 건이 경찰에 잡혀 들어올 때마다 건을 만나러 갔어요."

매케일렙은 혼자 고개를 끄덕였다.

"무엇이 방아쇠 역할을 했는지 우리가 찾아야 해요. 결정적인 계기 말이에요. 1년 전이나 2년 전이 아니라 바로 지금 행동에 나서게 된 계기."

윈스턴이 갑자기 벌떡 일어섰다.

"그 '우리'라는 말 좀 안 할 수 없어요? 게다가 테리 씨가 아주 편리하게도 잊어버린 게 하나 있어요. 베테랑 경찰이고 강력반 형사인 이 사람이 왜 건을 죽인 뒤에 자기와 연결되는 단서들을 죄다 남겨 뒀을까요? 말이 안 되잖아요. 해리 보슈가 그런 짓을 하다니요. 보슈 형사는 그렇게 멍청한 사람이 아니에요."

"지금이니까 그런 말을 할 수 있는 거예요. 지금 이런 연결고리들이 명백하게 보이는 건, 우리가 이미 그 연결고리들을 찾아냈기 때문인지도 몰라요. 게다가 제이 씨는 지금 살인 행위 자체가 궤도를 벗어난 사고방식, 범인이 속에 감추고 있던 본성의 증거라는 사실을 잊고 있어요. 만약 해리 보슈가 길을 벗어나서 도랑 속에, 아니 심연 속에 처박혔다면, 우리는 보슈의 사고방식이나 살인 계획에 대해 그 어느 것도 지레짐작하지 말아야 해요. 해리가 이런 표시들을 남겨 두었다는 사실 자체가 하나의 징후일 수 있어요."

윈스턴은 말도 안 된다는 듯이 손사래를 쳤다.

"그런 얘기는 콴티코에서나 통할 걸요. 온통 횡설수설이잖아요."

윈스턴은 〈세속적인 기쁨의 정원〉을 복사한 종이를 탁자에서 들고 유심히 살펴보았다.

"2주 전에 보슈 형사와 이번 사건에 대해 이야기를 나눴어요." 윈스턴이 말했다. "테리 씨는 어제 보슈 형사를 만났죠? 나랑 만났을 때 보슈 형사는 입에서 거품을 뿜는다든지, 벽을 기어올라가는 식의 이상한 행동은 전혀 하지 않았어요. 지금 재판에 참석해서 앉아 있는 모습도 봐요. 냉정하고, 차분하고, 정신을 똑바로 차리고 있잖아요. 우리 보안관서 경찰관들 중에 보슈 형사를 아는 사람들이 뭐라고 하는지 알아요? 말보로맨이래요."

"그렇죠. 해리는 담배를 끊었지만. 어쩌면 이 스토리 사건이 결정적인 계기였는지도 몰라요. 심리적인 압박이 엄청나니까. 그걸 어디서든 풀어야 했겠죠."

매케일렙은 윈스턴이 자기 얘기를 건성으로 듣고 있다는 걸 알 수 있었다. 윈스턴의 눈은 그림 속의 어떤 것에 붙들려 있었다. 윈스턴은 그 그림을 내려놓고, 벌거벗은 남자가 검은 부엉이를 끌어안고 있는 그림을 집어 들었다.

"하나만 물어볼게요." 윈스턴이 말했다. "만약 범인이 판매 회사의 창고에서 피살자의 집으로 곧장 부엉이를 보냈다면, 도대체 어디서 색을 바꿔 칠했을까요?"

매케일렙은 고개를 끄덕였다.

"좋은 질문이에요. 틀림없이 바로 그 아파트에서 칠했겠죠. 어쩌면 건이 목숨을 구하려고 몸부림치는 걸 지켜보면서 색을 칠했을지도 몰라요."

"아파트에는 이런 페인트가 전혀 없었어요. 쓰레기 수거함도 확인했지만, 페인트는 없었어요."

"범인이 가져가서 어디 다른 데다 버렸겠죠."

"아니면 다음 사건에서 다시 사용할 생각이든지요."

윈스턴은 말을 멈추고 한참 동안 생각에 잠겼다. 매케일렙은 잠자코 기다렸다.

"그럼 어떻게 하죠?" 마침내 윈스턴이 물었다.

"이젠 나를 끼워 주는 거예요?"

"당분간이에요. 내 마음이 바뀌었어요. 이 사건을 안으로 가져갈 수 없어요. 너무 위험하니까. 만약 지금 이 가설이 틀렸다면, 난 보안관서의 모든 것에 작별을 고하게 될 수도 있어요."

매케일렙은 고개를 끄덕였다.

"파트너랑 같이 다른 사건도 맡고 있어요?"

"수사 중인 사건이 세 개예요. 이것까지 포함해서."

"그럼 파트너한테 사건 하나를 맡기고, 제이 씨는 이 사건을 맡아요. 나랑 같이. 제이 씨가 보안관서로 들고 가서 공식적인 수사를 시작해도 될 만큼 확실한 게 나올 때까지, 나랑 같이 보슈를 조사하는 거예요. 나중에 결론이 어떻게 나든 상관없이."

"조사하다니, 어떻게요? 해리 보슈한테 전화해서 당신이 살인 용의자가 됐기 때문에 만나 봐야겠다고 말해요?"

"내가 먼저 보슈를 만날게요. 그 편이 티가 덜 날 거예요. 내가 먼저 보슈를 떠볼게요. 누가 알아요? 혹시 내 직감이 틀렸을지도 모르잖아요. 아니면 내가 결정적인 계기를 찾아낼 수도 있고."

"말이야 쉽죠. 우리가 너무 접근하면 보슈 형사가 눈치챌 거예요. 이 사건이 우리 눈앞에서 날아가는 건 싫어요. 정확히 말하면, 내 눈앞이 되겠죠."

"그러니까 내가 쓸모가 있는 거죠."

"어떻게요?"

"난 경찰이 아니에요. 그러니까 보슈한테 가까이 다가갈 수 있을 거예요. 난 보슈의 집 안으로 들어가서 보슈가 어떻게 살고 있는지 봐야겠어요. 그동안 제이 씨는…."

"잠깐만요, 설마 그 집에 무단 침입하겠다는 건 아니죠? 난 그런 일에 동참할 수 없어요."

"불법을 저지르겠다는 얘기가 아니에요."

"그럼 어떻게 들어갈 건데요?"

"먼저 문을 두드려야죠."

"행운을 빌어드릴게요. 그나저나 방금 하려던 말이 뭐였죠? 그동안 나는 뭘 하라고요?"

"제이 씨는 누가 봐도 뻔한 수사를 하는 거예요. 부엉이를 주문할 때 범인이 사용한 우편환의 출처를 추적한다든지, 건과 6년 전의 살인 사건에 대해 더 자세히 조사한다든지, 해리가 옛날에 과장을 던져 버린 사건에 대해 알아본다든지, 그 과장에 대해 조사해 본다든지…. 해리는 그 과장이 어느 날 밤에 외출했다가 굴 속에서 죽었다고 말했어요."

"젠장, 나도 기억나요. 그게 건하고 관련돼 있어요?"

"나도 몰라요. 하지만 보슈가 어제 언뜻 그 말을 했어요."

"내가 그 사건에 관한 자료를 꺼내 볼 수 있어요. 테리 씨가 말한 다른 조사들도 할 수 있고요. 하지만 우리가 이런 움직임을 보인다는 게 보슈 형사의 귀에 들어갈 수 있어요."

매케일렙은 고개를 끄덕였다. 그 정도 위험은 감수할 수밖에 없었다.

"아는 사람 중에 혹시 보슈를 잘 아는 사람이 있어요?" 매케일렙이 물었다.

윈스턴은 짜증스러운 표정으로 고개를 저었다.

"잊어버렸어요? 경찰관들은 편집증 환자예요. 내가 해리 보슈에 대해 질문을 던지는 순간, 사람들은 우리가 무슨 조사를 하고 있는지 다 알아차릴 걸요."

"꼭 그렇지는 않아요. 스토리 사건을 이용해 봐요. 워낙 유명한 사건이잖아요. 그러니까 텔레비전으로 재판을 보다가 그 친구 안색이 안 좋아 보이면, '저 사람 괜찮은 거야? 무슨 일이지?' 이런 식으로 말을 꺼내는 거예요. 그냥 아무 의미 없이 잡담이나 하려는 것처럼."

윈스턴은 이 말을 듣고도 누그러진 기색이 아니었다. 윈스턴은 미닫이문 쪽으로 걸어가서 마리나를 내다보았다. 그러더니 유리에 이마를 기댔다.

"전에 보슈 형사의 파트너였던 사람을 알아요." 윈스턴이 말했다. "한 달에 한 번씩 만나는 여자들만의 비공식 모임이 있어요. 전부 경찰서에서 살인 사건을 담당하는 사람들이에요. 대략 열 명쯤 돼요. 보슈 형사의 옛날 파트너였던 키즈 라이더는 바로 얼마 전에 할리우드 경찰서에서 본청 강력반으로 옮겼어요. 거물이 된 거죠. 하지만 두 사람이 예전에 친했던 것 같아요. 보슈 형사가 일종의 정신적 스승이었죠. 어쩌면 내가 그 여자한테 접근해 볼 수 있을지도 몰라요. 조금 솜씨를 발휘한다면."

매케일렙은 고개를 끄덕이다가 뭔가를 생각해 냈다.

"해리가 이혼했다는 말을 나한테 한 적이 있어요. 이혼한 지 얼마나 됐는지는 모르지만, 어쨌든 제이 씨가 라이더한테 해리에 대해 물을 때, 그러니까, 해리한테 관심이 있는 척해도 될 거예요. 그 사람이 어떤 사람이냐고 묻는 거 말이에요. 그렇게 물으면 라이더가 정말로 깊은 얘기를 털어놓을지도 몰라요."

윈스턴은 미닫이문에서 시선을 떼어 매케일렙을 돌아보았다.

"그러다 그게 전부 거짓말이었고, 내가 라이더의 정신적 스승이었던 옛 파트너를 함정에 빠뜨렸다는 걸 라이더가 알게 되면 우리가 잘도 좋은 친구가 되겠네요."

"그 여자가 훌륭한 경찰이라면 이해할 거예요. 해리의 무혐의를 입증하든지 해리를 잡아넣든지 해야 하는데, 어느 편으로 결론이 나든 최대한 조용히 일을 추진해야죠."

윈스턴은 다시 문 쪽으로 시선을 돌렸다.

"난 부인권(否認權)이 필요해요."

"무슨 소리예요?"

"만약 테리 씨가 그 집에 들어가고 나도 조사에 나섰다가 일이 어그러지면, 난 그냥 빠져나오고 싶다는 뜻이에요."

매케일렙은 고개를 끄덕였다. 윈스턴이 이런 말을 하지 않았더라면 좋았겠지만, 윈스턴이 스스로를 보호하려 한다는 것은 이해할 수 있었다.

"그냥 솔직하게 말하는 거예요, 테리 씨. 일이 어그러지면, 테리 씨가 지나치게 나선 것처럼 보일 거예요. 나는 그저 기록을 한번 훑어봐 달라고 말했을 뿐인데, 테리 씨가 혼자 수사에 나선 것처럼 보일 거라는 얘기예요. 미안하지만, 나도 나 자신을 보호해야 해요."

"이해해요, 제이 씨. 난 괜찮아요. 모험을 한번 해 보죠."

18 해리 보슈

윈스턴은 한참 동안 아무 말 없이 문밖만 빤히 바라보았다. 매케일렙은 윈스턴이 뭔가 말을 하려고 생각을 정리 중인 것 같아서 가만히 기다렸다.

"해리 보슈에 대해 이야기 하나 해 줄까요?" 마침내 윈스턴이 말했다. "내가 처음으로 보슈 형사를 만난 건 4년쯤 전이에요. 공조 수사 때문이었는데, 납치 살인 사건 두 건이었죠. 할리우드에서 발생한 사건은 보슈 형사가 담당이었고, 웨스트 할리우드에서 발생한 사건은 내가 담당이었어요. 피해자는 젊은 여자들, 아니 소녀들이었어요. 물리적 증거 덕분에 두 사건이 서로 연관돼 있다는 게 밝혀졌죠. 기본적으로 우리는 따로따로 수사를 진행했지만, 수요일마다 점심을 같이 먹으면서 서로 조사한 결과를 비교했어요."

"프로파일도 작성했어요?"

"그럼요. 매기 그리핀이 아직 이쪽 FBI 지부에 있을 때니까요. 매기가 프로파일을 만들어 줬어요. 평범한 내용이었지만. 어쨌든 세 번째 납치 사건이 발생하자 분위기가 달아올랐어요. 이번 피해자는 열일곱 살이었어요. 처음 두 사건에서 발견된 증거에 따르면, 범인은 피해자들을 나흘이나 닷새 동안 데리고 있다가 싫증이 나서 죽이는 것 같았어요. 그러니 우리는 머리 위에 큰 시계를 하나 이고 있는 격이었죠. 수사 인력이 보강됐고, 우리는 세 사건의 공통점들을 추적했어요."

매케일렙은 고개를 끄덕였다. 당시 수사 팀이 연쇄 살인 사건 수사의 정석을 따른 것 같았다.

"가능성은 희박하지만 어쨌든 단서가 하나 나왔어요." 윈스턴이 말했다. "세 피해자 모두 라시네가 근처의 샌타모니카 거리에 있는 같은 세탁소를 이용했다는 것. 마지막으로 납치된 아이는 유니버설에서 여름방학 동안 아르바이트를 하면서 일터에서 입는 제복의 세탁을 그 집에 맡겼어요. 어쨌든 우리는 세탁소 안으로 들어가서 주인을 만나기도 전에 먼저 종업원 주차장으로 가서 번호판들을 조사했어요. 안으로 들어가서 우리 존재를 알릴 필요 없이 뭔가를 찾아낼 수도 있으니까요. 그런데 정말로 소득이 있었어요. 세탁소 점장이 10년쯤 전에 풍기 문란 혐의로 잡힌 적이 있더라고요. 기록을 꺼내 봤더니 아주 흔해 빠진 성기 노출 사건이었어요. 버스 정류장 옆에 자기 차를 세우고 문을 연 뒤 정류장 벤치에 앉은 여자에게 자기 성기를 보여 준 거예요. 그런데 하필 그 여자가 잠복 근무 중인 경찰관이었어요. 그 동네에 그런 놈이 돌아다닌다는 걸 알고 경찰이 미끼를 내세운 거죠. 어쨌든 놈은 집행 유예 처분을 받고 상담도 받았어요. 그러고는 그 일을 숨기고 세탁소에 취직해서 점장 자리까지 올라간 거예요."

"직위가 높으면 스트레스도 심하고, 공격성도 강해지죠."

"우리도 그렇게 생각했어요. 하지만 증거가 하나도 없었죠. 그때 보슈 형사가 아이디어를 냈어요. 우리 모두, 그러니까 나, 보슈, 그리고 우리 둘의 파트너까지 네 명이 이 헤이근이라는 점장의 집으로 찾아가자는 거였어요. 용의자의 입에서 나오는 얘기보다 주변 환경에서 더 많은 것을 알아낼 때가 있다면서 기회가 생기면 용의자의 집에서 용의자와 대면해야 한다고 어떤 FBI 요원한테서 들었대요."

매케일렙은 웃음을 참았다. 그건 보슈가 시엘로 아줄 사건에서 배운 교훈이었다.

"그래서 우리는 헤이근을 집까지 따라갔어요. 로스 펠리즈에서 크고 낡아 빠진 집에 살고 있더라고요. 프랭클린에서 조금 떨어진 곳이었어요. 세 번째 피해자가 사라진 지 나흘째 되던 날이었기 때문에 시간이 얼마 없었어요. 우리는 헤이근의 전과 기록에 대해 전혀 모르는 것처럼 행동하면서, 세탁소의 종업원들을 조사하는 걸 도와달라고 말할 작정이었어요. 헤이근이 어떤 반응을 보일지, 혹시 실수를 하지 않을지 보려고요."

"그렇죠."

"헤이근의 거실로 다 같이 들어간 뒤에 대화는 주로 내가 맡았어요. 헤이근이 그걸 어떻게 받아들이는지 지켜보고 싶다고 보슈 형사가 말했거든요. 그러니까 여자가 주도권을 쥔 상황 말이에요. 우리가 들어간 지 겨우 5분밖에 안 됐을 때 보슈 형사가 벌떡 일어서서 말했어요. '이 놈이에요. 여기 어딘가에 피해자가 있어요.' 헤이근은 이 말을 듣고 일어나서 문으로 달려갔어요. 그래 봤자 멀리 가지도 못했지만."

"보슈의 말은 허세였나요, 아니면 처음부터 계획에 있던 건가요?"

"둘 다 아니었어요. 그냥 알았대요. 소파 옆 작은 탁자에 아기 감시기가 놓여 있었거든요. 보슈 형사는 그걸 보고 그냥 알았다고 했어요. 탁자에 놓여 있는 게 수신기가 아니라 송신기였던 게 결정적이었죠. 수신기가 어디 다른 곳에 있다는 뜻이었으니까. 정말로 아기를 살피려고 기계를 산 거라면 반대가 돼야 하잖아요. 거실에 앉아서 아기방에서 나는 소리를 들어야 하니까. 그런데 헤이근의 집에서는 반대였어요. 그리핀의 프로파일에 따르면, 범인은 통제를 좋아하기 때문에 피해자에게 위협적인 말을 할 가능성이 높다고 돼 있었어요. 그래서 보슈 형사가 그 송신기를 본 순간 머릿속에서 뭔가가 찰칵 하고 맞아떨어진 거예요. 이 놈이 아이를 어딘가에 숨겨 두고 이야기를 하다가 나왔구나 하고요."

"정말 그랬어요?"

"물론이죠. 아이는 차고에서 플러그를 빼놓은 냉동고 안에 갇혀 있었어요. 공기가 통하게 구멍 세 개를 뚫어 놓았더라고요. 관 같았어요. 수신기도 그 안에 있었어요. 나중에 아이가 해 준 이야기로는, 헤이근이 집에 있을 때는 끊임없이 말을 걸었대요. 노래도 불러 줬고요. 최고 인기곡으로만. 다만 가사를 바꿔서 자기가 아이를 강간하고 죽이겠다는 노래로 만들었대요."

매케일렙은 고개를 끄덕였다. 자기도 그때 현장에 있었더라면 좋았을 거라는 생각이 들었다. 보슈가 그때 느낀 것, 원자들이 서로 충돌해서 융합하듯이 모든 것이 갑작스레 하나로 융합되는 그 느낌을 그도 알기 때문이었다. 그냥 진실을 깨닫는 순간. 무서우면서도 짜릿한 순간. 모든 강력반 형사들이 겉으로 드러내지는 않지만 사실은 목숨을 걸고 추구하는 순간.

"내가 이 이야기를 하는 건, 그때 보슈 형사의 행동과 나중에 그가 한 말 때문이에요. 우리가 헤이근을 경찰차 뒷좌석에 태워두고 집을 수색하러 갔을 때 보슈 형사는 아기 감시기가 있는 거실에 남았어요. 그리고 그 기계를 켜서 납치되어 갇혀 있는 아이에게 말을 걸었죠. 우리가 아이를 찾아낼 때까지 한시도 멈추지 않고. '제니퍼, 우리가 왔으니까 이제 괜찮아. 제니퍼, 우리가 금방 갈게. 이제 안심해도 돼. 우리가 널 데리러 가는 중이니까. 이제 아무도 널 해치지 않아.' 보슈 형사는 한시도 쉬지 않고 그렇게 아이를 달랬어요."

이 말을 끝으로 윈스턴은 한참 동안 말이 없었다. 매케일렙은 윈스턴이 추억에 잠겨 있음을 눈빛으로 알았다.

"아이를 찾아낸 뒤에 우리 모두 기분이 정말 좋았어요. 이 일을 하면서 그때만큼 들뜬 적이 없는 것 같아요. 난 보슈 형사에게 가서 이렇게 말했어요. '꼭 아빠가 되세요. 아까 아이한테 말하는 걸 보니까 친딸한테 하는 것 같던데요.' 그랬더니 보슈 형사는 대뜸 고개를 저으면서 안 된다고 했어요. '난 그저 어둠 속에 혼자 있는 게 어떤 기분인지 알기 때문에 그랬던 겁니다.' 그러고는 그냥 가 버렸어요."

윈스턴은 다시 문에서 시선을 떼어 매케일렙을 돌아보았다.

"테리 씨가 어둠이라는 말을 하는 바람에 이 일이 생각났어요."

매케일렙은 고개를 끄덕였다.

"만약 보슈 형사가 그 일을 저질렀다는 게 명백해지면 어떻게 하죠?" 윈스턴이 물었다. 다시 문으로 고개를 돌린 자세였다.

매케일렙은 깊은 생각을 하고 싶지 않아서 일부러 재빨리 대답했다.

"나도 모르겠어요."

윈스턴이 플라스틱 부엉이를 증거물 상자에 넣고, 매케일렙이 보여준 그림들을 모두 챙겨서 떠난 뒤 매케일렙은 미닫이문 앞에 서서 윈스턴이 마리나 출입문을 향해 걸어가는 것을 지켜보았다. 손목시계를 확인해보니 밤이 되려면 아직 시간이 많이 남아 있었다. 그래서 법정 TV로 재판을 조금 지켜보기로 했다.

매케일렙은 시계에서 눈을 떼어 다시 문밖을 바라보았다. 윈스턴이 증거물 상자를 자기 차 트렁크에 넣고 있었다. 그런데 뒤에서 누가 헛기침을 하는 소리가 들렸다. 매케일렙이 퍼뜩 뒤를 돌아보니 버디 로크리지가 아래층 갑판으로 통하는 계단에서 그를 올려다보고 있었다. 옷가지를 한 아름 안고 있는 모습이었다.

"버디, 여긴 도대체 웬일이야?"

"야, 자네 이번에 진짜 이상한 사건을 맡았어."

"여긴 웬일이냐고 물었잖아."

"빨래를 하려고 왔어. 내 옷가지 절반이 여기 선실에 있으니까. 그런데 자네랑 그 여자가 나타나더니 자네가 이야기를 시작한 거야. 난 올라가면 안 되겠다 싶어서 가만히 있었지."

버디는 자기 말을 뒷받침하는 증거라도 되는 것처럼 품에 안은 옷가지들을 위로 쳐들었다.

"그래서 그냥 침대에 앉아서 기다렸어."

"그러면서 우리가 하는 말을 다 들었겠군."

"진짜 웃기는 사건이야. 이제 어쩔 거야? 나도 법정 TV에서 그 보슈라는 작자를 봤어. 나사를 지나치게 꽉 조인 사람처럼 보이던데."

"이제 어쩔 거냐고? 자네한테 사건 이야기를 절대 안 할 거야."

매케일렙은 유리 미닫이문을 가리켰다.

"얼른 가, 버디. 그리고 누구한테든 입도 뻥긋하지 마. 알았어?"

"그럼, 알지. 난 그냥…."

"어서 가."

"미안해."

"나도 유감이야."

매케일렙이 미닫이문을 열어 주자 로크리지는 다리 사이에 꼬리를 감춘 개처럼 걸어 나갔다. 매케일렙은 버디의 엉덩이를 한 대 차 주고 싶은 것을 간신히 참았다. 그래서 대신 문에다 화풀이를 하는 바람에 문이 쾅 하고 문설주에 부딪혔다. 매케일렙은 로크리지가 통로를 올라가서 유료 빨래방이 있는 편의 시설 건물에 다다를 때까지 유리문으로 밖을 내다보았다.

로크리지가 이야기를 엿듣는 바람에 수사에 문제가 생겼다. 매케일렙은 당장 윈스턴을 호출해서 사실을 털어놓고 어떻게 처리하고 싶으냐고 물어야 한다는 것을 알고 있었지만, 그냥 넘기기로 했다. 솔직히 자신이 자칫 수사에서 제외될지도 모르는 행동은 전혀 하고 싶지 않았다.

19 첫 번째 증언

성경에 손을 얹고 진실만을 말하겠다고 맹세한 뒤 해리 보슈는 증인석에 앉아 배심원석 위의 벽에 설치된 카메라를 흘깃 올려다보았다. 세상의 눈이 모두 자신에게 쏠려 있다는 것을 그는 알고 있었다. 재판은 법정 TV와 채널 9에서 생중계 중이었다. 보슈는 불안한 기색을 드러내지 않으려고 애썼다. 하지만 배심원들 외에도 수많은 사람들이 오늘 그를 지켜보며 그의 증언과 인간성을 평가할 터였다. 보슈가 형사 재판에 증인으로 나서면서 마음이 불편해진 것은 아주 오랜만이었다. 오늘은 진실의 편에 서 있다는 것이 위안이 되지 않았다. 부유하고 연줄도 좋은 피고와 부유하고 연줄도 좋은 변호인들이 설치한 위험한 장애물 코스를 통과해야 하기 때문이었다.

보슈는 파란색 바인더, 즉 살인 사건 기록을 증인석의 탁자에 내려놓고 마이크를 자기 쪽으로 당겼다. 그 바람에 마이크에서 모든 사람의 귀를 고통스럽게 만드는 끽 하는 소리가 났다.

"보슈 형사, 마이크는 손대지 마시오." 휴턴 판사가 읊조리듯 말했다.

"죄송합니다, 재판장님."

법정 정리 역할을 맡은 보안관서 경찰관이 증인석으로 다가와서 마이크를 끈 뒤 위치를 조정했다. 보슈가 새 마이크의 위치가 마음에 든다는 뜻으로 고개를 끄덕이자 그는 다시 마이크의 스위치를 켰다. 서기가 보슈에게 기록을 위해 본명의 철자를 정확하게 불러 달라고 말했다.

"이제 됐군." 보슈가 이름 철자를 다 불러 준 뒤 판사가 말했다. "랭와이저 검사?"

지방 검사보인 재니스 랭와이저가 검사 측 자리에서 일어나 연설대로 갔다. 랭와이저는 질문할 것을 적은 노란색 종이철을 들고 있었다. 랭와이저는 검사 측의 서열 2위였지만 사건이 처음 발생했을 때부터 수사관들과 함께 움직였기 때문에 보슈의 증언을 맡기로 했다.

랭와이저는 지방 검사실의 젊고 유망한 검사였다. 겨우 몇 년 만에 랭와이저는 자기보다 경험 많은 검사들을 위해 사건 서류를 정리해 주는 자리에서 자신이 직접 서류를 들고 법정으로 나올 수 있는 자리까지 올라왔다. 보슈는 전에 앤젤스 플라이트라는, 정치적으로 민감한 살인 사건을 랭와이저와 함께 수사한 적이 있었다. 그리고 그때의 경험 때문에 크레츨러에게 랭와이저를 기소 팀의 2인자로 추천했다. 그렇게 랭와이저와 다시 일을 하면서 보슈는 자신이 전에 내린 판단이 옳았음을 확인했다. 랭와이저는 사건과 관련된 모든 사실들을 완벽하게 파악하고 있었다. 다른 검사들은 원하는 정보를 찾기 위해 서류를 뒤적여야 했지만, 랭와이저는 어떤 서류의 어느 위치에 그 정보가 있는지 모두 암기하고 있었다. 그렇다고 사건의 자잘한 부분에서만 뛰어난 실력을 발휘하는 게 아니었다. 랭와이저는 이번 재판의 큰 목적, 즉 데이비드 스토리를 영원히 세상과 격리시킨다는 목적을 한시도 잊어버리지 않았다.

"안녕하세요, 보슈 형사님." 랭와이저가 입을 열었다. "배심원들께 경찰관으로서 어떤 경력을 쌓았는지 간단히 말씀해 주시겠습니까?"

보슈는 헛기침을 했다.

"그러죠. 저는 로스앤젤레스 경찰국에서 28년 동안 근무했습니다. 그 중 절반 이상을 살인 사건 수사에 쏟았고요. 지금은 할리우드 경찰서 강력반에 배치된 3급 형사입니다."

"3급 형사라는 게 무슨 뜻이죠?"

"3급은 형사들 중에 가장 높은 계급입니다. 경사와 맞먹지만, LA 경찰국에는 형사 경사라는 계급이 없습니다. 3급 형사의 다음 단계는 과장입니다."

"지금까지 수사하신 살인 사건이 몇 건이나 될까요?"

"세어 보지 않아서 잘 모릅니다. 15년 동안 적어도 수백 건은 될 것 같은데요."

"수백 건이라고요?"

랭와이저는 이 말을 강조하면서 배심원들을 바라보았다.

"조금 오차는 있을 수 있습니다."

"3급 형사로서 지금은 강력반의 감독관으로 일하고 있죠?"

"부하들을 감독하는 일을 조금 맡고 있기는 합니다. 또한 살인 사건 수사를 맡은 3인조 팀의 수석 형사이기도 합니다."

"작년 10월 13일에 살인 사건 현장으로 출동한 수사 팀이 바로 형사님이 이끄는 팀이죠? 맞습니까?"

"맞습니다."

보슈는 변호인석을 흘깃 바라보았다. 데이비드 스토리는 고개를 숙이고 펠트펜으로 스케치북에 뭔가를 그리고 있었다. 배심원 선정이 시작되었을 때부터 줄곧 하던 짓이었다. 보슈는 변호인에게 시선을 옮겨

J. 리즌 포욱스와 눈을 마주쳤다. 그는 랭와이저가 다음 질문을 던질 때까지 포욱스에게서 시선을 떼지 않았다.

"도나텔라 스피어스의 살인 사건이었습니까?"

보슈는 다시 랭와이저에게 눈을 돌렸다.

"맞습니다. 피살자는 그 이름을 사용하고 있었습니다."

"그럼 이게 본명이 아닌가요?"

"아마 예명이라고들 부르는 이름일 겁니다. 피살자는 여배우였습니다. 그래서 이름을 바꿨죠. 본명은 조이 크레멘츠였습니다."

이때 판사가 끼어들어서 보슈에게 기록을 위해 이 이름의 철자를 불러 달라고 말했다. 그 일이 끝난 뒤 랭와이저의 질문이 이어졌다.

"출동 당시의 상황을 말씀해 주시죠. 우리를 데리고 현장을 안내하듯이 해 주시기 바랍니다, 보슈 형사님. 신고가 들어왔을 때 형사님은 어디서 무엇을 하고 계셨습니까? 이 사건이 어떻게 형사님에게 배당되었죠?"

보슈는 헛기침을 한 뒤 마이크를 잡아당기려고 손을 뻗다가 조금 전에 있었던 일을 떠올렸다. 그래서 마이크를 내버려 두고 자신이 그쪽으로 몸을 기울였다.

"제 파트너 두 명과 함께 할리우드 대로의 무소 앤 프랭크라는 식당에서 점심을 먹고 있었습니다. 금요일이었는데, 우리는 시간이 날 때면 주로 그 집에서 식사를 합니다. 11시 48분에 제 호출기가 울렸습니다. 제 상사인 그레이스 빌리츠 과장의 번호가 떠 있었죠. 제가 전화를 거는 동안 제 파트너인 제리 에드거와 키즈민 라이더의 호출기도 울리기 시작했습니다. 그래서 사건이 터진 모양이라고 짐작했습니다. 빌리츠 반장은 팀을 이끌고 니콜스 캐니언 로드의 1001번지로 가라고 말했습니다. 순찰 경관들이 응급 구조 요청을 받고 구급대원들과 함께 나갔다가 젊은 여성이 침대에 죽어 있는 것을 발견했는데, 정황이 수상쩍다고 했습니다."

"그래서 그 주소로 갔습니까?"

"아뇨. 우리 셋이 제 차를 타고 식당으로 갔기 때문에 먼저 몇 블록 떨어진 할리우드 경찰서로 차를 몰고 가서 제 파트너들을 내려 주었습니다. 그래야 그 친구들도 각자 자기 차를 몰고 나올 수 있으니까요. 우리 셋은 각자 그 주소지로 향했습니다. 범죄 현장에서 또 어디로 출동하게 될지 모르는 일이기 때문에, 형사들이 각자 자기 차를 몰고 가는 것이 좋습니다."

"그때 피살자가 누구인지, 수상쩍은 정황이라는 게 뭔지 알고 있었습니까?"

"아뇨, 몰랐습니다."

"현장에 도착해 보니 상황이 어떻던가요?"

"피살자가 발견된 곳은 협곡을 굽어보는, 침실 두 개짜리 작은 집이었습니다. 순찰차 두 대가 현장에 서 있고, 구급대원들은 피살자가 죽었다는 걸 확인한 뒤 이미 자리를 떴다고 했습니다. 집 안에 순찰 경관 두 명과 순찰 경사 한 명이 있었습니다. 거실 소파에는 여자 한 명이 앉아 있었고요. 그 여자는 울고 있었습니다. 경관들이 그 여자를 소개해 주었습니다. 크레멘츠 씨와 함께 살고 있는 제인 길리라고 하더군요."

보슈는 여기서 말을 멈추고 질문을 기다렸다. 랭와이저는 검사 측 탁자 쪽으로 허리를 숙이고 로저 크레츨러 검사에게 뭔가 속삭이고 있었다.

"랭와이저 검사, 보슈 형사에 대한 질문이 끝난 겁니까?" 휴턴 판사가 물었다.

랭와이저는 보슈가 말을 멈춘 것을 미처 모르고 있었는지, 화들짝 놀라서 몸을 똑바로 세웠다.

"아닙니다, 재판장님."

랭와이저는 다시 연설대로 갔다.

"계속하세요, 보슈 형사님. 그 집에 들어간 뒤에 일어난 일을 말씀하시죠."

"현장에 있던 김 경사가 제게 오른쪽 뒤의 침실에서 젊은 여자가 침대에 누운 채 죽어 있다고 알려 주었습니다. 김 경사는 소파에서 울고 있던 여자를 제게 소개한 뒤, 구급대원들이 피살자의 죽음을 확인하자 자기 부하들은 아무것도 손대지 않고 그 방에서 나왔다고 말했습니다. 저는 짧은 복도를 걸어 침실로 가서 안으로 들어갔습니다."

"그 안에 무엇이 있던가요?"

"침대에 피살자가 있었습니다. 호리호리한 몸매의 백인 여성으로 머리는 금발이었습니다. 나중에 신원 확인을 해 본 결과 스물세 살의 조디 크레멘츠로 확인되었습니다."

랭와이저는 보슈에게 사진을 몇 장 보여 줘도 되겠느냐고 판사의 허락을 구했다. 휴턴이 허락하자 보슈는 랭와이저가 제시한 경찰의 증거용 사진들이 처음 피살자를 발견했을 당시의 모습을 찍은 것이라고 확인해주었다. 시체는 얼굴을 위로 한 채 누워 있었다. 이불이 한쪽 옆으로 당겨져 있어서 알몸인 시체가 드러나 있었고, 다리는 무릎에서 양쪽으로 60센티미터쯤 벌어져 있었다. 시체가 똑바로 누워 있는데도 커다란 젖가슴이 원래 모양을 유지하고 있는 것으로 보아 가슴 성형 수술을 받은 모양이었다. 왼팔은 배 위에 걸쳐져 있었는데, 왼손 손바닥으로 치부를 가린 자세였다. 왼손의 손가락 두 개가 질 속에 들어가 있었다.

피살자의 눈은 감겨 있고, 머리는 베개를 베고 있었지만 급격하게 꺾어져 있었다. 목에는 노란색 실크 스카프가 단단히 둘러져 있었는데, 스카프 한쪽 끝이 침대 머리판 맨 위의 가로대 위를 휘감고 베개 위에 놓여 있는 피살자의 오른손으로 이어져 손목에 여러 번 감겨 있었다.

사진은 컬러였다. 자줏빛이 도는 붉은색 멍이 피살자의 목에 보였다. 스카프로 단단히 감겨 있던 부분이었다. 눈 주위는 립스틱을 바른 것처럼 변색되어 있었다. 왼팔과 왼다리를 포함해서 몸의 왼편에도 머리부터 발끝까지 푸르스름하게 변색된 자국이 이어져 있었다.

보슈가 사진들을 확인한 뒤 랭와이저는 그 사진들을 배심원에게도 보여 주겠다며 허락을 구했다. J. 리즌 포욱스는 그 사진들이 대단히 선동적이라서 배심원들이 편견을 가지게 될 수 있다면서 반대했다. 판사는 변호인의 반대를 기각하고 랭와이저에게 가장 대표적인 사진을 한 장만 고르라고 말했다. 랭와이저는 피살자를 가장 가까이에서 찍은 사진을 골랐고, 그 사진이 배심원석 첫째 줄에 앉은 남자에게 건네졌다. 배심원들이 한 명씩 천천히 돌아가며 사진을 보는 동안 보슈는 그들의 얼굴이 충격과 경악으로 굳어지는 것을 지켜보았다. 그는 의자에 등을 기대고 종이컵에 담긴 물을 쭉 들이켠 뒤 보안관서 경찰관과 눈을 마주치고 물을 다시 채워 달라는 신호를 보냈다. 그러고는 다시 마이크 가까이 다가앉았다.

사진이 배심원을 한 바퀴 돈 뒤 서기에게 전달되었다. 배심원들이 평결을 내리기 위해 심의에 들어가면 재판 중에 제출된 다른 증거물들과 함께 그 사진 역시 다시 배심원들에게 전달될 터였다.

보슈는 랭와이저가 질문을 계속하기 위해 연설대로 돌아가는 것을 지켜보았다. 랭와이저가 불안해하고 있다는 것을 그는 알고 있었다. 여기 말고 다른 법정 건물의 지하 카페테리아에서 점심을 함께 먹으면서 랭와이저는 걱정스러운 마음을 털어놓았다. 비록 랭와이저는 크레츨러 다음의 2인자였지만, 이번 재판이 워낙 컸기 때문에 결과에 따라 두 사람 모두 앞날이 밝아질 수도 있고 아예 끝장이 날 수도 있었다.

랭와이저는 종이철을 한 번 살펴본 뒤 말을 이었다.

"보슈 형사님, 형사님이 시체를 조사한 뒤 피살자의 죽음을 살인 사건으로 수사해야 한다고 말씀하셨습니까?"

"시체를 보자마자 그렇게 했습니다. 제 파트너들이 도착하기도 전에요."

"어째서 그렇게 하셨죠? 사고사로 보이지는 않던가요?"

"아뇨, 그건…."

"랭와이저 검사." 휴턴 판사가 끼어들었다. "한 번에 질문을 하나씩만 해 주시오."

"죄송합니다, 재판장님. 형사님, 그 여성이 자신의 실수로 죽은 것 같지는 않던가요?"

"아뇨. 제가 보기에는 누군가가 그렇게 보이게 하려고 애쓴 것 같았습니다."

랭와이저는 종이철을 한참 동안 내려다본 뒤 다시 입을 열었다. 보슈는 랭와이저가 그렇게 잠시 침묵한 것도 계획의 일부일 거라고 거의 확신했다. 보슈 자신의 증언과 사진 덕분에 배심원들이 검사의 질문에 완전히 몰입해 있으니 효과를 높이기 위해 그런 침묵이 필요했을 것이다.

"형사님, 자기 색정적인 질식사라는 말을 알고 계십니까?"

"예, 알고 있습니다."

"그 말이 무슨 뜻인지 배심원들께 설명해 주시겠습니까?"

포욱스가 일어서서 이의를 제기했다.

"재판장님, 보슈 형사가 워낙 재주가 많은 사람인지는 모르겠습니다만, 인간의 성에 관한 전문가라는 사실은 본 법정에서 정식으로 공표되지 않았습니다."

법정 안의 사람들이 숨죽여 웃음을 터뜨렸다. 배심원 두어 명도 웃음을 참는 것이 보였다. 휴턴은 사회봉을 한 번 두드린 뒤 랭와이저를 바라보았다.

"검사의 생각은 어떻소?"

"재판장님, 제가 정식으로 설명하겠습니다."

"그렇게 하시오."

"보슈 형사님, 살인 사건을 수백 건이나 다루셨다고 했죠? 수사 결과 살인이 아닌 것으로 판명된 경우도 있습니까?"

"예, 그런 경우도 아마 수백 건은 될 겁니다. 사고사, 자살, 심지어 자연사도 있었습니다. 강력반 형사가 순찰 경관의 연락을 받고 현장에 나가 사망자의 죽음을 살인 사건으로 다뤄야 할지 말아야 할지 결정해 달라는 부탁을 받는 것도 흔한 일입니다. 이번 사건도 마찬가지였습니다. 순찰 경관들은 피살자의 죽음을 어떻게 다뤄야 할지 알지 못했습니다. 그래서 수상한 정황이 있다고 보고했고, 우리 팀이 출동한 겁니다."

"형사님 본인이나 아니면 검시관이 나중에 자기 색정적 질식에 의한 사고사로 판정한 사망 사건 현장에 출동하거나 그런 사건을 수사한 적이 있습니까?"

"예."

포욱스가 다시 일어섰다.

"아까와 똑같은 이의를 제기합니다, 재판장님. 지금 검사는 보슈 형사가 전문가가 아닌 분야로 이야기를 이끌고 있습니다."

"재판장님." 랭와이저가 말했다. "보슈 형사가 사망 사건 수사의 전문가라는 사실은 이미 분명하게 확립되었습니다. 여기서 사망 사건에는 모든 종류의 죽음이 포함됩니다. 보슈 형사는 지금 이 사건과 같은 죽음을 전에도 본 적이 있으므로, 증언할 자격이 있습니다."

랭와이저의 목소리에는 노기가 약간 섞여 있었다. 보슈가 보기에는 휴턴이 아니라 배심원을 겨냥한 작전 같았다. 그것은 다른 사람들의 방해를 뚫고 정말로 진실을 알리고 싶은 배심원 열두 명의 잠재의식에 호소하는 방법이었다.

"나도 같은 생각이오, 포욱스 변호인." 휴턴이 잠시 가만히 있다가 말했다. "검사의 질문에 대한 이의를 기각합니다. 계속하시오, 랭와이저 검사."

"감사합니다, 재판장님. 그렇다면, 보슈 형사님, 자기 색정적 질식 사건에 대해 잘 아십니까?"

"예, 그런 사건을 서너 건 다뤘습니다. 그 주제에 관해 문헌도 찾아보았고요. 살인 사건 수사 기법에 관한 서적들에 참고 자료로 나와 있는 문헌들입니다. 저는 또한 FBI를 비롯한 여러 기관들이 수행한 심층 연구의 요약본도 읽어 보았습니다.

"이번 사건이 발생하기 전에 말입니까?"

"예, 그렇습니다."

"자기 색정적 질식사란 무엇입니까? 어떻게 그런 일이 발생하죠?"

"랭와이저 검사." 판사가 또 입을 열었다.

"죄송합니다, 재판장님. 질문을 다시 하겠습니다. 자기 색정적 질식사란 무엇입니까, 보슈 형사님?"

보슈는 물을 한 모금 마시면서 그 틈을 이용해 생각을 정리했다. 점심을 먹으면서 이미 연습해 둔 답변이 있었다.

"그것은 사고사의 일종입니다. 사람이 자위 행위 중에 뇌로 이어진 동맥을 막아 성적인 감각을 강화하려고 할 때 발생합니다. 목에 끈을 감는 것이 일반적인 경우입니다. 끈을 조이면 저산소증이 발생하면서 뇌로 가는 산소의 양이 줄어듭니다…. 이런… 저, 행위를 하는 사람들은 저산소증과 그에 따른 현기증이 자위 행위의 감각을 강화해 준다고 믿습니다. 하지만 끈을 지나치게 조여서 경동맥이 손상되거나 사람이 끈을 세게 조인 채로 정신을 잃고 질식하면 사고사로 이어질 수 있습니다."

"이번 사건의 피해자는 여성입니다."

"이번 사건은 자기 색정적인 질식사가 아닙니다. 지금까지 제가 다뤘던 자기 색정적 질식사의 사망자는 모두 남성이었습니다."

"그렇다면 피살자가 자기 색정적인 질식사를 한 것처럼 보이게 누가 꾸몄다는 뜻입니까?"

"예, 그것이 제가 현장을 보자마자 내린 결론이었습니다. 지금도 같은 생각입니다."

랭와이저는 고개를 끄덕이고 잠시 침묵했다. 보슈는 물을 몇 모금 마셨다. 그는 컵을 입으로 가져가면서 배심원들을 흘깃 바라보았다. 배심원석의 모든 사람들이 열심히 주의를 기울이고 있는 것 같았다.

"자세히 설명해 주시죠, 형사님. 어째서 그런 결론을 내리신 겁니까?"

"제 보고서를 참고해도 됩니까?"

"예."

보슈는 앞에 놓아둔 바인더를 펼쳤다. 처음 네 페이지는 OIR, 즉 1차 사건 보고서였다. 보슈는 수석 형사의 사건 요약이 포함된 네 번째 페이지를 열었다. 수석 형사는 보슈였지만, 이 보고서를 작성한 사람은 키즈 라이더였다. 보슈는 기억을 되살리기 위해 사건 요약을 재빨리 훑어본 뒤 배심원들을 향해 시선을 들었다.

"자기 색정적인 질식사와 어긋나는 점들이 여러 가지 있었습니다. 첫째, 여성에게 이런 사건이 발생하는 경우가 통계적으로 드물다는 점이 즉시 마음에 걸렸습니다. 남성 피해자의 비율이 백 퍼센트인 것은 아니지만, 백 퍼센트에 근접합니다. 그 사실을 알기 때문에 저는 시체와 현장을 아주 면밀하게 살폈습니다."

"형사님이 범죄 현장에 도착하자마자 회의적인 시각을 갖게 되었다고 말하면 될까요?"

"예, 그러면 될 겁니다."

"좋습니다. 계속하세요. 또 어떤 점이 마음에 걸렸습니까?"

"끈입니다. 제가 직접 다뤄 본 사건에서든 문헌을 통해 접한 사건에서든 거의 모든 피해자가 피부가 찢어지거나 멍이 드는 것을 방지하기 위해 목에 일종의 패딩을 댔습니다. 스웨터나 수건 같은 두꺼운 천을 목에 감는 것이 가장 일반적이죠. 그 위에 끈을 감는 겁니다. 그러면 목에 끈으로 졸린 자국이 생기는 걸 방지할 수 있습니다. 하지만 이번 사건에서는 패딩이 보이지 않았습니다."

"형사님은 그것을 어떻게 해석하셨습니까?"

"피해자의 관점에서 보면 그건 말이 안 되는 일이었습니다. 그러니까, 피해자가 정말로 그런 행위를 하고 있었다면, 현장의 정황이 이상했다는 뜻입니다. 피해자가 패딩을 전혀 사용하지 않았다는 것은 목에 멍 자국이 생겨도 개의치 않았다는 뜻입니다. 제가 보기에는 상식과 어긋나는 일이었습니다. 거기에 피해자가 여배우라는 점까지 감안하면… 저는 옷장에 피해자의 얼굴 사진이 쌓여 있는 것을 보고 피해자의 직업을 즉시 알아차렸습니다. 여배우라는 직업까지 감안하면 모순은 더욱 더 커집니다. 피해자는 자신의 외모를 바탕으로 삼아 배우 활동을 했습니다. 그런데도 성적인 행위든 다른 행위든 목에 확실히 눈에 띄는 멍이 남을 것을 알면서도 어떤 행동을 한다는 건 납득할 수 없었습니다. 그 밖에도 여러 정황들을 통해 저는 누군가가 현장을 꾸몄다는 결론을 내렸습니다."

보슈는 변호인 석을 바라보았다. 스토리는 여전히 고개를 숙이고 스케치북에 그림을 그리고 있었다. 마치 어딘가의 공원 벤치에 앉아 있는 사람 같았다. 포욱스는 종이에 뭔가를 쓰고 있었다. 보슈는 자신이 방금 한 말 중에 자신에게 불리하게 이용될 수 있는 내용이 혹시 있었는지 생각해 보았다. 포욱스가 증인의 말을 문맥과는 전혀 상관없이 비틀어서 새로운 의미를 부여하는 데 전문가라는 사실은 그도 잘 알고 있었다.

"그 밖의 여러 정황이란 무엇입니까?" 랭와이저가 보슈에게 물었다.

보슈는 OIR 수사 요약을 다시 바라보았다.

"가장 중요한 것은 시반에서 시체가 옮겨진 흔적이 나타났다는 겁니다."

"좀 쉬운 말로 하면, 시반이란 무엇을 말하는 겁니까, 형사님?"

"심장이 온몸에 피를 보내는 활동을 멈추면 피가 시체의 아래쪽에 고입니다. 여기서 아래쪽이란 시체의 자세에 따라 달라집니다. 그렇게 시간이 흐르면 피부에 멍이 든 것 같은 효과가 나타납니다. 나중에 시체를 옮겨도 멍 자국은 처음 그 자리에 그대로 남아 있습니다. 피가 이미 응고해 버렸기 때문입니다. 시간이 흐를수록 멍 자국은 더 선명해집니다."

"이번 사건에서는 시반이 어땠던가요?"

"피해자의 몸 왼편에 피가 고였던 흔적이 분명하게 나타났습니다. 다시 말해서, 피해자가 사망 당시, 또는 사망 직후에 왼편을 아래로 하고 누워 있었다는 뜻입니다."

"하지만 시체가 발견됐을 때의 자세는 그렇지 않았죠, 맞습니까?"

"맞습니다. 시체는 반듯이 누운 자세로 발견됐습니다."

"그래서 형사님은 어떤 결론을 내리셨습니까?"

"피해자가 사망한 뒤에 시체가 옮겨졌다는 결론을 내렸습니다. 피해자가 자기 색정적인 질식사를 한 것처럼 꾸미기 위해 누군가가 피해자를 똑바로 눕힌 겁니다."

"형사님은 사인이 무엇이라고 생각하셨습니까?"

"그때는 확실하지 않았습니다. 그저 범인이 꾸며 놓은 사인은 아니라고 생각했을 뿐입니다. 목에 감긴 끈 아래의 멍 자국을 보고 저는 교살이 틀림없다고 생각했습니다. 하지만 피해자가 성적인 쾌락을 위해 스스로 목을 조른 건 아니었습니다."

"형사님의 파트너들은 어느 시점에 현장에 도착했습니까?"

"제가 시체와 현장에 대한 초동 수사를 진행할 때였습니다."

"파트너들도 형사님과 같은 결론을 내렸습니까?"

포욱스는 보슈가 남에게서 들은 말로 답할 수밖에 없는 질문이라며 이의를 제기했다. 판사는 그의 이의 제기를 받아들였다. 보슈는 그래 봤자 별로 중요하지 않은 일이라는 걸 알고 있었다. 만약 랭와이저와 에드거와 라이더의 결론도 기록에 남기고 싶었다면, 그 두 사람을 직접 증언대에 불렀을 것이다.

"조디 크레멘츠의 시체에 대한 부검을 참관하셨습니까?"

"예, 참관했습니다." 보슈는 바인더를 뒤적여 부검 보고서를 찾아냈다. "10월 17일이었습니다. 검시관 실장인 테레사 코라존 박사가 집도했습니다."

"부검 중에 코라존 박사가 사인을 밝혀냈습니까?"

"예, 사인은 질식이었습니다. 교살이죠."

"끈에 의한 교살입니까?"

"예."

"그렇다면 피해자의 죽음이 자기 색정적인 질식사가 아니라는 형사님의 결론과 어긋나지 않습니까?"

"아뇨, 오히려 제 결론을 확인해 주었습니다. 자기 색정적인 질식사를 한 것 같은 자세는 교살에 의한 살인을 감추기 위한 것이었습니다.

경동맥과 목의 근육 조직이 입은 손상, 그리고 부러진 설골을 보고 코라존 박사는 누군가 다른 사람이 손으로 목을 졸랐다고 확인해 주었습니다. 피해자가 스스로 한 것이라고 보기에는 손상이 너무 심했습니다."

보슈는 자신이 피살자의 부상을 설명하면서 자기도 모르게 한 손을 목에 대고 있었음을 깨달았다. 그는 그 손을 무릎으로 내렸다.

"검시관이 살인을 증명하는 독자적인 증거도 찾아냈습니까?"

보슈는 고개를 끄덕였다.

"예. 피살자의 입을 조사한 결과, 혀를 깨물어서 생긴 심한 열상이 있었습니다. 교살의 경우에 흔히 나타나는 부상입니다."

랭와이저는 자신의 종이철을 한 페이지 넘겼다.

"좋습니다, 보슈 형사님. 이제 범죄 현장에 대해 이야기해 보죠. 형사님이나 파트너들이 제인 길리와 이야기를 나눠 보았습니까?"

"예, 제가 했습니다. 라이더 형사와 함께."

"그 조사를 통해 피살자가 시체로 발견되기 24시간 전에 어디에 있었는지 확인할 수 있었습니까?"

"예, 먼저 저희는 피살자가 사망하기 며칠 전에 커피숍에서 피고를 처음 만났음을 확인했습니다. 피고는 10월 12일 밤에 할리우드의 차이니즈 극장에서 열리는 영화 시사회에 자신의 파트너로 참석해 달라고 피살자를 초대했습니다. 그리고 그날 밤 7시에서 7시30분 사이에 피살자를 데리러 갔습니다. 길리 씨는 집 안에서 창문을 통해 그 모습을 지켜보며 피고의 얼굴을 보았습니다."

"길리 씨는 크레멘츠 씨가 그날 밤 언제 돌아왔는지 알고 있었습니까?"

"아뇨. 길리 씨는 크레멘츠 씨가 데이트를 하러 나간 직후 집에서 나가 다른 곳에서 밤을 보냈습니다. 따라서 룸메이트가 언제 집에 돌아왔는지 모르고 있었습니다. 길리 씨는 10월 13일 오전 11시에 집으로 돌아와 크레멘츠 씨의 시체를 발견했습니다."

"그 전날 밤 시사회가 열린 영화의 제목은 무엇입니까?"

"〈데드 포인트〉입니다."

"감독이 누구죠?"

"데이비드 스토리입니다."

랭와이저는 한참 동안 침묵하다가 자신의 손목시계를 확인한 뒤 판사를 올려다보았다.

"재판장님." 랭와이저가 말했다. "이제부터 보슈 형사에게 다른 종류의 질문을 던지려고 합니다. 괜찮으시다면 오늘은 이만 휴정하시는 게 어떨까요?"

휴턴은 검은 법복의 헐렁한 소매를 걷어 올리고 자신의 손목시계를 확인했다. 보슈도 자신의 손목시계를 보았다. 3시 45분이었다.

"좋소, 랭와이저 검사. 내일 아침 9시까지 휴정합니다."

휴턴은 보슈에게 증인석에서 내려가도 좋다고 말했다. 그러고는 배심원들에게 본 재판과 관련된 신문 기사나 텔레비전 뉴스를 보지 말라고 주의를 주었다. 배심원들이 줄지어 밖으로 나가는 동안 모두들 의자에서 일어섰다. 검사석으로 돌아가 랭와이저와 나란히 선 보슈는 변호인석을 흘깃 바라보았다. 데이비드 스토리가 그를 바라보고 있었다. 얼굴에는 감정이 전혀 드러나 있지 않았다. 하지만 보슈는 그의 연한 푸른색 눈에서 뭔가를 본 것 같았다. 확실치는 않았지만, 웃고 있는 것 같았다.

보슈가 먼저 시선을 돌렸다.

20 오디션

법정에 있던 사람들이 모두 나간 뒤 보슈는 사라진 증인에 관해 랭와이저, 크레츨러와 이야기를 나눴다.

"아직 아무 소식 없어요?" 크레츨러가 물었다. "존 리즌이 보슈 형사를 증인석에서 얼마나 물고 늘어질지 모르지만, 내일 오후나 모레 오전까지는 애너벨 크로우가 필요할 겁니다."

"아직 아무것도 없어요." 보슈가 말했다. "하지만 조사 중인 게 있기는 하죠. 사실 지금 곧 가 봐야 합니다."

"마음에 안 들어요." 크레츨러가 말했다. "이러다 일이 잘못될 수도 있습니다. 애너벨 크로우가 나타나지 않는다면, 분명히 뭔가 이유가 있을 거예요. 나는 처음부터 그 여자의 이야기를 백 퍼센트 믿지 않았습니다."

"스토리가 그 여자한테 손을 썼을 수도 있어요." 보슈가 말했다.

"그 여자를 찾아야 해요." 랭와이저가 말했다. "스토리가 상습범이라는 걸 증명해야 하니까요. 애너벨 크로우를 찾아내세요."

"지금 조사 중입니다."

보슈는 자리를 뜨려고 일어섰다.

"행운을 빌어요." 랭와이저가 말했다. "아, 그건 그렇고, 지금까지는 증인석에서 아주 잘해 주고 있어요."

보슈는 고개를 끄덕였다.

"폭풍 전야의 고요죠."

보슈가 엘리베이터를 향해 복도를 걸어가는 동안 기자 한 명이 그에게 다가왔다. 이름은 알 수 없지만, 법정에서 기자석에 앉아 있는 것을 본 기억이 났다.

"보슈 형사님?"

보슈는 계속 걸었다.

"이봐요, 이미 모든 기자들한테 말했지만, 나는 재판이 끝날 때까지 아무 말도 안 할 거요. 미안하지만…."

"아, 그건 괜찮습니다. 그저 형사님이 테리 매케일렙 씨와 연락이 됐는지 여쭤보러 온 거예요."

보슈는 걸음을 멈추고 기자를 바라보았다.

"그게 무슨 소리요?"

"어제 매케일렙 씨가 여기서 형사님을 찾고 있었거든요."

"아, 그래, 만났어요. 테리와 아는 사이요?"

"네, 몇 년 전에 제가 FBI에 관한 책을 한 권 썼는데, 그때 매케일렙 씨를 만났습니다. 수술을 받으시기 전이죠."

보슈는 고개를 끄덕이고 다시 걸음을 떼려고 했다. 그런데 그때 기자가 한 손을 내밀며 말했다.

"잭 매커보이입니다."

보슈는 마지못해 그 손을 잡고 악수했다. 이름을 들어 본 기억이 났다. 5년 전 FBI는 경찰관 연쇄 살인범을 쫓아 LA까지 왔다. 범인이 다음 희생자로 고른 할리우드 경찰서 강력반의 에드 토머스 형사를 공격할 거라고 생각했기 때문이다. 그때 FBI는 덴버의 〈로키 마운틴 뉴스〉 소속 기자이던 매커보이의 정보를 바탕으로 이른바 시인이라는 범인의 뒤를 쫓았고, 토머스는 무사했다. 그 뒤로 토머스는 경찰을 그만두고 지금은 오렌지카운티에서 서점을 경영하고 있었다.

"아, 기억납니다." 보슈가 말했다. "난 에드 토머스의 친구예요."

두 사람은 서로를 평가하듯 훑어보았다.

"이번 일을 취재 중이오?" 보슈가 물었다. 뻔한 질문이었다.

"네. 〈뉴 타임스〉와 〈배니티 페어〉에 기사를 보내고 있습니다. 책도 하나 구상 중이고요. 그러니까 이번 재판이 모두 끝나면 저랑 이야기를 좀 나누실 수 있겠습니까?"

"그래요, 그럴 수도 있겠죠."

"매케일렙 씨와 함께 따로 구상하시는 게 있는 건 아니겠죠?"

"테리하고? 아뇨, 어제 얘기는 이것과는 전혀 다른 것이었소. 책하고는 상관없어요."

"알겠습니다. 그러면 제 이름을 기억해 두세요."

매커보이는 주머니에서 지갑을 꺼내 명함을 내밀었다.

"저는 주로 로럴 캐니언에 있는 집에서 일합니다. 언제든 마음 내킬 때 주저 없이 전화주세요."

보슈는 카드를 들어 보였다.

"그래요. 이제 그만 가 봐야겠소. 나중에 또 보게 되면 봅시다."

"네."

보슈는 엘리베이터 쪽으로 가서 버튼을 눌렀다. 그리고 엘리베이터를 기다리는 동안 명함을 보며 에드 토머스를 생각했다. 그는 명함을 양복저고리 주머니에 넣었다.

엘리베이터가 오기 전에 복도 쪽을 바라보니 매커보이가 아직 복도에 서 있는 것이 보였다. 지금은 변호인 측의 수사관인 루디 터페로와 이야기 중이었다. 덩치가 큰 터페로가 매커보이를 향해 몸을 기울이고 있어서 마치 둘이서 음모를 꾸미려고 접선 중인 것 같았다. 매커보이는 수첩에 메모를 하고 있었다.

엘리베이터 문이 열리자 보슈는 안으로 들어갔다. 그리고 문이 닫힐 때까지 두 사람을 지켜보았다.

보슈는 로럴 캐니언 대로를 따라 고개를 넘어가서 저녁의 러시아워보다 먼저 할리우드로 들어섰다. 선셋 대로에서 오른쪽으로 방향을 꺾은 그는 웨스트 할리우드로 들어가 몇 블록을 달리다가 길가에 차를 세웠다. 그는 주차 미터기에 동전을 넣은 뒤, 선셋 대로를 가운데 두고 스트립바와 마주 보고 있는 흰색의 단조로운 사무실 건물로 들어갔다. 안마당이 있는 이 2층짜리 건물에는 작은 프로덕션들이 들어 있었다. 규모가 작은 회사들이라서 영화 작업에 참여해 버는 돈으로 근근이 먹고 살았다. 일이 없을 때는 굳이 화려한 사무실을 갖고 있을 필요가 없었다.

보슈는 손목시계를 확인했다. 시간을 아주 잘 맞춰서 왔다는 생각이 들었다. 오디션은 5시부터 시작인데, 지금 시각은 4시 45분이었다. 보슈는 2층으로 이어진 계단을 올라가 '너프 세드 프로덕션'이라는 간판이 달린 문으로 들어갔다. 그 안은 방이 세 개나 있는, 이 건물에서 가장 큰 사무실이었다. 보슈는 전에도 이곳에 와 본 적이 있기 때문에 내부 구조를 알고 있었다. 세 개의 방은 각각 비서의 책상이 있는 대기실, 보슈의 친구인 앨버트 '너프' 세드의 사무실, 그리고 회의실이었다. 비서의 책상에 앉아 있던 여자가 안으로 들어오는 보슈를 올려다보았다.

"세드 씨를 만나러 왔습니다. 내 이름은 해리 보슈요."

여자는 고개를 끄덕이더니 수화기를 들고 번호를 눌렀다. 다른 방에서 전화벨이 울리고, 세드가 전화를 받는 소리가 들렸다.

"해리 보슈 씨가 오셨어요." 비서가 말했다.

세드가 들여보내라고 지시하는 소리가 들렸다. 보슈는 비서가 전화를 끊기도 전에 세드의 사무실로 향했다.

"들어가세요." 비서가 등 뒤에서 말했다.

보슈는 책상 하나, 의자 두 개, 검은 가죽 소파, 텔레비전과 비디오 겸용 콘솔만이 단출하게 갖춰진 사무실로 들어갔다. 벽에는 세드의 영화를 광고하는 포스터들이 액자에 넣어져서 사방에 걸려 있었다. 영화의 제목이 인쇄된 프로듀서 의자 등받이 같은 다른 기념품들도 있었다. 보슈는 적어도 15년 전부터 세드와 알고 지냈다. 보슈의 사건 중 하나를 아주 조금 바탕으로 삼은 영화를 찍으면서 세드가 보슈에게 자문을 구한 것이 첫 만남이었다. 그 뒤로 두 사람은 가끔 연락을 주고받았다. 주로 세드가 영화를 찍다가 경찰 절차에 대해 물어볼 것이 생기면 보슈에게 전화하는 식이었다. 세드의 작품들은 대부분 은막에서 상영되지 않고, 지상파와 케이블 텔레비전에서 방영되었다.

앨버트 세드가 책상에서 일어났고, 보슈는 그에게 손을 내밀었다.

"안녕하세요, 너프, 잘 지내시죠?"

"잘 지내지, 친구."

세드는 텔레비전을 가리켰다.

"오늘 법정 TV에서 자네의 훌륭한 연기를 봤어. 브라보."

세드는 정중하게 손뼉을 쳤다. 보슈는 손사래를 치면서 다시 손목시계를 확인했다.

"고맙습니다. 그래, 준비는 끝난 건가요?"

"그럴걸. 마조리가 회의실에서 그 아가씨를 기다리게 할 거야. 거기서부터 자네가 맡게."

"고마워요, 너프. 나중에 은혜를 갚을 테니 말씀만 하세요."

"내 다음 영화에 출연하는 건 어때? 존재감이 끝내줄 텐데. 오늘 재판을 전부 봤다고. 녹화까지 해 뒀으니까 직접 보고 싶으면 말해."

"아뇨, 보고 싶지는 않아요. 어차피 그럴 시간도 없을 텐데요. 요즘은 무슨 일을 하세요?"

"아, 그야, 파란불 신호를 기다리고 있지. 프로젝트가 하나 있는데 곧 해외 투자를 받게 될 것 같아. 감옥에 간 경찰 이야기인데, 배지와 명예를 빼앗긴 상처로 기억상실증에 걸린다는 내용이야. 감옥에 들어갔는데, 자기가 잡아넣은 놈들을 기억 못 하는 거지. 그래서 살아남으려고 줄곧 싸움을 벌여. 게다가 친구가 된 죄수는 알고 보니 자기가 감옥에 집어넣은 연쇄 살인범인 거야. 스릴러 영화일세, 해리. 어때? 스티븐 시걸이 지금 시나리오를 보고 있어."

세드의 텁수룩한 검은색 눈썹이 이마를 향해 날카롭게 아치를 그리고 있었다. 이 영화에 정말로 기대가 큰 모양이었다.

"글쎄요, 너프." 보슈가 말했다. "이미 나왔던 스토리 같은데요."

"안 그런 게 어디 있어? 어쨌든 자네 생각은 어때?"

이때 울린 종소리가 보슈를 구해 주었다. 세드의 질문 이후로 내려앉은 침묵 속에서 옆방의 비서가 누군가와 이야기를 나누는 소리가 들렸다. 이내 세드의 책상 위에 있는 스피커폰에서 신호가 울리더니 비서가 말했다. "크로우 씨가 오셨어요. 회의실에서 기다리시라고 하겠습니다."

보슈는 세드에게 고개를 끄덕했다.

"고마워요, 너프." 그가 속삭였다. "이제부터 제가 맡을게요."

"괜찮겠어?"

"도움이 필요하면 알릴게요."

보슈는 문으로 돌아섰다가 다시 책상을 향해 돌아서서 한 손을 내밀었다.

"어쩌면 서둘러 나가게 될지도 몰라서요. 미리 작별 인사를 하겠습니다. 그 프로젝트가 잘됐으면 좋겠네요. 이번에도 히트할 것 같은데요."

두 사람은 악수를 했다.

"그래, 두고 봐야지." 세드가 말했다.

보슈는 사무실에서 나와 좁은 복도 맞은편의 회의실로 들어갔다. 유리를 덮은 사각형 탁자가 중앙에 있고, 각 면마다 의자가 하나씩 놓여 있었다. 애너벨 크로우는 문을 마주 보는 의자에 앉아서 자신을 찍은 흑백 사진을 열심히 살피고 있었다. 그녀가 완벽한 치아를 드러내며 밝게 미소 짓는 얼굴로 고개를 들었다. 밝은 미소는 1초 남짓 버티다가 말리부의 산사태처럼 무너져 내렸다.

"여긴… 여긴 웬일이세요?"

"안녕, 애너벨. 잘 지냈나?"

"이건 오디션이에요…. 이렇게 무작정…."

"맞아, 이건 오디션이지. 살인 사건 재판의 증인 역으로 내가 애너벨의 오디션을 보는 거야."

애너벨이 벌떡 일어섰다. 얼굴 사진과 이력서가 탁자에서 바닥으로 미끄러져 떨어졌다.

"이렇게 무작정… 이게 어떻게 된 일이에요?"

"애너벨도 알 텐데. 이사를 가면서 새 주소를 남겨 놓지 않았잖아. 부모님은 도와줄 생각이 없고, 소속사도 날 도와줄 생각이 없더라고. 그러니 애너벨을 끌어내려면 오디션을 마련하는 수밖에. 이제 앉아서 그동안 어디 있었는지, 왜 재판을 피하는지 이야기를 좀 해 볼까?"

"그럼 진짜 오디션이 아니에요?"

보슈는 하마터면 웃음을 터뜨릴 뻔했다. 애너벨은 아직도 이해가 안 가는 모양이었다.

"그래, 아냐."

"〈차이나타운〉을 다시 만드는 거 아니에요?"

이번에는 정말로 웃음을 터뜨렸지만, 재빨리 수습했다.

"언젠가 만들기는 하겠지. 하지만 애너벨은 너무 젊어서 맡을 역할이 없고, 나도 배우가 아냐. 이제 그만 앉지."

보슈는 애너벨 맞은편의 의자를 잡아당겼다. 하지만 애너벨은 자리에 앉으려 하지 않았다. 아주 당황한 얼굴이었다. 애너벨은 아름다운 아가씨였기 때문에 얼굴만으로도 자신이 원하는 것을 곧잘 얻어낼 수 있었다. 하지만 이번에는 달랐다.

"앉으라고 했잖아." 보슈가 엄한 목소리로 말했다. "반드시 알아 둬야 할 게 있어, 크로우 양. 당신은 오늘 재판에 출석하라는 법원의 소환장에 응하지 않았기 때문에 법을 어겼어. 그러니까 만약 내가 원한다면 지금 당신을 체포해서 유치장에 집어넣은 다음에 대화를 할 수도 있어. 아니면 지금 이 자리에 앉아서 이야기를 하는 방법도 있고. 여기 사람들이 우리더러 문명인답게 대화를 나누라고 이 좋은 방을 빌려 줬으니까 말이야. 선택해, 애너벨."

애너벨은 의자에 털썩 주저앉았다. 입술을 꾹 다물고 있었다. 오디션을 위해 공들여 바른 립스틱이 벌써 여기저기 갈라지고 희미해지기 시작했다. 보슈는 한참 동안 애너벨을 빤히 바라보다가 입을 열었다.

"누구야, 애너벨?"

애너벨은 날카로운 표정으로 보슈를 바라보았다.

"형사님, 겁이 나서 그랬어요, 네? 지금도 무서워요. 데이비드 스토리는 힘이 있는 사람이에요. 그 사람 뒤에 무서운 사람들이 버티고 있다고요."

보슈는 탁자 위로 몸을 기울였다.

"그 작자가 협박했다는 얘기야? 그쪽 일당이?"

"아뇨, 그런 말이 아니에요. 굳이 저를 협박할 필요도 없었어요. 저도 어떻게 될지 아니까요."

보슈는 다시 의자에 등을 기대고 아무 말 없이 애너벨을 빤히 바라보았다. 애너벨의 눈동자는 사방을 방황하고 있었지만, 보슈에게는 절대로 향하지 않았다. 바깥의 선셋 대로를 오가는 자동차들의 소음이 닫힌 창문을 통해 약하게 들려왔다. 창문은 하나뿐이었다. 이 건물 안 어디선가 누가 변기의 물을 내렸다. 마침내 애너벨이 보슈를 바라보았다.

"뭐예요? 뭘 원하시는 거예요?"

"애너벨이 증언하는 것. 그놈한테 맞서는 것. 그놈이 애너벨한테 하려던 짓이 있잖아. 조디 크레멘츠를 위해서, 앨리샤 로페즈를 위해서 증언해."

"앨리샤 로페즈는 누구예요?"

"우리가 찾아낸 또 다른 피해자야. 그 여자는 애너벨만큼 운이 좋지 못했어."

보슈는 애너벨의 얼굴에서 마음속의 소란을 읽을 수 있었다. 애너벨은 증인으로 나서는 것이 위험하다고 판단하고 있음이 분명했다.

"증인으로 나서면 다시는 일할 수 없을 거예요. 그보다 심한 일을 당할 수도 있어요."

"누가 그런 소리를 했어?"

애너벨은 대답하지 않았다.

"말해 봐, 누구야? 그 작자들이야, 소속사야, 누구야?"

애너벨은 잠시 머뭇거리다가, 자기가 보슈에게 이런 얘기를 털어놓게 된 것을 스스로도 믿을 수 없다는 듯 고개를 흔들었다.

"크런치에서 운동을 하고 있는데, 어떤 남자가 제 옆의 기계에 탔어요. 자기가 읽을 기사만 나오게 신문을 접어서 읽고 있었죠. 저는 그냥 제 일을 하고 있었는데 그 남자가 갑자기 말을 하기 시작하는 거예요. 제 얼굴은 한 번도 보지 않은 채로 계속 신문만 보면서 이야기를 했어요. 자기가 지금 데이비드 스토리 재판에 대한 기사를 읽고 있는데, 스토리한테 맞서는 증인이 되는 일만은 정말 사양하고 싶다는 얘기, 그 증인은 이 도시에서 다시는 일할 수 없을 거라는 얘기였어요."

애너벨은 여기서 말을 멈췄지만 보슈는 계속 기다리면서 애너벨을 유심히 살폈다. 이 이야기를 털어놓을 때 애너벨이 느낀 고뇌는 진짜 같았다. 애너벨은 금방이라도 울음을 터뜨릴 것 같았다.

"저는… 저는 그 남자가 바로 제 옆에 있는 게 너무 무서워서 곧바로 기계에서 내려와 라커룸으로 들어갔어요. 거기서 한 시간 동안이나 있었는데도 그 남자가 밖에서 저를 기다리면서 감시하고 있을까 봐 여전히 겁이 났어요."

애너벨은 울기 시작했다. 보슈는 자리에서 일어나 방을 나가서 복도의 화장실 안을 들여다보았다. 티슈 상자가 있었다. 보슈는 그것을 들고 회의실로 돌아와 애너벨 크로우에게 건네주었다. 그리고 다시 의자에 앉았다.

"크런치는 어디 있는 거야?"

"여기서 길을 따라 내려가면 바로 있어요. 선셋 대로와 크레센트 하이츠 모퉁이에요."

보슈는 고개를 끄덕였다. 어딘지 알 것 같았다. 조디 크레멘츠가 데이비드 스토리와 커피숍에서 처음 만난 쇼핑 단지가 바로 그곳이었다. 그곳에 무슨 의미가 있는 건가 하는 생각이 들었다. 어쩌면 스토리가 크런치의 회원인지도 모른다. 아니면 그곳에서 운동하는 친구를 동원해서 애너벨 크로우를 협박하게 한 것일 수도 있었다.

"그 남자 얼굴을 봤어?"

"네. 하지만 그래 봤자 소용없어요. 그 남자가 누군지 모르니까요. 그 전에도 그 뒤로도 한 번도 본 적이 없는 남자예요."

보슈는 루디 터페로를 생각했다.

"변호인 측 수사관이 누군지 알아? 루디 터페로라는 남자인데. 키가 크고, 머리가 검고, 피부가 구릿빛이야. 미남이지."

"그 사람이 누군지는 모르지만, 그날 크런치에 왔던 사람은 아니에요. 그 남자는 키가 작고 대머리였어요. 안경도 썼고요."

인상착의를 듣고도 언뜻 떠오르는 사람이 없었다. 보슈는 당분간 그 남자 생각은 묻어 두기로 했다. 랭와이저와 크레츨러에게 협박에 대해 알리는 게 먼저였다. 어쩌면 두 사람이 이 일을 휴턴 판사에게 알리려 할지도 모른다. 그러려면 보슈더러 크런치에 가서 사실 확인을 위해 조사를 해 보라고 말할 수도 있었다.

"이제 어떻게 하실 거예요?" 애너벨이 물었다. "제가 증언하게 만드실 거예요?"

"그건 내가 결정하는 게 아냐. 나한테서 애너벨의 이야기를 들은 뒤에 검사들이 결정하겠지."

"제 얘기를 믿으세요?"

보슈는 잠시 머뭇거리다가 고개를 끄덕였다.

"그래도 법정에 나와야 돼. 소환장이 발부됐으니까. 내일 12시부터 1시 사이에 나와. 그러면 검사들이 어떤 결정을 내렸는지 말해 줄 거야."

검사들이 애너벨을 증언대에 세우려 하리라는 것을 보슈는 알고 있었다. 협박이 사실이든 아니든 검사들은 개의치 않을 것이다. 그들이 생각하는 것은 재판뿐이었다. 애너벨 크로우는 데이비드 스토리를 잡기 위한 희생양이 될 터였다. 큰 물고기를 잡기 위해 작은 물고기를 미끼로 쓰는 것이 게임의 규칙이었다.

보슈는 애너벨에게 가방 속의 물건들을 다 쏟아 보라고 했다. 그리고 그것들을 살피다가 주소와 전화번호가 적혀 있는 쪽지를 발견했다. 버뱅크에 있는 임시 아파트 연락처였다. 애너벨은 자기 물건들을 창고에 넣고, 임시로 그 아파트에 살면서 재판이 끝나기를 기다리고 있다고 자백했다.

"오늘은 내가 봐주지, 애너벨. 밤새 유치장에 가둬 두지 않겠다는 얘기야. 하지만 이번에 애너벨을 찾아낸 것처럼, 또 도망쳐도 또 찾아낼 거야. 내일 법원에 안 나오면 내가 또 찾으러 나설 거라는 얘기야. 그때는 시빌브랜드의 감옥으로 직행하겠지. 무슨 말인지 알겠어?"

애너벨은 고개를 끄덕였다.

"나올 건가?"

애너벨은 또 고개를 끄덕였다.

"애당초 내가 나서지 말았어야 했어요."

보슈는 고개를 끄덕였다. 맞는 말이었다.

"이젠 너무 늦었어." 보슈가 말했다. "애너벨은 옳은 일을 한 거야. 그리고 이제는 그 결과를 감당해야 하고. 사법 체계의 웃기는 점이 바로 그거지. 사람이 용감해지기로 결심하고 목을 한 번 내밀면, 그 사람들은 다시 내려오라는 소리를 안 해."

21 치명적인 문제

스테레오에는 아트 페퍼의 음악이 걸려 있고, 보슈는 재니스 랭와이저와 통화 중이었다. 망사문을 두드리는 소리가 들려서 부엌에서 복도로 나와 보니 망사문을 통해 누가 안을 들여다보는 것이 보였다. 느닷없이 찾아온 외판원인가 싶어서 짜증이 난 보슈는 문으로 걸어가 한 마디 말도 없이 닫아 버리려다가 자신을 찾아온 사람이 테리 매케일렙임을 알아차렸다. 증인 협박을 들먹이며 펄펄 뛰는 랭와이저의 목소리가 여전히 수화기를 통해 들려오는 가운데, 보슈는 바깥쪽 전등을 켜고 망사문을 연 뒤 매케일렙에게 들어오라고 손짓했다.

매케일렙은 보슈가 통화를 끝낼 때까지 조용히 있겠다는 신호를 보냈다. 보슈는 매케일렙이 거실을 통과해서 뒤쪽 베란다로 나가 캐훙거 고개의 불빛들을 내려다보는 모습을 지켜보았다. 보슈는 랭와이저의 말에 주의를 집중하려고 애썼지만, 매케일렙이 왜 그 먼 길을 일부러 차를 몰고 오면서까지 자신을 찾아왔는지 궁금했다.

"형사님, 듣고 있어요?"

"네. 마지막에 뭐라고 했죠?"

"만약 우리가 조사를 시작하면 총잡이 휴턴이 재판을 연기할 것 같으냐고 물었어요."

보슈는 오래 생각하지 않아도 금방 답을 알 수 있었다.

"그럴 리가요. 쇼는 반드시 계속돼야죠."

"나도 그럴 줄 알았어요. 이제 로저한테 전화를 걸어서 어떻게 할 생각인지 물어볼 거예요. 어쨌든 지금은 그걸 걱정하고 있을 때가 아니에요. 형사님이 증인석에서 앨리샤 로페즈의 이름을 언급하자마자 무서운 싸움이 벌어질 테니까요."

"이미 우리가 이긴 싸움인 줄 알았는데요. 휴턴이…."

"그렇다고 포욱스가 새로운 공격을 안 할 사람인가요? 아직 끝난 게 아니에요."

잠시 침묵이 흘렀다. 랭와이저의 목소리에는 자신감이 별로 없었다.

"그럼 내일 봐요, 형사님."

"그러죠. 내일."

보슈는 전화를 끊고 수화기를 부엌의 거치대에 다시 꽂았다. 그가 다시 거실로 나왔더니 매케일렙이 거실에 서서 스테레오 위의 선반들과 액자에 넣어 놓아둔 보슈 아내의 사진을 바라보고 있었다.

"테리, 어쩐 일이야?"

"미리 연락도 없이 이렇게 불쑥 찾아와서 미안해. 먼저 전화를 하려고 해도 자네 집 전화번호를 몰라서 말이야."

"여긴 어떻게 찾았어? 맥주라도 좀 갖다 줄까?"

보슈는 매케일렙의 가슴을 가리키며 말을 이었다.

"맥주를 마셔도 돼?"

"이젠 괜찮아. 사실 바로 얼마 전에 허락을 얻었어. 다시 술을 마셔도 된다고 말이야. 지나치면 안 되지만. 맥주라니 좋겠군."

보슈는 부엌으로 들어갔다. 매케일렙은 거실에서 이야기를 계속했다.

"내가 전에 여기 와 본 적이 있는데. 기억 안 나?"

보슈는 앵커스팀 맥주 두 병을 병마개를 따서 들고 나와 매케일렙에게 한 병을 건네주었다.

"잔도 줄까? 여기에 언제 왔다고?"

매케일렙은 병을 받았다.

"시엘로 아줄."

매케일렙은 맥주를 길게 한 모금 들이켰다. 잔이 필요하냐는 질문의 대답인 셈이었다.

시엘로 아줄이라. 보슈는 잠시 생각한 끝에 기억을 떠올렸다. 두 사람이 예전에 뒤쪽 베란다에서 취하도록 술을 마신 적이 있었다. 둘 다 멀쩡한 정신으로는 깊이 생각하기 힘들 만큼 끔찍한 사건의 충격을 술로 무디게 만드는 중이었다. 보슈는 다음 날 술에 취했던 기억을 떠올리고 민망해졌던 것, 술 때문에 자제력을 잃어버리고 정확하지도 않은 발음으로 계속 "하느님의 손은 어디 있는 거야? 하느님의 손은 어디 있는 거냐고?" 하고 물었던 것도 기억해 냈다.

"아, 그렇지." 보슈가 말했다. "나의 훌륭한 실존적 순간들 중 하나였어."

"맞아. 그런데 지금은 집이 달라졌네. 옛날 집은 지진 때 언덕 아래로 굴러가 버린 거야?"

"뭐, 그런 셈이지. 집 전체가 위험하다는 판정이 났어. 그래서 바닥부터 다시 지었지, 뭐."

"그래, 어쩐지 못 알아보겠더라니. 난 계속 옛날 집을 찾고 있었거든. 그러다가 경찰차를 보고 이 동네에 경찰이 둘이나 살지는 않겠지 싶었어."

보슈는 차고에 세워둔 흑백 자동차를 생각했다. 경찰서에 세워 둔 자신의 승용차를 찾으러 가기가 귀찮아서 그냥 경찰차를 몰고 온 터였다. 아침에 그 차를 몰고 곧장 법원으로 가면 되니까 시간도 절약될 것이다. 그 차는 흰색과 검은색으로 된 경찰차이기는 해도 지붕에 경광등은 없었다. 형사들이 그 차를 이용하는 것은 거리에 경찰들이 실제보다 더 많이 나와 있는 것처럼 보이기 위해 고안된 프로그램의 일환이었다.

매케일렙이 손을 뻗어 보슈의 맥주병에 자신의 맥주병을 딸깍 부딪혔다.

"시엘로 아줄을 위해." 그가 말했다.

"그래." 보슈가 말했다.

보슈는 병을 들어 맥주를 마셨다. 얼음처럼 차갑고 맛있었다. 재판이 시작된 이후로 맥주는 처음이었다. 그는 매케일렙이 고집을 부리더라도 딱 한 병만 마셔야겠다고 마음을 다졌다.

"자네 전처인가?" 매케일렙이 선반 위의 사진을 가리키며 물었다.

"내 아내야. 전처는 아니고. 아직은. 적어도 내가 아는 한은 그래. 하지만 곧 전처가 될 것 같아."

보슈는 엘리노어 위시의 사진을 빤히 바라보았다. 그가 갖고 있는 그녀의 유일한 사진이었다.

"그거 유감이네."

"그렇지, 뭐. 그래, 어쩐 일이야, 테리? 내가 좀 살펴봐야 하는 자료가 있어서…."

"알아, 재판 때문이지? 불쑥 찾아와서 미안해. 그게 얼마나 진을 빼는 일인지 나도 알아. 건 사건과 관련해서 확인하고 싶은 게 두어 가지 있어서 말이야. 자네한테 말하고 싶은 것도 있고. 보여 줄 것도 있고."

매케일렙은 뒷주머니에서 지갑을 꺼내 펼치더니 거기서 사진을 한 장 빼내서 보슈에게 건네주었다. 사진이 지갑의 윤곽을 따라 휘어져 있었다. 검은 머리의 여자가 검은 머리의 아기를 안고 있는 사진이었다.

"내 딸이야, 해리. 내 아내랑."

보슈는 고개를 끄덕이며 사진을 유심히 살펴보았다. 엄마와 아이 모두 머리카락과 피부가 검었고, 상당히 아름다웠다. 매케일렙의 눈에는 십중팔구 훨씬 더 아름답게 보이겠지.

"아름답군." 보슈가 말했다. "아이는 정말로 갓난아이인 것 같은데. 너무 작아."

"이제 4개월쯤 됐어. 하지만 그건 1개월 때 찍은 거야. 어쨌든 어제 점심 때 내가 깜박 잊고 말을 안 한 게 있어. 우리는 이 아이 이름을 시엘로 아줄로 지었네."

보슈의 눈이 사진에서 매케일렙에게로 향했다. 그는 그렇게 잠시 매케일렙과 눈을 마주친 뒤 고개를 끄덕였다.

"잘했군."

"그렇지. 내가 그래시엘라한테 그 이름을 원하는 이유까지 다 말해줬어. 그래시엘라는 좋은 생각이라고 했지."

보슈는 사진을 돌려주었다.

"언젠가 이 아이도 이해해 주면 좋겠군."

"나도 바라는 바야. 우리가 아이를 부르는 애칭은 시시야. 어쨌든, 그날 밤 여기서 술에 취했을 때 자네가 하느님의 손에 대해 계속 물었던 거 기억나? 왜 어디서도 하느님의 손을 찾을 수 없는 거냐고 물었지? 나도 같은 일을 겪었어. 더 이상 버틸 수 없게 된 거지. 이런 일을 하다 보면… 그러지 않기가 힘들어. 그런데…."

매케일렙은 사진을 들어 올렸다.

"바로 이거야. 난 다시 찾아냈어. 하느님의 손 말이야. 이 아이의 눈에서 하느님의 손을 본다네."

보슈는 한참 동안 매케일렙을 바라보다가 고개를 끄덕였다.

"잘됐군, 테리."

"내가 무슨 의도가 있어서… 그러니까 자네 생각을 돌려놓으려고 한다거나 뭐 그래서 이런 말을 하는 게 아냐. 그냥 부족하던 걸 찾았다는 말을 하고 싶을 뿐이야. 자네가 아직도 그걸 찾고 있는지는 잘 모르겠지만… 나는, 그러니까, 그게 어딘가에 있다는 말을 하고 싶었어. 절대 포기하지 마."

보슈는 매케일렙에게서 시선을 돌려 유리문 바깥의 어둠을 흘깃 바라보았다.

"어떤 사람들한테는 확실히 그렇게 보이겠지."

보슈는 자신의 맥주병을 쭉 비우고 부엌으로 들어갔다. 딱 한 병만 마시겠다던 자신과의 약속을 깰 참이었다. 그는 매케일렙에게 한 병 더 마시겠느냐고 큰 소리로 물었지만, 매케일렙은 괜찮다고 말했다. 보슈는 냉장고 문을 열고 허리를 숙이다가 잠시 움직임을 멈추고 눈을 감았다. 냉기가 그의 얼굴을 어루만졌다. 보슈는 방금 매케일렙이 한 말을 생각해 보았다.

"자네는 아닌 것 같아?"

보슈는 매케일렙의 목소리에 화들짝 놀라서 몸을 세웠다. 매케일렙이 부엌 문간에 서 있었다.

"뭐?"

"어떤 사람들한테는 그렇게 보일 거라며. 자네한테는 아닌 것 같아?"

보슈는 냉장고에서 맥주를 꺼내 벽에 붙여둔 병따개에 밀어 넣었다. 펑 하는 소리와 함께 병마개가 열리자 그는 길게 쭉 한 모금 맥주를 들이켠 뒤 매케일렙에게 대답했다.

“이건 뭐야, 테리? 스무 고개라도 하자는 건가? 아니면 갑자기 신부가 되고 싶어진 거야?”

매케일렙은 미소를 지으며 고개를 저었다.

“미안하네. 새로 아버지가 된 탓이지, 뭐. 온 세상을 향해 그 말을 하고 싶은 것 같아.”

“좋은 일이지. 이제 건 이야기를 해 보지.”

“그래야지.”

“밖으로 나가서 야경을 보면서 이야기하자고.”

두 사람은 뒤쪽 베란다로 나가서 풍경을 바라보았다. 101번 도로는 여느 때처럼 빛의 띠로 보였다. 산악 지대를 가로지르는, 반짝이는 핏줄이었다. 하늘은 맑았다. 지난주에 내린 비가 스모그를 씻어간 덕분이었다. 밸리의 바닥을 수놓은 불빛들이 무한을 향해 뻗어 있는 것 같았다. 집 근처에는 아래쪽 능선에 자라는 덤불 속에 붙들린 어둠뿐이었다. 아래쪽에서 유칼립투스의 향기가 올라왔다. 언제나 비가 내린 뒤에 향기가 가장 진했다.

매케일렙이 먼저 입을 열었다.

“집이 아주 좋네, 해리. 위치가 좋아. 아침마다 저 진창 속으로 내려가는 게 싫겠어.”

보슈는 매케일렙을 바라보았다.

“저기를 진창으로 만드는 놈들한테 가끔 한 방을 먹여 줄 수만 있다면 괜찮아. 데이비드 스토리 같은 인간들 말이야. 난 저 아래로 내려가는 게 별로 싫지 않아.”

“그럼 죄를 짓고도 그냥 풀려나는 인간들은 어때? 건 같은 녀석들 말이야.”

"죄를 짓고도 무사히 풀려나는 사람은 없어, 테리. 만약 그런 놈이 있다고 생각한다면, 이 일을 할 수 없겠지. 우리가 놈들을 하나도 남김없이 죄다 잡아들이지 못하는 건 사실이지만, 난 그래도 순환의 고리를 믿어. 커다란 수레바퀴처럼 세상은 돌고 돌아서 결국 뿌린 대로 거두게 돼 있거든. 비록 자네처럼 하느님의 손을 자주 보지는 못하지만, 그래도 나는 하느님의 손이 있다고 믿어."

보슈는 맥주병을 난간에 내려놓았다. 이미 병이 비어서 또 한 병을 가져오고 싶었지만, 보슈는 여기서 브레이크를 걸어야 한다는 걸 알고 있었다. 내일 법정에서 머릿속의 뇌세포를 총동원해야 하니까. 그래서 담배를 떠올렸다. 부엌 수납장에 아직 뜯지 않은 담배 한 갑이 있었다. 하지만 보슈는 그것도 참기로 했다.

"그럼 건이 당한 일은 그 커다란 수레바퀴 이론이 옳다는 증거라고 봐야 되나?"

보슈는 한참 동안 아무 말도 하지 않고, 빛에 물든 계곡만 물끄러미 바라보았다.

"그래." 마침내 그가 말했다. "그런 것 같군."

보슈는 계곡에서 시선을 떼고 풍경에 등을 돌렸다. 그리고 난간에 등을 기대며 다시 매케일렙을 바라보았다.

"그래, 건에 대해 할 말이 뭐야? 어제 내가 아는 건 다 말해 준 것 같은데. 사건 자료도 갖고 있지?"

매케일렙은 고개를 끄덕였다.

"자네는 아마도 어제 아는 걸 다 말해 줬겠지. 내가 사건 기록을 갖고 있는 것도 사실이고. 하지만 혹시 새로 기억난 게 없나 싶었어. 나랑 이야기를 나눈 덕분에 잊고 있던 것이 갑자기 떠오를 수도 있잖아."

보슈는 웃음 비슷한 것을 터뜨리며 병을 집어 들었지만, 이내 병이

비었음을 기억해 냈다.

“테리, 무슨 소리야? 난 지금 한창 재판 중이라고. 증인석에서 증언도 하고, 갑자기 사라져 버린 증인도 뒤쫓고 있어. 그러니까 어제 큐피드에서 일어서는 순간 자네의 수사에 대해서는 까맣게 잊어버렸지. 나한테서 정확히 뭘 원하는 거야?”

“원하는 건 없어. 자네가 갖고 있지도 않은 걸 내놓으라는 게 아냐. 그냥 한번 물어볼 가치는 있겠다고 생각했을 뿐이야. 사건 수사를 위해 무엇이든 손이 닿는 대로 긁어 보는 중이니까. 그래서 어쩌면… 아냐, 그건 됐네.”

“자넨 이상한 사람이야, 매케일렙. 이제 기억이 나네. 옛날에 자네가 범죄 현장 사진들을 뚫어져라 바라보던 것 말이야. 맥주 한 병 더 하겠나?”

“그래, 안 될 것 없지.”

보슈는 난간을 몸으로 밀치며 몸을 세운 뒤 자신과 매케일렙의 맥주병을 향해 손을 뻗었다. 하지만 매케일렙의 병에는 적어도 3분의 1가량 술이 남아 있었다. 보슈는 병을 다시 내려놓았다.

“이거나 다 마셔.”

보슈는 집 안으로 들어가서 냉장고에서 맥주 두 병을 꺼냈다. 보슈가 부엌에서 나왔더니 매케일렙이 거실에 서 있었다. 그가 보슈에게 빈 맥주병을 건네주었다. 보슈는 순간적으로 매케일렙이 정말로 맥주를 다 마셨는지, 아니면 베란다 난간 너머로 쏟아 버렸는지 모르겠다는 생각이 들었다. 그는 빈 병을 부엌에 가져다 놓고 나왔다. 매케일렙은 스테레오 앞에서 어떤 시디 케이스를 보고 있었다.

“지금 나오는 노래가 이건가?” 그가 물었다. “아트 페퍼가 리듬 섹션을 만나다?”

보슈는 그쪽으로 다가갔다.

"맞아. 아트 페퍼와 마일스의 반주자들. 피아노는 레드 갈런드, 베이스는 폴 체임버스, 드럼은 필리 조 존스. 1957년 1월 19일에 여기 LA에서 녹음한 거야. 단 하루 만에. 페퍼의 색소폰 코르크에 금이 갈 정도였다지만, 그건 전혀 중요하지 않았어. 이 사람들하고 연주할 기회는 딱 한 번뿐이었으니까. 그리고 그 기회를 훌륭하게 이용했지. 단 하루, 단 한 번의 기회, 단 하나의 고전 음반. 일은 원래 이렇게 해야 하는 건데 말이야."

"이 사람들이 마일스 데이비스의 밴드에 있었다고?"

"녹음할 당시에는 그랬어."

매케일렙은 고개를 끄덕였다. 보슈가 몸을 가까이 기울여 매케일렙이 손에 들고 있는 시디 케이스를 들여다보았다.

"그래, 아트 페퍼야. 어렸을 때 나는 내 아버지가 누군지 전혀 몰랐어. 어머니는 이 사람의 레코드를 아주 많이 갖고 있었지. 이 사람이 연주하는 재즈 클럽에 드나들기도 했어. 잘생긴 악마야, 아트는. 마약 중독자치고는 대단했지. 이 사진을 봐. 정말 멋지잖아. 나는 이 사람이 내 아버지라는 이야기를 꾸며 냈어. 항상 여행을 하면서 음반을 만드느라 집에 없는 거라고. 하마터면 나도 정말로 믿을 뻔할 정도였어. 나중에, 그러니까 세월이 많이 흐른 뒤에 이 사람에 관한 책을 읽었어. 이 사진을 찍었을 때 이미 약 때문에 몸이 만신창이였다더군. 촬영이 끝나자마자 구토를 하고 다시 침대에 드러누웠다는 거야."

매케일렙은 시디 케이스의 사진을 유심히 보았다. 잘생긴 남자가 오른팔로 색소폰을 안고 나무에 기대어 서 있었다.

"그래도 연주는 할 수 있었나 보네." 매케일렙이 말했다.

"맞아, 연주는 할 수 있었지." 보슈가 맞장구를 쳤다. "팔에 주사 바늘을 꽂은 천재였어."

보슈는 스테레오의 소리를 조금 키웠다. 페퍼의 대표곡인 '똑바른 삶(Straight life)'이 흘러나오고 있었다.

"정말로 그렇게 믿어?" 매케일렙이 물었다.

"뭘? 아트가 천재였다는 거? 믿지. 색소폰에는 천재였어."

"아니, 모든 천재들이, 음악가든 화가든 심지어 형사든, 하여튼 모든 천재들이 이렇게 치명적인 문제를 갖고 있다고 생각하느냐고? 팔에 꽂힌 주사 바늘 말이야."

"내가 보기에는 누구나 다 치명적인 문제를 갖고 있는 것 같은데. 천재든 아니든 상관없이."

보슈가 소리를 더 키웠다. 매케일렙은 바닥에 놓인 스피커 위에 맥주병을 놓았다. 보슈가 그것을 들어 다시 매케일렙에게 주었다. 그러고는 나무로 된 스피커 표면에 맥주병 모양으로 동그랗게 생겨난 물 자국을 손바닥으로 닦았다. 매케일렙은 음악 소리를 줄였다.

"해리, 이러지 말고 단서를 좀 줘."

"무슨 소리야?"

"내가 여기까지 왔잖아. 건에 대해 이야기 좀 해 줘. 자네가 그 녀석한테 애정이 없다는 건 알아. 수레바퀴가 돌고 돌아서 그 녀석도 도망치지 못했지. 그래도 이번 사건이 꺼림칙해. 누군지는 몰라도, 범인이 아직 멋대로 돌아다니고 있어. 놈은 다시 일을 저지를 거야. 틀림없어."

보슈는 여전히 관심이 없다는 듯 어깨를 으쓱했다.

"좋아, 하나 말해 주지. 별것 아니지만, 그래도 한번 파 볼 가치가 있을지도 몰라. 녀석이 죽기 전날 밤 취객 보호실에 들어와서 내가 확인하러 갔을 때, 녀석을 음주 운전 혐의로 잡아 온 메트로 경찰들하고 몇 마디 이야기를 나눴어. 그 친구들 말이 건한테 어디서 술을 마셨느냐고 물었더니, 내츠라는 곳에서 나온 길이라고 했다는 거야. 무소에서 한 블록 떨어진 대로의 남쪽 편에 있는 집이야."

"그 정도라면 내가 찾을 수 있지." 매케일렙은 그게 어쨌다는 얘기냐고 묻는 듯한 어조로 말했다. "그게 어떻게 연결되는데?"

"그러니까, 내츠는 내가 처음 녀석을 만난 6년 전 그날 밤에도 녀석이 술을 마시던 곳이야. 녀석이 그 여자, 자기가 죽인 그 여자를 만난 곳이 바로 거기라고."

"그 집 단골이었군."

"그런 거겠지."

"고마워, 해리. 내가 확인해 볼게. 그런데 이걸 왜 제이 윈스턴한테 말해 주지 않았어?"

보슈는 어깨를 으쓱했다.

"내가 미처 생각을 못한 것 같아. 그쪽에서도 묻지 않았고."

매케일렙은 또 스피커 위에 맥주병을 내려놓으려다가 그냥 보슈에게 건네주었다.

"오늘 밤에 당장 가 봐야겠어."

"잊지 마."

"뭘?"

"범인을 잡거든 나 대신 악수나 한번 해 줘."

매케일렙은 대답하지 않고 마치 방금 들어온 사람처럼 집 안을 둘러보았다.

"화장실 좀 써도 돼?"

"왼쪽 복도 끝에 있어."

매케일렙이 그쪽으로 가는 동안 보슈는 맥주병들을 부엌으로 가져가서 재활용 쓰레기통에 넣었다. 그리고 냉장고를 열어 보니, 애너벨 크로우를 한바탕 연극으로 속인 뒤 돌아오는 길에 산 여섯 개 들이 맥주 포장지 속에 맥주가 한 병밖에 남아 있지 않았다. 보슈가 냉장고 문을 닫는 순간 매케일렙이 부엌에 들어섰다.

"복도에 왜 그런 이상한 그림을 걸어놨어?" 매케일렙이 말했다.

"뭐? 아, 그렇지. 난 그 그림 좋아해."

"그 그림의 뜻이 뭔데?"

"나도 몰라. 커다란 수레바퀴가 계속 돌아간다는 뜻 같기도 하고. 아무도 도망치지 못한다는 뜻이겠지."

매케일렙은 고개를 끄덕였다.

"그렇겠군."

"지금 내츠로 갈 거야?"

"생각 중이야. 자네도 갈래?"

보슈는 멍청한 짓이라는 걸 알면서도 그렇게 할까 생각해 보았다. 다음 날 오전에 계속될 증언을 준비하기 위해 검토해야 할 사건 기록이 아직 절반이나 남아 있었다.

"아니, 난 여기서 일을 해야지. 내일 준비를 해야 하니까."

"그래. 그건 그렇고 오늘 재판은 어땠어?"

"아직까지는 괜찮아. 하지만 아직은 소프트볼을 하는 중이야. 내일 공이 존 리즌에게 넘어가면, 안쪽 직구를 던질걸."

"내일 뉴스를 볼게."

매케일렙이 다가와서 한 손을 내밀었다. 보슈는 그 손을 잡고 악수했다.

"조심해."

"해리, 자네도. 맥주 잘 마셨어."

"그 정도야, 뭐."

보슈는 매케일렙을 문까지 배웅한 뒤 매케일렙이 길에 세워 둔 검은 체로키에 타는 것을 지켜보았다. 매케일렙은 차에 오르자마자 시동을 걸고 출발했다. 보슈는 불을 켠 문간에 서 있었다.

보슈는 안으로 들어와 문을 잠그고 거실의 불을 껐다. 하지만 스테레오는 끄지 않았다. 아트 페퍼의 고전적인 연주가 끝나면 기계가 저절로 꺼질 것이다. 아직 시간이 일렀지만 하루 종일 받은 스트레스와 핏속을 돌고 있는 술기운 때문에 피곤했다. 보슈는 먼저 눈을 붙인 뒤 아침에 일찍 일어나서 증언 준비를 하기로 하고 부엌으로 들어가 냉장고에 마지막으로 남아 있던 맥주를 꺼냈다.

복도를 따라 침실로 가던 길에 그는 걸음을 멈추고 매케일렙이 말했던 그림을 바라보았다. 히에로니무스 보슈의 〈세속적인 기쁨의 정원〉이라는 그림을 복사한 것이었다. 보슈는 어렸을 때부터 이 그림을 갖고 있었다. 그림의 표면은 구겨지고 긁혀서 상태가 형편없었다. 거실에서 복도로 이 그림을 옮긴 사람은 엘리노어였다. 엘리노어는 자기들이 매일 밤 앉아 있는 곳에 이 그림이 있는 것을 싫어했다. 보슈는 그것이 그림의 내용 때문인지 아니면 그림이 낡았기 때문인지 끝내 알 수 없었다.

인간의 방탕과 고통을 묘사한 그림을 바라보면서 보슈는 이 그림을 다시 거실로 옮기면 어떨지 생각해 보았다.

꿈속에서 보슈는 어두운 물속을 움직이고 있었다. 자기 얼굴 앞에 있는 손도 보이지 않았다. 어디선가 벨이 울리는 소리가 났고, 보슈는 어둠을 헤치며 앞으로 나아갔다.

그러다가 깨어났다. 불은 켜져 있었지만 사방이 고요했다. 스테레오는 꺼져 있었다. 막 손목시계를 보려는데 전화벨이 다시 울려서 보슈는 협탁에 있던 전화기를 재빨리 잡았다.

"네."

"선배, 나 키즈예요."

옛 파트너였다.

"키즈, 웬일이야?"

"괜찮아요? 목소리가… 이상한데."

"난 괜찮아. 그냥… 자고 있었어."

보슈는 손목시계를 보았다. 10시가 막 지난 시각이었다.

"미안해요, 선배. 내일 재판 준비를 하느라 밤을 밝히고 있을 줄 알았어요."

"일찍 일어나서 할 생각이야."

"뭐, 오늘은 아주 잘했어요. 우리 경찰서에서도 텔레비전으로 그걸 봤거든요. 다들 응원하고 있어요."

"그렇겠지. 그쪽 일은 어때?"

"좋아요. 어떤 의미에서는 내가 새로 시작하는 것 같아요. 여기 사람들한테 내 능력을 증명해야 하니까."

"그건 걱정 마. 놈들은 가만히 서 있고, 자네만 혼자 뛰는 것처럼 보일 텐데, 뭐. 나한테도 그랬잖아."

"선배… 선배는 최고예요. 내가 선배한테서 얼마나 많은 걸 배웠는지 몰라요."

보슈는 머뭇거렸다. 정말로 감동적인 말이었다.

"그거 좋은 말이네, 키즈. 좀 더 자주 전화해 주면 좋겠어."

키즈는 웃음을 터뜨렸다.

"뭐, 그래서 전화한 건 아니에요. 친구한테 약속한 게 있어서요. 고등학생 시절로 돌아간 것 같지만, 어쨌든 얘기할게요. 선배한테 관심이 있는 친구가 있어서, 내가 선배한테 전화해서 다시 현역이 됐는지 물어보겠다고 했어요. 이게 무슨 뜻인지 알죠?"

보슈는 무슨 대답을 할지 생각해 볼 필요도 없었다.

"아냐, 키즈. 나는… 난 아직 엘리노어를 포기할 생각 없어. 엘리노어가 전화를 걸거나 날 찾아와서 우리가 어떻게든 문제를 해결할 수 있을 거라는 희망이 아직 남아 있거든. 무슨 뜻인지 자네도 알 거야."

"그럼요. 멋져요, 선배. 난 친구한테 그냥 물어보겠다고만 했으니까. 그래도 혹시 마음이 바뀔지 몰라서 하는 말인데, 그 친구는 참한 숙녀예요."

"내가 아는 여자야?"

"그럼요, 잘 알죠. 보안관서에 있는 제이 윈스턴이니까요. 여성 모임에 함께 나가고 있어요. 거시기가 없는 거시기들의 모임이죠. 그러다 오늘 밤에 선배 얘기를 하게 된 거예요."

보슈는 아무 말도 하지 않았다. 묘하게 창자가 졸아드는 것 같은 느낌이었다. 보슈는 우연의 일치 같은 건 믿지 않았다.

"선배, 듣고 있어요?"

"응, 듣고 있어. 그냥 뭘 좀 생각하느라고."

"그럼 이만 끊을게요. 아, 제이는 나더러 선배한테 자기 이름을 말하지 말라고 했어요. 그냥 몰래 한번 알아보려는 거니까. 그래야 다음에 현장에서 우연히 마주치더라도 서로 민망하지 않잖아요. 그러니까 난 제이의 이름을 말하지 않은 거예요. 알았죠?"

"알았어. 제이가 나에 관해서 이것저것 물어봤다고?"

"조금요. 대단한 건 아니에요. 괜찮죠? 나는 제이한테 선택을 잘했다고 말했어요. 만약에 내가, 그러니까, 이런 사람이 아니었다면 나도 선배한테 관심이 있었을 거라고."

"고마워, 키즈." 보슈는 이렇게 말했지만, 생각은 다른 곳에 가 있었다.

"이제 그만 끊어야겠어요. 나중에 봐요. 내일 놈들을 다운시켜 버려요, 알았죠?"

"노력은 해 보지."

키즈가 전화를 끊은 뒤 보슈는 천천히 수화기를 내려놓았다. 창자가 졸아드는 느낌이 더욱 강렬해졌다. 그는 매케일렙이 찾아온 것, 그가 질문한 것들, 자신이 대답한 말 등에 대해 생각하기 시작했다. 그런데 윈스턴까지 자신에 대해 조사를 하고 있다니.

이것이 우연의 일치라고 생각할 수는 없었다. 두 사람이 보슈 자신을 겨냥하고 있음이 분명했다. 에드워드 건 살해 사건의 범인으로 의심하고 있는 것이다. 보슈는 자신이 매케일렙에게 범인을 제대로 짚었다는 믿음을 주기에 딱 알맞을 만큼 심리적인 단서를 주었을 가능성이 높다는 것을 알고 있었다.

보슈는 협탁에 있던 맥주병을 끝까지 비웠다. 상온으로 미지근해진 맥주는 시큼했다. 이제 냉장고에는 맥주가 없었다. 보슈는 맥주 대신 담배를 가져오려고 일어났다.

22 징후들

내츠는 기차 차량만 한 크기의 술집으로 할리우드의 수많은 술집들과 비슷했다. 낮에는 지독한 술꾼들이 드나들고, 초저녁에는 평범한 매춘부들과 그들의 손님들이 드나들고, 밤중에는 몸에 문신을 새기고 검은 가죽을 걸친 사람들이 드나든다는 점에서 그랬다. 여기서 누가 골드 신용 카드로 술값을 지불하려고 하면 유난히 도드라져 보일 것이다.

매케일렙은 중간에 무소에 들러 저녁을 먹었다. 그의 몸이 완전히 쓰러지기 전에 빨리 영양분을 달라고 외치고 있었기 때문이다. 따라서 그가 내츠에 도착한 것은 10시가 넘어서였다. 저녁 식사로 치킨 팟파이를 먹으면서 매케일렙은 그 술집에 가서 건에 관한 질문을 던지는 데 시간을 쏟을 가치가 있는지 생각해 보았다. 이 술집을 가르쳐 준 사람은 용의자였다. 용의자가 일부러 수사관에게 올바른 단서를 줄 리가 없지 않은가. 하지만 매케일렙은 보슈가 술을 마셨다는 사실, 그리고 매케일렙이 언덕 위의 그 집을 찾아온 진짜 이유를 모른다는 사실을 고려해 보았다. 그렇다면 술집에 관한 제보가 옳은 것일 수도 있었다. 매케일렙은 그 어떤 단서도 그냥 넘기지 않기로 마음을 정했다.

술집 안으로 들어가자 어둠침침한 붉은색 조명에 익숙해지는 데 몇 초가 걸렸다. 다시 시야가 밝아진 뒤에는 술집 안이 절반쯤 비어 있음을 알 수 있었다. 지금은 초저녁 손님들이 나가고 한밤중 손님들이 들어오기 전의 어중간한 시간대였다. 흑인 여자 한 명과 백인 여자 한 명이 술집 왼쪽 벽을 가로지른 바의 끝에 앉아 매케일렙을 훑어보았다. 매케일렙은 자신이 그들을 매춘부로 인식한 바로 그 순간에 그들 역시 매케일렙을 경찰로 인식했음을 눈빛으로 알 수 있었다. 자신이 아직도 경찰처럼 보인다는 사실이 내심 기뻤다. 매케일렙은 두 여자 옆을 지나쳐 안쪽으로 더 깊숙이 들어갔다. 술집 오른쪽 벽에 늘어선 칸막이 좌석들에는 대부분 손님이 있었다. 그들은 매케일렙을 거들떠보지도 않았다.

매케일렙은 바로 다가가서 빈 의자 두 개 사이로 들어가 바텐더 한 명에게 손짓을 했다.

밥 시저의 옛 노래인 '나이트 무브즈(Night moves)'가 뒤쪽의 주크박스에서 쾅쾅 울려 퍼지고 있었다. 여자 바텐더는 매케일렙에게서 주문을 받으려고 바 위로 몸을 기울였다. 단추로 잠그게 되어 있는 검은 조끼만 몸에 걸쳤을 뿐, 셔츠를 입지 않은 차림이었다. 여자의 머리는 길고 검은 생머리였고, 왼쪽 눈썹에는 가느다란 황금색 고리가 끼워져 있었다.

"뭘 드릴까요?"

"정보."

매케일렙은 에드워드 건의 운전 면허증 사진을 카운터 위에서 밀었다. 윈스턴이 준 파일 속의 사진을 3×5인치 크기로 확대한 것이었다.

바텐더는 잠시 사진을 보다가 매케일렙을 다시 바라보았다.

"이 사람이 왜요? 죽었잖아요."

"그걸 어떻게 알아요?"

바텐더는 어깨를 으쓱했다.

"글쎄요, 그냥 소문이 퍼졌나 보죠. 경찰이에요?"

매케일렙은 고개를 끄덕이며, 음악 소리에 자기 목소리가 감춰지게 소리를 낮춰 말했다. "비슷해요."

바텐더는 매케일렙의 목소리를 들으려고 바 위로 더욱더 몸을 기울였다. 그 바람에 조끼 윗부분이 열리면서 작지만 둥근 가슴이 대부분 드러났다. 왼편에 가시 철사에 싸인 심장이 문신으로 새겨져 있었다. 멍든 서양배 같아서 그다지 식욕이 돋지 않았다. 매케일렙은 시선을 돌렸다.

"에드워드 건은 여기 단골이었죠?" 매케일렙이 물었다.

"자주 왔어요."

매케일렙은 고개를 끄덕였다. 보슈의 제보를 확인해 주는 답변이었다.

"새해 전날에도 여기서 일했어요?"

바텐더는 고개를 끄덕였다.

"건이 그날 밤에도 여기 왔어요?"

바텐더는 고개를 저었다.

"기억이 안 나요. 그날은 여기에 사람이 아주 많았거든요. 여기서 파티가 열렸으니까. 그래서 건이 왔는지 안 왔는지 몰라요. 하기야 놀랄 일도 아니죠. 워낙 많은 사람들이 드나들었으니까요."

매케일렙은 다른 바텐더를 향해 고갯짓을 했다. 역시 셔츠 없이 조끼만 입은 라틴계 남자였다.

"저 사람은 어때요? 저 사람이라면 기억할 것 같아요?"

"아뇨. 저 친구는 지난주부터 나오기 시작했거든요. 내가 지금 길을 들이는 중이에요."

엷은 웃음이 여자 바텐더의 얼굴을 스치고 지나갔다. 매케일렙은 무시했다. '밤을 비틀어 버리다(Twisting the night away)'라는 노래가 흘러나오기 시작했다. 로드 스튜어트 버전이었다.

"건이랑은 친한 사이였어요?"

바텐더는 짧게 웃음을 터뜨렸다.

"이봐요, 여기 드나드는 사람들은 자기 본모습을 잘 안 드러내요. 여긴 그런 곳이라고요. 그러니 내가 그 사람이랑 친하면 얼마나 친했겠어요? 아는 사이였던 건 맞아요. 아까도 말했듯이, 그 사람이 여기에 왔으니까. 하지만 나는 그 사람이 죽어서 사람들 입에 오르내릴 때까지 그 사람 이름도 몰랐다고요. 누가 에디 건이 죽었다고 하기에 나는 '에디 건이 도대체 누군데요?'라고 말할 정도였어요. 그래서 사람들이 에디 건이 누군지 설명해 줬죠. 항상 머리에 페인트가 묻은 모습으로 와서 위스키에 얼음을 넣어 마시던 사람이라고. 그제야 에디 건이 누군지 알았어요."

매케일렙은 고개를 끄덕이고는 외투 안주머니에서 접힌 신문 조각을 꺼냈다. 그리고 그것을 바 위로 밀었다. 바텐더가 그것을 보려고 고개를 숙이자 또 가슴이 드러났다. 매케일렙이 보기에는 여자가 일부러 그러는 것 같았다.

"이 사람은 그 경찰관이네요. 재판에 나왔던 사람. 맞죠?"

매케일렙은 질문에 대답하지 않았다. 그가 보여 준 것은 스토리 재판에서 보슈의 증언이 시작되기 전에 〈로스앤젤레스 타임스〉에 실린 예상 기사 중에서 해리 보슈의 사진만 보이게 신문을 접은 것이었다. 사진에는 법정 문밖에 서 있는 보슈의 자연스러운 모습이 담겨 있었다.

보슈 자신은 사진이 찍히는 줄도 몰랐을 것이다.

"이 사람도 여기 온 적 있어요?"

"네, 이 사람도 가끔 와요. 그런데 이 사람이 왜요?"

매케일렙은 목덜미를 타고 전기가 흐르는 것 같았다.

"언제 와요?"

"글쎄요, 그냥 가끔 와요. 단골이라고 하기는 힘들지만, 그래도 여길 드나들기는 하죠. 와도 오래 있지는 않아요. 그냥 술 한 잔만 하고 나가는 타입. 이 사람은…."

바텐더는 손가락 하나로 위를 가리키고 고개를 한쪽으로 갸우뚱하게 기울인 채 머릿속의 기억을 더듬었다. 그러더니 눈금을 새기듯이 손가락을 휙 아래로 내렸다.

"생각났어요. 병맥주예요. 우리 집에 앵커스팀이 없다는 걸 올 때마다 잊어버리고 주문해요. 너무 비싸서 우린 그 맥주를 안 팔거든요. 우리가 없다고 하면, 이 사람은 옛날 33을 주문해요."

매케일렙이 그게 무슨 소리냐고 막 물어보려는데, 바텐더가 미리 대답했다.

"롤링록 맥주예요."

매케일렙은 고개를 끄덕였다.

"새해 전날에도 여기 왔어요?"

바텐더는 고개를 저었다.

"아까랑 같아요. 기억이 안 나요. 사람도 너무 많고, 술도 너무 많이 팔았고, 이미 날짜도 너무 많이 지났어요."

매케일렙은 고개를 끄덕이고는 신문을 다시 끌어당겨서 자기 주머니에 넣었다.

"무슨 문제라도 생긴 거예요? 이 경찰관?"

매케일렙은 고개를 저었다. 바 끝에 앉아 있던 두 여자 중 한 명이 빈 잔 귀퉁이를 두드려 바텐더를 불렀다.

"미란다, 우리는 돈을 내고 술을 마시는 손님이야."

바텐더는 남자 바텐더를 찾아 두리번거렸다. 하지만 그의 모습은 보이지 않았다. 안으로 들어갔거나 화장실에 간 모양이었다.

"이제 일해야겠어요." 바텐더가 말했다.

매케일렙은 바텐더가 바 끝으로 가서 매춘부들을 위해 얼음을 띄운 보드카 두 잔을 새로 만들어 주는 모습을 지켜보았다. 음악이 잠시 잠잠해졌을 때, 매춘부 한 명이 경찰을 빨리 보내려면 계속 이야기를 들어주지 말아야 한다고 말하는 소리가 들렸다. 미란다가 매케일렙의 자리로 다시 몸을 돌리자 매춘부 한 명이 뒤에서 그녀를 불렀다.

"그리고 저 사람한테 공짜로 보여 주지도 마. 계속 그러면 저 사람 절대 안 나갈 거야."

매케일렙은 못 들은 척했다. 미란다는 매케일렙 앞까지 와서 피곤한 듯 한숨을 내쉬었다.

"하비에르가 어디로 갔는지 모르겠네요. 내가 여기서 밤새 댁의 상대를 해 줄 수는 없어요."

"마지막으로 하나만 물을게요." 매케일렙이 말했다. "이 경찰관과 에디 건이 동시에 이 술집에 있었던 적이 있어요? 함께 앉았든, 따로 앉았든 상관없이."

미란다는 잠시 생각에 잠겼다가 앞으로 몸을 기울였다.

"그런 적이 있었을 수도 있겠죠. 하지만 난 기억 안 나요."

매케일렙은 고개를 끄덕였다. 이 여자한테서 들을 수 있는 최선의 답은 이것뿐이라는 확신이 들었다. 바 위에 돈을 좀 놓아두어야 할지 고민스러웠다. 요원 시절에도 그런 일에는 언제나 서투른 편이었다. 그는 돈을 놓아두어야 할 때와 돈을 놓아두면 모욕이 될 때를 결코 구분할 수 없었다.

"이제 내가 뭘 좀 물어봐도 돼요?" 미란다가 물었다.

"네?"

"지금 보이는 게 좋아요?"

매케일렙은 창피해서 금세 얼굴이 달아올랐다.

"충분히 봤잖아요. 그래서 한번 물어봐야겠다 싶었어요."

미란다는 매춘부들 쪽을 흘깃 바라보며 함께 빙긋 웃었다. 다들 매케일렙이 창피해하는 걸 즐기고 있었다.

"아주 좋았어요." 매케일렙은 바에 20달러를 놓아두고 물러나면서 말했다. "그것 덕분에 손님들이 계속 오는 거겠죠. 아마 에드워드 건도 그것 때문에 계속 왔을 거예요."

매케일렙이 문으로 향하자 미란다가 뒤에서 그를 불렀다. 매케일렙이 문에 다다를 때까지 계속 미란다의 말이 그를 따라왔다.

"그럼 언제 다시 와서 직접 시험해 보지 그러세요, 경관님!"

매케일렙이 문을 빠져나올 때 매춘부들이 환호성을 지르며 손바닥을 서로 마주치는 소리가 들렸다.

매케일렙은 내츠 앞에 세워둔 체로키에 앉아 창피한 생각을 털어 버리려고 했다. 그는 바텐더에게서 얻은 정보에 생각을 집중했다. 건은 이 집의 단골이었고, 어쩌면 생의 마지막 밤에 이곳에 왔을 가능성이 있었다. 둘째, 미란다는 보슈가 손님으로 왔던 것을 기억했다. 보슈 역시 건의 마지막 밤에 이곳에 왔을 가능성이 있었다. 그런데 이 정보의 간접적인 출처가 바로 보슈라는 사실이 당혹스러웠다. 만약 보슈가 건을 죽인 범인이라면 가치 있는 단서를 왜 주었는지 궁금하다는 생각이 또 들었다. 보슈 자신이 결코 용의 선상에 오르지 않을 것이라는 자만심 때문이었을까? 그래서 매케일렙이 이 술집에서 보슈의 이름을 꺼내지 않을 거라고 생각했을까? 아니면 그보다 더 깊은 심리적 원인이 있는 걸까? 매케일렙은 많은 범죄자들이 자신이 저지른 범죄에 대해 처벌을 받고 싶어 하는 잠재의식 때문에 실수를 저질러서 결국 체포된다는 사실을 잘 알고 있었다. 매케일렙은 보슈의 수레바퀴 이론을 생각했다. 어쩌면 보슈도 잠재의식 속에서 자신 역시 그 수레바퀴에 실려 돌아가기를 바라는 건지도 모른다.

매케일렙은 휴대전화를 열고 수신 감도를 확인했다. 좋은 편이었다. 그는 제이 윈스턴의 집에 전화를 걸었다. 전화벨이 울리는 동안 손목시계를 확인하며 전화하기에 너무 늦은 시간이 아니기를 바랐다. 벨이 다섯 번 울린 뒤 마침내 윈스턴이 전화를 받았다.

"나예요. 알아낸 게 좀 있어요."

"나도 마찬가지예요. 그런데 내가 지금 통화 중이라서요. 통화 끝난 다음에 내가 전화할게요."

"그래요. 난 여기 있을게요."

매케일렙은 전화를 끊고 차 안에 앉아 전화를 기다리며 생각에 잠겼다. 아까 술집에 앉아 있던 백인 매춘부가 야구 모자를 쓴 남자를 이끌고 나오는 것이 자동차 앞 유리창을 통해 보였다. 두 사람 모두 담배에 불을 붙이더니 스카이락이라는 모텔을 향해 걸어갔다.

매케일렙의 전화기가 울렸다. 윈스턴이었다.

"이제 윤곽이 잡히고 있어요. 나도 테리 씨 가설을 믿어요."

"뭘 알아냈어요?"

"테리 씨부터 말해요. 알아낸 게 있다면서요."

"아뇨, 제이 씨부터 말해요. 내가 알아낸 건 사소한 거예요. 하지만 제이 씨는 월척을 건진 것 같은데요."

"좋아요, 잘 들어요. 해리 보슈의 어머니는 매춘부였어요. 할리우드에서. 그런데 보슈가 어렸을 때 어머니가 살해됐어요. 범인은 끝내 잡히지 않았고요. 심리적인 토대로서 어떤 것 같아요, 프로파일러님?"

매케일렙은 대답하지 않았다. 이 놀라운 정보는 그의 가설에서 빈자리들을 많이 메워 주었다. 매케일렙은 모텔의 프런트 창구에 서 있는 매춘부와 손님을 지켜보았다. 남자가 창구 뒤로 돈을 건네고 열쇠를 받았다. 그리고 매춘부와 함께 유리문 안으로 들어갔다.

"건은 매춘부를 죽이고도 경찰에서 풀려났잖아요." 매케일렙이 아무 대답을 하지 않자 윈스턴이 말을 이었다. "보슈의 어머니 사건과 똑같아요."

"그걸 어떻게 알아냈어요?" 매케일렙이 마침내 물었다.

"지난번에 이야기한 대로 전화를 걸었어요. 내 친구 키즈한테. 보슈한테 관심이 있는 척하면서 아직 이혼 절차가 끝나지 않았느냐고 물었죠. 그랬더니 키즈가 자기가 아는 사실들을 털어놨어요. 어머니 얘기는 몇 년 전에 보슈가 용의자를 실수로 죽인 혐의로 민사 소송을 당했을 때 밝혀진 모양이에요. 인형사 사건 때 말이에요. 기억나요?"

"네. 그때는 LA 경찰국이 우리한테 도움을 청하지 않았어요. 그 사건 역시 남자가 매춘부들을 죽인 사건이었죠. 보슈가 범인을 죽였고요. 범인은 비무장이었는데."

"분명히 심리적인 요인이 작용하고 있어요. 망할 놈의 패턴이 있다고요."

"어머니가 살해당한 뒤에 보슈는 어떻게 됐어요?"

"그건 키즈가 잘 모르더라고요. 그냥 기관이 길러낸 인간이라고 했어요. 그 일이 일어났을 때 보슈는 열 살이나 열한 살쯤이었대요. 그 뒤로는 청소년 회관이나 수양 가정을 전전하며 자랐죠. 그러다 군대에 들어갔고, 그다음에는 경찰이 됐어요. 중요한 건, 이게 바로 우리한테 꼭 필요한 정보라는 거예요. 바로 이 요인 때문에 하잘것없는 사건이 보슈가 결코 흘려버릴 수 없는 사건으로 변한 거예요."

매케일렙은 혼자 고개를 끄덕였다.

"그게 전부가 아니에요." 윈스턴이 말했다. "그동안 축적된 이번 사건 기록들을 전부 살펴봤어요. 내가 별로 관계가 없는 것 같아서 정식 기록에 포함시키지 않은 사실들 말이에요. 6년 전에 건이 죽인 여자의 부검 보고서도 살펴봤어요. 여담이지만, 그 여자 이름은 프랜시스 웰던이에요. 어쨌든, 부검 보고서에 이제 우리가 보슈에 대해 알게 된 여러 가지 사실들에 비춰 볼 때 의미심장한 사실이 하나 있었어요. 자궁과 엉덩이를 조사한 결과 그 여자가 아기를 낳은 적이 있다고 되어 있었거든요."

매케일렙은 고개를 저었다.

"보슈가 그것까지 알 수는 없었을 거예요. 부검이 실시됐을 때 보슈는 과장을 창밖으로 던져 버리는 바람에 이미 정직 상태였어요."

"맞아요. 하지만 정직이 풀린 뒤에 그 기록을 봤을 거예요. 그래서 건 때문에 어떤 아이가 자신과 똑같은 신세가 됐다는 걸 알게 됐겠죠. 전부 맞아떨어져요. 여덟 시간 전에는 테리 씨가 지푸라기라도 잡으려 하는 거라고 생각했는데, 이제 보니 핵심을 제대로 짚은 것 같아요."

그런 말을 들어도 기분이 좋아지지 않았다. 하지만 윈스턴이 들뜬 것은 이해할 수 있었다. 사건의 정보들이 서로 착착 맞아떨어질 때면, 수사관이 너무 들뜬 나머지 다른 현실적인 측면들을 잊어버리는 경우가 가끔 있었다.

"그 여자 아이는 어떻게 됐어요?" 매케일렙이 물었다.

"몰라요. 아마 여자가 아이를 낳은 뒤 친권을 포기했을 거예요. 어쨌든 그건 중요하지 않아요. 그게 보슈한테 어떤 의미였는지가 중요하죠."

윈스턴의 말이 옳았다. 하지만 매케일렙은 무엇이든 확실하게 확인하는 편을 좋아했다.

"보슈의 옛날 파트너한테 전화한 것 말인데, 그 여자가 보슈한테 전화해서 제이 씨가 이것저것 물어봤다는 얘기를 할까요?"

"벌써 했어요."

"오늘 밤에요?"

"네. 전부 허망하게 끝났죠. 아까 내가 통화 중이라고 한 게 키즈의 전화였어요. 보슈는 됐다고, 아직도 아내가 돌아올 거라는 희망을 품고 있다고 말했대요."

"그 여자가 제이 씨 이름도 말했어요?"

"내가 말하지 말라고 하기는 했어요."

"그래도 십중팔구 말했을 거예요. 그렇다면 우리가 자기를 의심하고 있다는 걸 보슈가 눈치챘을지도 몰라요."

"그럴 리가 없어요. 어떻게요?"

"내가 오늘 밤에 찾아갔었으니까요. 그 친구 집에. 그런데 같은 날 제이 씨가 이것저것 물어보더라는 전화가 온 거예요. 해리 보슈 같은 친구들은 우연의 일치를 믿지 않아요."

"참, 테리 씨가 그 집에 간 일은 어떻게 됐어요?" 윈스턴이 이제야 질문을 던졌다.

"우리가 미리 얘기한 대로 했어요. 건에 대해 더 많은 정보를 원한다고 말하면서 곁가지로 보슈에 대해서도 이런저런 이야기를 나눴죠. 그래서 내가 아까 제이 씨한테 전화한 거예요. 재미있는 사실을 알아냈으니까. 제이 씨가 알아낸 것에 비하면 아무것도 아니지만, 이것도 내 가설과 잘 맞아떨어져요. 하지만 내가 다녀온 직후에 보슈가 제이 씨에 관한 이야기를 들었다면… 글쎄요."

"테리 씨가 알아낸 것부터 얘기해 봐요."

"별것 아니에요. 보슈는 사이가 멀어진 아내의 사진을 거실에서 눈에 잘 띄는 곳에 놓아뒀어요. 내가 그 집에 있었던 게 한 시간도 채 안 되는데, 보슈는 맥주를 세 병이나 마셨어요. 알코올 문제가 있는 거죠. 내적인 스트레스를 받고 있을 때 나타나는 증상이에요. 보슈는 이른바 '커다란 수레바퀴'라는 것에 대해서도 말했어요. 세상 일에 하느님의 손이 작용한다고는 보기 힘들고, 대신 커다란 수레바퀴가 돌아가고 있다는 거예요. 세상이 돌고 돌아서 결국은 뿌린 대로 거둔다는 거죠. 건 같은 녀석들은 사실 처벌을 완전히 피할 수 없다고 말했어요. 뭔가가 항상 그런 녀석들을 따라잡는다면서. 그게 바로 수레바퀴예요. 나는 보슈의 반응을 보려고 일부러 특정한 표현들을 사용해 봤어요. 우선 그 친구 집 밖의 세상을 진창이라고 표현했는데, 그 친구는 반박하지 않았어요. 그러면서 세상을 진창으로 만드는 놈들한테 가끔 한 방을 먹여 줄 수만 있다면 괜찮다고 하더라고요. 아주 섬세하고 미묘한 문제이긴 한데, 어쨌든 모든 징후가 있었어요. 복도에는 보슈의 그림을 복제한 것이 걸려 있었고요. 〈세속적인 기쁨의 정원〉. 그 그림에도 부엉이가 있어요."

"그거야 그 화가 이름이 자기 이름이잖아요. 나도 내 이름이 피카소였다면 복도에 피카소 그림을 걸어 놨을 거예요."

"나는 그 그림을 처음 보는 척하면서 그림의 의미를 물어봤어요. 그랬더니 보슈는 커다란 수레바퀴가 돌아간다는 의미라는 말만 했어요. 그 친구한테는 그 그림의 의미가 바로 그것인 거예요."

"작지만 잘 들어맞네요."

"아직 할 일이 남았어요."

"계속 수사할 거예요? 아니면 그냥 섬으로 돌아갈 거예요?"

"당분간은 계속 수사할 거예요. 오늘 밤은 이쪽에서 보내야겠어요. 하지만 토요일에는 배를 빌린 손님이 있어서 돌아가야 돼요."

윈스턴은 아무 말도 하지 않았다.

"할 말이 더 남았어요?" 매케일렙이 마침내 물었다.

"네, 하마터면 깜박할 뻔했네요."

"뭔데요?"

"버드 배리어의 그 부엉이 말이에요. 대금이 우편환으로 결제됐잖아요. 내가 캐머런 리델한테서 그 번호를 받아서 추적해 봤어요. 할리우드 윌콕스의 우체국에서 12월 22일에 구입한 우편환이었어요. 보슈가 일하는 경찰서에서 네 블록쯤 떨어진 곳이에요."

매케일렙은 고개를 저었다.

"물리학의 법칙."

"그게 무슨 소리예요?"

"모든 작용에는 똑같은 힘의 반작용이 존재한다. 우리가 심연을 들여다보면 심연도 우리를 들여다본다. 이런 진부한 이야기들 많잖아요. 이게 진부한 이야기가 된 건 진실이기 때문이에요. 우리가 어둠 속으로 들어가면 어둠도 우리 안으로 들어와서 자기 몫을 가져가게 돼 있어요. 어쩌면 보슈는 어둠 속에 너무 자주 들어갔던 건지도 모르죠. 그래서 길을 잃어버린 건지도."

두 사람은 이 말을 끝으로 잠시 침묵하다가 다음 날 만나기로 약속을 정했다. 전화를 끊은 뒤 매춘부가 스카이라락에서 혼자 나와 다시 내츠로 향하는 것이 보였다. 매춘부는 서늘한 밤공기 때문에 데님 재킷으로 몸을 단단히 감쌌다. 그리고 가발의 위치를 조정하며 또 다른 손님을 찾으려고 술집으로 걸어갔다.

그 여자를 바라보며 보슈를 생각하던 매케일렙은 자신의 삶을 떠올리고는 자신이 정말로 행운아라고 생각했다. 하지만 행운이 순식간에 사라질 수도 있다는 생각도 들었다. 행운을 얻으려면 열심히 노력해야 하고, 행운을 얻은 뒤에도 온 힘을 다해 지켜야 한다. 하지만 지금 매케일렙의 행동은 그런 것과는 거리가 있었다. 모든 것을 무방비 상태로 버려 둔 채 어둠 속으로 들어가고 있었으니까.

23 두 번째 증언

재판은 예정된 시각인 9시보다 25분 늦게 재개되었다. 검사 측은 그 시간 동안 증인을 협박한 변호인 측에 제재를 가하는 한편 애너벨 크로우의 진술서를 철저히 조사할 수 있게 재판을 연기하려 했지만 성공하지 못했다. 휴턴 판사는 자기 방의 벚나무 책상에 앉아 진술서 조사에는 동의하면서도 그 때문에 재판을 연기할 수도 없고, 협박을 당했다는 증인의 진술을 뒷받침하는 증거가 나오지 않는 한 변호인 측에 제재를 가하거나 처벌을 내릴 수도 없다고 말했다. 그는 검사들과 보슈에게 증인의 주장이 언론에 새어 나가지 않게 조심하라고 주의를 주었다. 보슈가 판사의 집무실에서 열린 이 비공개 회의에 참석한 것은 크로우를 만나서 나눈 이야기를 진술하기 위해서였다.

5분 뒤 검사, 변호사, 판사가 모두 법정에 들어오고 배심원들도 두 줄로 된 배심원석으로 들어왔다. 보슈가 다시 증인석에 앉자 판사는 진실만을 말하겠다는 서약이 아직도 유효하다는 사실을 상기시켰다. 재니스 랭와이저는 종이철을 들고 다시 연설대로 갔다.

"보슈 형사님, 어제 조디 크레멘츠의 죽음이 살인이라는 결론을 내렸다고 말씀하신 뒤에 재판이 중단되었죠? 맞습니까?"

"네."

"형사님이 그렇게 결론을 내린 것은 형사님 자신의 수사 결과뿐만 아니라 검시관의 부검 결과 또한 고려한 것이었죠? 맞습니까?"

"맞습니다."

"형사님이 살인이라는 결론을 내린 뒤 어떻게 수사를 진행하셨는지 배심원들께 말씀해 주시겠습니까?"

보슈는 의자에 앉은 채 몸을 돌려 배심원석을 똑바로 바라보았다. 하지만 그렇게 몸을 움직이기가 쉽지 않았다. 머리 왼쪽이 어찌나 지끈지끈 아픈지 관자놀이가 불룩불룩 박동하는 모습이 사람들 눈에 실제로 보일 것 같았다.

"저는 파트너인 제리 에드거, 키즈민 라이더와 함께 그동안 우리가 모은 물리적인 증거들을 주사, 아니 조사하기 시작했습니다. 피살자와 아는 사이였고, 사건 발생 전 24시간 동안 피살자와 함께 있었다고 밝혀진 사람들에 대한 심층 면담 조사도 실시했습니다."

"물리적인 증거라고 말씀하셨는데요, 어떤 물리적 증거가 있었는지 배심원들에게 설명해 주시죠."

"사실 증거가 그다지 많지는 않았습니다. 집 안 전체에서 발견된 지문, 그리고 피살자의 몸과 그 주위에서 발견된 섬유와 모발이 있었습니다."

보슈가 미처 말을 잇기도 전에 J. 리즌 포욱스가 재빨리 이의를 제기했다.

"'피살자의 몸과 그 주위'라는 표현이 모호해서 오해의 소지가 있습니다."

"재판장님." 랭와이저가 반박했다. "포욱스 변호인이 보슈 형사에게 답변을 끝낼 기회를 준다면 모호하거나 오해의 소지가 있다는 생각을 할 수 없게 될 겁니다. 증인의 말을 중간에서 자르고는 답변이 모호하고 오해의 소지가 있다고 말하는 것은 적절하지 않습니다."

"기각합니다." 휴턴 판사는 포욱스가 또 반발하기 전에 재빨리 말했다. "증인의 대답을 끝까지 들은 뒤에 모호한지 아닌지 판단합시다. 계속해요, 보슈 형사."

보슈는 헛기침을 했다.

"그 밖에 음모 몇 가닥이…."

"'몇 가닥'이라니요, 재판장님?" 포욱스가 말했다. "제가 계속 이의를 제기하는 것은 증인이 배심원에게 정확하지 못한 정보를 제공하고 있기 때문입니다."

보슈가 랭와이저를 보니 잔뜩 화가 난 기색이 역력했다.

"재판장님." 랭와이저가 말했다. "어떤 대목에서 이의를 제기할 수 있는지 분명히 밝혀 주시겠습니까? 변호인이 증인의 말을 계속 가로막는 것은 진술이 점점 치명적인 쪽으로…."

"랭와이저 검사, 지금은 최종 논고를 할 때가 아니오." 판사가 랭와이저의 말을 잘랐다. "포욱스 변호사, 심각한 오심을 바라는 게 아니라면 증인이 입을 열기 전에 이의를 제기하든지 아니면 증인이 최소한 한 문장이라도 끝낸 뒤에 이의를 제기하시오."

"재판장님, 지금 상황이 심각합니다. 검사는 지금 제 고객의 인생을 빼앗으려 하고 있습니다. 순전히 제 고객의 도덕적 관점이…."

"포욱스 변호인!" 판사가 우렁찬 소리로 외쳤다. "변호인 역시 지금은 최종 변론을 할 때가 아니오. 이제 증언을 계속해도 되겠소?"

판사는 보슈에게 시선을 돌렸다.

"형사, 계속해요. 대답할 때 좀 더 정확히 말해 주면 좋겠소."

보슈는 랭와이저를 바라보았다. 랭와이저가 순간적으로 눈을 감는 것이 보였다. 판사가 보슈에게 무심히 던진 말은 바로 포욱스가 원하던 것이었다. 검사 측의 주장에 모호한 점이 있을지도 모른다는, 심지어 어쩌면 검사가 배심원들을 현혹시키려 하는 건지도 모른다는 암시. 포욱스가 판사를 자꾸 쿡쿡 찔러서 마침내 자신의 이의 제기에 동의하는 듯한 반응을 이끌어 내는 데 성공한 것이다.

보슈는 포욱스를 흘깃 바라보았다. 포욱스는 팔짱을 끼고, 밉살맞다고까지는 할 수 없어도 만족스러운 표정을 띠고 앉아 있었다. 보슈는 다시 자기 앞의 사건 기록을 내려다보았다.

"제 메모를 참고해도 됩니까?" 보슈가 물었다.

그래도 된다는 답이 돌아왔다. 보슈는 바인더를 열고 증거물 보고서를 넘겼다. 그리고 검시관의 증거물 보고서를 보면서 다시 입을 열었다.

"부검에 앞서서 증거 수집용 솔로 피살자의 음모를 훑었습니다. 그 결과 음모 여덟 가닥이 수집되었고, 곧이어 실험실에서 시험한 결과 피살자가 아닌 타인의 것으로 밝혀졌습니다."

보슈는 랭와이저를 바라보았다.

"여덟 가닥이 모두 다른 사람의 것이었습니까?"

"아뇨, '신원 미상의 한 사람'에게서 나온 것으로 판명되었습니다."

"형사님은 그것을 어떻게 해석하셨죠?"

"피살자가 마지막으로 목욕을 한 뒤부터 숨을 거둘 때까지의 시간 중 어느 시점에 누군가와 성관계를 맺었을 가능성이 높다고 봤습니다."

랭와이저는 자신의 자료를 내려다보았다.

"피살자의 몸이나 범죄 현장에서 수집된 또 다른 모발이 있습니까,

형사님?"

보슈는 사건 기록을 한 장 넘겼다.

"네. 6센티미터 가량의 머리카락 한 점이 피살자가 목에 걸고 있던 금 목걸이의 죔쇠에 얽혀 있었습니다. 죔쇠는 피살자의 목덜미에 위치해 있었습니다. 이 머리카락 역시 분석 결과 피살자가 아닌 타인의 것으로 밝혀졌습니다."

"잠시 음모 이야기로 돌아가 보죠. 피살자의 시신이나 범죄 현장에서 피살자가 마지막으로 목욕을 한 뒤부터 숨을 거둘 때까지의 시간 중에 성관계를 맺었음을 보여 주는 다른 징후나 증거가 나왔습니까?"

"아뇨, 나오지 않았습니다. 질에서도 정액이 발견되지 않았고요."

"그럼 그 사실과 음모가 발견된 사실은 서로 모순되는 것이 아닙니까?"

"그렇지 않습니다. 그저 성행위 중에 콘돔을 사용했을 거라는 의미일 뿐입니다."

"좋습니다, 이제 다음으로 넘어가죠, 형사님. 지문 말입니다. 형사님은 집 안에서 지문이 발견되었다고 하셨습니다. 그 부분에 대해서 말씀해주시죠."

보슈는 바인더에서 지문 관련 보고서를 펼쳤다.

"피살자가 발견된 집 안에서 총 68점의 지문이 수집되었습니다. 그중 52점은 피살자와 룸메이트의 것이었습니다. 그리고 나머지 16점은 총 일곱 명의 것이었습니다."

"어떤 사람들이었죠?"

보슈는 바인더에서 그 사람들의 명단을 읽었다. 그리고 랭와이저가 질문하는 대로 그 사람들이 각각 누구인지, 형사들이 그들을 언제 어떻게 추적해서 만났는지, 그들이 왜 그 집에 지문을 남겼는지 설명했다. 그 일곱 명은 피살자와 룸메이트의 친구, 가족, 예전 남자 친구, 데이트

상대 등이었다. 검사 팀은 변호사 측이 지문을 물고 늘어져서 배심원들의 주의를 엉뚱한 곳으로 돌리려 할 것이라는 사실을 이미 알고 있었다. 그래서 보슈는 각각의 지문이 발견된 장소와 지문의 주인들에 대해 지루할 정도로 일일이 설명하며 증언을 천천히 진행했다. 그가 마지막으로 설명한 것은 피살자가 발견된 침대의 머리판에서 발견된 지문이었다. 그와 랭와이저는 포욱스가 이 지문에 가장 눈독을 들이리라는 것을 알고 있었다. 그래서 랭와이저는 자신이 증인을 심문하는 동안 그 지문의 존재를 드러내서 피해를 최소화하려고 했다.

"그 지문들은 피살자의 시신과 얼마나 떨어져 있었습니까?"

보슈는 바인더의 보고서를 내려다보았다.

"70센티미터입니다."

"정확히 머리판 어디에 있었죠?"

"머리판과 벽 사이의 바깥쪽 표면입니다."

"거기 공간이 넓었습니까?"

"5센티미터쯤 됐습니다."

"사람이 거기에 지문을 남기려면 어떻게 해야 하죠?"

포욱스는 특정한 위치에 지문이 어떻게 남았는지 파악하는 것은 보슈의 전문 분야가 아니라며 이의를 제기했지만, 판사는 검사의 질문을 허용했다.

"제가 생각할 수 있는 방법은 두 가지뿐입니다." 보슈가 대답했다. "침대를 벽에 바짝 붙이지 않았을 때, 또는 그 지문의 주인이 머리판의 작은 홈들 사이로 손가락을 집어넣어 가로대를 붙들었을 때입니다."

랭와이저는 지문 전문가가 찍은 사진을 증거물로 제출했고, 배심원들도 그 사진을 보았다.

"두 번째 경우가 성립하려면 지문의 주인이 침대에 누워 있어야 했겠군요, 그렇지 않습니까?"

"그랬을 것 같습니다."

"엎드려야겠죠?"

"네."

포욱스가 이의를 제기하며 일어섰지만, 판사는 포욱스가 한 마디도 하기 전에 질문을 인정한다고 말해 버렸다.

"추측이 점점 지나칩니다, 랭와이저 검사. 계속해요."

"네, 재판장님."

랭와이저는 자신의 메모를 잠시 살펴보았다.

"피살자의 침대에서 발견된 지문 말인데, 형사님은 그것을 보고 그 지문의 주인을 가장 유력한 용의자로 보아야 한다고 생각하지 않았습니까?"

"처음에는 아니었습니다. 그 지문이 언제 생긴 것인지 파악하기가 불가능하니까요. 게다가 피살자가 자기 침대에서 살해된 것이 아니라, 다른 곳에서 살해된 뒤 침대로 옮겨졌다는 점도 고려해야 했습니다. 우리가 보기에는, 지문이 생긴 위치를 볼 때 살인범이 피살자의 시체를 침대에 놓을 때 생긴 것 같지 않았습니다."

"그 지문의 주인은 누구였습니까?"

"앨런 위스라는 남자로, 사건 전에 크레멘츠 씨와 세 번 데이트를 한 적이 있습니다. 마지막 데이트는 크레멘츠 씨가 사망하기 3주 전이었습니다."

"앨런 위스를 만나 봤습니까?"

"네. 에드거 형사와 함께 만났습니다."

"그가 피살자의 침대에 든 적이 있다고 인정하던가요?"

"네, 인정했습니다. 마지막 데이트 때, 즉 피살자가 죽기 3주 전에 피살자와 동침했다고 말했습니다."

"그럼 자기가 그 지문이 있는 위치에 손을 댔다고도 말했습니까?"

"그랬을 가능성이 있다고 말하기는 했지만, 구체적으로 기억하지는 못했습니다."

"조디 크레멘츠가 사망하던 날 밤 앨런 위스의 행적을 조사하셨습니까?"

"네, 조사했습니다. 확실한 알리바이가 있었습니다."

"어떤 알리바이죠?"

"앨런 위스는 그때 하와이에서 부동산 세미나에 참석했다고 말했습니다. 항공사와 호텔은 물론 세미나 주최 측에도 확인해 본 결과 사실이었습니다."

랭와이저는 휴턴 판사에게 오전 휴식 시간을 갖는 것이 좋을 것 같다고 말했다. 판사는 시간이 조금 이르다면서도 검사의 요청을 받아들여 배심원들에게 15분 뒤에 다시 들어오라고 말했다.

보슈는 랭와이저가 휴식을 요청한 건 데이비드 스토리에 관한 질문으로 넘어가기 전에 다른 증언과 거리를 두고 싶어서라는 걸 알고 있었다. 보슈가 증인석에서 내려와 검사 측 자리로 돌아가자 랭와이저는 몇 가지 파일을 뒤적이며 고개를 들지 않은 채 그에게 말했다.

"왜 그래요?"

"무슨 소립니까?"

"똑 부러지지가 않잖아요. 어제랑 달라요. 뭐 마음에 걸리는 일이라도 있어요?"

"아뇨. 검사님은요?"

"전부 다 마음에 걸리죠. 여기에 많은 게 걸려 있잖아요."

"더 똑 부러지게 증언하죠."

"농담하는 거 아니에요."

"나도 마찬가집니다."

보슈는 검사 측 자리에서 멀어져 법정 밖으로 나갔다.

그는 2층 카페테리아에서 커피를 한 잔 마시기로 했다. 하지만 그전에 먼저 엘리베이터 옆의 화장실에 들어가서 찬물을 얼굴에 끼얹으려고 세면대로 갔다. 그는 양복이 물에 젖지 않게 조심하면서 세면대 위로 허리를 숙였다. 그때 변기의 물을 내리는 소리가 들려서 허리를 펴고 거울을 보았더니 루디 터페로가 보슈의 뒤를 지나 가장 멀리 떨어진 세면대로 가는 것이 보였다. 보슈는 다시 허리를 숙이고 물을 얼굴에 끼얹은 뒤 그대로 가만히 있었다. 서늘한 물이 눈에 닿는 감촉이 좋았다. 두통도 조금 누그러졌다.

"어때, 루디?" 보슈는 상대를 보지 않은 채 말했다.

"뭐가?"

"악마의 종 노릇을 하는 것 말이야. 밤에 잠은 잘 오나?"

보슈는 종이 타월기로 걸어가서 종이 타월 여러 장을 찢어 내 손과 얼굴의 물기를 닦았다. 터페로도 다가와서 종이 타월로 손을 닦기 시작했다.

"재미있군." 터페로가 말했다. "내가 살면서 잠을 잘 못 잔 건 경찰 시절뿐이야. 왜 그랬는지 궁금하네."

터페로는 손으로 종이 타월을 둥글게 뭉쳐서 쓰레기통에 던져 넣었다. 그리고 보슈에게 웃어 보인 뒤 밖으로 나갔다. 보슈는 종이 타월로 계속 손을 닦으면서 그를 지켜보았다.

24 연기자

커피가 효과를 발휘하는 것이 느껴졌다. 지친 몸에 다시 활력이 솟았다. 두통도 점점 누그러졌다. 준비가 완벽했다. 이번 증언은 계획한 대로, 의도한 대로 흘러갈 것이다. 보슈는 마이크를 향해 몸을 기울이고 질문을 기다렸다.

"보슈 형사님." 랭와이저가 연설대에서 말했다. "수사 중에 데이비드 스토리라는 이름이 떠올랐습니까?"

"네, 거의 수사를 시작하자마자 그 이름이 나왔습니다. 조디 크레멘츠의 룸메이트였던 제인 길리의 말에 따르면, 조디는 생의 마지막 밤에 데이비드 스토리와 데이트를 했습니다."

"그 마지막 밤에 대해 스토리 씨에게 물어보셨습니까?"

"네, 간단히 물어봤습니다."

"왜 간단히 하신 거죠, 보슈 형사님? 살인 사건 수사인데요."

"그건 스토리 씨의 뜻이었습니다. 우리는 시신이 발견된 금요일과 그

다음 날 스토리 씨를 만나려고 여러 번 시도했습니다. 그런데 어디 있는지 찾아내기가 힘들었습니다. 마침내 변호사를 통해 그다음 날, 즉 일요일에 만나자고 연락이 왔습니다. 우리가 아치웨이 스튜디오에 있는 스토리 씨의 사무실로 가서 조사를 진행해야 한다는 조건이었습니다. 우리는 마지못해 동의했지만, 그것은 상대에게 협조해야 한다는 생각과 스토리 씨를 반드시 만나야 한다는 현실 때문이었습니다. 수사를 시작한 지 이틀이 지났는데 피살자가 살아 있는 모습을 마지막으로 본 사람을 아직도 만나지 못했으니까요. 우리가 스토리 씨의 사무실로 갔더니 스토리 씨의 개인 변호사인 제이슨 플리어 씨가 그 자리에 있었습니다. 우리는 스토리 씨에게 질문을 던지기 시작했지만, 5분도 안 돼서 변호사가 면담을 중단시켰습니다."

"그 대화를 녹음했습니까?"

"네."

랭와이저는 녹음 테이프를 틀어 보자고 신청했고, 휴턴 판사는 포욱스의 이의 제기를 기각한 뒤 녹음 테이프 공개를 허용했다. 포욱스는 판사에게 자신이 이미 준비해 둔 녹취록을 배심원들에게 보여 주자고 요청했다. 하지만 랭와이저는 자신이 그 녹취록의 정확성을 확인할 시간이 없었고 배심원들에게도 데이비드 스토리의 말투와 태도를 반드시 들려줘야 한다며 반대했다. 판사는 솔로몬의 지혜를 발휘해서 테이프를 틀되 녹취록 또한 보조 자료로 배심원들에게 나눠 주라고 지시했다. 그리고 보슈와 검사에게 녹취록이 정확한지 확인하기 위해 테이프를 듣는 동안 녹취록을 읽어 보라고 말했다.

보슈 나는 로스앤젤레스 경찰국의 히에로니머스 보슈 형사입니다. 이쪽은 내 파트너인 제리 에드거 형사와 키즈민 라이더 형사고요. 오늘 날짜는 2000년

10월 15일입니다. 우리는 지금 사건 번호 00897과 관련해서 아치 스튜디오에 있는 데이비드 스토리 씨의 사무실에서 데이비드 스토리 씨에 대한 면담 조사를 실시하고 있습니다. 스토리 씨 옆에는 변호사인 제이슨 플리어 씨가 동석했습니다. 스토리 씨, 플리어 씨, 시작하기 전에 궁금한 점 없습니까?

플리어 없습니다.

보슈 아, 그리고 말하지 않아도 보면 아시겠지만 지금 이 대화 내용을 녹음 중입니다. 스토리 씨, 조디 크레멘츠라는 여자를 아십니까? 도나텔라 스피어스라는 이름을 쓰던 여자인데요.

스토리 답을 알면서 뭘 물어요?

플리어 데이비드….

스토리 그래요, 아는 사이였소. 지난 목요일 밤에 같이 있었지. 그렇다고 내가 그 여자를 죽인 건 아니잖소.

플리어 데이비드, 이러지 마세요. 저쪽에서 물어보는 것만 대답하면 됩니다.

스토리 그러든지.

보슈 계속해도 됩니까?

플리어 그럼요. 계속하시죠.

스토리 그래요, 계속하쇼. 제발 부탁이니.

보슈 목요일 저녁에 피살자와 함께 있었다고 말했는데, 데이트였습니까?

스토리 이미 아는 걸 왜 자꾸 물어요? 그래요, 데이트였소. 그걸 굳이 데이트라고 부르고 싶다면 그렇다는 얘기지만.

보슈 스토리 씨가 보기에는 아닙니까?

스토리 상관없잖소.

(침묵)

보슈 피살자와 함께 있었던 시간이 언제인지 말씀해 주시죠.

스토리 7시 30분에 차에 태우고, 자정쯤에 내려 줬소.

보슈 피살자를 데리러 갔을 때 집 안으로 들어갔습니까?

스토리 아니, 안 들어갔소. 약속에 많이 늦어서 휴대전화로 빨리 밖으로 나오라고 말했지. 내가 안으로 들어갈 시간이 없었으니까. 내 생각에 그 여자는 자기 룸메이트한테 날 소개하고 싶었던 것 같은데, 룸메이트도 틀림없이 여배우였겠지. 난 그럴 시간이 없었소.

보슈 그래서 스토리 씨가 차를 세웠을 때 피살자가 이미 밖에서 기다리고 있었군요.

스토리 그렇다니까요.

보슈 7시 30분부터 자정까지란 말이죠? 그럼 네 시간 반입니다.

스토리 수학을 잘 하시는군. 형사들이 그러는 거 좋소.

플리어 데이비드, 빨리 끝내야 하잖아요.

스토리 나도 노력 중이야.

보슈 조디 크레멘츠와 함께 있는 동안 무엇을 하셨습니까?

스토리 세 가지를 했지. 영화, 음식, 그 짓.

보슈 네?

스토리 내 영화 시사회에 갔다가 리셉션에서 음식을 먹고, 그 여자를 내 집으로 데려가서 섹스했소. 합의 하에 한 거요, 형사. 당신이 믿든 안 믿든 사람들은 데이트할 때 항상 그걸 하거든. 할리우드 사람들만 그런 것도 아니고. 우리의 이 위대한 나라 전역에서 벌어지고 있는 일이란 말이오. 그러니 이 나라가 위대한 거지.

보슈 알겠습니다. 일이 끝난 뒤 피살자를 집에 데려다 주었습니까?

스토리 나야 항상 신사니까 그렇게 했지.

보슈 그때는 집 안으로 들어가셨나요?

스토리 아니오. 내가 망할 목욕 가운 차림이었거든. 내가 차를 댄 뒤에 여자가 차에서 내려 안으로 들어갔소. 나는 차를 몰고 집으로 돌아갔고. 그 뒤에 무슨 일이 일어났든 나는 모르는 일이오. 어떤 식으로든 그 일과는 관계가 없어요. 당신들은….

플리어 데이비드, 제발.

스토리 머리에 똥만 잔뜩 들어서 단 한순간도….

플리어 데이비드, 그만해요!

(침묵)

플리어 보슈 형사, 이제 면담을 중단해야겠습니다.

보슈 아직 한창 진행 중인데요….

플리어 데이비드, 어디 가는 겁니까?

스토리 이 인간들 내가 알 게 뭐야. 난 담배나 한 대 피워야겠어.

보슈 스토리 씨가 방금 사무실을 나갔습니다.

플리어 지금 스토리 씨는 수정 헌법 제 5조에 의거한 자신의 권리를 행사하고 있는 것 같습니다. 면담은 끝났습니다.

테이프에서 더 이상 아무 소리도 흘러나오지 않자 랭와이저가 녹음기를 껐다. 보슈는 배심원들을 바라보았다. 배심원 여러 명이 스토리를 바라보고 있었다. 스토리의 오만함이 녹음된 내용 속에 똑똑히 드러나 있었다. 이제 조금 있으면 스토리가 보슈와 단둘이 있는 자리에서 자신이 살인을 저질렀지만 경찰은 자신을 잡지 못할 것이라고 자랑했다는 이야기를 배심원들에게 신빙성 있게 제시해야 하기 때문에 이 점은 아주 중요했다. 그런 짓을 할 수 있는 사람은 오만한 사람뿐이었다. 검사 측은 스토리가 살인자일 뿐만 아니라 오만하기까지 하다는 것을 증명할 필요가 있었다.

"좋습니다." 랭와이저가 말했다. "스토리 씨가 면담을 계속하러 돌아왔습니까?"

"아뇨, 돌아오지 않았습니다." 보슈가 말했다. "그리고 우리는 거기서 이만 나가 달라는 말을 들었습니다."

"스토리 씨가 조디 크레멘츠의 살인 사건과 관련이 없다고 부인하는 말을 듣고 형사님도 스토리 씨에 대해 더 이상 관심을 갖게 않게 되었습니까?"

"아뇨, 그렇지 않았습니다. 우리는 사건을 성실하게 조사할 의무가 있었습니다. 거기에는 스토리 씨를 용의 선상에서 배제할 것인지 말 것인지를 결정하는 것도 포함되어 있었습니다."

"짧은 면담 동안 스토리 씨가 보여 준 태도에 의심을 품게 되었나요?"

"오만한 태도 말입니까? 아뇨, 스토리 씨는…."

포욱스가 벌떡 일어서서 이의를 제기했다.

"재판장님, 어떤 사람에게는 오만하게 보이는 행동이 사실은 무고한 사람의 자신감일 수도 있습니다. 아무런 증거도…."

"맞소, 포욱스 변호인." 휴턴이 말했다.

판사는 포욱스의 이의를 받아들이고, 보슈의 답변을 삭제하라고 지시한 뒤 배심원들에게도 보슈의 말을 무시하라고 말했다.

"스토리 씨가 면담 도중에 보여 준 태도가 의심스럽지는 않았습니다." 보슈가 다시 답변을 시작했다. "스토리 씨가 피살자와 마지막으로 함께 있었다는 사실 때문에 우리가 즉시 관심을 갖고 수사의 초점을 맞추게 된 것이니까요. 스토리 씨의 비협조적인 태도가 수상쩍기는 했지만, 그때 우리는 모든 것에 대해 마음을 열어 놓고 있는 상태였습니다. 저와 제 파트너들의 살인 사건 수사 경력을 합하면 25년이 넘습니다. 그러니까 항상 겉으로 보이는 것만이 전부는 아니라는 걸 잘 알고 있습니다."

"수사 팀이 다음으로 조사한 것은 무엇입니까?"

"우리는 계속 모든 가능성을 조사했습니다. 그 가능성들 중에 물론 스토리 씨도 포함되어 있었죠. 데이트를 할 때 피살자의 집에 간 적이 있다는 스토리 씨의 진술을 근거로 제 파트너들은 데이비드 스토리의 집을 수색할 수 있는 영장을 발부받았습니다."

랭와이저는 수색 영장을 판사에게 제출했고, 판사는 그것을 증거로 받아들였다. 랭와이저는 영장을 가지고 다시 연설대로 돌아갔다. 보슈는 멀홀랜드 드라이브에 있는 스토리의 집에 대한 수색이 스토리와 처음 면담을 한 지 이틀 뒤 아침 6시에 실시되었다고 증언했다.

"수색 영장에는 수사관들이 조디 크레멘츠의 살인 사건과 관련된 모든 증거를 압수할 수 있다고 돼 있습니다. 피살자가 그 집에 있었다는 증거나 피살자의 소지품 같은 것 말입니다. 맞습니까?"

"맞습니다."

"수색은 누가 실시했습니까?"

"저와 파트너들, 그리고 감식반원 두 명이었습니다. 동영상과 사진을 찍는 촬영 기사도 있었습니다. 그래서 모두 여섯 명입니다."

"수색에는 시간이 얼마나 걸렸죠?"

"대략 일곱 시간입니다."

"수색하는 동안 피고가 그 자리에 있었습니까?"

"대부분 있었습니다. 중간에 약속을 미룰 수 없다면서 어떤 영화배우와 만나러 한 번 나갔다 오기는 했지만요. 대략 두 시간쯤 자리를 비웠습니다. 그동안 피고의 개인 변호사인 플리어 씨가 집에 남아 수색을 지켜보았습니다. 집 안에 우리 수사 팀만 있었던 적은 한 번도 없습니다."

랭와이저는 수색 영장을 휙휙 넘겨서 마지막 장에 이르렀다.

"형사님, 법원의 허가를 얻어 수색을 할 때 뭔가를 압수하면 수색 영장 영수증에 그 목록을 기입하게 돼 있죠, 맞습니까?"

"네."

"그리고 그 영수증을 법원에 제출해야 하죠, 맞습니까?"

"네."

"그럼 왜 이 영수증에 아무것도 적혀 있지 않은지 말씀해 주시겠습니까?"

"수색을 하면서 아무것도 압수하지 않았기 때문입니다."

"조디 크레멘츠가 스토리 씨의 집 안에 들어간 적이 있음을 보여 주는 물건을 하나도 찾지 못했다는 겁니까? 스토리 씨는 그랬다고 말했는데도요?"

"하나도 없었습니다."

"스토리 씨가 크레멘츠 씨를 자기 집으로 데려가서 성관계를 맺었다고 말한 날로부터 며칠 뒤에 수색이 실시되었습니까?"

"살인 사건이 발생한 날로부터 닷새, 우리가 스토리 씨를 면담한 날로부터 이틀 뒤입니다."

"그런데 스토리 씨의 진술을 뒷받침하는 증거를 하나도 찾지 못했군요."

"하나도 없었습니다. 집이 아주 깨끗했죠."

랭와이저는 실패로 끝난 수색이 오히려 스토리가 범인임을 암시한다는 쪽으로 이야기를 끌어 가려고 하고 있었다.

"그럼 그 수색을 실패로 보십니까?"

"아뇨. 성공이니 실패니 하는 것과는 상관없습니다. 우리는 크레멘츠 씨와 관련해서 범죄 행위가 있었음을 보여 주는 증거뿐만 아니라 스토리 씨의 진술을 뒷받침해 주는 증거 또한 찾고 있었습니다. 하지만 아무것도 찾지 못했습니다. 가끔은 찾아낸 물건이 아니라 찾아내지 못한 물건이 더 중요한 법입니다."

"그게 무슨 뜻인지 배심원들에게 설명해 주시겠습니까?"

"우리가 그 집에서 증거를 전혀 찾아내지 못한 건 사실입니다. 하지만 그 집에 있어야 할 것이 없다는 것을 알게 됐고, 그것이 나중에 중요한 사실로 드러났습니다."

"있어야 할 것이라니요?"

"책입니다. 책이 한 권 없어졌습니다."

"책이 없어졌다는 걸 형사님이 어떻게 아셨습니까?"

"거실에 커다란 붙박이 책꽂이가 있었습니다. 칸마다 책이 가득 꽂혀 있었는데, 그중 한 칸에 빈 공간이 있었습니다. 원래 책이 있다가 사라지면서 남은 공간이었죠. 우리는 그것이 어떤 책인지 알 수 없었습니다. 집 안에 그냥 놓여 있는 책은 하나도 없었습니다. 그때는 이것을 그다지 중요하지 않게 생각했습니다. 누가 책을 뽑아 가고서 다시 꽂아 놓지 않았나 보다 했죠. 그냥 그 책이 무슨 책이고 지금 어디 있는지 궁금할 뿐이었습니다."

랭와이저는 수색 중에 찍은 책꽂이 사진 두 장을 증거로 제출했다. 휴턴은 습관처럼 또 이의를 제기한 포욱스를 무시하고 그 사진을 받아들였다. 책꽂이 전체를 담은 사진이 한 장, 공간이 비어 있는 칸을 가까이에서 찍은 사진이 한 장이었다. 빈 공간의 좌우에는《다섯 번째 지평선(The fifth horizon)》과 영화감독 존 포드의 전기인《전설을 쓰다(Print the legend)》가 있었다.

"형사님." 랭와이저가 말했다. "수색 당시에는 사라진 책이 중요한 것인지, 사건과 관련된 것인지 몰랐다고 하셨습니다. 맞습니까?"

"맞습니다."

"그럼 나중에 그 책이 무엇인지 알아내셨습니까?"

"네, 알아냈습니다."

랭와이저는 잠시 말을 멈췄다. 무엇을 할 생각인지 보슈는 알고 있었다. 이건 각본대로 진행되는 연극이었다. 보슈는 랭와이저가 훌륭한 이야기꾼이라고 생각했다. 랭와이저는 사람들을 절벽 가장자리까지 끌고 갔다가 다시 잡아당기는 식으로 자기 이야기에 완전히 몰두하게 만드는 재주가 있었다.

"일단 순서대로 이야기를 해 보죠." 랭와이저가 말했다. "그 책 이야기는 나중에 다시 하고요. 수색을 실시하던 날 스토리 씨와 이야기를 해 보셨습니까?"

"스토리 씨는 거의 우리와 말을 하지 않고 주로 전화를 하고 있었습니다. 우리가 처음에 문을 두드리고 수색을 하러 왔다고 말한 것과 수색이 끝난 뒤 아무것도 압수하지 않고 간다고 말한 것이 전부입니다."

"아침 6시에 갔다면, 잠자던 스토리 씨를 깨운 겁니까?"

"그렇습니다."

"집에 혼자 있던가요?"

"네."

"스토리 씨가 들어오라고 했습니까?"

"처음에는 아니었습니다. 수색에 반발했죠. 제가…."

"죄송합니다만, 형사님, 여러분에게 직접 보여 드리는 편이 더 편할 것 같습니다. 동영상 촬영 기사가 함께 있었다고 하셨죠? 수사 팀이 아침 6시에 그 집 문을 두드릴 때도 카메라가 돌아가고 있었습니까?"

"네."

랭와이저는 그 동영상을 증거로 제출하겠다고 신청했다. 변호사가 이의를 제기했지만, 판사는 신청을 받아들였다. 커다란 텔레비전이 법정 안으로 운반되어 배심원석 앞 중앙에 놓였다. 보슈는 녹화 테이프가 맞는지 확인해 달라는 요청을 받았다. 이내 법정의 조명이 어두워지고 테이프가 돌아가기 시작했다.

먼저 빨간색 문밖에 보슈를 비롯한 수사관들이 서 있는 모습이 나왔다. 보슈는 화면 속에서 자신의 이름과 주소와 사건 번호를 말했다. 목소리는 조용했다. 그러고 나서 그는 몸을 돌려 문을 날카롭게 두드렸다. 보슈는 경찰이라고 밝히면서 또 문을 두드렸다. 그리고 기다렸다. 보슈가 15초마다 한 번씩 계속 문을 두드린 지 2분 만에 마침내 문이 열렸다. 데이비드 스토리가 머리는 헝클어지고 눈에는 지친 기색이 역력한 모습으로 문틈으로 밖을 내다보았다.

"뭐야?" 그가 말했다.

"수색 영장을 가져왔습니다, 스토리 씨." 보슈가 말했다. "우리가 이 집을 수색해도 좋다는 내용입니다."

"웃기는 소리 하지 마."

"웃기는 소리가 아닙니다. 우리가 들어가야 하니까 뒤로 물러서시죠. 우리가 빨리 들어갈수록 나가는 시간도 빨라질 테니까요."

"변호사를 부를 거야."

스토리는 문을 닫고 잠갔다. 보슈는 즉시 문에 다가서서 문설주에 얼굴을 바짝 갖다 댔다. 그리고 큰 소리로 말했다.

"스토리 씨, 10분 드리겠습니다. 6시 15분까지 이 문을 열지 않으면 우리가 문을 부술 겁니다. 법원이 발부한 수색 영장을 갖고 있으니 실행에 옮겨야지요."

보슈는 카메라를 향해 돌아서서 작동을 멈추라는 뜻으로 자기 목을 긋는 시늉을 했다.

화면이 훌쩍 뛰어서 다시 문을 잡았다. 아래쪽 귀퉁이에 적혀 있는 시각은 6:13 A.M.이었다. 문이 열리고 스토리가 뒤로 물러나서 수사관들에게 들어오라는 손짓을 했다. 머리는 손으로 대충 빗은 것 같았다.

검은 진바지와 검은 티셔츠를 입었고, 발은 맨발이었다.

"빨리 하고 나가요. 내 변호사가 곧 와서 당신들을 지켜볼 거요. 이 집에 있는 물건을 하나라도 망가뜨리면 내가 소송을 걸어서 아주 혼쭐을 내줄 테니까 그리 알아요. 여긴 데이비드 서루리어가 지은 집이니까. 벽에 긁힌 자국이라도 하나 냈다가는 옷 벗을 각오를 해야 할걸. 당신들 모두."

"주의하죠, 스토리 씨." 보슈가 안으로 들어가면서 말했다.

촬영 기사가 마지막으로 들어갔다. 스토리는 카메라 렌즈를 처음 보는 사람처럼 들여다보았다.

"이 망할 물건 나한테서 치워."

스토리가 카메라를 밀치는 바람에 화면이 갑자기 천장으로 올라갔다. 카메라가 그곳에 그대로 멈춘 채 촬영 기사와 스토리의 목소리가 계속 들려왔다.

"이봐요! 카메라에 손대지 말아요!"

"그러니까 내 얼굴에서 치우란 말이야!"

"좋아요. 알았어요. 카메라에 손이나 대지 말아요."

화면이 깜깜해지고 법정의 불이 다시 켜졌다. 랭와이저는 심문을 계속했다.

"보슈 형사님, 수색 팀이… 이 이후로 스토리 씨와 또 이야기를 나눴습니까?"

"수색 중에는 안 했습니다. 일단 변호사가 도착한 뒤로 스토리 씨는 자기 사무실에만 있었습니다. 우리가 사무실을 수색할 때는 침실로 옮겨 갔고요. 스토리 씨가 약속 때문에 집을 나설 때 제가 어디에 가느냐고 짧게 물었습니다. 우리가 집 안에서 수색을 하면서 스토리 씨와 나눈 대화는 대략 그게 전붑니다."

"수색이 끝난 다음에는요? 피고와 다시 이야기를 나눴습니까?"

"네, 문 앞에서 짧게 이야기를 나눴습니다. 우리는 장비를 꾸려서 떠날 준비를 하는 중이었고, 변호사는 이미 돌아간 뒤였습니다. 저는 파트너들과 함께 차 안에서 철수할 준비를 하다가 스토리 씨에게 수색 영장 사본을 주는 걸 깜박 잊었다는 걸 깨달았습니다. 그게 법에 정해진 절차인데 말입니다. 그래서 다시 그 집으로 가서 문을 두드렸습니다."

"스토리 씨가 직접 문을 열어 주었습니까?"

"네. 제가 세게 네 번 문을 두드린 뒤 스토리 씨가 나왔습니다. 저는 수색 영장 영수증을 주면서 이것이 법에 정해진 절차라고 말했습니다."

"스토리 씨가 뭐라고 말하던가요?"

포욱스가 일어나서 이의를 제기했지만, 이 문제는 재판 전에 이미 조정된 상태였으므로 그의 이의 제기는 기록을 위한 것이었다. 판사는 이의 제기 사실과 자신이 그것을 기각한 사실을 기록에 남기라고 말했다. 랭와이저가 다시 같은 질문을 던졌다.

"제 메모를 봐도 됩니까?"

"그럼요."

보슈는 스토리와 이야기를 나눈 직후에 차 안에서 작성한 메모를 펼쳤다.

"먼저 스토리 씨는 이렇게 말했습니다. '당신들 아무것도 못 찾았지?' 그래서 저는 맞다고 말했습니다. 압수한 물건이 하나도 없다고요. 그랬더니 스토리 씨가 말했습니다. '가져갈 것이 하나도 없었겠지.' 저는 고개를 끄덕이고 돌아섰는데, 스토리 씨가 다시 말했습니다. '어이! 보슈.' 제가 다시 돌아섰더니 스토리 씨는 저를 향해 몸을 기울이면서 말했습니다. '당신들은 원하는 걸 절대 못 찾아.' 저는 '아, 그래? 내가 원하는 게 뭐지?' 하고 물었지만, 스토리 씨는 대답하지 않았습니다. 그냥 저를 보면서 빙긋 웃기만 했습니다."

잠시 침묵이 흐른 뒤 랭와이저가 물었다. "그걸로 끝이었습니까?"

"아뇨, 스토리 씨를 꾀어서 더 많은 이야기를 끌어낼 수 있을 것 같은 느낌이 들어서 이렇게 말했습니다. '당신이 한 거지?' 스토리 씨는 계속 싱글거리기만 하더니 천천히 고개를 끄덕였습니다. 그리고 이렇게 말했습니다. '하지만 난 안 잡힐 거야. 나는….'"

"거짓말! 이 망할 거짓말쟁이 같으니!"

스토리였다. 그가 일어서서 보슈를 손가락질하고 있었다. 포욱스가 그를 붙들고 다시 앉히려고 애썼다. 변호인 측 자리 뒤쪽의 책상에 배치되어 있던 경찰관이 일어나 스토리에게 다가갔다.

"피고는 앉아요!" 판사가 사회봉을 두드리면서 동시에 엄청난 소리로 고함을 질렀다.

"저 인간이 거짓말을 하고 있어요!"

"정리, 피고를 앉혀요!"

경찰관이 뒤에서 다가와서 스토리의 어깨에 양손을 얹고 거칠게 밀어 앉혔다. 판사는 배심원들을 가리키며 또 다른 경찰관에게 말했다.

"배심원들을 밖으로 안내해요."

배심원들이 재빨리 회의실로 밀려 나가는 동안 스토리는 자신을 붙잡은 경찰관과 포욱스에게 계속 저항했다. 배심원들이 모두 나가자마자 그는 힘을 빼더니 곧 차분해졌다. 보슈는 기자들을 바라보며 스토리가 배심원들이 사라지자마자 쇼를 그만둔 것을 기자들도 알아차렸는지 살펴보았다.

"스토리 씨!" 판사가 일어서서 소리쳤다. "그런 태도와 말을 본 법정은 용납할 수 없습니다. 포욱스 변호인, 당신이 의뢰인을 제대로 통제하지 못하면 우리가 그렇게 할 거요. 한 번만 더 소란을 피우면 피고한테 재갈을 물려서 의자에 묶어 둘 테니 그리 알아요. 무슨 말인지 알겠소?"

"물론입니다, 재판장님. 죄송…."

"어떠한 소란도 용납되지 않소. 다시 소란을 피우면 족쇄를 채우겠소. 피고가 누구든, 얼마나 힘센 친구들을 갖고 있든 나는 상관없소."

"네, 재판장님. 알고 있습니다."

"5분간 쉰 뒤에 다시 재판을 시작하겠습니다."

판사는 갑작스레 자기 자리를 떠나 커다랗게 쿵쿵 울리는 소리를 내며 문으로 이어진 계단 세 개를 내려갔다. 그리고 자기 방으로 연결된 뒤쪽 복도로 나갔다.

보슈는 랭와이저를 바라보았다. 방금 일어난 일을 기뻐하는 기색이 역력했다. 보슈가 보기에는 양측이 서로 하나씩 주고받은 셈이었다. 피고가 화를 못 참고 소란을 피운 것은 그런 분노로 살인을 저질렀을지도 모른다는 가능성을 배심원들에게 보여 주었다. 하지만 스토리는 이 법정에서 자신이 당하고 있는 일에 대한 저항 또한 분명히 보여 주었다. 이것이 배심원들에게서 공감을 끌어낼 수도 있었다. 배심원이 한 명만 공감해 주면, 스토리는 무죄로 걸어 나갈 수 있었다.

재판 전에 랭와이저는 스토리가 폭발하게 될 것이라고 예언했었다. 보슈는 그렇지 않을 거라고 생각했다. 스토리가 폭발하기에는 지나치게 냉정하고 계산적이라고 봤기 때문이었다. 하지만 그 폭발이 계산된 행동이라면 얘기가 달랐다. 스토리는 극적인 장면들과 인물들을 연출하는 것이 직업인 사람이었다. 보슈는 자기도 모르게 그런 장면에 단역 배우로 이용당하게 될 수도 있다는 사실을 미리 예상했어야 했다.

25 밤의 피살자들

판사가 자리를 떠난 지 2분 뒤에 다시 돌아왔다. 보슈는 판사가 자기 방으로 가서 법복 밑에 권총을 차고 온 건지도 모른다는 생각이 들었다. 휴턴은 자리에 앉자마자 변호인석을 바라보았다. 스토리는 자기 앞의 스케치북을 향해 여봐란 듯이 고개를 숙이고 어두운 표정으로 앉아 있었다.

"모두 준비됐습니까?" 판사가 물었다.

다들 그렇다고 웅성웅성 대답했다. 판사는 배심원들을 다시 불러들였다. 대부분의 배심원들은 안으로 들어오면서 스토리를 똑바로 바라보았다.

"좋습니다. 다시 시작해 보죠." 휴턴 판사가 말했다. "몇 분 전에 여러분이 들은 피고의 고성은 무시합니다. 그 고성은 증거도 아니고, 뭣도 아닙니다. 스토리 씨가 자신의 혐의 또는 증인의 말을 직접 부정하고 싶다면, 나중에 그럴 기회를 드리겠습니다."

보슈는 랭와이저의 눈동자가 춤추는 것을 지켜보았다. 판사는 지금 말로 피고 측의 뺨을 때리고 있는 거나 마찬가지였다. 판사는 스토리가 증언을 하게 될 거라는 기대감을 심어 주었다. 이렇게 기대를 부풀려 놓고 스토리가 증언대에 나서지 않는다면, 배심원들이 실망할 수도 있었다.

판사가 다시 랭와이저에게 발언권을 넘기자 랭와이저는 보슈에 대한 심문을 계속했다.

"재판이 중단되기 전에 형사님은 피고의 집 앞에서 피고와 나눈 대화에 대해 증언 중이었습니다."

"네."

"그때 피고가 '난 안 잡힐 거야'라고 말했다고 하셨습니다. 맞습니까?"

"맞습니다."

"형사님은 이 말이 조디 크레멘츠의 죽음을 가리킨다고 받아들이셨죠? 맞습니까?"

"그 얘기를 하던 중에 나온 말이니까요. 맞습니다."

"피고가 그 뒤로 또 무슨 말을 했습니까?"

"네."

보슈는 잠시 가만히 있었다. 스토리가 또 폭발할지 궁금했기 때문이었다. 스토리는 가만히 있었다.

"피고는 이렇게 말했습니다. '이 도시에서 난 신이야, 보슈 형사. 신을 함부로 건드리면 안 되지.'"

거의 10초나 되는 침묵이 흐른 뒤 판사가 랭와이저에게 빨리 심문을 진행하라고 재촉했다.

"피고가 그 말을 한 뒤 형사님은 무엇을 하셨습니까?"

"저는 좀 당황한 상태였습니다. 피고가 저한테 그런 말을 한 것이 놀라워서요."

"그 대화를 녹음하지는 않았죠? 맞습니까?"

"맞습니다. 그냥 문 앞에서 나눈 대화였으니까요."

"그다음에는 어떻게 됐습니까?"

"저는 자동차로 가서 즉시 대화 내용을 메모했습니다. 아직 기억이 생생할 때 피고의 말을 그대로 적어 두어야 할 것 같아서요. 저는 파트너들에게 방금 오간 대화를 이야기해 주었고, 우리는 지방 검사실에 전화를 걸어 피고가 제게 범행을 시인했으니 체포할 명분이 생긴 건지 조언을 구하려고 했습니다. 음, 그런데 우리가 산으로 둘러싸인 곳에 있었기 때문에 우리 셋 다 휴대전화가 불통이었습니다. 우리는 피고의 집 앞을 떠나 로럴 캐니언 대로 바로 동쪽의 멀홀랜드에 있는 소방서로 갔습니다. 그곳에서 양해를 구하고 제가 지방 검사실에 전화를 걸었습니다."

"그때 누구와 통화하셨습니까?"

"검사님입니다. 제가 수색 중에 있었던 일과 스토리 씨가 문 앞에서 한 얘기를 검사님께 들려드린 뒤, 아직 체포는 하지 말고 그냥 수사를 계속하자는 결론이 내려졌습니다."

"형사님은 그 결론에 동의하셨습니까?"

"그때는 아니었습니다. 피고를 체포하고 싶었으니까요."

"스토리 씨의 범행 시인으로 수사 방향이 바뀌었습니까?"

"사실 다른 방향을 살펴볼 이유가 없어졌죠. 피고가 저한테 범행을 시인했으니까요. 우리는 피고만 조사하기 시작했습니다."

"피고가 범행을 시인한 것이 어쩌면 허풍이었을 수도 있다는 생각은 해 보셨습니까? 형사님이 피고를 미끼로 꾀어 들이려 한 것처럼, 피고도 형사님을 꾀려고 했을 수도 있는데요."

"네, 그럴 가능성도 생각해 보았습니다. 하지만 궁극적으로는 피고가 당시 자신이 무적이라고 믿었기 때문에 그 말을 했고, 그 말이 진실이라는 생각이 들었습니다."

스토리가 스케치북에서 맨 앞장을 찢어 내는 소리가 날카롭게 울렸다. 스토리는 종이를 구겨서 탁자 위로 던졌다. 종이는 컴퓨터 모니터와 책상에 차례로 부딪힌 뒤 바닥으로 떨어졌다.

"감사합니다, 형사님." 랭와이저가 말했다. "수사를 계속 진행하자는 결정이 내려졌다고 하셨는데요, 그 뒤로 어떻게 됐는지 배심원들께 말씀해 주시겠습니까?"

보슈는 자신과 파트너들이 사건 당일의 영화 시사회장이나 그 뒤에 근처 주차장에 세워진 서커스 천막에서 열린 리셉션에서 피고와 피살자를 본 사람들 수십 명과 이야기를 나눠 보았다고 말했다. 수사 팀은 스토리를 알거나 스토리와 함께 일한 적이 있는 사람들 수십 명과도 이야기를 나눠 보았다. 보슈는 그 조사에서 수사와 관련된 중요한 정보가 나오지는 않았다고 시인했다.

"아까 피고의 집을 수색하던 중에 책이 한 권 사라진 것에 호기심을 느꼈다고 하셨죠? 맞습니까?"

"네."

포욱스가 이의를 제기했다.

"책이 없어졌다는 증거는 전혀 없습니다. 그냥 책꽂이에 빈 공간이 하나 있었을 뿐입니다. 그 공간에 반드시 책이 꽂혀 있었다고 할 수는 없습니다."

랭와이저는 곧 그 책과 사건의 관련성을 밝히겠다고 약속했고, 판사는 이의를 기각했다.

"피고의 집 책꽂이에서 사라진 그 책이 무엇인지 나중에 알아내셨습니까?"

"네. 스토리 씨에 관한 주변 정보를 모으던 도중, 스토리 씨의 작품과 명성에 대해 잘 알고 있던 제 파트너 키즈민 라이더가 〈건축 다이제스트〉라는 잡지에서 스토리 씨에 관한 기사를 읽은 기억을 떠올렸습니다. 라이더는 인터넷으로 검색을 해 본 결과, 자신이 읽은 잡지가 작년 2월호인 것을 알아냈습니다. 그래서 출판사에 그 잡지를 한 권 보내 달라고 요청했습니다. 그 잡지에 스토리 씨가 집 안에서 찍은 사진이 실려 있었던 것을 기억해 냈기 때문입니다. 라이더가 스토리 씨의 책꽂이를 기억하고 있었던 것은, 라이더 본인이 워낙 책을 좋아해서 이 영화감독의 책꽂이에 무슨 책이 꽂혀 있는지 호기심을 느꼈기 때문입니다."

랭와이저는 잡지를 증거로 제출하겠다고 신청했다. 판사가 신청을 받아들이자, 랭와이저는 증인석의 보슈에게 그 잡지를 주었다.

"형사님의 파트너가 받은 잡지가 이것입니까?"

"네."

"피고의 기사가 실린 부분을 펼쳐서 그 사진을 설명해 주시겠습니까?"

보슈는 잡지의 표시된 부분을 펼쳤다.

"사진 속에서 데이비드 스토리 씨는 자기 집 거실 소파에 앉아 있습니다. 책꽂이는 왼쪽에 있고요."

"책등의 제목이 보입니까?"

"일부만 보입니다. 선명하지는 않아요."

"출판사에서 이 잡지를 받은 뒤 형사님은 어떻게 했습니까?"

"사진 속에 모든 책이 선명하게 나온 건 아니라는 사실을 알았습니다. 그래서 다시 출판사에 연락해 이 사진의 네거티브를 빌려 달라고 말했습니다. 하지만 편집장은 네거티브를 밖으로 유출할 수 없다고 했죠. 언론 관계법과 언론 자유를 들먹이면서요."

"그래서 어떻게 됐습니까?"

"편집장은 우리가 법원의 명령서를 받아와도 저항할 거라고 말했습니다. 그래서 시청 법무팀의 변호사가 불려와서 잡지사 고문 변호사와 협상을 시작했습니다. 그 결과 저는 뉴욕으로 날아가서 〈건축 다이제스트〉의 사진실에서 네거티브를 볼 수 있었습니다."

"기록을 위해서 날짜를 말씀해 주시죠."

"10월 29일에 야간 비행기를 탔습니다. 잡지사에는 다음 날 아침에 도착했고요. 10월 30일 월요일이었습니다."

"거기서 무엇을 하셨습니까?"

"잡지사 사진 실장에게 책꽂이가 나온 사진을 확대해 달라고 했습니다."

랭와이저는 크게 확대해서 뒤편을 딱딱하게 강화한 사진 두 장을 증거로 제출했다. 포욱스가 또 이의를 제기했지만 판사는 사진을 받아들였고, 랭와이저는 사진을 배심원들 앞에 설치된 이젤에 놓았다. 사진 한 장은 책꽂이 전체를 찍은 것이었고, 다른 한 장은 문제의 칸을 확대한 것이었다. 화질이 좋지 않았지만, 책등의 제목들을 읽을 수는 있었다.

"형사님, 이 사진들을 수색 중에 찍은 사진들과 비교하셨습니까?"

"네, 비교했습니다."

랭와이저는 이젤 두 개를 더 들여와서 수사 팀이 수색 중에 찍어서 확대한 사진 두 장을 그 위에 놓게 해 달라고 허락을 구했다. 책꽂이 전체를 찍은 것과, 빈 공간이 있는 칸을 찍은 것이었다. 판사는 허락했다. 랭와이저는 보슈에게 증인석에서 내려와 두 벌의 사진을 비교하면서 찾아낸 것들을 설명해 달라고 요청했다. 보슈가 사진 속에서 찾아낸 것이 무엇인지 누구의 눈에나 뻔히 보였지만, 랭와이저는 혼란을 느끼는 배심원이 단 한 명도 나오지 않게 하려고 철저히 절차를 따르고 있었다.

보슈는 빈 공간이 드러난 사진을 포인터로 가리켰다. 그다음에는 다른 사진으로 포인터를 옮겨 같은 자리에 있는 책을 가리켰다.

"우리가 10월 17일에 집을 수색할 때,《다섯 번째 지평선》과《전설을 쓰다》사이에는 책이 없었습니다. 하지만 그보다 10개월 전에 찍은 이 사진에는《다섯 번째 지평선》과《전설을 쓰다》사이에 책이 한 권 있습니다."

"제목이 무엇입니까?"

"《밤의 피살자들(Victims of the night)》."

"좋습니다. 책꽂이 전체를 찍은 사진을 보면서 그《밤의 피살자들》이라는 책이 혹시 다른 곳에 꽂혀 있지는 않은지 확인하셨습니까?"

보슈는 10월 17일에 책꽂이 전체를 찍어서 확대한 사진을 가리켰다.

"확인했습니다. 그 책은 여기에 없었습니다."

"집 안에서 책을 찾아내지도 못했고요?"

"네, 못 찾았습니다."

"감사합니다, 형사님. 이제 증인석으로 돌아가셔도 됩니다."

랭와이저는《밤의 피살자들》한 권을 증거로 제출한 뒤, 보슈에게 건네주었다.

"이것이 무엇인지 배심원들에게 말씀해 주시겠습니까, 형사님?"

"《밤의 피살자들》입니다."

"작년 1월에 〈건축 다이제스트〉에 실릴 사진을 찍을 때 피고의 책꽂이에 있던 책이 맞습니까?"

"아뇨, 제목은 같지만 피고가 갖고 있던 책은 아닙니다. 제가 산 겁니다."

"어디서요?"

"웨스트우드의 미스터리 서점에서요."

"왜 거기서 그 책을 사셨습니까?"

"여기저기 알아봤더니, 이 책이 있는 곳은 그 서점밖에 없었습니다."

"그 책을 구하기가 왜 그렇게 어려운 거죠?"

"미스터리 서점의 직원 말로는, 소규모 출판사가 소량만 찍었다고 했습니다."

"그 책을 읽으셨습니까?"

"일부만 읽었습니다. 주로 보기 드문 범죄 현장과 사고 현장을 찍은 사진들입니다."

"그 책에 뭔가 특이하다거나, 어쩌면 조디 크레멘츠의 살인 사건과 관련되었을지도 모른다고 생각되는 것이 있습니까?"

"네. 73쪽의 사진을 보자마자 흥미가 생겼습니다."

"어떤 사진인지 설명해 주시죠."

보슈는 미리 표시해 둔 페이지를 펼쳤다. 그리고 오른쪽 페이지를 전부 차지한 사진을 보며 말했다.

"침대에 누워 있는 여자를 찍은 사진입니다. 죽은 여자입니다. 목에 두른 스카프는 머리판 가로대에 묶여 있습니다. 허리 아래는 알몸이고, 여자의 왼손은 다리 사이에 있으며, 손가락 두 개가 질 안에 들어가 있습니다."

"사진 아래의 설명을 읽어 주시겠습니까?"

"'자기 색정적인 죽음: 이 여자는 뉴올리언즈에서 자기 집 침대에 누워 있는 모습으로 발견되었다. 자기 색정적인 질식사이다. 전 세계에서 매년 5백 명 이상의 사람들이 이런 불운한 사고로 목숨을 잃는 것으로 추정된다.'"

랭와이저는 판사에게 확대한 사진 두 장을 더 이젤에 놓겠다고 신청해서 허락을 얻었다. 랭와이저는 책꽂이를 찍은 사진들 위에 새로 두 장의 사진을 놓았다. 나란히 놓인 두 사진 중 하나는 조디 크레멘츠가 침대에 누워 있는 모습을 찍은 것이고, 다른 하나는《밤의 피살자들》에 실린 것이었다.

"형사님, 피살자 조디 크레멘츠의 사진과 책에 실린 사진을 비교하셨습니까?"

"네, 비교했습니다. 아주 비슷하다는 생각이 들었습니다."

"책 속의 사진을 모델로 크레멘츠 씨의 시신을 연출했을 가능성이 있다고 보셨습니까?"

"네, 그랬습니다."

"피고에게 갖고 있던《밤의 피살자들》이 어디로 갔느냐고 물어보셨습니까?"

"아뇨, 우리가 가택 수색을 한 뒤 몇 번이나 면담을 요청했지만, 스토리 씨와 변호사들이 계속 거절했습니다."

랭와이저는 고개를 끄덕이고 판사를 바라보았다.

"재판장님, 이 증거물들을 법원 서기에게 넘겨도 되겠습니까?"

"그렇게 하시오." 판사가 대답했다.

랭와이저는 먼저 죽은 여자들을 찍은 두 사진을 일부러 거울을 닫듯이 마주 포갰다. 사소한 동작이었지만, 보슈는 배심원들이 유심히 지켜보는 것을 알 수 있었다.

"보슈 형사님." 이젤을 치운 뒤 랭와이저가 말했다. "자기 색정적 죽음에 대해 자세히 조사해 보셨습니까?"

"네. 만약 이 사건이 재판까지 간다면, 우연한 사고로 인한 죽음처럼 꾸며진 살인으로 이 사건을 분류한 것에 대해 공격을 받을 가능성이 있다는 것을 알았기 때문입니다. 책 속의 사진 설명 내용이 정확히 무엇인지 궁금하기도 했고요. 솔직히 1년에 5백 명이라는 숫자를 보고 깜짝 놀랐습니다. 제가 FBI에 확인해 보았더니 정확한 숫자였습니다. 오히려 추정치 중에서 낮은 숫자였죠."

"그래서 더 자세히 조사하신 겁니까?"

"네, 주로 이 지역을 중점적으로 조사했습니다."

랭와이저의 질문에 따라 보슈는 검시관실의 기록에서 자기 색정적 질식사를 확인해 보았다고 증언했다. 그가 살펴본 것은 5년 전까지의 기록이었다.

"그래서 무엇을 알아내셨습니까?"

"5년 동안 로스앤젤레스 카운티에서 불운한 사고로 인한 우발적인 사망으로 분류된 사건 중 열여섯 건이 특히 자기 색정적 질식사로 분류되어 있었습니다."

"그중에 사망자가 여성인 경우는 몇 건이었습니까?"

"한 건뿐이었습니다."

"그 사건을 조사해 보셨습니까?"

포욱스가 다시 이의를 제기하며 일어서서 이번에는 재판장 앞에서의 토의를 요구했다. 판사가 허락하자 검사와 변호사가 판사석 옆에 모였다. 보슈는 세 사람이 속삭이는 소리로 주고받는 대화를 들을 수 없었지만, 포욱스가 지금 증언이 나아가는 방향을 막으려고 애쓸 가능성이 높다는 것은 알고 있었다. 랭와이저와 크레츨러는 포욱스가 배심원들 앞에서 앨리샤 로페즈의 이름이 언급되는 것을 또다시 막으려 들 것이라고 예측했었다. 그 이름의 언급을 허용할 것인지 여부는 이번 재판의 향방을 결정할 수도 있는 요인이었다. 그것은 양쪽 모두 마찬가지였다.

서로 속닥거리며 5분 동안 입씨름을 벌인 끝에 판사는 검사와 변호사를 각자 자리로 돌려보내고 배심원들에게 지금 이 문제의 해결에 생각보다 시간이 많이 걸릴 것 같다고 말했다. 그리고 다시 15분간의 휴정을 선언했다. 보슈는 검사석으로 돌아갔다.

"새로운 얘기라도 나왔어요?" 보슈가 랭와이저에게 물었다.

"아뇨, 옛날에 하던 소리죠. 그런데 무슨 생각인지 판사가 그 얘기를 다시 들어 보겠대요. 행운을 빌어 주세요."

변호사, 검사, 판사는 그 문제를 논의하기 위해 판사실로 갔다. 보슈는 법정의 검사석에 남았다. 그는 집과 사무실에 누가 메시지를 남기지나 않았는지 휴대전화로 확인했다. 메시지가 하나 있었다. 테리 매케일렙이 남긴 것이었다. 테리는 보슈에게 전날 밤 정보를 줘서 고맙다고 말했다. 그리고 내츠에서 좋은 정보를 얻었으며, 다시 연락하겠다고 했다. 보슈는 그 메시지를 지우고 전화기를 닫았다. 매케일렙이 무슨 정보를 얻은 건지 궁금했다.

변호사와 검사가 법정 뒷문으로 들어오자 보슈는 판사가 어떤 결정을 내렸는지 보려고 그들의 표정을 읽었다. 포욱스는 눈을 내리깔고 뚱한 표정이었다. 크레츨러와 랭와이저는 미소를 지으며 다가왔다.

배심원들이 다시 들어오고 재판이 재개된 뒤 랭와이저는 곧장 정곡을 찔렀다. 랭와이저는 변호사가 이의를 제기하기 전에 자신이 마지막으로 던진 질문을 읽어 달라고 서기에게 요청했다.

"그 사건을 조사해 보셨습니까?" 서기가 읽었다.

"곧바로 얘기하죠." 랭와이저가 말했다. "문제를 복잡하게 만들지 말고요. 형사님이 검시관실 기록에서 찾아낸 열여섯 건 중 사망자가 여성인 한 건에서 사망자의 이름이 무엇이었습니까?"

"앨리샤 로페즈였습니다."

"그 여성에 대해 조금 이야기해 주시겠습니까?"

"나이는 스물네 살이고, 컬버시티에 살았습니다. 역시 컬버시티에 있던 소니 영화사에서 제작 담당 부사장의 행정 비서로 일했고요. 1998년 5월 20일에 자기 침대에서 시체로 발견되었습니다."

"혼자 살고 있었나요?"

"네."

"당시 정황을 말씀해 주시죠."

"앨리샤 로페즈 씨가 주말이 지난 뒤 아무런 연락도 없이 이틀이나 결근하자 걱정이 돼서 찾아온 직장 동료가 시체를 발견했습니다. 검시관은 시체가 발견됐을 때 이미 죽은 지 사나흘은 됐을 거라고 추정했죠. 시체는 심하게 부패해 있었습니다."

"랭와이저 검사?" 휴턴 판사가 끼어들었다. "이 두 사건이 어떻게 연결되어 있는지를 빨리 밝히기로 했잖소."

"이제 곧 말씀드리겠습니다, 재판장님. 감사합니다. 형사님, 그 사건에 어떤 식으로든 관심을 끌거나 수상쩍은 점이 있었습니까?"

"여러 가지 있었습니다. 현장에서 찍은 사진들을 살펴본 결과, 비록 부패가 심했지만 사망자의 자세가 현재 재판 중인 사건의 피살자가 발견되었을 때의 자세와 흡사하다는 것을 알 수 있었습니다. 또한 로페즈 사건에서도 멍이 생기지 않게 해 주는 완충 장치 없이 끈이 묶여 있다는 점이 현재 재판 중인 사건과 같았습니다. 저는 또한 스토리 씨에 대한 배경 조사를 통해 로페즈 씨가 사망할 당시 스토리 씨가 콜드하우스 영화사라는 곳의 의뢰로 영화를 만들고 있었다는 사실을 알고 있었습니다. 콜드하우스는 소니 영화사가 부분적으로 자금을 대주던 회사였습니다."

이 답변을 한 뒤 보슈는 법정 안이 유난히 조용하고 적막해진 것을 알 수 있었다. 서로 속삭이며 이야기하는 사람도, 헛기침을 하는 사람도 없었다. 마치 배심원, 변호사, 검사, 방청객, 기자 등 모든 사람들이 동시에 숨을 죽이기로 결심한 것 같았다. 배심원들을 흘깃 바라보니, 거의 모든 배심원들이 변호인 석을 바라보고 있었다. 보슈도 그곳으로 시선을 돌렸더니 스토리가 여전히 얼굴을 숙인 채 소리 없이 분을 삭이고 있었다. 마침내 랭와이저가 침묵을 깼다.

"형사님, 로페즈 사건을 더 자세히 조사하셨습니까?"

"네, 저는 컬버시티 경찰국에서 그 사건을 맡았던 형사와 이야기를 나눴습니다. 소니 영화사에서 로페즈 씨가 맡은 일에 대해서도 조사했고요."

"그래서 현재 재판 중인 사건과 관련된 사실들을 알아내셨습니까?"

"로페즈 씨가 사망 당시 데이비드 스토리가 만들던 영화의 촬영 현장과 영화사를 중간에서 연결해 주는 역할을 했음을 알게 되었습니다."

"그 영화의 제목을 기억하십니까?"

"〈다섯 번째 지평선〉입니다."

"촬영 장소는 어디였습니까?"

"로스앤젤레스였습니다. 특히 베니스가 주무대였죠."

"양쪽을 연결해 주는 사람으로서 로페즈 씨가 스토리 씨와 직접 접촉한 적이 있었습니까?"

"네. 로페즈 씨는 촬영 중에 매일 전화로 스토리 씨와 이야기를 나누거나 직접 만났습니다."

이번에도 숨이 막힐 듯한 침묵이 이어졌다. 랭와이저는 그 침묵을 최대한 즐긴 뒤 결정적인 질문들을 던지기 시작했다.

"제가 제대로 이해한 건지 확인을 좀 해 보죠. 형사님은 지난 5년 동안 로스앤젤레스 카운티에서 자기 색정적 질식사로 분류된 여성 사망 사건이 한 건밖에 없으며, 조디 크레멘츠의 사건은 자기 색정적 질식사처럼 연출되었다고 증언하셨습니다."

"이의 있습니다." 포욱스가 불쑥 말했다. "이미 질문과 답변이 끝난 이야기입니다."

"기각합니다." 랭와이저가 반박하기도 전에 휴턴이 말했다. "증인은 대답하세요."

"네, 맞습니다." 보슈가 말했다.

"그리고 두 여성이 모두 피고 데이비드 스토리와 아는 사이라고 하셨죠?"

"맞습니다."

"그리고 두 사건 모두 한때 피고가 집에 가지고 있었다고 확인된 책 속의 자기 색정적 죽음 사진과 유사성이 있고요?"

"맞습니다."

보슈는 이 말을 하면서 스토리를 바라보았다. 스토리가 시선을 들어서 자신과 한 번 더 시선을 마주했으면 좋겠다는 생각이 들었다.

"컬버시티 경찰국에서는 그 점에 대해 뭐라고 하던가요, 보슈 형사님?"

"제 조사 결과를 근거로 사건 수사를 재개했습니다. 하지만 수사가 쉽지 않았죠."

"어째서요?"

"오래된 사건이니까요. 처음에 우연한 사고로 인한 죽음으로 분류되었기 때문에 모든 기록이 보관소에 남아 있지도 않았습니다. 시체가 발견되었을 때 이미 부패가 상당히 진행돼 있어서 확실한 결론을 내리기도 힘듭니다. 게다가 화장을 해 버려서 다시 조사할 수도 없고요."

"화장을 했다고요? 누가요?"

포욱스가 일어서서 이의를 제기했지만 판사는 이미 논의가 끝난 이야기라며 기각했다. 랭와이저는 포욱스가 다시 앉기도 전에 보슈에게 대답을 재촉했다.

"누가 화장한 겁니까, 보슈 형사님?"

"가족들이죠. 하지만 돈을 대준 사람이 있었습니다…. 화장, 장례식,

모든 것에 대해 데이비드 스토리가 앨리샤 로페즈를 위한 선물이라며 비용을 지불했습니다."

랭와이저는 시끄러운 소리를 내며 자기 서류철의 종이를 한 장 젖혔다. 랭와이저가 이제 뜻대로 흐름을 타기 시작했음을 모두들 알고 있었다. 경찰관들과 검사들은 이런 경우를 '튜브 속에 있다'고 표현했다. 서핑 용어로서, 모든 것이 매끈하고 완벽하게 흐르며 멋지게 균형을 이루는 물의 터널 속으로 들어갔다는 뜻이었다.

"형사님, 로페즈와 관련된 조사가 끝난 뒤, 애너벨 크로우라는 여성이 형사님을 만나러 온 적이 있습니까?"

"네. 이 사건과 관련해서 데이비드 스토리에게 초점이 맞춰지고 있다는 기사가 〈로스앤젤레스 타임스〉에 실렸습니다. 크로우 씨가 그 기사를 읽고 저를 찾아왔습니다."

"크로우 씨는 누구입니까?"

"여배우입니다. 집은 웨스트 할리우드에 있고요."

"크로우 씨는 이번 사건과 무슨 관련이 있습니까?"

"크로우 씨는 작년에 데이비드 스토리 씨와 한 번 데이트를 한 적이 있는데, 섹스 도중에 스토리 씨가 목을 졸랐다고 말했습니다."

포욱스는 또 이의를 제기했지만, 지금까지와는 달리 힘이 없었다. 이번에도 판사는 이 증언과 관련된 문제들이 이미 해결되었다며 기각했다.

"크로우 씨는 그 일이 어디서 일어났다고 하던가요?"

"멀홀랜드 드라이브에 있는 스토리 씨의 집입니다. 제가 그 집 내부를 설명해 보라고 했더니, 크로우 씨는 정확히 설명했습니다. 그 집에 들어가 본 적이 있다는 뜻이죠."

"혹시 크로우 씨가 피고의 집을 찍은 사진들이 실린 〈건축 다이제스트〉를 본 게 아닐까요?"

"크로우 씨는 잡지에 사진이 실리지 않았던 중앙 침실과 욕실의 모습을 정확하고 상세하게 설명했습니다."

"피고가 목을 졸랐을 때 크로우 씨는 어떻게 되었습니까?"

"정신을 잃었다고 했습니다. 크로우 씨가 깨어났을 때 스토리 씨는 방에 없었고요. 샤워 중이었다고 했습니다. 크로우 씨는 옷을 주워 입고 도망쳤습니다."

랭와이저는 긴 침묵으로 방점을 찍었다. 그리고 다시 종이철의 페이지들을 넘기며 변호인 석을 흘깃 바라본 뒤 휴턴 판사에게 시선을 돌렸다.

"재판장님, 제가 보슈 형사님에게 물어볼 말은 지금으로서는 이것이 전부입니다."

26 최고의 식당

매케일렙은 11시 45분에 엘 코치니토에 도착했다. 실버레이크의 대로변에 있는 이 식당에 온 것은 5년 만이었지만, 이곳에 자리가 10여 개밖에 없고 점심때는 자리를 잡기가 힘들다는 사실을 기억하고 있었다. 게다가 자리를 차지하고 있는 사람들은 주로 경찰관들이었다. '작은 돼지'라는 뜻의 식당 이름이 특별히 경찰관들을 끌어들인다기보다는, 음식이 맛있고 싸기 때문이었다. 매케일렙의 경험상 경찰관들은 어느 도시에서든 많은 식당들 가운데서 싸고 맛있는 집을 찾아내는 재주가 뛰어났다. FBI 시절에 출장을 갈 일이 생기면, 그는 항상 그 도시의 경찰관들에게 식당을 추천해 달라고 말했다. 그리고 그렇게 찾아간 식당에서 실망한 적은 별로 없었다.

매케일렙은 윈스턴을 기다리는 동안 메뉴를 꼼꼼히 살피며 주문할 음식을 골랐다. 지난 해에 마침내 그의 입맛이 전보다 더욱더 강렬하게 되돌아왔다. 수술 이후 처음 18개월 동안 그는 미각에게 버림받은 신세였다. 그가 음식에 신경을 쓰지 않은 것은 모든 음식이 똑같이 밍밍했기 때문이다. 샌드위치에서부터 파스타에 이르기까지 모든 음식에 하바네라 소스를 잔뜩 뿌려야 비로소 혀에 조금 신호가 왔다. 하지만 천천히 미각이 돌아오기 시작하면서 마치 수술을 받았을 때처럼 다시 태어난 기분이 들었다. 이제 매케일렙은 그래시엘라가 만드는 모든 음식을 사랑했다. 심지어 자신이 만드는 음식도 모두 사랑했다. 대개 그는 바비큐 그릴을 제외하면 어떤 음식이든 솜씨가 없는 편인데도 그랬다. 그는 모든 음식을 전에 없이 열렬하게 먹었다. 수술을 받기 전보다 훨씬 더했다. 피넛 버터와 잼을 바른 샌드위치를 한밤중에 먹는 것은 그가 그래시엘라와 함께 오버타운으로 가서 멜로즈의 조주 식당에서 멋들어진 식사를 하는 것만큼이나 좋아하는 일이었다. 그 결과 점점 살이 찌기 시작해서, 시든 심장을 안고 새로운 심장을 기다리는 동안 빠졌던 11킬로그램이 모두 회복되었다. 이제 그는 수술 전의 몸무게인 82킬로그램으로 돌아왔고, 4년 만에 처음으로 식사량을 조절할 필요를 느꼈다. 지난번에 정기진찰을 받으러 갔을 때, 의사도 그 점을 알아차리고 주의를 주었다. 의사는 칼로리와 지방 섭취를 줄여야 한다고 말했다.

하지만 오늘 점심에 그럴 수는 없었다. 그는 이 식당에 올 기회를 아주 오래전부터 기다리고 있었다. 오래전 연쇄 살인 사건 수사로 플로리다에서 많은 시간을 보내면서 유일하게 건진 소득이 바로 쿠바 음식을 좋아하게 된 것이었다. 나중에 로스앤젤레스 현장 사무소로 발령난 뒤 탬파 외곽의 이보시티에 있던 식당들과 견줄 만한 쿠바 식당을 찾으려 했지만 쉽지 않았다. 그런데 어느 날 사건과 관련해서 우연히 만난 순찰 경관이 쿠바계라는 것을 알게 되었다. 매케일렙은 그에게 정말로 집에서 만든 것 같은 음식을 먹고 싶을 때 가는 식당이 어디냐고 물어보았다. 그 경찰관이 말해 준 곳이 엘 코치니토였다. 매케일렙은 금방 이

식당의 단골이 되었다.

매케일렙은 메뉴를 살피는 것이 시간 낭비라는 결론을 내렸다. 먹고 싶은 음식이 무엇인지는 이미 오래전부터 알고 있었기 때문이었다. 검은콩과 밥, 튀긴 바나나와 유카를 곁들인 레촌 아사다(쿠바 스타일의 돼지고기 요리－옮긴이). 의사에게 말하면 안 되는 요리였다. 매케일렙은 빨리 윈스턴이 나타나서 주문을 할 수 있게 되기를 바랄 뿐이었다.

그는 메뉴판을 한쪽으로 치워 놓고 해리 보슈를 생각했다. 매케일렙은 대개 오전 중에는 배에 머무르면서 텔레비전으로 재판을 지켜보았다. 증인석에서 보슈가 보여 주는 모습이 정말 대단하다는 생각이 들었다. 스토리가 다른 사망 사건과도 관련되어 있다는 사실은 매케일렙에게 충격이었다. 기자들도 마찬가지인 듯 싶었다. 휴정 중에 스튜디오의 해설자들은 이 새로운 전개에 흥분해서 제정신이 아니었다. 한 번은 해설을 중단하고 법정 바깥의 복도로 카메라를 돌려 J. 리즌 포욱스가 이 새로운 사실에 관한 질문 공세에 시달리는 모습을 보여 주기도 했다. 포욱스는 아무 말이 없었다. 아마도 그의 평생에 처음 있는 일일 것 같았다. 해설자들은 나름대로 추측을 늘어놓으며, 검사의 꼼꼼하면서도 철저히 이목을 사로잡는 질문 솜씨에 대해 한마디씩 했다.

그래도 재판을 지켜볼수록 매케일렙은 점점 속이 불편해지기만 할 뿐이었다. 그는 힘든 사건의 수사 과정을 저토록 훌륭하게 설명할 수 있는 사람이 또한 자신의 수사 대상이기도 하다는 사실을 아직도 잘 받아들일 수 없었다. 그의 육감은 그 남자가 지금 검사 측과 협력하고 있는 사건과 똑같은 종류의 범죄를 저질렀다고 말하고 있었다.

약속 시간인 정오에 매케일렙이 상념에서 벗어나 고개를 들자 제이 윈스턴이 식당 안으로 들어오는 것이 보였다. 두 남자가 윈스턴의 뒤를 따르고 있었다. 한 명은 백인이고 다른 한 명은 흑인이라는 사실 외에는 두 사람을 구분할 방법이 별로 없었다. 거의 똑같이 생긴 회색 양복에 밤색 넥타이를 맨 옷차림 탓이었다. 윈스턴 일행이 가까이 다가오기도 전에 매케일렙은 그들이 FBI 요원임을 알아차렸다.

윈스턴은 자포자기한 표정이었다.

"테리 씨." 윈스턴이 앉기도 전에 말했다. "소개할 사람이 두 명 있어요."

윈스턴은 흑인 요원을 먼저 가리켰다.

"이쪽은 돈 트윌리, 그리고 이쪽은 마커스 프리드먼이에요. FBI에서 나왔어요."

세 사람은 의자를 꺼내 앉았다. 프리드먼이 매케일렙 옆에, 트윌리는 바로 맞은편에 앉았다. 악수는 전혀 오가지 않았다.

"쿠바 음식은 처음인데요." 트윌리가 냅킨 스탠드에서 메뉴판을 꺼내며 말했다. "여기 맛있는 집입니까?"

매케일렙은 그를 바라보았다.

"아뇨. 그래서 내가 이 집을 좋아합니다."

트윌리가 메뉴판에서 눈을 들고 빙긋 웃었다.

"멍청한 질문이었죠? 압니다." 그는 메뉴판을 내려다보다가 다시 매케일렙에게 시선을 옮겼다. "제가 선배에 대해 알고 있는 것 아시죠? 선배는 현장 사무소의 전설입니다. 심장 수술 때문이 아니라 사건 때문에요. 이렇게 뵙게 돼서 기쁩니다."

매케일렙은 이게 도대체 무슨 일이냐고 묻는 표정으로 윈스턴을 바라보았다.

"테리 씨, 마크와 돈은 시민권 부서에서 나왔어요."

"그래요? 훌륭한데요. 전설을 만나서 쿠바 음식을 처음으로 먹어 보려고 현장 사무소까지 먼 길을 온 건가요, 아니면 다른 이유가 있는 건가요?"

“저….” 트윌리가 입을 열었다.

“결국 일이 터졌어요.” 윈스턴이 말했다. “오늘 오전에 어떤 기자가 우리 과장한테 전화해서 건 사건의 용의자로 해리 보슈를 조사하는 중이냐고 물었어요.”

매케일렙은 너무 놀라서 의자에 등을 기댔다. 그가 막 대답을 하려는데 웨이터가 다가왔다.

“조금 있다가 다시 와요.” 트윌리가 저리 가라는 듯이 손사래를 치며 무뚝뚝하게 말하는 모습이 매케일렙의 눈에 거슬렸다.

윈스턴이 말을 이었다.

“테리 씨, 일을 더 진행시키기 전에 확인할 게 있어요. 테리 씨가 정보를 준 거예요?”

매케일렙은 말도 안 된다는 표정으로 고개를 저었다.

“그럴 리가 없잖아요. 그런 생각을 하다니.”

“내가 확실히 아는 거라고는 내가 정보를 흘리지 않았다는 사실뿐이에요. 나는 심지어 히친스 과장한테도 말 안 했어요. 파트너한테도 안 했고요. 기자는 말할 것도 없죠.”

“나도 아니에요. 날 그렇게 봐 주다니 고맙네요.”

매케일렙은 트윌리를 흘깃 본 뒤 다시 윈스턴에게 시선을 돌렸다. 저 친구들 앞에서 윈스턴과 이렇게 입씨름을 하는 것이 싫었다.

“이 사람들은 왜 온 거예요?” 매케일렙은 이렇게 묻고 나서 다시 트윌리를 바라보며 말을 이었다. “원하는 게 뭐요?”

“이 사람들이 이번 사건을 맡을 거예요, 테리 씨.” 윈스턴이 대답했다. “테리 씨는 제외됐어요.”

매케일렙은 다시 윈스턴을 바라보았다. 그는 입을 살짝 벌렸다가 자기 모습이 어떻게 보일지 깨닫고 다시 다물었다.

"그게 무슨 소리예요? 제외되다니? 이걸 수사하는 사람은 나뿐이에요. 난 줄곧…."

"알아요, 테리 씨. 하지만 이제 상황이 달라졌어요. 과장한테 기자의 전화가 걸려 온 뒤로 나는 그동안 우리가 뭘 했는지 다 말할 수밖에 없었어요. 과장은 펄펄 뛰다가 화가 좀 가라앉은 뒤에 이걸 FBI에 알리는 게 최선이라는 결론을 내렸어요."

"시민권 부서죠." 트윌리가 말했다. "경찰관들을 조사하는 건 우리에게 일용할 양식이에요. 우리는…."

"시끄러, 트윌리. 나한테 FBI가 어쩌고저쩌고 하면서 헛소리를 늘어놓으려고? 나도 거기서 일한 적이 있는 사람이야. 뭐가 어떻게 돌아가는지 다 안다고. 너희들이 차고 들어와서 내 꼬리에 편승해서 보슈를 데리고 우아하게 카메라 앞을 행진해서 유치장으로 가겠지."

"그래서 이러는 겁니까?" 프리드먼이 말했다. "공을 인정받고 싶은 거예요?"

"그건 걱정할 필요 없습니다." 트윌리가 말했다. "선배가 원한다면 카메라 앞에 세워 줄 수도 있어요."

"누가 그런 걸 원한다고 했어? 그리고 날 선배라고 부르지 마. 날 알지도 못하잖아."

매케일렙은 식탁을 내려다보며 고개를 저었다.

"젠장, 오래전부터 이 집에 다시 오게 되기를 고대했는데, 식욕이 싹 없어졌잖아."

"테리 씨…." 윈스턴은 더 이상 말이 없었다.

"왜요? 이게 옳은 일이라는 말을 하려고요?"

"아뇨. 옳고 그른 게 문제가 아니에요. 그냥 이렇게 굴러가는 거예요. 이제 수사가 공식적으로 진행되게 됐는데, 테리 씨는 공식적인 요원이 아니잖아요. 이런 일이 생길 수도 있다는 걸 테리 씨도 처음부터 알고 있었을 텐데 왜 그래요?"

매케일렙은 마지못해 고개를 끄덕였다. 그는 식탁에 팔꿈치를 괴고 양손에 얼굴을 묻었다.

"그 기자는 누구였어요?"

윈스턴이 대답을 안 하자 매케일렙은 손을 내리고 날카로운 시선으로 윈스턴을 바라보았다.

"누구예요?"

"잭 매커보이라는 사람이에요. 〈뉴 타임스〉에 기사를 쓴다고 하던데, 더러운 걸 들추기 좋아하는 대안 주간지예요."

"어떻게 된 일인지 알겠군."

"매커보이를 아세요?" 트윌리가 물었다.

매케일렙의 휴대전화가 울리기 시작했다. 전화기는 의자에 걸쳐 둔 재킷 주머니에 있었다. 그런데 그가 전화기를 꺼내려다가 전화기가 주머니에 걸려 버렸다. 매케일렙은 그래시엘라의 전화일 것 같아서 불안한 마음으로 전화기와 씨름했다. 윈스턴과 버디 로크리지를 제외하면, 그가 휴대전화 번호를 알려 준 사람은 콴티코의 브래스 도런뿐이었는데 그녀가 다시 전화를 할 이유는 없었다.

벨이 다섯 번째 울렸을 때 매케일렙은 마침내 전화를 받았다.

"안녕하세요, 매케일렙 요원님? 저는 〈뉴 타임스〉의 잭 매커보이입니다. 잠깐 얘기 좀 나눌 수 있을까요?"

매케일렙은 맞은편의 트윌리를 바라보았다. 전화기 속의 목소리가 그에게도 들릴지 궁금했다.

"아뇨, 안 되겠는데요. 지금 뭘 좀 하던 중이라서 말이죠. 내 번호는 어떻게 알았습니까?"

“카탈리나의 안내 서비스에서요. 거기서 알아낸 번호로 전화했더니 부인이 받으시더군요. 그리고 제게 휴대전화 번호를 가르쳐 주셨습니다. 뭐가 잘못됐나요?”

“아뇨, 잘못된 건 없어요. 어쨌든 지금은 얘기할 수 없습니다.”

“그럼 언제 가능할까요? 중요한 일입니다. 꼭 여쭤 보고 싶은 이야기가….”

“나중에 전화해요. 한 시간 뒤에.”

매케일렙은 전화기를 닫아 식탁 위에 놓았다. 혹시 매커보이가 바로 다시 전화를 걸지 모른다 싶어서 그는 전화기를 계속 바라보았다. 기자들이란 원래 그런 사람들이니까.

“테리 씨, 무슨 일이에요?”

매케일렙은 윈스턴을 바라보았다.

“아무것도 아니에요. 내일 배를 빌리기로 한 사람인데, 날씨가 어떨지 궁금하다고 전화한 거예요.”

매케일렙은 트윌리를 바라보았다.

“아까 뭘 물어봤었지?”

“잭 매커보이를 아세요? 히친스 과장한테 전화했던 기자 말입니다.”

매케일렙은 윈스턴을 보았다가 다시 트윌리에게 시선을 돌렸다.

“그래, 알지. 내가 그 사람을 안다는 걸 당신도 알잖아.”

“맞아요, 시인 사건이었죠. 선배가 거기서도 활약하셨어요.”

“별것 아냐.”

“매커보이랑 마지막으로 이야기하신 게 언제였죠?”

“글쎄, 그게, 어디 보자…. 이틀쯤 전이겠군.”

윈스턴의 얼굴에 눈에 띄게 굳었다. 매케일렙은 윈스턴을 바라보았다.

“긴장하지 말아요, 제이 씨. 스토리 재판을 보러 갔다가 매커보이를 우연히 만난 거예요. 난 보슈를 만나러 간 길이었고요. 매커보이는 〈뉴 타임스〉의 의뢰로 재판을 취재하러 왔다면서 나한테 인사를 했어요. 그게 5년 만에 처음 만난 거예요. 내가 뭘 하고 있는지, 뭘 조사하는지는 전혀 말 안 했어요. 사실 그때 나는 보슈를 용의자로 보지도 않았어요."

"그럼 그 기자가 테리 씨가 보슈랑 함께 있는 걸 봤어요?"

"봤을 거예요. 다들 봤으니까. 기자들이 잔뜩 몰려와 있었으니까요. 그 기자가 과장한테 특별히 내 이름을 말했어요?"

"히친스 과장은 아무 말 없었어요."

"좋아요. 제이 씨도 아니고 나도 아니라면, 어디서 정보가 샜을까요?"

"우리가 그걸 지금 선배한테 묻고 있는 겁니다." 트월리가 말했다. "사건에 본격적으로 뛰어들기 전에 분위기도 파악하고, 누가 누구한테 이야기를 털어놓는지도 알아야 하니까요."

매케일렙은 대답하지 않았다. 점점 속이 답답해졌다. 지금의 대화, 맞은편에 앉아 있는 트월리, 이 작은 식당에 자리가 나기를 기다리며 주위에 서 있는 사람들 때문에 매케일렙은 점점 숨을 쉬기가 힘들어졌다.

"어젯밤에 가셨던 술집은 어떻습니까?" 프리드먼이 물었다.

매케일렙은 의자에 등을 기대고 그를 바라보았다.

"그 술집이 뭐?"

"윈스턴 형사님한테서 얘기는 들었습니다. 거기서 보슈와 건에 대해 구체적으로 물으셨죠?"

"그래. 그게 뭐? 거기 바텐더가 곧장 전화통을 붙들고 〈뉴 타임스〉에 전화해서 잭 매커보이를 바꿔 달라고 했을까 봐? 내가 보슈의 사진을 보여 줬다는 이유만으로? 웃기는 소리 작작해."

"여긴 사람들이 언론 매체에 민감한 도시예요. 이야기, 정보, 데이터를 팔아넘기는 사람들투성이라고요."

매케일렙은 고개를 저었다. 바텐더가 자신의 이야기만 듣고 상황을 추리해서 기자에게 전화할 만큼 머리가 좋을 거라고는 생각할 수 없었다.

그러다 갑자기 그만한 재능과 정보를 다 갖고 있는 사람이 떠올랐다. 버디 로크리지. 만약 그가 정보를 누설했다면, 사실상 매케일렙이 떠들어 댄 거나 마찬가지였다. 자신이 윈스턴에게 보슈를 의심하는 이유를 설명하는 동안 로크리지가 아래층 갑판에 숨어 있었던 것을 떠올리자 머릿속에 땀이 나기 시작했다.

"바에서 뭘 마시지 않았습니까? 매일 약을 아주 많이 드신다고 하던데. 거기에 알코올이 섞이면… 아시죠? 입을 잘못 놀렸다가는 배가 가라앉을 수도 있습니다."

이건 트윌리의 말이었지만, 매케일렙은 날카로운 시선으로 윈스턴을 바라보았다. 이렇게 상황이 급변한 것에 배신감이 들었다. 하지만 뭐라고 말을 하기 전에 윈스턴의 눈빛에서 사과의 뜻을 읽고, 윈스턴 역시 일이 이런 식으로 진행되는 것을 원치 않는다는 사실을 깨달았다. 매케일렙은 마침내 트윌리에게 시선을 돌렸다.

"내가 약을 먹은 주제에 술을 지나치게 마셨을 거라고 생각하나, 트윌리? 그런 거야? 그래서 내가 술집에서 마구 떠벌렸을 거라고?"

"그런 건 아닙니다. 그냥 물어본 거예요. 화를 내실 이유가 없습니다. 그 기자가 어디서 그런 이야기를 들었는지 알아보려고 하는 것뿐이에요."

"그럼 너 혼자 알아봐."

매케일렙은 일어나려고 의자를 뒤로 밀었다.

"레촌 아사다를 먹어 봐." 그가 말했다. "이 도시에서 그걸 최고로 잘하는 집이니까."

매케일렙이 일어나려고 하자 트윌리가 식탁 너머로 손을 뻗어 그의 팔뚝을 잡았다.

"이러지 마세요, 선배. 이야기를 좀 하자고요."

"그래요, 테리 씨." 윈스턴이 말했다.

매케일렙은 트윌리의 손에서 팔을 빼내고 일어섰다. 그리고 윈스턴을 바라보았다.

"이 친구들하고 잘 해 봐요, 제이 씨. 운이 좀 따라야 할 거예요."

그러고 나서 매케일렙은 프리드먼과 트윌리를 차례로 바라보았다.

"너희는 엿이나 먹어."

그는 자리가 나기를 기다리는 사람들 틈을 뚫고 문밖으로 나갔다. 아무도 그의 뒤를 따라오지 않았다.

매케일렙은 선셋 대로에 세워둔 지프에 앉아 천천히 화를 삭이며 식당을 지켜보았다. 매케일렙도 윈스턴과 히친스의 조치가 옳다는 걸 알고 있었다. 하지만 자기 사건에서 밀려나는 건 싫었다. 사건은 자동차와 같았다. 자신이 운전대를 잡을 수도 있고, 앞자리나 뒷자리에 타고 갈 수도 있고, 길가에 버려진 채 차가 지나가는 걸 우두커니 보게 될 수도 있다. 매케일렙은 조금 전까지 자동차의 운전대를 쥐고 있었지만, 지금은 길가에 서서 지나가는 차들을 향해 엄지를 들어 보여야 하는 신세였다. 속이 상했다.

매케일렙은 버디 로크리지를 떠올리며 그를 어떻게 다뤄야 할지 생각해 보았다. 매케일렙이 배에서 윈스턴에게 상황을 설명하는 걸 버디 로크리지가 엿듣고 매커보이에게 말했다는 게 사실로 확인되면, 그와 모든 관계를 확실히 끊어야 할 것이다. 동업자든 아니든, 다시는 버디와 함께 일할 수 있을 것 같지 않았다.

매케일렙은 버디가 자신의 휴대전화 번호도 알고 있으니 매커보이에게 직접 가르쳐 주었을 수도 있다는 데에 생각이 미쳤다. 그는 전화기를 꺼내 집으로 전화를 걸었다. 그래시엘라가 전화를 받았다. 금요일은 그녀가 학교에서 반나절만 일하는 날이었다.

"그래시엘라, 최근에 누구한테 내 휴대전화 번호 가르쳐 준 적 있어?"

"어떤 기자가 당신이랑 아는 사이라면서 당장 할 얘기가 있다고 해서 가르쳐 줬어. 잭 뭐라고 했는데. 왜? 뭐가 잘못됐어?"

"아니, 아무것도 아냐. 그냥 확인하는 거야."

"진짜지?"

매케일렙의 전화기에서 통화 중 대기를 알리는 신호음이 울렸다. 그는 손목시계를 확인해 보았다. 12시 50분이었다. 매커보이는 1시가 지난 뒤에야 전화를 걸어올 터였다.

"그래, 진짜야." 매케일렙은 그래시엘라에게 말했다. "지금 전화가 들어와서 끊어야겠어. 오늘 밤에는 집에 갈 거야. 이따 봐."

매케일렙은 대기 중이던 전화를 받았다. 매커보이였다. 그는 자기가 지금 법원에 있는데 1시에 법정으로 들어가지 않으면 어렵게 확보한 자리를 빼앗기게 될 거라고 설명했다. 그래서 아직 한 시간이 안 됐는데 전화를 걸었다는 얘기였다.

"이제 얘기할 수 있어요?" 그가 물었다.

"알고 싶은 게 뭡니까?"

"할 이야기가 있어요."

"계속 그 말만 하는데, 무슨 이야기를 하겠다는 겁니까?"

"해리 보슈. 제가 취재 중인 기삿거리가 있는데…."

"스토리 사건에 대해서는 아무것도 몰라요. 텔레비전에서 본 것밖에는."

"그게 아닙니다. 에드워드 건 사건을 말하는 거예요."

매케일렙은 대답하지 않았다. 이건 좋지 않았다. 이런 일로 기자와 말을 섞어 봤자 문제만 생길 것이다. 매커보이가 침묵하는 매케일렙에게 말했다.

"지난번에 법원에서 만났을 때 그 사건 때문에 해리 보슈를 만나러 왔던 겁니까? 건 사건을 수사 중인 거예요?"

"내가 솔직히 말하죠. 난 에드워드 건 사건을 수사하지 않습니다. 알겠어요?"

다행이다. 매케일렙은 생각했다. 이건 거짓말이 아니었다.

"그럼 그 사건을 수사했습니까? 보안관서의 의뢰로요?"

"내가 뭣 좀 물어보죠. 누구한테서 이런 이야기를 들었습니까? 내가 이 사건을 수사했다고 누가 말해 줬어요?"

"그건 대답할 수 없습니다. 취재원을 보호해야 하니까요. 요원님이 저한테 정보를 주신다면, 저는 요원님의 신분도 보호해 드릴 겁니다. 만약 제가 취재원을 공개한다면, 이 바닥에서는 끝장이에요."

"잘 들어요. 댁이 나한테 말하지 않는 한 나도 댁한테 아무 이야기도 안 할 겁니다. 무슨 말인지 알겠어요? 오고 가는 게 있어야 한다는 뜻이에요. 댁이 나에 대해서 그런 엿 같은 소리를 한 게 누군지 말해 주면, 나도 대답하겠습니다. 그렇지 않으면 우린 할 얘기가 하나도 없어요."

매케일렙은 기다렸다. 매커보이는 아무 말도 하지 않았다.

"그럴 줄 알았지. 잘 있어요, 매커보이 기자."

매케일렙은 전화기를 닫았다. 매커보이가 히친스 과장에게 매케일렙의 이름을 말했든 안 했든, 그가 믿을 만한 정보원을 확보한 것만은 확실했다. 매케일렙은 역시 자신과 제이 윈스턴을 빼면, 한 사람밖에 남지 않는다는 결론을 내렸다.

"젠장!" 그는 차 안에서 고함을 질렀다.

1시 조금 지나서 제이 윈스턴이 엘 코치니토에서 나오는 것이 보였다. 매케일렙은 윈스턴을 따로 만나서 이야기할 기회를 바라고 있었다.

어쩌면 로크리지에 대해 이야기할 수도 있었다. 하지만 트윌리와 프리드먼이 뒤따라 나와서 윈스턴과 같은 차에 올라탔다. FBI의 자동차였다.

매케일렙은 그들이 차도로 빠져나가 시내 쪽으로 향하는 것을 지켜보았다. 그러고 나서 지프에서 내려 다시 식당으로 들어갔다. 배가 엄청나게 고팠다. 빈자리가 없어서 매케일렙은 포장용 주문을 했다. 지프 안에서 먹으면 될 터였다.

주문을 받은 할머니가 슬픈 갈색 눈으로 매케일렙을 올려다보며 이번 주에 손님이 많아서 준비한 레촌 아사다가 모두 떨어졌다고 말했다.

27 잭 매커보이

존 리즌이 변호인의 심문 순서가 될 때까지 보슈에 대한 질문을 미루자 방청객들과 배심원들이 모두 놀랐다. 십중팔구 언론 매체들도 대부분 놀란 것 같았다. 하지만 검사들은 이런 상황을 미리 예측하고 있었다. 검사 측이 내세운 최고의 증인을 쓰러뜨리는 것이 변호인 측의 전략이라면, 그 최고의 증인은 바로 보슈였고 변호인이 변론을 펼치는 중에 공격하는 것이 최선이었다. 그러면 보슈에 대한 포욱스의 공격 또한 데이비드 스토리의 무죄를 입증하려는 조직적인 노력의 일부가 될 터였다.

점심시간에 보슈와 검사들은 보슈의 증언에 대해 꼬치꼬치 물어보는 기자들에게 정신없이 시달렸다. 점심시간이 끝난 뒤 검사들은 오전에 얻은 힘을 바탕으로 재빨리 움직였다. 크레츨러와 랭와이저가 번갈아가며 여러 증인들에게 짤막짤막하게 질문을 던졌다.

첫 번째 증인은 검시관실의 테레사 코라존 실장이었다. 크레츨러가 질문자로 나선 가운데, 코라존은 부검 중 자신이 발견한 사실들을 증언했다. 조디 크레멘츠의 사망 시각은 10월 13일 금요일 자정부터 새벽 2시 사이라고 했다. 코라존은 또한 여성이 자기 색정적 죽음을 맞는 경우가 지극히 드물다는 사실을 뒷받침해 주었다.

포욱스는 이번에도 증인 심문을 뒤로 미뤘다. 코라존은 증인석에 오른 지 30분도 채 안 돼서 내려갔다.

보슈는 이제 적어도 검찰 측의 질문에는 모두 대답한 상태였으므로, 줄곧 법정 안에 있을 필요는 없었다. 랭와이저가 다음 증인으로 피살자의 몸에서 발견된 모발이 스토리의 것이었다고 증언해 줄 감식반원을 증언대로 불러내는 동안 보슈는 코라존을 차까지 바래다 주었다. 두 사람은 오래전에 연인 관계였다. 요즘 식으로 표현한다면, '부담 없는 관계'였다고 할 수 있을 것이다. 비록 두 사람 사이에 사랑은 전혀 없었지만, 보슈의 입장에서는 그렇게 태평하지만은 않았다. 그는 매일 죽음과 마주하는 두 사람이 생명을 확인해 주는 궁극적인 행위를 통해 죽음을 밀어내고 있다고 생각했다.

코라존은 검시관 실장으로 임명된 뒤 관계를 끝내자고 했다. 그 뒤로 두 사람은 철저히 공적인 관계만 유지하고 있었다. 코라존이 승진한 뒤 부검실에서 보내는 시간이 줄어들어서 보슈가 그녀를 자주 보기도 힘들었다. 하지만 조디 크레멘츠 사건은 달랐다. 코라존은 이것이 기자들을 떼로 끌어 모을 수 있는 사건임을 본능적으로 알아차리고 직접 부검을 맡았다. 과연 그렇게 한 보람이 있었다. 전국에서 많은 사람들이 코라존의 증언을 보게 될 것이다. 어쩌면 전 세계 사람들이 보게 될 수도 있었다. 코라존은 매력적이고, 똑똑하고, 노련하고, 철저했다. 그녀가 증인석에 앉아 있던 30분은 독자적으로 활동하는 조사관이나 논평가가 돈을 아주 많이 벌 수 있다고 선전하는 30분짜리 광고 같았다. 보슈는 과거 코라존과 맺었던 관계 덕분에 한 가지만은 확실히 알고 있었다. 그녀가 항상 한 단계 높은 곳을 바라본다는 것.

코라존의 차는 법원 단지 뒤편의 가석방 담당관실 옆에 있는 주차장에 세워져 있었다. 두 사람은 평범한 이야기들을 나눴다. 날씨, 해리가 담배를 끊으려고 애쓰는 것…. 그러다가 코라존이 사건 얘기를 꺼냈다.

"잘돼 가고 있는 것 같네."

"지금까지는 그렇지."

"우리도 모처럼 이렇게 큰 사건을 한번 이겨 봤으면 좋겠어."

"그러게."

"오늘 오전에 당신이 증언하는 걸 봤어. 내 사무실에서 텔레비전으로. 잘하던데, 해리."

그가 잘 아는 말투였다. 코라존에게 뭔가 하고 싶은 말이 있음이 분명했다.

"그런데?"

"그런데 피곤해 보이더라. 저쪽에서 당신한테 달려들 거라는 건 당신도 알잖아. 이런 사건에서는 저쪽이 경찰관을 무너뜨리면 사건도 같이 무너져."

"그거야 기초지."

"맞아. 그럼 당신은 각오가 돼 있는 거야?"

"그럴걸."

"다행이네. 그동안 푹 쉬어 둬."

"말이 쉽지."

주차장으로 다가가면서 보슈는 가석방 담당관실을 바라보았다. 직원들이 뭔가 발표를 보려는 사람들처럼 사무실 앞에 모여 있었다. 직원들 머리 위에는 지붕의 선을 따라 '잘 돌아왔어요, 셀마'라고 적힌 플래카드가 걸려 있었다. 양복 차림의 남자가 지팡이에 몸을 기댄 뚱뚱한 흑인 여자에게 명판을 수여하는 중이었다.

"아…. 그 가석방 담당관이잖아." 코라존이 말했다. "작년에 총에 맞은 사람 말이야. 라스베이거스에서 온 총잡이한테."

"아, 맞아." 보슈는 그 사건을 떠올렸다. "그 여자가 돌아왔군."

이 수여식을 녹화하는 텔레비전 카메라는 한 대도 없었다. 저 여자는 임무 수행 중 총격을 당했고, 그 뒤로 힘겨운 노력을 기울인 끝에 일자리로 돌아왔다. 하지만 비디오테이프를 낭비할 만큼 가치 있는 일은 아닌 모양이었다.

"잘 돌아왔어요." 보슈가 말했다.

코라존의 차는 주차장 2층에 있었다. 반짝반짝 빛나는 검은색 벤츠로, 좌석은 두 개였다.

"밖에서 하는 일이 아주 잘되는 모양이군." 보슈가 말했다.

코라존은 고개를 끄덕였다.

"4주 동안 휴가를 얻었어. 그 시간을 아주 유용하게 쓰고 있지. 재판이나 TV 출연 같은 것. HBO에서 하는 부검 프로그램에서도 한 사건을 맡았어. 다음 달에 방송될 거야."

"테레사, 이러다 순식간에 세계적인 스타가 되겠는걸."

코라존은 미소를 지으며 보슈에게 다가서서 넥타이를 바로잡아 주었다.

"당신이 어떻게 생각하는지 알아, 해리. 난 괜찮아."

"내가 무슨 생각을 하든 상관없어. 당신은 행복해?"

코라존이 고개를 끄덕였다.

"많이."

"그럼 나도 불만 없어. 난 이제 들어가야겠다. 나중에 봐, 테레사."

코라존이 갑자기 발꿈치를 들어 올리며 보슈의 뺨에 입을 맞췄다. 보슈에게는 오랜만의 일이었다.

"당신이 이번 일을 무사히 마치기를 바랄게, 해리."

"그래, 나도 마찬가지야."

보슈는 엘리베이터에서 복도로 나와 디파트먼트 N 법정으로 향했다. 법정 문 앞의 차단선 뒤로 사람들이 줄을 서 있는 것이 보였다. 방청석이 비기를 기다리는 사람들이었다. 기자들 몇 명이 기자실의 열린 문 앞에서 북적거렸지만, 다른 사람들은 다들 책상에서 재판을 지켜보고 있었다.

"보슈 형사님?"

보슈는 고개를 돌렸다. 공중전화가 있는, 움푹하게 들어간 공간에 잭 매커보이가 서 있었다. 전날 만났던 기자. 보슈는 걸음을 멈췄다.

"아까 밖으로 나오시는 걸 보고 기다렸어요."

"난 곧 안으로 들어가 봐야 합니다."

"알아요. 꼭 드려야 할 얘기가 있어서요. 아주 중요한 얘기입니다. 빠를수록 좋고요."

"그게 무슨 소리예요? 중요한 얘기라니요?"

"형사님에 관한 이야기예요."

매커보이는 움푹한 공간에서 나와 보슈에게 가까이 다가왔다. 그래야 목소리를 줄일 수 있기 때문이었다.

"내 얘기라니요?"

"보안관서가 형사님을 수사하고 있다는 걸 아십니까?"

보슈는 법정 출입문 쪽을 한 번 바라보고 다시 매커보이에게 시선을 돌렸다. 매커보이는 메모지와 펜을 천천히 꺼내 들고 있었다. 메모를 준비하고 있다는 뜻이었다.

"잠깐만요." 보슈는 메모지를 손으로 잡았다. "무슨 소립니까? 수사라니요?"

"에드워드 건 기억하시죠? 그 사람이 죽었는데, 형사님이 용의자입니다."

보슈는 멍하니 그를 바라보며 입을 살짝 벌렸다.

"그래서 형사님이 무슨 하실 말씀이 있나 하고요. 자신을 변호한다든가, 뭐 그런 거. 다음 주 잡지에 기사를 쓸 예정인데, 형사님께 말씀하실 기회를…."

"아뇨, 할 말 없습니다. 이제 가 봐야겠소."

보슈는 돌아서서 법정 문을 향해 몇 걸음 걷다가 다시 멈춰 섰다. 그리고 수첩에 메모를 하고 있는 매커보이에게 돌아왔다.

"뭘 쓰고 있는 겁니까? 난 아무 말도 안 했는데."

"압니다. 그걸 쓰고 있는 거예요."

매커보이는 메모지에서 눈을 들어 보슈를 바라보았다.

"다음 주라고 했는데, 정확히 언제입니까?" 보슈가 말했다.

"〈뉴 타임스〉는 매주 목요일 아침에 나옵니다."

"그럼 만약 내가 당신에게 뭔가 말을 하고 싶다면 언제까지 연락을 하면 되죠?"

"수요일 점심 무렵까지요. 하지만 그때쯤이면 시간이 너무 촉박할 겁니다. 그냥 형사님 말씀을 몇 군데서 인용하는 것 외에 달리 어떻게 해 볼 시간이 없을 거예요. 그러니까 지금 이야기하시는 게 좋습니다."

"이런 얘기 누구한테서 들었습니까? 취재원이 누구예요?"

매커보이는 고개를 저었다.

"형사님한테 취재원 얘기를 할 수는 없습니다. 제가 얘기하고 싶은 건 형사님이 받고 있는 혐의예요. 에드워드 건을 죽이셨습니까? 복수의 천사 같은 일을 하고 계시는 거예요? 그쪽에서는 그렇게 생각하고 있습니다."

보슈는 한참 동안 기자를 물끄러미 바라보다가 마침내 입을 열었다.

"내 말은 절대 인용하지 말고 꺼져요. 무슨 말인지 알겠소? 당신이 지금 헛소리로 날 떠보는 건지 어떤 건지는 모르지만, 내 충고 하나 하지. 그 주간지에 기사를 쓰기 전에 반드시 제대로 취재를 해야 할 거요. 좋은 조사관이라면 자신한테 정보를 준 사람이 왜 정보를 줬는지 항상 알고 있어야 하는 법이요. 거짓말 감지기를 갖고 다녀야 한다고나 할까. 당신도 좋은 감지기를 갖고 있어야 할 거요."

보슈는 돌아서서 재빨리 법정 문으로 걸어갔다.

보슈가 법정 안으로 들어서자 랭와이저가 마침 모발 전문가에 대한 심문을 마친 참이었다. 이번에도 포욱스는 나중에 변호인 심문을 할 때 증인을 다시 부르겠다고 말했다.

증인이 연설대 뒤의 출구를 빠져나오는 동안 보슈는 그 옆을 살짝 지나쳐서 검사석의 자기 자리로 갔다. 랭와이저나 크레츨러에게 시선을 주거나 말을 걸지는 않았다. 그는 팔짱을 끼고 자신이 탁자 위에 놓아두었던 종이철을 내려다보았다. 그러다가 변호인석에 앉아 있던 데이비드 스토리의 자세와 지금 자신의 자세가 똑같다는 것을 깨달았다. 이건 죄를 저지른 사람의 자세였다. 보슈는 재빨리 양팔을 무릎으로 내리고, 판사석 뒤의 벽에 높이 걸려 있는 캘리포니아 주의 상징을 올려다보았다.

랭와이저가 일어나서 다음 증인을 불렀다. 지문 전문가였다. 그는 보슈의 증언을 뒷받침하는 증언을 짤막하게 하고 내려갔다. 포욱스도 반발하지 않았다. 그다음 증인은 크레멘츠의 룸메이트가 처음 신고 전화를 걸었을 때 현장에 출동한 순찰 경관이었고, 그다음은 그 순찰 경관의 뒤를 이어 현장에 도착했던 그의 상사였다.

보슈는 증언에 별로 귀를 기울이지 않았다. 증언에 새로운 얘기가 없었을 뿐더러, 그의 머리는 다른 곳을 헤매고 있었다. 매커보이가 취재 중이라고 말했던 이야기. 랭와이저와 크레츨러에게 이 사실을 알려야 한다는 건 알고 있었지만, 그전에 생각할 시간이 필요했다. 그래서 주말을 보낸 뒤 알리기로 했다.

피살자의 룸메이트인 제인 길리는 증인석에 올라온 증인들 중 수사기관과 관련이 없는 첫 번째 인물이었다. 그녀는 눈물을 흘리며 진지하게 증언했다. 그녀는 보슈가 이미 밝힌 수사 과정의 세세한 부분을 확인해 주었을 뿐만 아니라, 좀 더 개인적인 정보도 알려 주었다. 조디 크레멘츠가 할리우드의 중요 인물과 데이트한다는 사실에 들떠 있었다는 것, 두 사람 모두 데이트 전날 손톱과 발톱과 머리를 다듬었다는 것 등이었다.

"조디가 제 요금까지 내줬어요." 길리가 증언했다. "얼마나 다정했는데요."

지금까지는 수사 전문가들이 증인으로 나와서 살인 사건을 무미건조하게 분석했지만, 길리의 증언은 거기에 대단히 인간적인 색채를 입혀 주었다.

랭와이저가 길리에 대한 심문을 끝내자, 마침내 포욱스가 증인에게 몇 가지 질문할 것이 있다고 말했다. 그는 메모지 한 장 없이 연설대로 가서 뒷짐을 지고 마이크를 향해 살짝 몸을 기울였다.

"자, 길리 씨, 댁의 룸메이트는 매력적인 젊은 여성이었죠?"

"네, 아름다웠죠."

"그럼 인기도 좋았습니까? 많은 남자들과 데이트를 했나요?"

길리는 머뭇거리며 고개를 끄덕였다.

"데이트를 했어요."

"얼마나 자주요?"

"뭐라고 말하기가 어려운데요. 제가 그 애 스케줄을 관리한 것도 아니고, 저도 남자 친구가 있었으니까요."

"그렇군요. 그럼 피살자가 사망하기 10주 전까지만 예를 들어 봅시다. 그 기간 동안 조디가 데이트를 나가지 않았던 주가 몇 번이나 될까요?"

랭와이저가 일어나서 이의를 제기했다.

"재판장님, 말도 안 되는 질문입니다. 10월 12일 밤에서부터 13일 아침 사이에 벌어진 일과는 아무 상관이 없습니다."

"아뇨, 재판장님, 제 생각에는 상관이 있습니다." 포욱스가 말했다. "랭와이저 검사도 그 사실을 알고 있을 겁니다. 저한테 조금만 더 시간을 주신다면, 제가 금방 이 사건과의 관련성을 밝혀낼 수 있을 겁니다."

휴턴은 이의를 기각하고 포욱스에게 좀 전의 질문을 다시 하라고 말했다. "조디 크레멘츠가 사망하기 전 10주 동안 데이트를 나가지 않았던 주가 몇 번이나 될까요?"

"모르겠어요. 한 번일 수도 있고, 한 번도 없었을 수도 있고…."

"한 번도 없었을 수도 있다고요?" 포욱스가 증인의 말을 되풀이했다. "그럼 길리 씨, 그 기간 동안 댁의 룸메이트가 적어도 두 번 데이트를 한 주는 몇 번이나 될까요?"

랭와이저가 또 이의를 제기했지만, 이번에도 기각당했다.

"잘 모르겠어요." 길리가 말했다. "많겠죠."

"많다고요?" 포욱스가 또 증인의 말을 되풀이했다.

랭와이저가 일어나서 판사에게 포욱스가 증인의 답변을 되풀이하는 것을 중지시켜 달라고 말했다. 판사는 랭와이저의 요구를 받아들였지만, 포욱스는 판사에게서 주의를 받지 않은 사람처럼 질문을 계속했다.

"데이트 상대는 항상 같은 사람이었나요?"

"아뇨. 다른 사람일 때가 많았어요. 몇 번씩 만나는 사람은 별로 없었어요."

"그러니까 댁의 룸메이트는 현장을 누비는 걸 좋아했군요. 맞습니까?"

"그런 것 같아요."

"그렇다는 겁니까, 아니라는 겁니까, 길리 씨?"

"그렇다는 뜻이에요."

"고맙습니다. 사망하기 전 10주 동안, 길리 씨는 조디 크레멘츠가 적어도 두 번 이상 데이트를 한 적이 대부분이라고 했는데, 그때 만난 남자는 몇 명이나 됩니까?"

길리는 답답하다는 듯 고개를 흔들었다.

"저도 몰라요. 세어 보지는 않았다고요. 게다가 이게 사건이란 무슨 상관…."

"고맙습니다, 길리 씨. 그냥 내가 던진 질문에 대답만 해 주면 고맙겠는데요."

포욱스는 가만히 기다렸지만 길리는 아무 말도 하지 않았다.

"조디가 남자에게 그만 만나자고 할 때 어려운 일을 겪은 적은 없습니까? 다음 상대에게로 옮겨 갈 때 말입니다."

"무슨 말씀인지 모르겠어요."

"모든 남자들이 다시 만날 약속을 잡지 못하는 걸 기꺼이 받아들였느냐는 뜻입니다."

"조디가 다시 안 만나겠다고 하면 화를 내는 사람도 있었지만, 심각한 문제는 없었어요."

"협박한 사람은 없었나요? 조디 크레멘츠가 무서워한 사람은?"

"저한테 그런 얘기를 한 적은 없어요."

"조디 크레멘츠가 데이트한 남자들에 대해 증인에게 모조리 얘기해 주었습니까?"

"아뇨."

"그럼 데이트를 할 때 조디 크레멘츠가 증인과 함께 살고 있는 집으로 남자를 데려올 때가 많았나요?"

"가끔 있었죠."

"남자들이 밤을 보내고 갔습니까?"

"가끔 그랬을 거예요. 잘 모르겠어요."

"길리 씨가 집에 없을 때가 많았죠?"

"네. 제가 남자 친구 집에서 잘 때가 많았으니까요."

"무슨 이유가 있습니까?"

길리는 짧게 웃음을 터뜨렸다.

"그거야 남자 친구를 사랑하니까 그런 거죠."

"그럼 남자 친구와 함께 증인의 집에서 밤을 보낸 적은 없습니까?"

"제 남자 친구가 우리 집에서 자고 간 기억은 없어요."

"왜죠?"

"아마 남자 친구가 혼자 살고 있기 때문일 거예요. 남자 친구 집에서는 단둘이 있을 수 있으니까요."

"그럼 길리 씨, 남자 친구의 집에서 자는 날이 일주일에 몇 번이나 되지 않았습니까?"

"그럴 때도 있었죠. 그게 왜요?"

"그건 룸메이트가 끊임없이 남자들을 데려와서 밤을 보내는 게 싫어서 그런 거였습니다."

랭와이저가 일어났다.

"재판장님, 변호인은 이 말을 심지어 질문으로 만들지도 않았습니다. 변호인의 말투와 발언 내용에 대해 이의를 제기합니다. 지금 우리는 조디 크레멘츠의 사생활을 재판하는 게 아닙니다. 그 여자를 살해한 혐의로 데이비드 스토리를 재판하는 겁니다. 따라서 변호인 측이 피살자의 사생활을…."

"됐습니다, 랭와이저 검사. 무슨 말인지 알았어요." 휴턴 판사는 이렇게 말하고 나서 포욱스를 바라보았다. "포욱스 변호인, 이제 더 이상 그런 질문은 하지 마시오. 랭와이저 검사의 말에 일리가 있습니다. 증인에게 다음 질문을 해요."

포욱스는 고개를 끄덕였다. 보슈는 그를 유심히 살펴보았다. 포욱스는 완벽한 배우였다. 그는 태도를 통해 숨은 진실을 밝혀내지 못하고 저지당한 남자의 좌절감을 사람들에게 전달했다. 저것이 연기라는 사실을 배심원들이 알아차릴지 궁금했다.

"알겠습니다, 재판장님." 포욱스는 목소리에 좌절감을 섞어 대답했다. "지금은 이 증인에 대해 더 이상 질문이 없습니다."

판사는 15분 동안 휴정한다고 말했다. 보슈는 길리를 데리고 기자들 사이를 빠져나와 엘리베이터를 타고 내려가서 길리가 자동차를 세워 둔 곳까지 바래다주었다. 그리고 증언을 아주 잘했으며, 포욱스의 반대 심문에도 완벽하게 대응했다고 말해 주었다. 그러고 나서 보슈는 지방 검사실 2층의 사무실에서 크레츨러, 랭와이저와 합류했다. 재판 기간 동안 검사 팀이 임시로 쓰고 있는 사무실이었다. 사무실 안에 있는 작은 커피메이커에는 오전 휴식 시간에 내려 둔 커피가 반쯤 남아 있었다. 지금 새로 커피를 내릴 시간은 없었으므로 다들 그 오래된 커피를 마셨다. 그동안 크레츨러와 랭와이저는 그날 하루의 재판 진행 상황을 점검했다.

"내가 보기에 피살자가 헤픈 여자였다는 식의 전략은 나중에 변호인 측에 커다란 역풍이 될 것 같아요." 랭와이저가 말했다. "그것보다 더 강한 뭔가가 있어야 할 걸요."

"포욱스는 그냥 그 여자한테 남자가 아주 많았다는 걸 보여 주려는 것뿐이야." 크레츨러가 말했다. "그래서 그 남자 중 누구라도 살인범일 가능성이 있다는 얘기를 하려는 거지. 무턱대고 쏘아서 한 발만 맞으면 된다는 식이라고나 할까. 총을 많이 쏘면 한 발 정도는 맞게 돼 있잖아."

"그래도 별로 효과가 없을 거예요."

"내가 하나만 말해 줄까? 존 리즌이 지금 모든 전략을 뒤로 미루고 있으니까 우리가 지금 빨리 진행할 수 있는 거야. 저쪽이 계속 그렇게 나오면 우리 순서는 화요일이나 수요일쯤 끝날걸."

"잘됐네요. 저쪽이 뭘 내놓을지 궁금해 죽겠으니까."

"난 별로 안 궁금한데요." 보슈가 끼어들었다.

랭와이저가 그를 바라보았다.

"아, 이런 폭풍쯤은 전에도 맞아 본 적이 있다는 거죠?"

"그래요. 하지만 이번 사건은 왠지 느낌이 안 좋아요."

"걱정할 필요 없어요." 크레츨러가 말했다. "우리가 놈들한테 아주 골탕을 먹여 줄 거니까. 우린 지금 튜브 속에 있어요. 거기서 나가지도 않을 거고요."

세 사람은 스티로폼 컵 세 개를 함께 들어 올려 건배를 했다.

보슈의 지금 파트너인 제리 에드거, 예전 파트너인 키즈민 라이더가 오후에 증인으로 나섰다. 검사들은 두 사람 모두에게 데이비드 스토리의 집에 대한 수색이 끝난 뒤 보슈가 차 안으로 돌아와서 스토리가 범죄를 자백하며 자랑했다고 말한 것에 대해 물었다. 두 사람의 증언은 보슈의 증언과 확실하게 일치했으므로 보슈의 신빙성에 대해 변호인 측이 공격을 가할 때 버팀목이 되어 줄 것 같았다. 검사들은 또한 에드거와 라이더가 모두 흑인이기 때문에 배심원들에게 더욱 신뢰를 줄 수 있을 거라고 기대하고 있었다. 배심원 중 다섯 명과 만일의 사태를 위한 교체용 배심원들 중 두 명이 흑인이었다. 로스앤젤레스의 사정상 백인 경찰관의 신빙성에 대해 흑인 배심원들이 의심을 품게 됐을 때, 에드거와 라이더가 보슈의 편이 되어 주는 것은 확실히 이점이었다.

라이더가 먼저 증언대에 앉았고, 포욱스는 역시 반대 심문을 하지 않았다. 에드거의 증언은 라이더의 것과 똑같았지만, 그가 이번 사건과 관련해 두 번째로 발부된 수색 영장을 전달한 인물이었기 때문에 검사들은 그에게 추가 질문을 던졌다. 두 번째 영장은 데이비드 스토리의 모발과 혈액 샘플을 채취하기 위한 것이었다. 이 영장이 발부됐을 때 보슈는 〈건축 다이제스트〉를 조사하러 뉴욕에 가 있었고, 라이더는 사건 전의 계획대로 하와이에서 휴가를 즐기는 중이었다. 에드거는 순찰 경관 한 명을 데리고 아침 6시에 다시 스토리의 집 앞에 나타났다. 그는 스토리가 자기들을 밖에서 기다리게 한 채 변호사에게 연락을 취했으며, 그때의 변호사가 바로 형사 사건 변호사인 J. 리즌 포욱스였다고 증언했다.

그때 포욱스는 상황을 살핀 뒤 스토리에게 협조하라고 말했고, 경찰들은 용의자를 시내의 파커 센터로 데려가 음모, 머리카락, 혈액을 채취했다.

"용의자를 데리고 이동해서 샘플을 채취하는 동안 피고에게 범죄에 대해 물어본 적이 있습니까?" 크레츨러가 물었다.

"아뇨, 물어보지 않았습니다." 에드거가 대답했다. "피고는 집을 나서

기 전에 포욱스 변호사와 통화 중이던 자기 전화기를 제게 건네주었습니다. 변호사는 자기 고객이 어떤 식으로든 괴롭힘을 당하거나 질문을 받는 걸 원하지 않는다고 말했습니다. 그래서 우리는 아무 말 없이 차를 몰았습니다. 적어도 저는 입을 다물고 있었습니다. 파커 센터에서도 이야기를 나누지는 않았습니다. 샘플 채취가 끝난 뒤에는 포욱스 변호사가 와서 스토리 씨를 집까지 태워다 주었습니다."

"스토리 씨가 함께 있는 동안 묻지도 않았는데 뭐라고 말한 적이 있습니까?"

"딱 한 번 있었습니다."

"어디서요?"

"파커 센터로 갈 때 차 안에서요."

"뭐라고 하던가요?"

"창밖을 내다보면서 이렇게 말했습니다. '내가 이 일로 무너질 거라고 생각하다간 당신들 큰코다칠 거야.'"

"그 대화를 녹음하셨습니까?"

"네, 녹음했습니다."

"왜죠?"

"피고가 보슈 형사에게 전에 범행을 시인했기 때문에, 이번에도 그런 비슷한 말을 할지도 모른다고 생각했습니다. 저는 모발과 혈액 샘플에 대한 영장을 집행하던 날 마약반에서 빌린 차를 가져갔습니다. 마약반이 거리에서 마약을 구매할 때 쓰는 차인데 녹음 장치가 돼 있습니다."

"그 녹음 테이프를 지금 갖고 계십니까?"

"네."

크레츨러는 그 테이프를 증거로 제출했다. 포욱스는 에드거가 피고의 말을 이미 전했으므로 테이프는 필요하지 않다며 이의를 제기했다.

이번에도 판사는 이의를 기각하고 테이프를 틀게 했다. 크레츨러는 스토리의 말이 나오기 한참 전부터 테이프를 재생했다. 배심원들에게 자동차 엔진 소리와 차도의 소음을 들려줘서 에드거가 일부러 진술을 끌어 내려고 질문을 던지는 식으로 피고의 권리를 침해하지 않았다는 것을 확실히 보여 주기 위해서였다.

스토리의 말이 녹음된 부분에서는 그가 수사관들에 대해 느끼고 있는 오만함과 심지어 증오라고까지 할 수 있는 감정이 분명하고 확실하게 드러났다.

배심원들이 주말을 보내는 동안에도 그 말투를 기억하기를 바라면서 크레츨러는 에드거에 대한 증인 심문을 마쳤다.

포욱스는 이쪽의 생각을 눈치챘는지 간략하게 반대 심문을 하겠다고 말했다. 그러고는 에드거에게 피고 측에 이롭지도 않고 검사 측에 해롭지도 않은 무의미한 질문들을 연달아 던졌다. 정확히 오후 4시 30분에 그는 반대 심문을 마쳤고, 휴턴 판사는 곧바로 주말 동안 휴정한다고 선포했다.

법정 안에 있던 사람들이 복도로 나가는 동안 보슈는 매커보이를 찾아 두리번거렸지만 보이지 않았다. 증언을 마친 뒤에도 남아 있던 에드거와 라이더가 다가왔다.

"해리, 술이나 한잔하러 가죠." 라이더가 말했다.

"취하러 가자고 말해야지." 보슈가 대답했다.

28 배신자

그들은 토요일 오전에 배를 빌린 손님이 오기를 10시 30분까지 기다렸지만 아무도 나타나지 않았다. 매케일렙은 선미의 뱃전에 말없이 앉아 모든 걸 천천히 되돌아보며 속을 끓였다. 나타나지 않은 손님, 사건에서 밀려난 것, 제이 윈스턴과 가장 최근에 통화한 내용…. 그가 집을 나서기 전에 윈스턴이 전화를 걸어 전날 일에 대해 사과했다. 매케일렙은 무심한 척하면서 윈스턴에게 신경 쓰지 말라고 말했다. 이틀 전에 버디 로크리지가 자신과 윈스턴의 이야기를 엿들은 사실은 여전히 이야기하지 않았다. 제이가 트윌리와 프리드먼이 매케일렙에게서 모든 사건 자료를 돌려받기로 했다고 말하자, 매케일렙은 두 사람에게 서류를 받고 싶으면 직접 와서 가져가라고 하라고 대답했다. 그리고 손님이 오기로 되어 있어서 그만 전화를 끊어야겠다고 말했다. 그래서 두 사람은 갑작스레 전화를 끊었다.

레이먼드는 선미 뱃전 너머로 몸을 수그리고 매케일렙이 섬으로 이 사온 뒤에 사 준 작은 낚싯대로 물고기를 잡고 있었다. 아이는 맑은 물속 6미터 깊이에서 헤엄치는 오렌지색 물고기를 바라보았다. 버디 로크리지는 갑판에 고정된 의자에 앉아 〈로스앤젤레스 타임스〉의 메트로 섹션을 읽는 중이었다. 여름날의 파도처럼 편안한 모습이었다. 매케일렙은 아직 그에게 정보를 누설했느냐고 따져 묻지 않았다. 적절한 때가 오기를 기다리는 중이었다.

"어이, 테리, 이 기사 읽었어?" 로크리지가 말했다. "보슈가 어제 밴나이스 법정에서 증언한 얘기."

"아니."

"세상에, 이 감독이 무슨 연쇄 살인범인 것처럼 슬쩍 암시해 놨는데. 자네가 옛날에 맡았던 사건들이랑 비슷한 것 같아. 게다가 증인석에 앉아서 범인을 지목한 사람은…."

"버디, 내가 말했지? 그 얘기는 하지 마. 내 말 잊어버린 거야?"

"아냐. 미안해. 그냥 이거 정말 아이러니라는 얘기를 할 생각이었어. 그것뿐이야."

"알았으니까 그만해."

매케일렙은 다시 손목시계를 확인했다. 손님들은 10시까지 오기로 되어 있었다. 매케일렙은 몸을 일으켜 거실 문으로 갔다.

"내가 전화를 좀 걸어 볼게." 그가 말했다. "하루 종일 이 사람들을 기다릴 수는 없으니까."

그는 거실에 있는 작은 해도 탁자의 서랍을 열고 예약 서류를 꽂아 둔 클립보드를 꺼냈다. 서류는 두 장뿐이었다. 오늘 배를 빌리기로 한 사람과 다음 주 토요일의 예약자. 겨울에는 손님이 별로 없었다. 매케일렙은 서류에 적혀 있는 정보들을 살펴보았다. 버디가 예약을 받았기 때문에 그는 내용을 잘 몰랐다. 예약자는 롱비치에서 온 남자 네 명이었다. 그들은 금요일 밤에 섬으로 건너와서 제인그레이에 머무르는 것으로 되어 있었고, 배를 빌리는 시간은 토요일 10시부터 2시까지 네 시간이었다. 그 이후에는 배를 타고 오버타운으로 돌아갈 예정이었다. 버디는 이 모임을 계획한 사람의 집 전화번호, 호텔 이름, 그리고 예약자들이 요금의 절반을 예약금으로 지불한 사실을 적어 두었다.

매케일렙은 해도 탁자에 붙여 둔 호텔 목록에서 전화번호를 찾아내서 먼저 제인그레이에 전화를 걸었다. 하지만 모임 계획자와 같은 이름의 손님은 없다는 사실을 금방 알 수 있었다. 네 남자 중 서류에 이름이 적혀 있는 것은 그 사람 하나뿐이었다. 매케일렙은 그 사람의 집으로 전화를 걸었다. 전화를 받은 그 사람의 아내는 남편이 집에 없다고 말했다.

"저희는 카탈리나 섬에 있는 배에서 남편 분을 기다리는 중인데요, 남편 분이 친구분들과 함께 이쪽으로 출발하셨습니까?"

한참 동안 침묵이 흘렀다.

"부인, 듣고 계세요?"

"아, 네, 네. 그냥, 그분들은 오늘 낚시하러 가지 않을 거예요. 여행을 취소했다고 들었거든요. 지금 골프를 치고 있어요. 원하신다면 제가 남편의 휴대전화 번호를 가르쳐 드릴게요. 그러면…."

"그건 괜찮습니다, 부인. 안녕히 계세요."

매케일렙은 전화기를 닫았다. 일이 어떻게 된 건지 정확히 알 수 있었다. 그와 버디는 여러 전화번호부와 낚시 관련 출판물들에 광고를 내면서 광고를 본 손님들이 걸어 오는 전화의 처리를 자동 응답 시스템에 맡겨 두었다. 그런데 이번에는 두 사람 모두 그쪽을 확인하지 않은 것이 문제였다. 매케일렙은 자동 응답 번호로 전화를 걸어 암호를 입력했다. 확실히 수요일에 녹음된 메시지가 있었다. 낚시 여행을 취소했다며 나중에 다시 날짜를 잡겠다는 내용이었다.

"그래, 그러시겠지." 매케일렙은 혼잣말을 했다.

그는 그 메시지를 지우고 전화기를 닫았다. 유리 미닫이문 뒤에 있는 버디의 머리를 향해 전화기를 던지고 싶었지만 마음을 가라앉히려고 애썼다. 그는 작은 취사실로 가서 냉장고에서 오렌지 주스를 꺼내 선미로 가져갔다.

"오늘 손님은 없어." 그는 이렇게 말하고 나서 주스를 길게 한 모금 마셨다.

"왜요?" 레이먼드가 물었다. 실망한 기색이 역력했다.

매케일렙은 긴소매 티셔츠의 소매로 입가를 닦았다.

"손님들이 예약을 취소했어."

로크리지가 신문에서 고개를 들자 매케일렙은 레이저 광선 같은 눈빛을 쏘아 주었다.

"그래도 예약금은 우리가 갖는 거지?" 버디가 물었다. "비자 카드로 2백 달러를 받았는데."

"아니, 그 사람들이 수요일에 예약을 취소했기 때문에 우리가 예약금을 가질 수 없어. 아마 우리 둘 다 너무 바빠서 자동 응답 시스템을 확인하지 않은 모양이야."

"아, 젠장! 그건 내 잘못이야."

"버디, 아이 앞에서 그런 말을 쓰면 안 되지. 몇 번이나 말해야 되겠나?"

"미안, 미안."

매케일렙은 계속 버디를 노려보았다. 남자 네 명의 낚시를 도우려면 버디가 필요했기 때문에 그는 손님들이 돌아간 다음에 매커보이에게 정보를 누설한 일에 대해 이야기를 꺼낼 생각이었다. 하지만 이제는 그렇게 미룰 필요가 없었다.

"레이먼드." 매케일렙은 계속 로크리지를 노려보며 말했다. "아직도 아르바이트가 필요하니?"

"응."

"예라고 해야지, 안 그래?"

"응. 아니, 예, 예."

"그럼 낚싯줄 걷어 들이고 여기 낚싯대들을 챙겨서 다시 들여놔. 할 수 있지?"

"그럼요."

아이는 재빨리 제 낚싯줄을 걷어 들이고 미끼를 빼서 물로 던졌다. 그러고는 갈고리를 낚싯대의 구멍에 끼운 뒤 선미 구석에 낚싯대를 세워두었다. 나중에 집으로 가져갈 생각이었다. 레이먼드는 집 뒤쪽의 베란다에서 저 아래 집들의 지붕과 뒷마당을 향해 고무로 된 연습용 추를 떨어뜨리며 낚싯줄 던지는 기술을 즐겨 연습하곤 했다.

레이먼드는 먼바다용 낚싯대들을 거치대에서 꺼내기 시작했다. 버디가 손님들을 위해 미리 준비해 둔 것이었다. 레이먼드는 낚싯대를 두 개씩 거실로 들고 가서 머리 위 시렁에 얹었다. 아직 키가 작아서 소파에 올라가야 손이 닿았다. 소파가 워낙 낡아서 커버를 당장 교체해야 했지만, 매케일렙은 신경 쓰지 않았다.

"왜 그래, 테러?" 버디가 조심스레 말했다. "그냥 손님이 예정을 취소한 거잖아. 원래 이 계절에는 손님이 없을 줄 알고 있었는데 왜 그래?"

"손님 때문이 아니야."

"그럼 뭐? 사건?"

매케일렙은 주스를 조금 마시고서 주스 팩을 뱃전에 내려놓았다.

"이제 내가 수사하지 않게 된 사건 말인가?"

"그렇지, 뭐. 글쎄. 이제 자네가 수사하지 않는다고? 언제…."

"그래, 버디, 이제 나는 수사하지 않아. 그래서 자네랑 할 얘기가 있어."

매케일렙은 레이먼드가 아직 남아 있는 낚싯대들을 거실로 가져갈 때까지 기다렸다.

"〈뉴 타임스〉 읽은 적 있나, 버디?"

"그 공짜 주간지?"

"그래, 그 공짜 주간지. 〈뉴 타임스〉. 매주 목요일에 나오는 거. 마리나의 빨래방 건물에 항상 그 신문이 쌓여 있잖아. 아니지, 내가 왜 이런 걸 묻고 있을까? 자네가 〈뉴 타임스〉를 읽는다는 걸 이미 알고 있는데."

로크리지가 갑자기 갑판으로 시선을 떨어뜨렸다. 죄책감 때문에 풀이 죽은 것 같았다. 버디는 한 손을 들어 올려 얼굴을 쓸었다. 그리고 손으로 눈을 가린 채 말했다.

"테리, 미안해. 자네한테 영향이 미칠 줄은 몰랐어. 어떻게 된 거야?"

"왜 그러세요, 버디 아저씨?"

레이먼드가 거실 문간에 서 있었다.

"레이먼드, 안으로 들어가서 잠시 그 문 좀 닫고 있을래?" 매케일렙이 말했다. "텔레비전을 봐도 돼. 여기서 버디 아저씨랑 단둘이 할 이야기가 있으니까."

아이는 손으로 얼굴을 가린 버디를 계속 지켜보면서 머뭇거렸다.

"레이먼드, 어서. 그리고 이것 좀 냉장고에 넣어라."

아이가 마침내 밖으로 나와 오렌지 주스 팩을 받았다. 그러고는 안으로 들어가 문을 닫았다. 매케일렙은 로크리지에게 시선을 돌렸다.

"그게 나한테 영향이 미칠 줄 모르다니, 어떻게 그럴 수가 있나?"

"나도 몰라. 그냥 아무도 모를 줄 알았어."

"잘못 생각한 거지. 그래서 내가 엄청 곤란해졌고. 하지만 무엇보다 중요한 건, 자네가 날 배신했다는 거야. 자네가 이런 짓을 했다는 걸 믿을 수가 없군."

매케일렙은 아이가 이야기를 듣고 있지 않은지 확인하려고 유리문을 흘깃 바라보았다. 레이먼드의 모습은 보이지 않았다. 아마 선실로 내려간 모양이었다. 매케일렙은 자신의 호흡이 거칠어져 있음을 깨달았다. 너무 화가 나서 숨을 몰아쉬고 있었다. 빨리 이야기를 끝내고 마음을 가라앉혀야 했다.

"그래시엘라한테도 말할 거야?" 버디가 애원하는 목소리로 말했다.

"글쎄. 그래시엘라에게 뭘 알릴 건지는 중요하지 않아. 중요한 건 자네가 나랑 같이 일하면서 내 등 뒤에서 그런 짓을 했다는 거야."

로크리지는 여전히 손으로 눈을 가리고 있었다.

"그게 자네한테 그렇게 큰 의미가 있는 일인 줄 몰랐어. 자네가 알게 된다 해도 그럴 줄은… 별일도 아니었는데. 나는…."

"그걸 그렇게 별것 아닌 것처럼 자꾸 깎아내리려고 하지 마. 그렇게 징징거리면서 애원하는 목소리로 말하지도 마. 그냥 입 닥치고 가만있어."

매케일렙은 선미로 걸어가서 벽의 패딩에 허벅지를 눌렀다. 그는 로크리지에게 등을 돌린 채 작은 도시의 상업 지대 위로 뻗은 능선을 올려다보았다. 자신의 집이 보였다. 그래시엘라가 아기를 안고 베란다에 나와 있다가 손을 흔들더니, 시엘로의 손을 들어 올려 흔드는 시늉을 했다. 매케일렙도 마주 손을 흔들었다.

"내가 어떻게 하면 좋겠어?" 버디가 뒤에서 말했다. 아까보다는 조금 침착해진 목소리였다. "내가 뭐라고 하면 좋겠어? 다시는 안 그럴게라고 하면 돼? 알았어. 다시는 안 그럴게."

매케일렙은 돌아서지 않고, 계속 아내와 딸을 바라보았다.

"자네가 다시는 안 그런다고 해도 소용없어. 이미 일은 저질러졌으니까. 나도 생각을 좀 해 봐야지. 우리는 동업자일 뿐만 아니라 친구이기도 했어. 아니, 최소한 얼마 전까지는 그랬지. 지금 내가 원하는 건 자네가 그냥 사라져 주는 것뿐이야. 난 레이먼드랑 같이 안으로 들어갈 테니까 보트를 가지고 부두로 돌아가. 그리고 오늘 밤 여객선을 타고 가. 자네가 이 근처에 있는 게 싫어, 버디. 지금은 싫어."

"그럼 자네는 부두로 어떻게 돌아가려고?"

대답이 뻔한 필사적인 질문이었다.

"수상 택시를 부를 거야."

"다음 주 토요일에도 배를 예약한 손님이 있어. 일행이 다섯 명인데…."

"토요일 일은 그때 가서 생각할 거야. 어쩔 수 없다면 취소해도 되고, 짐 홀의 배에 손님을 넘겨 줘도 돼."

"테리, 진심이야? 내가 한 짓이라고 해 봤자…."

"진심이야. 어서 가, 버디. 더 이상 얘기하고 싶지 않으니까."

매케일렙은 돌아서서 로크리지의 옆을 지나 거실 문으로 갔다. 그리고 문을 열고 안으로 들어간 뒤 등 뒤로 문을 닫았다. 버디를 뒤돌아보지는 않았다. 매케일렙은 해도 탁자로 가서 서랍에서 봉투를 하나 꺼냈다. 그 안에 주머니에서 꺼낸 5달러 지폐를 넣어 봉한 뒤, 그는 레이먼드의 이름을 썼다.

"레이먼드, 어디 있니?" 그는 소리쳐 아이를 불렀다.

저녁 식사 메뉴는 그릴에 구운 치즈 샌드위치와 칠리였다. 칠리는 매케일렙이 레이먼드와 함께 돌아오는 길에 사 온 것이었다.

매케일렙은 아내와 마주 보는 자리에 앉았고, 레이먼드는 왼편에, 아기는 식탁 오른편에 올려둔 바운싱체어에 앉아 있었다. 저녁 안개가 서늘하게 섬을 감싸서 그들은 집 안에서 식사를 했다. 매케일렙은 식사를 하는 동안 내내 오늘 하루 종일 그랬던 것처럼 뚱하니 침묵을 지켰다. 매케일렙과 레이먼드가 예정보다 일찍 돌아오자, 그래시엘라는 매케일렙을 건드리지 않기로 하고 애벌론 협곡에 있는 리글리 식물원으로 레이먼드를 데려갔다. 매케일렙은 거의 하루 종일 이런저런 소란을 피우는 아이와 단둘이서 집 안에 남았지만 신경 쓰지 않았다. 오히려 복잡한 생각을 하지 않을 수 있어서 다행이었다.

하지만 저녁 식사 때는 더 이상 서로를 피할 수 없었다. 매케일렙이 샌드위치를 만들었기 때문에 마지막으로 식탁에 앉았다. 그가 막 음식을 먹으려고 했을 때 그래시엘라가 무슨 일이냐고 물었다.

"아무것도 아냐." 매케일렙이 말했다. "난 괜찮아."

"레이먼드가 그러는데, 당신 버디 씨랑 싸웠다면서."

"레이먼드더러 제 일이나 잘하라고 해."

이 말을 하면서 매케일렙이 레이먼드를 바라보자, 레이먼드는 제 접시만 내려다보았다.

"그런 말이 어디 있어, 테리?" 그래시엘라가 말했다.

맞는 말이었다. 매케일렙도 알고 있었다. 그는 손을 뻗어 아이의 머리를 헝클어뜨렸다. 머리카락이 아주 부드러워서 그가 좋아하는 행동이었다. 미안하다고 사과하는 마음이 그 행동을 통해 전해졌으면 좋겠다는 생각이 들었다.

"버디가 기자한테 정보를 누설하는 바람에 내가 수사에서 밀려났어."

"뭐?"

"우리가, 아니 내가 용의자를 하나 찾아냈어. 경찰관이야. 그런데 내가 제이 윈스턴한테 그 얘기를 하는 걸 버디가 엿듣고는 기자한테 말해버린 거야. 기자는 여기저기 전화를 걸어서 취재를 하기 시작했고. 제이 씨랑 과장은 내가 정보를 누설한 줄 알아."

"그건 말이 안 되잖아. 버디 씨가 그런 짓을 왜 해?"

"나도 모르지. 그 친구도 아무 말 안 했어. 아니, 말을 하기는 했지. 내가 그렇게 신경을 쓸 줄 몰랐다, 그게 그렇게 중요한 일인 줄 몰랐다…. 대충 그런 말이었어. 오늘 배에서 한 얘기가 그거야."

매케일렙은 레이먼드를 향해 손짓을 했다. 오늘 네가 듣고 그래시엘라에게 전한 이야기가 바로 이것이라고 알려 주는 손짓이었다.

"그럼 제이 씨한테 전화해서 버디 씨가 그런 거라고 말했어?"

"아니, 그래 봤자 소용없어. 어쨌든 나를 통해서 정보가 나간 거니까. 버디를 배 안에 남겨 둔 내가 멍청했지. 이제 다른 얘기 하면 안 될까? 이젠 그 일로 고민하거나 말하는 게 싫어."

"그래, 테리, 달리 하고 싶은 얘기라도 있어?"

매케일렙은 아무 말이 없었다. 그래시엘라도 아무 말이 없었다. 오랜 침묵이 흐른 뒤 매케일렙은 웃음을 터뜨렸다.

"지금은 아무 얘기도 생각이 안 나는데."

그래시엘라는 자기 몫의 샌드위치를 다 먹었다. 매케일렙이 시엘로를 바라보았더니, 아기는 바운싱체어 옆에 끈으로 묶여서 공중에 떠 있는 파랗고 하얀 풍선을 바라보고 있었다. 아기는 작은 손으로 풍선을 잡으려고 했지만 팔이 닿지 않았다. 아이가 점점 갑갑해하는 것이 보였다. 매케일렙은 그 심정을 이해했다.

"레이먼드, 오늘 식물원에서 뭘 봤는지 아버지한테 말씀드려." 그래시엘라가 말했다.

얼마 전부터 그래시엘라는 매케일렙을 레이먼드의 아버지로 부르기 시작했다. 매케일렙 부부는 레이먼드를 아들로 입양했지만, 매케일렙은 아이에게 자신을 아버지로 부르라고 압박을 가하고 싶지 않았다. 레이먼드는 대개 매케일렙을 테리 아저씨라고 불렀다.

"해협 제도 여우를 봤어요." 아이가 말했다. "협곡에서 사냥을 하고 있었어요."

"여우는 원래 밤에 사냥하고 낮에 자는 줄 알았는데."

"우리가 분명히 봤으니까 누가 여우를 깨웠나 보죠. 몸이 아주 컸어요."

그래시엘라는 아이 말대로 여우를 본 것이 사실이라는 뜻으로 고개를 끄덕였다.

"굉장한데." 매케일렙이 말했다. "사진도 한 장 찍었으면 좋았을 텐데."

그 뒤로 몇 분 동안 그들은 침묵 속에서 식사를 계속했다. 그래시엘라는 아기의 턱에 흐른 침을 자기 냅킨으로 닦아 주었다.

"어쨌든 당신은 기분 좋지? 내가 그 일에서 손을 떼서 다시 모든 게 정상으로 돌아가게 됐으니까." 매케일렙이 말했다.

그래시엘라는 그를 바라보았다.

"난 당신의 안전을 바란 것뿐이야. 온 가족이 안전하게 한데 모여 있기를 바란 거라고. 그래야 내가 행복해지니까."

매케일렙은 고개를 끄덕이고 자신의 샌드위치를 마저 먹었다. 그래시엘라가 말을 계속했다.

"난 당신이 행복해지기를 바라지만, 그러기 위해서 반드시 수사에 나서야 한다면 그건 당신 건강에도 안 좋고 우리 식구들한테도 안 좋아."

"뭐, 이젠 그런 걱정 안 해도 돼. 이제는 아무도 날 찾아오지 않을 것 같으니까."

매케일렙은 식탁을 치우려고 일어섰다. 하지만 접시들을 가져가기 전에 그는 딸의 바운싱체어를 향해 몸을 기울이고 풍선의 끈을 잡아당겨 아기의 손이 닿을 수 있게 해 주었다.

"그러면 안 돼." 그래시엘라가 말했다.

매케일렙은 아내를 바라보았다.

"원래 이렇게 하는 거야."

29 물 위의 남자

매케일렙은 이른 아침까지 잠을 자지 않고 아이와 함께 시간을 보냈다. 그와 그래시엘라는 둘 중 한 사람만이라도 잠을 제대로 잘 수 있게 교대로 밤 당번을 맡았다. 시엘로는 거의 한 시간마다 젖을 달라고 우는 것 같았다. 아이가 깨어날 때마다 매케일렙은 아이에게 우유를 먹이고, 어두운 집 안에서 아이를 안고 돌아다니며 아이가 트림을 할 때까지 등을 토닥토닥 두드려 주었다. 아이가 트림을 하면 다시 요람에 눕혔다. 그러고는 한 시간 뒤에 또 똑같은 일을 반복했다.

매번 매케일렙은 아이를 눕히고 나서 집 안을 돌아다니며 문들을 확인했다. 이것은 그가 불안해서 매일 빼먹지 않는 습관이었다. 집이 능선 위에 있기 때문에 자욱한 안개에 잠겨 있었다. 집 뒤쪽 창문을 내다봐도 저 아래 부두의 불빛들이 보이지 않았다. 안개가 만을 가로질러 육지까지 뻗어 있는 게 아닐까 하는 생각이 들었다. 해리 보슈의 집은 높은 곳에 있었다. 지금 보슈도 자기 집 창가에 서서 안개에 감싸여 아무것도 보이지 않는 풍경을 바라보고 있는지도 모를 일이었다.

아침에 그래시엘라가 아이를 받아 든 뒤 어제 있었던 여러 가지 일과 밤에 아기를 돌본 일로 녹초가 된 매케일렙은 11시까지 잠을 잤다. 잠에서 깨어 보니 집 안이 조용했다. 매케일렙은 티셔츠와 사각 팬티 차림으로 한들한들 복도를 걸었다. 부엌과 거실에는 아무도 없었다. 부엌 식탁 위에 그래시엘라가 남겨 둔 메모가 있었다. 아이들을 데리고 성 캐서린 교회의 10시 예배에 참석한 뒤 시장에 들렀다가 정오까지 돌아오겠다는 내용이었다.

매케일렙은 냉장고로 가서 1갤런 들이 오렌지 주스 병을 꺼냈다. 그는 주스를 컵에 가득 따른 뒤 조리대에서 열쇠를 집어 들고 다시 복도를 걸어 잠겨 있는 캐비닛으로 갔다. 그 안에는 그의 목숨을 부지해 주는 약들 중에 오전에 먹어야 할 것들을 넣어둔 비닐 봉지가 있었다. 매달 1일에 매케일렙과 그래시엘라는 복용량에 맞춰 약들을 비닐 봉지에 넣은 다음 겉에 날짜를 쓰고, 오전 약인지 오후 약인지 표시했다. 하루에 두 번씩 수십 개의 약병을 여는 것보다는 그 편이 더 편했다.

매케일렙은 약 봉지를 들고 부엌으로 와서 주스와 함께 한 번에 두세 알씩 약을 삼키기 시작했다. 이렇게 매일 반복되는 일을 하면서 그는 부엌 창문을 통해 저 아래의 항구를 내려다보았다. 안개가 걷혀 있었다. 완전히 걷히지는 않았지만, 더 팔로잉 시 호와 선미에 묶여 있는 보트가 보일 정도는 되었다.

매케일렙은 부엌 서랍에서 쌍안경을 꺼냈다. 그가 손님들을 배에 태우고 항구를 나가거나 들어올 때 그래시엘라가 배 위의 그를 보려고 사용하는 물건이었다. 매케일렙은 베란다로 나가서 난간 앞까지 갔다. 그리고 쌍안경의 초점을 맞췄다. 배의 조종실이나 선교에는 아무도 없었다. 거실의 미닫이문에는 빛을 반사하는 필름이 붙어 있어서 안이 보이지 않았다. 매케일렙은 선미의 보트로 쌍안경을 옮겼다. 1.5마력의 엔진이 달려 있고, 초록색 외관이 조금 닳아 있는 배였다. 부두에서 빌려주는 보트였다.

매케일렙은 다시 안으로 들어가 쌍안경을 조리대에 놓고 남은 알약들을 한 손에 쥐었다. 그리고 오렌지 주스를 들고 침실로 돌아왔다. 그는 옷을 입으면서 재빨리 약을 먹었다. 버디 로크리지는 더 팔로잉 시 호에 접근하려고 보트를 빌릴 사람이 아니었다. 버디는 많은 조디액 보트 중 어느 것이 매케일렙의 것인지 알고 있으므로, 그냥 그것을 탔을 것이다.

그렇다면 배 안에 누군가 다른 사람이 있다는 뜻이었다.

그래시엘라가 골프 카트를 가져갔기 때문에 부두까지 걸어서 내려가느라 20분이 걸렸다. 매케일렙은 먼저 보트 대여소로 가서 누가 그 보트를 빌렸는지 물어보려고 했지만, 창구가 닫혀 있고 직원이 12시 30분에야 돌아올 것임을 알리는 시계 모양의 안내판이 붙어 있었다. 매케일렙은 손목시계를 확인했다. 12시 10분이었다. 직원이 돌아올 때까지 기다릴 수는 없었다. 매케일렙은 보트들을 묶어 두는 부두로 내려가서 자신의 조디액에 올라 시동을 걸었다.

그는 더 팔로잉 시 호를 향해 나아가면서 거실의 측면 창문들을 유심히 살폈지만 사람이 배에 타고 있음을 보여 주는 배의 움직임이나 다른 징후는 보이지 않았다. 매케일렙은 25미터쯤 떨어진 곳에서 조디액의 엔진을 껐다. 그리고 배까지 남은 거리를 조용히 미끄러지듯 나아갔다. 매케일렙은 점퍼의 주머니 지퍼를 열고 글록 17 권총을 꺼냈다. FBI에 있을 때 공무용으로 사용하던 총이었다.

조디액이 대여용 보트 옆의 선미에 가볍게 부딪혔다. 먼저 매케일렙은 보트 안을 들여다보았지만 구명조끼와 부유 쿠션 외에는 아무것도 없었다. 누가 이 배를 빌렸는지 알려 주는 물건도 없었다. 매케일렙은 선미로 올라가 웅크린 채 조디액을 뒤쪽 밧줄걸이에 묶었다. 그러고 나서 가로대 너머로 거실을 바라보았지만, 미닫이문에 비친 자신의 모습뿐이었다. 저 안에서 누군가가 자신을 지켜보고 있는지 확실히 알지 못한 채 저 문에 접근할 수밖에 없는 상황이었다.

매케일렙은 다시 몸을 웅크리고 주위를 둘러보았다. 일단 여기서 물러나서 항구 순시선을 불러올까 하는 생각이 들었다. 하지만 곧 그러지 않기로 했다. 매케일렙은 산 위의 자기 집을 흘깃 올려다보고 몸을 일으켜 가로대 너머로 휙 몸을 날렸다. 그는 총을 낮게 들어 엉덩이 뒤에 감춘 채 거실 문으로 가서 자물쇠를 내려다보았다. 자물쇠가 망가지거나 누가 자물쇠에 손을 댄 흔적은 없었다. 매케일렙이 손잡이를 잡아당기자 문이 스르르 열렸다. 어제 레이먼드와 함께 배에서 나오기 전에 이 문을 틀림없이 잠갔는데.

매케일렙은 안으로 들어갔다. 거실 안에는 아무도 없었다. 누가 침입했거나 강도가 든 흔적은 없었다. 매케일렙은 등 뒤로 문을 닫고 귀를 기울였다. 배 안은 조용했다. 파도가 뱃전에 부딪히는 소리뿐이었다. 매케일렙은 아래층 갑판의 선실들로 통하는 계단 쪽으로 눈길을 옮겼다. 그렇게 시선을 고정시킨 채 움직이면서 그는 몸 앞으로 총을 들어올렸다.

네 개의 계단 중 두 번째 칸에서 갈라진 널이 매케일렙의 무게를 못 이겨 한숨을 내쉬었다. 매케일렙은 그대로 얼어붙어 귀를 기울였다. 파도가 뱃전에 부딪히는 소리와 침묵뿐이었다. 계단 밑에는 짧은 복도가 있고, 그 복도를 따라 문이 세 개 있었다. 정면으로 보이는 문은 뱃머리 선실로, 매케일렙이 사무실 겸 파일 보관실로 쓰는 곳이었다. 오른쪽에는 중앙 선실, 왼쪽에는 화장실이 있었다.

중앙 선실 문은 닫혀 있었다. 매케일렙은 24시간 전 자신이 배에서 나갈 때도 그 문이 닫혀 있었는지 기억이 나지 않았다. 화장실의 문은 활짝 열려서 배가 움직일 때마다 다시 닫히지 않게 안쪽 벽의 고리에 고정되어 있었다. 사무실 문은 반쯤 열려서 배의 움직임을 따라 살짝살짝 흔들렸다. 사무실 안에 불이 켜져 있는 것이 보였다. 틀림없이 책상 위의 불빛이었다. 문 왼쪽의 2층 침상 중 아래층 침상에 붙박이로 붙어 있는 전구에서 나오는 빛. 매케일렙은 화장실을 먼저 확인한 뒤 사무실과 중앙 선실을 차례로 살피기로 했다. 그런데 화장실을 향해 다가가다가 담배 냄새가 난다는 것을 깨달았다.

화장실은 텅 비어 있는 데다가 너무 작아서 몸을 숨기기에는 적당하지 않았다. 매케일렙이 사무실 문을 향해 돌아서서 총을 들어 올리는데 안에서 누군가의 목소리가 흘러나왔다.

"어서 들어와, 테리."

매케일렙이 아는 목소리였다. 그는 조심스레 앞으로 나아가서 총을 들지 않은 손으로 문을 밀어 열었다. 총은 여전히 들어 올린 채였다.

문이 활짝 열리자 해리 보슈가 편안한 자세로 의자에 등을 기댄 채 문을 바라보며 책상 앞에 앉아 있는 것이 보였다. 그의 양손이 모두 시야에 드러나 있었는데, 오른손에 불을 붙이지 않은 담배 한 개비가 끼워져 있는 것 외에는 양손 모두 비어 있었다. 매케일렙은 여전히 총을 들어 올린 채 천천히 작은 사무실 안으로 들어가서 보슈를 겨냥했다.

"날 쏘려고? 날 기소하고 처형까지 직접 하려는 건가?"

"이건 무단 침입이야."

"그럼 우리 둘이 비긴 거네."

"무슨 소리야?"

"지난번 우리 집에 왔을 때 자네가 쇼한 거. '해리, 사건에 대해서 몇 가지 물어볼 게 있어.' 이렇게 말해 놓고는 진짜 질문은 하나도 안 했잖아, 안 그래? 그냥 내 아내의 사진을 보더니 그것에 대해 묻고, 복도에 걸린 그림에 대해 묻고, 내 맥주를 마시고, 아, 그렇지, 갓난 딸의 푸른 눈에서 하느님을 찾았다는 얘기도 했지. 그런 걸 뭐라고 할 건가, 테리?"

보슈는 무심히 의자를 돌리며 어깨 너머로 책상을 흘깃 보았다. 매케일렙도 보슈의 등 뒤를 바라보았다. 자신의 노트북 컴퓨터가 켜져 있었다. 전날 모든 상황이 변하기 전까지 자신이 프로파일을 작성하기 위해 메모를 해 둔 파일을 보슈가 화면에 띄워 놓은 것이 보였다. 저 파일에 암호를 걸어 두는 건데.

"그것도 나한테는 무단 침입처럼 느껴져." 보슈가 화면을 바라보며 말했다. "어쩌면 그보다 더한 것일 수도 있고."

보슈가 자세를 바꾸는 바람에 가죽 점퍼가 벌어지면서 엉덩이에 차고 있는 권총이 드러났다. 매케일렙은 여전히 총을 들어 올린 자세였다.

보슈가 다시 매케일렙을 바라보았다.

"아직 이걸 다 보지는 못했어. 메모도 분석도 아주 많은 것 같은데. 전부 1급이겠지. 내가 자네 실력을 아니까. 그런데 말이지 어찌 된 영문인지 자네가 길을 잘못 들었어, 매케일렙. 난 범인이 아냐."

매케일렙은 반대편 침상의 아래층으로 천천히 미끄러지듯 들어갔다. 권총을 겨냥한 손에서도 조금 힘이 빠졌다. 보슈가 당장 위험한 짓을 할 것 같지는 않았다. 보슈가 원했다면, 매케일렙 자신이 안으로 들어올 때 기습할 수도 있었다.

"자넨 여기 오면 안 돼, 해리. 나랑 얘기를 해도 안 되고."

"나도 알아. 내가 하는 모든 말이 법정에서 내게 불리한 증거로 이용될 수 있다는 거겠지. 하지만 그럼 나는 누구한테 이런 얘기를 해야 하지? 자네가 나를 겨냥했잖아. 난 거기서 벗어나고 싶어."

"글쎄, 그러기에는 너무 늦었어. 난 사건에서 손을 뗐거든. 대신 누가 사건을 맡았는지 알면 놀랄걸."

보슈는 매케일렙을 빤히 바라보기만 하면서 다음 말을 기다렸다.

"FBI의 시민권 부서야. 내사과 녀석들이 골치 아프다고 생각하지? 시민권 부서 인간들이 숨을 쉬며 살아 있는 목적은 딱 하나뿐이야. 적의 머릿가죽을 벗겨 가는 거. 상대가 LA 경찰국의 경찰관이라면 가치가 어마어마하지."

"어쩌다 그렇게 된 거야? 기자 때문인가?"

매케일렙은 고개를 끄덕였다.

"그럼 그 기자가 자네한테도 말을 걸었다는 얘기군."

보슈가 고개를 끄덕였다.

"그러려고 했지. 어제."

보슈는 주위를 둘러보다가 자기 손에 담배가 들려 있음을 깨닫고 그것을 입에 물었다.

"담배 피워도 돼?"

"아까부터 피우고 있었잖아."

보슈는 점퍼 주머니에서 라이터를 꺼내 담배에 불을 붙였다. 그리고 책상 밑에 있던 쓰레기통을 끌어내서 재떨이로 삼았다.

"이걸 도무지 끊을 수가 없을 것 같아."

"중독이 잘 되는 성격인 거지. 형사한테는 좋은 특징이기도 하고 나쁜 특징이기도 해."

"그거야 뭐…."

보슈는 담배를 한 모금 빨았다.

"우리가 서로 알고 지낸 게 얼마나 됐지? 10년인가? 12년?"

"대충 그 정도일걸."

"우리는 함께 사건을 수사했지. 그런데 자네는 상대를 조금이라도 가늠해 보지 않고서는 함께 일하지 않는 성격이야. 내 말이 무슨 뜻인지 알겠어?"

매케일렙은 대답하지 않았다. 보슈는 쓰레기통에 담뱃재를 털었다.

"내가 범인으로 지목당한 것보다 더 마음에 걸리는 게 뭔지 알아? 그렇게 지목한 사람이 바로 자네라는 거야. 자네가 어쩌다가, 왜 그런 생각을 하게 됐을까? 자네가 나를 어떻게 평가했기에 이렇게 비약적인 결론을 내릴 수 있었던 걸까?"

매케일렙은 양손으로 대답은 뻔하지 않으냐는 뜻의 손짓을 했다.

"사람들은 변해. 내가 일을 하면서 사람에 대해 배운 게 있다면, 누구나 무슨 일이든 저지를 수 있다는 거야. 상황만 맞아떨어지면, 누가 제대로 압력을 가하기만 하면, 동기만 제대로 주어지면, 딱 알맞은 순간이 오면."

"그건 전부 사이코 어쩌고 하는 헛소리야. 그런 건…."

보슈는 말끝을 흐렸다. 그러고는 책상 위에 흩어진 서류들과 컴퓨터를 다시 바라보았다. 그는 노트북 컴퓨터 화면을 담배로 가리켰다.

"어둠에 대해서 이야기했던데…. 밤보다 짙은 어둠이라고."

"그게 뭐?"

"나는 해외에 있을 때…." 보슈는 담배를 깊게 빨아들인 뒤 고개를 한쪽으로 갸우뚱하며 연기를 천장으로 뿜어 냈다. "…땅굴에 투입됐어. 자네, 어둠을 원해? 거기가 바로 어둠이야. 그 아래 땅속. 어떤 때는 얼굴 앞에 10센티미터도 떨어져 있지 않은 자기 손도 안 보인다고. 어찌나 어두운지 뭐라도 보려고 눈에 힘을 주는 바람에 눈이 아플 지경이야. 뭐라도 봐야 하니까."

보슈는 담배를 또 길게 빨아들였다. 매케일렙은 보슈의 눈을 유심히 살폈다. 그 눈은 멍하니 과거의 기억을 응시하고 있었다. 그러다 갑자기 보슈가 현실로 돌아왔다. 그는 손을 아래로 내려 반쯤 남은 담배를 쓰레기통 안쪽 벽에 눌러 끈 다음 쓰레기통 안으로 떨어뜨렸다.

"이게 내 나름대로 금연을 하려고 애쓰는 방법이야. 거지같은 멘솔 담배를 피울 뿐만 아니라, 한 번에 절반 이상 피우는 법이 없어. 지금은 일주일에 한 갑으로 줄었어."

"그런 방법은 효과가 없어."

"나도 알아."

보슈는 매케일렙을 올려다보며 싱긋 웃었다. 비틀린 미소였지만 사과의 뜻이 담긴 것 같았다. 금방 눈빛이 바뀌더니 보슈는 다시 옛날 이야기로 돌아갔다.

"그런데 그 아래가 그렇게까지 어둡지는 않을 때도 있었어. 땅굴 말이야. 어디선가 딱 길을 알아볼 수 있을 만큼만 빛이 새어 나오는 거야. 그런데 그 빛이 어디서 나오는 건지 한 번도 알아낸 적이 없어. 빛조차 우리들과 함께 그 아래에 갇혀 버린 것 같더군. 나나 내 친구들은 그걸 길 잃은 빛이라고 불렀어. 빛이 길을 잃었는데 우리가 그걸 찾아냈다고."

매케일렙은 가만히 기다렸지만, 보슈는 더 이상 말을 하지 않았다.

"나한테 무슨 이야기를 하고 싶은 거야, 해리?"

"자네가 놓친 게 있다는 말이야. 그게 뭔지는 모르지만, 자네가 뭔가를 놓친 건 분명해."

보슈는 검은 눈으로 매케일렙을 바라보았다. 그러고는 뒤쪽의 책상으로 손을 뻗어 제이 윈스턴이 복사해 준 서류더미를 집어 들더니 매케일렙의 무릎을 향해 던졌다. 하지만 매케일렙이 그 서류들을 붙잡으려 하지 않았기 때문에, 서류들은 바닥에 제멋대로 흩어져 버렸다.

"다시 봐. 자네가 놓친 게 있어. 눈에 보이는 것만 조합한 결과 나라는 결론이 나온 거야. 다시 들여다보면서 놓친 조각을 찾아. 그러면 결론이 달라질 거야."

"말했잖아. 이젠 수사 안 한다고."

"내가 자네를 다시 끼워 줄 거야."

매케일렙에게는 선택의 여지가 없다는 듯한 말투였다.

"시간은 수요일까지야. 그 기자의 마감날까지. 자네가 진실을 찾아내서 그 기사를 막아야 돼. 안 그러면 J. 리즌 포욱스가 그걸로 무슨 짓을 할지 자네도 알 거야."

두 사람은 서로를 바라보며 한참 동안 침묵 속에 앉아 있었다. 매케일렙은 프로파일러로 활동하면서 수십 명의 살인자들을 만나 이야기를 나눴다. 그중에 금방 죄를 인정하는 놈은 거의 없었다. 그 점에서는 보슈도 다르지 않았다. 하지만 보슈가 눈도 깜박거리지 않고 매케일렙을 바라보는 그 강렬한 표정은 일찍이 범인이든 아니든 어느 누구에게서도 본 적이 없는 표정이었다.

"스토리는 두 여자를 죽였어. 아마 우리가 아는 게 두 건뿐인 거겠지. 놈은 자네가 평생 동안 쫓아다닌 괴물들과 같아, 매케일렙. 그런데 지금… 지금 자네는 그놈에게 감옥의 문을 열 수 있는 열쇠를 주고 있어. 풀려나면 놈은 똑같은 짓을 또 저지를 거야. 자네도 그런 녀석들을 아니까, 놈이 또 저지를 거라는 사실도 알겠지."

매케일렙은 보슈의 눈과 겨룰 수가 없었다. 그는 손에 든 권총을 향해 시선을 떨어뜨렸다.

"왜 내가 자네 말을 듣고 다시 조사할 거라고 생각한 거야?" 매케일렙이 물었다.

"아까 말했듯이, 자네는 상대를 먼저 가늠해 보는 사람이니까. 나도 자네를 가늠해 봤어. 자네는 다시 조사할 거야. 아니면 자네 덕분에 풀려난 괴물이 평생 자네를 괴롭힐 테니까. 자네 딸의 눈 속에 정말로 하느님이 있다면, 자네가 그 아이를 다시 바라볼 수 있겠어?"

매케일렙은 무의식적으로 고개를 끄덕이다가 금세 이게 무슨 짓인가 하는 생각이 들었다.

"예전에 자네가 한 말이 기억나." 보슈가 말했다. "하느님이 세세한 것들에 깃드신다면 악마도 마찬가지라고 했지. 자네가 쫓는 범인이 대개는 바로 눈앞에 있다는 뜻이었어. 세세한 부분 속에 처음부터 숨어 있었다는 뜻. 난 그 말을 잊어버린 적이 없어. 지금도 그게 나한테 도움이 되거든."

매케일렙은 다시 고개를 끄덕이고 바닥에 흩어진 서류들을 내려다보았다.

"해리, 잘 들어. 제이 씨한테 이야기할 때 나는 확신이 있었어. 그런데 이제 와서 반대편으로 돌아설 수 있을지 잘 모르겠어. 자네가 도와줄 사람을 찾는 거라면, 난 아무래도 아닌 것 같은데."

보슈는 고개를 저으며 빙긋 웃었다.

"바로 그래서 자네가 이 일에 딱 맞다는 거야. 자네가 납득한다면, 온 세상이 납득할 테니까."

"좋아, 그럼 새해 전날 자네는 어디 있었어? 그것부터 시작해 볼까?"

보슈는 어깨를 으쓱했다.

"집에 있었어."

"혼자?"

보슈는 다시 어깨를 으쓱했지만 대답하지는 않았다. 대신 가려고 일어섰다. 그는 점퍼 주머니에 양손을 놓고 좁은 문을 빠져나가 거실로 통하는 계단을 올라갔다. 매케일렙은 그 뒤를 따랐다. 이제 권총은 옆구리에 늘어뜨린 채였다.

보슈는 어깨로 미닫이문을 밀어 열었다. 밖으로 나가 조종실로 들어간 그는 능선의 성당을 올려다보더니 매케일렙을 바라보았다.

"그러니까 내 집에 와서 하느님의 섭리를 찾았네 어쩌네 했던 건 전부 헛소리였던 거야? 면담 테크닉인가? 프로파일에 딱 맞는 답변을 끌어내려고 고안한 말 같은 거?"

매케일렙은 고개를 저었다.

"아냐, 헛소리가 아냐."

"다행이군. 나도 그러기를 바라고 있었어."

보슈는 가로대를 넘어 선미로 갔다. 그리고 부두에서 빌려온 보트의 끈을 풀더니 거기에 올라타서 뒤쪽 좌석에 앉았다. 시동을 걸기 전에 그는 다시 매케일렙을 올려다보며 배 뒤쪽을 가리켰다.

"더 팔로잉 시라. 무슨 뜻이야?"

"아버지가 지으신 이름이야. 아버지가 독창적으로 만들어 낸 이름. 더 팔로잉 시는 뒤에 나타나는 파도를 뜻해. 다가온다는 걸 사람이 눈치채기도 전에 배를 때리는 파도. 아버지가 배 이름을 이렇게 지으신 건 일종의 경고였을 거야. 항상 뒤를 조심하라는."

보슈는 고개를 끄덕였다.

"해외에 있을 때 우리도 서로에게 뒤를 살피라고 말하곤 했어."

매케일렙은 고개를 끄덕였다.

"같은 뜻이지."

두 사람은 잠시 말이 없었다. 보슈는 배에 시동을 거는 끈을 손으로 잡았지만 시동을 걸지는 않았다.

"이 동네 역사를 알아, 테리? 선교사들이 오기 전의 역사 말이야."

"아니. 자네는?"

"조금 알아. 옛날에는 역사책을 아주 많이 읽었거든. 어렸을 때. 도서관에 있는 건 뭐든 닥치는 대로 읽었어. 지역 역사, 주로 LA와 캘리포니아 역사가 재미있었지. 그냥 역사책을 읽는 게 좋았어. 여기 청소년 회관에서 현장 견학을 나간 적이 있어서, 이 지역 역사를 읽었지."

매케일렙은 고개를 끄덕였다.

"여기 살던 인디언들, 가브리엘리노 족은 태양을 숭배했어." 보슈가 말했다. "그런데 선교사들이 와서 모든 걸 바꿔 놓았어. 사실 그 인디언들한테 가브리엘리노라는 이름을 붙인 것도 선교사들이야. 인디언들이 부르는 부족 이름은 따로 있었는데, 지금은 기억이 안 나. 어쨌든 그런 일들이 일어나기 전부터 그 인디언들은 여기 살면서 태양을 숭배했어. 태양이 이 섬에서 살아가는 데 워낙 중요했기 때문에 틀림없이 신이라고 생각했던 모양이야."

매케일렙은 보슈의 검은 눈이 항구를 훑어보는 것을 지켜보았다.

"육지의 인디언들은 이쪽 인디언들이 신을 숭배하고 제물을 바쳐서 날씨와 파도를 조종할 수 있는 사나운 마법사들이라고 생각했어. 바다를 건너 육지에 와서 도자기나 물개 가죽 같은 걸 팔 수 있는 사람들이니 틀림없이 사납고 강할 거라고 본 거지."

매케일렙은 보슈를 지켜보면서 그가 전달하려고 애쓰는 메시지를 파악하려고 했다.

"무슨 말을 하려는 거야, 해리?"

보슈는 어깨를 으쓱했다.

"나도 모르겠어. 하느님이 필요할 때 사람들은 하느님을 찾아낸다는 말인 것 같은데. 태양 속에서든, 갓난아기의 눈 속에서든… 새로 얻은 심장 속에서든."

보슈는 매케일렙을 바라보았다. 물감으로 칠한 올빼미의 눈처럼 보슈의 눈도 검고 속을 알 수 없었다.

"어떤 사람들은 진실, 정의, 옳은 일 속에서 구원을 얻기도 하지." 매케일렙이 말했다.

이번에는 보슈가 고개를 끄덕이며 또 약간 비틀린 듯한 미소를 지었다.

"그거 괜찮은 말이네."

보슈는 고개를 돌리고 끈을 한 번만 잡아당겨 시동을 걸었다. 그러고는 매케일렙에게 장난스럽게 경례를 하고 부두를 향해 멀어져 갔다. 그는 항구의 에티켓을 몰랐기 때문에 항로를 가로지르면서 버려진 계류부표들 사이를 지나갔다. 뒤를 돌아보지는 않았다. 매케일렙은 그를 끝까지 지켜보았다. 낡은 나무 보트를 타고 혼자 물 위에 떠 있는 남자. 그런 생각을 하다 보니 의문이 떠올랐다. 지금 자신이 생각하고 있는 건 보슈일까, 자기 자신일까?

30 프로파일

돌아가는 여객선 안에서 보슈는 콜라를 샀다. 그걸로 뱃속이 좀 진정돼서 멀미를 예방할 수 있으면 좋겠다는 생각이 들었다. 선원에게 배 안에서 진동이 가장 약한 곳이 어디냐고 물었더니, 선원은 선실 안의 중간 좌석 중 한 곳을 가리켰다. 보슈는 그 자리에 앉아 콜라를 조금 마시고, 매케일렙의 사무실에서 인쇄해 온 서류들을 주머니에서 꺼냈다.

그는 매케일렙이 조디액을 몰고 나타나기 전에 파일 두 개를 인쇄했다. '현장 프로파일'이라는 파일과 '대상자 프로파일'이라는 파일이었다. 그는 종이를 접어 점퍼 주머니에 넣은 뒤 매케일렙이 배에 오르기 전에 휴대용 프린터를 노트북 컴퓨터에서 분리했다. 컴퓨터로 인쇄할 때는 잠깐 훑어볼 시간밖에 없었기 때문에 이제부터 꼼꼼하게 읽어 볼 생각이었다.

보슈는 현장 프로파일을 먼저 펼쳤다. 겨우 한 장짜리 서류였다. 내용은 불완전했고, 매케일렙이 범죄 현장 비디오를 보며 느낀 것들을 대충 메모해 놓은 것 같았다.

그래도 매케일렙의 작업 방식을 들여다볼 수는 있었다. 이 서류에는 현장에 대한 매케일렙의 관찰 결과가 용의자에 대한 관찰로 변해 가는 과정이 드러나 있었다.

현장

1. 결박
2. 알몸
3. 머리 상처
4. 테이프/재갈 – 'cave'?
5. 양동이?
6. 올빼미 – 지켜본다?

대단히 조직적
세부 지향적
선언 – 현장은 범인의 선언문
범인이 있었다 – 지켜보았다(올빼미?)

노출 = 피살자 굴욕
= 피살자 증오, 경멸

양동이 – 후회?

살인자 – 피살자에 대한 사전 지식
개인적인 지식 – 전에 상호 작용을 주고받았음
개인적인 증오
선? 안의 살인자

선언문의 내용은 무엇?

보슈는 이 종이를 다시 읽어 본 뒤 생각에 잠겼다. 매케일렙이 이 메모를 쓰는 데 바탕이 된 범죄 현장을 잘 알지는 못하지만, 매케일렙의 논리적 도약은 인상적이었다. 매케일렙은 사다리를 내려가듯이 조심스레 단계를 밟아 내려가서 건이 면식범에게 살해당했으며, 건의 삶을 에워싼 주위 영역 어딘가에서 범인이 발견될 것이라는 결론을 내렸다. 어떤 사건에서든 이런 식으로 범인의 특징을 찾아내는 것은 아주 중요했다. 수사의 우선순위는 대개 용의자가 피해자와 접촉한 것이 살해 시점 딱 한 번뿐인지 아니면 그전에도 접촉한 적이 있었는지에 따라 결정된다. 그런데 매케일렙은 범죄 현장을 보고 범인이 건과 아는 사이였으며, 살인자와 피살자가 마지막으로 치명적인 만남을 갖기 전에 서막이 있었음을 읽어낸 것이다.

두 번째 종이에도 약어로 줄여서 쓴 메모들이 계속 적혀 있었다. 매케일렙이 나중에 살을 붙여서 프로파일을 작성하려고 적어 둔 내용인 것 같았다. 이 메모를 읽으면서 보슈는 자신이 매케일렙에게 했던 말이 몇 개 포함되어 있다는 것을 깨달았다.

용의자

보슈:
기관 – 청소년 센터, 베트남, LAPD
외부인 – 소외
강박적
눈 – 잃어버린 것, 상실
임무형 인간 – 복수의 천사
수레바퀴는 항상 돌아간다 – 아무도 그냥 빠져나가지 못한다.
뿌린 대로 거둔다
알코올

이혼 – 아내? 왜?
소외/강박
어머니
사건
사법 체계 – "헛소리"
전염병 보균자
죄책감?

해리 = 히에로니무스
올빼미 = 악마
악마 = 건
악마의 죽음 = 스트레스 요인 해방

그림 – 악마
어둠과 빛 – 가장자리
처벌
어머니 – 정의 – 건
하느님의 손 – 경찰 – 보슈
처벌 = 하느님의 일

밤보다 짙은 어둠 = 보슈

보슈는 이 메모를 어떻게 해석해야 할지 알 수 없었다. 마지막 줄에 시선이 끌려서 그는 그 줄을 여러 번 읽었다. 매케일렙이 자신에 대해 무슨 말을 하고 있는 건지 잘 알 수 없었다.

얼마 뒤 그는 종이를 조심스레 접어들고는 오랫동안 꼼짝도 않고 앉아 있었다. 배 위에 그렇게 앉아 있는 것이 왠지 초현실적인 느낌이 들었다. 그는 자신이 왜 살인 용의자가 되었는지 알아보고 싶어서 조금 전까지 다른 사람의 메모와 논리를 해석하려고 애썼다. 점점 속이 메스

꺼워져서 어쩌면 뱃멀미를 하는 건지도 모른다는 생각이 들었다. 그는 남은 콜라를 꿀꺽 다 마셔 버리고 일어나며 종이를 다시 접펴 주머니에 넣었다.

보슈는 배 앞쪽으로 가서 뱃머리로 통하는 무거운 문을 밀고 나갔다. 즉시 서늘한 바람이 느껴졌다. 저 멀리 육지의 윤곽이 흐릿하게 보였다. 그는 수평선에 눈을 고정시키고 심호흡을 했다. 금방 몸이 괜찮아졌다.

31 네가 놓친 것

매케일렙은 거실의 낡은 소파에 앉아 한참 동안 보슈와의 만남을 생각했다. 지금까지 많은 사건을 조사했지만 살인 용의자가 자기를 찾아와 도움을 청한 것은 처음이었다. 그 행동이 필사적인 것인지 아니면 진심에서 우러난 것인지 파악해야 했다. 어쩌면 또 다른 것일 수도 있었다. 만약 매케일렙이 대여용 보트를 보지 못해서 배에 나와 보지 않았다면? 그래도 보슈는 그를 기다리고 있었을까?

매케일렙은 앞쪽 선실로 가서 바닥에 흩어진 서류들을 내려다보았다. 보슈가 일부러 서류를 바닥에 떨어뜨려 뒤섞어 버리려고 던진 건 아닌가 하는 생각이 들었다. 보슈가 여기서 뭔가 가져간 걸까?

매케일렙은 책상으로 가서 노트북 컴퓨터를 유심히 살펴보았다. 프린터는 연결되어 있지 않았지만, 거기에는 아무런 의미도 없다는 것쯤 그도 알고 있었다. 매케일렙은 화면에 떠 있는 서류를 닫고 프린터 관리자 창을 열었다. 작업 파일을 누르자 오늘 파일 두 개가 인쇄된 기록이 있었다. 현장 프로파일과 용의자 프로파일이었다. 보슈가 가져간 것이다.

매케일렙은 보슈가 여객선 익스프레스 호를 타고 만을 건너가면서 혼자 앉아 자신이 보슈에 관해 쓴 메모를 읽는 모습을 상상해 보았다. 그러자 마음이 불편해졌다. 매케일렙이 작성한 프로파일을 용의자가 직접 읽은 경우는 지금까지 한 번도 없었다.

매케일렙은 이런 생각을 떨쳐 버리고 다른 일에 정신을 쏟기로 했다. 그는 의자에서 미끄러지듯 내려와 바닥에 무릎을 꿇고 살인 사건 보고서들을 집어 들어 깔끔하게 쌓기 시작했다. 이 서류들을 순서대로 정리하는 일은 나중에 생각하기로 했다.

흩어져 있던 서류들을 치운 뒤 매케일렙은 책상에 앉았다. 보고서들은 앞에 사각형으로 깔끔하게 쌓여 있었다. 매케일렙은 서랍에서 새 타이프 용지 한 장을 꺼내 마분지 서류함에 색인표를 적을 때 쓰는 굵은 검은색 마커로 다음과 같이 썼다.

네가 놓친 것이 있다.

매케일렙은 책상 위의 테이프 거치대에서 테이프를 잘라 내서 이 종이를 책상 뒤의 벽에 붙였다. 그리고 한참 동안 바라보았다. 보슈가 한 모든 말을 요약하면 바로 이 한 문장이 되었다. 이제 이 말이 진실인지, 정말로 자신이 뭔가를 놓쳤을 가능성이 있는지, 아니면 절박한 처지가 된 남자가 마지막으로 자신을 조종하려 한 것인지 파악해야 했다.

휴대전화 벨소리가 들렸다. 전화기는 거실 소파 위에 놓아둔 재킷 주머니 안에 있었다. 매케일렙은 거칠게 계단을 올라가 재킷을 움켜쥐었다. 하지만 그가 손을 집어넣은 주머니 안에는 권총이 있었다. 그래서 다른 주머니를 뒤져서 전화기를 찾아냈다. 그래시엘라의 전화였다.

"우리 집에 왔어." 그래시엘라가 말했다. "당신이 집에 있을 줄 알았는데. 그래서 엘 엔칸토에 가서 점심을 먹을까 했지."

"음…."

매케일렙은 이대로 사무실을 떠나고 싶지도 않고, 보슈에 대한 생각을 중단하고 싶지도 않았다. 하지만 지난주에 있었던 일들 때문에 그래시엘라와의 사이에 긴장이 흐르고 있었다. 그 점에 대해서, 그리고 상황 변화에 대해서 그래시엘라에게 이야기할 필요가 있었다.

"이렇게 하지." 마침내 매케일렙이 말했다. "여기서 지금 뭘 좀 막 끝내는 중이야. 당신이 아이들을 데리고 내려오면 내가 마중나갈게."

매케일렙은 손목시계를 보았다. 12시 45분이었다.

"1시 30분이면 너무 늦나?"

"괜찮아." 그래시엘라가 퉁명스럽게 말했다. "그런데 무슨 일?"

"아, 그냥… 제이 씨를 위해서 이걸 마무리하는 중이야."

"사건에서 손을 뗐다고 했잖아."

"맞아. 하지만 보고서가 전부 나한테 있고, 최종 보고서도 쓰고… 그냥 마무리라니까."

"늦지 마, 테리."

만약 늦으면 많은 걸 잃어버리게 될 거라고 암시하는 목소리였다.

"안 늦어. 이따 보자고."

매케일렙은 전화기를 닫고 사무실로 돌아갔다. 그리고 다시 손목시계를 보았다. 보트를 타고 부두로 돌아가야 하는 시각까지 약 30분이 남아 있었다. 엘 엔칸토는 부두에서 걸어서 5분 거리로, 이 섬에서 겨울에도 문을 여는 소수의 식당들 중 한 곳이었다.

매케일렙은 앉아서 사건 서류들을 순서대로 정리하기 시작했다. 어려운 작업은 아니었다. 페이지마다 오른쪽 위 구석에 날짜가 찍혀 있었다. 하지만 매케일렙은 일을 시작하자마자 손을 멈췄다. 그리고 자신이 벽에 테이프로 붙여 둔 문장을 바라보았다. 만약 전에는 보지 못한 것, 자신이 놓친 것을 찾을 생각이라면 다른 각도에서 정보를 바라보아야 한다는 생각이 들었다. 그래서 서류들을 순서대로 정리하지 않기로 했다. 대신 순서 없이 뒤죽박죽 섞여 있는 지금 상태 그대로 읽어 볼 생각이었다. 그러면 수사의 흐름과 순차적인 단계에 대해 생각하지 않게 될 것이다. 각각의 보고서를 퍼즐의 한 조각으로만 보게 될 것이다. 이것은 마음을 속이는 간단한 술수였지만, 예전에 FBI에 있을 때에도 이런 방법을 사용한 적이 있었다. 그러다 보면 가끔 뭔가 새로운 것, 전에는 놓쳤던 것이 튀어나왔다.

매케일렙은 다시 손목시계를 확인하고, 서류 더미 맨 위의 서류를 읽기 시작했다. 부검 보고서였다.

32 갈림길

매케일렙은 엘 엔칸토의 정면 계단으로 기운차게 걸어갔다. 자신의 골프 카트가 길가에 서 있는 것이 보였다. 이 섬의 골프 카트들은 대개 똑같은 모양이었지만, 그는 분홍색과 흰색 쿠션이 있는 아기 의자 덕분에 자신의 것을 알아볼 수 있었다. 식구들은 아직 식당 안에 있었다.

매케일렙이 계단을 올라가자 그를 알아본 여주인이 식구들이 앉아 있는 자리를 가리켰다. 매케일렙은 서둘러 다가가서 그래시엘라 옆의 의자를 빼냈다. 식구들은 식사를 거의 마친 참이었다. 웨이트리스가 벌써 계산서를 식탁 위에 두고 간 것이 보였다.

"늦어서 미안해."

매케일렙은 식탁 중앙의 바구니에서 칩을 하나 꺼내서 살사 소스와 과카몰레 소스를 찍은 뒤 입에 던져 넣었다. 그래시엘라는 자기 손목시계를 확인하더니 그 짙은 갈색 눈으로 그를 쏘아보았다. 매케일렙은 그 시선을 견뎌 내고 틀림없이 다가올 다음 공격에 대비했다.

"난 금방 가 봐야 돼."

그래시엘라가 시끄러운 소리를 내며 포크를 접시에 내려놓았다. 식사를 마친 것이다.

"테리…."

"알아, 알아. 하지만 새로운 게 나왔어. 오늘 밤에 저쪽으로 건너가야 해."

"새로 나올 게 뭐가 있어? 당신은 수사에서 손 뗐잖아. 오늘은 일요일이고. 이런 날 사람들은 미식축구 경기나 보지, 누가 부탁하지도 않았는데 살인 사건을 해결하겠다고 뛰어다니지는 않아."

그래시엘라는 식당 한 귀퉁이에 높이 걸려 있는 텔레비전을 가리켰다. 목이 굵은 사람 세 명이 미식축구 경기장을 배경으로 탁자 뒤에 앉아 있었다. 오늘의 경기로 슈퍼볼 출전 팀이 가려진다는 건 매케일렙도 알고 있었다. 매케일렙은 전혀 관심이 없는 일이었지만, 적어도 한 경기 정도는 함께 보겠다고 레이먼드와 약속했던 것이 갑자기 떠올랐다.

"부탁을 받고 하는 거야, 그래시엘라."

"무슨 소리야? 그쪽에서 당신더러 손 떼라고 했다며."

매케일렙은 오전에 배에서 보슈를 만난 일과 보슈가 자신에게 부탁한 일에 대해 말했다.

"제이 씨한테 범인일 가능성이 높다고 말한 사람이 그 사람 아냐?"

매케일렙은 고개를 끄덕였다.

"그 사람이 우리 사는 곳을 어떻게 알아낸 거야?"

"몰랐어. 우리 집이 아니라, 배에 대해서만 알고 있었어. 그러니까 당신이 걱정할 필요가 없어."

"아니, 필요가 있어. 테리, 당신은 지금 이 일에 너무 깊이 빠져서 당신 자신과 가족들이 위험해질지도 모른다는 사실을 전혀 못 보고 있어.

나는….”

“그래? 내 생각에는….”

매케일렙은 말을 멈추고 주머니에서 25센트 동전 두 개를 꺼낸 뒤 레이먼드에게 시선을 돌렸다.

“레이먼드, 다 먹었니?”

“응.”

“네라고 한 거지?”

“네.”

“그래, 그럼 이거 받아라. 저기 바 옆으로 가서 비디오 게임을 하면서 놀아.”

아이는 동전을 받았다.

“그만 가 봐도 돼.”

레이먼드는 머뭇거리며 의자에서 뛰어내려 옆방으로 종종걸음을 쳤다. 그 방의 탁자 상판에 설치된 비디오 게임을 예전에 둘이서 해 본 적이 있었다. 아이는 매케일렙이 팩맨이라는 이름으로 알고 있는 게임을 골라 자리에 앉았다. 매케일렙이 앉은 자리에서 충분히 볼 수 있는 위치였다.

매케일렙은 그래시엘라에게 시선을 돌렸다. 그래시엘라는 무릎에 가방을 올려놓고 돈을 꺼내 계산서 위에 놓았다.

“그래시엘라, 그건 관두고 날 좀 봐.”

그래시엘라는 지갑을 다시 가방 속에 넣은 뒤 매케일렙을 바라보았다.

“그만 가야 돼. 시시가 낮잠을 자야 한단 말이야.”

아기는 식탁 위의 바운싱체어에 앉아 한 손으로 끈에 매달린 파랗고 하얀 풍선을 움켜쥐고 있었다.

“아이는 괜찮아. 여기서 자도 돼. 잠깐만 내 얘기 좀 들어줘.”

매케일렙은 그래시엘라의 반응을 기다렸다. 마침내 그래시엘라가 어쩔 수 없다는 표정을 지었다.

"알았어. 할 말 있으면 빨리 해. 그만 가 봐야 하니까."

매케일렙은 그래시엘라만이 자기 목소리를 들을 수 있게 몸을 가까이 기울였다. 그래시엘라의 귀 끝이 머리카락 사이로 삐죽 나와 있는 것이 보였다.

"이러다간 우리 사이에 정말로 문제가 생길 것 같지?"

그래시엘라는 고개를 끄덕이더니 순식간에 눈물을 주르르 흘렸다. 매케일렙이 그 말을 소리 내서 한 것이 그래시엘라가 자신과 결혼 생활을 보호하기 위해 마음속에 쳐 두었던 얄팍한 보호막을 무너뜨려 버린 듯했다. 매케일렙은 자기 앞의 식기 밑에 깔려 있는 새 냅킨을 빼내서 그래시엘라에게 건네주었다. 그러고는 자신의 손을 아내의 목덜미에 얹고 아내를 끌어당겨 뺨에 입을 맞췄다. 그래시엘라의 정수리 너머로 레이먼드가 겁먹은 표정으로 이쪽을 지켜보는 것이 보였다.

"전에 이미 이 이야기를 했었지, 그래시." 매케일렙이 입을 열었다. "만약 내가 이런 일을 한다면, 우리 집과 가족 등 모든 것이 사라질 거라고 당신은 생각하고 있어. 그런데 문제는 이걸 '만약'이라는 가정으로 보았다는 거야. 그게 실수야. 이건 만약이 아니니까. '만약 내가 이런 일을 한다면'이 아니니까. 내가 하는 일이 바로 이거야. 지금까지 너무나 오랫동안 나는 그렇지 않다고 자신을 납득시키려고 애쓰고 있었어."

눈물이 또 흘러내리자 그래시엘라는 냅킨을 자기 얼굴에 댔다. 그녀는 소리 없이 울었지만, 매케일렙은 식당 안의 사람들이 자기들을 눈치채고 벽에 높이 걸린 텔레비전 대신 자신들을 지켜보고 있음을 확실히 알 수 있었다. 레이먼드를 바라보았더니, 아이는 다시 비디오 게임을 하고 있었다.

"나도 알아." 그래시엘라가 간신히 말했다.

매케일렙은 깜짝 놀랐다. 그래시엘라가 자신의 말을 인정해 준 것이 좋은 징조 같았다.

"그럼 어떻게 할까? 지금 이 사건만 얘기하는 게 아냐. 앞으로 죽 어떻게 할 거냐고 묻는 거야. 어떻게 할까? 그래시, 난 나 자신이 아닌 다른 사람이 되려고 노력하면서 나의 진정한 본질임이 틀림없는 내면의 무언가를 무시하는 일에 이제 지쳐 버렸어. 이 사건을 맡고서야 나는 그 사실을 깨닫고 스스로 인정할 수 있게 된 거야."

그래시엘라는 아무 말도 하지 않았다. 매케일렙도 기대는 하지 않고 있었다.

"내가 당신과 아이들을 사랑하는 건 당신도 알 거야. 그건 문제가 안 돼. 난 둘 다 가질 수 있다고 생각하는데, 당신은 안 된다고 생각하지. 당신은 둘 중 하나만 선택해야 한다고 생각하지만, 난 그렇지 않다고 봐. 그건 공평하지 않아."

매케일렙은 자신의 말이 아내에게 상처를 주고 있다는 걸 알고 있었다. 그는 지금 선을 긋는 중이었다. 둘 중 한 사람이 반드시 항복해야 했다. 하지만 매케일렙은 항복할 생각이 없었다. 지금 그가 하고 있는 말이 바로 그런 뜻이었다.

"우리 잘 생각해 보자. 여긴 이야기를 하기에 적당한 곳이 아냐. 우선 내가 이번 일을 끝낸 뒤에 우리 둘이 앉아서 미래에 대해 이야기해 보는 거야. 괜찮지?"

그녀는 천천히 고개를 끄덕였지만, 매케일렙을 바라보지는 않았다.

"당신은 그 일을 꼭 해야 하니까 어쩔 수 없지." 매케일렙은 그래시엘라의 말을 들으면서, 앞으로 영원히 자기가 죄책감을 느끼게 될 것임을 확신했다. "난 그저 당신이 조심하기를 바랄 뿐이야."

매케일렙은 그래시엘라를 끌어당겨 다시 입을 맞췄다.

"여기서 당신과 함께 사는 게 너무 중요하기 때문에 조심하지 않을 수가 없어."

매케일렙은 일어나서 식탁 옆을 돌아 아기에게 갔다. 그는 아기의 정수리에 입을 맞춘 뒤, 바운싱체어의 안전띠를 풀고 아기를 안아 올렸다.

"내가 카트까지 아기를 안고 갈게." 매케일렙이 말했다. "당신이 가서 레이먼드를 데려올래?"

매케일렙은 아기를 안고 카트가 있는 곳으로 내려가 안전 좌석에 단단히 앉혔다. 그리고 뒤쪽 짐칸에 아기의 바운싱체어를 넣었다. 몇 분 뒤 그래시엘라가 레이먼드와 함께 내려왔다. 울어서 눈이 부어 있었다. 매케일렙은 레이먼드의 어깨에 손을 얹고 앞쪽 조수석으로 데려갔다.

"레이먼드, 오늘도 같이 경기를 보긴 힘들 것 같다. 할 일이 좀 있거든."

"내가 같이 가서 일을 도와드릴게요."

"아냐, 손님이랑 낚시를 하러 가는 일이 아니야."

"알아요. 그래도 내가 도울 수 있어요."

매케일렙은 그래시엘라가 지켜보고 있음을 깨닫고 등에 닿는 햇살처럼 따가운 죄책감을 느꼈다.

"고맙지만 다음으로 미루자, 레이먼드. 어서 안전띠 매."

아이가 안전띠를 맨 뒤 매케일렙은 카트에서 물러났다. 그리고 그래시엘라를 바라보았다. 그래시엘라의 시선은 이미 그를 향하고 있지 않았다.

"됐어." 매케일렙이 말했다. "최대한 빨리 돌아올게. 전화기를 가져가니까 전화하고 싶으면 해."

그래시엘라는 들은 척도 하지 않고, 머릴라 애버뉴로 카트를 몰았다. 매케일렙은 식구들이 시야에서 사라질 때까지 지켜보았다.

33 새로운 단서

부두로 돌아오는 길에 휴대전화가 울렸다. 제이 윈스턴의 전화였다. 아까 매케일렙이 전화했을 때 통화가 되지 않았던 윈스턴이 이제야 전화를 걸어온 것이다. 윈스턴은 아주 조용한 목소리로 자기 어머니의 집에서 전화를 걸고 있다고 말했다. 윈스턴의 목소리가 잘 들리지 않았기 때문에 매케일렙은 카지노 거리에 있는 벤치에 앉았다. 그리고 팔꿈치를 무릎에 괴고 몸을 앞으로 수그린 자세로 전화기를 귀에 단단히 댔다. 다른 한 손으로는 반대편 귀를 막았다.

“우리가 놓친 게 있어요.” 매케일렙이 말했다. “내가 놓친 거예요.”

“테리 씨, 무슨 소리예요?”

“살인 사건 기록에서, 건의 체포 기록에서. 건은….”

“테리 씨, 지금 뭘 하는 거예요? 이젠 사건에서 손을 뗐잖아요.”

“누구 명령으로요? FBI? 이제 난 그 사람들을 위해서 일하지 않아요, 제이 씨.”

"그럼 내가 명령하죠. 난 테리 씨가 더 이상…."

"난 제이 씨를 위해서 일하는 것도 아니에요. 잊었어요?"

전화기 속에서 한참 동안 침묵이 흘렀다.

"테리 씨, 지금 뭘 하려는 건지 잘 모르겠지만 그만둬요. 테리 씨는 이제 이 사건과 관련해서 아무 권한도 없고, 낄 자리도 없어요. 테리 씨가 아직도 기웃거리며 돌아다니는 걸 트윌리와 프리드먼이 알면 수사 방해로 테리 씨를 체포할 수도 있어요. 그 둘이 딱 그렇게 할 인간들이라는 건 테리 씨도 알잖아요."

"낄 자리가 없다고 했어요? 나한테는 자리가 있어요."

"네? 어제 내가 수사에 참가해도 좋다는 승인을 철회했잖아요. 날 이용해서 수사에 낄 수는 없어요."

매케일렙은 머뭇거리다가 윈스턴에게 털어놓기로 결심했다.

"나한테는 자리가 있어요. 피고를 위해 일하고 있다고나 할까?"

이번에는 윈스턴의 침묵이 훨씬 더 길었다. 마침내 입을 연 그녀는 아주 천천히 말했다.

"보슈 쪽으로 갔다는 얘기예요?"

"아뇨, 보슈가 날 찾아왔어요. 오늘 오전에 내 배에 나타났다고요. 지난번에 내가 생각했던 게 맞았어요. 내가 그 친구 집에 나타난 다음에 그 친구의 파트너가 전화해서 제이 씨 이야기를 했잖아요. 보슈가 그 둘을 꿰어 맞춘 거죠. 〈뉴 타임스〉의 기자도 보슈에게 전화를 했고요. 내가 한 마디도 안 했는데, 그 친구는 이미 뭐가 어떻게 돌아가는지 알고 있었어요. 하지만 그런 건 하나도 중요하지 않아요, 제이 씨. 중요한 것 내가 너무 성급하게 보슈를 지목했다는 거예요. 내가 뭔가를 놓쳤는데, 그게 뭔지 지금은 잘 모르겠어요. 이 모든 게 함정일 가능성이 있어요."

"보슈의 설득에 넘어갔군요."

"아뇨. 나 자신의 설득에 넘어간 거예요."

전화기 속에서 사람들의 목소리가 들려왔다. 윈스턴이 매케일렙에게 잠깐 기다리라고 말했다. 그러고는 윈스턴이 수화기를 손으로 가렸는지, 목소리들이 한층 작아졌다. 말다툼이 벌어지고 있는 것 같았다. 매케일렙은 일어나서 부두를 향해 걸었다. 몇 초 뒤에 윈스턴이 다시 전화기 속에서 말했다.

"미안해요. 지금은 통화하기가 좀 그래요. 뭘 좀 하던 중이라서."

"내일 오전에 만날 수 있어요?"

"그게 무슨 소리예요?" 윈스턴이 말했다. 거의 비명 같은 목소리였다. "수사 대상자를 위해서 일하고 있다고 방금 나한테 말했잖아요. 난 테리 씨랑 만날 수 없어요. 젠장, 남들 눈에 그게 어떻게 보이겠어요? 잠깐만요…."

윈스턴이 또 수화기를 가리고 누군가에게 거친 말을 써서 미안하다고 사과하는 소리가 들렸다. 그러고 나서 다시 매케일렙에게 돌아왔다.

"이제 정말로 끊어야겠어요."

"제이 씨, 남들 눈에 어떻게 보이든 난 상관없어요. 내가 관심 있는 건 진실뿐이고, 제이 씨도 그럴 거라고 생각했어요. 날 만나기 싫다면, 그래요, 만나지 말죠. 나 혼자 하면 되니까."

"테리 씨, 잠깐만요."

매케일렙은 가만히 있었다. 윈스턴은 아무 말도 하지 않았다. 그쪽에 무슨 일이 있는지 윈스턴이 다른 곳에 정신을 빼앗기고 있다는 느낌이 들었다.

"뭐예요?"

"우리가 놓친 게 있다는 게 무슨 뜻이에요?"

"건이 죽기 전에 음주 운전으로 체포된 기록 속에 그게 있었어요. 보슈한테서 건이 갇혀 있을 때 이야기를 나눴다는 말을 듣고 제이 씨가 기록을 전부 꺼내 왔죠? 처음에 그 기록을 볼 때 나는 그냥 죽 훑어보기만 했어요."

"내가 기록을 꺼내 온 건 맞아요." 윈스턴이 자신을 방어하려고 경계하는 듯한 목소리로 말했다. "건은 할리우드 경찰서에서 12월 30일 밤을 보냈어요. 거기서 보슈가 건을 만났고요."

"그리고 아침에 보석으로 풀려났죠. 7시 30분에."

"그래요. 그게 어때서요? 무슨 소리를 하는 거예요?"

"누가 보석을 시켜 줬는지 봐요."

"테리 씨, 난 지금 부모님 집에 와 있어요. 서류가…."

"아, 그렇지. 미안해요. 루디 터페로예요."

침묵이 흘렀다. 매케일렙은 부두에 도착해서 소형 보트 부두로 이어진 통로를 향해 걷다가 난간에 몸을 기댔다. 그리고 한 손으로 또 귀를 막았다.

"좋아요, 루디 터페로가 보석을 시켜 줬다 쳐요." 윈스턴이 말했다. "그 사람이 법적으로 허가를 받은 정식 보석 보증인인가 보죠. 거기에 무슨 의미가 있는데요?"

"요새 텔레비전을 안 봤죠? 터페로가 정식 보석 보증인인 건 맞아요. 적어도 보석 서류에 자기 허가증 번호를 적어 넣기는 했으니까. 하지만 터페로는 사립 탐정과 보안 자문 일도 하고 있어요. 그리고… 놀라지 말아요…. 지금 데이비드 스토리를 위해 일하고 있어요."

윈스턴은 아무 말도 하지 않았지만, 숨소리가 커진 것이 느껴졌다.

"테리 씨, 마음을 좀 가라앉혀요. 의미를 너무 과장하는 것 같아요."

"이건 우연의 일치가 아니에요."

"무슨 우연의 일치요? 그 사람은 보석 보증인이에요. 그게 그 사람 직업이에요. 유치장에서 사람들을 꺼내 주는 일. 다른 보증인들과 마찬가지로 할리우드 경찰서 바로 맞은편에 사무실이 있을 거라는 데에 도넛 한 상자를 걸어도 좋아요. 거기 유치장에서 풀려나는 주정뱅이와 매춘부 서너 명 중에 한 명은 십중팔구 그 사람 손을 거칠 걸요."

"그게 그렇게 간단한 일이라고는 제이 씨도 생각하지 않잖아요."

"내 생각을 테리 씨가 어떻게 알아요?"

"그때 터페로는 스토리의 재판을 한창 준비하던 중이었어요. 그런데 왜 자기가 직접 경찰서에 와서 음주 운전자를 풀어 주겠어요?"

"혼자 모든 걸 해야 하는 처지인가 보죠. 조금 전에 말했듯이, 길만 건너면 바로 경찰서에 들어갈 수 있는 곳에 사무실이 있는지도 모르고요."

"내 생각은 달라요. 게다가 그게 전부가 아니에요. 건의 서류를 보면, 12월 31일 새벽 3시에 자신에게 허락된 단 한 통의 전화를 걸었다고 돼 있어요. 서류에 있는 번호는 롱비치에 사는 누이의 번호예요."

"그게 어때서요? 그건 전부터 알던 사실이잖아요."

"내가 오늘 누이한테 전화해서 건을 위해 보석 보증인한테 전화로 일을 의뢰했냐고 물었어요. 아니라더군요. 한밤중에 전화를 받고 항상 보석을 시켜 주는 일에 이젠 질렸대요. 이번에는 건이 혼자서 일을 처리했다고 말했어요."

"그래서 건이 터페로와 함께 경찰서를 나갔다 해도, 그게 어때서요?"

"건이 터페로를 어떻게 불렀을까요? 더 이상 전화를 걸 수 없는데."

윈스턴은 대답하지 못했다. 두 사람 모두 한동안 아무 말도 하지 않았다. 매케일렙은 항구의 전경을 바라보았다. 노란 수상 택시가 항로를 따라 천천히 움직이고 있었다. 키를 잡은 남자 외에는 텅 빈 배였다. 혼자 배를 타고 있는 남자라. 매케일렙은 속으로 생각했다.

"그래서 어쩔 거예요?" 마침내 윈스턴이 물었다. "앞으로 어쩔 생각이에요?"

"오늘 밤에 그쪽으로 건너갈 거예요. 아침에 만날 수 있어요?"

"어디서요? 몇 시에?"

매케일렙을 만나야 한다는 사실에 당황한 기색이 목소리에 드러났다.

"7시 30분. 할리우드 경찰서 앞에서요."

잠시 침묵이 흐르더니 윈스턴이 말했다. "잠깐만요, 잠깐만요. 난 못 해요. 우리 과장이 눈치채면 그걸로 끝이에요. 과장은 날 팜데일로 보내버릴 걸요. 그러면 난 거기서 평생 사막에서 뼈를 찾아내는 일만 하다 죽을 거예요."

매케일렙은 이런 반발을 예상하고 있었다.

"FBI 친구들이 살인 사건 기록을 돌려달라고 했다면서요. 내가 그걸 가지고 나갈게요. 기록 때문에 만난다는데 히친스 과장이 뭐라고 하겠어요?"

윈스턴이 잠시 생각에 잠겼는지 침묵이 흘렀다.

"좋아요, 그거라면 괜찮겠네요. 나갈게요."

34 공격 전야

그날 저녁 보슈가 집에 돌아오니 전화기에서 메시지를 알리는 불빛이 깜박거리고 있었다. 버튼을 누르자 두 개의 메시지가 흘러나왔다. 스토리 사건의 두 검사가 각각 남긴 것이었다. 보슈는 랭와이저에게 먼저 전화를 걸기로 했다. 랭와이저의 번호를 누르면서 보슈는 얼마나 급한 일이기에 검사 두 명이 모두 전화를 한 건지 궁금해졌다. 매케일렙이 말한 FBI 요원들이 연락을 해 온 건지도 모른다는 생각이 들었다. 아니면 그 기자가 연락을 했거나.

"무슨 일이에요?" 랭와이저가 전화를 받자 보슈가 말했다. "두 분이 모두 전화를 했으니, 틀림없이 아주 심각한 일이겠는데요."

"해리? 괜찮아요?"

"잘 버티고 있어요. 두 분은 뭘 하고 있어요?"

"보슈 형사가 그런 걸 물어보니 우습네요. 로저는 지금 이쪽으로 오는 중이고, 난 오늘 밤 음식을 맡았어요. 애너벨 크로우가 대배심에서 한 증언을 한 번 더 살펴보려고요. 보슈 형사도 올래요?"

랭와이저의 집은 북쪽으로 차를 달려 한 시간 거리인 아구아 덜스에 있었다.

"아, 나는 오늘 하루 종일 운전을 했어요. 롱비치까지 갔다 왔으니까. 내가 꼭 가야 합니까?"

"전적으로 보슈 형사가 선택하면 돼요. 그냥 혼자만 소외됐다는 느낌을 받을까 봐 말한 거예요. 어쨌든 우리가 전화한 건 그 일 때문이 아니에요."

"그럼 왜 전화한 거죠?"

보슈는 부엌에서 여섯 개 들이 앵커스팀을 냉장고 선반에 밀어 넣는 중이었다. 그는 여섯 병 중 하나를 꺼내고 냉장고 문을 닫았다.

"로저랑 같이 주말 내내 의논해 봤어요. 앨리스 쇼트 부장님하고도 이야기를 해 봤고요."

앨리스 쇼트는 두 사람의 상사로 중요 재판의 진행을 맡고 있었다. 아무래도 건 사건과 관련해서 모종의 연락이 간 것 같았다.

"뭘 의논했다는 겁니까?" 보슈가 물었다.

그가 병따개에 병을 밀어 넣고 아래로 확 잡아당기자 펑 하는 소리를 내며 뚜껑이 열렸다.

"이번 사건은 지금까지 정말로 착실히 진행된 것 같아요. 모든 게 잘 맞아떨어졌잖아요. 사실 총탄이 날아와도 끄떡없을 정도죠. 그래서 내일 방아쇠를 당길 생각이에요."

보슈는 총이 어쩌고 하는 이 암호 같은 말의 뜻을 해석하느라 잠시 가만히 있었다.

"내일 끝낼 거라는 뜻인가요?"

"그래야 할 것 같아요. 오늘 밤에 또 의논하겠지만, 쇼트 부장님도 이미 허락했고, 로저도 이게 맞다고 확신하고 있어요. 내일 오전에 준비 작업을 좀 해서, 점심시간 뒤에 애너벨 크로우를 부르는 거예요. 그걸로 끝나는 거죠. 인간애를 자극하는 이야기니까. 애너벨 크로우가 우리 일을 마무리해 줄 거예요."

보슈는 뭐라고 말할 수가 없었다. 검사의 관점에서 보면 이것이 올바른 수순일 수도 있었다. 하지만 그랬다가는 빠르게는 화요일부터 J. 리즌 포욱스에게 주도권을 쥐어 주는 꼴이 될 수 있었다.

"보슈 형사, 어떻게 생각해요?"

보슈는 맥주를 길게 한 모금 마셨다. 맥주가 별로 차갑지 않았다. 차 안에 한동안 놓아둔 탓이었다.

"총을 쏠 기회는 딱 한 번뿐이라는 생각이 드네요." 보슈는 무기를 동원한 비유를 이어받아 말했다. "오늘 밤에 파스타를 만들면서 이 문제에 대해 오랫동안 열심히 생각해 보는 게 좋을 겁니다. 이쪽 주장을 펼칠 기회를 다시는 얻지 못할 테니까요."

"우리도 그건 알아요. 그런데 내가 파스타를 만드는 건 어떻게 알았어요?"

랭와이저의 목소리에 웃음기가 배어 있었다.

"운 좋게 찍은 거죠."

"뭐, 걱정 말아요. 오랫동안 열심히 생각할 테니까. 지금까지도 그랬고요."

랭와이저는 잠시 말을 멈추고 보슈에게 뭐라고 대꾸할 기회를 주었지만, 보슈는 아무 말이 없었다.

"우리가 계획대로 밀고 나가는 경우를 생각해서 묻는 건데, 크로우는 어때요?"

"지금 대기 중이죠. 언제든 나갈 수 있습니다."

"오늘 밤에 크로우한테 연락할 수 있어요?"

"물론이죠. 내일 정오까지 법정에 나오라고 연락해 두겠습니다."

"고마워요, 보슈 형사님. 내일 아침에 봐요."

두 사람은 전화를 끊었다. 보슈는 상황에 대해 생각해 보았다. 매케일렙에게 전화를 해서 지금 상황을 말해줘야 하는 건지 고민했지만, 좀 더 두고 보기로 했다. 보슈는 거실로 나가서 스테레오를 켰다. 아트 페퍼의 시디가 여전히 기계에 들어 있었다. 곧 음악이 거실을 가득 채웠다.

35 한 통의 전화

매케일렙은 LA 경찰국 할리우드 경찰서 앞에 체로키를 세우고 차에 기대서 있었다. 윈스턴이 BMW Z3를 몰고 나타나 차를 세웠다. 윈스턴이 차에서 내렸을 때 매케일렙은 그녀의 차를 유심히 살피고 있었다.

"시간이 늦어서 차를 고를 시간이 없었어요."

"바퀴가 마음에 드네요. 사람들이 LA에 대해 뭐라고 하는지 알죠? 차가 곧 그 사람이다."

"나한테도 프로파일링을 할 작정이에요? 아직 빌어먹게 일러요. 사건 기록이랑 테이프는 어디 있어요?"

매케일렙은 윈스턴이 또 거친 말을 쓰는 걸 눈치챘지만 속에만 담아두었다. 매케일렙은 차에서 몸을 떼고 조수석 쪽으로 돌아갔다. 그리고 조수석 문을 연 뒤 살인 사건 기록과 범죄 현장 테이프를 꺼냈다. 매케일렙이 그것들을 건네주자 윈스턴은 자기 차로 가져갔다. 매케일렙은 체로키의 문을 닫고 잠그면서 창문을 통해 뒷좌석 바닥을 내려다보았다. 복사점 킨코스 로고가 새겨진 상자가 조간 신문으로 덮인 채 그곳에 놓여 있었다. 윈스턴을 만나러 오기 전에 매케일렙은 선셋 대로에서 24시간 영업하는 킨코스로 가서 살인 사건 기록을 전부 복사했다. 테이프를 복사하는 건 쉽지 않았다. 짧은 시간 안에 금방 테이프를 복사할 수 있는 곳이 어딘지 알 수 없었다. 그래서 그냥 마리나 근처 상점에서 새 비디오테이프를 사서 원래 범죄 현장 비디오가 있던 케이스에 밀어 넣었다. 자신이 테이프를 제대로 돌려줬는지 윈스턴이 확인할 것 같지는 않았다.

윈스턴이 자기 차에서 돌아오자 매케일렙은 턱짓으로 길 건너편을 가리켰다.

"내가 제이 씨한테 도넛 한 상자를 빚진 것 같은데요."

윈스턴이 길 건너편을 바라보았다. 윌콕스 거리를 사이에 두고 경찰서 맞은편에 허름한 2층짜리 건물이 있었다. 창문마다 보석 보증서를 처리하는 업체들의 전화번호가 싸구려 네온으로 적혀 있었다. 경찰차 뒷좌석에 갇힌 채 그 앞을 지나는 미래의 고객들이 전화번호를 쉽게 암기할 수 있게 그렇게 적어 둔 모양이었다. 건물 한가운데 창문 위에 페인트로 업체 이름을 적은 간판이 있었다. '발렌티노 보석 보증.'

"어떤 거예요?" 윈스턴이 물었다.

"발렌티노예요. 이름이 루디 발렌티노 터페로니까. 그 친구가 이쪽 편에서 일할 때 동료 경찰관들이 그 친구를 그렇게 불렀어요."

매케일렙은 그 작은 사무실을 한 번 더 평가하듯 바라보고 고개를 저었다.

"네온으로 전화번호를 써 붙인 보석 보증인과 데이비드 스토리가 애당초 어떻게 서로 연결됐는지 아직도 모르겠어요."

"할리우드는 돈이 넘치다 못해 썩어나는 곳이에요. 그래, 이젠 뭘 할 거죠? 난 시간이 별로 없어요."

"배지 가져왔어요?"

윈스턴이 '쓸데없는 장난은 치지 말라'는 표정으로 바라보자 매케일렙은 자신의 생각을 설명해 주었다. 두 사람은 계단을 올라 경찰서로 들어갔다. 접수대에서 윈스턴이 배지를 보여 주며 오전 당직을 만나고 싶다고 말하자, '주커'라고 적힌 이름표를 단 남자가 작은 사무실에서 나왔다. 윈스턴은 그에게 다시 배지를 보여 주고 자신의 신분을 밝힌 뒤, 매케일렙을 자신의 조수라고 소개했다. 주커는 건강하게 보이는 눈썹을 한데 모았지만, 조수가 무슨 뜻이냐고 묻지는 않았다.

"우린 새해 전날에 일어난 살인 사건을 수사 중이에요. 피살자가 여기 취객 보호실에서 하룻밤을 보냈기 때문에…."

"에드워드 건 말이군요."

"맞아요. 피살자를 아세요?"

"몇 번 여기 들어온 적이 있어요. 그 친구가 앞으로 다시는 여기에 들어올 수 없게 됐다는 얘기도 들었고요."

"그때 취객 보호실을 담당했던 오전 당직자를 만나고 싶어요."

"그때 내가 당직이었을 걸요. 당직이라고 해서 특별한 임무가 있는 건 아니에요. 그때그때 상황에 맞추는 거죠. 그래, 알고 싶은 게 뭡니까?"

매케일렙은 살인 사건 기록을 복사한 서류 중 일부를 재킷 주머니에서 꺼내 접수대에 펼쳐 놓았다. 윈스턴의 표정이 묘하게 변하는 걸 알아차렸지만, 그건 무시해 버렸다.

"그 친구가 보석으로 나가게 된 경위를 알고 싶습니다." 매케일렙이 말했다.

주커는 종이를 이리저리 넘기며 읽어 보았다. 그러더니 루디 터페로의 서명을 손가락으로 짚었다.

"여기 써 있네요. 루디 터페로. 길 건너편에 사무실이 있어요. 이 친구가 와서 건을 꺼내 줬죠."

"누가 터페로 씨를 전화로 불러낸 건가요?"

"그렇죠. 그 친구, 건이."

매케일렙은 복사지를 손가락으로 톡톡 두드렸다.

"여길 보면, 건이 전화를 허락받았을 때 이 번호로 전화를 걸었다고 돼 있어요. 이건 누이의 전화번호예요."

"그럼 누이가 루디한테 전화를 했겠죠."

"그러니까 전화를 두 통이나 허락받은 건 아니라는 말이죠?"

"그럼요. 여긴 대개 아주 바쁜 편이라서 한 통이라도 허락을 받으면 다행이에요."

매케일렙은 고개를 끄덕였다. 그가 복사지를 접어 다시 주머니에 넣으려는 순간 윈스턴이 그것을 빼앗아 갔다.

"이건 내가 갖고 있을게요."

윈스턴은 종이를 검은 진바지 뒷주머니에 넣었다.

"주커 경사." 윈스턴이 말했다. "경사가 친절하게 터페로한테 전화를 걸어 준 건 아니겠죠? 터페로가 전에 LA 경찰이었으니까 이쪽에 괜찮은 손님이 있다고 슬쩍 알려 주지는 않았겠죠?"

주커는 잠시 윈스턴을 뚫어져라 바라보았다. 얼굴이 돌처럼 딱딱하게 굳어 있었다.

"이건 아주 중요한 일이에요. 경사가 지금 사실을 말하지 않으면, 나중에 문제가 생길 수도 있어요."

돌 같은 표정이 깨지고 아무런 감정이 없는 미소가 나타났다.

"아뇨, 난 그렇게 친절한 사람이 아닙니다." 주커가 말했다. "게다가 오전 당직자 중에는 친절한 사람이 하나도 없어요. 말이 나왔으니 말인데, 난 방금 근무 시간이 끝났으니 댁들하고 이야기해야 할 의무가 없습니다. 그럼 이만."

주커가 자리를 뜨려고 했다.

"마지막으로 한 가지만요." 윈스턴이 재빨리 말했다.

주커가 윈스턴을 뒤돌아보았다.

"해리 보슈에게 건이 여기 있다고 전화로 알려 준 게 주커 경사인가요?"

주커는 고개를 끄덕였다.

"보슈 형사한테서 부탁을 받은 게 있어서요. 언제든 건이 여기 들어오면 연락을 해 달라고 했어요. 그래서 연락을 해 주면 보슈 형사가 와서 그 친구랑 이야기를 하면서 옛날 사건에 대해 뭔가 얘기를 끌어내려고 했죠. 보슈 형사는 도무지 포기할 생각이 없는 것 같더군요."

"서류에 보면 건은 2시 30분에야 여기 들어왔어요." 매케일렙이 말했다. "그럼 한밤중에 보슈 형사에게 전화한 겁니까?"

"그것도 보슈 형사의 부탁이었어요. 시간은 상관없다고 했습니다. 사실 내가 전화를 걸었다기보다는, 이쪽에서 호출기로 연락하면 보슈 형사가 전화를 걸어오는 식이었어요."

"그날 밤에도 그랬습니까?"

"네. 내가 호출하고, 보슈 형사가 전화를 걸어 왔어요. 그래서 건이 또 들어왔다고 했더니, 보슈 형사가 그 친구랑 얘기를 해 보려고 왔습니다. 그놈, 그러니까 건이 취해서 인사불성이니까 아침에 오라고 했는데도, 보슈 형사는 곧장 달려왔어요. 해리 보슈에 대해 왜 이렇게 자세히 묻는 겁니까?"

윈스턴이 대답하지 않았기 때문에 매케일렙이 나섰다.

"그런 게 아니에요. 우린 지금 건에 대해서 묻고 있는 겁니다."

"뭐, 내가 아는 건 그게 전부예요. 이제 집에 가도 되겠습니까? 오늘

일이 좀 힘들었거든요."

"언제는 안 그런가요." 윈스턴이 말했다. "고마워요, 경사."

두 사람은 경찰서 밖으로 나갔다.

"어떻게 생각해요?" 윈스턴이 물었다.

"내가 보기에는 경사가 사실을 말하는 것 같아요. 그런데 말이죠, 직원 주차장을 잠깐 살펴보면 안 될까요?"

"왜요?"

"그냥 내가 하자는 대로 해 줘요. 저 경사가 어떤 차를 몰고 집에 가는지 한번 보자고요."

"이건 시간 낭비예요, 테리 씨."

그래도 윈스턴은 매케일렙의 체로키에 올라탔다. 두 사람은 주위를 한 바퀴 돌아서 할리우드 경찰서 직원 주차장의 출입구를 찾아냈다. 매케일렙은 출입구를 50미터쯤 지나쳐 소화전 앞에 차를 세웠다. 그리고 주차장에서 나오는 차들을 잘 볼 수 있게 백미러를 조종했다. 침묵 속에서 2분쯤 그렇게 기다리다가 윈스턴이 입을 열었다.

"차가 곧 그 사람이라면, 이 차를 모는 테리 씨는 어떤 사람이에요?"

매케일렙은 빙긋 웃었다.

"그런 건 생각해 본 적이 없어서요. 체로키라…. 그럼 나는 무슨 종족 같은 것의 마지막 생존자가 되나요?"

매케일렙은 윈스턴을 흘깃 바라본 뒤 다시 백미러로 시선을 돌렸다.

"그럼 여기 사방에 먼지가 덮여 있는 건 어때요? 그건 무슨…."

"저기 와요. 그 친구 같아요."

매케일렙은 출구로 나온 자동차를 지켜보았다. 자동차는 왼쪽으로 방향을 꺾어 두 사람이 있는 쪽으로 다가왔다.

"이쪽으로 오는데요."

둘 다 움직이지 않았다. 차는 두 사람 바로 옆에 멈춰 섰다. 매케일렙이 아무렇지도 않은 표정으로 그쪽을 바라보자 주커와 시선이 마주쳤다. 주커가 조수석 창문을 내렸다. 매케일렙도 창문을 내릴 수밖에 없었다.

"소화전 앞에 차를 세웠네요, 형사. 그러다 딱지를 떼일 겁니다."

매케일렙은 고개를 끄덕였다. 주커는 손가락 두 개로 경례를 하고 자리를 떴다. 그의 차는 크라운 빅토리아였다. 옛날에 순찰차로 쓰던 중고차로, 경매장에서 사는 값은 4백 달러, 페인트를 다시 칠하는 비용은 89.95달러였다.

"우리 진짜 나쁜 놈들처럼 보이지 않아요?" 윈스턴이 말했다.

"그러게요."

"그래, 저 차에 대해서는 어떻게 말할 건가요?"

"저 친구가 아주 정직한 사람이든지, 아니면 남들한테 포르셰를 들키지 않으려고 출근할 때는 일부러 고물차를 몰고 오는 거겠죠."

매케일렙은 잠시 말을 멈췄다.

"포르셰가 아니라 Z3인지도 모르고…."

매케일렙은 윈스턴을 바라보며 빙긋 웃었다.

"그거 아주 재미있네요. 이제 어쩔 건가요? 오늘 나는 진짜 일을 좀 해야 되거든요. 오전에 테리 씨의 FBI 친구들하고도 만나야 하고요."

"나랑 같이 있어요…. 그리고 그놈들은 내 친구가 아니에요."

매케일렙은 체로키에 시동을 걸고 차를 뺐다.

"그런데 이 차가 정말로 더러워요?" 매케일렙이 물었다.

36 사냥

윌콕스 거리의 우체국은 제2차 세계 대전 시대의 커다란 건물로 천장의 높이는 7.5미터나 되고, 위쪽 벽에는 형제애와 선행을 강조하는 목가적인 벽화가 그려져 있었다. 매케일렙은 윈스턴과 함께 안으로 들어가면서 벽화를 훑어보았지만, 그 안에 담긴 철학적 의미나 예술적 가치 때문은 아니었다. 영업장에 작은 카메라 세 대가 설치되어 있는 것이 보였다. 매케일렙은 윈스턴에게 카메라를 손가락으로 가리켜 보여 주었다. 희망이 있었다.

두 사람은 줄을 서서 기다렸다. 차례가 되자 윈스턴은 배지를 보여 주고 보안 책임자를 만나고 싶다고 말했다. 직원은 줄지어 늘어선 자동 판매기 옆의 문으로 가 보라고 말했다. 두 사람이 거의 5분이나 기다린 뒤에야 문이 열리더니 머리가 센 자그마한 흑인 남자가 밖을 내다보았다.

"루카스 씨?" 윈스턴이 물었다.

"그렇소만." 남자가 미소를 지으며 말했다.

윈스턴은 또 배지를 보여 주고, 매케일렙은 그냥 이름으로만 소개했다. 할리우드 경찰서에서 이쪽으로 오는 길에 매케일렙이 그녀에게 자신을 조수라고 소개하는 것이 별로 효과가 없다고 말했기 때문이었다.

"저희는 지금 살인 사건을 수사 중인데, 12월 22일에 이곳에서 판매된 우편환이 중요한 증거물입니다. 그 우편환이 우편으로 발송된 곳도 이 우체국일 가능성이 높습니다."

"22일이라고요? 그럼 크리스마스로 한창 바쁠 때인데요."

"맞습니다."

윈스턴은 매케일렙을 바라보았다.

"저기 벽에 카메라가 설치된 걸 봤습니다." 윈스턴이 말했다. "22일자 비디오테이프가 있다면 좀 보고 싶은데요."

"비디오테이프라." 그런 단어를 처음 들어 본다는 듯한 말투였다.

"루카스 씨가 이곳의 보안 책임자 아닙니까?" 윈스턴이 조급하게 물었다.

"그래요, 맞습니다. 내가 저 카메라를 담당하죠."

"그럼 안에서 이곳의 감시 시스템을 보여 주시겠습니까, 루카스 씨?" 매케일렙이 좀 더 부드러운 목소리로 말했다.

"그래요, 그거야 얼마든지. 댁들이 승인만 얻어 오면 내가 댁들을 안으로 데려가겠소."

"승인은 어디서 어떻게 얻는 겁니까?" 윈스턴이 물었다.

"LA 지역 본부로 가야죠. 시내에 있습니다."

"그곳에 담당자가 따로 있나요? 우린 살인 사건을 수사 중입니다, 루카스 씨. 시간이 많지 않아요."

"담당자라면 프리츠나 씨일 거요. 우편 감시관이지. 그 사람한테 얘기하면 돼요."

"우리가 선생의 사무실로 가서 프리츠나 씨에게 전화를 해도 되겠습니까?" 매케일렙이 물었다. "그러면 시간도 많이 절약되고, 프리츠나 씨가 선생한테 직접 승인 사실을 알려 줄 수도 있으니까요."

루카스는 잠시 생각해 보다가 좋은 생각이라는 결론을 내렸는지 고개를 끄덕였다.

"어디 그렇게 해 봅시다."

루카스는 문을 열고 거대한 우편물 바구니들이 빽빽이 쌓인 곳을 지나 책상 두 개가 간신히 놓여 있는 좁은 사무실로 안내했다. 한쪽 책상의 비디오 모니터에는 우체국 영업장의 카메라 네 대가 보내오는 장면들이 떠 있었다. 매케일렙은 자신이 아까 벽을 훑어볼 때 카메라 한 대를 미처 보지 못했음을 깨달았다.

루카스는 책상 위에 테이프로 붙여 둔 전화번호 목록을 손가락으로 짚어 내려가다가 전화를 걸었다. 자신의 상사가 전화를 받자 그는 상황을 설명한 뒤 윈스턴에게 수화기를 넘겼다. 윈스턴도 상황을 다시 설명하고 나서 루카스에게 수화기를 넘겨주었다. 그리고 매케일렙에게 고개를 끄덕였다. 승인을 받았다는 뜻이었다.

"좋소." 루카스가 전화를 끊고 나서 말했다. "여기에 뭐가 찍혀 있는지 한번 봅시다."

루카스는 엉덩이로 손을 뻗어 허리띠에 신축성 있는 끈으로 매달려 있는 열쇠고리를 잡아당겼다. 그리고 사무실 밖으로 나가서 벽장문을 열었다. 그 안에 비디오 녹화기와 비디오테이프들이 보관된 선반이 여럿 있었다. 비디오테이프에는 1부터 30까지 숫자가 써 있고, 바닥에는 새 비디오테이프가 담긴 상자 두 개가 있었다.

매케일렙은 이것을 보고 오늘이 1월 22일임을 갑자기 깨달았다. 우편환이 이곳에서 판매된 지 정확히 한 달이 되는 날이었다.

"루카스 씨, 기계를 멈추세요." 매케일렙이 말했다.

"그건 안 돼요. 기계는 계속 돌아야 합니다. 우리가 문을 열고 있는 한 테이프는 계속 돌아가요."

"그런 뜻이 아닙니다. 우리가 원하는 건 12월 22일자 기록입니다. 그런데 지금 우리가 보려는 날짜의 테이프에 새로 녹화가 되고 있어요."

"진정해요, 매캘런 형사. 내가 여기 설비를 좀 설명해야겠군."

매케일렙은 자기 이름을 굳이 바로잡아 주지 않았다. 그럴 시간이 없었다.

"그럼 빨리 설명해 주세요. 부탁합니다."

매케일렙은 손목시계를 확인했다. 8시 48분이었다. 우체국이 문을 연 지 48분이 지난 것이다. 그렇다면 12월 22일자 테이프에서 48분 분량이 지워지고, 그 자리에 오늘 있었던 일들이 48분 동안 녹화됐다는 뜻이었다.

루카스는 녹화 절차에 대해 설명하기 시작했다. 네 대의 카메라에 각각 VCR이 한 대씩 할당되어 있다. 그리고 각각의 기계에 매일 아침 테이프를 넣는다. 카메라는 1분에 30프레임을 찍게 설정되어 있으므로, 테이프 하나로 하루를 완전히 감당할 수 있다. 그리고 녹화가 끝난 테이프들은 30일 동안 보관되다가 우체국 감사실의 조사 때문에 특별히 보관 조치가 취해지지 않는 한 재사용된다.

"여긴 사기꾼들이 아주 많아요. 할리우드가 어떤 곳인지 형사들도 아실 거요. 그래서 결국 아주 많은 테이프가 특별 보관되고 있지. 감사실 조사관들이 와서 그걸 가져갑니다. 아니면 우리가 속달로 보내 주거나."

"그건 잘 알았어요, 루카스 씨." 윈스턴이 말했다. 윈스턴도 매케일렙과 똑같은 결론을 내렸는지 목소리에 다급함이 배어 있었다. "부탁이니 저 기계를 끄고 다른 테이프로 좀 넣어 주세요. 지금 귀중한 증거가 될 수도 있는 테이프가 지워지고 있습니다."

"당장 조치하죠." 루카스가 말했다.

하지만 그는 새 테이프들이 담긴 상자에서 테이프 네 개를 꺼낸 뒤 색인지 두루마리에서 색인지들을 떼어내 테이프에 붙였다. 그리고 귀 뒤에 꽂고 있던 펜으로 색인지에 날짜와 무슨 암호 같은 것을 적었다. 그러고 나서야 간신히 VCR에서 테이프들을 꺼내 새 테이프로 갈아 넣었다.

"자, 이제 이걸 어떻게 하면 좋겠소? 이 테이프들은 우체국 소유요. 그러니 이 건물 밖으로 나갈 수 없어요. 내가 저쪽 책상에 장비를 마련해 줄 수도 있소이다만…. VCR이 내장된 휴대용 텔레비전이 있으니까 말이오."

"정말로 하루 정도 빌려갈 수 없는 거예요?" 윈스턴이 말했다. "제가 돌려드리러…."

"법원의 명령이 없이는 안 돼요. 프리츠나 씨가 그렇게 말했소이다. 나는 그 말대로 할 생각이오."

"그럼 어쩔 수 없군요." 윈스턴은 매케일렙을 바라보며 갑갑하다는 듯 고개를 절레절레 저었다.

루카스가 텔레비전을 가지러 간 사이에 매케일렙과 윈스턴은 매케일렙이 여기 남아서 테이프를 보고, 윈스턴은 11시에 있을 FBI 요원들과의 회의를 위해 보안관서로 돌아가기로 의견을 모았다. 윈스턴은 매케일렙이 다시 조사를 시작했다는 사실이나, 그가 전에 보슈에게 초점을 맞췄던 것이 실수였을 수도 있다는 점을 말하지 않겠다고 했다. 매케일렙이 복사를 끝낸 살인 사건 기록과 범죄 현장 테이프를 보안관서에 돌려놓는 것은 물론 윈스턴의 몫이었다.

"테리 씨가 우연의 일치를 믿지 않는다는 건 알지만, 지금 테리 씨가 쥐고 있는 건 그것뿐이에요. 여기 테이프에서 뭔가가 나오면 내가 과장한테 얘기할게요. 그걸로 트윌리와 프리드먼을 날려 버리는 거예요. 하지만 테리 씨가 여기서 뭔가를 찾아내기 전에는…. 나는 여전히 목소리를 높이기 힘든 처지니까 보슈가 아닌 다른 데를 파 보려면 단순한 우연의 일치 이상의 것이 필요해요."

"터페로가 어떻게 연락을 받았는지 알아보는 건 어때요?"

"연락이라니요?"

"건이 취객 보호소에 있다는 걸 터페로가 어떻게 알았는지 달려와서 보석으로 꺼내 줬잖아요…. 그러니까 그날 밤 놈들이 건을 죽이고 보슈한테 누명을 씌웠을 수도 있어요."

"글쎄요…. 만약 주커가 터페로한테 연락한 게 아니라면, 경찰서 내의 다른 누군가가 터페로와 짝짜꿍 관계를 맺고 있겠죠. 그 밖에 테리 씨가 방금 말한 내용은 증거 하나 없는 순수한 추측이고요."

"내 생각에는…."

"그만하세요, 테리 씨. 뒷받침이 될 만한 증거가 나오지 않는 한 그런 말은 듣고 싶지 않아요. 이제 일하러 가 봐야겠어요."

이 말이 신호이기라도 한 것처럼 루카스가 작은 텔레비전을 얹은 카트를 밀면서 돌아왔다.

"내가 이걸 설치해 주겠소." 루카스가 말했다.

"루카스 씨, 저는 약속이 있어서 가 봐야 합니다." 윈스턴이 말했다. "제 동료가 여기서 테이프를 볼 거예요. 협조해 주셔서 감사합니다."

"도울 수 있어서 기뻤소, 형사 양반."

윈스턴은 매케일렙을 바라보았다.

"나중에 전화해요."

"제이 씨 차가 있는 곳까지 내 차로 데려다 줄까요?"

"겨우 몇 블록인데요, 뭐. 그냥 걸어갈게요."

매케일렙은 고개를 끄덕였다.

"사냥 잘해요." 윈스턴이 말했다.

매케일렙은 다시 고개를 끄덕였다. 윈스턴은 예전에도 한 번 이 말을 한 적이 있었다. 그리고 그 사건의 수사 결과는 매케일렙에게 그다지 달갑지 않았다.

37 증인 심문

랭와이저와 크레츨러는 보슈에게 오늘 안으로 사건을 끝내는 방안을 실행하기로 했다고 말해 주었다.

"우리가 이미 놈을 잡은 거나 마찬가지예요." 크레츨러가 말했다. 그는 방아쇠를 당기기로 결정할 때 찾아오는 흥분을 즐기며 빙글거리고 있었다. "우리가 일을 끝내고 나면, 놈은 일요일까지는 꽁꽁 묶인 신세가 되겠지. 오늘 우리는 헨드릭스와 크로우를 불러낼 겁니다. 필요한 걸 모두 갖췄어요."

"살해 동기만 빼고 말이죠." 보슈가 말했다.

"누가 봐도 사이코패스의 소행이 분명한 범죄에서 동기는 중요하지 않아요." 랭와이저가 말했다. "오늘 재판이 끝난 뒤에 배심원들이 회의실로 돌아가서 '그런데 살해 동기가 뭐지?' 하고 묻는 일은 없을 거예요. 그저 이놈은 제정신이 아니라며…."

랭와이저가 목소리를 확 낮췄다. 판사석 뒤의 문으로 판사가 들어왔기 때문이었다.

"…놈을 가둬야겠다고 말할 거예요."

판사가 배심원을 불러들이고 나서 몇 분 뒤 검사 측은 이번 재판의 마지막 증인들을 불러냈다.

먼저 증언에 나선 세 명의 증인은 조디 크레멘츠가 죽던 날 시사회 파티에 참석했던 영화계 사람들이었다. 그들은 각각 시사회와 그 뒤에 이어진 파티에서 데이비드 스토리가 여자와 함께 있는 것을 봤다고 증언하고, 증거물로 제시된 사진들 속에서 조디 크레멘츠를 그 여자로 지목했다. 네 번째 증인은 브렌트 위건이라는 시나리오 작가였는데, 자신이 자정 몇 분 전에 파티장을 나와 데이비드 스토리와 함께 직원이 차를 가져오기를 기다렸다고 증언했다. 그리고 그때 데이비드 스토리와 함께 있던 여자가 조디 크레멘츠라고 확인해 주었다.

"그때 시간이 자정 몇 분 전이라고 확신하시는 이유가 뭡니까, 위건 씨?" 크레츨러가 물었다. "파티장에서 나오는 길인데 시계를 보셨습니까?"

"질문은 한 번에 하나씩만 해요, 크레츨러 검사." 판사가 호통을 쳤다.

"죄송합니다, 재판장님. 그때 시간이 자정 몇 분 전이라고 확신하시는 이유가 뭡니까, 위건 씨?"

"제가 정말로 시계를 보고 있었으니까요." 위건이 말했다. "제 손목시계였습니다만. 저는 밤에 글을 씁니다. 자정부터 6시까지가 저한테는 가장 생산적인 시간이에요. 그래서 자정 즈음에 집으로 돌아가지 않으면 일의 진도가 늦어진다는 걸 알기 때문에 시계를 보고 있었습니다."

"그럼 시사회 파티에서 알코올 음료를 마시지 않았다는 뜻입니까?"

"맞습니다. 피곤해지는 것도 싫고, 창작 능력이 무뎌지는 것도 싫어서 술을 마시지 않았어요. 은행원이나 비행기 조종사도 일하기 전에는 대개 술을 안 마시잖습니까. 대부분의 사람들이 그럴걸요."

위건은 킥킥거리는 웃음소리가 가라앉을 때까지 기다렸다. 판사는 기분이 나쁜 표정이었지만 아무 말도 하지 않았다. 위건은 사람들의 시선이 자신에게 쏠린 지금 상황을 즐기는 것 같았다. 보슈는 점점 불안해지기 시작했다.

"저도 일하기 전에는 술을 안 마십니다." 마침내 위건이 말을 이었다. "글쓰기는 예술인 동시에 직업이기도 하니까 저 역시 제 일을 그렇게 대합니다."

"그렇다면 자정 몇 분 전에 데이비드 스토리와 함께 있었다는 기억이 확실하다는 겁니까?"

"물론입니다."

"데이비드 스토리와는 이미 개인적으로 아는 사이였죠?"

"네, 그렇습니다. 오래전부터 아는 사이죠."

"데이비드 스토리와 함께 영화를 만든 적도 있습니까?"

"아뇨, 없습니다. 하지만 제가 노력을 안 해서 그런 것은 아닙니다."

위건은 씁쓸한 미소를 지었다. 이 부분의 증언은, 위건이 자신을 깎아내리는 말까지 포함해서, 크레츨러가 공들여 준비하고 계획한 것이었다. 크레츨러는 위건의 증언에서 약한 부분을 직접적으로 다뤄서 나중에 그의 증언이 무너질 가능성을 최소화할 필요가 있었다.

"그게 무슨 뜻입니까, 위건 씨?"

"지난 5년여 동안 저는 데이비드나 아니면 그쪽 회사 사람들에게 예닐곱 번쯤 제 기획안을 열심히 이야기했습니다. 하지만 데이비드는 제 기획안을 한 번도 받아들이지 않았습니다."

위건은 멋쩍다는 듯이 어깨를 으쓱했다.

"그래서 두 분 사이에 일종의 적의라도 생겨났나요?"

"아뇨, 그럴 리가요. 적어도 저는 그런 감정이 없습니다. 할리우드가 원래 그런 곳이니까요. 계속 자기 아이디어를 여러 사람에게 이야기해서 결국 누군가가 사 주기를 바라는 겁니다. 하지만 낯짝이 두꺼우면 아무래도 견디기가 쉽기는 하죠."

위건은 미소를 지으며 배심원들을 향해 고갯짓을 했다. 보슈는 그를 보며 소름이 돋았다. 배심원들이 등을 돌리기 전에 크레츨러가 빨리 심문을 끝내 주었으면 싶었다.

"고맙습니다. 이상입니다, 위건 씨." 크레츨러가 말했다. 그도 보슈와 똑같은 것을 느낀 모양이었다.

위건은 자신의 시간이 끝났음을 깨닫고 시무룩해졌다.

그런데 처음 세 명의 증인은 반대 심문을 하지 않고 그냥 넘어갔던 포욱스가 일어서서 연설대로 갔다.

"안녕하십니까, 위건 씨."

"안녕하십니까."

위건은 이건 또 뭐냐는 표정으로 눈썹을 올렸다.

"몇 가지만 물어보겠습니다. 배심원들을 위해, 위건 씨가 시나리오를 써서 실제로 영화로 만들어진 작품들의 제목을 말씀해 주시겠습니까?"

"그게… 지금까지는 만들어진 게 없습니다. 지금 몇 가지 진행 중인 것이 있으니까 조금 있으면…."

"알겠습니다. 지난 4년 동안 위건 씨가 스토리 씨에게 기획을 이야기하거나 시나리오를 건넨 것이 모두 합해서 스물아홉 번이고, 매번 거절당했다고 말씀드리면 놀라시겠습니까?"

위건은 당황해서 얼굴이 붉어졌다.

"그게, 그럴… 그럴지도 모르죠. 저는… 잘 모르겠습니다. 몇 번이나 거절당했는지 기록해 두지는 않아서요. 스토리 씨는 기록을 해 두시는 것 같지만요."

위건이 이 마지막 말을 싹둑 베듯이 내뱉어서 보슈는 하마터면 움찔할 뻔했다. 증언대에서 거짓말을 하다가 들켜서 자기변명을 하는 증인만큼 나쁜 건 없었다. 보슈는 배심원들을 흘깃 바라보았다. 증인을 보지 않는 배심원이 여럿 있었다. 그들 역시 보슈만큼 불편해하고 있다는 증거였다.

포욱스가 최후의 일격을 날렸다.

"위건 씨는 피고에게 스물아홉 번 거절당했는데도, 배심원들 앞에서 피고에게 악의를 전혀 품고 있지 않다고 말했습니다. 맞습니까?"

"그거야 할리우드에서는 늘 있는 일이니까요. 아무나 붙들고 물어보세요."

"글쎄요, 저는 지금 위건 씨에게 묻고 있는 겁니다. 지금 이 배심원들 앞에서, 피고가 위건 씨에게 당신의 작품은 별로라고 끊임없이 몇 번이나 말했는데도 전혀 유감이 없다고 말씀하시는 겁니까?"

위건은 마이크를 향해 중얼거리듯이 대답했다.

"네, 맞습니다."

"그럼 위건 씨는 저보다 훨씬 훌륭한 분이시군요." 포욱스가 말했다. "고맙습니다, 재판장님. 이상입니다."

보슈는 검사 측의 풍선에서 상당량의 공기가 빠져나가는 것을 느낄 수 있었다. 2분도 안 되는 동안 네 개의 질문으로 포욱스는 위건의 신빙성에 의문 부호를 붙여 놓았다. 변호사의 솜씨 중에서도 특히 완벽했던 것은, 크레츨러가 위건을 되살리기 위해 다시 심문에 나서더라도 거의 소용이 없게 만들어 놓았다는 점이었다. 크레츨러도 공연히 긁어 부스럼을 만들지 않는 편이 낫다는 것쯤은 알고 있었으므로, 위건을 내려보냈다. 판사는 15분간 오전 휴정을 하겠다고 선포했다.

배심원들이 나가고 다른 사람들도 법정 밖으로 나간 뒤 크레츨러는 랭와이저 앞으로 몸을 기울여 보슈에게 속삭였다.

"그놈이 일을 망칠 줄 짐작했어야 하는 건데." 그가 성난 목소리로 말했다.

보슈는 주위를 둘러보며 근처에 기자들이 없는지 확인했다. 그리고 크레츨러를 향해 몸을 기울였다.

"그게 맞는 말이겠죠. 하지만 6주 전에 위건을 자세히 조사하겠다고 말한 건 바로 검사님입니다. 그자는 검사님의 책임이지, 내 책임이 아니었어요. 난 가서 커피나 마시고 오겠습니다."

보슈는 일어서서 나갔다. 두 검사는 계속 자리에 앉아 있었다.

휴정 시간이 끝난 뒤 검사들은 재앙으로 끝난 위건의 반대 심문 직후에 다시 기세를 올려야 한다는 결론을 내렸다. 그래서 시사회 파티에서 스토리와 피살자가 함께 있는 것을 보았다고 증언할 또 다른 증인을 부르려다 포기하고, 랭와이저가 자말 헨드릭스라는 가정 보안 기술자를 증언대로 불러냈다.

보슈가 복도에서 헨드릭스를 데리고 들어왔다. 헨드릭스는 흑인 남자로, 파란색 바지와 밝은 파란색 상의로 된 제복을 입고 있었다. 한쪽 주머니에는 헨드릭스의 이름이 자수로 새겨져 있고, 다른 쪽 주머니에는 라이트하우스 보안이라는 회사의 로고가 새겨져 있었다. 그는 증언이 끝난 뒤 직장으로 출근할 예정이었다.

법정으로 통하는 첫 번째 문을 통과하면서 보슈는 헨드릭스에게 떨리느냐고 작게 물어보았다.

"아뇨, 이런 거야 별것도 아니죠." 헨드릭스가 대답했다.

헨드릭스가 증언대에 앉자 랭와이저는 가정 보안 회사의 서비스 기술자로서 헨드릭스의 경력을 확인했다. 그러고는 데이비드 스토리의 집에 보안 시스템을 설치해 준 일로 옮겨갔다. 헨드릭스는 8개월 전에 멀홀랜드의 그 집에 딜럭스 밀레니엄 21 시스템을 설치했다고 말했다.

"딜럭스 밀레니엄 21 시스템의 특징을 좀 말씀해 주시겠습니까?"

"음, 최고의 제품입니다. 모든 것을 갖추고 있거든요. 원격 감지와 작동, 음성 인식 소프트웨어, 자동 센서 폴링, 집 안 관리 프로그램… 스토리 씨의 집에는 모든 것이 갖춰져 있습니다.

"집 안 관리 프로그램이 뭐죠?"

"간단히 말하면, 작동 기록 소프트웨어입니다. 문이나 창문이 열린 적이 있는지, 열렸다면 언제인지, 시스템을 끈 시각과 켠 시각이 언제인지, 어떤 사람의 개인 암호가 사용되었는지 등을 알려 주죠. 시스템 전체의 작동 상황을 기록하는 겁니다. 주로 산업체 등에서 설치하는 프로그램이지만, 스토리 씨가 업체용 시스템을 원했기 때문에 그 프로그램도 포함되었습니다."

"그러니까 스토리 씨가 특별히 집 안 관리 프로그램을 요구한 건 아니라는 말씀이죠?"

"그건 잘 모르겠습니다. 저는 스토리 씨에게 저희 시스템을 판매한 영업 사원이 아니니까요. 저는 그냥 시스템을 설치했을 뿐입니다."

"하지만 스토리 씨가 집에 설치된 시스템에 그 프로그램이 포함되어 있다는 걸 몰랐을 가능성도 있지 않나요?"

"가능성이야 얼마든지 있겠죠."

"보슈 형사가 라이트하우스 보안에 전화해서 스토리 씨의 집으로 기술자를 보내 달라고 요청한 적이 있습니까?"

"네. 형사님의 전화가 있은 뒤 제가 선정되었습니다. 제가 그 집에 시스템을 설치했으니까요. 저는 그 집에서 형사님을 만났습니다. 스토리 씨가 경찰에 구금돼 있을 때였어요. 스토리 씨의 변호사가 그 자리에 나와 있었습니다."

"그게 정확히 언제죠?"

"11월 11일입니다."

"보슈 형사가 헨드릭스 씨에게 무엇을 요구하던가요?"

"처음에는 제게 수색 영장을 보여 줬습니다. 시스템의 집에서 정보를 수집할 권한을 형사님에게 허락한다는 내용이었어요."

"그래서 보슈 형사를 도와줬습니까?"

"네. 제가 집 안 관리 프로그램의 데이터를 다운로드해서 프린트해 드렸습니다."

랭와이저는 그때의 수색 영장(수사 중에 세 번째로 발부된 것)을 먼저 증거로 제출한 뒤, 헨드릭스가 방금 말한 컴퓨터 출력물도 내놓았다.

"보슈 형사는 집 안 관리 프로그램에서 10월 12일 저녁부터 10월 13일 아침까지의 일을 보고 싶어 했죠, 맞습니까?"

"맞습니다."

"여기 출력물을 보면서 시간대를 읽어 주시겠습니까?"

헨드릭스는 출력물을 몇 초 동안 유심히 바라보다가 입을 열었다.

"여기에는 12일 밤 7시 09분에 스토리 씨의 성문(聲紋)으로 차고로 통하는 내부 문이 열리고 경보 시스템이 작동되었다고 적혀 있습니다. 그러고 나서 그다음 날인 13일로 날짜가 바뀔 때까지는 아무 일도 없었습니다. 그러다 오전 12시 12분에 스토리 씨의 성문으로 경보 시스템이 해제되고 차고 문이 다시 열렸죠. 스토리 씨는 집 안에 들어온 뒤에 경보 시스템을 다시 켰습니다."

헨드릭스는 출력물을 다시 유심히 살피다가 말을 이었다.

"시스템은 3시 19분까지 작동 상태를 유지하다가 해제되었습니다.

차고로 통하는 내부 문이 열리고, 이번에도 역시 스토리 씨의 성문으로 경보 시스템이 다시 작동되었습니다. 그리고 42분 뒤, 오전 4시 01분에 스토리 씨의 성문으로 경보가 해제되고 차고 문이 열린 뒤 경보 시스템이 다시 켜졌습니다. 그 뒤로 오전 11시까지 아무런 움직임이 없다가, 베틸다 로킷의 성문으로 경보가 해제되었습니다."

"베틸다 로킷이 누군지 아십니까?"

"네. 제가 시스템을 설치할 때 그분의 음성을 인식하게 프로그램을 설정했습니다. 그분은 스토리 씨의 실행 비서입니다."

랭와이저는 법정에 이젤을 세우게 해 달라고 허락을 구했다. 이젤에는 헨드릭스가 방금 말한 시각들과 보안 시스템의 움직임을 적은 판이 놓여 있었다. 변호인 측이 이의를 제기했지만 판사가 허락하자 보슈는 랭와이저를 도와 이젤을 가져다 놓았다. 이젤 위의 판에는 경보가 켜지고 꺼진 시각, 그리고 집과 차고 사이의 문이 열렸다 닫힌 시각이 두 줄로 적혀 있었다.

	경보	**내부 차고문**
10/12	7:09 P.M. – D. 스토리가 작동시킴	열림/닫힘
10/13	12:12 A.M. – D. 스토리가 해제	열림/닫힘
10/13	12:12 A.M. – D. 스토리가 작동시킴	
10/13	3:19 A.M. – D. 스토리가 해제	열림/닫힘
10/13	3:19 A.M. – D. 스토리가 작동시킴	
10/13	4:01 A.M. – D. 스토리가 해제	열림/닫힘
10/13	4:01 A.M. – D. 스토리가 작동시킴	

랭와이저는 헨드릭스에 대한 심문을 계속했다.

"10월 12일 저녁부터 10월 13일까지 데이비드 스토리 씨의 집에 설치된 경보 시스템의 작동 상황에 대해 헨드릭스 씨가 방금 증언한 내용이 이 자료에 정확히 반영되어 있습니까?"

헨드릭스는 자료를 꼼꼼히 살피더니 고개를 끄덕였다.

"그렇다는 뜻입니까?"

"그렇습니다."

"감사합니다. 자, 여기에 기록된 활동들이 시스템의 명령 인식과 데이비드 스토리 씨의 성문을 통한 승인에 의해 발생했으므로, 이것이 바로 데이비드 스토리 씨가 이 시간 동안 집을 드나든 기록이라고 배심원들 앞에서 말씀하실 수 있습니다?"

포욱스는 검사의 질문이 증거의 뒷받침이 없는 추측이라며 이의를 제기했다. 휴턴도 여기에 동의하며 랭와이저에게 질문을 고치든지 아니면 다른 질문을 던지라고 말했다. 어차피 배심원들에게 전하고 싶은 말은 이미 했으므로, 랭와이저는 다음 질문으로 넘어갔다.

"헨드릭스 씨, 만약 제가 데이비드 스토리 씨의 목소리를 녹음한 테이프를 갖고 있다면 밀레니엄 21의 마이크에 그것을 틀어 경보를 작동시키거나 해제할 수 있습니까?"

"아뇨. 시스템에는 이중 안전 장치가 두 개 있습니다. 사용자가 반드시 암호를 사용해야만 컴퓨터가 명령을 인식하는 것과 사용자가 반드시 날짜를 말해야 하는 것입니다. 따라서 목소리, 암호, 정확한 날짜를 모두 갖고 있지 않다면, 시스템은 명령을 받아들이지 않을 겁니다."

"데이비드 스토리 씨의 암호는 무엇이었습니까?"

"저는 모릅니다. 그건 비밀이니까요. 암호는 스토리 씨가 언제든 마음대로 바꿀 수 있게 시스템에 설정되어 있습니다."

랭와이저는 이젤을 바라보더니 그리로 다가가서 이젤 선반에 놓여 있던 포인터를 들고 오전 3시 19분과 4시 01분이라는 시각을 가리켰다.

"이 기록을 보고 스토리 씨의 목소리를 지닌 누군가가 3시 19분에 집을 나가서 4시 01분에 돌아온 건지, 아니면 반대로 그 사람이 3시 19분에 들어왔다가 4시 01분에 나간 건지 알아낼 수 있습니까?"

"네, 가능합니다."

"어떻게요?"

"시스템은 시스템을 켜고 끌 때 어떤 송수신기가 사용되었는지도 기록합니다. 이 집의 송수신기는 세 개의 문 양편에 있습니다. 그러니까 문의 안과 밖에요. 세 개의 문이란 정면 출입문, 차고로 통하는 문, 그리고 뒤쪽 베란다로 통하는 문입니다. 송수신기는 이 세 문의 안과 밖에 설치되어 있습니다. 그리고 그중에 어떤 송수신기든 사용된 기록이 집안 관리 프로그램에 남습니다."

"스토리 씨의 시스템에서 뽑아 온 자료를 보면서 3시 19분과 4시 01분에 사용된 송수신기가 어떤 건지 말씀해 주실 수 있습니까?"

헨드릭스는 자신의 자료를 살피다가 입을 열었다.

"아, 네. 3시 19분에는 외부 송수신기가 사용되었습니다. 차고 안에 있던 사람이 집 안의 경보 장치를 켰다는 뜻입니다. 4시 01분에도 역시 똑같은 외부 송수신기를 통해 경보가 해제되었습니다. 그다음에 문이 열렸다 닫히고, 안쪽에서 경보 시스템이 다시 켜졌습니다."

"그러니까 누가 4시 01분에 밖에서 집으로 들어왔다는 거로군요. 그런 뜻입니까?"

"네, 맞습니다."

"그리고 시스템 컴퓨터에는 이 사람이 데이비드 스토리였다는 기록이 남았고요. 맞습니까?"

"컴퓨터가 스토리 씨의 목소리를 인식한 건 맞습니다."

"그 사람이 시스템에 명령을 내리려면 목소리 외에도 암호와 정확한 날짜가 필요했겠죠?"

"네, 맞습니다."

랭와이저는 더 이상 질문이 없다고 말했다. 포욱스는 잠깐 반대 심문을 하겠다고 판사에게 말하고는, 연설대로 통통 튀어가서 헨드릭스를 바라보았다.

"헨드릭스 씨, 라이트하우스에서 일하신 지 얼마나 됐습니까?"

"다음 달이면 3년이 됩니다."

"그럼 1년 전 1월 1일, 그러니까 이른바 Y2K 변환 때도 라이트하우스에 재직하고 계셨겠군요."

"네." 헨드릭스가 머뭇거리며 대답했다.

"그날 라이트하우스의 많은 고객들이 무슨 일을 겪었는지 말씀해 주시겠습니까?"

"어, 문제가 좀 있긴 했습니다."

"문제가 '좀' 있었다고요, 헨드릭스 씨?"

"시스템이 고장을 일으켰습니다."

"구체적으로 어떤 시스템입니까?"

"밀레니엄 2에서 프로그램 오작동이 발생했습니다. 하지만 사소한 거라서 저희는…."

"로스앤젤레스 일대에서 밀레니엄 2를 설치한 고객들 중 곤란을 겪은 사람이 몇 명이나 됩니까?"

"그 고객들 전부입니다. 하지만 저희는 버그를 찾아내서…."

"이상입니다. 감사합니다."

"저희가 그걸 고쳤습니다."

"헨드릭스 씨." 판사가 호통을 쳤다. "이제 됐습니다. 배심원들은 마지막 진술을 무시하시기 바랍니다."

판사는 랭와이저를 바라보았다.

"재심문을 하겠습니까, 랭와이저 검사?"

랭와이저는 간단히 몇 가지만 질문하겠다고 말했다. 보슈는 Y2K로 인해 발생한 문제에 대해 알아내고 이미 검사들에게 보고했었다. 검사들은 변호인이 그 문제들을 알아내지 못하거나 법정에서 언급하지 않기를 바랐지만 소용없었다.

"헨드릭스 씨, 라이트하우스가 Y2K 이후에 문제를 일으킨 버그를 고쳤습니까?"

"네, 고쳤습니다. 금방 고쳤습니다."

"그 문제가 Y2K로부터 꼬박 10개월이 흐른 뒤 피고의 시스템에서 수집한 자료에 어떤 식으로든 영향을 미쳤을까요?"

"천만에요. 문제는 이미 해결되었고, 시스템 수리도 끝났습니다."

랭와이저는 더 이상 질문이 없다면서 자리에 앉았다. 그러자 포욱스가 다시 반대 심문을 하겠다고 일어섰다.

"라이트하우스에서 고쳤다는 그 버그 말입니다만, 기술자들은 그 버그에 대해 알고 있었지요?"

헨드릭스는 혼란스러운 표정이었다.

"네, 문제를 일으킨 게 바로 그 버그니까요."

"그렇다면, '버그'가 문제를 일으킨 뒤에야 비로소 버그의 존재를 알 수 있다는 겁니까?"

"어, 대개는 그렇습니다."

"그럼 스토리 씨의 보안 시스템에 프로그램 버그가 있어도 그로 인해 문제가 발생하기 전에는 전혀 모를 수도 있겠군요. 맞습니까?"

헨드릭스는 어깨를 으쓱했다.

"가능성이야 얼마든지 있죠."

포욱스가 자리에 앉자 판사는 랭와이저에게 더 물어볼 것이 있느냐고 물었다. 랭와이저는 잠시 망설이다가 더 이상 질문이 없다고 말했다. 휴턴은 헨드릭스를 내려보낸 뒤, 일찍 점심 휴정을 하는 게 어떻겠느냐고 말했다.

"다음 증인 심문은 아주 짧게 끝날 겁니다, 재판장님. 휴정 전에 그 증인을 부르고 싶습니다. 오후에는 증인 한 명에게만 집중하고 싶어서요."

"알겠소. 그럼 진행해요."

"보슈 형사를 다시 증인으로 부르겠습니다."

보슈는 일어서서 사건 기록을 들고 증인석으로 갔다. 이번에는 마이크에 손을 대지 않고 자리에 앉았다. 판사가 증인 선서가 여전히 유효하다고 일깨워 주었다.

"보슈 형사님." 랭와이저가 입을 열었다. "조디 크레멘츠 살인 사건을 수사하시던 도중에 피고의 집에서부터 피살자의 집까지 차를 몰고 갔다가 다시 돌아오라는 지시를 받은 적이 있습니까?"

"네. 검사님이 그렇게 지시하셨습니다."

"그 지시를 따르셨습니까?"

"네."

"그게 언제죠?"

"11월 16일 오전 3시 19분이었습니다."

"운전하면서 시간을 쟀습니까?"

"네, 쟀습니다. 갈 때와 올 때 모두."

"그럼 시간이 얼마나 걸렸는지 말씀해 주시겠습니까? 필요하다면 자료를 보셔도 됩니다."

보슈는 바인더를 열어 미리 표시해 둔 페이지를 펼쳤다. 그리고 이미 그 내용을 외우고 있는데도 잠시 살펴보았다.

"스토리 씨의 집에서 조디 크레멘츠의 집까지 규정 속도 이내로 차를 몰아 가는 데는 11분 22초가 걸렸습니다. 돌아올 때는 11분 48초가 걸렸고요. 왕복에 걸린 시간은 도합 23분 10초입니다."

"감사합니다, 형사님."

이것이 전부였다. 포욱스는 반대 심문을 건너뛰었다. 보슈를 증인석으로 불러낼 권리를 변호인 측의 심문 차례가 될 때까지 아껴 두겠다는 뜻이었다. 휴턴 판사가 점심시간 동안 휴정한다고 선포하자, 법정 안에 북적이던 사람들이 바깥쪽 복도로 천천히 빠져나갔다.

보슈는 검사, 변호사, 방청객, 기자 등 복도에 몰려 있는 사람들 사이를 헤치고 나아가며 애너벨 크로우를 찾았다. 그때 누군가의 손이 뒤에서 그의 팔뚝을 강하게 잡았다. 휙 고개를 돌려보니 그가 본 적이 없는 흑인 남자의 얼굴이 바로 눈앞에 있었다. 백인 남자 하나가 두 사람에게 다가왔다. 두 남자는 거의 똑같은 회색 양복을 입고 있었다. 흑인 남자가 입을 열기도 전에 보슈는 이들이 FBI 요원들임을 알아차렸다.

"보슈 형사, 저는 FBI의 트윌리 요원입니다. 이쪽은 프리드먼 요원이고요. 어딘가 조용한 곳에서 이야기를 좀 나눌 수 있을까요?"

38 보석 보증인

비디오테이프를 자세히 살펴보는 데는 세 시간이 걸렸다. 하지만 테이프를 다 보았는데도 매케일렙의 손에 남은 것은 불법 주차 딱지밖에 없었다. 터페로는 우편환이 판매된 날 우체국 감시 카메라 비디오 어디에도 모습을 드러내지 않았다. 그러고 보니 해리 보슈도 마찬가지였다. 매케일렙과 윈스턴이 이곳에 도착하기 전에 오늘 녹화분이 덧씌워지는 바람에 사라진 48분 분량이 계속 마음에 걸렸다. 매케일렙과 윈스턴이 할리우드 경찰서보다 우체국으로 먼저 왔더라면, 화면에서 살인자의 모습을 확인할 수 있었을지도 모른다. 그 48분이 수사의 성패를 가르고, 보슈의 기소 여부를 가르게 될지도 모른다.

매케일렙이 이런 생각을 하면서 자신의 체로키가 있는 곳까지 와 보니, 와이퍼 밑에 불법 주차 딱지가 끼워져 있었다. 매케일렙은 투덜거리며 딱지를 빼내서 살펴보았다. 테이프를 보는 데 열중한 나머지 그는 15분만 주차가 허용되는 우체국 앞에 차를 세워 둔 걸 까맣게 잊고 있었다. 불법 주차 벌금이 40달러나 될 것을 생각하니 속이 쓰렸다. 겨울에는 낚시를 하러 오는 손님이 별로 없기 때문에 생활비는 그래시엘라의 얼마 안 되는 수입과 매케일렙이 매달 FBI에서 받는 연금으로 대부분 해결하고 있었다. 아이가 둘이라 여윳돈이 그리 많지 않았다. 게다가 토요일의 예약까지 취소되었으니, 이 벌금이 상당한 타격이 될 터였다.

매케일렙은 딱지를 다시 와이퍼 밑에 끼우고 길을 걷기 시작했다. 발렌티노 보석 보증에 가 보고 싶었다. 루디 터페로는 지금 밴 나이스의 법정에 있을 가능성이 높지만 상관없었다. 편안한 환경에서 조사 대상자를 관찰하는 것은 매케일렙의 습관이었다. 비록 이번에는 조사 대상이 이곳에 없겠지만, 그가 편안하게 느끼는 주변 환경은 볼 수 있을 터였다.

걸으면서 매케일렙은 휴대전화를 꺼내 제이 윈스턴에게 전화를 걸었지만 자동 응답기만 돌아갔다. 매케일렙은 메시지를 남기지 않고 그냥 전화를 끊은 뒤 윈스턴의 호출기로 전화를 걸었다. 네 블록을 더 걸어가서 발렌티노 보석 보증에 거의 다다랐을 때 윈스턴에게서 전화가 왔다.

"아무것도 못 건졌어요." 매케일렙이 보고했다.

"아무것도요?"

"터페로도 없고 보슈도 없었어요."

"젠장."

"사라진 48분 분량 속에 있었을 거예요."

"우리가…."

"우체국에 먼저 가는 건데…. 나도 알아요. 내 실수예요. 내가 얻은 거라고는 주차 위반 딱지뿐이에요."

"미안해요, 테리 씨."

"그런데 그것 덕분에 좋은 생각이 떠올랐어요. 그때는 크리스마스 직전이라 사람이 많았잖아요. 만약 그자가 나처럼 주차가 15분 동안만 허용되는 곳에 차를 세워 두었다면, 줄을 서서 기다리는 동안 차를 보러 나와 봤을 거예요. 이 도시의 주차 단속원들은 나치 같으니까요. 그림자 속에 숨어서 기다리잖아요. 놈들이 딱지를 발행했을 가능성이 있으니까 그쪽을 확인해 봐야겠어요."

"샘의 아들?"

"맞아요."

샘의 아들이란 1970년대에 주차 위반 딱지 때문에 정체가 들통 난 뉴욕의 연쇄 살인범이었다.

"내가 한번 찾아보죠. 테리 씨는 어쩔 생각이에요?"

"지금부터 발렌티노 보석 보증을 살펴보려고요."

"그자가 거기 있어요?"

"아마 법정에 있을 거예요. 여길 확인한 뒤에 나도 법정으로 가서 보슈와 이야기를 해 볼 거예요."

"조심해요. FBI에서 나온 테리 씨 동료들도 점심시간에 보슈를 보러 갈 거라고 했어요. 테리 씨가 거기서 그 사람들과 마주칠지도 몰라요."

"아니 그놈들은 보슈가 자기들 양복을 보고 감동해서 자백이라도 할 거라고 생각한답니까?"

"그거야 모르죠. 대충 그렇지 않을까요? 보슈를 밀어붙여서 기록으로 남길 만한 걸 몇 가지 얻어낸 다음에 앞뒤가 어긋나는 게 없는지 확인해 보겠죠. 말로 함정을 파는 건 평범한 수법이잖아요."

"해리 보슈는 평범하지 않아요. 그냥 시간 낭비만 하고 올 걸요."

"나도 알아요. 그 사람들한테 이미 말해 줬다고요. 하지만 FBI 요원들이 어디 남의 말을 듣나요? 테리 씨도 알잖아요."

매케일렙은 빙긋 웃었다.

"만약 우리가 나중에 터페로를 잡게 되면, 보안관서에서 내 벌금을 내줘야 해요."

"테리 씨는 지금 내 부탁으로 일하는 게 아니잖아요. 보슈를 위해서 일한다면서요. 그러니까 보슈 형사가 벌금도 내줘야죠. 보안관서는 팬케이크 값만 내주면 돼요."

"알았어요. 이제 그만 끊어요."

"나중에 전화해요."

매케일렙은 전화기를 점퍼 주머니에 밀어 넣고 발렌티노 보석 보증의 유리문을 열었다.

작고 하얀 사무실에 대기 손님들을 위한 소파와 접수대가 있었다. 모텔의 사무실을 연상시키는 방이었다. 벽에 걸린 달력에는 푸에르타 발라르타의 해변 사진이 있었다. 접수대 뒤의 남자는 고개를 숙이고 앉아서 십자말 퍼즐을 하는 중이었다. 그 남자 뒤쪽의 닫힌 문은 십중팔구 안쪽 사무실로 이어져 있을 것 같았다. 매케일렙은 얼굴에 미소를 띠고 남자가 고개를 들기도 전에 자신 있게 접수대 뒤로 돌아갔다.

"루디? 어이, 루디, 밖으로 좀 나와!"

매케일렙이 접수대의 남자 옆을 지나 문을 여는 순간 남자가 고개를 들었다. 매케일렙은 대기실보다 두 배 이상 큰 사무실에 발을 들여놓았다.

"루디?"

접수대에 앉아 있던 남자가 바로 뒤까지 쫓아왔다.

"이봐요, 무슨 짓이에요?"

매케일렙은 돌아서면서 사무실 안을 훑어보았다.

"루디를 보러 왔는데. 그 친구 어디 있어요?"

"여기 안 계세요. 이제 그만…."

"나한테 여기 있을 거라고 했어요. 법정에는 나중에 나가도 된다고."

사무실을 훑어보니 안쪽 벽에 사진을 넣은 액자들이 잔뜩 걸려 있었다. 매케일렙은 한 걸음 더 다가섰다. 대부분의 사진들은 터페로가 보석으로 꺼내 주었거나 아니면 보안 자문으로 함께 일했던 유명 인사들과 함께 찍은 것이었다. 길 건너편의 경찰서에서 일하던 시절에 찍은 것 같은 사진도 몇 장 있었다.

"실례지만, 도대체 누구세요?"

매케일렙은 모욕을 받은 사람처럼 남자를 바라보았다. 남자는 터페로의 남동생이라고 해도 될 것 같았다. 검은 머리카락과 눈, 거친 느낌의 미남형 얼굴이 똑같았다.

"친구 테리예요. 루디가 길 건너편에서 일할 때 동료였어요."

매케일렙은 벽에 걸린 사진들 중 여러 사람이 함께 찍은 사진을 가리켰다. 양복 차림의 남자 여러 명과 여자 몇 명이 벽돌로 장식된 할리우드 경찰서 앞에 서서 찍은 사진이었다. 형사들. 해리 보슈와 루디 터페로는 모두 뒷줄에 서 있었다. 보슈는 카메라에서 살짝 얼굴을 돌린 모습이었다. 입에는 담배가 물려 있고, 거기서 솟아오른 연기에 얼굴이 일부 흐릿하게 가려져 있었다.

남자가 시선을 돌려 그 사진을 바라보았다.

매케일렙은 눈으로 사무실을 한 번 더 훑었다. 왼쪽에는 책상이 하나 있고, 오른쪽에는 작은 소파 두 개와 동양식 융단이 있는, 가구가 잘 갖춰진 방이었다. 매케일렙은 책상 덮개 위 중앙에 놓여 있는 서류를 보려고 책상에 더 가까이 다가섰지만, 서류는 두께가 거의 3센티미터쯤 되는데도 색인에 아무것도 적혀 있지 않았다.

"젠장, 당신은 여기 없잖아요."

"있어요." 매케일렙은 책상에서 고개를 돌리지 않은 채 말했다. "담배를 피우고 있었기 때문에 얼굴이 잘 안 보이는 겁니다."

책상 덮개 오른쪽의 파일 쟁반에 서류철들이 쌓여 있었다. 매케일렙은 고개를 비스듬히 기울이고 색인을 확인해 보았다. 여러 이름들이 보였다. 매케일렙이 아는 연예인과 배우의 이름도 몇 개 있었지만, 지금 수사 중인 사건과 관련된 이름은 하나도 없었다.

"웃기시네. 저건 당신이 아니잖아요. 저 사람은 해리 보슈라고요."

"정말? 해리를 알아요?"

남자는 대답하지 않았다. 매케일렙은 돌아섰다. 남자는 분노와 의심이 담긴 눈으로 그를 바라보고 있었다. 매케일렙은 남자가 옆구리에 낡은 곤봉을 들고 있는 것을 처음으로 알아차렸다.

"어디 보자."

매케일렙은 벽으로 가서 사진을 들여다보았다.

"그러네, 댁의 말이 옳아요. 이 사람은 해리야. 나는 이보다 1년 전에 찍은 사진에 있을 거예요. 이 사진을 찍을 때는 내가 위장 수사 중이서 이 자리에 올 수가 없었거든."

매케일렙은 아무렇지도 않게 문을 향해 한 걸음을 내디뎠다. 하지만 속으로는 곤봉에 맞을 각오를 하고 있었다.

"그냥 내가 왔다 갔다고만 전해 줘요. 테리가 들렀었다고."

매케일렙은 문까지 다가가는 데 성공했지만, 마지막 사진 한 장이 시선을 끌었다. 터페로가 어떤 남자와 나란히 서서 반짝이는 나무 명판을 함께 들고 있는 사진이었다. 터페로가 거의 10년쯤 젊어 보이는 낡은 사진이었다. 터페로의 눈빛은 지금보다 밝았고, 미소도 진짜처럼 보였다. 사진 옆에는 사진 속의 명판도 걸려 있었다. 매케일렙은 몸을 가까이 기울여 명판 아래쪽의 놋쇠판에 적혀 있는 설명을 읽었다.

루디 터페로

할리우드 절도 팀 이달의 형사

1995년 2월

매케일렙은 사진을 한 번 더 흘깃 본 뒤 문밖의 대기실로 나갔다.

"성은 뭐예요?" 남자가 옆을 지나가며 말했다.

매케일렙은 출입문까지 걸어가서 남자를 향해 고개를 돌렸다.

"그냥 테리라고만 해요. 위장 수사를 했던 친구라고."

매케일렙은 그 방에서 나와 한 번도 뒤돌아보지 않고 거리로 나왔다.

매케일렙은 우체국 앞에 세워둔 자신의 차 안에 앉아 있었다. 마음이 불편했다. 해답이 바로 손만 뻗으면 되는 곳에 있는데도 눈에 보이지 않을 때 항상 느끼는 기분이었다. 자신이 지금 방향을 제대로 잡았다는 육감이 들었다. 터페로, 허름한 보석 보증인 사무실 뒤에 숨어서 할리우드 부자들을 위해 사립 탐정으로 일하고 있는 그가 바로 열쇠였다. 그런데 그 열쇠가 들어맞는 문이 어디 있는지 찾을 수가 없었다.

갑자기 배가 고프다는 생각이 들었다. 매케일렙은 차에 시동을 걸고 어느 식당으로 갈까 생각해 보았다. 무소가 몇 블록 거리에 있지만, 얼마 전에도 그곳에서 식사를 했다. 그다음으로 그는 내츠에서도 음식을 먹을 수 있나 생각해 보았다. 하지만 설사 거기에 먹을 것이 있다 해도 위장에 위험할 것 같았다. 그래서 매케일렙은 선셋 대로의 인 앤 아웃으로 가서 드라이브스루 카운터에서 음식을 주문했다.

체로키 안에서 햄버거를 먹고 있는데 휴대전화가 울렸다. 매케일렙은 햄버거를 포장 상자 속에 내려놓고 냅킨으로 손을 닦은 뒤 전화기를 열었다.

"테리 씨는 천재예요."

제이 윈스턴이었다.

"네?"

"터페로의 벤츠에 딱지가 발행됐어요. 검은색 430 CLK예요. 우체국 바로 앞의 그 15분 구역에 세워져 있었어요. 딱지가 발행된 건 22일 오전 8시 19분이고요. 터페로는 아직 벌금을 안 냈어요. 닷새 뒤면 납부 기한 만료예요."

매케일렙은 아무 말 없이 곰곰이 생각에 잠겼다. 시냅스들이 척추를 따라 도미노처럼 불이 켜지면서 올라오는 것이 느껴졌다. 이 주차 위반 딱지가 발견된 건 대단한 성과였다. 이걸로 증명할 수 있는 건 하나도 없지만, 매케일렙이 방향을 제대로 잡았음을 확실히 알 수 있었다. 살다 보면 자신이 올바른 방향으로 가고 있음을 아는 것이 증거를 손에 쥐는 것보다 나을 때가 있었다.

매케일렙은 터페로의 사무실에서 본 사진들을 떠올렸다.

"제이 씨, 보슈가 옛날 과장하고 문제를 일으킨 사건에 대해서 좀 찾아봤어요?"

"굳이 찾아볼 필요도 없었어요. 트윌리와 프리드먼이 오늘 벌써 그 자료를 가져왔더라고요. 하비 파운즈 과장이에요. 건의 사건 때문에 보슈와 싸움을 벌인 지 4주 뒤에 누군가한테 맞아 죽었어요. 서로 감정이 안 좋았으니 보슈가 의심을 받았죠. 하지만 혐의를 벗은 모양이에요. 적어도 LA 경찰국에서는. 그 사건은 아직 미결이고, 수사하는 사람도 없어요. FBI도 멀찍이서 지켜보면서 미결 사건으로 분류해 두었고요. 트윌리한테서 오늘 들었는데, LA 경찰국에도 보슈가 너무 쉽게 혐의를 벗었다고 생각하는 사람들이 있대요."

"아, 트윌리가 그 말을 하면서 아주 좋아했겠는데요."

"물론이죠. 그 일 때문에 벌써 보슈를 형편없이 보고 있더라고요. 건 사건은 해리 보슈에게 빙산의 일각에 불과하다고 생각하고 있어요."

매케일렙은 고개를 절레절레 저었지만, 곧장 사건에 관한 생각으로 돌아왔다. 지금은 다른 사람들의 약점이나 동기에 대해 생각할 여유가 없었다. 지금 수사 중인 사건을 위해 생각할 것도, 계획할 것도 아주 많았다.

"그건 그렇고, 그 주차 위반 딱지 복사해 뒀어요?" 매케일렙이 물었다.

"아직이요. 전부 전화로 알아낸 거예요. 지금쯤 그쪽에서 팩스로 보내고 있을 거예요. 중요한 건, 테리 씨와 나는 그 딱지의 의미를 알지만 그것만으로는 어떤 증거도 되지 못한다는 거예요."

"나도 알아요. 그래도 때가 되면 훌륭한 소도구 역할은 해 줄 거예요."

"때라니, 무슨 때요?"

"우리가 연극을 할 때요. 터페로를 이용해서 스토리를 잡을 거예요. 결국 우리가 그 방향으로 가고 있다는 걸 제이 씨도 알잖아요."

"우리요? 벌써 계획을 다 짠 거예요, 테리 씨?"

"그렇지는 않아요. 지금 짜는 중이에요."

매케일렙은 수사와 관련한 자신의 역할에 대해 윈스턴과 말다툼을 벌이고 싶지 않았다.

"저기, 내 점심 식사가 식어 가고 있는데요." 매케일렙이 말했다.

"아, 미안해요. 어서 드세요."

"나중에 다시 전화해요. 난 이따가 보슈를 만나러 갈 거예요. 트윌리와 프리드먼한테서 들은 얘기 없어요?"

"아직도 법정에 보슈랑 같이 있는 것 같아요."

"알았어요. 나중에 통화해요."

매케일렙은 전화기를 닫고 차에서 내려 햄버거 포장 상자를 쓰레기통으로 들고 갔다. 음식을 버린 뒤 그는 다시 차에 올라타고 시동을 걸었다. 윌콕스 거리의 우체국으로 돌아가면서 그는 햄버거의 기름 냄새를 빼내려고 창문을 모두 열었다.

39 반격

애너벨 크로우가 증인석으로 걸어가는 동안 법정 안에 있는 모든 사람들의 시선이 그녀에게 쏠렸다. 크로우는 눈이 번쩍 뜨일 만큼 매력적이었지만, 움직임에 왠지 묘한 구석이 있었다. 그래서 젊으면서도 원숙한 것처럼 보였고, 훨씬 더 매력적인 모습이 되었다. 랭와이저가 심문을 맡았다. 랭와이저는 크로우가 자리에 앉을 때까지 기다렸다가 사람들의 시선을 뚫고 연설대로 갔다.

보슈는 검사 측의 마지막 증인이 들어오는 것을 거의 알아차리지 못했다. 검사 측 탁자에 눈을 내리깔고 앉아서 FBI 요원들과의 만남에 대해 골똘히 생각하고 있었기 때문이다. 보슈는 두 사람을 만나자마자 곧바로 평가를 끝냈다. 두 사람은 물속에서 피 냄새를 맡고 몰려든 육식동물 같았다. 그들은 건 사건에 보슈를 엮어 넣으면 언론을 통해 한없는 유명세를 타게 될 것이라는 사실을 잘 알고 있었다. 보슈는 두 사람이 언제 자신을 잡으려 들지 모른다는 생각이 들었다.

랭와이저는 크로우에게 일반적인 질문들을 연달아 재빨리 던져서, 크로우가 아직 연극과 광고 몇 편에 출연한 경력밖에 없는 신인 여배우임을 사람들에게 알렸다. 크로우는 영화에도 한 번 출연한 적이 있지만, 그 영화는 아직 개봉되지 않았다. 크로우의 이야기는 할리우드에서 성공하기가 얼마나 힘든지를 확인해 주는 것 같았다. 그녀는 정말이지 숨이 막힐 듯한 미인이었지만, 이 도시에는 그런 미인들이 수두룩했다. 크로우는 지금도 앨버커키의 부모님이 보내 주는 돈으로 살고 있었다.

랭와이저는 이제 좀 더 사건과 관련된 이야기로 옮겨 가서 애너벨 크로우가 데이비드 스토리와 데이트를 했던 지난해 4월 14일 밤에 대해 집중적으로 물어보았다. 랭와이저는 그날 웨스트 할리우드의 댄 테이너스에서 두 사람이 먹은 음식과 술에 관해 간단히 물어본 다음, 그 뒤의 일, 즉 애너벨이 스토리와 함께 멀홀랜드 드라이브의 집으로 간 뒤의 일에 대해 물어보았다.

크로우는 집 뒤쪽 베란다에서 스토리와 함께 마가리타 한 병을 다 마신 다음 침실로 갔다고 증언했다.

"자발적으로 간 건가요, 크로우 씨?"

"네."

"피고와 성관계를 맺었습니까?"

"네."

"서로 동의하에 이루어진 성관계인가요?"

"네."

"피고와 성관계를 시작한 뒤 뭔가 이례적인 일이 있었습니까?"

"네, 그 사람이 제 목을 조르기 시작했어요."

"목을 졸랐다고요? 어쩌다가 그렇게 된 겁니까?"

"글쎄요, 중간에 눈을 감았는데, 그 사람이 자세를 바꾸려는지 몸을 움직이는 것 같았어요. 제 위에 있던 그 사람의 손이 제 목 뒤로 미끄러져 들어가서 제 머리를 베개에서 들어 올리려고 하는 것 같았죠. 그런데 뭔가가 아래로 미끄러지는 느낌이….”

크로우는 말을 멈추고 손으로 입을 막았다. 마음을 진정시키려고 애쓰는 모습이었다.

“시간은 충분하니까 걱정 마세요, 크로우 씨.”

크로우는 정말로 눈물을 참고 있는 것처럼 보였다. 마침내 그녀가 손을 내리고 자기 앞의 물 잔을 들어 한 모금 마신 뒤 새로이 결의를 다지는 눈빛으로 시선을 들어 랭와이저를 바라보았다.

“그 사람이 뭔가를 제 머리에 통과시켜서 목으로 내리는 느낌이 들었어요. 제가 눈을 떴더니 그 사람이 넥타이로 제 목을 조르고 있었어요.”

크로우는 말을 멈추고 또 물을 한 모금 마셨다.

“넥타이가 어떻게 생겼던가요?”

“무늬가 있었어요. 자주색 바탕에 파란 다이아몬드 무늬예요. 정확히 기억해요.”

“피고가 증인의 목에 넥타이를 단단히 감고 조른 뒤 어떻게 됐나요?”

“숨이 막혔어요!” 크로우가 날카로운 목소리로 대답했다. 마치 대답이 뻔한 멍청한 질문을 왜 하느냐는 식이었다. “그 사람이 내 목을 졸랐다고요. 그러면서 계속… 제 몸속에서 움직였어요…. 저는 저항하려고 했지만 그 사람 힘이 너무 셌어요.”

“그때 피고가 뭔가 말을 했나요?”

“그냥 계속 이 말만 했어요. ‘나도 어쩔 수 없어, 나도 어쩔 수 없어.’ 숨소리도 아주 거칠었고, 그러면서 계속 저와 섹스를 했어요. 어쩔 수 없다는 말을 할 때는 이를 꽉 악물고 있었고요. 저는….”

크로우는 다시 말을 멈췄다. 이번에는 양쪽 뺨에 눈물 한 방울씩이 약간의 시차를 두고 흘러내렸다. 랭와이저는 검사 측 탁자로 가서 자기 자리에 있던 티슈 상자를 집어 들었다. "재판장님, 괜찮을까요?"

판사는 랭와이저에게 티슈를 들고 증인에게 다가가도 좋다고 허락했다. 랭와이저는 티슈를 전해 준 뒤 연설대로 돌아갔다. 증인이 우는 소리를 제외하면, 법정 안에서는 아무 소리도 나지 않았다. 랭와이저가 그 침묵을 깼다.

"크로우 씨, 시간을 좀 드릴까요?"

"아뇨, 괜찮아요. 고맙습니다."

"피고가 목을 졸랐을 때 크로우 씨는 정신을 잃었나요?"

"네."

"그다음으로 기억나는 게 뭐죠?"

"그 사람 침대에서 깨어났어요."

"피고가 옆에 있던가요?"

"아뇨, 하지만 샤워기 물소리가 들렸어요. 침실 옆의 욕실에서요."

"그래서 어떻게 하셨죠?"

"옷을 입으려고 일어났어요. 그 사람이 샤워를 마치고 나오기 전에 나가고 싶었거든요."

"크로우 씨가 놓아둔 곳에 옷이 그대로 있던가요?"

"아뇨. 봉투 안에 들어 있었어요…. 식품점에서 물건을 담아 주는 갈색 봉지 같은 것…. 그게 침실 문 옆에 있었어요. 저는 속옷을 입었어요."

"그날 밤 크로우 씨는 가방을 가지고 있었나요?"

"네. 가방도 그 봉투 안에 있었어요. 하지만 가방이 열려 있어서 안을 들여다보았더니 그 사람이 열쇠를 가져간 것 같았어요. 저는…."

포욱스는 증인의 대답은 추측일 뿐 증거가 없다며 이의를 제기했다. 판사는 이의를 받아들였다.

"피고가 크로우 씨의 가방에서 열쇠를 꺼내는 걸 직접 보셨나요?" 랭와이저가 물었다.

"그게, 아뇨. 하지만 열쇠는 분명히 가방 속에 있었어요. 저는 열쇠를 꺼낸 적이 없어요."

"그럼 누군가가, 그러니까 크로우 씨가 침대에 의식을 잃고 누워 있는 바람에 미처 보지 못한 누군가가 가방에서 열쇠를 꺼내 갔다는 거군요. 맞습니까?"

"네."

"그럼 가방 속에서 사라진 열쇠를 어디서 찾았죠?"

"그 사람의 책상 위에 그 사람의 열쇠와 나란히 놓여 있었어요."

"크로우 씨는 옷을 다 입고 그곳을 떠났나요?"

"사실 저는 너무 무서워서 제 옷이랑 열쇠랑 가방을 쥐고 그냥 도망쳤어요. 밖에 나온 뒤에야 옷을 입고 거리로 뛰어갔어요."

"집에는 어떻게 돌아가셨습니까?"

"달리다가 지쳐서 멀홀랜드 드라이브를 한참 걷다가 소방서 앞에서 공중전화를 찾아냈어요. 그걸로 택시를 불러서 집으로 돌아갔어요."

"집에 도착한 뒤 경찰에 신고하셨나요?"

"어, 아뇨."

"왜죠, 크로우 씨?"

"저, 두 가지 때문에요. 제가 집에 도착했을 때, 마침 데이비드가 제 전화기에 메시지를 남기는 중이었어요. 그래서 제가 전화를 받았더니 그 사람이 미안하다면서 자기가 순간적으로 이성을 잃었다고 사과했어요. 그리고 섹스 도중에 목을 조르면 제가 더 만족할 것 같아서 그랬다고 말했어요."

"그 말을 믿었습니까?"

"모르겠어요. 그때는 머릿속이 혼란스러웠어요."

"피고에게 크로우 씨의 옷을 왜 봉투에 담아 두었는지 물어보았습니까?"

"네. 자기가 샤워를 끝내고 나올 때까지 제가 깨어나지 않으면 병원으로 데려가야 할 것 같아서 그랬다고 했어요."

"자기 침대에 의식을 잃고 누워 있는 여자를 병원으로 데려가기 전에 샤워부터 한 이유가 무엇인지도 물어보셨나요?"

"그건 안 물어봤어요."

"구급차를 부르지 않은 이유는 물어보셨습니까?"

"아뇨, 그런 생각은 미처 못했어요."

"그럼 크로우 씨가 경찰에 신고하지 않은 또 하나의 이유는 뭐죠?"

크로우는 무릎에서 꽉 쥐고 있는 자신의 양손을 내려다보았다.

"그게, 창피했어요. 그 사람이 전화한 뒤로 뭐가 어떻게 된 건지 잘 알 수 없게 됐거든요. 그 사람이 정말로 저를 죽이려 한 건지, 아니면… 저를 더욱 만족시키려고 했던 건지. 모르겠어요. 할리우드 사람들이 이상한 섹스를 한다는 얘기는 많이들 하잖아요. 그래서 어쩌면 저도… 모르겠어요. 제가 고지식하고 촌스럽게 구는 것 같았어요."

크로우는 시선을 들지 않았다. 눈물이 또 한 방울씩 양 뺨을 흘러내렸다. 눈물 한 방울이 시폰 블라우스의 깃에 닿아 젖은 자국을 만드는 것이 보슈의 눈에 띄었다. 랭와이저는 아주 부드러운 목소리로 질문을 계속했다.

"그날 밤 크로우 씨와 피고 사이에 있었던 일을 경찰에 얘기한 건 언제죠?"

애너벨 크로우는 랭와이저보다 더 부드러운 목소리로 대답했다.

"그 사람이 조디 크레멘츠를 같은 방식으로 죽여서 체포됐다는 기사를 읽은 다음이에요."

"그때 보슈 형사를 만났나요?"

크로우는 고개를 끄덕였다.

"네. 제가 만약… 만약 그날 밤에 경찰에 신고했더라면 그 여자는 아직…."

크로우는 말을 끝맺지 않고 티슈 상자에서 티슈를 여러 장 뽑아 목 놓아 울기 시작했다. 랭와이저는 판사에게 심문이 끝났다고 말했다. 포욱스는 반대 심문을 하고 싶지만 증인이 마음을 가라앉힐 수 있게 먼저 휴정하는 게 좋겠다고 제안했다. 휴턴 판사는 좋은 생각이라며 15분간 휴정을 선포했다.

보슈는 법정에 남아 상자에서 계속 티슈를 뽑아 쓰는 애너벨 크로우를 지켜보았다. 울음을 그친 뒤 크로우의 얼굴은 이제 조금 전처럼 아름답지 않았다. 얼굴 전체가 일그러져서 빨갛게 달아올랐고, 눈도 부어 있었다. 보슈는 크로우의 증언에 설득력이 있었다고 보았지만, 아직 포욱스의 반대 심문이 남아 있으니 어찌 될지 알 수 없는 일이었다. 반대 심문에서 크로우가 얼마나 잘해 내는지에 따라 배심원들이 크로우의 말을 믿어 줄지 여부가 결정될 터였다.

랭와이저가 법정으로 돌아와 보슈에게 문 앞에 누가 와서 보슈를 찾고 있다고 말해 주었다.

"누군데요?"

"안 물어봤어요. 들어오면서 그 사람들이 경찰관들한테 얘기하는 걸 얼핏 들었을 뿐이에요. 경찰들이 그 사람을 안 들여 보내려고 하던데요."

"양복 차림이던가요? 흑인?"

"아뇨, 그냥 거리에서 입는 옷이에요. 점퍼."

"애너벨을 잘 지켜보세요. 그리고 티슈를 한 상자 더 가져다줘야 할 것 같아요."

보슈는 일어서서 휴정 시간이 끝나 안으로 다시 들어오고 있는 사람들 옆을 지나 법정 출입문으로 갔다. 그러는 도중에 루디 터페로와 정면으로 마주쳤다. 보슈는 옆으로 돌아가려고 오른쪽으로 움직였지만, 터페로도 같은 쪽으로 움직였다. 두 사람이 그렇게 두어 번 오락가락한 뒤 터페로가 빙긋 웃었다. 보슈는 결국 걸음을 멈추고, 터페로가 자신을 밀치며 지나갈 때까지 움직이지 않았다.

복도로 나온 그는 주위를 둘러보았지만, 아는 얼굴은 하나도 보이지 않았다. 그때 테리 매케일렙이 화장실에서 걸어 나왔다. 두 사람은 서로에게 고갯짓을 했다. 보슈는 저 아래쪽 광장을 향해 바닥에서 천장까지 이어진 창문 앞의 난간으로 걸어갔다. 매케일렙도 그쪽으로 다가왔다.

"시간이 2분밖에 없어. 금방 들어가 봐야 돼."

"오늘 재판이 끝난 뒤에 만날 수 있는지만 말해. 여러 가지 일이 벌어지고 있어서 자네랑 차분히 이야기를 해야 하거든."

"여러 가지 일이 벌어지고 있다는 건 나도 알아. 오늘 FBI 요원 두 명이 여기 왔었어."

"그놈들한테 뭐라고 말했어?"

"꺼지라고 했지. 그랬더니 화를 내던데."

"연방 요원들은 그런 말을 잘 넘겨 버리지 못해. 자네도 알잖아, 보슈."

"그래, 뭐, 난 배우는 속도가 느리니까."

"재판 끝난 뒤에 어때?"

"만날 수 있을 거야. 포욱스가 여봐란 듯이 해내지만 않는다면. 그렇게 되면 나도 어떻게 될지 몰라. 우리 팀이 다 같이 어디 숨어서 상처를 핥게 될지도 모르지."

"알았어. 그럼 이 근처에서 텔레비전으로 재판을 지켜보지, 뭐."

"나중에 봐."

보슈는 매케일렙이 이렇게 빨리 무엇을 알아낸 건지 궁금해하면서 다시 법정으로 돌아왔다. 배심원들은 이미 자리에 돌아와 있었고, 판사가 포욱스에게 심문에 나서도 좋다고 말하는 중이었다. 포욱스는 보슈가 자기 옆을 지나 검사석으로 갈 때까지 정중하게 기다렸다가 질문을 시작했다.

"자, 크로우 씨, 연기가 직업입니까?"

"네."

"오늘 여기서도 연기를 하셨습니까?"

랭와이저가 즉시 벌떡 일어서서 포욱스가 증인을 괴롭힌다며 이의를 제기했다. 보슈는 랭와이저의 반응이 조금 지나치다고 생각했지만, 있는 힘을 다해서 증인을 지키겠다는 뜻을 포욱스에게 표현하기 위한 조치임을 알고 있었다. 판사는 포욱스가 자신의 고객에게 적대적인 증인을 반대 심문할 때 지켜야 하는 선을 넘지 않았다면서 이의를 기각했다.

"아뇨, 연기가 아니에요." 크로우가 강한 목소리로 말했다.

포욱스는 고개를 끄덕였다.

"할리우드에 온 지 3년이 됐다고 하셨죠?"

"네."

"크로우 씨의 증언 내용 중에, 제가 헤아리기로는 돈을 받고 일한 적이 다섯 번이었습니다. 그것 말고 또 있습니까?"

"아직은 없어요."

포욱스는 고개를 끄덕였다.

"희망을 갖는 건 좋은 일이죠. 그 세계에 들어가기가 아주 어렵죠. 그렇지 않습니까?"

"네, 아주 어려워요. 기운도 빠지고요."

"하지만 지금은 텔레비전에 출연 중이잖습니까."

크로우는 잠시 머뭇거렸다. 자신이 함정을 향해 스스로 걸어 들어갔다는 깨달음이 얼굴에 드러났다.

"그건 변호사님도 마찬가지잖아요." 크로우가 말했다.

보슈는 하마터면 빙긋 웃을 뻔했다. 크로우의 대답은 지금 상황에서 최고였다.

"이걸 한번 이야기해 봅시다…. 크로우 씨가 스토리 씨와의 사이에서 일어났다고 주장하는 일 말이에요." 포욱스가 말했다. "그 일은 사실 크로우 씨가 데이비드 스토리의 체포 이후 신문 기사들을 보고 만들어 낸 거죠? 그렇지 않습니까?"

"그렇지 않아요. 그 사람은 저를 죽이려고 했어요."

"어디까지나 크로우 씨의 주장이죠."

랭와이저는 이의를 제기하려고 일어섰지만, 뭐라고 말하기도 전에 판사가 포욱스에게 그런 주관적인 견해는 입 밖에 내지 말라고 주의를 주었다. 포욱스는 다음 질문으로 옮겨갔다.

"스토리 씨가 정신을 잃을 때까지 크로우 씨의 목을 졸랐다고 하셨는데, 목에 멍이 들었습니까?"

"네, 거의 일주일 동안 멍이 남아 있었어요. 그래서 밖에 나갈 수가 없어서 오디션이고 뭐고 아무 데도 못 갔어요."

"그럼 그 멍을 기록으로 남기기 위해 사진도 찍으셨겠군요?"

"아뇨, 안 찍었어요."

"그래도 매니저나 친구들한테는 멍을 보여 줬을 것 아닙니까?"

"안 보여 줬어요."

"왜요?"

"나중에 이런 일이 생겨서 제가 그 사람의 행동을 증명해야 하는 상황이 될지 몰랐으니까요. 저는 그냥 그 일을 잊어버리고 싶었고, 누구에게도 알리고 싶지 않았어요."

"그러니까 멍이 들었다는 피고의 주장밖에는 아무것도 없는 거로군요."

"네."

"스토리 씨와의 사이에 있었다는 일에 대해서도 역시 피고의 주장 외에는 아무것도 없고요."

"그 사람은 저를 죽이려고 했어요."

"크로우 씨는 집에 도착했더니 데이비드 스토리 씨가 바로 그 순간 댁의 전화기에 메시지를 남기고 있었다고 증언했습니다. 맞습니까?"

"물론이에요."

"그래서 크로우 씨는 그 전화를 받았습니다. 자신을 죽이려 했던 남자의 전화를. 제가 크로우 씨의 증언을 제대로 이해한 겁니까?"

포욱스는 전화를 받는 시늉을 하며 크로우의 대답을 기다렸다.

"네."

"그럼 데이비드 스토리 씨의 말과 자신이 겪은 일을 기록으로 남겨 두기 위해 그 메시지를 보관하셨겠군요."

"아뇨. 그 위에 다른 메시지를 녹음했어요. 실수로요."

"실수라. 그 테이프를 그냥 자동 응답기에 계속 넣어 두어서 그 위에 다른 메시지가 녹음되게 했다는 겁니까?"

"네. 그럴 생각은 아니었지만, 깜박 잊고 그냥 놔뒀어요."

"누군가가 자신을 죽이려 했다는 사실을 깜박 잊고, 그 메시지에 다른 메시지가 덧씌워지게 했다는 겁니까?"

"아뇨, 그 사람이 저를 죽이려 했다는 사실을 잊은 게 아니에요. 그건 앞으로도 절대 잊을 수 없어요."

"그럼 그 테이프에 관해서는 크로우 씨의 주장 외에 아무것도 없는 셈이군요. 맞습니까?"

"맞아요."

약간 도전적인 목소리였다. 하지만 보슈가 듣기에는 조금 처량한 것 같기도 했다. 마치 제트 엔진을 향해 "나쁜 놈"이라고 외치는 것 같았다. 이제 금방이라도 크로우가 그 제트 엔진에 내던져져서 산산조각날 것 같은 느낌이 들었다.

"크로우 씨는 부모님들이 생활비를 일부 보조해 주시고, 크로우 씨 본인이 배우로 돈을 조금 벌었다고 증언했습니다. 혹시 아직 말하지 않은 다른 소득원이 있습니까?"

"그게… 그렇지는 않아요. 할머니가 돈을 보내 주시기는 하지만, 자주 보내시지는 않거든요."

"그 밖에는요?"

"제가 생각하기로는 없는 것 같은데요."

"가끔 남자들에게서 돈을 받기도 합니까, 크로우 씨?"

랭와이저가 이의를 제기하자 판사가 검사와 변호사를 자기 앞으로 불렀다. 보슈는 검사와 변호사가 판사 앞에서 속삭이는 소리로 이야기를 나누는 동안 내내 애너벨 크로우를 지켜보았다. 특히 표정을 유심히 살폈다. 아직 약간 도전적인 기운이 남아 있기는 했지만, 두려움이 그것을 밀어내고 있었다. 애너벨은 뭔가가 자신에게 다가오고 있음을 알고 있었다. 보슈는 포욱스가 뭔가 확실한 것을 쥐고 있다는 결론을 내렸다. 크로우에게 상처를 입혀서 재판에까지 영향을 미칠 수 있는 것임이 분명했다.

판사 앞에서 상의가 끝난 뒤 크레츨러와 랭와이저가 검사석으로 돌아왔다. 크레츨러가 보슈에게 몸을 기울이고 말했다.

"우린 끝이에요. 저쪽에서 저 여자랑 섹스를 하고 돈을 줬다고 증언할 남자를 네 명이나 데리고 있어요. 우리는 이 사실을 왜 몰랐던 겁니까?"

보슈는 대답하지 않았다. 크로우를 조사하는 건 보슈의 책임이었다. 보슈는 크로우의 사생활에 대해 자세히 질문했고, 체포된 적이 없는지 알아보려고 지문도 조회해 보았다. 크로우의 답변과 컴퓨터 조회 기록에는 아무런 문제가 없었다. 크로우가 성매매 혐의로 체포된 적이 없고 그녀 자신이 범죄를 저지른 적이 없다고 말한 이상, 보슈가 달리 더 조사해 볼 여지는 없었다.

다시 연설대에 선 포욱스가 마지막으로 던졌던 질문을 조금 바꿔서 다시 던졌다.

"크로우 씨, 섹스를 해 주는 대가로 남자들에게서 돈을 받은 적이 있습니까?"

"전혀 없어요. 거짓말 마세요."

"앤드루 스노라는 남자를 아십니까?"

"네, 알아요."

"만약 그 사람이 증인 선서를 하고, 크로우 씨와 성관계를 맺는 대가로 돈을 줬다고 말한다면, 그래도 거짓말일까요?"

"네, 거짓말이에요."

포욱스는 다른 남자 세 명의 이름을 더 언급하며 크로우에게서 앤드루 스노와 마찬가지로 그들을 알기는 하지만 몸을 팔지는 않았다는 답변을 얻어 냈다.

"그럼 이 남자들에게서 섹스와는 상관없이 돈을 받은 적은 있습니까?" 포욱스는 짐짓 화가 난 척했다.

"네, 가끔요. 하지만 그건 섹스와는 아무 상관없는 일이었어요."

"그럼 무엇과 상관있는 일이었죠?"

"그 사람들이 저를 돕고 싶어 했어요. 저는 그 사람들을 친구로 생각했고요."

"그 사람들과 섹스를 한 적이 있습니까?"

애너벨 크로우는 자신의 손을 내려다보며 고개를 흔들었다.

"그건 아니라는 뜻입니까, 크로우 씨?"

"그 사람들이 돈을 줄 때마다 섹스를 한 건 아니라는 뜻이에요. 그 사람들도 섹스를 할 때마다 돈을 주지는 않았어요. 그러니까 돈과 섹스는 서로 상관이 없었어요. 지금 변호사님은 사실이 아닌 걸 사실로 만들려고 하는 거예요."

"저는 그냥 질문을 하고 있을 뿐입니다, 크로우 씨. 그것이 내 일이니까요. 그리고 크로우 씨가 지금 해야 할 일은 배심원들에게 진실을 말하는 것입니다."

오랜 침묵이 흐른 뒤 포욱스는 더 이상 질문이 없다고 말했다.

보슈는 손마디가 하얗게 되다 못해 감각이 없어질 정도로 자신이 의자 팔걸이를 꽉 쥐고 있었음을 깨달았다. 그는 양손을 한데 비비며 긴장을 풀려고 했지만 잘 되지 않았다. 포욱스가 치고 빠지기의 대가라는 것은 알고 있었다. 포욱스는 순식간에 핵심을 공략했으며, 날카로운 검으로 찌르듯 치명적인 결과를 만들어 냈다. 보슈는 자신이 불안해하는 것은 애너벨 크로우가 사람들 앞에서 무기력하게 굴욕을 당한 때문만은 아니라는 것을 깨달았다. 그는 자신의 처지에 대해서도 걱정하고 있었다. 검의 다음 목표가 자신이라는 것을 알고 있었기 때문에.

40 나쁜 달이 뜨고 있어

그들은 철조망에 둘러싸인 심장을 문신으로 새긴 내츠의 바텐더에게서 롤링록 맥주를 받은 뒤 칸막이 좌석에 자리를 잡았다. 여자 바텐더는 차가운 상자에서 맥주병을 꺼내 열어 주는 동안 며칠 전 밤에 매케일렙이 와서 지금 함께 온 남자에 대해 이것저것 물어봤던 일에 대해서는 한마디도 하지 않았다. 시간이 일러서 가게 안에는 사람이 별로 없었다. 바에 자리를 잡거나 맨 뒤쪽의 칸막이 좌석에 모여 있는 술꾼들뿐이었다. 주크박스에서는 브루스 스프링스틴이 '마을 외곽에 어둠이 있어(There's a darkness on the edge of town)'를 부르고 있었다.

매케일렙은 보슈를 유심히 살펴보았다. 뭔가 다른 것에 정신이 팔려 있는 것 같았다. 십중팔구 재판 때문일 터였다. 마지막 증인은 아무리 잘 봐줘도 그저 그런 수준이었다. 이쪽이 심문할 때는 좋았지만, 반대심문에서는 형편없었다. 선택의 여지가 있다면 쓰지 말아야 할 증인이었다.

"검사 측이 자기 꾀에 넘어간 것 같던데."

보슈는 고개를 끄덕였다.

"내 실수야. 내가 미리 예상했어야 하는 건데. 하지만 그 여자 얼굴을 보면 너무 아름다워서 설마 그런…. 그냥 그 여자를 믿어 버린 거지."

"무슨 소린지 알아."

"다시는 얼굴만 보고 안 믿을 거야."

"그래도 아직 검사 측이 유리한 것 같은데. 앞으로 뭐가 남아 있지?"

보슈는 어색하게 웃었다.

"남은 건 없어. 검사들은 오늘 끝낼 예정이었어. 우린 이미 총알을 다 써 버렸다고. 내일부터는 저쪽이 뭘 내놓을지 구경해야 돼."

매케일렙은 보슈가 한 모금에 맥주병을 거의 절반이나 비우는 모습을 지켜보았다. 보슈가 아직 정신이 있을 때 묻고 싶은 것을 물어봐야 할 것 같았다.

"루디 터페로에 대해서 말해 봐."

보슈는 어떻게 말해야 할지 모르겠다는 표정이었다.

"그 녀석은 왜?"

"나도 몰라. 그 친구랑 잘 아는 사이야? 전에 잘 아는 사이였어?"

"뭐, 그 녀석이 우리 팀에 있을 때는 아는 사이였지. 내가 할리우드 경찰서에 있을 때 그 녀석도 5년 동안 거기 형사였으니까. 그러다가 경찰을 그만두면서 20년 근속 연금을 받고 길 건너편으로 옮겨 갔어. 우리가 유치장에 집어넣은 놈들을 유치장에서 꺼내 주는 일을 시작한 거지."

"할리우드 경찰서에서 같은 팀에 있을 때, 둘이 친한 사이였어?"

"친하다는 게 무슨 뜻인지 모르겠는데. 우린 친구도 아니고, 술을 같이 마시는 사이도 아니었어. 그 녀석은 강도 사건 담당, 나는 살인 사건 담당이었지. 그런데 그 녀석에 대해서 왜 자꾸 묻는 거야? 그 녀석이 무슨 상관….”

보슈는 말을 멈추고 매케일렙을 바라보았다. 머릿속에서 수레바퀴가 돌고 있는 모양이었다. 이제 주크박스에서는 로드 스튜어트가 ‘밤을 비틀어 버리다’를 부르고 있었다.

“설마, 농담이지?” 마침내 보슈가 물었다. “자네 그 녀석을….”

“먼저 묻는 말에 대답이나 해.” 매케일렙이 끼어들었다. “질문은 그다음에 하라고.”

보슈는 맥주병을 다 비운 뒤 위로 들어 올려 바텐더에게 신호를 보냈다.

“서빙은 안 해요.” 바텐더가 소리쳤다. “미안해요.”

“젠장.” 보슈가 말했다.

그는 칸막이 좌석을 빠져나가 바로 갔다. 그리고 맥주 네 병을 가지고 돌아왔다. 매케일렙은 아직 맥주에 거의 입을 대지도 않았는데.

“빨랑 물어봐.” 보슈가 말했다.

“둘이 친해지지 않은 이유가 뭐야?”

보슈는 양 팔꿈치를 탁자에 괴고 양손으로 새 맥주병을 잡았다. 그리고 칸막이 좌석 바깥 쪽을 바라본 뒤 매케일렙에게 시선을 돌렸다.

“5년, 아니 10년 전에 FBI에 두 집단이 있었지. 경찰국에서도 대략 비슷했어. 성자와 죄인 같았다고나 할까. 두 집단이 아주 뚜렷하게 달랐으니까.”

“거듭난 사람들과 태어나지 말았어야 하는 사람들?”

“비슷해.”

매케일렙도 기억이 났다. 10년 전 LA 경찰국 내에 ‘거듭난 사람들’이라는 집단이 존재했던 것은 이 일대 수사 기관들 사이에 잘 알려진 이야기였다. 그 집단은 핵심적인 위치의 사람들이 많이 속해 있어서 승진이나 사건 배정을 좌지우지했다. 계급에 상관없이 7백 명이나 되던 그 집단 소속원들은 LA 경찰국의 작전 담당 부국장이 평신도 설교자로 있던, 샌퍼낸도 계곡의 어떤 교회에 다녔다. 야망이 큰 경찰관들이 부국장에게 잘 보여서 승진해 볼 요량으로 떼 지어 그 교회에 나가기 시작한 것이다. 거기에 신앙심이 얼마나 작용했는지는 의문이었다. 하지만 매주 일요일 11시 예배에서 부국장이 설교를 할 때면 교회에는 비번인 경찰관들이 몰려왔다. 설교단을 향해 열렬한 시선을 보내는 그들 때문에 자리가 꽉꽉 차서 서 있을 자리밖에 없을 정도였다. 매케일렙은 예전에 그 11시 예배 도중 주차장에서 자동차 도난 방지 경보가 울린 적이 있다는 얘기를 들은 적이 있었다. 문제의 자동차에서 대시보드 서랍을 뒤지던 재수 나쁜 마약 중독자는 오래지 않아 비번인 경찰관들이 들이댄 1백 여 개의 총구에 둘러싸였다.

"그럼 자네는 죄인 팀이었겠군, 해리."

보슈는 빙긋 웃으며 고개를 끄덕였다.

"당연하지."

"터페로는 성자 팀이었고."

"맞아. 당시 우리 과장도 마찬가지였어. 하비 파운즈라고, 현장은 모르는 사람이었지. 과장하고 터페로는 교회에 같이 다니고 있었기 때문에 아주 끈끈했어. 교회 때문이든 뭐든 파운즈와 끈끈한 관계를 유지한 사람이라면 내가 마음이 끌릴 만한 사람은 아냐. 무슨 말인지 알지? 물론 그쪽에서도 나한테 끌릴 리가 없고."

매케일렙은 고개를 끄덕였다. 내색하지는 않았지만, 무슨 말인지 잘 알 수 있었다.

"건 사건을 망친 게 파운즈로군." 매케일렙이 말했다. "자네가 창밖으로 던져 버린 녀석."

"맞아."

보슈는 고개를 푹 숙이고 자신이 싫다는 듯 마구 흔들었다.

"그날 터페로도 그 자리에 있었어?"

"터페로? 글쎄, 아마 있었을걸."

"그 일 때문에 내사과가 조사하지 않았어?"

"그랬지. 하지만 난 신경 안 썼어. 어쨌든 다들 보는 앞에서 내가 그 놈을 창밖으로 던져 버린 건 사실이잖아. 그걸 부인할 생각은 없었어."

"그러고 나중에… 한 한 달쯤 뒤인가? …파운즈가 산 위의 굴 속에서 시체로 발견됐지."

"맞아. 그리피스 공원이었어."

"그 사건은 아직 미결이고…."

보슈가 고개를 끄덕였다.

"엄밀히 말하면 그렇지."

"자네 전에도 그렇게 말했는데, 그게 무슨 뜻이야?"

"미결이지만 아무도 수사하지 않는다는 뜻이야. LA 경찰국은 그런 사건들을 특별히 분류해 놓고 있어. 건드리고 싶지 않은 사건들 말이야. 그래서 범인 체포 이외의 다른 사정으로 종결되었다고 하지."

"그럼 자네는 그 사정이 뭔지 알아?"

보슈는 두 번째 맥주병을 비운 뒤 옆으로 밀치고 새 맥주병을 앞으로 잡아당겼다.

"자넨 술 안 마셔?" 그가 말했다.

"자네가 내 몫까지 마시고 있잖아. 그 사정이 뭔지 알아?"

보슈는 앞으로 몸을 기울였다.

"이제부터 아주 극소수의 사람들만 아는 얘기를 할 거니까 잘 들어. 알았지?"

매케일렙은 고개를 끄덕였다. 지금은 질문을 던질 때가 아니라는 걸 알 수 있었다. 지금은 보슈의 이야기를 들을 때였다.

"그 창문 사건 때문에 난 정직을 당했어. 나는 그동안 담벼락만 바라보면서 집 근처를 걸어다니는 데도 싫증이 나서 옛날 사건을 조사하기 시작했지. 미제 사건 말이야. 살인 사건인데, 그냥 혼자 그걸 조사하면서 무작정 단서를 추적하다 보니 아주 센 사람들이 연결돼 있는 거야. 하지만 그때 나는 배지도 없고, 경찰 행세를 할 수도 없는 처지라 여기저기 전화를 걸 때 몇 번 파운즈의 이름을 댔어. 내가 뭘 하고 있는지 숨기려고 한 거지."

"자네가 정직 중에 사건을 수사하는 걸 경찰국이 알았다면, 일이 아주 고약해졌겠는데."

"바로 그거야. 그래서 아주 평범하고 별것 아니다 싶은 전화를 걸 때 파운즈의 이름을 쓴 거야. 그런데 어느 날 밤에 누가 파운즈한테 전화를 걸어서 아주 급히 전달할 정보가 있다고 말했어. 그래서 파운즈는 그 사람을 만나러 갔지. 혼자서. 그러고서 나중에 굴 속에서 발견된 거야. 상당히 얻어맞은 몰골이었어. 고문을 당하기라도 한 것처럼. 하지만 사건을 조사한 건 파운즈가 아니었으니, 파운즈는 놈들의 질문에 대답을 할 수 없었겠지. 내가 파운즈의 이름을 사칭한 거니까. 놈들이 원한 건 바로 나였으니까."

보슈는 턱이 가슴에 닿도록 고개를 숙이고 오랫동안 말이 없었다.

"파운즈는 나 때문에 죽은 거야." 보슈가 시선을 들지 않은 채 말했다. "파운즈는 정말이지 형편없는 자식이었지만, 내 행동 때문에 목숨을 잃었어."

보슈는 갑자기 고개를 홱 들고 맥주를 마셨다. 눈이 어둡게 반짝이고 있었다. 피곤한 것 같기도 했다.

"자네가 알고 싶었던 게 그거야, 테리? 이게 수사에 도움이 되겠어?"

매케일렙은 고개를 끄덕였다.

"터페로가 이런 얘기를 얼마나 알고 있을 것 같아?"

"터페로는 전혀 몰라."

"그날 밤에 전화로 파운즈를 불러낸 게 자네라고 생각할 수도 있지 않나?"

"그럴지도 모르지. 옛날에도 그런 사람들이 있었고, 지금도 그렇게 생각하는 사람들이 있을걸. 하지만 그게 뭐? 그게 건이랑 무슨 상관이야?"

매케일렙은 처음으로 맥주를 쭉 들이켰다. 맥주가 차가웠기 때문에 가슴이 서늘해졌다. 그는 맥주병을 내려놓고, 이제 이쪽에서 보슈에게 이야기를 들려줄 때가 되었다고 생각했다.

"내가 터페로에 대해 물어본 건, 범행의 이유와 동기를 알고 싶어서야. 아직은 증거가 하나도 없지만…. 내 생각에는 터페로가 건을 죽인 것 같아. 스토리를 위해서 그랬겠지. 자네를 함정에 빠뜨리려고."

"세상에…."

"아주 완벽한 함정이야. 범죄 현장은 화가 히에로니무스 보슈와 연관되어 있고, 그 화가는 이름이 같은 자네와 연관되어 있고, 자네는 건과 관련이 있어. 스토리가 언제 이런 아이디어를 떠올렸는지 알아?"

보슈는 고개를 저었다. 기가 막혀서 말도 안 나오는 모양이었다.

"자네가 스토리의 사무실에서 면담을 하려고 했던 그날이야. 지난주에 자네가 그때의 녹음 테이프를 법정에서 틀었잖아. 그때 자네가 맨 먼저 자네의 본명을 분명히 말했지."

"그건 항상 하는 일이야. 나는…."

"스토리는 그때 터페로한테 연락한 거야. 터페로는 함정을 만드는 데 딱 맞는 녀석을 알고 있었고. 바로 건이지. 6년 전에 자네가 수사하던 살인 사건에서 유유히 혐의를 벗고 풀려난 녀석."

보슈는 맥주병을 5센티미터쯤 들어올렸다가 탁자에 쾅 하고 내려놓았다.

"놈들은 이중으로 계획을 짰을 거야. 운이 좋으면 경찰이 연관성을 빨리 알아차려서 자네는 스토리의 재판이 시작되기도 전에 살인 혐의를 벗으려고 싸워야 하는 처지가 될 거라고 봤겠지. 만약 일이 그렇게 풀리지 않더라도 또 다른 계획이 있었어. 재판에서 그걸로 자네를 무너뜨리면 되니까. 자네를 무너뜨리면, 재판도 끝나는 거야. 포욱스는 오늘 이미 그 여자를 끝장냈어. 다른 증인들도 몇 명 마구 쏘아 댔고. 그럼 이제 검사들은 누구한테 기댈까? 바로 자네야, 해리. 결국 자네만 남게 될 거라는 걸 놈들은 알고 있었어."

보슈는 고개를 살짝 돌렸다. 흉터투성이인 탁자를 빤히 바라보며 방금 매케일렙이 한 말을 곰곰이 생각하는 그의 눈이 점점 무표정하게 변하는 것 같았다.

"그래서 자네와 터페로의 과거가 궁금했어. 그놈이 왜 이런 짓을 했는지 알아야 하니까. 물론 돈 때문이겠지. 스토리가 무사히 풀려난다면 그걸로 스토리의 약점을 잡을 수도 있고. 하지만 그것만으로는 부족하더라고. 그런데 방금 자네가 해 준 얘기가 바로 그거 같아. 놈은 아주 오래전부터 자네를 미워했을 거야."

보슈는 탁자에서 시선을 들어 매케일렙을 똑바로 바라보았다.

"보복이군."

매케일렙은 고개를 끄덕였다.

"파운즈의 복수야. 우리가 증거를 찾아내지 않으면, 놈이 성공할지도 몰라."

보슈는 아무 말 없이 탁자만 뚫어지게 바라보았다. 피곤해서 녹초가 된 것처럼 보였다.

"그런데도 놈의 편을 들고 싶어?" 매케일렙이 물었다.

보슈가 시선을 들었다.

"미안해, 해리. 내가 쓸데없는 소리를 했어."

보슈는 별것 아니라는 듯 고개를 저었다.

"그런 소리를 들어도 싸지. 말해 봐. 그동안 뭘 얼마나 알아냈어?"

"별로 많지는 않아. 하지만 자네가 옳았어. 내가 놓친 게 있더라고. 새해 전날에 터페로가 건을 보석시켰어. 그날 밤에 건을 죽이고 현장을 꾸민 다음 일이 저절로 굴러가게 하는 게 계획이었을 거야. 히에로니머스 보슈와의 연관성이 제이 윈스턴을 통해서든 VICAP 조회를 통해서든 밝혀지면, 자네는 당연히 용의자가 되는 거지. 그런데 건이 이 술집에 와서 술을 먹고 취해 버렸어."

매케일렙은 병을 들어 바를 가리켰다.

"그러고는 차를 몰고 집으로 가다가 음주 운전으로 경찰에 잡혀 버렸지. 터페로는 계획대로 일을 진행하기 위해 건을 빼내야 했고. 그래야 건을 죽일 수 있으니까. 그 보석 서류가 놈을 직접적으로 연결시키는 유일한 증거야."

보슈는 고개를 끄덕였다. 그도 이제 놈들의 계획이 눈에 보이는 모양이었다.

"그러고는 그 기자한테 슬쩍 귀띔을 해 줬군." 보슈가 말했다. "일단 언론에 보도되기만 하면, 놈들이 달려들어서 이용할 수 있으니까. 자기들은 전혀 몰랐던 일처럼 굴면서 말이지."

매케일렙은 머뭇거리며 고개를 끄덕였다. 버디 로크리지가 정보 누설을 시인했다는 말은 하지 않았다. 지금 만들어지고 있는 가설과는 들어맞지 않기 때문이었다.

"뭐야?" 보슈가 물었다.

"아무것도 아냐. 그냥 생각을 좀 하느라고."

"터페로의 보석 서류 말고는 아무것도 없어?"

"주차 위반 딱지밖에 없어."

매케일렙은 오전에 발렌티노 보석 보증과 우체국에 들렀던 이야기, 48분만 우체국에 일찍 갔더라면 보슈의 누명을 벗기고 터페로를 잡을 수 있었을지도 모른다는 이야기를 자세히 들려주었다.

보슈는 몸을 움찔하며 맥주병을 들어 올렸다가 술을 마시지 않고 다시 내려놓았다.

"주차 위반 딱지는 놈이 우체국에 들렀다는 증거야." 매케일렙이 말했다.

"그래 봤자 아무 의미가 없어. 거기서 다섯 블록 떨어진 곳에 놈의 사무실이 있잖아. 차를 세울 데가 거기밖에 없었다고 놈이 주장하면 돼. 아니면 다른 사람한테 차를 빌려 줬다고 주장할 수도 있고. 그건 아무 소용없어."

매케일렙은 자신들에게 변변한 증거가 없다는 사실을 생각하고 싶지 않았다. 그는 퍼즐의 빈자리를 메우고 싶었다.

"오전 당직 경찰관이 그러는데, 자네가 건이 잡혀올 때마다 알려 달라고 했다며? 터페로도 그걸 알고 있었을까? 경찰에 근무할 때 알았을 수도 있고, 다른 경로로 알았을 수도 있잖아."

"그랬을지도 모르지. 그건 비밀이 아니었으니까. 난 건을 조사하고 있었어. 언젠가 놈을 꺾으려고."

"그건 그렇고, 파운즈는 어떻게 생긴 사람이었어?"

보슈는 어리둥절한 표정으로 매케일렙을 바라보았다.

"키가 작고, 몸집이 떡 벌어지고, 대머리에 콧수염?"

보슈가 고개를 끄덕이며 뭔가 질문을 하려는 듯했지만, 매케일렙은 미리 대답해 버렸다.

"그 사람 사진이 터페로의 사무실 벽에 걸려 있었어. 파운즈가 터페로한테 이달의 형사 명판을 주는 사진. 자네는 그런 것 받아 본 적 없지, 해리?"

"파운즈가 상 줄 사람을 골랐으니 그렇지."

매케일렙이 시선을 들자 제이 윈스턴이 술집 안으로 들어오는 것이 보였다. 서류 가방을 들고 있었다. 매케일렙이 고갯짓을 해서 신호를 보내자 윈스턴이 칸막이 좌석으로 향했다. 마치 쓰레기 매립지를 조심스레 걷는 것처럼 양쪽 어깨를 잔뜩 올리고 있었다.

매케일렙이 옆으로 옮겨서 자리를 내주자 윈스턴이 그 자리에 앉았다.

"좋은 곳이네요."

"해리." 매케일렙이 말했다. "제이 윈스턴 형사 알지?"

보슈와 윈스턴은 서로를 바라보았다.

"먼저…." 윈스턴이 말했다. "키즈 일은 미안해요. 나는…."

"그거야 할 일을 한 것 아닙니까." 보슈가 말했다. "술 마실래요? 여기선 서빙을 해 주지 않는답니다."

"서빙을 해 준다면 그게 오히려 충격일 걸요. 메이커스 마크, 얼음 타서. 그 술이 여기 있을지는 모르지만요."

"테리, 자네는 괜찮아?"

"응."

보슈가 술을 가져오려고 일어섰다. 윈스턴은 매케일렙에게 시선을 돌렸다.

"잘돼 가요?"

"여기저기서 조금씩 줍고 있어요."

"저 사람은 어떻게 받아들이고 있어요?"

"나쁘진 않아요. 꽤나 거창한 혐의를 받은 사람치고는요. 그쪽은 어때요?"

윈스턴은 빙긋 웃었다. 뭔가를 찾아낸 모양이었다.

"사진이랑 두어 가지… 흥미로운… 것들이 있어요."

보슈가 윈스턴 앞에 잔을 내려놓고 자기 자리에 앉았다.

"내가 메이커스 마크를 달라고 했더니 저 여자가 웃던데요." 보슈가 말했다. "여기선 그게 값싼 술이래요."

"끝내주네요. 고마워요."

윈스턴은 잔을 옆으로 밀고 그 자리에 서류 가방을 올렸다. 그리고 가방 안에서 서류철을 하나 꺼낸 뒤, 다시 가방을 닫아 바닥에 내려놓았다. 매케일렙은 윈스턴을 지켜보는 보슈를 지켜보았다. 얼굴에 기대감이 서려 있었다.

윈스턴이 서류철을 열어 5×8 크기의 사진 한 장을 매케일렙에게 밀었다. 루디 터페로였다.

"이건 보석 보증인 허가증에서 가져온 거예요. 11개월 전에 찍은 거죠."

윈스턴은 컴퓨터로 작성한 메모를 살펴보았다.

"카운티 구치소에 가서 스토리에 대해 모든 자료를 뽑아 왔어요. 스토리는 거기 있다가 재판을 위해 밴 나이스 구치소로 이감됐대요. 카운티 구치소에 머무르는 동안 터페로가 스토리를 열아홉 번 찾아왔어요. 스토리가 구치소에 들어온 뒤 3주 동안 찾아온 것만 열두 번이나 돼요. 같은 기간 동안 포욱스가 찾아온 건 겨우 네 번밖에 안 돼요. 포욱스의 사무실에 소속된 변호사가 네 번 추가로 찾아왔고, 스토리의 실행 비서인 베틸다 로킷이라는 여자가 여섯 번 찾아왔어요. 그게 다예요. 스토리가 자기 변호사들보다 이 사립 탐정을 더 많이 만난 거예요."

"그때 계획을 짰을 거예요." 매케일렙이 말했다.

윈스턴은 고개를 끄덕이고는 조금 전과 똑같은 표정으로 빙긋 웃었다.

"뭐예요?" 매케일렙이 물었다.

"제일 좋은 건 마지막까지 남겨 두는 법이잖아요."

윈스턴은 다시 서류 가방을 탁자에 올려놓고 열었다.

"구치소에서는 수감자의 모든 소지품을 기록으로 남겨요. 수감자가 구치소로 들어올 때 가지고 있던 것들, 면회 온 사람들이 허락을 받고 넣어 준 물건들. 스토리의 기록에는 비서인 베틸다 로킷이 두 번째로 면회 왔을 때 스토리에게 책을 넣어 주었다고 적혀 있어요. 소지품 보고서에 따르면, 책의 제목은《어둠의 예술(The art of darkness)》이에요. 내가 시내 도서관에 가서 어떤 책인지 알아봤어요."

윈스턴은 서류 가방에서 파란색 천으로 표지를 싼 크고 무거운 책을 꺼냈다. 그리고 탁자 위에서 책을 펼쳤다. 노란색 포스트잇이 책갈피에서 튀어나와 있었다.

"서론에 따르면, 어둠을 시각적 매체의 필수적인 일부로 활용했던 예술가들을 연구한 책이래요."

윈스턴은 고개를 들고 씩 웃으며 포스트잇으로 표시해둔 부분을 펼쳤다.

"여기 히에로니무스 보슈에 관한 장(章)이 길게 이어져요. 그림까지 있어요."

매케일렙은 자신의 빈 맥주병을 들고 윈스턴의 잔에 챙 하고 부딪혔다. 윈스턴은 아직 잔에 손도 대지 않은 상태였다. 매케일렙은 보슈와 함께 앞으로 몸을 기울이고 책을 들여다보았다.

"아름답군요." 매케일렙이 말했다.

윈스턴이 책장을 넘겼다. 책에는 보슈의 그림들 중에서 범죄 현장과 비슷한 장면들이 있는 모든 작품이 포함되어 있었다. 〈돌 수술〉, 하나님의 눈이 있는 〈일곱 가지 죄악〉, 〈최후의 심판〉, 〈세속적인 기쁨의 정원〉.

"바로 감방에서 계획을 짠 거잖아요." 매케일렙은 놀라움을 금치 못했다.

"그런 것 같죠?" 윈스턴이 말했다.

두 사람 모두 보슈를 바라보았다. 보슈는 거의 알아보기 힘들 만큼 살짝 고개를 주억거렸다.

"이제 자네 차례야, 해리." 매케일렙이 말했다.

보슈는 어리둥절한 표정이었다.

"내 차례라니?"

"스스로 행운을 만들 차례라고."

매케일렙은 터페로의 사진을 보슈에게 밀어주며 고갯짓으로 바텐더를 가리켰다. 보슈는 자리에서 일어나 사진을 들고 바텐더에게 갔다.

"우린 아직 가장자리에서만 왔다 갔다 하고 있어요." 윈스턴이 말했다. 두 사람은 보슈가 사진에 대해 바텐더에게 물어보는 광경을 지켜보는 중이었다. "우리 손에 있는 건 작은 퍼즐 조각들뿐이에요."

"나도 알아요." 매케일렙이 말했다. 바텐더와 보슈 사이에 오가는 대화는 들리지 않았다. 음악 소리가 너무 컸다. 밴 모리슨이 '야성의 밤이 오고 있다(The wild night is coming)'를 부르는 중이었다.

보슈가 바텐더에게 고개를 끄덕하고 칸막이 좌석으로 돌아왔다.

"바텐더가 이놈 얼굴을 알아봤어. 칼루아를 마셨다는군. 게다가 하필이면 크림까지. 하지만 건과 같은 시각에 술집 안에 있었는지는 모르겠대."

매케일렙은 별일 아니라는 듯 어깨를 으쓱했다.

"그래도 한번 물어볼 필요는 있었어."

"앞으로 일이 어떻게 진행될지 자네는 알지?" 보슈가 매케일렙에게서 윈스턴에게로, 그리고 다시 매케일렙에게로 시선을 옮기며 말했다. "연극을 해야 할 거야. 그 방법밖에 없을걸. 그것도 아주 훌륭한 연극이어야 해. 내 목이 달려 있으니까."

매케일렙은 고개를 끄덕이며 말했다.

"우리도 알아."

"언제 할 거야? 난 시간이 별로 없어."

매케일렙은 윈스턴을 바라보았다. 결정권은 윈스턴에게 있었다.

"곧 할 거예요." 윈스턴이 말했다. "어쩌면 내일이 될지도 모르죠. 아직 우리 사무실에 이 얘기를 안 했어요. 우리 과장한테 말할 때는 머리를 잘 써야 돼요. 과장은 테리 씨가 수사에서 손을 뗐고, 나는 FBI 요원들과 함께 보슈 형사를 조사하는 줄 아니까요. 게다가 지방 검사도 이 일에 끌어들여야 해요. 일단 움직이기 시작하면, 빨리 움직여야 하잖아요. 일이 잘만 되면 내일 밤까지는 터페로를 잡아서 한바탕 연극을 할 수 있을 거예요."

보슈는 씁쓸한 미소를 지으며 탁자를 내려다보았다. 그러면서 양손으로 빈 맥주병을 번갈아 이쪽저쪽으로 밀었다.

"나도 오늘 그 친구들을 만났어요. 요원들."

"들었어요. 그 사람들한테 무고하다는 인상을 확실히 심어 주지는 못한 것 같던데요? 둘 다 완전히 골이 나서 씩씩대며 들어왔어요."

보슈가 시선을 들었다.

"그럼 나는 뭘 해야 합니까?"

"그냥 가만히 앉아 계세요." 윈스턴이 말했다. "내일 밤 일에 대해서는 나중에 연락할게요."

보슈는 고개를 끄덕였다.

"한 가지가 더 있어요." 매케일렙이 말했다. "재판 때 제출된 증거품들 말인데, 자네가 그걸 볼 수 있나?"

"재판 중에는 가능해. 평소에는 사무원이 가지고 있고. 왜?"

"스토리가 화가 히에로니무스 보슈에 대해 틀림없이 전부터 알고 있었던 것 같거든. 자네랑 면담 중에 그 이름을 알아차리고, 계획을 떠올렸을 거야. 그래서 말인데, 비서가 구치소로 가져다 주었다는 그 책이 아마 스토리 본인의 책일걸. 비서한테 가져오라고 시켰을 거야."

보슈는 고개를 끄덕였다.

"책꽂이 사진 말이군."

매케일렙이 고개를 끄덕였다.

"바로 그거야."

"내가 살펴보고 연락하지." 보슈는 주위를 둘러보았다. "이제 얘기는 끝났나?"

"끝났어요." 윈스턴이 말했다. "나중에 연락하죠."

윈스턴이 먼저 일어서고 보슈와 매케일렙이 그 뒤를 따랐다. 탁자 위에는 맥주 두 병과 얼음을 탄 위스키 한 잔이 손도 대지 않은 채 그대로 남았다. 문 앞에서 매케일렙이 칸막이 좌석 쪽을 흘깃 바라보았더니 술꾼 두 명이 보물을 노리고 움직이고 있었다. 주크박스에서는 존 포거티가 '나쁜 달이 뜨고 있어…(There's a bad moon on the rise…)'를 부르는 중이었다.

41 오해

물의 차가운 기운이 매케일렙의 뼛속까지 파고들었다. 매케일렙은 양손을 점퍼 주머니 속에 깊숙이 찔러 넣고, 거북이처럼 최대한 목을 집어넣은 채 카브리요 마리나 부두를 향해 조심스레 통로를 걸어 내려갔다.

턱을 숙인 상태였지만, 눈은 긴장한 채 혹시 이상한 점은 없는지 부두를 살피고 있었다. 주의를 끄는 것은 하나도 없었다. 서핑보드, 자전거, 가스 열판, 바다용 카약 등 여러 장비와 잡동사니들이 갑판에 잔뜩 놓여 있는데도 선실에 불이 들어와 있는 것이 보였다. 매케일렙은 나무 판자 위를 조용히 걸었다. 버디가 깨어 있든 아니든 이미 시간이 너무 늦었다는 생각이 들었다. 너무 피곤하고 추워서 이른바 동업자라는 인간을 상대할 엄두도 나지 않았다. 그런데도 매케일렙은 더 팔로잉 시호로 다가가면서 이번 사건에 대한 자신의 가설에서 날카롭게 튀어나와 있는 이상한 부분을 자꾸 생각할 수밖에 없었다. 아까 술집에서 보슈가 스토리 진영의 누군가가 건 사건에 관한 정보를 〈뉴 타임스〉에 흘렸을 거라고 추측한 것은 정확했다. 매케일렙은 사건에 관한 자신의 가설이 무너지지 않으려면, 터페로나 포욱스가 잭 매커보이의 취재원이어야 한다는 사실을 잘 알고 있었다. 어쩌면 구치소에 갇혀 있던 스토리 본인이 취재원일 수도 있었다. 문제는 버디 로크리지가 그 주간지에 정보를 흘렸다고 매케일렙에게 직접 시인했다는 점이었다.

그렇다면 이제 가설이 성립할 수 있는 유일한 길은, 스토리 진영의 누군가와 버디가 모두 같은 매체에 같은 정보를 흘렸다고 보는 것이었다. 적어도 매케일렙이 생각하기로는 그랬다. 하지만 이런 우연의 일치는, 원래 우연의 일치를 잘 믿는 사람이라도 쉽게 받아들이기 힘들 터였다.

매케일렙은 잠시 이런 생각을 떨쳐 버리려고 애썼다. 마침내 배에 다다르자 그는 다시 한 번 주위를 둘러보고 조종실로 내려갔다. 그리고 미닫이문의 잠금장치를 열고 들어가 불을 켰다. 아침에 버디에게 가서 그가 누구에게 무엇을 이야기했는지 좀 더 자세히 물어볼 작정이었다.

매케일렙은 문을 잠그고 열쇠와 비디오테이프를 해도 탁자에 놓았다. 그러고는 곧장 취사실로 가서 커다란 잔에 오렌지 주스를 따랐다. 그는 위층 갑판 불을 끈 뒤 주스를 들고 아래층 갑판으로 내려가서 화장실에서 매일 저녁마다 그랬듯이 약을 먹기 시작했다. 약과 오렌지 주스를 삼키면서 그는 세면대 위의 작은 거울 속에 비친 자신의 모습을 보았다. 그리고 아까 본 보슈의 모습을 생각했다. 눈가에 피곤이 짙게 자리 잡고 있었다. 매케일렙은 자신도 몇 년 동안 사건을 몇 개 더 맡고 나면 그렇게 변할지 궁금했다.

약을 다 먹은 뒤 그는 옷을 벗고 재빨리 샤워를 했다. 전날 배를 타고 만을 건너온 뒤로 온수기를 켠 적이 없기 때문에 물이 얼음처럼 차가웠다.

매케일렙은 덜덜 떨면서 중앙 선실로 가서 반바지와 트레이닝복 상의를 입었다. 죽을 만큼 피곤했지만, 침대에 든 뒤 제이 윈스턴이 터페로와 연극을 할 때 어떻게 해야 하는지에 관해 떠오른 아이디어들을 메모해야겠다는 생각이 들었다. 매케일렙은 펜과 메모지를 놓아둔 협탁 서랍으로 손을 뻗었다. 그런데 서랍을 열었더니 그 좁은 공간 안에 접은 신문지가 비좁게 들어 있었다. 그것을 꺼내서 펼쳐 보니 지난주에 발행된 〈뉴 타임스〉였다. 신문이 뒤쪽으로 접혀 있었기 때문에, 원래 뒤에 실려 있는 광고들이 앞쪽으로 나와 있었다. 매케일렙은 '출장 마사지'라는 제목 밑에, 종이 성냥 크기만 한 광고들이 가득한 광고면을 바라보았다.

그러다가 벌떡 일어나서 자신의 점퍼를 가지러 갔다. 점퍼는 아까 의자에 던져 둔 채였다. 매케일렙은 주머니에서 휴대전화를 꺼내 다시 침대로 돌아왔다. 최근 며칠 동안은 휴대전화를 가지고 다녔지만, 평소에는 배에 있는 충전기에 꽂아 둘 때가 많았다. 휴대전화 사용료는 용선 사업 경비로 처리되었다. 이 전화기를 사용하는 사람은 대개 배를 빌려서 낚시를 하던 손님들과 버디 로크리지였다. 버디는 이 전화기로 예약을 확인하고 신용 카드 승인을 받았다.

매케일렙은 전화기 화면에 뜬 메뉴를 죽 훑어보다가 통화 기록을 꺼내서 마지막 1백 통의 기록을 살펴보기 시작했다. 대부분의 번호는 그가 아는 것이라서 그냥 지워 버렸다. 그러다가 알 수 없는 번호가 나오면 마사지 광고들에 실린 전화번호와 비교해 보았다. 네 번째로 나온 미지의 번호가 신문에 실린 전화번호와 똑같았다. 자신을 "이국적인 일본계 하와이 미인"이라고 소개한 레일라니라는 여자의 광고였다. 그 여자는 광고에서 "완벽하게 긴장을 풀게 해 주는 서비스"가 전문이라며 마사지 업체들과는 전혀 관계가 없다고 주장했다.

매케일렙은 전화기를 닫고 다시 침대에서 나왔다. 그리고 사건에 관한 정보를 〈뉴 타임스〉에 누설했다며 자신이 버디 로크리지를 비난할 때 정확히 무슨 대화가 오갔는지를 떠올리려고 애쓰며 트레이닝복 바지를 입었다.

옷을 다 입었을 때쯤, 매케일렙은 자신이 버디에게 신문사에 정보를 누설했다는 말을 정확히 하지 않았음을 깨달았다. 매케일렙은 다만 〈뉴 타임스〉라는 이름을 언급했을 뿐이고, 버디는 그 말을 듣자마자 사과하기 시작했다. 버디가 곤혹스러운 표정으로 사과를 했던 것은 더 팔로잉 시 호가 마리나에 정박해 있을 때 거기서 출장 마사지사를 부른 일 때문이었음을 이제야 알 수 있었다. 버디가 매케일렙에게 자신이 한 짓을 그래시엘라에게도 말할 거냐고 물은 이유도 이해가 갔다.

매케일렙은 손목시계를 확인했다. 11시 10분이었다. 그는 신문을 쥐고 위층 갑판으로 올라갔다. 이걸 확인하려고 아침까지 기다리고 싶지 않았다. 버디가 더 팔로잉 시 호에서 여자를 만난 건 아마 자신의 배가 너무 작고 비좁아서 가까이 가기 싫은 고물처럼 보이기 때문이었을 것이다. 버디의 배에는 중앙 선실도 없었다. 위층 갑판과 마찬가지로 갖가지 잡동사니가 잔뜩 흩어져 있는 널찍한 공간이 있을 뿐이었다. 그러니 버디는 더 팔로잉 시 호를 이용할 기회가 생겼을 때, 그 기회를 잡았을 것이다.

거실에서 매케일렙은 귀찮아서 불도 켜지 않고, 소파 위로 몸을 기울여 창문을 통해 배 왼쪽을 내다보았다. 버디의 배인 더블다운 호는 네 칸 너머에 있어서 선실에 여전히 불이 들어와 있는 것이 보였다. 버디가 불을 켜 놓은 채로 뻗어 버린 것이 아니라면 아직 깨어 있다는 뜻이었다.

매케일렙은 미닫이문으로 가서 잠금장치를 열려다가 이미 문이 1센티미터 남짓 열려 있음을 깨달았다. 누군가가 배 안에 있다는 뜻이었다. 잠금장치가 열리는 소리나 배에 다른 사람의 무게가 실리는 느낌을 알아차리지 못한 것을 보면, 십중팔구 매케일렙이 샤워를 하는 중에 들어왔을 것이다. 매케일렙은 도망치려고 재빨리 미닫이문을 활짝 열었다. 그러고는 막 밖으로 발을 내디디려는데 누가 뒤에서 그를 잡았다. 누군가의 팔이 그의 오른쪽 어깨를 넘어와 목을 눌렀다. 그의 목은 팔꿈치에서 구부러진 그 팔의 V자 형 팔오금 속에 갇혔다. 괴한의 다른 팔이 매케일렙의 목 뒤를 받쳤기 때문에, 양팔이 삼각형을 그린 꼴이 되었다. 그 단단한 팔이 바이스처럼 매케일렙의 목 양쪽을 죄어 들어오며 뇌로 산소를 운반해 주는 경동맥을 눌렀다. 매케일렙은 지금 자신에게 벌어지고 있는 일을 의사 못지않게 잘 알고 있었다. 교과서적인 목 조이기에 당한 것이다. 매케일렙은 몸부림을 치며 양팔을 들어 올려 목 양편을 감싼 팔 밑으로 손가락을 집어넣으려고 했다. 하지만 아무 소용이 없었다. 이미 몸에서 힘이 빠져나가고 있었다.

괴한이 그를 질질 끌며 어두운 거실 안으로 다시 들어갔다. 매케일렙은 괴한이 오른손으로 왼팔을 잡고 있는 부분에 자신의 왼손을 뻗었다. 삼각형의 약점이 바로 그곳이었다. 하지만 힘을 지탱해 줄 것이 전혀 없는 데다가, 몸에서 힘도 빠르게 빠져나가고 있었다. 매케일렙은 고함을 지르려고 했다. 혹시 버디가 들을 수 있을지도 모르니까. 하지만 목소리가 나오지 않았다.

매케일렙은 또 다른 방어책을 기억해 냈다. 그래서 오른발을 들어 발꿈치로 괴한의 발을 찍었다. 마지막 남은 힘을 모두 쏟아부은 동작이었다. 하지만 겨냥이 빗나갔다. 매케일렙의 발꿈치는 그냥 바닥을 찍었고, 괴한은 또 한 걸음 뒤로 물러나면서 매케일렙을 거칠게 잡아끌었다. 그 바람에 균형을 잃은 매케일렙은 다시 발 찍기를 시도할 수 없었다.

순식간에 의식이 희미해졌다. 거실 문을 통해 보이는 마리나의 불빛들이 불그스름한 선으로 둘러싸인 어둠에 점점 밀려났다. 매케일렙이 마지막으로 생각한 것은 고전적인 목 조이기에 자신이 붙들려 있다는 사실이었다. 이것은 예전에 전국의 경찰 학교에서 가르치던 공격법이었지만, 이 방법 때문에 목숨을 잃는 사람이 너무 많아져서 지금은 가르치는 곳이 없었다.

하지만 이런 생각조차 금방 어디론가 사라져 버리고, 불빛도 더 이상 보이지 않게 되었다. 그리고 어둠이 다가와 그를 집어삼켰다.

42 침입자

매케일렙은 어깨와 허벅지에 엄청난 근육통을 느끼며 깨어났다. 눈을 뜨자 중앙 선실 침대에 자신이 엎드려 있음을 알 수 있었다. 머리는 왼뺨을 아래로 한 채 매트리스에 납작하게 눌려 있었고, 그의 눈앞에는 침대 머리판이 있었다. 잠시 시간이 흐른 뒤에야 그는 버디 로크리지를 만나러 가려다가 뒤에서 괴한의 공격을 받았음을 떠올렸다.

매케일렙은 완전히 의식을 회복하고 쿡쿡 쑤시는 근육에서 긴장을 풀려고 애썼지만, 몸을 전혀 움직일 수 없었다. 손목은 등 뒤에서 묶여 있고, 다리는 무릎에서 뒤로 꺾인 채 누군가의 손에 붙들려 있었다.

매케일렙은 매트리스에서 고개를 들어 돌리려고 해 보았다. 하지만 고개를 충분히 들어 올릴 수가 없었다. 매케일렙은 다시 고개를 떨어뜨리고 왼쪽으로 돌렸다. 그러다 다시 고개를 들어 방향을 틀자 침대 바로 옆에 서서 웃고 있는 루디 터페로가 보였다. 그는 장갑을 낀 손으로 매케일렙의 발을 붙들고 있었다. 발목에서 하나로 묶인 매케일렙의 다리는 허벅지를 향해 뒤로 꺾인 상태였다.

갑자기 모든 것이 분명해졌다. 매케일렙은 자신이 알몸이며, 에드워드 건의 시체와 똑같은 자세로 묶여 있음을 깨달았다. 히에로니무스 보슈의 그림에 나왔던, 몸을 뒤로 둥글게 구부린 자세. 차가운 공포가 가슴속에서 폭발했다. 매케일렙은 본능적으로 다리 근육을 움직였다. 하지만 터페로가 이미 대비를 하고 있었기 때문에 매케일렙의 발은 꼼짝도 하지 않았다. 머리 뒤에서 세 번 찰칵거리는 소리가 들렸다. 목에 끈이 묶여 있는 것이 느껴졌다.

"진정해." 터페로가 말했다. "진정하라고. 아직은 아냐."

매케일렙은 움직임을 멈췄다. 터페로는 매케일렙의 발목을 계속 허벅지 뒤쪽을 향해 잡아당겼다.

"전에도 이런 장면을 본 적이 있지?" 터페로가 사무적으로 말했다. "오늘은 조금 달라. 플라스틱 끈을 몇 개 매달아 놨거든. LA의 모든 경찰관들이 자동차 트렁크 안에 넣고 다니는 물건 말이야."

매케일렙은 터페로의 말이 무슨 뜻인지 이해했다. 플라스틱 끈은 원래 전선들을 한데 묶을 목적으로 발명된 것이지만, 경찰관들은 가끔 발생하는 소요 사태 때 많은 사람들을 체포하게 되는 경우에도 그 물건을 유용하게 쓸 수 있음을 알아차렸다. 경찰관이 가지고 다닐 수 있는 수갑은 한 개뿐이었지만, 플라스틱 끈은 수백 개나 가지고 다닐 수 있었다. 이 플라스틱 끈을 손목에 두른 뒤 한쪽 끝을 잠금장치 속에 밀어 넣으면 끝이었다. 플라스틱 끈에 파놓은 작은 홈들이 찰칵거리며 잠금장치 속에 맞물려 들어가면, 끈이 더욱 단단하게 죄어들었다. 그 끈을 제거하려면 자르는 수밖에 없었다. 매케일렙은 방금 들린 그 찰칵 소리가 자신의 목에 플라스틱 끈이 채워지는 소리였음을 깨달았다.

"그러니까 조심해." 터페로가 말했다. "절대 움직이면 안 돼."

매케일렙은 얼굴을 매트리스에 내려놓았다. 여기서 탈출할 방법을 찾느라 머리가 무서운 속도로 돌아갔다. 터페로를 자극하면 시간을 좀 벌 수 있을 것 같았다. 하지만 그렇게 시간을 벌어서 뭘 할 수 있을까?

"날 어떻게 찾았나?" 매케일렙은 매트리스에 얼굴을 묻은 채 말했다.

"그거야 쉽지. 내 남동생이 내 가게에서부터 당신을 미행해서 자동차 번호를 봤거든. 당신, 주위를 좀 더 자주 둘러보면서 미행하는 사람이 없는지 확인하는 버릇을 들여야겠어."

"기억해 두지."

매케일렙은 놈의 계획을 알 것 같았다. 매케일렙이 건의 살인범을 거의 알아내자, 범인이 매케일렙을 처치한 것처럼 보일 것이다. 매케일렙은 다시 고개를 돌려 터페로를 바라보았다.

"네 뜻대로는 안 될 거야, 터페로." 그가 말했다. "사람들이 다 알아. 보슈가 범인이라고 믿지 않을걸."

터페로는 매케일렙을 내려다보며 씩 웃었다.

"제이 윈스턴 말인가? 그 여자는 걱정 마. 여기서 당신이랑 볼일이 끝나면 그 여자한테도 찾아갈 생각이니까. 웨스트 할리우드 윌로비 8801번지 아파트 6호. 그 여자도 찾기 쉬웠어."

터페로는 비어 있는 손을 들어 피아노나 타자를 치는 것처럼 손가락을 움직였다.

"손가락으로 유권자 등록부 속을 돌아다니면 되거든. 난 그걸 시디롬에 담아서 갖고 있어. 그 여자는 민주당 지지자로 등록돼 있던데. 당신도 짐작했었나? 민주당에 투표하는 강력반 형사라니. 세상엔 놀라운 일이 참 많아."

"그 여자뿐만이 아냐. FBI도 조사 중이야. 너는…."

"그 친구들은 보슈한테 붙어 있지. 내가 아니라. 오늘 법정에서 그 친구들을 봤어."

터페로는 손을 뻗어 플라스틱 끈 하나를 매케일렙의 다리에서 목 쪽으로 툭 쳤다.

"그리고 이것들이 틀림없이 그 친구들을 보슈 형사한테 곧장 이끌어줄걸."

터페로는 자신의 천재적인 계획에 감탄하며 빙긋 웃었다. 훌륭한 계획이라는 것을 매케일렙도 알 수 있었다. 트윌리와 프리드먼은 자동차 양편에서 차를 쫓아 달리는 개들처럼 보슈의 뒤를 쫓을 것이다.

"움직이지 마."

터페로가 매케일렙의 발을 놓고 시야에서 사라졌다. 매케일렙은 다리가 펴지지 않게 하려고 힘을 주었다. 순식간에 다리 근육이 화끈거리기 시작했다. 그 자세를 오래 유지할 힘이 없다는 것은 매케일렙 자신도 잘 알고 있었다.

"제발…."

터페로가 다시 시야에 들어왔다. 그는 기쁜 듯이 웃으면서 양손으로 플라스틱 올빼미를 들고 있었다.

"이걸 저 아래에 있는 어떤 배에서 가져왔지. 좀 낡았지만 효과는 좋을 거야. 이제 윈스턴한테 줄 걸 하나 더 구하러 가야겠어."

터페로는 올빼미를 둘 곳을 찾으려는 듯이 선실 안을 둘러보았다. 그러고는 붙박이 책상 위의 선반에 올빼미를 올려놓고 매케일렙을 다시 바라본 뒤, 올빼미의 시선이 매케일렙에게 향하게 위치를 조정했다.

"완벽해." 그가 말했다.

매케일렙은 눈을 감았다. 근육이 부들부들 떨리는 것이 느껴졌다. 딸의 모습이 머릿속에 떠올랐다. 아이는 그의 품에 안겨 그를 바라보면서 걱정하거나 겁낼 필요가 없다고 말하고 있었다. 그것이 위안이 되었다.

매케일렙은 아이의 얼굴에 정신을 집중했다. 그랬더니 웬지 아이의 머리카락 냄새까지 맡을 수 있을 것 같았다. 눈물이 흘러내리고, 다리에서 점점 힘이 풀렸다. 플라스틱 끈이 또 찰칵하고 잠기는 소리가 들리더니….

터페로가 그의 다리를 붙잡았다.

"아직은 안 돼."

뭔가 단단한 것이 매케일렙의 머리에 쾅 하고 부딪힌 뒤 그의 몸 바로 옆의 매트리스에 쿵 하고 떨어졌다. 고개를 들고 눈을 떠 보니 우체국 보안 책임자 루카스에게서 빌려 온 비디오테이프였다. 루카스가 테이프에 붙여 준, 하늘을 나는 독수리 모양의 우체국 로고가 보였다.

"당신이 어떻게 생각할지 모르지만, 목 조이기 때문에 당신이 잠들어 있는 동안 내가 당신 VCR에 들어 있던 이 테이프를 봤어. 그런데 여기 아무것도 없던데? 공테이프였다고. 어떻게 된 거야?"

매케일렙은 한 줄기 희망을 보았다. 자신이 아직 살아 있는 것은 순전히 그 테이프 때문임을 알 수 있었다. 터페로는 그 테이프를 보고 수많은 의문을 갖게 되었을 것이다. 그것이 기회였다. 매케일렙은 그 기회를 자신에게 이롭게 이용할 방법을 짜냈다. 테이프에는 아무것도 없는 것이 당연했다. 매케일렙은 터페로를 붙잡아서 연극으로 속일 때 그 테이프를 소도구로 이용할 계획이었다. 확실한 증거를 갖고 있는 것처럼 그 테이프로 허세를 부리는 것이다. 매케일렙과 윈스턴은 그 테이프를 들고 터페로에게 그가 우편환을 보내는 모습이 그 안에 있다고 말할 것이다. 하지만 테이프를 실제로 틀지는 않을 것이다. 매케일렙은 그 테이프가 아직 쓸모가 있을지도 모른다는 생각이 들었다. 원래 계획과는 반대의 방법으로.

터페로가 매케일렙의 발목을 세게 아래로 밀쳤다. 발목이 거의 엉덩이에 닿을 만큼 강한 힘이었다. 매케일렙은 신음했다. 터페로가 힘을 뺐다.

"내가 질문을 했잖아, 이 새끼야. 그러니까 빨랑 대답해."

"그건 아무것도 아냐. 처음부터 공테이프였어."

"웃기는 소리. 색인표에 '12월 22일'이라고 돼 있는데? '윌콕스 감시'라는 말도 있고. 그런데 왜 공테이프야?"

터페로는 매케일렙의 다리를 다시 세게 눌렀지만, 조금 전처럼 힘을 주지는 않았다.

"알았어, 사실을 말해 주지. 말한다고."

매케일렙은 심호흡을 하며 긴장을 풀려고 애썼다. 몸이 순간적으로 정지하고 허파에 공기가 가득해졌을 때, 배가 움직이는 것 같았다. 바다의 물살에 실려 규칙적으로 오르락내리락하는 것과는 다른 움직임이었다. 누군가가 배에 오른 것이다. 그럴 만한 사람은 버디 로크리지뿐이었다. 그리고 만약 정말로 버디라면, 버디 역시 자신의 죽음을 향해 곧장 걸어 들어오는 꼴이 될 가능성이 높았다. 매케일렙은 로크리지에게 빨리 나가라고 경고하기 위해 일부러 큰 목소리로 빠르게 말하기 시작했다.

"그건 그냥 소도구였어. 우린 너한테 허세를 부리면서, 네가 올빼미를 산 우편환을 사는 장면이 그 테이프에 있다고 말할 작정이었어. 네가 스토리한테 등을 돌리게 만드는 게 우리 계획이었으니까. 그놈이 구치소에서 계획을 짰다는 건 이미 알고 있어. 넌 그저 명령을 따랐을 뿐이잖아. 경찰은 너보다 스토리를 더 원해. 그래서 내가…."

"알았어. 닥쳐!"

매케일렙은 입을 다물었다. 터페로가 배의 이상한 움직임을 느끼거나 무슨 소리를 들은 건 아닌지 궁금했다. 하지만 터페로가 침대에서 테이프를 들어 올리는 것이 보였다. 터페로가 매케일렙의 말을 듣고 뭔가를 골똘히 생각하게 된 것 같았다. 한참 침묵이 흐른 뒤 마침내 터페로가 입을 열었다.

"넌 거짓말쟁이야, 매케일렙. 이 테이프는 그 다중 감시 시스템에서 나왔을걸. 그러니까 보통 VCR로는 볼 수 없을 거야."

온몸의 근육들이 아프다고 비명을 질러 대지만 않았더라면, 매케일렙은 아마 미소를 지었을 것이다. 터페로를 속여 넘긴 것이다. 지금 그는 침대 위에서 손발이 묶여 있지만, 자신을 이렇게 묶은 놈을 조종하고 있었다. 터페로가 스스로 짠 계획을 다시 검토하게 만들었으니까.

"또 누가 이거 복사본을 갖고 있지?" 터페로가 물었다.

매케일렙은 대답하지 않았다. 아까 배가 움직인다고 느낀 것이 착각이었다는 생각이 들기 시작했다. 그 뒤로 시간이 너무 많이 흘렀다. 배 안에 다른 사람은 없었다.

터페로가 테이프로 매케일렙의 뒤통수를 세게 두드렸다.

"또 누가 복사본을 갖고 있냐고 물었잖아."

그의 목소리가 조금 달라져 있었다. 자신감이 조금 사라지고, 자신의 완벽한 계획에 결함이 생겼다는 두려움이 그 자리를 대신했다.

"시끄러." 매케일렙이 말했다. "그냥 하려던 일이나 하시지. 어차피 누가 복사본을 갖고 있는지 금방 알게 될 거 아냐."

터페로가 매케일렙의 다리를 아래로 누르며 그의 몸 위로 자기 몸을 수그렸다. 매케일렙의 귓가에 터페로의 숨결이 느껴졌다.

"잘 들어, 이 망할…."

매케일렙 뒤쪽에서 갑자기 커다랗게 쿵쾅거리는 소리가 났다.

"꼼짝 마!" 누군가가 외쳤다.

바로 그 순간 터페로가 일어나며 매케일렙의 다리를 놓았다. 이 갑작스러운 변화와 시끄러운 소리 때문에 화들짝 놀란 매케일렙은 자기도 모르게 온몸의 근육을 한꺼번에 움직였다. 그의 몸을 결박한 끈 여러 군데에서 플라스틱 끈이 찰칵찰칵 닫히는 소리가 났다. 그리고 그 연쇄 반응으로 그의 목을 감싼 플라스틱 끈이 단단히 당겨지면서 잠겨 버렸다. 매케일렙은 다리를 들어 올리려고 했지만, 이미 플라스틱 끈이 다 잠겨 버린 뒤였다. 끈이 그의 목을 파고들었다. 목으로 공기가 들어오지 않았다. 입을 열었지만 목소리도 나오지 않았다.

43 총격

해리 보슈는 아래층 선실 문간에 서서 루디 터페로에게 총을 겨누고 있었다. 방 안을 둘러본 그의 눈이 휘둥그레졌다. 테리 매케일렙이 알몸으로 침대에 엎드려 있고, 팔과 다리가 뒤에서 묶여 있었다. 플라스틱 끈 여러 개가 그의 손목과 발목을 하나로 묶어 버린 상태였다. 그리고 줄 하나가 발목에서부터 손목 아래를 지나 목을 감고 있었다. 매케일렙의 얼굴은 보이지 않았지만, 플라스틱 끈이 목을 파고들면서 피부가 검붉은 색으로 변하는 것이 보였다. 목이 졸려서 점점 질식하고 있는 것이다.

"돌아서." 보슈는 터페로에게 고함을 질렀다. "벽에 붙어 서."

"저 친구를 도와줘야지, 보슈. 당신이…."

"벽에 붙어 서라고 했지! 당장!"

보슈는 자신의 말을 강조하기 위해 총을 터페로의 가슴 높이로 들어올렸다. 터페로는 양손을 들고 벽을 향해 돌아섰다.

"알았어, 알았어. 돌아선다고."

터페로가 몸을 돌리자마자 보슈는 재빨리 방으로 들어와 덩치 큰 터페로를 벽으로 밀었다. 그리고 매케일렙을 흘깃 바라보았다. 이제 그의 얼굴이 보였다. 안색이 점점 붉어지고, 눈은 금방이라도 튀어나올 것 같았다. 입을 벌리고 필사적으로 숨을 쉬려 했지만 소용이 없었다.

보슈는 터페로의 등에 총구를 대고 누르면서 다른 손으로 터페로의 몸을 뒤져 무기가 있는지 확인했다. 터페로의 허리띠에 권총이 있었다. 보슈는 그 총을 꺼낸 뒤 뒤로 물러서서 다시 매케일렙을 보았다. 시간이 없었다. 하지만 터페로를 묶어 두면서 동시에 매케일렙에게 달려가 줄을 끊어 주기가 쉽지 않았다. 그런데 그 순간 갑자기 방법이 떠올랐다. 보슈는 뒤로 물러나서 총을 든 양손을 나란히 한데 모아 머리 위로 들어 올렸다가 총자루 끝으로 터페로의 머리를 세게 내리쳤다. 터페로는 벽을 향해 앞으로 휘청거리다가 바닥에 쓰러져 꼼짝도 하지 않았다.

보슈는 몸을 돌려 침대에 총 두 개를 모두 내려놓고 재빨리 열쇠를 꺼냈다.

"조금만 참아, 조금만 참아."

그는 손가락으로 열쇠고리를 할퀼 듯이 서두르면서 열쇠고리에 붙어 있는 펜나이프의 칼날을 꺼냈다. 그리고 매케일렙의 목을 파고든 플라스틱 끈으로 손을 뻗었지만, 그 밑으로 손가락을 집어넣을 수 없었다. 보슈는 매케일렙을 옆으로 눕히고 목 앞쪽의 끈 밑으로 재빨리 손가락을 집어넣었다. 그리고 그 틈으로 칼날을 넣어 끈을 잘랐다. 칼끝이 매케일렙의 목에 살짝 생채기를 냈다.

매케일렙은 무시무시한 소리를 내며 공기를 꿀꺽꿀꺽 들이마셨다. 그러면서 동시에 뭐라고 말을 하려고 애썼다. 하지만 산소를 마시려는 본능적인 충동이 더 강했기 때문에 무슨 말인지 알아들을 수 없었다.

"닥치고 숨이나 쉬어!" 보슈가 고함을 질렀다. "그냥 숨이나 쉬라고!"

매케일렙이 숨을 한 번 들이쉴 때마다 몸속에서 가래 끓는 소리가 났다. 목에 빨간 선이 생생하게 나 있었다. 보슈는 혹시 기도나 후두나 동맥이 상하지 않았는지 보려고 매케일렙의 목을 조심스레 만져 보았다. 매케일렙은 매트리스 위에서 고개를 휙 돌리더니 보슈에게서 멀어지려고 했다.

"그냥… 끈이나 잘라 줘."

이 말을 하고 나서 매케일렙은 매트리스에 얼굴을 박은 채 격렬하게 기침했다. 그의 온몸이 부들부들 떨리고 있었다.

보슈는 칼로 매케일렙의 손목과 발목을 묶은 끈을 차례로 잘라 주었다. 손목과 발목에도 빨간 결박 흔적이 남았다. 보슈는 플라스틱 끈들을 모두 떼어 내서 바닥으로 던졌다. 주위를 둘러보니 트레이닝복이 바닥에 떨어져 있었다. 보슈는 그것을 주워서 침대 위로 던졌다. 매케일렙이 그를 향해 천천히 고개를 돌렸다. 아직도 얼굴이 새빨갰다.

"자네가… 자네가… 나를 구…."

"말하지 마."

바닥에서 신음 소리가 들렸다. 터페로가 조금씩 의식을 되찾으며 움직이려 하고 있었다. 보슈는 그쪽으로 가서 터페로의 몸을 타고 앉았다. 그리고 자신의 허리띠에서 수갑을 꺼낸 뒤 터페로의 양팔을 등 뒤로 난폭하게 잡아당겨 수갑을 채웠다. 그러는 동안 그는 매케일렙에게 말을 걸었다.

"자네가 이놈을 닻에 묶어서 물속으로 떨어뜨리고 싶으면 마음대로 해. 난 상관없으니까. 난 눈 하나 깜짝 안 할걸."

매케일렙은 아무 말 없이 몸을 일으켜 앉았다. 보슈는 수갑을 채운 뒤 허리를 똑바로 펴고 터페로를 내려다보았다. 터페로는 이제 눈을 뜨고 있었다.

“가만히 있어, 멍청아. 그 수갑에도 익숙해지는 게 좋을 거다. 살인, 살인 미수, 그리고 이런저런 못된 짓을 꾸민 죄로 널 체포한다. 네 권리쯤은 잘 알고 있겠지만, 부탁이니까 내가 미란다 고지 카드를 꺼내서 읽어 줄 때까지 입 다물고 있어.”

보슈는 말을 마친 뒤 복도에서 삐걱거리는 소리가 난다는 것을 알아차렸다. 자신이 말하는 소리를 은폐물로 이용해서 누군가가 문간으로 다가오는 중이라는 것을 금방 알 수 있었다.

모든 것이 아주 느리고 분명하게 눈에 들어오는 것 같았다. 보슈는 본능적으로 왼손을 엉덩이에 댔지만 총이 거기 없음을 깨달았다. 총은 아까 침대 위에 던져 둔 채였다. 보슈는 몸을 돌려 침대로 가려고 했지만, 아직 옷을 입지 못한 매케일렙이 벌써 총을 들고 문간을 겨냥하는 것이 보였다.

보슈의 눈이 총구를 따라 문간으로 향했다. 어떤 남자가 양손으로 권총을 잡고 웅크린 자세로 문간에 나타났다. 그는 보슈를 겨냥하고 있었다. 총소리가 나더니 문설주에서 나무 조각들이 튀었다. 괴한은 움찔하며 곁눈질을 했다. 하지만 이내 다시 침착해져서 다시 총을 겨눴다. 총성이 연달아 울렸다. 좁은 방 안에 울려 퍼지는 총소리 때문에 귀가 멀 지경이었다. 총알 하나가 벽을 때리고, 총알 두 개가 괴한의 가슴에 맞았다. 괴한은 복도의 벽을 향해 튕겨 나가 바닥에 털썩 주저앉았다. 하지만 침실 안에서도 여전히 그의 모습이 보였다.

“안 돼!” 터페로가 바닥에서 소리쳤다. “제시, 안 돼!”

부상당한 괴한은 아직 몸을 움직이고는 있었지만, 뜻대로 몸을 가누지 못했다. 그는 한 손으로 어색하게 총을 들어 올려 다시 보슈를 겨누려고 안간힘을 썼다.

또 총성이 울리더니 괴한의 뺨에서 피가 폭발했다. 그의 머리가 벽을 향해 휙 젖혀지고, 그의 몸이 움직임을 멈췄다.

"안 돼!" 터페로가 다시 소리쳤다.

그러고는 침묵이었다.

보슈는 침대를 바라보았다. 매케일렙은 여전히 총을 들고 문을 겨냥하고 있었다. 파란 연기가 방 한가운데에서 구름처럼 솟아올랐다. 공기에서는 독하고 탄 냄새가 났다.

보슈는 침대에서 자신의 총을 집어 들고 복도로 나가 괴한 옆에 쭈그리고 앉았다. 굳이 손으로 만져 보지 않아도 이미 죽었다는 걸 분명히 알 수 있었다. 총격전이 벌어지는 동안 보슈는 이 괴한이 보석 보증소에서 일하는 터페로의 남동생인 것 같다고 생각했다. 하지만 지금은 얼굴이 대부분 날아가고 없었다.

보슈는 일어나서 화장실로 들어가 티슈를 가져왔다. 그리고 그 티슈를 이용해서 죽은 남자가 쥐고 있던 권총을 들어 올렸다. 보슈는 그 총을 중앙 선실로 가지고 돌아가 협탁에 내려놓았다. 매케일렙이 사용했던 총은 침대 위에 있었고, 매케일렙은 침대 반대편에 서 있었다. 그는 이미 바지를 다 입고, 머리 위로 셔츠를 입는 중이었다. 셔츠에서 머리를 빼낸 그가 보슈를 바라보았다.

두 사람은 한참 동안 서로의 눈을 바라보았다. 오늘 두 사람은 서로의 목숨을 구해 주었다. 마침내 보슈가 고개를 끄덕였다.

터페로는 몸을 움직여 벽에 등을 기댄 자세로 일어나 앉았다. 그의 코에서 입 양편으로 피가 흘러내렸다. 기괴한 콧수염 같았다. 아까 벽에 부딪히며 쓰러질 때 코가 부러진 모양이었다. 터페로는 벽에 몸을 기대고 힘없이 늘어진 채 기가 막힌 표정으로 복도에 있는 시체를 뚫어져라 바라보았다.

보슈는 다시 티슈를 이용해서 침대 위의 총을 들어 올려 아까 협탁에 두었던 총 옆에 놓았다. 그러고는 주머니에서 휴대전화를 꺼내 번호를 눌렀다. 상대가 전화를 받기를 기다리는 동안 그는 터페로를 바라보았다.

"네 동생은 너 때문에 죽은 거야, 루디." 그가 말했다. "그것 참 안됐어."

터페로는 눈을 내리깔고 울기 시작했다.

본부 교환원이 보슈의 전화를 받았다. 보슈는 마리나의 주소를 불러 준 뒤 경관이 관련된 총격전을 다루는 부서에서 살인 사건 전담 팀을 보내 달라고 말했다. 검시관과 과학 수사국의 직원들도 필요하다고 말했다. 보슈는 교환원에게 다른 부서와 연락할 때는 반드시 유선전화를 이용해야 한다고 일러두었다. 기자들이 경찰 무전을 엿듣고 때 이르게 사건을 터뜨리지 못하게 하기 위해서였다.

보슈는 휴대전화를 닫아 매케일렙에게 내밀었다.

"구급차 불러 줄까? 가서 진찰을 받아 봐야지."

"난 괜찮아."

"자네 목이 꼭…."

"괜찮다니까."

보슈는 고개를 끄덕였다.

"뭐, 좋으실 대로."

보슈는 침대 옆을 돌아와서 터페로 앞에 섰다.

"내가 이 녀석을 데리고 나가서 차에 태울게."

보슈는 터페로를 질질 끌다시피 일으켜 세워서 문으로 밀었다. 터페로는 복도에 있는 동생의 시체 옆을 지나칠 때 짐승이 울부짖는 것 같은 소리를 냈다. 이렇게 덩치가 큰 사람이 그렇게 소리를 지르는 광경은 무시무시했다.

"그래, 정말 안됐어." 보슈는 연민이라고는 전혀 없는 목소리로 말했다. "네가 사람을 죽이거나 감옥에서 꺼내 주는 일을 도와주면서 이 아이도 밝은 미래를 가꿔 나갔을 텐데."

보슈는 거실 계단을 향해 터페로를 밀었다.

주차장으로 이어진 트랩을 올라가면서 보슈는 구명 뗏목이며 서핑보드 같은 잡동사니들이 잔뜩 흩어진 돛단배의 갑판에 어떤 남자가 서 있는 것을 보았다. 그 남자는 보슈와 터페로를 차례로 바라보더니 다시 보슈에게 시선을 돌렸다. 눈을 휘둥그렇게 뜨고 있는 것으로 보아, 두 사람이 누군지 아는 것 같았다. 아마 텔레비전을 통해 재판을 본 모양이었다.

"이봐요, 총소리를 들었어요. 테리는 괜찮아요?"

"괜찮을 겁니다."

"내가 가서 이야기를 해도 될까요?"

"안 가는 게 좋을 걸요. 경찰이 곧 올 겁니다. 경찰한테 맡겨 둬요."

"댁이 보슈죠? 재판에 나왔던?"

"그래요. 내가 보슈요."

남자는 더 이상 아무 말도 하지 않았다. 보슈는 터페로를 데리고 계속 걸었다.

몇 분 뒤 보슈가 다시 배로 돌아와 보니 매케일렙은 취사실에서 오렌지 주스를 컵에 따라 마시고 있었다. 그의 몸 뒤로 보이는 계단 아래에 죽은 남자의 벌어진 다리가 보였다.

"자네 이웃이 자네 안부를 묻던데."

매케일렙은 고개를 끄덕였다.

"버디군."

이 말이 전부였다.

보슈는 창문을 통해 주차장을 바라보았다. 멀리서 사이렌 소리가 들리는 것 같았지만, 어쩌면 바람의 장난일 수도 있었다.

"경찰이 금방 올 거야." 보슈가 말했다. "목은 좀 어때? 말은 할 수 있겠지? 아무래도 우리 둘 다 설명할 게 많을 것 같은데."

"괜찮아. 그런데 여긴 왜 온 거야, 해리?"

보슈는 자신의 자동차 열쇠를 조리대에 내려놓았다. 그러고는 한참 동안 대답이 없었다.

"그냥 자네가 놈을 겨누고 있을지도 모른다는 생각이 들었어."

"왜?"

"오늘 오전에 사무실에서 놈의 동생을 속이고 쳐들어갔잖아. 그래서 만약 그 녀석이 자네를 미행했다면, 자네 자동차 번호판 같은 거라도 알아내서 여기 주소까지 추적했을지도 모른다고 생각했지."

매케일렙은 날카로운 시선으로 보슈를 쏘아보았다.

"그래서? 자네가 여기 마리나까지 와서 빈둥거리다가 루디가 오는 걸 봤는데, 루디의 동생은 못 봤다?"

"난 그냥 차를 몰고 조금 돌아다녔을 뿐이야. 저기 주차장에 루디의 낡은 링컨 자동차가 서 있기에 뭔가 일이 있구나 싶었지. 그놈 동생은 못 봤어…. 틀림없이 어디 숨어서 지켜보고 있었을 거야."

"내 생각에 그 녀석은 윈스턴의 집에 가져다 둘 올빼미를 찾으려고 부두를 돌아다니고 있었을 거야. 오늘 밤에는 두 놈이 임시변통으로 일을 하고 있었거든."

보슈는 고개를 끄덕였다.

"어쨌든 주위를 둘러보다가 자네 배의 문이 열려 있는 걸 보고 확인을 해 봐야겠다 했어. 문을 열어 놓기에는 밤공기가 너무 차고, 자네도 그렇게 문을 열어 놓고 잘 만큼 조심성 없는 인간이 아니잖아."

매케일렙은 고개를 끄덕였다.

이제 틀림없는 사이렌 소리가 점점 가까워지는 것이 들렸다. 보슈는 창문을 통해 주차장을 바라보았다. 순찰차 두 대가 미끄러지듯 주차장으로 들어와 터페로를 태운 보슈의 자동차 근처에 멈춰 서는 것이 보였다. 경찰관들은 사이렌을 껐지만, 파란 경광등은 끄지 않았다.

"내가 가서 저 파란 녀석들을 만나 봐야겠군." 보슈가 말했다.

44 괴물의 고향

밤이 거의 새도록 두 사람은 따로 떨어져서 거듭 신문을 받았다. 그 다음에는 조사관들이 방을 바꿔서 또 같은 질문을 던져댔다. 더 팔로잉 시 호에서 총격전이 벌어진 지 다섯 시간 뒤에, 조사실의 문이 열리고 매케일렙과 보슈는 복도로 걸어나왔다. 보슈가 매케일렙에게 다가왔다.

"자네 괜찮아?"

"피곤해."

"그렇겠지."

매케일렙은 보슈가 입에 담배를 무는 것을 지켜보았다. 하지만 보슈는 담배에 불을 붙이지는 않았다.

"난 이제 보안관서로 갈 거야." 보슈가 말했다. "나도 거기 끼고 싶어."

매케일렙은 고개를 끄덕였다.

"그래, 이따 거기서 보지."

그들은 한쪽에서만 보이는 유리 뒤에 나란히 서 있었다. 방이 좁아서 촬영 기사 옆에 간신히 끼어 있는 거나 마찬가지였다. 둘 사이의 거리가 워낙 가까웠기 때문에 매케일렙은 보슈의 입에서 풍기는 멘솔 담배 냄새와 몸에 뿌린 콜론 냄새를 맡을 수 있었다. 지난번에 보슈의 뒤를 따라 휘티어까지 차를 몰고 갈 때 보슈가 대시보드 서랍에 넣어 두었던 그 콜론을 뿌리는 걸 본 적이 있었다. 유리에 보슈의 얼굴이 희미하게 비치는 것을 보고, 그는 자신이 지금 이 유리를 통해 옆방에서 벌어지는 일을 보고 있다는 사실을 새삼 깨달았다.

유리 뒤편에는 회의 탁자가 하나 있고, 거기에 루디 터페로가 아놀드 프린스라는 관선 변호인과 함께 앉아 있었다. 터페로의 코에는 하얀 반창고가 붙어 있고, 양쪽 콧구멍은 솜으로 막혀 있었다. 정수리에도 여섯 바늘 꿰맨 상처가 있었지만, 머리숱이 많아서 보이지는 않았다. 카브리요 마리나에서 그의 부러진 코와 머리 상처를 치료해 준 것은 구급대원들이었다.

터페로 맞은편에는 제이 윈스턴이 앉아 있고, 그 오른편에는 지방 검사실에서 나온 앨리스 쇼트가 있었다. 그리고 그 왼편에는 LA 경찰국의 어빈 어빙 국장과 FBI의 도널드 트윌리가 앉아 있었다. 이번 사건과 조금이라도 관련된 수사 기관들은 누가 봐도 굉장한 사건임이 분명한 이번 일에서 가장 이로운 위치를 차지하려고 새벽 내내 기 싸움을 벌였다. 이제 아침 6시 30분이 되었으니 용의자를 신문할 차례였다.

수사관들은 윈스턴에게 신문을 맡기기로 결정했다. 처음부터 이 사건의 담당자가 윈스턴이었다는 이유 때문이었다. 다른 세 사람은 신문을 지켜보며 필요하다면 조언을 해 주기로 했다. 윈스턴은 먼저 날짜, 시각, 조사실에 있는 사람들의 신원을 밝혔다. 그러고는 터페로에게 헌법상의 권리를 읽어 준 다음, 터페로에게서 그 사실을 인정하는 서류에

서명을 받았다. 변호사는 터페로가 당장 진술을 하지 않을 거라고 말했다.

"그건 괜찮아요." 윈스턴이 터페로에게 시선을 고정시킨 채 말했다. "이 사람이 나한테 말하지 않아도 됩니다. 내가 이 사람한테 말을 하고 싶으니까. 지금 이 사람이 어떤 처지인지 내가 알려 줄 거예요. 나중에 의사소통이 제대로 안 됐다거나 이 사람이 우리에게 협조할 기회를 놓쳤다며 후회하는 건 싫거든요."

윈스턴은 자기 앞에 놓인 서류철을 열었다. 맨 위의 서류는 지방 검사실의 기소 서류였다.

"터페로 씨." 윈스턴이 말했다. "올해 1월 1일에 에드워드 건을 살해한 일급 살인 혐의, 오늘 터렐 매케일렙을 죽이려 한 살인 미수 혐의, 그리고 역시 오늘 있었던 제시 터페로의 살해 혐의로 오늘 오전에 우리가 당신을 기소할 예정임을 알려드립니다. 당신이 법을 안다는 건 나도 알고 있지만, 마지막 혐의에 대해서는 설명을 할 수밖에 없겠네요. 당신의 동생은 중범죄를 저지르던 도중에 목숨을 잃었습니다. 따라서 캘리포니아 법에 의거하여, 동생과 함께 범행을 공모한 당신이 동생의 죽음에 책임을 져야 합니다."

윈스턴은 죽은 사람 같은 터페로의 눈을 빤히 바라보며 잠시 기다리다가 다시 서류를 읽기 시작했다.

"또한 지방 검사실이 에드워드 건의 살해와 관련해서 특수한 정황을 제시하기로 했음을 알려 드립니다. 즉, 청부 살인을 말합니다. 특수한 정황이 덧붙여짐으로써, 이 사건으로 사형이 선고될 수 있습니다. 쇼트 부장님?"

쇼트가 앞으로 몸을 기울였다. 그녀는 매력적이고 몸집이 자그마한 30대 후반의 여성으로, 커다란 눈이 예뻤다. 쇼트는 중요 범죄의 기소를 총괄하는 직책을 맡고 있었다. 그 작은 몸으로 엄청난 힘을 휘두르고 있는 셈이었다. 탁자 맞은편에 앉은 덩치 큰 남자 덕분에 작은 몸집이 더욱 도드라졌다.

"터페로 씨, 당신은 20년 동안 경찰관으로 일했습니다." 쇼트가 말했다. "당신이 저지른 일이 얼마나 심각한지는 누구보다 잘 알고 있겠죠. 내가 보기에 이 사건만큼 사형 판결이 필요한 사건은 없었던 것 같습니다. 우리는 배심원에게 사형을 요구할 거예요. 그리고 틀림없이 받아 낼 겁니다."

미리 연습한 대로 자기 역할을 끝낸 쇼트는 다시 의자 등받이에 몸을 기대고 윈스턴에게 주도권을 넘겼다. 윈스턴은 한참 동안 침묵을 지키며 터페로를 빤히 바라보았다. 마침내 터페로가 시선을 들어 윈스턴과 눈을 마주쳤다.

"터페로 씨, 당신은 계속 이쪽 일을 해 왔습니다. 심지어 전에는 지금 이곳과 똑같은 방에서 완전히 반대의 입장에 서 있었던 적도 있어요. 우리한테 시간이 많다 해도 당신을 상대로 꼼수를 쓸 수는 없다고 생각합니다. 그러니까 꼼수는 쓰지 않겠어요. 그냥 제안만 하나 하죠. 딱 한 번만 유효한 제안이니까, 우리가 이 방을 나가는 순간 영원히 무효가 될 거예요. 제안의 내용은 이렇습니다."

터페로의 시선이 다시 탁자를 향해 떨어졌다. 윈스턴은 앞으로 몸을 기울여 터페로의 눈을 올려다보았다.

"살고 싶습니까, 아니면 배심원들 앞에서 운을 시험해 보겠습니까? 아주 간단한 문제예요. 당신이 대답하기 전에 생각해야 할 것이 몇 가지 있습니다. 첫째, 배심원들은 당신이 에드워드 건에게 저지른 짓을 사진으로 보게 될 겁니다. 둘째, 배심원들은 테리 매케일렙이 당신의 의도대로 질식당하면서 느낀 무기력감에 대해 말하는 걸 듣게 될 겁니다.

난 원래 이런 내기를 잘 안 하는 사람이지만, 이번에는 한 시간이 채 안 걸린다는 쪽에 걸겠어요. 아마 캘리포니아 주에서 최단 시간 사형 평결의 신기록을 세울 겁니다."

윈스턴은 뒤로 물러나서 서류철을 닫았다. 매케일렙은 자기도 모르게 고개를 끄덕였다. 윈스턴은 지금 아주 잘하고 있었다.

"우린 당신의 고용주를 원합니다." 윈스턴이 말했다. "그자와 건 사건을 연결시켜 줄 물리적 증거가 필요해요. 당신 같은 사람이라면 그런 일을 저지르기 전에 반드시 만일의 사태를 대비한 방책을 마련해 놨을 것 같은데요. 그 방책이 무엇이든, 우린 그걸 원합니다."

윈스턴이 쇼트를 바라보자 쇼트가 고개를 끄덕였다. 잘했다는 뜻이었다.

거의 30초가 그냥 흘러갔다. 마침내 터페로가 변호사에게 고개를 돌리고 귓속말로 뭔가를 물어보려다가 그냥 윈스턴에게 시선을 돌렸다.

"웃기지 마. 내가 여기서 아무것도 인정 안 하면, 당신들이 특수한 정황을 넣든 말든 무슨 상관이야? 내가 뭐 어떻게 될 거라고?"

윈스턴은 이 말을 듣자마자 웃음을 터뜨리며 고개를 절레절레 저었다. 매케일렙도 빙긋 웃었다.

"지금 농담해요?" 윈스턴이 물었다. "당신이 뭐 어떻게 될 거냐고요? 세상에, 당신은 콘크리트와 강철 밑에 묻힐 겁니다. 그게 당신 운명이에요. 당신은 다시는, 절대로, 햇빛을 못 볼 겁니다. 거래를 하든 안 하든 그건 협상이 불가능한 기정사실입니다."

터페로의 변호사가 헛기침을 했다.

"윈스턴 형사님, 이건 도저히 전문가적인 태도라고는…."

"내 태도 같은 건 엿이나 먹으라고 해요. 이 사람은 살인자라고요. 청부 살인 업자와 다를 게 하나도 없어요. 아니, 그런 놈들보다 더 나쁘죠.

옛날에 경찰 배지를 들고 다니던 인간이니까 더욱더 경멸스럽단 말입니다. 그래도 우리 제안을 말씀드리죠, 프린스 변호사님. 에드워드 건의 살해 혐의와 테리 매케일렙에 대한 살인 미수 혐의에 유죄를 인정하세요. 두 혐의에 대해 모두 가석방 가능성이 없는 종신형입니다. 그건 협상 대상이 아니에요. 대신 이 사람 동생에 대한 혐의는 적용하지 않겠습니다. 이 사람도 그 혐의를 지지 않는 게 더 견디기 쉬울지도 모르죠. 나야 상관없는 일이지만. 내가 원하는 건, 이 사람이 지금까지의 삶은 끝났다는 걸 이해하는 겁니다. 이 사람은 끝났어요. 이제는 사형을 기다리거나 최고 종신형을 사는 수밖에 없습니다. 어느 편이 됐든 다시 돌아올 수는 없어요."

윈스턴은 손목시계를 확인했다.

"5분 뒤에 우리는 이 방에서 나갈 겁니다. 그쪽에서 거래를 원하지 않는다면, 상관없습니다. 어차피 우리는 두 혐의를 모두 재판으로 끌고 갈 거니까요. 스토리를 잡아넣기는 좀 힘들어질지도 모르지만, 여기 터페로 씨에 대해서는 의문의 여지가 없습니다. 조만간 쇼트 부장님 방으로 검사들이 너나없이 찾아와서 자기한테 이 사건을 달라고 꽃과 초콜릿을 바칠 거예요. 하루하루가 발렌타인데이 같겠죠. 아니, 터페로 씨 별명을 따서 발렌티노데이라고 해야 하나? 어쨌든 이번 사건을 맡으면 올해의 검사 상은 따놓은 당상이에요."

프린스는 얄팍한 서류 가방을 탁자에 올려 노란 종이철을 그 안에 넣었다. 종이에 메모는 하나도 없었다.

"시간을 내주셔서 감사합니다." 프린스가 말했다. "이제 우리는 보석 청문회에 참석했다가, 다른 문제들을 조사해 보겠습니다."

프린스는 의자를 뒤로 밀며 일어섰다.

터페로는 천천히 고개를 들고 윈스턴을 바라보았다. 코피를 흘렸기 때문에 눈이 심하게 충혈되어 있었다.

"그림처럼 꾸미자는 건 그 인간 생각이었어." 터페로가 말했다. "데이비드 스토리의 생각이었다고."

다들 한순간 멍하니 아무 말도 하지 못했다. 이윽고 변호사가 무겁게 털썩 주저앉아 고통스러운 표정으로 눈을 감았다.

"터페로 씨…." 프린스가 말했다. "분명히 말씀드리지만…."

"닥쳐." 터페로가 고함을 질렀다. "쓸모없는 인간아. 사형을 눈앞에 둔 건 네가 아니잖아."

터페로는 다시 윈스턴을 바라보았다.

"거래를 받아들이지. 내 동생을 죽인 혐의로 기소되지만 않는다면."

윈스턴은 고개를 끄덕였다.

터페로는 쇼트에게 시선을 돌려 손가락으로 그녀를 가리키며 기다렸다. 쇼트도 고개를 끄덕였다.

"받아들이지." 쇼트가 말했다.

"한 가지만요." 윈스턴이 재빨리 말했다. "당신 말만 믿고 일을 진행할 수는 없어. 구체적인 게 있어야지."

터페로는 윈스턴을 바라보며 희미하고 기분 나쁜 미소를 지었다.

관찰실에 있던 보슈는 유리에 한 걸음 더 다가섰다. 매케일렙은 유리에 비친 자신의 모습을 똑똑히 바라보았다. 자신의 눈이 깜박거리지도 않고 눈앞의 광경을 바라보고 있었다.

"그림이 있다." 터페로가 말했다.

윈스턴은 머리카락을 귀 뒤로 넘기고 눈을 가늘게 떴다. 그러고는 탁자 위로 몸을 기울였다.

"그림? 무슨 소리야? 무슨 그림?"

터페로가 말했다.

"우리가 구치소에서 변호사 면회실에 있을 때 그자가 나한테 그림을 그려 줬어. 현장을 어떻게 꾸며야 할지 보여 주는 그림. 그래야 그 화가의 그림과 똑같이 꾸밀 수 있으니까."

매케일렙은 양 옆구리에서 주먹을 꽉 쥐었다.

"그 그림은 어디 있어?" 윈스턴이 말했다.

터페로는 다시 씩 웃었다.

"안전 금고. 시티내셔널 은행. 선셋 대로와 도히니 거리가 만나는 지점에 있어. 열쇠는 내 주머니 속의 고리에 있고."

보슈는 양손을 들어 올려 짝 하고 마주쳤다.

"빵!" 그가 소리쳤다. 터페로가 고개를 돌려 유리 쪽을 바라볼 만큼 큰 소리였다.

"그러지 마세요!" 촬영 기사가 속삭였다. "지금 녹화 중입니다."

보슈는 작은 방을 나갔다. 매케일렙도 그 뒤를 따랐다. 보슈가 돌아서서 그를 바라보았다. 그는 고개를 끄덕였다.

"스토리도 끝났군." 그가 말했다. "괴물이 고향인 어둠 속으로 돌아가는 거야."

두 사람은 잠시 서로를 바라보았다. 보슈가 먼저 시선을 돌렸다.

"가 봐야겠어." 보슈가 말했다.

"어디로?"

"재판 준비하러."

보슈는 몸을 돌려 보안관서의 텅 빈 강력반 사무실 출구로 걷기 시작했다. 그가 주먹으로 책상을 한 번 치더니 머리 위의 허공을 또 후려치는 모습이 보였다.

매케일렙은 관찰실로 가서 신문을 계속 지켜보았다. 터페로가 데이비드 스토리에 대해 이야기하는 중이었다. 에드워드 건을 새해 첫날 아침에 죽이라고 요구한 것이 바로 데이비드 스토리였다는 내용이었다.

매케일렙은 한동안 귀를 기울이다가 뭔가를 떠올리고 관찰실에서 나왔다. 형사들이 하루를 시작하기 위해 하나둘씩 모습을 드러내고 있었다. 매케일렙은 빈 책상으로 가서 그 위에 있던 메모지를 한 장 찢었다. 그리고 "링컨에 대해 물어봐요."라고 적었다. 매케일렙은 그 종이를 접어 조사실 문 앞으로 갔다.

그가 문을 두드리자 잠시 후 앨리스 쇼트가 문을 열었다. 매케일렙은 접은 메모지를 건네주었다.

"신문이 끝나기 전에 이걸 제이 씨한테 주세요." 매케일렙이 속삭였다.

쇼트는 고개를 끄덕이고 문을 닫았다. 매케일렙은 다시 관찰실로 돌아와 신문을 지켜보았다.

45 반전

방금 샤워와 면도를 끝내고 온 보슈는 엘리베이터에서 내려 디파트먼트 N 법정을 향해 걸어갔다. 그의 걸음걸이는 단호했다. 오늘은 이 도시의 진정한 왕자가 된 것 같았다. 그런데 몇 걸음 떼기도 전에 매커보이가 다가왔다. 동굴 속에 숨어 아무것도 모르는 사냥감을 기다리는 코요테처럼 움푹한 곳에 있다가 나온 것이다. 하지만 그 무엇도 보슈를 무너뜨릴 수 없었다. 그는 자신과 보조를 맞춰 걷기 시작한 매커보이에게 싱긋 웃어 보였다.

"보슈 형사님, 전에 이야기했던 것에 대해서 생각을 좀 해 보셨어요? 제가 오늘부터 기사를 써야 하는데요."

보슈는 걸음을 늦추지 않았다. 일단 법정 안에 들어선 뒤에는 시간이 그리 많지 않을 터였다.

"루디 터페로." 보슈가 말했다.

"뭐라고요?"

"그자가 당신 취재원이었죠? 루디 터페로. 오늘 아침에 내가 알아냈습니다."

"형사님, 취재원을 밝힐 수는 없다고…."

"그래요, 압니다. 하지만 지금 취재원을 밝히고 있는 건 나예요. 게다가 어차피 이제 그건 중요하지도 않습니다."

"왜요?"

보슈는 갑자기 걸음을 멈췄다. 매커보이는 몇 걸음 더 걸어갔다가 되돌아왔다.

"왜요?" 그가 다시 물었다.

"오늘 운이 좋은 줄 알아요. 당신한테 좋은 정보를 두 개나 줄 거니까."

"좋군요. 무슨 정보죠?"

매커보이는 뒷주머니에서 수첩을 꺼내려고 했다. 보슈는 그의 팔을 잡아 저지했다.

"꺼내지 말아요. 다른 기자들이 보면 내가 당신한테 뭔가 말해 주고 있다는 걸 알아차릴 테니."

보슈는 복도 저편에 문이 열려 있는 기자실을 가리켰다. 기자들 몇 명이 빈둥거리면서 재판이 시작되기를 기다리고 있었다.

"그러면 저자들이 이리로 다가올 거고, 난 저자들한테도 말해 줄 수밖에 없어요."

매커보이는 수첩을 꺼내지 않았다.

"좋습니다. 무슨 정보죠?"

"첫째, 당신의 기사는 전부 엉터리예요. 사실 당신 취재원이 오늘 아침에 에드워드 건을 살해한 혐의로 체포됐습니다. 테리 매케일렙에 대한 살인 미수 혐의도 있어요."

"뭐라고요? 그 사람이…."

"일단 내 얘기부터 들어요. 시간이 많지 않으니까."

매커보이는 고개를 끄덕였다.

"그래요, 루디가 체포됐습니다. 그자가 건을 죽였어요. 나한테 그 죄를 뒤집어씌운 뒤, 변호인 심문 도중에 그걸 온 세상에 터뜨리는 게 계획이었습니다."

"그럼 스토리도 공모했다는…."

"맞아요. 말이 나왔으니 이제 두 번째 정보를 드리죠. 만약 나라면, 오늘 판사가 법정에 들어와서 절차를 시작하기 훨씬 전에 법정에 들어가 있을 겁니다. 저쪽에 서 있는 작자들 보여요? 저자들은 그걸 놓칠 겁니다. 당신도 그렇게 되고 싶지는 않을 텐데요."

보슈는 자리를 떴다. 그리고 법정 문 앞을 지키는 경찰관에게 고개를 끄덕여 인사한 뒤 안으로 들어갔다.

마침 경찰관 두 명이 데이비드 스토리를 자리로 데려오는 중이었다. 포옥스는 이미 변호인석에 앉아 있었고, 랭와이저와 크레츨러도 자기들 자리에 앉아 있었다. 보슈는 손목시계를 확인했다. 판사가 들어와서 배심원을 불러들일 때까지 약 15분이 남아 있었다.

보슈는 검사 측 자리로 갔지만, 의자에 앉지는 않았다. 그는 양손으로 탁자를 짚고 몸을 기울이며 두 검사를 바라보았다.

"준비됐어요?" 랭와이저가 말했다. "오늘이 결전의 날이에요."

"오늘이 결전의 날인 건 맞지만 이유가 틀렸습니다. 두 분은 저쪽이 유죄를 인정하고 거래를 하자고 하면 받아들일 거죠? 만약 저자가 조디 크레멘츠에다가 앨리샤 로페즈 건까지 인정하면 사형을 요구하지는 않을 거죠?"

두 사람 모두 어리둥절한 표정으로 보슈를 바라보았다.

"판사가 들어올 때까지 시간이 얼마 없으니까 빨리 말해요. 만약 내가 저쪽으로 가서 5분 만에 살인 사건 두 건에 대한 유죄 인정을 받아온다면 어쩌겠어요? 앨리샤 로페즈의 가족들이 알면 아주 좋아할 텐데요. 검사님은 그 사람들한테 그 사건을 기소할 수 없다고 말했잖습니까."

"무슨 소리를 하는 거예요?" 랭와이저가 말했다. "우리가 이미 저쪽에 제안을 했잖아요. 두 번씩이나. 그런데 포욱스가 두 번 다 일언지하에 거절했어요."

"게다가 로페즈 건에 대해서는 증거도 없어요." 크레츨러가 덧붙였다. "형사님도 아시잖습니까. 대배심이 기각해 버린 걸. 아무도…."

"유죄 인정을 원하는 겁니까, 아닙니까? 내가 가서 받아 올 수 있을 것 같은데요. 오늘 아침에 내가 루디 터페로를 살인 혐의로 체포했습니다. 그건 스토리가 날 잡으려고 꾸민 함정이었어요. 그런데 그게 부메랑이 돼서 터페로가 우리랑 거래를 하기로 했습니다. 지금 다 불고 있어요."

"이런, 세상에!" 크레츨러가 말했다.

그 목소리가 너무 컸기 때문에 보슈는 변호인석을 바라보았다. 포욱스와 스토리가 모두 이쪽을 보고 있었다. 변호인석 바로 너머의 기자석에서 매커보이가 변호인석과 가장 가까운 자리에 앉는 것이 보였다. 다른 기자들은 아직 아무도 보이지 않았다.

"무슨 소리예요?" 랭와이저가 말했다. "살인 사건이라니요?"

보슈는 이 질문을 무시했다.

"내가 일단 저쪽에 다녀오죠. 스토리의 눈을 똑바로 바라보면서 이 소식을 알려 주고 싶으니까요."

크레츨러와 랭와이저는 서로를 바라보았다. 랭와이저는 화난 표정으로 손을 흔들었다.

"한번 해 볼 가치는 있겠죠. 사형은 그저 최후의 카드일 뿐이니까요."

"좋습니다." 보슈가 말했다. "저쪽 사무원한테 가서 시간을 좀 끌어

주세요. 판사님이 못 들어오게."

보슈는 변호인석으로 가서 포욱스와 스토리를 동시에 바라볼 수 있게 탁자 앞에 섰다. 포욱스는 종이에 뭔가를 적고 있었다. 보슈가 헛기침을 하자 잠시 후 포욱스가 천천히 고개를 들었다.

"무슨 일입니까? 지금 저쪽에서 준비를 해야…."

"루디 터페로는 어디 있습니까?"

보슈는 이 말을 하면서 스토리를 바라보았다.

포욱스는 재판 때 보통 터페로가 앉아 있던 자리 쪽을 보았다.

"지금 오는 길일 겁니다." 포욱스가 말했다. "아직 몇 분 남았잖아요."

보슈는 싱긋 웃었다.

"오는 길이다? 뭐, 어딘가로 가는 중인 건 맞죠. 코코란 교도소에서 최고 종신형을 살려고 가는 중이니까. 운이 좋으면 펠리컨 코브 교도소로 갈지도 모르고요. 나라면 정말이지 코코란에서 형을 사는 전직 경찰관이 되고 싶지는 않을 겁니다."

포욱스는 시큰둥한 표정이었다.

"보슈 형사, 무슨 소린지 모르겠습니다. 난 지금 변론 전략을 짜는 중이니까 좀 비켜 주시죠. 아무래도 오늘 검사 측이 캠프를 접을 것 같거든요."

보슈는 스토리를 바라보며 대답했다.

"전략 같은 건 필요 없습니다. 변호도 필요 없어요. 루디 터페로는 오늘 아침에 체포되었습니다. 살인과 살인 미수 혐의로요. 댁의 의뢰인께서 자초지종을 말씀해 주실 수 있을 것 같은데요, 변호사님. 아니지, 어쩌면 변호사님도 이미 알고 있을지 모르죠."

포욱스는 마치 이의를 제기할 때처럼 갑자기 벌떡 일어섰다.

"보슈 형사, 형사가 여기 변호인석까지 와서 이러는 건 대단히 이례적인….”

“그자가 두 시간 전에 우리랑 거래에 합의했습니다. 지금 다 불고 있어요.”

이번에도 보슈는 포욱스를 무시하고 스토리를 바라보았다.

“그러니 이렇게 하시죠. 5분을 드릴 테니 저쪽의 랭와이저 검사와 크레츨러 검사에게 가서 크레멘츠와 로페즈에 대한 일급 살인 혐의를 인정하겠다고 하십시오.”

“무슨 말도 안 되는 소리입니까? 내가 재판장한테 반드시 불만을 제기할 겁니다.”

보슈는 포욱스에게 시선을 돌렸다.

“그러시죠. 그래 봤자 변하는 건 없습니다. 5분입니다.”

보슈는 변호인석을 떠났지만 자기 자리 대신 판사석 앞에 있는 서기의 자리로 갔다. 증거물들이 탁자에 쌓여 있었다. 보슈는 그것들을 훑어보다가 자신이 원하는 대형 사진을 찾아 변호인석으로 가지고 돌아왔다. 포욱스는 여전히 서 있었지만, 허리를 숙여 스토리의 귓속말을 듣고 있었다. 보슈는 사진을 탁자 위에 툭 내려놓았다. 스토리의 집에 있는 책꽂이를 찍은 사진을 확대한 것이었다. 보슈는 책꽂이 맨 윗칸의 책 두 권을 손가락으로 톡톡 두드렸다. 책등의 제목이 선명하게 보였다. 한 권은《어둠의 예술》이고, 다른 한 권의 책등에는 그냥《보슈》라고만 적혀 있었다.

“당신이 사전 지식을 갖고 있었다는 증거가 여기 있어.”

보슈는 그 사진을 변호인석에 그대로 놓아두고 검사 측 자리로 방향을 돌렸다. 하지만 두 걸음 걷다가 다시 돌아와서 변호인석 탁자를 양손 손바닥으로 짚었다. 그리고 스토리를 똑바로 바라보며, 기자석의 매커보이에게도 들릴 만한 목소리로 말했다.

"당신이 저지른 커다란 실수가 뭔지 알아?"

"아니." 스토리가 말했다. 이죽거리는 목소리였다. "당신이 직접 말해 주지 그래?"

포욱스가 즉시 스토리의 팔을 움켜잡았다. 무언의 제스처였다.

"터페로한테 그림을 그려 준 거야." 보슈가 말했다. "그 친구는 당신이 그린 그림을 들고 곧장 시티내셔널 은행으로 가서 안전 금고에 넣어 버렸지. 언젠가 쓸모가 있을 거라고 생각했거든. 실제로 그렇게 됐고. 오늘 아침에 그자가 그 그림을 이용해서 사형을 면했어. 당신은 이제 뭘 이용할 건가?"

스토리의 눈빛이 멈칫했다. 순간적으로 속내를 드러낸 셈이었다. 스토리는 한순간이지만 깜짝 놀란 표정이었다. 그 순간에 보슈는 이제 다 끝났다는 것을 확신했다. 스토리가 이제 다 끝났다는 것을 알아차렸으니까.

보슈는 허리를 똑바로 세우고 태평한 표정으로 손목시계를 확인한 뒤 포욱스를 바라보았다.

"이제 3분쯤 남았군요, 포욱스 변호사님. 댁의 의뢰인의 목숨이 위험합니다."

보슈는 검사 측 자리로 돌아와 자리에 앉았다. 크레츨러와 랭와이저가 그에게 몸을 기울이고 다급하게 질문들을 던졌지만, 보슈는 그들을 무시했다.

"일단 그냥 좀 두고 보죠."

그 뒤로 5분 동안 보슈는 변호인석에 단 한 번도 눈길을 주지 않았다. 변호인석에서 숨을 죽이고 속삭이는 소리가 들려왔지만, 무슨 말인지 알아들을 수는 없었다. 이제 법정에는 방청객들과 기자들이 가득 들어와 있었다.

변호인석에서는 아무런 움직임이 없었다.

정확히 오전 9시에 판사석 뒤의 문이 열리고 휴턴 판사가 경쾌하게 계단을 올라왔다. 그는 자리에 앉은 뒤 검사석과 변호인석을 흘깃 바라보았다.

"신사 숙녀 여러분, 이제 배심원들을 불러도 되겠습니까?"

"네, 재판장님." 크레츨러가 말했다.

변호인석에서는 여전히 아무런 움직임이 없었다. 휴턴이 얼굴에 묘한 미소를 띠고 그쪽을 바라보았다.

"포욱스 변호인? 배심원들을 불러도 되겠소?"

보슈는 랭와이저와 크레츨러의 뒤쪽으로 변호인석을 볼 수 있게 몸을 등받이에 기댔다. 포욱스는 자기 자리에 힘없이 늘어지듯 앉아 있었다. 법정에서 그가 그런 모습을 보이는 것은 처음이었다. 포욱스는 한쪽 팔꿈치를 의자 팔걸이에 대고 손을 들어 올렸다. 손가락으로 펜을 흔들면서 뭔가 깊고 우울한 생각에 골똘히 빠져 있는 것 같았다. 그의 의뢰인은 그의 옆에서 앞을 바라보며 뻣뻣하게 앉아 있었다.

"포욱스 변호인? 대답해요."

포욱스가 마침내 시선을 들어 판사를 바라보았다. 그러고는 아주 천천히 자리에서 일어나 연설대로 갔다.

"재판장님, 잠시 다가가서 의논을 드려도 되겠습니까?"

판사는 호기심과 짜증을 동시에 느끼는 표정이었다. 방청객에게 공개할 수 없는 문제가 있을 때는 오전 8시 30분까지 협의 요청서를 제출하는 것이 관례였다. 그래야 재판 시간을 잡아먹지 않고 판사실에서 미리 문제를 논의할 수 있기 때문이었다.

"공개적으로 말할 수 없는 문제요, 포욱스 변호인?"

"그렇습니다, 재판장님. 이번에는 안 됩니다."

"알겠소. 이쪽으로 오시오."

휴턴은 양손으로 변호사와 검사에게 다가오라는 신호를 보냈다. 마치 후진 중인 트럭에 신호를 보내는 것 같았다.

검사와 변호사는 판사석으로 다가가 판사와 함께 머리를 모았다. 보슈가 앉은 자리에서는 그들의 얼굴이 모두 보였지만, 그들이 속삭이며 나누는 이야기의 내용이 무엇인지는 굳이 듣지 않아도 알 수 있었다. 포욱스의 얼굴은 잿빛이었고, 크레츨러와 랭와이저는 몇 마디 말이 오간 뒤 점점 당당해지는 것 같았다. 랭와이저는 심지어 보슈를 흘깃 바라보기까지 했다. 그 눈에는 분명히 승리의 메시지가 담겨 있었다.

보슈는 고개를 돌려 피고를 바라보았다. 그가 계속 시선을 주자 데이비드 스토리가 천천히 고개를 돌려 마지막으로 그와 눈을 마주쳤다. 보슈는 미소를 짓지 않았다. 눈도 깜박이지 않았다. 아무것도 하지 않고 그냥 상대방의 눈만 바라보았다. 결국 스토리가 시선을 돌려 자기 무릎에 놓인 자신의 손을 내려다보았다. 보슈는 머리 가죽이 저릿거렸다. 전에도 느낀 적이 있는 감각이었다. 주로 숨겨져 있는 괴물의 진짜 얼굴을 언뜻 보았을 때.

판사석 앞의 회의가 끝나고 두 검사가 재빨리 자기 자리로 돌아왔다. 걸음걸이와 얼굴에 흥분한 기색이 역력했다. 반면 J. 리즌 포욱스는 천천히 자기 자리로 향했다.

"이상입니다, 포욱스 변호인." 보슈는 숨죽인 소리로 중얼거렸다.

랭와이저가 자리에 앉으면서 보슈의 어깨를 잡았다.

"저쪽에서 죄를 인정할 거예요." 랭와이저가 신이 나서 속삭였다. "크레멘츠와 로페즈 전부. 아까 저쪽에 갔을 때, 형을 연달아 살아야 한다고 했어요, 동시에 살아야 한다고 했어요?"

"그 얘긴 안 했어요."

"방금 형을 동시에 사는 걸로 합의했어요. 하지만 자세한 사항은 이따가 판사실에서 논의할 거예요. 먼저 스토리를 로페즈 살해 혐의로 공식적으로 기소해야 하니까요. 보슈 형사가 와서 직접 체포할래요?"

"그러죠, 뭐. 검사님이 원하신다면."

체포는 법적인 형식에 불과하다는 것을 보슈는 잘 알고 있었다. 스토리는 이미 구금된 상태였으니까 말이다.

"보슈 형사는 그럴 자격이 있어요. 와서 직접 체포하세요."

"그러죠."

판사가 사회봉을 한 번 두드려 사람들의 주의를 끌었다. 기자석의 기자들은 모두 앉은 채로 몸을 쑥 내밀고 있었다. 뭔가 큰일이 벌어졌음을 그들도 알아차린 것이다.

"10시까지 휴정합니다." 판사가 선언했다. "양측 모두 지금 내 방으로 오세요."

판사는 일어서서 뒷문으로 이어진 계단 세 개를 재빨리 내려갔다. 법정 정리가 미처 "일동 기립"이라고 외칠 시간도 없었다.

46 빛나는 점

매케일렙은 더 팔로잉 시 호에 가까이 가지 않았다. 형사들과 감식반원들이 모든 일을 마치고 떠난 뒤에도 마찬가지였다. 이른 오후부터 해가 질 때까지 기자들과 텔레비전 보도 팀들이 배 주위에서 잠복하고 있었다. 배 위에서 벌어진 총격전, 터페로의 체포, 데이비드 스토리가 갑자기 유죄를 인정한 일 등이 겹쳐서 이 배가 하루 만에 갑자기 뉴스의 중심이 되어 버렸다. 지역 방송국들은 물론 전국 방송국들도 마리나에서 기자들의 보도 장면을 찍었고, 거실 문에 노란색 경찰 테이프가 둘러진 더 팔로잉 시 호는 배경 역할을 했다.

매케일렙은 오후 내내 버디 로크리지의 배에 숨어 있었다. 주로 갑판 아래쪽에 머무르다가 가끔 바깥 상황을 알아보려고 해치 밖으로 고개를 내밀 때는 버디의 낭창낭창한 낚시 모자를 썼다. 두 사람은 이제 다시 이야기를 나누는 사이가 되었다. 보안관서에서 나와 기자들보다 먼저 마리나에 도착한 매케일렙은 곧 버디를 찾아가 정보 누설의 장본인으로 의심했던 것을 사과했다. 버디도 더 팔로잉 시 호와 매케일렙의 선실에서 성적인 마사지 서비스를 받은 것을 사과했다. 매케일렙은 버디가 정보를 누설했다고 생각한 것이 착각이었음을 그래시엘라에게 말하겠다고 약속했다. 마사지 서비스에 대해서는 말하지 않겠다는 약속도 했다. 버디는 그래시엘라가 그렇지 않아도 자신을 그다지 높게 평가하지 않는 것 같은데, 지금보다 더 하찮은 사람으로 여기게 되는 건 싫다고 말했다.

두 사람은 배 안에 숨어서 버디의 12인치 텔레비전으로 최신 소식을 모두 알 수 있었다. 스토리의 재판을 생중계하던 채널 9가 역시 가장 발빠른 보도를 하며 밴 나이스의 법원과 보안관서가 있는 스타센터에서 계속 생중계를 했다.

매케일렙은 그날 하루 동안 벌어진 일들에 놀라서 아직도 머리가 멍했다. 데이비드 스토리는 밴 나이스의 법정에서 갑자기 두 건의 살인에 대해 유죄를 인정했고, 그와 동시에 건 사건의 공모자로 로스앤젤레스 시내의 법원에서도 기소당했다. 밴 나이스의 재판 건에서는 사형 판결을 모면했지만, 건 사건에서는 검사들과 또다시 형량 협상을 하지 않는 한 사형판결을 받을 수도 있었다.

스타센터에서 열린 기자 회견에서는 제이 윈스턴이 유독 눈에 띄었다. 윈스턴은 보안관 다음으로 나서서 기자들의 질문에 답했다. 보안관은 LA 경찰국과 FBI의 높은 사람들을 양옆에 거느리고 수사관의 관점에서 그날 하루 동안 있었던 일들을 발표했다. 수사 과정과 더 팔로잉 시 호의 총격전을 설명하는 동안 매케일렙의 이름이 몇 번이나 언급되었다. 윈스턴도 기자 회견 말미에 매케일렙에게 감사 인사를 하며, 이번 사건이 해결된 것은 매케일렙이 자진해서 뛰어 준 덕분이라고 말했다.

보슈의 이름도 두드러지게 언급되었지만, 보슈 자신은 그 어떤 기자 회견에도 나오지 않았다. 스토리에 대한 유죄 평결이 내려진 뒤 보슈와 검사들은 법정 문까지 사람들에게 밀려갔다. 매케일렙이 다른 채널에서 본 화면에는 보슈가 질문에 전혀 대답하지 않은 채 기자들과 카메라를 뚫고 앞으로 나아가 비상 계단을 통해 사라지는 모습이 담겨 있었다.

매케일렙에게 접근할 수 있었던 유일한 기자는 잭 매커보이였다. 그가 아직 매케일렙의 휴대전화 번호를 갖고 있기 때문이었다. 매케일렙은 그와 짧은 대화를 나눴지만, 더 팔로잉 시 호의 중앙 선실에서 일어난 일이나 자신이 하마터면 죽을 뻔했다는 사실에 대해서는 한마디도 하지 않았다. 그 일들이 자신에게는 지극히 개인적인 경험이라서 기자에게 말해 주고 싶은 생각이 전혀 없었다.

매케일렙은 그래시엘라에게 전화를 걸어 그녀가 뉴스를 보기 전에 먼저 자초지종을 설명해 주었다. 그리고 해가 진 뒤로도 한참 동안 기자들이 배를 감시할 것 같으니 다음 날이나 되어야 집에 돌아갈 수 있을 것 같다고 말했다. 그래시엘라는 일이 모두 끝나서 그가 집으로 돌아올 수 있게 된 것이 기쁘다고 말했다. 매케일렙은 그래시엘라의 목소리에서 그녀가 여전히 심한 스트레스에 시달리고 있다는 걸 느꼈지만, 그 문제는 집으로 돌아간 뒤에 처리할 수밖에 없었다.

그날 늦게 매케일렙은 마리나 주차장에서 벌어진 일에 기자들의 주의가 쏠린 틈을 이용해서 몰래 버디의 배에서 빠져나올 수 있었다. 터페로 형제가 전날 밤 매케일렙을 죽이러 마리나에 올 때 타고 왔던 낡은 링컨 컨티넨털을 LA 경찰국이 견인해 가는 참이었다. 방송국 카메라 기자들이 차를 견인해 가는 일상적인 광경을 열심히 지켜보며 카메라에 담는 동안 매케일렙은 누구의 눈에도 띄지 않고 자신의 체로키까지 갈 수 있었다. 그는 차에 시동을 걸고 견인 트럭보다 먼저 주차장을 떠났다. 그의 뒤를 따라오는 기자는 한 명도 없었다.

매케일렙이 보슈의 집에 도착했을 때는 이미 날이 완전히 어두워져 있었다. 지난번과 마찬가지로 정면 출입문이 열려 있고, 망사문만 닫혀 있었다. 매케일렙은 망사문의 나무 문틀을 두드린 뒤 그 문을 통해 어두운 집 안을 들여다보았다. 거실에 불이 하나 켜져 있었다. 독서용 스탠드 불빛이었다. 음악 소리도 들려왔다. 자신이 지난번에 왔을 때 들었던 아트 페퍼의 시디 같았다. 하지만 보슈의 모습은 보이지 않았다.

매케일렙은 문에서 거리로 시선을 돌려 주위를 확인한 뒤 다시 문으로 고개를 돌렸다. 그런데 이번에는 보슈가 망사문 앞에 서 있어서 그는 화들짝 놀랐다. 보슈가 문의 고리를 풀고 망사문을 열었다. 그는 매케일렙이 텔레비전 뉴스에서 본 것과 똑같은 양복을 입고 있었다. 앵커스팀 한 병을 든 손은 옆구리로 내린 채였다.

"테리, 어서 들어와. 난 자네가 기자인 줄 알았어. 기자들이 자네 집까지 찾아간 걸 보고 내가 아주 기겁을 했거든. 세상에 기자들이 못 가는 곳도 하나쯤은 있어야 할 것 같아서 말이야."

"맞아, 무슨 소린지 내가 잘 알지. 내 배에도 기자들 천지야. 그래서 도망쳐 온 거야."

매케일렙은 보슈의 옆을 지나쳐 현관을 통해 거실로 들어갔다.

"그래, 기자들은 그렇다 치고, 어때, 해리?"

"이렇게 좋을 수가 없지, 뭐. 우리 편에게는 즐거운 하루였잖아. 자네 목은 좀 어때?"

"아파 죽겠어. 그래도 아직 살아 있으니까, 뭐."

"그래, 그게 중요한 거지. 맥주 줄까?"

"어, 그러면 좋지."

보슈가 맥주를 가져오는 동안 매케일렙은 뒤쪽 베란다로 나갔다.

보슈가 베란다 불을 꺼 두었기 때문에 멀리 보이는 도시의 불빛들이 한층 더 휘황했다. 언제나 사라지는 법이 없는, 프리웨이의 소음도 들려왔다. 탐조등 불빛들이 밸리 바닥의 세 곳에서 각각 뻗어 나와 하늘을 가로질렀다. 보슈가 베란다로 나와서 맥주를 건네주었다.

"잔은 필요 없지?"

"필요 없어."

두 사람은 밤 풍경을 바라보며 한동안 말없이 맥주를 마셨다. 매케일렙은 자신이 하고 싶은 말을 어떻게 꺼내야 할지 생각해 보았지만, 뾰족한 수가 떠오르지 않았다.

"내가 출발하면서 보니까 사람들이 터페로의 차를 견인하고 있던데." 얼마 뒤 매케일렙이 말했다.

보슈는 고개를 끄덕였다.

"배는 어때? 배에서는 작업이 끝났나?"

"응, 끝났어."

"많이 어질러졌어? 그 사람들이 왔다 가면 항상 어질러지거든."

"아마 그럴걸. 아직 안에 안 들어가 봐서 몰라. 그건 내일 생각하지, 뭐."

보슈는 고개를 끄덕였다. 매케일렙은 맥주를 길게 한 모금 마신 뒤 맥주병을 난간에 내려놓았다. 한꺼번에 맥주를 너무 많이 마신 것 같았다. 맥주가 목구멍으로 다시 올라와 콧속이 타는 듯했다.

"괜찮아?" 보슈가 물었다.

"응, 괜찮아." 매케일렙은 손등으로 입을 닦았다. "해리, 이제 자네 친구는 그만두겠다는 말을 하려고 왔어."

보슈는 웃음을 터뜨리려다가 멈췄다.

"뭐?"

매케일렙이 그를 바라보았다. 보슈의 눈은 어둠 속에서도 여전히 상대를 꿰뚫어 버릴 듯했다. 어딘가에서 날아온 빛 한 점이 그 두 눈에 반사되어, 매케일렙이 보기에는 두 개의 점이 자신을 붙들고 있는 것 같았다.

"오늘 아침에 제이 씨가 터페로를 신문할 때 자네도 조금 더 듣고 갔어야 했어."

"난 그럴 시간이 없었어."

"제이 씨가 터페로한테 링컨에 대해 물어봤더니, 터페로는 자기가 잠복할 때 쓰는 차라고 하더군. 자기가 그 자리에 있었다는 걸 아무에게도 알리고 싶지 않을 때 쓰는 차라고. 번호판은 훔친 거고 말이야. 등록증도 가짜지."

"말이 되는군. 그런 놈들은 원래 구린 일을 할 때 쓰는 차를 따로 갖고 있거든."

"내 말을 못 알아듣는군."

보슈는 맥주를 다 마시고, 난간에 팔꿈치를 괴고 있었다. 그는 맥주병의 라벨을 벗겨 내서 저 아래 어둠 속으로 조각조각 떨어뜨렸다.

"그래, 못 알아듣겠어, 테리. 무슨 말을 하려는 건지 자네가 직접 말해 봐."

매케일렙은 자신의 맥주병을 들어 올렸지만, 술을 마시지 않고 그냥 내려놓았다.

"그자의 진짜 자동차, 그자가 매일 사용하는 차는 벤츠 430 CLK야. 주차 위반 딱지가 발급된 것도 그 차고. 우편환을 보내면서 우체국에 주차했을 때 말이야."

"그래, 놈한테 차가 두 대 있다는 거지? 비밀 차랑 남한테 보이는 차. 그게 무슨 뜻인데?"

"자네가 알아서는 안 되는 걸 알고 있었다는 뜻이지."

"무슨 소리야? 알다니 뭘?"

"어젯밤 내가 자네한테 왜 내 배에 왔느냐고 물었지? 자네는 터페로의 링컨을 보고 뭔가 일이 터졌다는 걸 알았다고 말했어. 링컨이 그자의 차라는 걸 자네는 어떻게 알아낸 거지?"

보슈는 한참 동안 말없이 어두운 풍경을 바라보다가 고개를 끄덕였다.

"내가 자네의 생명을 구했지." 그가 말했다.

"나도 자네의 생명을 구했고."

"그럼 우린 비긴 거야. 그냥 그렇게 해 둬, 테리."

매케일렙은 고개를 저었다. 마치 뱃속에서 주먹 하나가 가슴으로 치받아 올라오며 새로 이식받은 심장을 한 대 치려고 하는 것 같았다.

"자네는 링컨 자동차에 대해 알고 있었어. 그 차를 보고 나한테 문제가 생겼다는 것도 알아차렸고. 전에도 터페로를 감시한 적이 있으니까. 어쩌면 그자가 링컨 자동차를 사용했던 밤에 그자를 지켜봤는지도 모르지. 그자가 건을 감시하면서 공격 계획을 짜던 밤일 수도 있고. 아니면 그자가 실제로 건을 공격한 밤일 수도 있어. 자네가 내 생명을 구한 건 뭔가 아는 게 있었기 때문이야, 해리."

매케일렙은 잠시 입을 다물고 보슈에게 자기변호를 할 기회를 주었다.

"추측이 너무 많은 거 아냐, 테리?"

"그렇지. 추측이 너무 많지. 하지만 나는 터페로가 스토리와 손을 잡았을 때 그 둘이 법정에서 자네를 잡으려 할 거라는 걸 자네가 어떻게든 알아냈거나 추리해 냈을 거라고 추측하고 있어. 그래서 터페로를 감시하다가 그자가 건을 겨냥하고 있다는 걸 알게 된 거지. 자네는 건이 어떤 일을 당할지 알면서도 가만히 있었어."

매케일렙은 다시 한 번 맥주를 길게 한 모금 마신 뒤 병을 난간에 내려놓았다.

"위험한 게임을 했어, 해리. 놈들이 거의 성공할 뻔했다고. 하긴 만약 내가 나타나지 않았더라도 자네가 놈들의 죄를 밝힐 다른 방법을 생각해 냈을지도 모르지."

보슈는 계속 어둠만 빤히 바라보며 아무 말도 하지 않았다.

"나로서는 그날 밤 건이 취객 보호실에 있다고 터페로에게 알려 준 게 자네가 아니기만을 바랄 뿐이야. 그자들이 건을 죽일 수 있게 자네가 그자의 보석을 도와준 건 아니지?"

이번에도 보슈는 아무 말도 하지 않았다. 매케일렙은 고개를 끄덕였다.

"자네가 저지른 거나 마찬가지야, 해리."

보슈는 시선을 떨어뜨려 베란다 아래의 어둠을 내려다보았다. 매케일렙은 그를 주의 깊게 살펴보았다. 그가 천천히 고개를 젓는 것이 보였다.

"우린 반드시 해야 하는 일을 할 뿐이야." 보슈가 조용히 말했다. "선택의 여지가 있을 때도 있고, 없을 때도 있지. 잘못된 일들이 벌어지는 걸 뻔히 알고 있는데도, 왠지 그것들이 옳은 일이라는 생각이 들 때가 있어."

보슈는 한참 동안 침묵을 지켰다. 매케일렙은 가만히 기다렸다.

"난 그 전화를 하지 않았어." 보슈가 말했다.

그리고 시선을 돌려 매케일렙을 바라보았다. 이번에도 어둠 속에서 보슈의 두 눈에 빛나는 점 두 개가 보였다.

"세 사람… 세 괴물이… 사라졌어."

"하지만 그런 방식은 안 돼. 우린 그런 식으로 움직이면 안 돼."

보슈는 고개를 끄덕였다.

"그럼 자네 방식은? 터페로의 어린 동생을 밀치고 사무실로 쳐들어갔잖아. 그래도 아무 일 없을 줄 알았나? 그 작은 행동으로 자네는 상대가 행동에 나서게 만들었어. 자네도 잘 알고 있잖아."

매케일렙은 보슈의 시선 속에서 얼굴이 화끈거렸다. 그는 보슈의 말에 대답하지 않았다. 뭐라고 대답해야 할지 알 수 없었다.

"자네한테도 나름대로 계획이 있었어, 테리. 그게 나랑 뭐가 달라?"

"뭐가 다르냐고? 그걸 알아차리지 못한다면, 자넨 이미 완전히 타락한 거야. 돌이킬 수 없을 만큼."

"그래, 뭐, 돌이킬 수 없을 만큼 타락했는지도 모르지. 그래도 길 잃은 나를 누가 찾아 준 것 같기도 해. 앞으로 생각을 좀 해 봐야 할 거야. 그건 그렇고 자네도 이제 그만 집으로 가지 그래? 그 작은 섬과 어린 딸한테 돌아가라고. 그 아이의 눈에서 보이는 것들 뒤에 숨어. 세상이 자네가 알고 있는 것과는 다른 모습인 척하면서."

매케일렙은 고개를 끄덕였다. 하고 싶었던 말은 다 했다. 그는 맥주를 남겨 둔 채 난간에서 멀어져 출입문을 향해 걸어갔다. 하지만 베란다에서 집 안으로 들어가는 그에게 보슈가 또 공격을 날렸다.

"아무도 신경을 쓰거나 사랑해 주지 않은 여자애 이름을 자네 아기한테 붙여 줬다고 해서 그 여자애한테 뭔가 해 준 것 같지? 아냐, 자네가 틀렸어. 그러니까 그냥 집에 가서 꿈이나 계속 꾸라고."

매케일렙은 문간에서 잠시 머뭇거리다가 뒤를 돌아보았다.

"잘 있어, 해리."

"그래, 잘 가."

매케일렙은 집 안을 가로질렀다. 불이 켜져 있는 독서용 의자 옆을 지나면서 보니, 자신이 작성한 보슈의 프로파일 서류가 의자 팔걸이에 놓여 있었다. 매케일렙은 계속 걸었다. 그리고 출입문에 다다르자 밖으로 나가 문을 닫았다.

47 두 번째 기회

보슈는 고개를 수그리고 베란다 난간에서 팔짱을 낀 채 서 있었다. 매케일렙의 말을 생각해 보았다. 그가 입으로 한 말과 서류로 한 말을 모두. 그 말들이 뜨거운 파편 조각이 되어 그의 몸을 찢어발겼다. 자신의 내면이 깊이 찢어지는 것이 느껴졌다. 내면의 뭔가가 그를 움켜쥐고 블랙홀로 끌어당기는 것 같았다. 자신이 안에서 폭발해서 존재가 사라져 버리는 것 같았다.

"내가 무슨 짓을 한 거지?" 그는 속삭였다. "내가 무슨 짓을 한 거지?"

보슈는 몸을 똑바로 세우고 난간 위의 맥주병을 보았다. 라벨은 이미 다 뜯겨 나가고 없었다. 보슈는 그 병을 잡고 어둠 속으로 최대한 멀리 던졌다. 그리고 병의 궤적을 눈으로 지켜보았다. 갈색 유리에 달빛이 반사되었기 때문에 병의 비행을 눈으로 좇을 수 있었다. 병은 저 아래 바위투성이 능선의 덤불 속으로 떨어져 퍽 하는 소리를 냈다.

매케일렙이 반쯤 먹다 만 맥주병이 눈에 들어오자 보슈는 그것도 움켜쥐었다. 이번에는 저 멀리 프리웨이까지 던져 버리고 싶어서 팔을 뒤로 젖혔다. 그러다가 행동을 멈췄다. 그는 병을 다시 난간에 내려놓고 안으로 들어갔다.

보슈는 의자 팔걸이에서 프로파일 서류를 집어 들고, 그 두 장짜리 서류를 갈기갈기 찢기 시작했다. 그러고는 부엌으로 가서 수도를 틀고 종잇조각을 개수대에 버렸다. 쓰레기 처리기의 스위치를 켜고, 개수대의 배수구 안에 쑤셔 넣었다. 보슈는 기계 소리를 통해 종이가 완전히 사라졌다는 확신이 들 때까지 기다렸다. 그는 쓰레기 처리기를 끄고 물이 배수구로 흘러 들어가는 것을 가만히 지켜보았다.

그러다가 천천히 시선을 들어 부엌 창문을 통해 캐흉거 고개를 바라보았다. 할리우드의 불빛들이 반짝였다. 사방에서 별들이 빛나는 하늘의 풍경과 똑같았다. 보슈는 거기서 벌어지고 있는 온갖 나쁜 일들에 대해 생각했다. 그곳은 옳은 일보다 나쁜 일이 더 많은 도시였다. 발밑에서 땅이 입을 벌려 사람을 암흑 속으로 빨아들일 수 있는 곳이었다. 빛이 사라진 도시. 그의 도시. 그런데도 언제나 새로 시작할 수 있는 곳이기도 했다. 그의 도시. 두 번째 기회가 있는 도시.

보슈는 고개를 끄덕이고 몸을 숙였다. 그리고 눈을 감은 뒤 물줄기에 손을 집어넣었다가 얼굴에 갖다 댔다. 물은 차갑고 상쾌했다. 두 번째 기회를 위해 세례를 받을 거라면 마땅히 그래야 할 것 같았다.

48 어둠 속의 길잡이

화약 냄새가 아직도 났다. 매케일렙은 중앙 선실에 서서 주위를 둘러보았다. 바닥에 고무장갑을 비롯한 쓰레기들이 흩어져 있었다. 지문 채취용 검은 가루도 사방에 묻어 있었다. 선실 문짝은 사라졌고, 문설주도 보이지 않았다. 사람들이 그대로 잘라간 것이다. 그들은 복도에서도 벽의 나무 패널 하나를 통째로 떼어 갔다.

매케일렙은 자신이 쏜 총알에 터페로의 동생이 죽은 위치로 가서 바닥을 내려다보았다. 피가 말라서 갈색으로 변해 있었다. 밝은색과 어두운색 나무판을 교대로 붙인 바닥에 영원히 자국이 남을 것 같았다. 그 자국은 항상 그 자리에 남아 매케일렙에게 그 청년의 죽음을 일깨워 줄 것이다.

매케일렙은 그 핏자국을 빤히 바라보며 자신이 청년에게 총을 발사하던 모습을 다시 그려 보았다. 그의 머릿속 장면들은 실제보다 훨씬 느리게 돌아갔다. 보슈가 베란다에서 했던 말이 생각났다. 터페로의 동생이 자신의 뒤를 쫓게 자신이 일부러 내버려 뒀다던 말. 매케일렙은 자신의 죄가 얼마나 될지 생각해 보았다. 자신은 그래도 보슈만큼 죄가 크지 않다고 말할 수 있을까? 두 사람 모두 의도적으로 손을 써서 일이 벌어지게 했다. 작용이 있으면 항상 그와 똑같은 힘의 반작용이 있게 마련이다. 우리가 어둠 속으로 들어가면, 어둠도 우리 속으로 들어온다.

"우리는 반드시 해야 하는 일을 할 뿐이야." 매케일렙은 큰 소리로 말했다.

그러고는 거실로 올라가서 문을 통해 주차장을 바라보았다. 기자들과 그들이 타고 온 승합차들이 아직도 거기 있었다. 매케일렙은 기자들 몰래 배에 들어오려고 마리나의 반대편 끝에 차를 세우고, 다른 사람의 배에서 보트를 빌려 더 팔로잉 시 호까지 왔다. 그러고는 뱃전을 기어올라 아무에게도 들키지 않고 살짝 배 안으로 들어왔다.

승합차들이 안테나를 세우고, 각각의 방송팀들이 11시 뉴스를 위해 보도 준비를 하는 모습이 보였다. 모든 카메라들은 더 팔로잉 시 호를 잡을 수 있는 각도로 자리를 잡고 있었다.

매케일렙은 싱긋 웃고는 전화기를 열어 단축 번호를 눌렀다. 버디 로크리지가 전화를 받았다.

"버디, 나야. 내가 지금 배에 있는데 집에 가야 되거든. 내 부탁 하나만 들어줄 수 있겠어?"

"오늘 밤에 가야 돼? 꼭?"

"그래. 내가 자네한테 부탁하고 싶은 게 뭐냐면, 여기서 엔진 소리가 들리면 자네가 와서 내 배의 줄을 풀어 줘. 빨리 해야 돼. 나머지는 내가 알아서 할 테니까."

"나도 같이 갈까?"

"아니, 괜찮을 거야. 자네는 금요일에 익스프레스 호를 타고 와. 토요일 오전에 손님이 오기로 했잖아."

"그렇지, 테러. 라디오에서 들었는데, 오늘 밤에는 바다가 아주 잔잔하고 안개가 없대. 그래도 조심해."

매케일렙은 전화를 끊고 거실 문으로 갔다. 대부분의 기자들과 방송팀은 보도 준비에 정신이 팔려서 배가 있는 쪽은 보지 않았다. 배가 비었다고 확신하고 있기 때문이었다. 매케일렙은 문을 열고 밖으로 나가서 문을 닫은 뒤, 선교로 이어진 사다리를 재빨리 올라갔다. 그리고 선교를 둘러싼 비닐 커튼의 지퍼를 열고 살짝 안으로 들어갔다. 스로틀이 두 개 모두 중립에 놓인 것을 확인한 그는 열쇠 구멍에 열쇠를 밀어 넣었다.

그가 열쇠를 돌리자 엔진에 시동이 걸리며 커다랗게 윙윙거리는 소리가 났다. 비닐 커튼 틈새로 뒤를 돌아보니 기자들이 모두 배를 향해 돌아서 있었다.

마침내 엔진에 완전히 시동이 걸리자 매케일렙은 엔진을 데우려고 공회전을 시키면서 스로틀을 조작했다. 다시 흘깃 뒤를 돌아보았더니, 버디가 부두에서 선미로 다가가고 있었다. 기자들 두어 명이 그 뒤에서 부두로 이어진 나무판을 서둘러 내려왔다.

버디는 선미의 끈 두 개를 재빨리 풀어서 조종실로 던져 넣었다. 그러고는 뱃머리 끈을 풀려고 움직였다. 그의 모습이 시야에서 사라졌지만, 이내 그의 목소리가 들려왔다.

"됐어!"

매케일렙은 스로틀을 조작해서 배를 움직이기 시작했다. 항로로 진입하려고 배의 방향을 틀면서 다시 뒤를 돌아보자, 버디가 부두에 서 있고 그 뒤로 기자들이 보였다.

일단 카메라에서 멀어진 뒤 매케일렙은 비닐 커튼의 지퍼를 모두 열어 걷어 내렸다. 서늘한 공기가 선교 안으로 상쾌하게 들어왔다. 항로를 표시하며 깜빡이는 빨간 불빛들을 따라 매케일렙은 길을 잡았다. 그는 빨간 불빛들 너머의 어둠 속을 똑바로 바라보았지만, 아무것도 보이지 않았다.

레이더를 켜자 눈으로는 볼 수 없는 섬이 스크린에 나타났다.

10분 뒤 항구를 완전히 벗어난 매케일렙은 재킷에서 전화기를 꺼내 집의 단축 번호를 눌렀다. 전화하기에는 너무 늦은 시간이라 자던 아이들이 깰 수도 있다는 건 알고 있었다. 그래시엘라가 속삭이는 소리로 다급하게 전화를 받았다.

"미안해. 나야."

"테리, 괜찮아?"

"이젠 괜찮아. 지금 집으로 가는 중이야."

"어둠 속에서 바다를 건너온다고?"

매케일렙은 이 질문을 잠시 생각해 보았다.

"괜찮을 거야. 난 어둠 속에서도 볼 수 있으니까."

그래시엘라는 아무 말도 하지 않았다. 그래시엘라는 매케일렙이 겉으로 하는 말과 그 안에 담긴 속뜻이 다를 때 그걸 알아차리는 능력이 있었다.

"베란다 불을 켜 놔." 매케일렙이 말했다. "가까워지면 그걸 길잡이로 삼을 테니."

매케일렙은 전화를 끊고 스로틀을 밀어 올렸다. 뱃머리가 들렸다가 다시 평평해졌다. 왼쪽으로 20미터쯤 되는 거리에서 마지막 수로 표시등이 지나갔다. 매케일렙이 길을 제대로 잡았다는 뜻이었다. 4분의 3쪽 크기인 달이 하늘에 높이 떠서 은빛으로 은은하게 빛나는 길을 만들어 주었다. 그가 집으로 돌아갈 수 있게. 매케일렙은 키를 단단히 붙들고,

자신이 틀림없이 죽을 거라고 생각했던 순간을 떠올렸다. 그 순간 딸의 얼굴이 머릿속에 떠올라 위안이 되었던 것이 생각났다. 눈물이 뺨을 타고 흘러내렸다. 하지만 수면 위로 불어온 바람이 금방 그 눈물을 말려주었다.

〈끝〉

감사의 말

필자는 이 책을 쓰는 동안 도움을 준 많은 사람들에게 진심으로 감사한다. 테리 핸슨, 존 휴턴, 제리 후텐, 캐머런 리델, 도슨 카, 테릴 랭포드, 린다 코넬리, 메리 라벨, 수전 코넬리가 바로 그들이다.

꼭 필요할 때 격려의 말과 영감을 준 새라 크리턴, 필립 스피처, 스콧 아이먼, 에드 토머스, 스티브 스틸웰, 조시 마이어, 존 새크릿 영, 캐소 링에게도 감사한다.

www.michaelconnelly.com을 훌륭하게 관리해 준 제인 데이비스에게도 많은 신세를 졌다. 제럴드 피티비치와 로버트 크레이스는 고맙게도 내게 일과 관련해서 훌륭한 조언들을 해 주었지만, 필자는 적어도 지금까지는 어리석게도 그 충고들을 무시하고 있다.

또한 이야기들을 독자들 손에 쥐어 주는 많은 서적상들의 노력이 없었다면, 모든 수고가 수포로 돌아갔을 것이다. 그들에게도 감사한다.

마지막으로 이 책의 제목을 짓는 데 영감을 준 레이먼드 챈들러에게 특별히 감사한다. 챈들러는 1950년대에 자신이 초창기 범죄 소설에서 배경으로 삼았던 시대와 장소를 다음과 같이 묘사했다. "거리가 어두운 것은 밤보다 더한 어떤 것이 있기 때문이었다."

지금도 그럴 때가 있다.

마이클 코넬리, 로스앤젤레스

마이클 코넬리 소설 주요 인물 관계도

( )안 연도는 원서 출간 기준

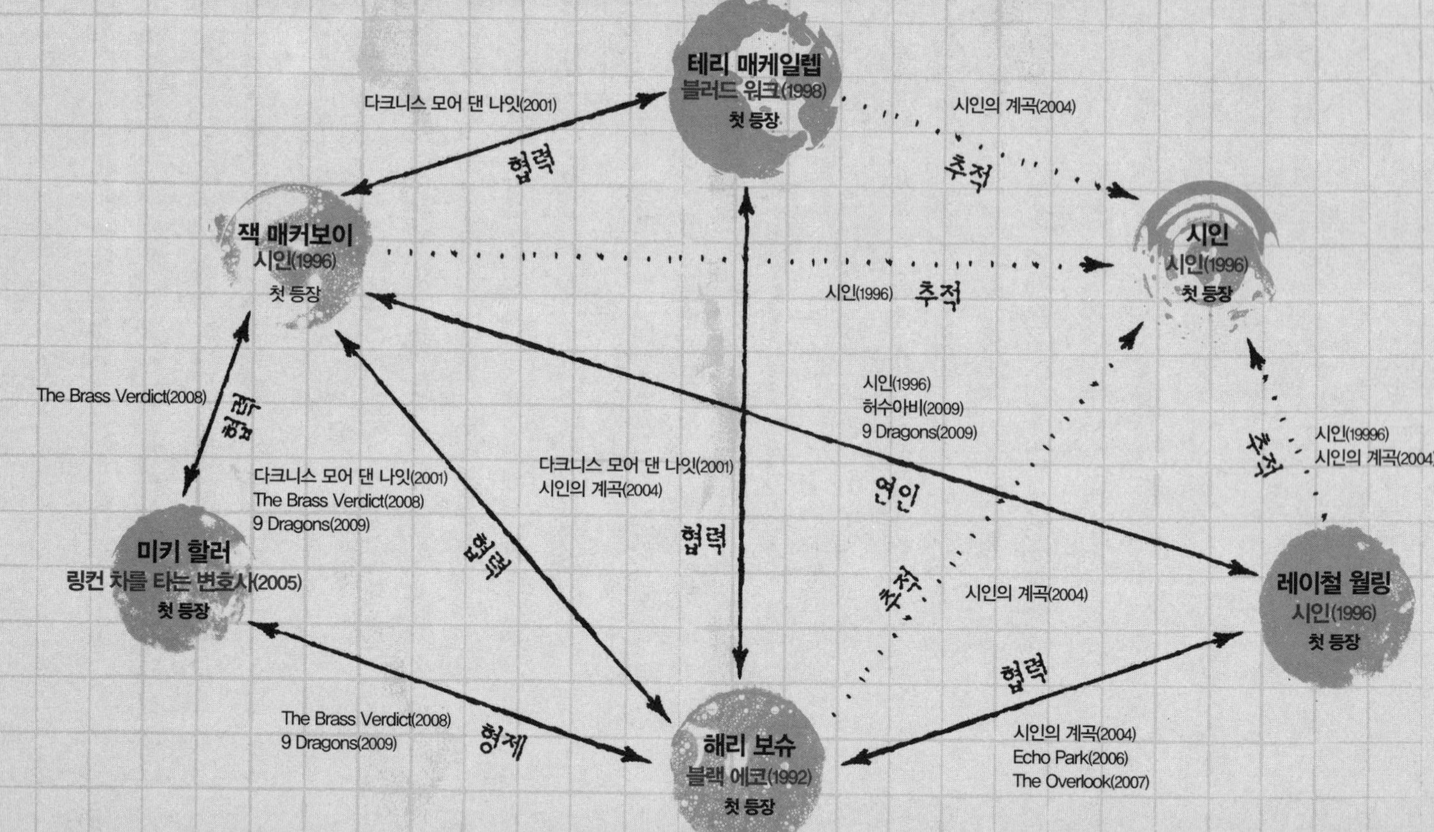

Michael Connelly

마이클 코넬리 소설 주요 등장인물(가나다 순)

- **그래시엘라 리버스:** 테리 매케일렙에게 심장을 이식한 기증자의 언니, 현재 매케일렙의 아내.
- **그레이스 빌리츠:** 할리우드 경찰서 살인 전담팀 과장, 보슈의 현 상사.
- **레이철 월링:** FBI 요원, 〈시인〉 사건으로 FBI 행동과학실에서 쫓겨났으나 복직.
- **로이 린델:** FBI 요원, 《트렁크 뮤직》, 《앤젤스 플라이트》에 등장.
- **매기 맥퍼슨:** 밴 나이스 소속 지방 검사, 미키 할러의 전 부인.
- **미키 할러:** 변호사, 유명 변호사 마이클 할러 집안의 아들이며 해리 보슈와는 이복형제 지간.
- **실비아 무어:** 해리 보슈의 옛 연인, 《블랙 아이스》에 등장.
- **어빈 어빙:** LA 경찰국 부국장, 관료주의자이면서도 해리 보슈의 인정을 받고 있음.
- **엘리노어 위시:** 전직 FBI 요원, 해리 보슈의 전 부인.
- **재니스 랭와이저:** LA 검찰청 소속 검사, 시원한 일처리로 보슈의 호감을 삼.
- **잭 매커보이:** 범죄 전문 기자, 〈시인〉 사건 이후 각종 신문사를 거쳐 〈LA 타임스〉 기자가 됨.
- **제리 에드거:** 할리우드 경찰서 소속 형사, 해리 보슈의 파트너.
- **제이 윈스턴:** LA 카운티 보안관서 형사, 《블러드 워크》, 《다크니스 모어 댄 나잇》에 등장.
- **존 채스틴:** LA 경찰국 소속 감찰계 형사, 보슈와는 앙숙.
- **카르멘 히노조스:** LA 경찰국 소속 심리학 박사, 《라스트 코요테》에 등장.
- **캐시 블랙:** 강도 전과자, 《보이드 문》에 등장, 《시인의 계곡》에서 카메오로 등장.
- **케이샤 러셀:** LA 타임스 기자, 잭 매커보이의 전 부인, 해리 보슈를 정보원으로 두고 있음.
- **키즈민 라이더:** 할리우드 경찰서 소속 형사, 해리 보슈의 파트너. 명석하지만 감정적.
- **테레사 코라존:** LA 법의국 검시관 실장, 해리 보슈의 옛 연인.
- **테리 매케일렙:** 전직 FBI 프로파일러, 심장 이식 수술 후 조기 은퇴하고 요트 용선 사업.
- **프랭키 쉬헌:** LA 경찰국 소속 형사, 보슈의 옛 파트너, 보슈와 서로를 인정해주는 사이.
- **하비 파운즈:** 할리우드 경찰서 살인 전담팀 과장, 보슈의 전 상사이자 앙숙.
- **해리 보슈:** 할리우드 경찰서 소속 3급 형사, 베트남전에서 '땅굴쥐'로 활약,
- **헨리 피어스:** 컴퓨터 기업가, 《실종》에 등장, 코넬리는 더 이상 피어스를 등장시키지 않았음.

다크니스 모어 댄 나잇_해리 보슈 시리즈 Vol.7

1판 1쇄 발행 2011년 12월 27일
1판 3쇄 발행 2012년 9월 28일
2판 1쇄 인쇄 2015년 1월 22일
2판 1쇄 발행 2015년 1월 30일

지은이 마이클 코넬리
옮긴이 김승욱

발행인 양원석
본부장 송명주
편집장 김지연
해외저작권 황지현, 지소연
제작 문태일, 김수진
영업마케팅 김경만, 정재만, 곽희은, 임충진, 이영인, 장현기, 김민수,
임우열, 윤기봉, 송기현, 우지연, 정미진, 이선미, 최경민

펴낸 곳 ㈜알에이치코리아
주소 서울시 금천구 가산디지털2로 53, 20층(가산동, 한라시그마밸리)
편집문의 02-6443-8846 **구입문의** 02-6443-8838
홈페이지 http://rhk.co.kr
등록 2004년 1월 15일 제2-3726호

ISBN 978-89-255-5525-6 (04840)
978-89-255-5518-8 (set)